우리 죽은 자들이 깨어날 때

우리 죽은 자들이 깨어날 때

에이드리언 리치

Adrienne Rich

이주혜 옮김

바다출판사

살아남은 보물들

에이드리언 리치의 가장 유명한 시 중 하나인 〈난파선 속으로 잠수하기〉의 끝부분에서 시인은 수중 여행의 목표를 이렇게 설명한다.

난 난파선을 탐색하러 내려왔다.
단어들이 목적이다.
단어들이 지도이다.
난 이미 행해진 파괴의 정도와
그럼에도 살아남은 보물들을 보러 왔다.
난 손전등에 불을 켜 비춰본다
물고기나 해초보다
더 영원한 어떤 것의
측면을 따라 천천히

내가 찾으러 왔던 것.

그것은 잔해 그 자체이지 잔해에 대한 이야기가 아니다.
그 자체일 뿐 그것을 둘러싼 신화가 아니다

―《문턱 너머 저편》

    여기서 시인은 "이미 행해진 파괴의 정도와 / 그럼에도 살아남은 보물들을" 반드시 연구하고 탐색해야 한다고 강조한다. 작가가 1960년대 어느 시점에 발견했다고 고백했듯이, 이 현실 탐구는― "그 자체일 뿐 그것을 둘러싼 신화가 아니다"―시인으로서 그가 삼은 작품 활동의 주된 목적이었다. 그러나 그의 산문 쓰기가 시 쓰기를 얼마나 결정적으로 보완, 보충하고 풍성한 영감을 주었는지는 아직 분명하게 이해되지 못한 듯하다. 작가는 산문 쓰기를 고백적인 해석을 통해 자신의 시를 '조명하는' 기회로 삼은 수많은 동시대 시인 중 한 명에 그치지 않고, 주요한 회고록 작가이자 에세이스트, 이론가, 학자로 활약했다.

    하버드대학교 래드클리프대학 재학 시절 리치는 W. B. 예이츠의 시에 매혹되어, 자신의 미적 기교를 향상하고자 그 명료한 운율에서 필요한 것을 취했다고 말한 적 있다. 리치는 〈피, 빵, 그리고 시: 시인의 위치〉(이하 〈피, 빵, 그리고 시〉)에서 이렇게 고백한다. "예이츠의 작품 속에 담긴 예술과 정치 사이의 대화는 언어가 지닌 소리와 함께 나를 흥분시켰다." 두 작가 사이에는 차이점이 셀 수 없이 많다. 특히 이 아일랜드 예술가의 문제적인 성정치학과 리치의 급진적인 젠더 재고찰 사이에는, 또 예이츠의 기괴한 (귀족적이기도 한) 신비주의와 리치의 사회적 리얼리즘 사이에는 큰 간극이 존재한다. (리치는 '예이츠의 정교한 신비주의 장치'에 관심을 둔 적은 단 한 번도 없었다고 강조한다.) 그러나 각각 20세기 초와 말에 전성기를 보냈고, 정치 스펙트럼에 있어서도 반대 지점에 있었던 두 사람을 연결하는 것은 개인적이고 시적인 개조를 향한 맹렬한 노력과 점점 강력해진 공동체를 향한 책임감이었다. 예이츠가 아일랜드를 위해 목소리를 냈다면—언젠가 애비 극장에 모인 무질서한 관객들을 향해 그는 "《캐슬린 백작 부인》의 작가가 말합니다"라고 한 적도 있다—리치는 여성들을 위해, 보다 구체적으로는 레즈비언과 흑인 여성들과 노동계급 여성들, 유대인을 위해, 더 넓은 의미로는 몰수당한 이들을 위해, 시인 앤 윈터스가 말한 '자본 난민'을 위해 열정적인 목소리를 냈다.

리치는 자신의 인생과 작품 모두에 강력한 영향을 미친 열정적인 페미니즘을 키워나가는 동안—1960년대와 1970년대 많은 이가 그랬던 것처럼—대학에서 배운 '대가'들 대신 여성 선배 작가에게 점점 끌리기 시작했다. "우리 여성들은 어머니를 통해 돌이켜본다"라고 천명했던 버지니아 울프처럼 리치 역시 통찰력 있는 여성 선배들을 모아 그들의 예술 작품과 사상을 꼼꼼히 분석했다. 이 가운데 두드러지는 이가 다재다능했던 미국 시인 뮤리엘 루카이저로, 래드클리프대학 재학 시절 예이츠가 그랬듯이 성숙해진 리치에게 "예술과 정치 사이의 지속적인 대화"를 통한 영감의 원천이 되어주었다. 이 책에도 실린 한 에세이에서 리치는 루카이저를 "무엇보다 먼저 시인으로서 말했지만, 동시에 사고하는 활동가이자 전기작가, 조국의 정신적 지리를 누빈 여행가이자 탐험가로서도 발언했다"라고 소개했다. 리치는 "나도 루카이저처럼 스물한 살에 '예일젊은시인상'을 받았고, 선배 여성 시인이 내 나이에 낸 첫 시집에 뭐라고 썼는지

서문 — 살아남은 보물들

보고 싶은 마음에" 1950년대 초반에 처음으로 루카이저의 시를 읽었다고 술회한다. "당시 《비행이론》의 첫 번째 시가 지닌 비범한 힘이 나를 어떻게 휩쓸었는지, 그 압도적인 시행과 권위를 내가 얼마나 부러워했는지" 다 기억하고 있지만, 아직 루카이저로부터 뭔가를 배울 준비가 되어 있지는 않았다고 고백한다. "나는 더 성숙해진 다음에, 내 인생이 바깥을 향해 열리고 내 시를 쓰고 내 삶을 살아가는 투쟁에서 그가 내게 가장 필요한 시인임을 깨달았을 때 비로소 그에게 갔다." 정말로 리치도 루카이저처럼 '사고하는 활동가'가 되었고 경력 내내, 특히 〈피, 빵, 그리고 시〉와 《다른 세계의 지도》와 같은 작품에서 예민한 '조국의 정신적 지리를 누빈 탐험가'가 되었다.

리치의 산문을 전작으로 다시 읽고 다시 생각해본다면, 자기성찰적이며 도덕적으로 열정적이었던 주요한 사회 참여 지식인을 만날 수 있다. 1970년대 그 유명한 페미니즘 '제2의 물결' 시기에 성인이 된 우리에게 〈우리 죽은 자들이 깨어날 때: 다시 보기로서의 글쓰기〉(이하 〈우리 죽은 자들이 깨어날 때〉)와 〈강제적 이성애와 레즈비언 존재〉와 같은 글은 스스로 길을 개척해나가는 우리에게 절박하게 필요했던 사상의 중요 선언이었다. 또 리치의 기념비적인 연구서 《여성으로 태어남에 대하여: 경험과 제도로서 모성》(이하 《여성으로 태어남에 대하여》)에서 이루어낸 연구와 이론, 자아 성찰의 강력한 혼합체 역시 우리에게 중요한 의미가 있다. 이후 우리가 1990년대와 21세기로 성장해나가는 동안 《거기서 발견된 것》과 같은 리치의 시 분석은—자신의 작품과 다른 시인들의 작품 모두를 대상으로 한— 시인이면서 열정적인 시 독자였던 우리 문학도들에게 '정전(문학의 기성 체제에서 묵시적인 합의를 통해 위대하다고 인정한 작품과 작가를 가리키는 문예비평 용어—옮긴이)'에 포함된 목록을 다시 살펴볼 수 있게 거들어주었다. 또한, 리치는 자신의 경력 내내 〈나는 왜 국가예술훈장을 거부하는가〉와 같은 글에서 정치적 예리함과 솔직함의 활력을 불어넣음으로써, 우리에게 단호하고 만만찮은 항의의 기초를 가르쳐주었다.

그러나 리치의 산문에서 아마도 가장 매력적인 지점은 항의의 기초가 아니라 드러냄의 기원일 것이다. 그 스스로 '개인적인' 것 혹은 '고백적인' 것을 날카로운 사회적 맥락을 회피하는 '치료적' 장르로 여겨 싫어한다고 밝힌 바 있지만, 그의 산문에는 시보다 훨씬 더 자전적인 요소가 풍부하다. 그의 힘 있는 에세이를 읽다 보면 독자들은 어느새 야심만만하면서 때로는 독재적이었던 그의 유대인 아버지 아널드 리치에 대해, 상류층 기독교인이었던 남부인 어머니 헬렌 리치에 대해, 마치 프루스트 소설의 등장인물을 읽듯 알게 된다. 두 사람의 딸은 그저 솔직하게, 개인적인 이야기를 끼워 넣어 자신의 정치적 개입을 의미심장하게 조명한다. 그는 고백적인 글을 쓰는 작가도, 회고록 작가도 아니지만—결혼 생활의 실패와 아이들의 삶에 대해서는 구체적으로 언급하지 않았다—1940년대의 볼티모어와 1950년대의 케임브리지를 정확하고 세밀하게 묘사함으로써 다큐멘터리를 보는 듯한 기분을 선사한다. 심지어 연구 프로젝트로 시작한 《여성으로 태어남에 대하여》는 당시의 사회상이 어떤 모습이었고 어떻게 변했는지 세밀하게 묘사한다. 동시에 이 책은 여성운동의 이른바 '제2의 물결'에 탄력을 받은, 페미니즘 연구로 혁신적인 학문의 모범으로서 지금까지도 그 자리를 지키고 있다. 전문가 또는 학자나 대학원생이 아니었던 리치가 이 분야의 선두 주자로서 철저하고 명

서문—살아남은 보물들

석하게 작업해온 걸 보면, 당장 타임머신을 타고 과거로 돌아가 그의 반대자들에게—예를 들면 리치의 에세이에 '안티 페미니스트 여성'으로 등장하는 미지 텍터에게—수많은 진지한 사상가의 수많은 생각이 행진과 모임과 선언에 영향을 주었다고 말해주고 싶다. 사실 예이츠의 신봉자였던 리치가 루카이저 쪽으로 마음이 기울고, 지적이고 일상적인 리뷰를 쓰는 작가에서 '활동가이자 사상가'로 옮겨가도록 '변화를 향한 의지'를 자극한 것은 다름 아닌 진지하고 헌신적인 1970년대 페미니즘 사상이었다. 설득력 넘치는 산문 〈가능성의 예술〉에 그 시기의 변화무쌍함이 자세히 설명되어 있다. "여성해방운동은 한동안 해방 정치 운동이 가능하게 했던 일종의 창조적인 공간, 즉 '현실과의 전망 있는 관계'를 구현했다. 이런 일이 발생하는 이유는 변화에 대한 집단의 상상력과 집단적인 희망 의식이라는 힘과 전적으로 관계가 있다." 물론 해방 정치 운동이 집단적인 희망을 분명하게 표현할 수 있는 시인과 예언가를 찾아낼 수밖에 없는 측면과도 어느 정도—혹은 전적인!—관계가 있을 것이다. 그 대변인이 바로 에이드리언 리치였고, 그의 시와 산문이 모두 그 사실을 보여준다.

———

리치가 발표한 초기 에세이는 1963년 《포이트리》에 실린 《D. H. 로렌스 시집》 리뷰였다. 정교하면서도 신랄한 이 리뷰는 당시 소설에 비해 시 창작에서 심각하게 저평가당했던 시인이자 소설가 로렌스에 대한 독자 리치의 지성을 분명하게 드러낸다. 동시에 리치 자신이 미적 기교를 얼마나 날카롭게 연마해왔는지를 보여준다. 로렌스의 서정적 선언문 〈현재의 시〉의 맥락을 분석하면서 리치는 이미 그때 시인의 산문 쓰기는 어떤 면에서 보면 주요 시 명단의 일부이기도 하다는 생각을 극적으로 표현했다. 그 후 리치는 《포이트리》에 몇 편의 리뷰를 더 발표했고, 1970년대 초반에는 잠시 《아메리칸 포이트리 리뷰》의 칼럼니스트로 활동했다. 로렌스의 시를 비평할 무렵 그는 이미 두 권의 시집을 출간한 상태였다. 루카이저처럼 첫 시집 《세상 바꾸기》(1951)로 스물한 살에 예일젊은시인상을 수상했고, 4년 후 두 번째 시집 《다이아몬드 세공사들》(1955)을 출간했다.

당시 예일 시리즈의 편집장이었던 W. H. 오든은 리치의 첫 시집을 펴내면서 거만한 어조로 다음과 같은 서문을 썼다. "리치의 시가 말끔하고 정숙하게 옷을 차려입고, 조용히 말하지만 웅얼거리지는 않으며, 연장자를 존경하지만 겁내지 않고, 사소한 거짓말을 하지도 않는다." 몇 년 후 《다이아몬드 세공사들》 리뷰에서 랜들 재럴은 이 책의 저자가 "우리 눈에 옛이야기 속 공주님처럼 보인다"고 말해, 앞의 이야기를 더욱 흥미진진하게 만들었다. 그러나 이 오만한 대시인들이 말한 에이드리언 세실 리치(위 두 시집에 모두 이렇게 서명했다)는 대체로 그들의 상상이 꾸며낸 허구였다. 실제로 그의 부모는 다소 화려한 이름을 주었지만 동시에 열정적이고 전문적인 교육도 주었다. 그의 아버지는 뛰어난 병리학자였고 어머니는 전직 콘서트 피아니스트였다. 두 딸 중 맏이였던 리치는 부모가 그토록 바랐지만 결국 갖지 못한 아들이었다. 4학년까지 홈스쿨링을 했던 리치는 아버지의 방대한 서재를 맘껏 뒤지며 바흐, 모차르트와 함께 시의 형식에 대해 배웠다. 그 후 뛰어난 사립 여자학교에 진학했고 거기서 다시 래드클리프대학에 갔으며, 신입생 시절 1년을 "새로운 통찰력과 새로운 정보로 불태우며" 보낸 후 "세상 밖으로 나가 지적 명성의 정상에 올라 아버지의 기대를 충족시켰으나 동시에 위험한 영향에도 노출되었던 딸"이 되어 돌아왔다.

'위험한 영향.' 단정한 겉모습 아래에 고집 센 시인이 꿈틀거리기 시작했다. 그러나 특별한 가정교육을 받은 만큼 그는 몇 군데 전선에서 반란을 일으켜야 했다. 그는 오랜 친구에게 보낸 편지에서 10대 시절 몰래 "화장품 광고를 흉내 내는 글을 쓰고 삽화를 그리면서 여유롭고 풍성한 시간을 보냈다"라고 고백한 적이 있고, 또 어느 책에서는 《모던 스크린》《포토플레이》 같은 잡지와 희극배우 잭 베니, 라디오 방송 〈유어 히트 퍼레이드〉, 프랭크 시나트라와 같은 대중문화의 아이콘들을 발견했다"라고 술회하기도 했다. 안타깝게도, 아버지의 시각에서 보면 흡족하리만큼 조숙했지만 일찍부터 틱과 울화의 버릇이 있었다. 심지어 오든과 재럴이 매료되었던 충실한 작시법 구사의 시기에도("나는 형식적인 작법의 기초가 특별히 잘 다져져 있었고 기교를 사랑했다"라고 그 스스로 인정했다) 그는 "뭔가 더 큰 것을 찾고 있었다." 한때 그가 '파파 브론테'라고 규정한 적 있는 아버지를 향한 노골적인 반항의 첫 행위는 율법을 엄수하는 동유럽 유대인 가족 출신의 '이혼한 대학원생'과 결혼이었다. 비종교적인 (무신론자이기도 한) 유대인 아널드 리치가 싫어하는 배경이었다. 그의 부모는 케임브리지 힐렐하우스에서 열린 결혼식에 참석하지 않았다.

그 후 리치는 아버지가 '현대적'이고 '모호하고' '비관적인' 시라고 규정한 것들을 쓰기 시작했고, 결국 '임신이라는 최후의 무모한 짓'을 저질렀다. 이 시기에 케임브리지를 방문했던 또 다른 젊은 여성 시인은 오든과 재럴과 아널드 리치가 미처 파악하지 못했던 점을 알아차렸다. 실비아 플라스는 리치를 향해 맹렬한 경쟁의식을 느꼈지만, 약간의 존경심을 갖추고 "무척 생기 넘치는 짧은 검은 머리에 매우 반짝이는 검은 눈, 튤립처럼 붉은 우산을 쓰고, 정직하고 **솔직하고** 직설적이며 심지어 **자기주장을 굽히지 않는**(재차 강조) 사람"이었다고 리치를 묘사했다. 그러나 동시에, 참 이상하게도, 그가 지적인 경력을 일궈나가길 기대한 아버지의 계획에 반항하는 과정에서 리치는 1950년대 베티 프리던이 '여성의 신비'라고 부른 것에 빠져들었다. 그는 서른이 되기도 전에 아들 셋을 낳았고, 《여성으로 태어남에 대하여》에서 증언했듯이 사회적이고 문화적인 제도로서 모성을 경험한 후 인생이 완전히 뒤바뀌고 말았다. 그는 "어머니가 됨으로써 나는 급진적인 사람이 되었다"라고 고백하기도 했는데, 모성 경험과 제도 모두가 여성들의 세계를 형성하고 때로는 산산이 부수기도 하는 강력한 젠더 구별에 복무하도록 강요했기 때문이다.

리치가 위 책의 첫 번째 장 제목으로 삼은 〈분노와 애정〉은 거의 20년에 달하는 결혼 경력의 기록이다. 그동안 그와 남편 앨프리드 콘래드는 케임브리지와 뉴욕에서 아들들을 키웠다. 이 시기 상당 기간에 리치는 시인으로서 비교적 잠잠했다. 두 번째 시집 《다이아몬드 세공사들》과 페미니즘의 원형으로 읽을 수 있는 획기적인 시집 《며느리의 스냅사진》(1963) 사이에 거의 10년의 격차가 있다. 물론 그 후 그는 거의 일 년에 한 권꼴로 책을 출간했다.

격동의 1960년대, 부부가 뉴욕으로 이사하고 리치가 점점 자신의 예술과 사상을 재형성하며 지적 활동에 몰두하게 되면서 리치와 콘래드의 결혼 생활은 무너지기 시작했다. 1970년, 개인적으로나 정치적으로 혼란했던 그해 콘래드는 가족의 시골집이 자리한 버몬트까지 차를 몰고 가서 권총으로 자살했다. 충격을 받은 리치는 어느 시에서 자신을 칭했던 말대로 '생존자'가 되어야 했다. 남편이 죽고 몇 년 후에 리치는 서글픈 어조로 당시의 여파를 묘사했다.

다음 해면 이십 년이 되네요
당신은 죽은 채 세월을 낭비하고 있어요
우리가 얘기하곤 했었던, 지금은 그러기엔 너무 늦은,
도약을 할 수도 있었을 텐데요.

난 지금 살고 있어요
그런 도약은 아니라도,
짧고 강렬한 움직임을 유지하면서 말예요

각각의 움직임은 다음 것을 약속해주거든요
—《문턱 너머 저편》

1970년대가 되자 이 '강렬한 움직임' 가운데 하나로 리치는 스스로 '여자답고 강력하다'라고 규정한 '레즈비언 존재'에 뛰어든다.

———

1976년 리치는 자메이카 출생 소설가이자 시인인 미셸 클리프와 평생 동반 관계를 시작했고, 1980년에는 주요 에세이 〈강제적 이성애와 레즈비언 존재〉를 발표한다. 이후 〈뿌리에서 갈라지다〉

(1982)와 장시 〈천연자원〉(1982)을 통해 자신의 유대인 유산을 회복하기 시작한다. 1983년에는 산디니스타(1979년 소모사 정권을 무너뜨린 니카라과 민족해방전선—옮긴이)를 이해하고 나아가 "수익성과 소비주의 말고 다른 가치에 헌신하는 사회에서 예술이 어떤 의미를 지니는지 알아보려고" 니카라과에 갔다. 리치가 야심만만하고 휘트먼스러운 《난세의 지도》(1991)를 출간할 무렵에는 "내 나라를 사랑한다는 게 무슨 의미인지 헤아리고자 열중했고" "애국자는 자신의 존재를 위해 / 조국의 영혼을 위해 고군분투하는 자이다"라고 단언했다. 놀라운 행보가 이어지는 와중에 리치는 어느새 대중 담론의 한가운데에 이르렀고, 거기서 인종차별, 여성혐오, 반유대주의, 동성애 차별, 소비주의, 계급 특권을 분노와 애정으로 비판하기 위한 노력으로 〈피, 빵, 그리고 시〉를 썼다. 이처럼 예술의 원천과 그 원천을 강력한 언어로 빚어낸 솜씨는 분명 리치가 결혼 생활의 난파선과 결혼 생활을 망가뜨린 문화의 난파선을 탐색한 후 살아남은 보물일 것이다.

———

"시에 관한 산문부터 쓰기 시작했다." 1991년 한 인터뷰에서 리치는 《포이트리》에 시 리뷰를 발표한 후 앤 브래드스트리트의 시집에 서문을 써달라는 요청을 받았다고 밝혔다. 그러나 그는 "에세이스트라고 생각해본 적이 없었고 일기를 제외하곤 스스로 산문을 써야겠다고 바란 적도 없다"라고 말했다. 여기에 그가 자신은 왕성하게 편지를 쓰는 사람이고, 생생하고 재치가 넘치는 편지가 평생 이어졌으니, 언젠가 서간집이 출간되길 바라는 독자도 있을 거라고 덧붙였더라면 좋았을 것이다. 편지가 되었든 일기가 되었든, 산문 쓰기 연습은 리치가 언어와 맺은 필수적인 관계였다. 그러나 전문적인 관점에서 그는 다음과 같은 분석을 내놓는다. "산문을 삶의 일부분으로, 글쓰기의 규칙적인 일과로 삼아 쓰기 시작한 것은 마침내 정치에 참여하면서부터였다. 에세이 청탁이나 연설 요청을 자주 받았다." 그러나 그의 산문 쓰기는 "언제나 외부에서 시작되었지만, 그 외부 지점이 내 삶과 내 시에서 일어나는 일들과 전혀 관계가 없지는 않았다. 에세이 〈우리 죽은 자들이 깨어날 때〉에서 논의했던 내용 가운데 상당수를 가지고 여러 편의 시를 썼고, 같은 제목의 시를 쓰기도 했다. 내가 쓴 산문과 시는 분명히 교차점이 있는데, 아마 비슷한 시기에 쓴 〈뿌리에서 갈라지다〉와 〈천연자원〉 사이에 교차점이 가장 많을 것이다"라고 했다.

이 책에 실을 산문을 선별하면서 내가 세운 원칙은 어쩔 수 없이 시인이 직접 언급한 시와 산문의 관계에 영향을 받았다. 그러므로 작가로서 경력 내내 일종의 선언문으로 기능한 격려와 계시의 에세이 〈우리 죽은 자들이 깨어날 때〉로 이 책을 시작하는 것은 당연한 일이었다. 또 흥미롭게도 이 시기 가장 힘 있는 산문들은 리치가 1970년대 다른 페미니스트 사상가들에게 영감을 받아 쓴 일종의 '다시 보기' 문학비평인데, 그중 처음 발표되었을 때부터 뛰어난 통찰력으로 독자들을 경이롭게 했던 글이 바로 《제인 에어》와 에밀리 디킨슨에 관한 에세이다. 또 이 시기에 쓴 산문 가운데 책으로 묶인 적이 없는 두 편을 선정했는데, 하나는 앨버트 겔피와 바버라 겔피가 오래전 노턴 크리티컬 에디션 시리즈에 넣었지만, 리치가 자신의 산문집에는 싣지 않았던 〈시와 경험: 시 읽기에 대해 말하다〉이고 또 하나는 시인 로버트 로웰의 '고백적인' 시가 전 배우자였던 엘리자베스 하드윅에 대한 배신이라고 주장하는 《아메리칸 포이트리 리뷰》에 발표한 유명 칼럼이다.

《여성으로 태어남에 대하여》는 편집자에게 산문 선정에 관한 또 다른 문제를 안겨주었다. 이 책은 정말로 흠잡을 데 없는 연구와 논쟁을 담은 프로젝트이지만, 리치 스스로 가장 핵심적이고 본질적인 부분으로 여겼기를 바라는 대목이 특히 자기 탐색적인 〈분노와 애정〉, 그리고 작가가 직접 '이 책의 핵심'이라고 언급한 바 있는 〈어머니와 딸〉이었음을 보여주고 싶었다. 이러한 관점으로 바라보면 리치가 언급한 대로 '정치 참여'가 산문에 상당한 영향을 끼쳤는데, 특히 〈강제적 이성애와 레즈비언 존재〉〈뿌리에서 갈라지다〉〈피, 빵, 그리고 시〉, 그리고 《가능성의 예술》과 《인간의 눈》에 수록한 후기 에세이들이 주목할 만하다. 심지어 문학에 관한 에세이들도—《엘리자베스 비숍 시 전집》에 관한 리뷰, 뮤리엘 루카이저의 글쓰기에 관한 소개, 《거기서 발견된 것》의 발췌 산문 등—리치 세대와 그 이후 세대(나를 포함해)의 수많은 페미니스트에게 그랬던 것처럼 리치에게도 개인적인 것과 시적인 것과 정치적인 것이 하나였음을 다시금 일깨워준다. 동시에 그의 특별한 비평 기술과 광범위한 미학 지식을 보면 "형식적인 작법의 기초가 특별히 잘 다져져 있었다"라고 스스로 말했듯, 작가가 자신의 기교를 진심으로 사랑했음을 알 수 있다.

언젠가 메리앤 무어가—리치가 단 한 번도 좋아하는 시인으로 꼽은 적 없는—주장했듯이 "생략은 우연히 일어나지 않"으며 편집자라면 누구나 그렇다고 고백해야 한다. 그러나 복잡한 작품군 가운데서 어떤 글을 수록하고 어떤 글을 생략할 것인가를 선택할 때, 편집자는 생략은 곧 부재임을 털어놔야 한다. 리치의 산문에 할애할 공간이 두 배쯤 된다면 정말 좋겠다. 부디 작가의 평생에 걸친 연구를 추적해 "내가 찾으러 왔던 것 / 그것은 잔해 그 자체이지 잔해에 대한 이야기가 아니다 / 그 자체일 뿐 그것을 둘러싼 신화가 아니다"의 실체가 무엇인지 탐색하는 과정에서 살아남은 수많은 보물을 유용하게 선별해 독자에게 제공했기를 바란다.

샌드라 M. 길버트(문학평론가)

차례

피, 빵, 그리고 시 1979-1985

거기서 발견된 것: 시와 정치에 관한 메모 1993, 2003

가능성의 예술 2001

인간의 눈 2009

일러두기

○ 원서에서 강조하기 위해 이탤릭체로 표기한 부분은 고딕체로 표기했습니다.

○ 본문 속《문턱 너머 저편》의 수록시들은 2011년 문학과지성사에서 펴낸 책(한지희 옮김)을 발췌 · 인용하였습니다.

○ 본문 하단에 있는 주는 모두 저자가 쓴 것입니다. 단, 〈미발간 산문〉에 실린 두 편에 대한 주는 원서 편집자가 썼습니다. 옮긴이 주는 괄호 안에 담아 '옮긴이'라고 꼬리표를 달았습니다.

거짓말, 비밀, 그리고 침묵에 관하여

1966-1978

우리 죽은 자들이 깨어날 때*

다시 보기로서의 글쓰기

1 9 7 1

헨리크 입센의《우리 죽은 자들이 깨어날 때》는 남성 예술가이
자 사상가가—우리가 아는 대로—문화를 창조하는 과정에서 자신
의 삶과 작품 속에 여성들을 이용하고, 한 여성이 자신의 삶이 이용
당했음을 서서히 깨닫고 투쟁하는 서사에 대한 희곡이다. 버나드 쇼
는 1900년, 이 희곡에 관해 이렇게 썼다.

[입센은] 이런 비참한 전략은 일찍이 이루어지거나 허락된 적이 없
다는 것을, 이를 통해 여성은 남성을 위한 사치품이 되어 죽을 수
있고 심지어 남성을 죽일 수도 있다는 것을, 남성과 여성이 이 사
실을 점점 의식하고 있다는 것을, 그리고 임박한 모든 사회적 발달
중에서 가장 흥미로운 것이 바로 '우리 죽은 자들이 깨어날 때' 벌
어질 일들이라는 것을 우리에게 보여준다.[1]

---

*   1971년에 쓴 에세이로《칼리지 잉글리시》34권 1호(1972년 10월)에 처음 발표했다.

의식이 깨어나는 시대에 산다는 건 참으로 신나는 일이다. 동시에 혼란스럽고 어지럽고 고통스럽기도 하다. 이 죽은 자들 혹은 잠자는 의식이 깨어나 이미 수백만 여성의 삶에 영향을 미쳤고, 심지어 아직 이 사실을 모르는 이들에게도 영향을 주었다. 또 남자들의 삶에도, 자신을 향한 요구를 부정하는 이들의 삶에도 영향을 끼치고 있다. 억압적인 경제 계급 체제가 남성/여성 관계의 억압적인 본질에 책임이 있는지, 혹은 사실상 남성 지배 체제인 가부장제가 다른 모든 것이 기본 토대로 삼는 억압의 원래 모델인지, 논쟁은 계속될 것이다. 그러나 지난 몇 년 사이 여성운동은 우리의 성생활과 정치제도 사이에 불가피한 관계가 있음을 조명해왔다. 몽유병자들이 깨어나고 있고, 이 깨어남은 처음으로 집단적인 현실을 맞이하고 있다. 즉, 이제 눈을 뜨는 게 더는 외로운 일이 아니다.

다시 보기는 되돌아보는 행위, 새로운 눈으로 바라보는 행위, 새롭게 비판적인 방향에서 오래된 텍스트를 접하는 행위를 말하며, 여성에게는 단지 문화 역사의 한 챕터 이상을 의미하는 생존 행위이다. 그 전제를 완전히 이해할 수 있어야 우리 자신에 대해서도 알 수 있다. 그리고 여성들을 자기 인식의 방향으로 밀어붙이는 추동력은 단순히 정체성 탐색에 그치지 않고, 부분적으로는 남성지배사회의 자기 파괴성을 거부하려는 시도로 이어진다. 문학을 급진적으로 비평하고자 하는 충동에 빠진 페미니스트는 무엇보다 이 일을 우리는 어떻게 살아야 하고, 어떻게 살아왔으며, 자신을 어떻게 상상해왔는가, 우리의 언어는 우리를 어떻게 해방했고 또 어떻게 가두어왔는가, '이름 짓기'라는 행위 자체가 지금껏 어떤 방식으로 남성의 특권이었는가, 이제 우리는 어떻게 바라보고 이름 짓고, 그리하여 새롭게 살아갈 수 있는가를 알아내는 실마리로 삼을 것이다. 모든 새로운 혁명마다 낡은 정치 질서가 다시 살아남는 모습을 보지 않으려면 성 정체성의 개념 변화가 필수이다. 우리는 과거의 글쓰기에 대해 알아야 하고, 우리가 이제껏 알아왔던 것과는 다르게 알아야 한다. 전통을 물려주는 대신 우리를 향한 전통의 장악력을 깨뜨려야 한다.

작가에게, 특히 지금의 여성 작가에게, 완전히 새로운 정신적 지형을 탐색해야 하는 도전과 약속이 주어졌다. 동시에 얼음 위를 걷는 것 같은 어려움과 위험도 직면해 있다. 우리는 이제 막 움트는 의식을 위한 언어와 이미지를 찾고자 노력하지만, 과거에서 우리를 도와줄 것은 거의 없다. 나는 이 어려움과 위험이 지닌 몇 가지 측면을 이야기하고 싶다.

고전의 반열에 오른 위대한 인류학자 제인 해리슨은 1914년 친구 길버트 머레이에게 이런 편지를 썼다.

그런데 왜 여성들은 남성을 하나의 성별로 묶어 그에 관한 시를 쓰고 싶어한 적이 없을까? 남성에게 여성은 꿈이고 두려움인데, 왜 그 반대는 없을까? 이렇게 '여성들'에 관한 의문이 자주 떠올라 불편했어…… 그저 단순한 관습이고 예의범절일 뿐일까? 아니면 뭔가 더 깊은 이유가 있는 걸까?[2]

제인 해리슨이 품었던 이 의문은 사회적 통념을 만들어내는 낭만적인 전통, 즉 남성과 여성이 서로에게 어떤 존재인지에 관한, 여성 작가의 정신 깊은 곳을 파고든다. 이 질문을 염두에 두고 20세기 두 여성 시인, 실비아 플라스와 다이앤 와코스키의 작품을 생각해

거짓말, 비밀, 그리고 침묵에 관하여

보았다. 두 시인의 작품 모두에서 '남성'은 꿈까지는 아니라도 매혹과 두려움으로 보이고, 그 매혹과 두려움의 원천은 간단히 '남성'의 힘—여성을 지배하거나 학대하거나 선택하거나 거부하는 힘이라는 생각이 든다. '남성'의 카리스마는 그 안의 생산력 있는 어떤 것 혹은 생명을 주는 어떤 것에서 나오는 게 아니라 순전히 여성을 향한 힘과 세계에 대한 강제적 통제력에서 나오는 것 같다. 그리고 두 시인의 작품에서 시에 역동적인 기운과 투쟁, 요구, 의지, 그리고 여성적 에너지의 리듬을 불어넣는 것은—싸움에 대비해 차분해진—여성의 자아의식이다. '남성'이 여성에게 행사하는 권력을 향한 여성의 분노와 분노에 찬 인식은 최근까지만 해도 자신의 고통의 원천인 '사랑'에 관해 쓰고 그 '사랑'에 의한 희생을 거의 피할 수 없는 운명으로 바라보는 경향이 있었던 여성 시인에게는 가능한 소재가 아니었다. 혹은 메리앤 무어와 엘리자베스 비숍처럼 여성 시인은 자신의 시 안에서 섹슈얼리티와 조심스러운 거리를 유지했다.

　제인 해리슨이 제기한 의문에 대해서는 역사적으로 남성과 여성이 서로의 삶에서 매우 다른 역할을 맡아왔다는 사실로 답할 수 있다. 여성은 남성을 위한 사치품이었고 화가의 모델이자 시인의 뮤즈로 복무하면서 동시에 위로를 주는 사람, 보모, 요리사, 남성의 씨앗을 잉태하는 자, 비서이자 조수, 문서의 필경사였다. 그러나 여성 예술가에게 남성의 역할은 꽤 달랐다. 헨리 제임스는 작가 프로스페르 메리메가 조르주 상드와 함께 사는 동안 어떤 모습이었는지 반복해 묘사한다.

　그는 으슬으슬한 겨울 새벽에 눈을 떴다가 동거인이 드레스 가운

차림으로 난로 앞에 무릎을 꿇고 앉아 옆에 촛대를 놓고 머리에는 붉은색 마드라스 터번을 두르고 용감하게 제 손으로 불을 피우는 모습을 보았다. 지금 불을 피워야만 늦지 않게 다급한 펜과 종이 곁으로 돌아가 앉을 수 있었다. 이야기 속 그는 눈앞의 장관에 열정이 식어버리고 취향도 시험에 들었다고 느꼈고, 여자의 외모는 불운하고 직업도 별 볼일 없으며 작품도 비난을 받은 것으로 그려졌다. 그 결과 생생한 염증과 이른 불화가 찾아왔다.[3]

이런 식의 남성적 판단의 망령은 남성이 주도한 문화가 여성의 요구를 잘못 명명하고 좌절시킨 것과 더불어, 여성 작가들에게 자신과의 접촉의 문제, 언어와 문체의 문제, 활력과 생존의 문제까지 만들어 떠안겼다.

몇 년 만에 버지니아 울프의 《자기만의 방》(1929)을 다시 읽다가 그 산문의 어조에 어떤 안간힘과 수고로움, 집요한 조심스러움이 깃들어 있는 걸 깨닫고 굉장히 놀랐다. 그 어조가 뭔지 단박에 알 수 있었다. 나에게서, 또 다른 여성들에게서 많이 들어본 익숙한 어조였다. 남자들이 가득한 방에서 자신의 위상이 말로 공격당하고 있는데, 자신의 분노가 만져질 듯 생생한데도, 절대로 화가 난 사람처럼 보이지 않겠다고 마음먹고, 기꺼이 침착하고 초연하고 심지어 매력적으로 보이려고 애쓰는 여성의 어조였다. 버지니아 울프는 여성 독자에게 말하고 있었지만—언제나 그랬듯이—모건과 리턴과 메이너드 케인스와 또 그 문제에 관해서는 그의 아버지 레슬리 스티븐 같은 남자들도 듣고 있음을 날카롭게 의식했다.[4] 울프는 자신만의 감수성을 가지겠지만, 남성적인 존재들로부터 그 감수성을 지키겠다는 결심으로 언어의 맥락을 더 악화하고 말았다. 그 에세이를 읽는 동안 우리가 울프의 목소리에서 열정을 들을 수 있는 순간은 매우 드물다. 그는 제인 오스틴처럼 냉정하고 셰익스피어처럼 위엄 있게 말하고자 애쓰고 있다. 작가라면 마땅히 그렇게 말해야 한다고 당시 사회의 남성들이 생각했던 것처럼.

어떠한 남성 작가도 소재나 주제, 언어를 선택할 때 여성을 우선으로 혹은 전반적으로 고려하거나 여성의 비평 의식을 갖추고 글을 쓰지 않는다. 정도의 차이는 있겠지만 모든 여성 작가는 버지니아 울프처럼 여성들을 향해 말하는 상황에서조차 남성들을 위해 글을 써왔다. 이러한 균형이 바뀌기 시작하고, 여성들이 '관습과 예의범절'만이 아니라 자신으로 존재하고 말하는 내적 두려움에 사로잡히는 것까지 그만둘 수 있을 때, 여성 작가와 독자 모두 매우 특별한 순간을 맞이하게 될 것이다.

나는 지금 내가 하려는 일, 즉 내 이야기를 예로 드는 일을 망설여왔다. 우선은 나보다 다른 여성 작가에 대해 말하는 쪽이 훨씬 쉽고 덜 위험하기 때문이다. 그러나 다른 이유도 있다. 버지니아 울프와 마찬가지로, 나 역시 다른 여성들을 의식하고 있다. 설거지하느라, 아이들을 돌보느라, 여기 우리와 함께하지 못하는 여성들을. 울프가 그 발언을 한 지도 거의 50년이나 되었지만, 상황은 크게 변하지 않았다. 나는 풍경에서 완전히 제외된 여성들을 생각한다. 자기 아이들을 먹여 살리려고 간밤 거리에 나간 여자들은 말할 것도 없고, 다른 사람의 설거지를 하고 다른 사람의 아이들을 돌보는 여자들을 생각한다. 여기 우리는 특별한 여자들로 보인다. 우리 자신이 특별하다고 생각하는 것도 좋았고, 우리 말과 행동이 특별한 여자는 어떠해야 하는지 **그들의** 생각에 따라 우리와 우리의 작품을 참아주거나 거절하는 그들의 특권을 위협하지만 않는다면, 남자들이 우리를 참아줄 것이고 심지어 우리를 특별한 사람으로 낭만화해줄 것도 알고 있었다. 특별한 여성에 관한 이와 같은 통념이 얼마나 분열적이고 궁극적으로 얼마나 파괴적인가, 그리고 특별한 여성 역시 토큰(성적, 인종적, 종교적, 민족적 소수 집단의 일원을 조직에 편입시켜 겉으로만 사회적 차별을 개선한 것처럼 보이게 하는 조치나 관행을 토크니즘이라고 하며, 이때 대표로 조직에 포함된 소수자를 토큰이라고 한다―옮긴이)에 불과하다는 생각은 급진적 여성운동이 길어 올린 중요한 통찰력이다. 여기 모인 우리는 모두 큰 행운을 지닌 사람들이다. 우리는 교사이고 작가이고 학자이다. 여성들의 재능이 묻히거나 좌절당하는 현실을 우리 모두 잘 알기에, 우리 자신만의 재능을 갖추는 노력에 그쳐서는 안 된다. 우리의 투쟁은 의미 있고 우리의 특권은―가부장제 아래서 위태로울지라도―그동안 재능과 자신의 존재 자체를 침해당하고 침묵당해온 여성들의 삶을 바꾸는 데 도움을 줄 수 있을 때만 비로소 정당화될 수 있다.

내가 누린 행운은 책으로 가득한 백인 중산층 가정에서 태어난 것, 읽기와 쓰기를 장려한 아버지를 두었던 점이다. 그래서 나는 대략 20년 동안 나를 비평하고 나를 칭찬하고 내가 정말로 '특별한' 사람이라고 느끼게 해준 한 특정 남성을 위해 글을 썼다. 물론 겉으로는 오랫동안 그를 만족시키거나 실망시키지 않으려고 노력했다. 그리고 당연히 다른 **남성들**―작가들, 교사들―도 있었다. 그들은 두려움이나 꿈이 아니라, 문학의 대가 혹은 인정받기 쉽지 않은 다른 분야의 대가였다. 또 남자들이 여성에 관해 쓴 시들도 있었다. 남자가 시를 쓰면 여자는 그 시 속을 살아가는 게 당연하게 보였다. 시 속의 여자들은 거의 언제나 아름다웠지만, 그 아름다움과 젊음의 상실을 위협받았고, 그런 상실은 죽음보다도 고약한 운명이었다. 그 여자들은 루시와 레노어처럼 아름답고 젊을 때 죽었다. 혹은 모드 곤처럼 잔인하고 비참하게 오해받는 여자도 있었는데, 여자가 시인의 사치품이 되기를 거부했다는 이유 하나로 그는 시 속에서 혹독하게 비난당했다.

오늘날 여성에 관한 신화와 이미지가 문화의 산물인 우리 모두에게 미치는 영향에 대해 많은 말이 오가고 있다. 글을 쓰려는 어린 여성이나 여성은 언어에 특별히 민감해서 이런 논의에 남다른 혼란을 느꼈으리라 생각한다. 이런 여성은 이 세계에서 **자신의** 존재 방식을 찾기 위해 시나 소설에 의존해 단어와 이미지를 조합해내거나, 간절하게 안내자나 지도, 가능성을 탐색하고, 문학작품 속에서 '언어가 지닌 남성적 설득력'을 통해 자신의 모든 것을 부정하는 내용을 반복해서 마주친다. 남성들이 쓴 책에서 **여성**의 이미지를 만나는 것이다. 그는 두려움과 꿈을 발견하고, 아름다운 하얀 얼굴을 만나고, 라 벨 담 상 메르시(la belle dame sans merci, 무정한 미녀라는 뜻—옮긴이)를 발견하고, 줄리엣이나 테스나 살로메를 만나지만, 책상 앞에 앉아 단어를 조합하려고 골몰하고 꾸준하게 머리를 짜내고 때로는 영감을 받는 존재, 즉 자기 자신은 절대로 발견하지 못한다.

그렇다면 그 여성은 무엇을 하는가? 나는 무엇을 했던가? 나는 남다른 예리함과 모순을 지닌 선배 여성 시인들, 사포, 크리스티나 로제티, 에밀리 디킨슨, 엘리너 와일리, 에드나 밀레이, H. D.(힐다 둘리틀)를 읽었다. 이런 여성 시인들의 시를 읽을 때조차 나는 그

속에서 남성 시인들의 시에서 발견했던 것과 똑같은 것을 찾고 있었다. 나는 여성 시인들이 남성 시인들과 동등하기를 원했지만, 같은 말을 하는 것과 동등함을 혼동했다. 또 당시 (남자들에게) 가장 존경받는 여성 시인이 얌전하고 우아하고 지적이며 사려 깊은 메리앤 무어라는 사실을 깨달았다.

내 문제는 가장 먼저 남성 시인들에게 영향을 받아 만들어졌음을 안다. 학부 시절 읽었던 프로스트나 딜런 토머스, 존 던, 오든, 맥니스, 스티븐스, 예이츠 등의 남성 시인들. 내가 그들에게 주로 배운 것은 기교였다.[5] 그러나 시는 꿈과 같아서 우리는 시 안에 <u>스스로</u> 안다는 사실조차 모르는 것을 집어 넣는다. 스물한 살 이전에 썼던 시를 돌이켜보면 놀랍게도 의식적인 기교 아래 당시 내가 경험했던 분열이 엿보인다. 당시 나는 스스로 시를 쓰는 여성이라고 규정하는 자아와 남자들과의 관계를 통해 자신을 규정하는 자아 사이에 분열을 겪고 있었다. 학생 시절 썼던 〈제니퍼 이모의 호랑이들〉(1951)은 이러한 분열을 일부러 초연하게 바라본다.[6]

제니퍼 이모의 호랑이들이 의기양양하게 병풍 위를 가로지른다,
초록빛 세상 속 반짝이는 황옥색 동물들.
그들은 나무 밑 사냥꾼을 두려워하지 않는다,
그들은 늠름한 기사의 위세로 천천히 걷는다.

제니퍼 이모의 손가락이 털실 사이로 미세하게 떨린다,
상아 바늘을 끌어내는 것조차 힘겨워 보인다.
이모부가 준 결혼반지의 육중한 무게가

이모의 손가락을 묵직하게 누르고 있다.

이모가 돌아가실 때, 공포에 떨었던 그 두 손은 쉬게 될 것이다
그녀를 짓눌렀던 시련의 반지가 여전히 끼여 있겠지만.
이모가 수놓았던 병풍 속 호랑이들은
계속 활보할 것이다, 당당하게, 두려움 없이.
—《문턱 너머 저편》

　이 시를 쓸 때 나는 침착하고 분명히 냉정했지만, 내가 가상의
여성을 그리고 있다고 생각했다. 그러나 이 여성은 병풍 위에 구현한
자신의 상상과 상반되는 모습과 "자신을 짓눌렀던 시련의 반지"를
낀 삶으로 고통받는다. 가능하다면 내게는 다른 세대의 여성을 시로
데려와서라도 제니퍼 이모가 나와는 다른 사람인 것이—시의 형식
주의와 객관적이고 관조적인 어조로 거리를 두는 편이—중요했다.
　당시 형식주의는 전략의 일부분으로 기능해, 마치 석면 장갑처
럼 맨손으로는 만질 수 없는 재료를 다룰 수 있게 해주었다. 이후 전
략은 〈패배자〉(1958)에서 그랬듯이 남성 페르소나를 이용하는 것이
었다.

　한 남자가 한때 사랑했던 여자를 생각한다. 처음은 결혼식 직후, 그
다음은 거의 10년 후.

I
나는 당신에게 입을 맞추었지, 신부여 그렇게 푹 빠진 채로

그 부르주아 성찬식에서 집으로 돌아왔어,
패배자들이 어떻게든 배우고 마는
온갖 거드름을 피우며
당신에게 축복을 주었던 내 입술
거기 닿은 당신의 뺨은 여전히 차가운 맛이 났지.

결혼식 날 당신의 모습은 내 눈을 아프게 했지, 곧
세상은 더 나빠질 테니까
황금 사과가 하나 더 땅에 떨어졌거든
저항의 소리 한 번 내지 못하고서,
당신도 바람에 날려 쓰러질 테고, 우리는
나무 위에 걸린 당신의 반짝임을 잊겠지.

아름다움이란 언제나 스러지고 말아.
귀머거리에게, 어떻게 해도 감동하지 않는 이에게
불러주는 미농의 노래가 아니라면.
당신 같은 얼굴은 아무리 오래, 깊이 사랑해도
지나치다 할 수 없지.
우리는 거의, 그 사랑을 억누른 것 같아.

II
음, 당신은 내 생각보다 강한 사람.
널어놓은 빨래가 뻣뻣하게 얼어버린
성 밸런타인 날인 오늘 아침,

　　　　　　　　　　　　거짓말, 비밀, 그리고 침묵에 관하여

내 눈에 삐걱대는 빨랫줄에서 빨래를 걷는
당신의 몸은 짐을 져서 무거운데,
내 신음은 아무런 소용이 없네.

풍파의 9년 세월을 거친 끝에
비록 떡 벌어지고 뻣뻣해지기는 했어도
당신은 여전히 아름다우니까.
당신에게는 세 딸이 있고, 아들 하나를 잃었지.
내 눈에 당신은 모든 지성을 던져 넣어
그 불굴의 자세를 지키고 있네.

내가 질투해봐야 무슨 소용이 있을까.
나는 고개를 돌리고 그 남자의 행복을 빌어
당신의 아름다움을 닳을 때까지 다 써버리고
당신의 마음을 문질러 불을 밝힌 집에서
영원히 살아가는 그 남자의 행복을.
당신, 바람을 거슬러 휘청거리며 들어오네.

대학을 마치고, 내 보기엔 뜻밖의 행운을 만나 첫 시집을 출간
했고, 애인과 헤어졌다. 직업을 구했고, 혼자 살았고, 계속해서 글을
썼고, 사랑에 빠졌다. 나는 활력으로 가득한 젊은이였고, 시집은 다
른 사람들도 내가 시인임을 동의하는 의미로 보였다. 여성 시인으로
살아가면서도 당시 '완전한' 여성의 삶으로 규정되었던 모습을 모두
이룰 수 있음을 증명해 보이고 싶어 20대 초반에 결혼 생활에 뛰어

들었고 서른이 되기도 전에 세 아이를 낳았다. 내 주위에는 분명한 경고 신호가 전혀 없었다. 당시는 1950년대였고, 이전 페미니즘 물결에 대한 반응으로 중산층 여성들은 완벽한 가정을 일구는 것을 경력으로 삼았고, 남편을 전문대학원에 보내려고 직장에서 일했으며, 은퇴 후에는 대가족을 길렀다. 사람들은 교외로 이주하고 있었고, 기술은 성 문제를 포함한 모든 것에 정답이 되어줄 전망이었다. 가족은 전성기를 구가했다. 생활은 지극히 고요해졌다. 여성들은 결혼 생활에 충실하느라 서로 고립되었다. 1950년대 여성들은 서로 대화를 많이 나누지 못했다. 은밀한 공허감과 좌절감을 공유하지 못했다. 나는 계속 글을 쓰려고 노력했다. 두 번째 시집과 첫 아이가 같은 달에 나왔다. 그러나 책이 나왔을 때 나는 이미 책에 실린 시들에 만족하지 못했다. 전부 내가 아직 쓰지 않은 시들을 위한 단순한 연습으로만 보였다. 그러나 그 시집은 "우아하다"라고 칭찬을 받았다. 나는 결혼도 했고 아이도 있었으니까. 만에 하나 의문을 품는다면, 공허한 우울과 적극적인 좌절의 시기를 맞게 된다면, 내가 배은망덕하고 만족할 줄 모르며, 어쩌면 괴물일지도 모른다는 의미였다.

셋째가 태어났을 무렵 나는 스스로를 실패한 여성이자 실패한 시인으로 봐야 할지, 아니면 내게 무슨 일이 일어나고 있는지 이해할 수 있는 제3의 명제를 찾아야 할지, 결정해야 한다고 느꼈다. 내가 가장 두려워했던 건 운명이라고 부르는 어떤 흐름에 떠밀려 들어가 내가 어떤 사람인지 잊어버리는 일이었다. 한때 자기 의지와 에너지를 거의 황홀경의 상태로 경험했던 여자, 도시를 이리저리 걸어 다니거나, 한밤중에 기차를 타거나, 교실에서 타자기로 글을 쓰던 여자를 까맣게 잊고 표류한다는 생각이 정말 무서웠다. 내 할머니에

거짓말, 비밀, 그리고 침묵에 관하여

관해 쓴 시에서 나는 (나에 대해) 이렇게 썼다. "자는 줄 알았던 젊은 여자는 죽음을 확인받았다"(《가운데Halfway》) 나는 부분적으로는 피로 때문에, 분노가 억눌리고 자신의 존재와 접촉을 상실한 여성의 피로 때문에, 또 부분적으로는 타인이 끊임없이 없었던 일로 되돌려놓는 소소한 집안일, 허드렛일, 어린아이들의 끝없는 요구를 보살피는 일에 몰두해야 하는 여성의 단절적 삶 때문에, 글을 거의 쓰지 못했다. 그나마 쓴 글은 내가 납득할 수 없었다. 사실 나는 남편과 아이들을 상당히 걱정하고 있었기 때문에 시 안에서나 밖에서나 나 자신의 분노와 좌절을 알아보기가 어려웠다. 그 시절을 돌이켜보고 이해해보려는 과정에서 나는 그 갈등의 진짜 속성을 분석해보려고 했다. 전부는 아니더라도 대다수 인간의 삶은 환상으로, 즉 반드시 행동으로 옮길 필요는 없는 수동적인 백일몽으로 가득하다. 그러나 시나 소설을 쓴다는 것은, 심지어 생각을 잘하는 것은 환상도 아니고 환상을 종이에 옮기는 일도 아니다. 시를 쓰려면, 등장인물이나 행위가 꼴을 갖추려면, 상상을 통한 현실의 변형이 이루어져야 하는데, 이 과정은 절대로 수동적일 수 없다. 그리고 어느 정도 마음이 자유로워야 한다. 자신이 계속 움직일 것이고, 집중력을 통한 공중부양이 갑자기 사라지지 않을 것을 아는 글라이더 조종사처럼 생각의 기류를 타고 계속 나아갈 자유가 필요하다. 더불어 그 상상이 경험을 초월하고 변형시켜야 한다면, 그 순간을 살아가는 우리 삶을 향해 질문을 던지고, 도전을 제기하고, 대안도 생각해내야 한다. 낮이 밤이 될 수 있고 사랑이 미움이 될 수 있다는 개념을 자유롭게 가지고 놀 수 있어야 한다. 상상이 반대 방향으로 가거나, 실험적이게 다른 이름으로 불리는 것만큼 신성한 일도 없다. 글쓰기란 '이름 바꾸기re-naming'이기 때문이다. 이제 낡은 방식으로 온종일 어린아이들의 어머니 노릇을 하고, 남자와 함께 낡은 결혼 생활을 유지하려면, 상상력이 필요한 활동을 억제하고 보류해야 하며, 일종의 보수주의가 필요하다. 지금 나는 글을 잘 쓰거나 생각을 잘하려면 절대 타인을 돕지 말고 이기적인 자아가 되어야 한다고 말하는 게 **아니다.** 이런 생각은 남성적인 예술가와 사상가의 신화였고, 나는 이를 인정하지 않는다. 그러나 한 사람의 여성이 전통적인 방식으로 전통적인 여성의 기능을 수행하려고 하면, 상상력의 전복적인 기능과 직접 **충돌**하고 만다. 이때 전통적이라는 말이 중요하다. 분명히 여러 가지 방법이 존재할 것이고, 우리는 점점 더 많은 방법을 발견하게 될 것이며, 그 과정에서 창조의 에너지와 관계의 에너지를 통합할 수 있을 것이다. 그러나 그 시절 나는 늘 사랑의 실패자로서 갈등을 느꼈다. 한때는 내가 섹슈얼리티와 일과 자녀 양육이 공존하는, 다시 말해 대다수 남성에게나 가능한 완전한 삶을 선택했다고 믿었다. 그러나 스물아홉 살의 나는 가장 가까운 이들에게, 그리고 나 자신에게 늘 죄책감을 느꼈다.

당시 나는 어떻게 해도 충분하지 않은 단 한 가지를 원했다. 바로 생각할 시간, 글을 쓸 시간이었다. 1950년대와 1960년대 초반은 재빠른 폭로의 세월이었다. 남부에서, 쿠바의 피그스 만에서 연좌 농성과 행진이 벌어졌고, 이 초기 반전운동은 대규모 질문을 불러일으켰다. 내 주변 남성적인 학계는 이런 질문에 대한 전문적이고도 유창한 대답을 지닌 것처럼 보였다. 그러나 나는 파시즘과 저항과 폭력에 대해, 시와 사회에 대해, 그리고 이 모든 것과 나의 관계에 대해 직접 생각해봐야 했다. 약 10년 동안 나는 아주 짧은 시간에 맹렬히

거짓말, 비밀, 그리고 침묵에 관하여

집중해 글을 읽고, 공책에 끼적이고, 단편적으로 시를 썼다. 나는 절박하게 실마리를 찾고 있었다. 실마리를 찾지 못하면 미쳐버릴지도 모른다고 생각했다. 이 시기 나는 공책에 이렇게 썼다.

> 예를 들면 [첫째 아이를 향한] 나의 거부감과 분노, 나의 관능적인 생활, 평화주의, 성(단지 육체적인 욕구가 아닌 넓은 의미의) 사이에 관계망이 존재한다는 생각에 온몸이 마비된다. 상호연결성을 내가 직접 볼 수 있고, 유효성을 입증할 수만 있다면, 나는 다시 명쾌하고 열정적인 나로 돌아갈 수 있을 것이다. 그러나 나는 어두컴컴한 거미줄 사이를 더듬거리고 있을 뿐이다.

당시 나는 정치가 '저기 밖에' 존재하는 게 아니라 '여기 안에' 존재한다고, 그리고 내가 처한 현실의 핵심이라고 느끼기 시작했던 것 같다.

1950년대 후반에 처음으로 여성으로서의 내 경험을 직접 글로 쓸 수 있었다. 시는 아이들이 낮잠을 잘 때나 잠깐 도서관에 들렀을 때, 혹은 자다 깬 아이 때문에 같이 일어나야 했던 새벽 3시에 단편적으로 썼다. 이 시기에 연속적인 작업은 포기했다. 그러나 단편적으로 쓴 조각 글 사이에 공통된 의식과 공통된 주제가 느껴지기 시작했다. 그전에는 시란 '보편적'이어야 한다고, 다시 말해 '비여성적'이어야 한다고 배웠기 때문에 감히 종이에 옮겨 적고 싶지 않았을 것이다. 그때까지 나는 자신을 여성 시인으로 정체화하지 **않으려고** 모진 애를 썼다. 그 2년 동안 나는 〈며느리의 스냅사진들〉(1958-1960)이라는 총 10부로 구성된 시를 썼다. 전에 내가 의지했던 것보다 더 길고 느슨한 형식이었다. 그 시를 쓰고 나서 특별한 위안을 느꼈다. 지금 생각해보면 지나치게 문학적이고 지나치게 암시에 의존했다. 권위 없이 뭔가를 할 용기를 찾지 못했고 심지어 '나'라는 대명사를 쓸 용기도 없었다. 그 시에서 여성은 언제나 '그녀'였다. 시의 2부는 자신이 미쳐간다고 생각하는 한 여자에 관한 이야기다. 여자는 저항하고 반항하라고 말하는 목소리들, 들을 수는 있지만 따를 수는 없는 목소리들에 내내 시달린다.

2.
싱크대에서 커피포트를 쿵쾅쿵쾅 씻을 때
그녀는 천사들이 꾸짖는 소리를 듣는다, 그리고
낙엽이 쌓인 정원 너머로 비가 내릴 듯한 하늘을 내다본다.
참지 마. 그들이 이렇게 말한 지 이제 한 주가 지났을 뿐이다.

그다음 주엔, **만족하지 마**
그다음엔, **스스로를 돌봐, 네가 다른 사람들을 구해줄 순 없어**라고 말했
다.
때때로 그녀는 온수에 팔을 데기도 하고,
성냥불에 엄지손톱을 그슬리기도 하고,

양털처럼 구불구불 수증기가 올라오는 것도 모르고
주전자 주둥이 위에 손을 대고 있기도 했다. 그들은 아마도 천사들
이겠지,
매일 아침 눈에 모래알이 들어가는 것 말고

더 이상 그녀를 해치는 것은 없으니까.

―《문턱 너머 저편》

5년 후에 쓴 〈오리온자리〉라는 시는 내가 잃고 있다고 느꼈던
나 자신의 일부를―적극적인 원칙과 활력 넘치는 상상력, 내가 오
랫동안 오리온 별자리에 투사했던 나의 '의붓오라비'를―되찾는 이
야기다. 이 시에 '차갑고 독선적인'이라는 말이 등장하는 것은 결코
우연이 아니며, 이 말은 나를 가리킨다.

아주 오래전 비틀거리며
낙엽송이 늘어선 초원을 걸어다녔던 시절
당신은 나의 천재였죠, 당신은
강철로 주조한 나의 바이킹, 감옥에 갇힌,
항해 키를 쥔 용맹한 나의 왕이었죠.
오랜 세월이 흘러 이제 당신은 젊고

맹렬한 의붓오라비가 되어, 지상을 응시하고 있네요
단조로운 서쪽 하늘에서
가슴을 활짝 펴고, 벨트는 옛날 유행을 따라
아래로 늘어뜨리고, 칼을 차고 있어요,
그건 당신이 절대 포기하지 않을 마지막 허세겠죠,
그 무게로 당신이 구부정하게 걸어야 해도

그 안의 별들이 희미해지고

언젠가 더 이상 빛나지 않게 된다고 해도.
하지만 당신은 빛나고 있을 거예요, 난 알아요.
머리를 뒤로 젖히고 당신을 받아들일 때
예전의 수혈 작용이 다시 일어나거든요.
신성한 천문학은 그에 비하면 아무것도 아니죠.

집안일을 하며 난 부딪치고 걸려 넘어져요,
신념을 잃어버리고, 심하게 앓아요
혼자서, 어둠 속에서 태어난 사산아가 되기도 해요.
굴뚝 너머로 동이 트기 시작하네요,
시간이 조각이, 얼어붙은 정동석晶洞石이
벽난로의 쇠격자 속으로 빗발치듯 쏟아져 내리네요.

한 남자가 내 눈 뒤로 다가와
멍한 내 눈빛을 바라보네요
한 여자가 거울 속 두상에서
시선을 돌리네요
아이들은 나의 죽음을 죽고
나의 삶의 부스러기를 먹지요.

연민은 당신의 강점이 아니잖아요.
그 위에서 조용히 아파해요
그 꼭대기에 당신의 잘난 보금자리에 박혀서요,
침묵하는 나의 해적이여!

당신은 모든 걸 당연하게 여기죠
그래서 내가 뒤돌아 당신을 바라볼 때

별처럼 반짝이는 눈으로
그 차갑고 독선적인 창을 내리꽂죠
조금도 상처 줄 수 없는 곳에.
숨을 깊이 쉬어봐요! 아픔도, 용서도 없어요
여기 밖에서 당신과 함께하는 이 추위 속에서는요
벽에 등을 대고 서 있는 당신과 말이에요.
—《문턱 너머 저편》

여전히 선택은 '사랑'—여성적인 어머니의 사랑, 이타적인 사랑—문화 전체가 규정하고 지배하는 사랑과 이기주의—남성들이 종종 다른 사람을 희생시켜가면서까지 창조와 성취와 야망을 추구하면서 그래도 되는 것처럼 정당화하는 힘 사이에 존재하는 것처럼 보였다. 남성이 아니면, 우리의 운명은 여성의 이타적인 사랑이어야 하는가? 이제 우리는 그 양자택일이 틀렸음을 안다. '사랑'이라는 말 자체를 다시 들여다볼 필요가 있다는 것도 안다.

3년 후에 〈오리온자리〉의 동반자 같은 시를 썼다. 이 시에서는 마침내 시 속의 여성과 시를 쓰는 여성이 같은 사람이 된다. 〈천체관측소〉는 진짜 천체관측소를 방문한 뒤 쓴 시인데, 거기서 오빠 윌리엄과 함께 일했지만 오빠에 비해 이름이 거의 알려지지 않은 천문학자 캐럴라인 허셜의 업적에 관해 알게 되었다.

천문가이자 윌리엄의 여동생, 그리고 다른 사람들에게 자매였던
캐럴라인 허셜(1750-1848)을 생각하며

괴물의 형상을 지닌 한 여자
여자의 형상을 지닌 한 괴물
하늘은 그런 형상들로 가득 차 있다

'눈 속에 서 있는
시계와 도구 사이에서
혹은 막대로 땅을 측량하고 있는' 한 여자

98년 동안
여덟 개의 혜성을 발견한

달이 지배하는 그녀는
우리처럼
반짝거리는 렌즈를 타고
밤하늘 속으로 공중 부양 하여

여자들의 은하계,
마음속의   그 공간
거기서 시린 가슴으로
다혈질의 죄를 속죄하고 있다

거짓말, 비밀, 그리고 침묵에 관하여

한 눈으로,
　　'강건하고, 정확하고, 완전히 확실한'
　　우라누스보르그의 광기의 거미줄로부터

　　　　　　　　　　　　　신성新星을 발견하고

마치 우리에게서 생명이 갑자기 빠져나가듯이
중심핵에서
빛이 폭발하며 야기하는 모든 충격[을 받는다]
　　마침내 튀코가 속삭인다
　　'내가 헛되이 살았던 것은 아닌 것처럼 해주오'라고

우리는 우리가 보는 것만을 본다
그리고 보는 것은 변화시키는 것이다

산을 오그라들게 하는 빛
한 남자를 살아 있게 하는 빛

맥동석脈動石의 박동
내 몸을 땀으로 적시는 심장

무선의 충격파가
황소별자리로부터 쏟아져 내리고 있다

　　나는 가격당하고 있다 그래도　　　　　　나는 서 있다

나는 수많은 신호가 우주에서

가장 정확하게 전송되고

가장 번역하기 어려운 언어로

직통으로 수신되는 길에 평생 서 있었다

나는   엄청나게 거대하고엄청난 소용돌이를 지닌

광파光波가 나를 통과하는 데만   십오 년이 걸리는

이 우주의 성운星雲이다   그리고 [진실로] 그만큼

시간이 걸렸다   나는 여자의 형상을 하고

[그녀의] 요동치는 마음을   심상으로 번역하려는

하나의 도구이다   육신의 평안을 위해

그리고 정신의 재구성을 위해.

―《문턱 너머 저편》

마지막으로 지난여름 꿈 이야기를 하고 싶다. 꿈속에서 나는 대
규모 여성 모임에서 내 시를 낭독하기로 했는데, 막상 낭독을 시작
하자 입 밖으로 나온 것은 블루스 노래 가사였다. 지금 그 꿈 이야기
를 하는 것은 내게 이 꿈이 여성 작가들의, 아니 어쩌면 여성 전반의
문제점과 미래에 관해 뭔가를 암시하는 것처럼 보였기 때문이다. 의
식이 깨어난다는 것은 국경을 건너가는 것과 같지 않다. 한 발 내디
디면 다른 나라에 도달하는 그런 일이 아니다. 여성들의 수많은 시
가 블루스 노래와 같은 본성을 지닌, 고통을 호소하고, 피해자성을
외치고, 유혹하는 서정시였다.[7] 그리고 오늘날 여성들이 쓴 수많은
시가―또한 그 문제에 관해서는 산문 역시―분노로 가득하다. 나

거짓말, 비밀, 그리고 침묵에 관하여

는 우리가 그 분노를 헤쳐나가야 한다고 생각하며, 객관성과 초연함을 내세우고자 버지니아 울프처럼 제인 오스틴이나 셰익스피어처럼 말한다면, 우리의 현실을 배신하는 셈이 된다고 생각한다. 지금 우리는 제인 오스틴이나 셰익스피어보다 더 많이 안다. 우리 삶이 훨씬 복잡하기 때문에 제인 오스틴보다 많이 알고, 또 제인 오스틴과 버지니아 울프를 포함한 여성들의 삶을 훨씬 더 많이 알기 때문에 셰익스피어보다 많이 안다.

여성들이 경험한 피해자성과 분노는 모두 현실이고, 현실적인 원천이 있다. 그 원천은 우리가 사는 환경 곳곳에 존재하고 사회와 언어와 사고 구조로 스며든다. 다른 누구보다 시인들이 그곳을 탐색하고 활용할 것이다. 우리는 그 현실을 부정하지 않을 것이고 그곳에 안주하지도 않을 것이다. 새로운 세대의 여성 시인들은 벌써 페미니스트 철학자 메리 데일리가 가부장제 경계 안의 '새로운 공간'이라고 묘사한 바 있는 곳을 향해 움직이기 시작했고, 거기서 생겨난 정신적 활력을 통해 작업하고 있다.[8] 여성들은 시를 통해 여성들에게 말하고 있고, 또 여성들에 관해 말하고 있으며, 새롭게 생겨난 용기를 품고 서로 이름을 짓고, 사랑하고, 위험과 슬픔과 기쁨을 공유한다.

페미니스트의 시각으로 보면 현재 글을 쓰는 서구 남성 시인들의 작품은 사회적이든 개인적이든 변화의 가능성에 대해 깊은 숙명론적 비관주의를 드러내며, 여성(과 자연)을 한편으론 구원의 대상으로, 또 한편으로는 위협적인 요소로 사용하는 익숙하고 낡아빠진 기법을 유지하고 있다. 또 요즘 영화가 드러내는 성적 야만성에 부합하는 남근 중심 사디즘과 노골적인 여성혐오라는 새로운 흐름도 보인다. 남성들이 쓴 '정치적인' 시는 여전히 남성 집단 사이 권력다툼의 한가운데 좌초되었고, 미국의 제국주의나 칠레 군사정부를 규탄하면서 억압당한 이들을 대변해야 한다고 주장하지만 동시에 여전히 성적 억압 체제의 일부분인 남성으로 남아 있다. 적은 언제나 자신의 바깥에 존재하고, 투쟁은 여기 아닌 다른 곳에서 벌어진다. '비정치적인' 시에 스며든 고립과 자기 연민, 자기 모방의 분위기를 보면 남성의 시에는 새로운 시적 영감보다 남성 의식의 심오한 변화가 더 시급함을 알 수 있다. 가부장제의 창조적 에너지는 빠른 속도로 바닥을 드러내고 있다. 남은 것은 파괴를 향한 자가발전 에너지다. 우리 여성들은 우리에게 딱 들어맞는 일이 있다.

거짓말, 비밀, 그리고 침묵에 관하여

제인 에어*

어머니 없는 여성의 유혹

1 9 7 3

윌리엄 새커리의 딸들처럼 나 역시 어린 시절 《제인 에어》를 읽고 "소용돌이에 휩쓸린 것처럼" 넋을 잃었다. 청소년기에, 그리고 20대와 30대에, 지금 40대에 이르기까지 샬럿 브론테의 가장 유명한 소설을 여러 번 반복해서 읽었지만, 이 소설 안에는 창작자의 상상력을 뛰어넘는, 지금까지도 여전히 내게 필요한 자양분이 담겨 있다는 생각을 하게 된다. 물론 제인 오스틴의 《설득》, 조지 엘리엇의 《미들마치》, 토머스 하디의 《비운의 주드》, 귀스타브 플로베르의 《보바리 부인》, 톨스토이의 《안나 카레니나》, 헨리 제임스의 《여인의 초상》처럼 보다 위대한 반열에 오른 작품들도 그렇다. 이 작품들은 공통적으로 '여성으로 태어남'에 대한 의미를 모순적이면서 설득력 있게 설명하는 각기 다른 버전의 책이긴 하지만, 오늘날 《제인 에어》가 우리에게 주는 특별한 힘과 생존의 가치가 더 클 것이다. 많은 이가

---

*   1972년 브랜다이스대학교 강연에서 처음 선보였고 이후 《Ms》 2권 4호(1973년 10월)에 처음 발표했다.

그랬듯, 버지니아 울프 또한《제인 에어》를《폭풍의 언덕》과 비교하면서 다음과 같이 말했다.

> 제인 에어의 결점은 그리 어렵지 않게 찾을 수 있다. 늘 가정교사가 되고, 늘 사랑에 빠지는 것은 결국 이쪽도 저쪽도 아닌 사람들로 가득한 세계에서 심각한 제약이다. …… [샬럿 브론테는] 인간의 삶이 지닌 문제들을 해결하고자 시도하지 않는다. 심지어 그런 문제가 존재하는지 인식하지도 않는다. 그의 힘은 압축되어 있어 더 크게 느껴지는데, "나는 사랑한다" "나는 미워한다" "나는 고통스럽다"라는 주장을 향해 쏟아진다.[1]

울프는 계속해서 에밀리 브론테가 샬럿 브론테보다 더 위대한 시인이라고 다음과 같이 주장한다. "《폭풍의 언덕》에는 '나'가 존재하지 않는다. 가정교사 또, 고용주가 존재하지 않는다. 사랑은 존재하지만, 남자들과 여자들의 사랑은 아니다." 이 대목에서 나는《폭풍의 언덕》이 신화적이라는 울프의 말에 동의할 수 있다. 캐서린과 히스클리프 사이의 유대는 분열된 정신의 단편들, 서로 찢어진 채 재결합을 갈망하는 남성적 요소와 여성적 요소 사이의 원형적인 유대라는 것. 그러나《제인 에어》와《폭풍의 언덕》의 차이는 샬럿 브론테가 가정교사와 고용주가 존재하는 세계, 남성과 여성 사이에 사랑이 존재하는 세계에 자기 인물들을 가져다둔 것에 비롯한 것은 아니다.《제인 에어》는 톨스토이나 플로베르나 심지어 토머스 하디류의 소설이 아니다.《제인 에어》는 하나의 설화tale(일정한 구조를 가지고 꾸며낸 이야기로 사실 자체를 그대로 이야기하기보다 흥미와 교훈

거짓말, 비밀, 그리고 침묵에 관하여

을 위해 사실적으로 이야기하는 게 특징이다—옮긴이)다.

이 설화의 관심사는 사회적 관습에 있지 않다. 비록 주인공이 직면한 위험과 도전 사이에서 사회적 관습이 발생할 수는 있지만, 이는 정신의 해부도, 우주적 힘 사이의 운명적인 화학 반응도 아니다. 설화의 관심사는 두 가지 사이 즉, 인간 행동으로 바꿀 수 있는 주어진 것의 영역과 인간의 통제 밖에 있는 운명적인 것의 영역 사이에 있다. 다시 말해 리얼리즘과 시 사이에 자리한다. 설화의 세계는 무엇보다 "영혼을 만드는 골짜기(키츠가 형제에게 보낸 편지에서 "세상을 '눈물의 골짜기'가 아니라 '영혼을 만드는 골짜기'라고 부른다면 이 세계의 쓸모를 찾아낼 수 있을 것이다"라고 쓴 대목에서 유래한 표현이다—옮긴이)"이고, 소설가가 자기도 모르게 설화를 쓰고 있다는 사실을 깨닫게 된 것은, 아마도 사회·정치적 경험의 바탕이 되는 기운에 마음이 동했기 때문일 것이다. 물론 설화는 사회적 경험과 정치적 경험 양쪽 모두에 끊임없이 반영된다.

평론가 Q. D. 리비스는 《제인 에어》에 관한 에세이에서 이 소설의 주제를 "한 여성이 작가의 젊음이라는 세계에서 어떻게 성숙해지는지 탐험하는 것"으로 본다.[2] 예를 들면 나는 《젊은 예술가의 초상》처럼 한 남성이 '작가의 젊음이라는 세계에서 어떻게 성숙해지는지'에 대해 쓴 소설은 그 주제를 다루는 범위가 좁고, 울프의 말까지 빌려, '인간의 문제'에 대한 의식이 부족함에도 무시당하지는 않으리라 생각한다. 나아가 나는 샬럿 브론테가—교양소설Bildungsroman이 아니라—에밀리 브론테의 소설 속 여주인공처럼 "나는 히스클리프다"라고 말할 수 **없는** 여성의 인생 이야기를 써내려간 것은 작가가 어쩔 수 없이 자신의 이야기처럼 느꼈기 때문이라고 생각한다.

어머니도 없고 경제적인 힘도 없는 제인 에어는 전통적으로 여성이 겪는 유혹을 거치며, 이 각각의 유혹이 대안도 함께 제시한다는 것을 발견한다. 신조를 지키는 씩씩한 여성, 나아가 성장시키는 여성의 이미지를 통해, 제인 에어 스스로 본보기로 삼거나 의지할 수 있는 여성성을 보여주는 것이다.

II

《여성과 광기》에서 필리스 체슬러는 "가부장제 사회에서 여성은 어머니 없는 아이들이다"라고 말한다. 여성은 자신의 딸들에게 물려줄 권력도 부도 없다는 뜻이다. 아이들이 여성에게 의존하듯 여성은 남성에게 의존해왔다. 그들이 할 수 있는 것이라고는 딸들에게 권력이 있거나 경제적으로 생존 가능한 남성을 만족시키고 그 아래 배속되어 가부장제 안에서 살아남을 기술을 가르치는 것이었다.[3] 19세기 소설 속 여성 상속인들도 남자가 없으면 불완전한 존재로 취급되었다. 도로시아 브룩(조지 엘리엇의 《미들마치》에 등장하는 젊은 여성 상속인—옮긴이)이나 이사벨 아처(헨리 제임스의 《여인의 초상》 주인공—옮긴이) 같은 인물의 재산은 기어이 상대 남성의 재능이나 어설픈 예술적 취미를 지원하는 데 들어갔다. 여성의 유일한 진짜 직업은 결혼 생활이었던 시대에 여성 상속인은 그저 경제적으로 '좋은 배필'이었을 뿐이다.

19세기 영국에서 좋은 가문의 가난한 여성이 결혼 외에 독립의 기회가 없었던 것은 아니다. 가정교사를 하면 됐다. 물론 앞서 말했듯 제인 에어의 경우는 좀 달랐다. 그는 가정교사였지만, "언제나 가정교사"였던 건 아니다. 제인 에어의 이야기로 들어가보자. 이 설화는 냉혹하고 암담한 추방의 이미지와 함께 막을 연다. 제인은 '어머니 없는 여성'이면서 동시에 아버지 없는 아이로, 그를 무시하고 억압하는 숙모 리드 부인의 후견을 받는다. 그는 커튼 뒤쪽과 창문 사이 틈에 앉아 숙모와 두 명의 여자 사촌과 한 명의 야비한 남자 사촌 존으로부터 자신의 모습을 숨기려고 애쓴다. 한쪽에는 창밖의 겨울 풍경이 주는 얼음 같은 차가움이 존재하고 다른 한쪽에는 쌀쌀맞은 식구들이 있는 가운데 제인은 북극의 황무지와 전설적인 지역의 겨울 풍경을 그린 삽화책을 본다.

III

소설이 시작되고 얼마 지나지 않아 존 리드가 제인의 얼굴을 때리고 그의 가난과 의존성을 비웃으며 제인의 어린애 같은 분노를 촉발한다. 그 즉시 제인의 삶이 처한 정치·사회적 환경이 수립된다. 즉, 여성으로서 제인은 남성의 물리적인 야만성과 변덕에 노출되었고, 경제적으로 무기력한 인간으로서 계급을 중시하는 사회에서 취약성을 드러낸다. 존의 까닭 없는 잔혹성에 대해 제인은 '덤벼드는 것'으로 대응하고 결국 끌려가 '붉은 방'에 갇힌다. 붉은 방은 제인의 외삼촌이 죽은 곳으로, 귀신 들린 방이라는 소문이 돈다.

여기서부터 제인의 첫 번째 유혹을 보여주는 고난이 시작된다. 매우 활기차고 독립적이라는 이유로 제인에게는 정신·육체적인 폭력 모두 가해진다. 이 적대적인 가정에서 무기력한 어린 여자아이에게 피해자성이라는 유혹은 사라지지 않는다. 제인은 자신이 이 가정의 희생양이었음을 표출할 것인지, 자기 파괴적 히스테리를 폭발시켜 더 큰 벌과 희생을 불러올 것인지에 대한 양자택일의 상황에 놓여 있는 것이다.

붉은 방에서 제인은 국외자로서 쓸쓸한 고립을, 희생양으로서 상대를 만족시키지 못하는 무기력을, 피해자로서는 비참함을 경험한다. 그러나 무엇보다 자신이 처한 상황의 부자연스러움을 경험한다.

부당하다! 부당해! 괴로운 자극이 내 이성을 부추겨 일시적이지만 조숙한 힘을 주었기에 말했다. 그리고 똑같이 흥분한 결단력도 견딜 수 없는 억압에서 벗어나려면 별 이상한 방책이라도 써보라고 부추겼다. 달아나든지, 아니면 먹지도 마시지도 말고 그냥 죽어버리라고.

이렇게 반짝이는 깨달음을 얻은 제인은—제인의 감정이 '어둠'과 '혼탁함'이므로 깨달음은 반짝인다—물질적인 수단도 바깥 세계에 의지할 만한 곳도 전혀 없다. 물질적인 지지와 인간적인 온기를 구하기 위해서 이 가정에 의존할 수밖에 없는 열 살 여자아이라는 사실을 다시 한번 환기하고 싶다. 이런 상황에도 그는 가능한 다른 방식을, 절망적이기는 하지만 대안을 상상한다. 바로 이 순간 우리는 제인 에어가 타고난 인물의 바탕을 알게 된다. 그는 존엄성과 고결함과 자부심으로 자신의 삶을 선택하고, 결국 살기로 마음먹은 사람이다.

붉은 방에서 제인의 열정은 절정에 이른다. 그는 환상을 보고 비명을 지르고 끔찍한 죽음의 방으로 다시 떠밀려 쫓겨나고, 마침내

거짓말, 비밀, 그리고 침묵에 관하여

암전을 맞는다. 이어지는 병은 수많은 여성의 병처럼 자신의 무기력과 애정을 향한 욕구를 행동으로 나타낸 것이자 이런 상황이 유도한 정신적 위기이다. 이 '발작'으로부터 회복되는 도중에 제인은 처음으로 가문 약제사의 친절과 입이 험한 젊은 하녀 베시의 살뜰한 보살핌을 경험한다. 베시는 제인에게 애정을 보여준 최초의 여성으로, 어린 제인이 미래에 대한 희망과 살아남으려는 의지를 버리지 않도록 도왔다. 제인이 처한 환경에서 자기 파괴적이라 할 만한 도망 충동, 히스테리, 우울 등에 빠지지 않도록 막는 부분적 동맹이 되어준 것. 또한, 베시의 보살핌은 제인이 숙모에게 맞설 수 있는 자긍심과 반항정신을 지키게 돕는다.

머리부터 발끝까지 온몸을 떨며, 억누를 수 없는 흥분에 전율하며 나는 계속 말했다.

"당신이 나와 아무 상관이 없는 사람이라 다행이에요. 살아 있는 동안 다시는 당신을 숙모라고 부르지 않겠어요. 커서도 다시는 당신을 보러 오지 않을 거예요. 그리고 혹시 누가 당신을 얼마나 좋아했는지, 당신이 나를 어떻게 대했는지 묻는다면, 생각만 해도 구역질이 나고, 당신이 날 비참하리만큼 잔혹하게 대했다고 말해줄 거예요."

…… 말을 다 마치기도 전에 내 마음은 난생처음으로 낯선 자유와 승리감으로 부풀어 오르고 기쁨으로 가득 차올랐다. 보이지 않는 굴레가 끊어지고 바란 적도 없는 자유 속으로 내던져진 기분이었다.

힘없는 이들의 수많은 분노가 그러하듯, 이와 같은 폭발은 순간의 의기양양함만을 남겼다. 제인은 곧장 우울감에 빠졌고, 자기 징벌의 반작용으로 괴로워졌다. 베시가 애정과 존중을 확인시켜주었을 때 비로소 그 반작용에서 놓여난다. 베시는 제인에게 사람들을 무서워하면 사람들도 그를 더 싫어하게 될 뿐이라고 말해준다. 이상하게 비뚤어진 조언이지만 제인의 조숙한 용기는 이 조언에 응답한다. 다음 장에서 제인은 로우드 자선 학교로 향한다.

IV

로우드는 가정교사가 될 운명에 처한, 가문은 좋지만 가난하거나 고아가 된 여성들을 위한 자선 학교다. 부자가 통제하는 빈자를 위한 학교로, 바리새인 같은 위선자 남성인 브로클허스트 씨가 지배하는 여성들만의 세계이다. 그는 종교와 자선과 도덕을 이용해 가난한 자들을 계속 가난하게 만들고, 자기가 책임지는 어린 여성들을 억압하고 모욕하는 사람으로, 계급과 성별의 이중 기준, 권력의 위선을 체화한 인물이다. 그는 이 작은 세계의 절대적인 통치자다. 그러나 그 안에서 브로클허스트 씨의 가학적이고 공개적인 모욕을 당하면서도 제인은 지금껏 만나본 어떤 사람과도 다른 두 여성을 발견하게 되는데, 바로 교장인 템플 선생님과 제인보다 나이가 많은 학생 헬렌 번스다.

템플 선생님은 그 세계에서 브로클허스트 씨의 명령에 맞설 만큼의 권력이 없지만, 개인적으로 대단한 매력과 정신적 힘을 지니고 있다. 템플 선생님은 좋은 가문 출신이지만 리드 가족과 달리 속물이 아니고, 베시처럼 단순히 동정적이기만 한 게 아니라 존경할 만한 점을 갖추었다. 그는 자신을 고용한 학교를 완전히 바꿀 수는 없지만, 학생들이 좀 더 견딜 만한 생활을 할 수 있도록 조용히 노력한다. 그는 특별한 의미로 어머니 같은데, 단지 안식처를 제공하고 보호해주기 때문이 아니라 지적인 성장을 격려하기 때문이다. 훗날 제인은 템플 선생님에 대해 이렇게 말한다.

> 나의 학식은 대부분 템플 선생님의 가르침을 통해 얻은 것이다. 선생님과의 우정과 사교는 내게 지속적인 위안을 주었다. 선생님은 어머니 자리에, 가정교사 자리에, 그리고 나중에는 친구 자리에 서주었다.

헬렌 번스는 의지력이 강하고 실용적인 세계에서는 서툴고 우물쭈물한 면이 있지만, 지적으로나 정신적으로는 나이보다 성숙하다. 진지하고, 신비주의적이며, 이승에서의 삶이 덧없고 별로 중요할 것 없다고 확신하는 헬렌이지만 인간적이고 자매 사이의 관심과 접촉에 굶주린 제인에게는 반응한다. 헬렌은 결핵에 걸려 곧 죽을 운명이므로 저승에 대한 관심으로 맹렬히 불타오른다. 제인은 헬렌의 종교적 금욕주의가 자신에게는 불가능함을 깨닫고 '이루 말할 수 없는 슬픔'을 느끼지만, 헬렌은 옹졸함이나 히스테리, 자기부정의 속성이 없는 여성의 성격을 얼핏 보여준다. 제인에게 다음과 같은 말을 해준 사람도 헬렌이다.

"온 세상이 너를 미워하고, 네가 못됐다고 믿는다 해도, 너 자신의 양심이 너를 믿고 죄책감을 느끼지 않는다면, 네 곁에 친구들이 없지는 않을 거야."

템플 선생님의 자긍심과 공감 능력, 그리고 헬렌의 초월적이고 철학적인 초연함은 브로클허스트 씨에게 모욕을 당한 제인에게 전부 필요한 것이었다. 게이츠헤드 저택에서 제인에게 찾아온 유혹이 피해자성과 히스테리였다면 로우드 자선 학교에서 공개적인 시련을 겪은 후 제인이 맞이한 유혹은 자기혐오와 자기희생이었다.

제인은 사랑이 필요함을 통렬하게 의식하고 이를 헬렌 번스에게 열정적으로 표현한다.

"…… 너나 템플 선생님, 혹은 내가 진심으로 사랑하는 사람들에게서 진정한 사랑을 받을 수만 있다면, 팔뼈가 부러지거나 황소에게 들이받히거나 발길질하는 말 뒤에 서서 말발굽이 내 가슴을 향해 날아오게 놔둘 수도 있어."

사랑을 향한 제인의 욕구는 사랑을 얻으려면 반드시 고통과 자기희생이 필요하다는 여성적인 의식과 뒤섞여 있다. 제인이 떠올린 이미지는 폭력에 기꺼이 굴복하는 피학적인 이미지다. 헬렌은 제인을 달래며 제인이 '인간들의 사랑을 지나치게 많이' 생각한다고 말하고, 이번 생을 뛰어넘어 무덤을 벗어난 순수한 자들을 위해 신께서 준비해둔 보상을 생각해보라고 요구한다. 시몬 베유나 성 테레사나 엘로이즈 수녀처럼 헬렌 번스도 지상의 남자(혹은 여자)의 사랑을 남성적인 신으로 대체하는데, 이는 기독교 시대 일부 상상력이 풍부하고 재능이 뛰어난 여성들이 따랐던 하나의 양식이었다.

로우드 학교의 규율과 헬렌과 템플 선생님이 준 도덕적이고 지적인 힘은 어린 제인에게 스스로 가치가 있으며 윤리적인 선택권이 있다는 의식을 심어준다. 헬렌은 마침내 결핵으로 제인의 품에 '어린아이'처럼 안긴 채 죽음을 맞이한다. 나중에 템플 선생님은 '훌륭한 성직자'와 결혼해 로우드 학교를 떠난다. 이렇게 제인은 첫 번째 진짜 어머니들을 잃는다. 그러나 이 두 여성과의 이별로 제인은 더 넓은 경험의 영역을 향해 나갈 수 있게 된다.

나의 세계는 몇 년 동안 오직 로우드에서의 생활이었고, 나의 경험은 이곳의 규율과 제도였다. 이제 나는 진정한 세계는 넓다는 사실을 기억했다……

나는 자유를 갈망했고, 자유를 향해 숨을 헐떡였으며, 자유를 위해 기도를 드렸다. 때마침 불어오는 희미한 바람에 내 기도가 흩어지는 것만 같았다. 나는 기도를 그만두고 조금 더 겸손한 탄원을 올렸다. 변화와 자극을 달라고. 그러나 그 간청마저 흐릿한 공간을 향해 날아가버리는 것 같았다. "그렇다면." 나는 다소 절박하게 외쳤다. "새로운 일거리라도 내려주세요!"

샬럿 브론테의 여성 주인공들이 보이는 인상적인 특징 중 하나는 여성 독자에게는 안나 카레니나와 에마 보바리, 캐서린 언쇼를 합해놓은 것보다 더 귀중한 속성, 바로 단호하게 낭만성을 거부하는 점이다. 샬럿 브론테의 여성 주인공들은 낭만성에 면역돼 있지 않으며 제인 오스틴의 냉철한 여성 주인공들보다 더 많은 유혹에 시달린다. 고아로서의 방황과 지적 에로티시즘이라는 환경에는 그들의 상상력을 자극할 만한 일이 훨씬 더 많다. 아니나 다를까 실제로 그들의 상상력은 더 풍부하다. 제인 에어는 열정적인 여자아이이자 여성이지만 더 커다란 성취를 향해 이끌어줄 강렬한 감정과 자기파괴적 충동을 구별하는 내면의 명쾌함을 일찌감치 드러낸다. 그는 피학의 짜릿함이라는 유혹에 직면하지만 단 한 방울 맛을 보고는 거부한다. 소설의 중심 에피소드에 이르러 그는 손필드 저택에서 로체스터 씨를 만나게 되고, 아직 젊고 경험이 부족하며 경험에 굶주린 상태에서 여성적 조건의 핵심 유혹인 낭만적 사랑과 굴복의 유혹에 맞닥뜨린다.

V

손필드 저택의 에피소드가 흔히 소설 《제인 에어》 **자체**인 것처럼 소환되거나 언급되는 게 흥미롭다. 이 소설을 심하게 줄이고 축약하면 다음과 같다. 젊은 여성이 어린 프랑스 여자아이와 나이 든 가정부가 사는 커다란 시골 저택에 가정교사로 들어온다. 여자는 프랑스 여자아이가 외국 여행 중인 집주인의 피후견인이라는 말을 듣는다. 곧 집주인이 돌아오고 가정교사와 그는 사랑에 빠진다. 수수께끼 같은 폭력적인 여러 사건이 발생하는데, 전부 한 명의 하인을 중심으로 돌아가는 것처럼 보이고, 집주인은 가정교사에게 두 사람이 결혼만 하면 모든 일이 설명될 수 있다고 말한다. 결혼식 당일 집주

거짓말, 비밀, 그리고 침묵에 관하여

인에게 살아 있는 아내가 있고, 집 위층 다락방에 갇혀 감시를 받고 사는 미친 여자가 바로 그 아내이며, 불길한 사건들을 일으킨 사람도 그 아내라는 사실이 전부 드러난다. 가정교사는 자신이 할 수 있는 유일한 행동은 연인의 곁을 영영 떠나는 거라고 결심한다. 그는 몰래 저택을 빠져나와 시골의 다른 지역에 정착한다. 시간이 흐르고 다시 그 저택으로 돌아왔지만 집은 완전히 불에 타 무너지고, 미친 여자는 죽었으며, 연인은 화재로 눈이 멀고 불구의 몸이 되었지만, 자유로워져 그와 결혼할 수 있게 되었다는 사실을 알게 된다.

이렇게 설명하면 이 소설은 고딕 공포물과 빅토리아 시대의 도덕성이 결합된다. 이런 소설이라면 이미 수많은 작가가 여성 잡지에 기고했겠지만, 샬럿 브론테가 쓴 소설은 이와 같지 않았다. 손필드 저택 에피소드가 소설의 중심에 놓여야 한다면, 그건 제인이 성인이 되어 여성으로 산다는 것의 의미가 무엇인지 몇 가지 결정적인 선택을 하기 때문이다. 손필드 저택 에피소드에는 손필드 저택이라는 집과 로체스터 씨라는 남자, 그리고 제인의 제2의 자아인 미친 여자, 이렇게 세 가지 측면이 존재한다.

샬럿 브론테는 우리에게 극도로 세밀하고 시적인 설득력을 갖춘 손필드 저택의 모습을 보여준다. 제인은 긴 여행 끝에 어둠 속에서 저택 문 앞에 당도한다. 다음날 날이 밝자 가정부 페어팩스 부인이 제인에게 다락과 옥상에서 집 안 구경을 시켜줄 때까지 저택이 어떤 모습인지 거의 알지 못한다. 독자들이 저택의 호화로움과 고립감과 신비로움을 느끼는 것은 정확히 제인의 것, 자선 학교의 기숙사에서 이제 막 도착한 젊은 여성, 강력한 관능을 지닌 젊은 여성의 눈으로 본 모습이다. 그러나 결정적으로 가장 중요한 영역은 제인이 전혀 살아본 적 없지만 제인의 삶에 가장 큰 영향을 미친 다락층이다. 이곳에서 제인은 처음으로 그 웃음소리를—'독특하고 형식적이며 우울한'—듣는데, 하인 그레이스 풀의 웃음소리라고 생각하고 넘어가지만, 나중에는 자신의 침실문 밖에서도 들려온다. 제인은 지붕 위에 서 있을 때나 복도를 걸어 다닐 때나, 미친 여자가 숨겨진 바로 그 방문 가까이에서도 다음과 같은 말로 자신의 감정을 조용히 분출한다. "내가 ……을 좋아한다면 누구라도 나를 비난하겠지."

이 말은 샬럿 브론테의 페미니스트 선언으로 이어진다. 126년 전에 쓰인 이 소설은 오늘날에도 다른 언어로, 그러나 본질은 같은 의미로 반복해서 쓰여야 한다. 이런 식의 감상은 여전히 수많은 이에게 인정받지 못하고 있고, 그 감상을 말로 내뱉는 순간 비난과 뿌리 깊은 저항을 만난다.

인간은 고요한 삶에 만족해야 한다고 말해봐야 아무 소용이 없다. 인간은 행동해야 한다. 행동을 찾을 수 없다면 만들어내야 한다. 수많은 사람이 나보다 더 정지된 삶을 살 운명에 처했고, 그 운명에 조용히 반항하고 있다. 사람들이 몸을 숨기고 살아가는 수많은 삶 속에 정치적인 반항 말고 얼마나 많은 반항이 들끓고 있는지 아무도 모른다. 여자들은 대체로 매우 침착해야 한다는 말을 듣지만, 여자도 남자와 똑같이 느낀다. 여자도 남자 형제와 똑같이 능력을 길러야 하고, 그 능력을 펼칠 분야가 필요하다. 여자도 남자와 정확히 똑같이 지나친 속박이나 심각한 침체 때문에 고통받는다. 그러므로 여자보다 특권이 더 많은 동료 인간이 여자는 푸딩을 만들고, 양말을 뜨고, 피아노를 치고, 가방에 자수를 놓는 일이나 해야 한

거짓말, 비밀, 그리고 침묵에 관하여

다고 말한다면, 그야말로 옹졸한 짓이다. 관습상 여자에게 더 필요하다고 규정된 것을 뛰어넘어 더 많은 일을 하고 더 많은 것을 배우려고 추구한다고 해서 여자들을 비난하거나 비웃는다면, 참으로 생각이 없는 짓이다.

그리고 곧장 우리는 다시 미친 여자의 웃음소리를 듣는다. 여기서 우리 시대의 소설 가운데 또 다른 미친 아내가 등장하는 작품이 있다는 사실을 일깨우고 싶다. 도리스 레싱의 《사대문의 도시》의 린다는 다락이 아니라 지하실에 살며, 주인공 마사가 (제인 에어처럼 피고용인이고 고용주와 사랑에 빠진다) 그 집에 살러 갔다가 그의 광기를 경험한다.

제인 에어에게 다락 층은 가스통 바슐라르가 《공간의 시학》에서 지하실의 무의식적이고 귀신들린 세계와 반대로 '지붕의 합리성'이라고 부른 공간이 아니다.[4] 이 지붕은 제인의 시선이 확장되면서 방문한 곳이지만, 이 시선, 혹은 이 깨달음은 제인을 문 뒤에 갇혀 있는 미친 여자 쪽으로 더 가까이 데려간다. 도리스 레싱의 소설에서 미친 여자는 그 자체가 깨달음의 원천이다. 그러나 제인 에어는 버사 로체스터와 그런 접촉을 하지는 않는다. 그러나 여성으로서 제인의 자아의식은—남자와 동등하고 같은 요구를 지닌 의식—1840년대 영국의 광기에 더 가깝다. 제인은 자신이 미치리라고는 절대로 생각하지 않지만, 집 안에는 분명 미친 여자가 존재한다. 그 이미지는 흰 거울에 비쳐 끔찍하게 일그러진 이미지이고, 제인의 행복을 위협한다. 자기보호본능이 이전의 유혹들로부터 제인을 지켜주었듯이 1840년대 영국의 힘없는 여성이 견딜 수 있는 한계를 상상하지 않음으로써 제인은 미친 여자가 되지 않을 것이다.

VI

우리는 버사 로체스터를 거의 볼 수 없다. 주로 소리를 듣고 감지한다. 그의 존재는 거주 영역으로 숨어드는 세 차례의 행동을 통해 드러난다. 그중 두 차례는 남자들을 향한 폭력적인 행동으로, 로체스터 씨의 침실에 불을 지르려고 한 것, 그리고 손필드 저택을 방문한 자기 오빠를 칼로 찌른 것이다. 세 번째 행동으로 버사는 결혼식 전날 밤 제인의 침실에 들어가 결혼식의 상징인 웨딩 베일을 찢어버린다. (흥미롭게도 그는 제인을 직접 공격하지는 않는다.) 버사의 존재가 만천하에 드러난 후에야 제인은 미친 여자의 방으로 이끌려가 깨어 있는 '저 자줏빛 얼굴―저 부풀어 오른 모습'을 다시 본다. 버사는 몸집이 크고 살이 찌고 남성적이며 짐승의 털 같은 '반백의 갈기'를 지녔다고 묘사된다. 앞서 제인은 '무시무시한 독일의 요괴―뱀파이어'를 닮은 그 여자의 모습을 보았다. 이 모든 면에서 버사는 로체스터 씨가 지적하듯 제인과 정반대이다.

"이게 **내 아내요**." 그가 말했다. "이게 내가 아는 유일한 부부간의 포옹이고, 이게 내 여가 시간을 위로하는 다정함이오! 그리고 이 **사람**이야말로 내가 아내로 삼고 싶은 사람이오." (내 어깨 위에 손을 올리며) "이 젊은 아가씨, 지옥의 입구에서 이토록 위엄 있고 조용히 서서 침착하게 악마의 장난질을 지켜보는 이 사람 말이오……"

버사와의 결혼 생활이 어땠는지 길게 설명하면서—그의 아버지가 재정적인 이유로 주선했고 그는 버사의 어둡고 관능적인 아름다움 때문에 받아들인 결혼—로체스터는 욕망 때문에 벌인 일이 아닌 양 가식을 떨지는 않는다. 그러나 그는 버사를 향해 혐오감을 느끼게 된 주요 계기로 '폭음과 정숙하지 못한 행실' 즉, **버사의 추악한** 면을 반복해서 강조한다. 버사가 미쳤다는 선고를 받자 그는 버사를 감금하고 성적 방랑을 시작했고, 그 결과로 프랑스인 정부에게서 아델이라는 딸아이를 얻었다. 로체스터의 이야기는 일부 바이런식의 낭만이지만 그 바탕에는 사회적이고 심리적인 현실이 자리 잡고 있다. 즉, 19세기의 자유로운 여성은 성적인 감정을 품을 수 있지만, 19세기의 **아내는** 그렇지 못했고 그래서도 안 되었다. 로체스터가 버사에게 품은 강렬한 혐오는 버사가 지닌 육체적인 힘과 폭력적인 고집의 측면에서 반복적으로 묘사되는데, 두 가지 모두 19세기 여성에게는 인정할 수 없는 속성이었고, 몇 곱절로 늘어나 괴물에게나 체화되는 속성이었다.

VII

로체스터는 낭만적인 '운명의 남자', 바이러닉하고, 음울하며, 성적인 인물로 그려진다. 그의 역할은 더 흥미로운데, 그는 당시 사회가 제인의 운명으로 여기는 사람이 분명하지만 제인이 찾고자 했던 운명은 아니었다. 제인이 로우드 학교를 떠나 손필드 저택으로 향할 때, 손필드 저택 지붕 위에 서 있거나 손필드의 들판을 가로지르며 더 넓고 확장된 삶을 갈망할 때, 제인은 남자를 갈망하지 않았다. 우리는 제인이 무엇을 열망하는지 모른다. 그 자신도 모른다. 그는 자유, 새로운 임무, 행동 같은 단어를 사용한다. 그러나 땅거미가 질 무렵 말을 타고 신비롭고도 낭만적으로 나타난 그 남자는 얼음 위에서 미끄러져 말에서 떨어지고, 제인과 남자의 첫 만남은 도움이 필요한 사람과의 만남이 된다. 그는 다시 말에 오르기 위해 제인에게 몸을 기대야 한다. 다시 소설의 마지막 부분에서 화재로 눈이 먼 그를 부축하고 길을 안내해야 하는 사람은 제인이다. 여기에는 흔한 낭만적 주인공의 등장을 뛰어넘는 면이 있다.

로체스터는 여행과 부와 화려한 사교계 등 제인이 알았던 것보다 더 넓은 지평을 보여준다. 구애의 과정에는 점점 커지는 제인의 열정과 그가 보여주는 구혼 **방식**의 싫음과 불편함 사이에 긴장감이 존재한다. 제인이 못마땅하게 느끼는 점은 로체스터의 관능성이 아니라 제인을 자신의 대상이자 창조물로 삼으려고 하고, 아낌없이 보석을 줘가며 제인을 꾸미고 싶어하고, 다른 이미지로 재창조하려고 하는 그의 경향성이다. 제인은 미인이나 요염한 여자로 낭만화되는 것을 격렬하게 거부하며 그에게 하렘의 일원이 되지 않겠다고 말한다.

제인을 소유하기로 마음먹은 로체스터는 그에게 거짓말을 세 번이나 할 정도로 오만하다. 하우스 파티가 열리는 동안 가정교사 제인은 이웃 부인들의 경멸과 무시를 견뎌야 하는데, 늙은 집시 여인으로 변장한 로체스터는 점을 봐주겠다고 제인을 속여 자신을 향한 그의 감정을 알아내려고 한다. 이 장면에서 우리는 로체스터가 제인의 성격이 지닌 힘을 잘 알고 있으며, 자신의 구애가 어떤 결과를 낳을지, 그가 제인에게 제안하게 될 결혼 생활이 어떤 식이 될지

거짓말, 비밀, 그리고 침묵에 관하여

불안해하고 있음을 분명히 알 수 있다. 제인의 모습에서 운명을 읽는 척하면서 그는 이렇게 말한다.

"…… 이마는 대놓고 말하는군. '자존심과 환경이 그리하라고 한다면, 나는 이대로 혼자 살 수 있어. 행복을 사겠다고 영혼을 팔 생각은 없어. 내겐 타고난 내면의 보석이 있는데, 외부의 기쁨을 보류해야 하거나 내가 지불할 수 없을 정도로 그 값이 비싸다면, 그 내면의 보석이 내가 꿋꿋이 살아갈 수 있게 해줄 거야'라고 말이야."

이 장면의 끝부분에서 그는 돌연 자신의 정체를 드러낸다. 그러나 제인의 질투심을 불러일으키려고 상속인인 미스 잉그램과 계속해서 희롱을 주고받는다. 그는 끝까지 미스 잉그램과 결혼할 생각인 척하고, 거기 속아 넘어가 혼란스러운 제인은 결국 그의 곁을 떠나야 하는 슬픔을 고백하고 만다. 그러나 제인의 슬픔은 자신의 처지에 대한 분노이기도 하다.

"가야 한다고 말했잖아요!" 나는 열정 비슷한 상태로 흥분해 대꾸했다. "내가 당신에게 아무것도 아닌 존재로 남아 있을 것 같은가요? 나를 자동인형으로 생각하나요? 아무 감정도 없는 기계 같아요? (……) 내가 가난하고, 미천하고, 못생기고, 몸집이 작다고 해서 영혼도 감정도 없는 줄 아세요? 틀렸어요! 나도 당신처럼 영혼이 있고 감정도 풍부해요! (……) 나는 지금 관습이나 인습을 통해, 또는 육체를 통해 당신에게 말하는 게 아니에요. 내 정신이 당신의 정신을 향해 말하는 거예요. 마치 우리 둘 다 무덤을 지나 하느님의 발치에 서 있을 때처럼 평등하게, 그리고 지금처럼 평등하게요!"

(늘 가정교사이고 늘 사랑에 빠진다고? 버지니아 울프는 정말로 이 소설을 읽은 걸까?)

VIII

제인과 로체스터의 이별 장면은 고통스럽다. 그는 제인의 사랑과 동정심과 연민과 취약성의 모든 면을 건드린다. 잠이 들자마자 제인은 꿈을 꾼다. 꿈속에서 제인은 첫 번째 유혹이자 최초의 고난을 만났던 붉은 방으로 돌아가 거기서 경험하고 하나의 전환점으로 삼았던 '실신' 혹은 기절을 다시 떠올린다. 그리고 가모장 정신의 상징이자 '밤하늘의 위대한 어머니'인 달이 찾아온다.[5]

나는 달이 뜨는 모습을 지켜보았다. 그 둥근 표면에 어떤 운명의 말이 쓰이진 않을까 이상한 기대감을 품고 지켜보았다. 달은 지금껏 보여주지 않은 모습으로 구름을 뚫고 나타났다. 먼저 손 하나가 검은 주름을 찌르고 나오더니 손짓으로 구름을 물리쳤다. 이윽고 달이 아니라 하얀 인간의 형체가 빛나는 이마를 지상을 향해 숙이고 푸른빛으로 빛났다. 달은 나를 응시하고 또 응시했다. 달이 내 영혼에게 말을 걸었다. 측정할 수 없이 먼 곳에서 들려온 목소리는 매우 가까운 곳에서 내 가슴을 향해 속삭였다.

"나의 딸아, 유혹에서 도망쳐라."

거짓말, 비밀, 그리고 침묵에 관하여

"어머니, 그렇게 할게요."

그의 꿈은 심오하고 도도하고 원형적이다. 붉은 방에 갇혔을 때처럼 위험에 처했지만, 정신적인 의식은 어린 시절보다 어른이 된 지금 더 강하다. 그는 자신의 정신 가운데 가모장적인 면을 만나고, 그측면이 이제 그의 위상을 위협해오는 것들을 경고하고 그를 보호한다. 제인이 여기까지 오는 동안 베시와 템플 선생님과 헬렌 번스, 심지어 친절한 가정부 페어팩스 부인마저도 중재자로 행동해왔다. 심지어 버사의 끔찍한 모습도 제인이 로체스터 씨와 동등한 관계를 이루지 못하고 그의 의존적인 부속물이 될지도 모르는 결혼 생활 사이에서 나온 것이라 말할 수 있다. 각각의 여성들이 제인이 겪어온 혹독한시련의 절정까지 도와주었고 그는 이제 위대한 어머니를 만나기에이른다. 꿈에서 깨자마자 제인은 옷가지 몇 점과 20실링만을 가방에챙겨 넣고 손필드를 떠나 미지의 종착지를 향해 걸음을 옮긴다.
로체스터의 오만함을 향한—제인의 위상에 해가 된다는 것을알면서 자기 곁에 머물러 달라고 애원했기 때문에 그는 여전히 오만하다—제인의 반감은 그를 여전히 사랑하고 그에게 커다란 고통을안기더라도 자신을 위해 행동하도록 만들었다. 비슷한 환경에 처한수많은 여성처럼 그는 자신을 지키려는 행동이 큰 대가를 치를 거라고 느낀다. 제인에겐 미래도 없고 돈도 없고 계획도 없지만, '가난하고, 미천하고, 못생기고, 몸집이 작은' 여성의 모습으로 악천후와 배척과 기아에 노출될 위험을 무릅쓰고 세상 밖으로 나간다. 최후의무의식적 희생 행위로도 읽을 수 있는 어떤 행동으로 인해 그는 역마차에서 몇 실링이 든 가방까지 잃어버리고, 이제 막 돼지 밥을 주려고 하는 농부의 아내에게 남은 음식 찌꺼기를 구걸할 수밖에 없는 절대 빈곤의 상태에 처한다. 제인이 완전히 홀로 풍경을 헤치고 나가는 대목 전체에 여성의 자기희생─수동적인 자살의 유혹─과 생존 도구로서 의지와 용기 사이 강력한 갈등이 존재한다.

제인은 다이애나와 메리 자매 덕분에 말 그대로 죽음을 모면한다. 자매는 성직자인 오빠 세인트 존 리버스와 함께 교구 목사관에 산다. 다이애나와 메리는 위대한 여신─사냥의 수호신 다이애나 혹은 아르테미스 그리고 성모 마리아─의 이교도적이고 기독교적인 이름이다. 두 자매는 비혼의 블루스타킹(학문을 좋아하는 여자─옮긴이)으로 배움을 기뻐해, 외딴 교구 목사관에서 독일어를 공부하고 큰 소리로 시를 읽는다. 자매는 오빠처럼 지적인 생활을 하면서도, 병에 걸려 회복 중인 제인에게는 어머니처럼 다정하고 살뜰하다. 시간이 흐르고 제인이 회복되어 마을 학교에서 교사로 일하기 시작하자 다이애나와 메리는 제인의 친구가 되어주고, 제인은 헬렌 번스의 죽음 이후 처음으로 또래 젊은 여성들과 지적으로 공감하며 어울린다.

또다시 한 남자가 그에게 청혼한다. 세인트 존은 자신의 목적을 위해 제인을 관찰해왔다. 그가 '유순하고 근면하며 청렴하고 믿음직하고 한결같고 용감하며 매우 다정하고 매우 영웅적'이기에 함께 인도에 가 선교 활동을 하자고 청혼한 것. 그 남자는 인도에 가서 오로지 하느님을 위해 살고 죽을 생각이므로, 인도 여성들 사이에서 일할 배우자로 제인을 생각했다. 그 남자는 제인에게 사랑 없는 결혼, 대의명분에 복무하기 위한 의무적인 결혼을 제안한다. 그 남자가 말하는 대의명분은 순전히 스스로 세운 것으로 가부장적인 종교의 명분, 자기부정적이고 엄격하고 교만하며 금욕적인 명분이었다. 어떤 의미에서 그는 제인에게 밀턴이 그린 이브의 운명을 제안한 것과 다름없었다. "그는 오직 하느님을 위하며, 이브는 그의 안에 있는 하느님을 위하여 만들어졌다." 세인트 존이 제인에게 제안한 것은 어쩌면 종교적인 여성에게는 뿌리치기 힘든 미끼 즉, 남자의 대의명분이나 경력을 자신의 것으로 삼으려는 유혹이다. 여성들 중에는 자신의 에너지가 흩뿌려지고 삶의 가능성이 불투명하기에, 대신 그 가능성을 규정하겠다고 압력을 넣는 남성을 거절하기 어려워하는 이들이 적지 않다. **남자는** 소위 여성적인 충동—의미 추구, 봉사의 희망, 자기희생—을 구체화할 것이다. 그러니까 남자는 여자를 **이용할** 것이다. 그리고 제인은 곧 그 사실을 의식하게 된다.

세인트 존은 제인에게 청혼에 앞서 이 '의미'를 제안했고 제인은 자신을 '이용'한다는 사실에 건강한 반발심을 느끼고 뒤로 물러선다.

그에게서 결혼반지를 받고, 온갖 형태의 사랑을 참아내고(그는 꼼꼼하게 그런 것들을 지키겠지), 그 영혼은 완전히 다른 곳에 가 있다는 사실을 알아도 괜찮을까? 그가 건네는 모든 애정 행위가 원리원칙에 따른 희생이라는 것을 알고도 견딜 수 있을까? 아니, 그런 순교는 너무 가혹하다……

그의 보좌역이자 동료로서는 모든 게 괜찮을 것이다. 그런 자격이라면 그와 함께 대양을 건너갈 것이고, 동양의 햇살 아래서, 아시아의 사막에서, 힘써 일할 것이다 …… 그의 용기와 헌신을 존경하고 배우며 따라할 것이고…… 그의 뿌리 깊은 야망에 동요하지 않고 미소를 짓고, 기독교인과 보통 사람을 구별해 전자는 깊이 존경하고 후자는 너른 마음으로 용서할 것이다…… 그러나 그의 아내로서 간다면, 늘 그의 곁을 지키고 늘 구속을 당하고 늘 억제를 당하며, 내 본성의 불꽃을 끊임없이 억눌러야 하는 아내로 가야 한다면…… 이런 일은 정말 견딜 수 없을 것이다……

"만약 내가 당신과 결혼하게 된다면 당신은 나를 죽일 거예요. 지금도 당신은 나를 죽이고 있어요." [제인이 그에게 말한다.]

그의 입술과 뺨이 하얗게, 몹시 하얗게 질렸다.

"내가 당신을 죽일 거라고요? 지금도 당신을 죽이고 있다고요? 그런 말은 해서는 안 되는 말입니다. 폭력적이고 여자답지도 못하고[원문 그대로다!] 사실도 아닙니다……"

이렇게 제인은 그의 명분을 거절하고, 그는 제인에게 거절을 당한다. 그동안 제인은 재산을 상속받고 독립성을 겸비했으며, 이 시점에 초감각적인 경험을 통해 다시 손필드로 돌아간다.

IX

"독자여, 나는 그와 결혼했다."《제인 에어》의 마지막 장을 여는 문장이다. 이게 어떻게, 그리고 왜 해피엔딩인지에 대한 의문이 생긴다. 제인은 손필드로 돌아가 '검은 폐허'가 된 집을 발견한다. 또 화

거짓말, 비밀, 그리고 침묵에 관하여

재로 왼손이 절단되고 눈이 먼 로체스터도 발견한다. 그는 불이 났을 때 미친 아내의 목숨을 구하려다 이렇게 되었다. 로체스터는 빚을 청산한 셈이다. 프로이트를 신봉하는 비평가라면 그가 상징적으로 거세당했다고 말할 것이다. 이러한 남근숭배─가부장제 개념을 버리고 로체스터의 고난을 바라볼 때 비로소 우리는 제인 에어와 같은 여성에게 어떤 종류의 결혼이 가능한가 하는 질문을 던질 수 있다.

정신적이든 육체적이든 거세를 통한 결혼은 분명히 아니다. (세인트 존은 **감정적인** 거세를 당했기 때문에 제인에게 어느 정도 불쾌감을 안긴다.) 이 소설 전체에 정신적이고 실천적인 성평등의 바람이 분다. 제인이 스무 살 어린 시절에 느낀 열정은 서른 살 한 사람의 아내가 되어 느끼는 열정과 똑같다. 즉, 상대방에게도 그만큼의 대응을 요구하는 강력한 정신의 열정이다. 로체스터 씨는 이제 제인에게 다음을 요구한다.

"…… 내 불구의 몸을 참고 견뎌야 할 거요. (……) 내 결함을 너그럽게 봐줘야 해요."

"그런 일은 내게 아무것도 아니에요."

제인은 결혼 생활 10년 후 "나는 남편의 충만한 삶이고 남편 역시 마찬가지로 나의 충만한 삶이다"라고 느낀다. 이러한 감정은 낭만적인 사랑이나 낭만적인 결혼에 관한 게 아니다.

우리 두 사람에게 함께 있다는 것은 홀로 있을 때만큼이나 자유롭고, 여럿이 있을 때만큼 즐겁다는 뜻이다. 우리는 온종일 대화를 나누는 것 같다. 서로 대화를 나눈다는 것은 마음속 생각을 귀로 듣는 것처럼 더 생생하게 만든다는 뜻이다.

경제적인 독립을 획득하고 자유로운 선택을 통해 남편에게 갔을 때 제인은 자신다움을 조금도 희생하지 않고 아내가 될 수 있었다. 샬럿 브론테는 손필드 에피소드의 앞부분에 낭만적인 고딕소설 패러다임대로 행동하기를 단호하게 거부한 이 커플의 말다툼 대목을 집어넣음으로써 이러한 관계의 가능성을 미리 설정해두었다. 이 결혼은 신화적이거나 낭만적이거나 성적으로 억압된 환경에서의 결혼을 거부한 여성이 이뤄낸 것이니만큼 우리는 이 결혼 생활의 에로틱하고 지적인 공감을 믿을 수 있다. 소설의 마지막 문단은 세인트 존에 관한 언급이다. 그 남자의 야심은 '이 지상에서 구원받는 사람들, 하느님의 자리 앞에 흠결 없는 자가 되어 서 있는 사람들, 어린 양의 최후의 승리를 함께 나누고, 하느님의 부름을 받고 선택을 받고자 하는 신실한 사람들, 그 가운데서도 맨 앞줄에 자리를 차지하려는 목적을 품은 고귀한 지도자의 정신'이다. 세인트 존의 순수주의 실천을 우리 시대 수많은 종류의 가부장적 오만함으로—정치적이든 지적이든 미학적이든 종교적이든—해석할 수 있다. 샬럿 브론테는 인간관계란 꽤 다른 것을 요구한다고 생각한 게 틀림없다. 이 작가에게 인간관계란 '고통스러운 수치심이나 풀죽은 굴욕감을 느끼지 않는' 사람들 사이의 거래, 그리고 누구도 타인에게 이용 가능한 대상이 되지 않는 거래를 말한다.

제인 에어의 설화를 들려주면서 샬럿 브론테는 출판사에도 알

렸듯이 자신은 도덕적인 설화를 하고 있지 않음을 꽤 의식했다. 제인은 피상적으로는 그 시대와 장소의 창조물이지만 인습에 묶여 있지 않았다. 그는 어린 시절 어른의 권위가 지닌 신성함을 거부했고 어른이 되어서는 자신의 행동을 자신의 위상에 맞게 조절하겠다고 고집했다. 로체스터에게 의존적인 정부가 되어 그와 함께 살지는 않겠다고 한 것도 그런 관계가 파괴적임을 알기 때문이었다. 또 세인트 존과도 결혼하지 않고 독립적인 동료로서 함께 살고자 했는데, 오히려 세인트 존은 이런 모습이 비도덕적이라고 주장했다. 이 소설이 아름답고 깊이 있는 것은 부분적으로 대안을 묘사하고 있기 때문이다. 관습과 전통적인 신앙심에 대한 대안도 물론 있지만, 여성의 정신세계 안에 내면화된 사회적이고 문화적인 반사적 반응에 대한 대안도 있다. 또한《제인 에어》안에서 우리는 정형화된 여성들끼리의 경쟁의식에 대한 대안도 발견할 수 있다. 소설 속에서 우리는 단지 삼각형의 세 꼭짓점 같은 관계 혹은 남성의 일시적인 대체물로서 여성이 아니라 서로 지지하는 현실적인 여성들의 관계를 목격한다. 제인 에어에게 결혼이야말로 템플 선생님, 다이애나와 메리 리버스에게 그랬듯이 삶의 완성임에 틀림없다. 그러나 적어도 제인에게 이 결혼은 단순한 해결책이나 하나의 목적이 아니라 급진적으로 이해된 형태의 결혼이다. 즉, 여성의 삶을 방해하고 축소하는 가부장적 결혼이 아니라 여성이 자신을 창조해나가는 과정의 연장선으로서의 결혼이었다.

집 안의 활화산[*]

에밀리 디킨슨의 힘

1975

　　나는 지금 시간의 속도로 매사추세츠 턴파이크 고속도로를 달리는 중이다. 지난 몇 달, 몇 년, 아니 내 삶의 대부분 동안 나는 1830년과 1886년 사이 매사추세츠 애머스트에 살았던 누군가의 방충망을 향해 날아드는 한 마리 곤충처럼 그 주위를 맴돌아왔다. 에밀리 디킨슨이라는 존재의 작시법, 소외의 삶은 내 것이 될 수 없었지만, 한 사람의 여성 시인으로서 나만의 작시법을 찾아가는 동안 점점 더 그의 숙명을 이해하게 되었고, 그가 자신을 어떻게 방어했는지 목격할 수 있었다.

　　"가정은 마음이 깃든 곳이 아니라 집과 인접 건물들로 이루어진 곳이에요." 그는 한 편지에 이렇게 썼다. 뉴잉글랜드 지역의 리얼리즘에 입각한 선언이자 따라야 할 지령이었다. 아마도 한 집에 아

---

[*]　이 에세이는 브랜다이스대학교 강연에서 가장 먼저 선보였고, 현재 형태는 브린모어대학의 루시 마틴 도넬리 강연 프로그램의 일부분이다. 《파르나소스: 포이트리 인 리뷰》5권 1호(1976년 가을-겨울호)에 발표했다.

거짓말, 비밀, 그리고 침묵에 관하여

니, 한 방에 그토록 오래, 그토록 집요하게 살았던 시인도 없을 것이다. 디킨슨의 조카 마사의 회고에 따르면, 애머스트 메인스트리트 280번지 2층의 모퉁이 방을 방문했을 때 에밀리 디킨슨은 상상의 열쇠를 돌려 방문을 잠그는 시늉을 하며 "매티, 이제 자유야"라고 말했다고 한다.

나는 지금 시간의 속도로 그 집과 인접 건물들이 있는 방향으로 가고 있다.

웨스턴 매사추세츠, 코네티컷 밸리, 여전히 메아리가 울려 퍼지는 시골 지역, 아메리칸 원주민의 반란과 종교 부흥과 신앙의 충돌과 청교도 석탄회사 소수 과격파의 폭발 등의 장면이 스쳐간다. 평원에서 완만하게 솟구치는 언덕들, 하얀 아지랑이 속에 자리 잡은 들판의 담배 창고, 그러다 불쑥 나타나는 도시 외곽의 아르코, 맥도널드, 쇼핑 플라자 같은 간판들은 91번 도로에서 보면 얼마나 평화롭고도 위협적인지. 조녀선 에드워즈(미국의 대표적 신학자이자 철학자, 목사로 1730년대와 1740년대 뉴잉글랜드 지역 영적 부흥 운동을 주도했다가 1750년 해임당했다—옮긴이)의 마음을 아프게 했고 에밀리 디킨슨의 천재성을 에워쌌던 그 시골. 이곳은 지금 5월의 햇볕 아래 잔잔하게 누워 있다. 구름 긴 하늘이 따스한 햇볕 속으로 끼어들고, 연둣빛 봄이 언덕을 부드럽게 물들이며, 움푹한 골짜기마다 층층나무와 야생 과일나무가 꽃을 피운다.

노샘프턴 우회로에서 과수원과 스테이크하우스와 슈퍼마켓을 지나가면 그 사이에 애머스트로 가는 4마일 거리의 도로—9번 도로—가 나온다. 새로운 매사추세츠대학교가 펠럼 힐스 앞에 펼쳐진 평원에 고층 건물을 세운다. 이곳에 새로운 돈이 몰려온다. 부동산과 모텔이 생긴다. 애머스트는 느닷없이 해들리를 계승한다. 애머스트는 초록이 우거지고 부유해 보이고 안전하다. 우리는 갑작스레 시내 한복판에 도착한다. 두 곳의 커다란 잔디밭을 두르고 뻗어 있는 옛 뉴잉글랜드대학 건물 사이, 캠퍼스 교차로다. 학부 시절 주말을 보내러 왔을 때의 희미한 기억과 거의 정확히 일치한다.

실라이 스트리트 왼편, 메인 스트리트 오른편, 노란색 말뚝 울타리 끝에 진입로가 있다. 집을 두르고 있는 높은 삼나무 산울타리를 알아보았다. 25년 전 걸어서 왔을 때 울타리 너머를 흘낏 보려고 애썼던 기억이 있다. 진입로를 따라 곁채들과 포치, 오래된 나무들과 초록색 잔디밭으로 이루어진 큼직한 19세기 벽돌 주택 뒤쪽으로 갔다. 뒷문 초인종을 눌렀다. 에밀리 디킨슨의 관도 이 뒷문을 통해 한 블록 떨어진 묘지까지 운구되었다.

오랫동안 에밀리 디킨슨의 모습을 상상하고 있기보다는, 그의 시와 편지를 통해서, 19세기 중반 미국의 천재 시인이자 매사추세츠 애머스트의 한 여성으로 살아가는 의미가 무엇이었는지에 관한 내 생각을 통해 직접 그의 마음속으로 들어가 보고자 했다. 디킨슨은 또 한 명의 천재 시인 월트 휘트먼의 시가 '수치스럽다'라는 말을 들었다고 쓴 적이 있다. 그는 당시의 시적 관습의 기준에 따르면, 특히 여성 시인에게 무엇이 적당한가를 따지는 기준에 의하면, 자신의 시가 인정받을 수 없음을 알았다. 생전에 출판된 그의 시는 일곱 편 뿐이었고, 그마저도 전부 다른 사람의 편집을 거쳤고, 천 편이 넘는 시가 사후에 침실 서랍장에서 발견되었다. 여동생이 발견한 원고 위에는 어떤 방식으로 세상에 발표할 것인가, 출판이 적절한가, 시인 자신의 마지막 의도는 무엇인가에 관한 수십 년간의 분투가 고스란

거짓말, 비밀, 그리고 침묵에 관하여

히 담겨 있었다. 처음 그의 시를 편집하고 선별한 사람들은 시의 범위를 대폭 줄였고, 수많은 해설가가 그의 시를 격언을 좋아하는 가르보처럼 감상적이고 사랑에 빠진 이른바 '노처녀'의 별스러움 혹은 괴짜다움으로 축소하면서, 그의 전 작품이 지닌 깊이와 넓이를 제대로 읽어내지 못했다. 나는 시인의 마음에 내 마음을 이입해 상상해보려고 해도 그의 작품 세계는 과거에도 지금도 여전히 경이로울 뿐이다.

　나는 천재는 자신이 천재임을 안다고 생각한다. 디킨슨 역시 자신의 특별함을 알고 자신에게 무엇이 필요한지 알아서 은둔 생활을 선택했으리라 믿는다. 게다가 완전히 밀폐된 은거가 아니라 읽기와 서신과 광범위한 사람들을 포함한 은둔이었다. 그의 여동생 비니는 "에밀리는 언제나 보람을 안겨주는 사람을 찾았다"라고 말했다. 실제로 다양한 시기에 여성과 남성 모두에서 그런 사람을 찾았다. 올케였던 수전 길버트, 애머스트 집의 손님이자 가족의 친구였던 벤저민 뉴턴, 찰스 워즈워스, 스프링필드 《리퍼블리컨》 편집장이었던 새뮤얼 보울스와 그의 아내, 그리고 친구 케이트 앤선과 헬렌 헌트 잭슨, 또 멀지만 중요한 인물이었던 엘리자베스 배럿 브라우닝, 브론테 자매, 조지 엘리엇 등이 있었다. 그러나 디킨슨은 세심하게 사교의 범위를 선별했고, 직접 시간 배분을 조절했다. 애머스트의 '사치스러운 상류층 부인들'만 제외된 것은 아니었다. 에머슨은 옆집의 디킨슨을 방문했지만, 디킨슨은 그를 만나러 가지 않았다. 디킨슨은 여행을 가지도 않았고 일상적인 손님의 방문을 받지도 않았다. 낯선 사람은 피했다. 그의 소명 의식을 생각해보면 그는 별스럽지도 않고 괴짜도 아니었다. 그저 생존하기로, 자신이 지닌 힘을 이용하기로,

필요의 경제학을 실천하기로 마음먹었을 뿐이다.

만약 조너선 에드워즈가 여성으로 태어났다면 어땠을까? 비슷한 질문으로 윌리엄 제임스가 여성으로 태어났다면 어땠을까? (그의 여동생 앨리스 제임스의 부당한 격리 생활이 떠오른다.) 뉴잉글랜드는 남자들에게도 정신적인 희생을 요구했다. 이 지역의 수많은 천재가 이런저런 모습으로 특이해 보였는데, 특히 사교적인 면에서 그랬다. 너새니얼 호손은 결혼할 때까지 식구들과 떨어져 자기 방에서 혼자 식사했다. 헨리 데이비드 소로는 "고향 콩코드를 수없이 여행했다" 라고 자랑하며, 고독과 지리적 제한의 가치를 주장했다. 에밀리 디킨슨은—그에게 사로잡힌 동시대인 토머스 히긴슨은 그를 "부분적으로 금이 간" 사람으로 보았고, 20세기 사람들은 죽음의 조짐이나 병증으로 보았다—내게는 점점 마땅히 해야 하는 대로 자신의 재능을 행사하고, 선택한 실천적인 여성으로 보인다. 디킨슨은 환경에 비해 매우 강인한 사람, 강력한 의지를 지닌 인물, 집안에서 꽤 중요한 위치를 차지한 사람으로 생각되지 나약하거나 조용한 사람으로 생각되지는 않는다. 언젠가 디킨슨은 아버지가 무섭다고 고백한 적이 있지만, 사실 아버지가 가장 사랑한 딸이었다. 또 여동생은 일상의 가사 노동에 헌신함으로써 디킨슨이 자유롭게 글을 쓸 수 있게 해주었다. (디킨슨도 직접 빵을 굽고 젤리와 생강빵을 만들었으며, 오랫동안 어머니를 간병했고, 뉴잉글랜드의 온실에서 석류와 칼라와 이국적인 식물을 기른 뛰어난 원예가이기도 했다.)

마침내 2층에 올라갔다. 나는 지금 에밀리 디킨슨에게 '자유'였던 방안에 서 있다. 이 집에서 가장 좋은 침실이자 모퉁이 방으로 해가 잘 들고, 앞쪽으로는 애머스트의 메인 스트리트가 옆쪽으로는 오빠 오스틴의 집으로 가는 길이 보인다. 이 방의 서랍 하나짜리 작은 테이블에서 그는 시 대부분을 썼다. 이곳에서 여성 시인의 삶을 노래한 여성 시인의 설화 시, 엘리자베스 배럿의 《오로라 리》를 읽었고, 조지 엘리엇과 에머슨과 칼라일과 셰익스피어와 샬럿과 에밀리 브론테를 읽었다. 이곳에서 나는 다시 한 마리 곤충이 되어 창틀 위에서 몸을 떨며 유리창에 매달리려고 애쓴다. 이곳의 향기는 매우 강하다. 여기 흰색 커튼이 드리운 천장이 높은 방에서 붉은 머리칼과 헤이즐넛 색의 눈동자, 콘트랄토의 음성을 가졌던 여성이 화산과 사막, 영원, 자살, 육체적인 열정, 야생동물, 강간, 힘, 광기, 이별, 악마, 무덤에 관한 시들을 썼다. 여기서 그는 짜깁기용 바늘로 이 시들을─샅샅이 교정을 보고 종종 다양한 형태로─묶어 소책자로 만들었다. 사후에 발견되어 읽힐 만큼 단단히 묶었다. 여기서 그는 '자유'를 알았고, 계단을 통해 들려오는 손님의 피아노 연주 소리에 귀를 기울였고, 직접 집 안의 빵과 푸딩을 담당했던 식료품 저장실에서 빠져나와 저 아래 차분한 메인 스트리트의 삶을 지켜보고 또 지켜보았다. 이 방에서 그는 윤기가 흐르는 계단 난간에 손을 올린 채 아래층으로 미끄러지듯 내려가 득의양양한 잡지 편집장 토머스 히긴슨을 만나 당황스럽다고 말해 오히려 히긴슨을 당황스럽게 했다. 그는 히긴슨에게 보내는 편지에 '당신의 학생으로부터'라고 서명했다. 그러나 그는 독립적인 학생이었고, 히긴슨의 비평을 선별해 취했으며, 그를 만나는 일도 매우 드물었고 그나마도 언제나 **자신**의 영역에서 만났다. 그의 방식에 따라 의도적으로 조직한 삶이었다. 사회가 그에게 건넨 조건은─칼뱅파 개신교, 낭만주의, 여성의 신체와 선택과 섹슈얼리티를 조이는 19세기 코르셋─한 여성 천재를 정신이

상자로 만드는 결과를 초래할 수도 있었다. 그래서 이 천재는 비정통적이고 전복적이며 때로는 화산 같은 자신의 성향을 상징이라 부르는 하나의 방언, 즉 자기만의 모국어로 재해석해야 했다. "진실을 모두 말하라. 그러나 에둘러 말하라." 언제나 우리 안에 억눌려 있는 것, 특히 은닉의 억압 아래 있는 것이 시로 폭발한다.

그의 삶에 존재했던 여성들과 남성들도 똑같이 상징으로 전환되었다. 그의 시에 등장하는 남성형 대명사는 가부장제 사회 '남성성'의 여러 측면을 동시에 가리킬 수 있다. 즉, 또다시 자신의 입장에서 대화에 끌어들인 신이나 여성성을 거세한 그 자신의 창조적인 힘을 가리킬 수도 있고, 가까운 환경 속의 중요한 남성 인물들—변호사 에드워드 디킨슨, 오빠 오스틴 디킨슨, 목사 찰스 워즈워스, 편집장 보울스—을 가리킬 수도 있다. 그러므로 전설에 몰두하는 이들이 반세기가 넘도록 집착해온 대로 '그'라는 대명사를 특정 연인으로 여기고 누구일지 추적하는 일은 지나치게 제한적인 태도이다. 분명히 디킨슨은 자신에게 뭔가 줄 수 있는 지성을 갖춘 남자들에게 매력과 흥미를 느꼈다. 그리고 이제 자신에게 뭔가 줄 수 있는 지성을 갖춘 여자들에게도 매력과 흥미를 느꼈다는 것도 분명해졌다. 여성을 향해, 여성에 관해 쓴 시가 많고, 그중에는 대명사를 바꿔 쓴 두 가지 형태의 시도 있다. 최근 그의 전기를 쓴 리처드 수얼은 디킨슨이 본질적으로 정신질환자이고 그 결과 우연히 시를 쓰게 되었다는 과거 프로이트 이론에 입각한 전기작가의 이론을 거부하고, 디킨슨이 여성들에게 애착을 느꼈던 일이 왜 중요하고 타당한지 드디어 완전하게 드러나는 맥락을 창조해냈다. 그는 언제나 조지 엘리엇이나 엘리자베스 배럿과 같이 명료한 이성과 뚜렷한 표현력, 그리고 활력을 지닌 여성들에게 마음을 주었다. (언젠가 엘리자베스 프라이와 플로렌스 나이팅게일을 '성스럽다'라고 표현한 적이 있는데, 아마도 '훌륭하다'라는 의미였을 거라고 추정된다.)

디킨슨과 여성들과의 관계는 응당 지적인 관계 이상이었다. 그들은 깊은 감정을 나누었고, 서로에게 열정적인 기쁨과 고통의 원천이 되었다. 우리는 이제 겨우 당시 사회적이고 역사적 맥락에서 그 관계를 고려하기 시작했다. 역사학자 캐럴 스미스 로젠버그는 이후 20세기보다 '여성적인 사랑과 관습의 세계'였던 19세기 미국에서 강렬하고 열정적이며 관능적이기까지 한 여성들끼리의 관계는 심각한 금기가 아니었음을 보여주었다. 여성들은 다른 여성들을 향한 애착을 육체적으로나 언어적으로나 모두 표현했고, 결혼 때문에 여성 사이 우정의 힘이 희석되지도 않았으며, 우정을 맺은 두 여성은 종종 상대의 집을 방문해 오래 머물 때 같은 침대를 썼고, 편지를 쓸 때도 육체적이고 감정적인 그리움을 전부 표현했다. 스미스 로젠버그가 연구한 수많은 일기와 편지를 보면 19세기 여성에게 친밀한 여성 친구는 남편보다 훨씬 더 중요한 인물일 수 있었다. 이 가운데 어떤 것도 '레즈비어니즘'으로 인식되거나 비난받지 않았다.[1] 우리는 여성을 향한 여성의 사랑에 스캔들과 일탈의 오명을 씌우는 프로이트식 논리에서 벗어나 여성끼리의 경험에 대해 더 많이 알고 여성혐오의 태도를 배제할 때 에밀리 디킨슨에 대해서도 더욱 잘 이해하고 그의 시를 더욱 통찰력 있게 읽을 수 있을 것이다.

그러나 그가 남긴 1,775편의 시를 전부 읽는다면 누군들—여성이든 남성이든—그 상상력을 통과하는 동안 어떤 변화도 겪지 않을 수 있겠는가? 창을 통해 빛이 새어들고 화분과 작업용 테이블이 있는 그 모퉁이 방에서 그가 창조해낸 공간을 생각해본다면, 한 사회, 한 집안에 자신만의 방식을 지킬 수 있었던 그 성격을 생각해본다면, 그 공간에 모든 것을 종합해 넣은 그를 어떻게 감히 단 하나의 이론에 담을 수 있기를 바랄까?

"매티, 이제 자유야." 턴파이크 고속도로를 타고 서둘러 보스턴으로 돌아가는 길에 통행료 징수원의 손에 표를 건네며 그의 말을 떠올린다. 어느 때보다 여성적이었던 19세기 미국의 그 천재가 움직이면서 지금껏 미국의 그 어느 시어보다 더 다양하고, 더 압축적이고, 함축을 통해 더 밀도 있고, 통사를 통해 더 복잡한 언어를 창조해낸 그 제한된 공간을 떠올린다. 천재의 흔적을 따라 움직여온 내 마음은 오늘날 미국을 살아가는 한 사람의 여성 시인으로서 그의 언어와 이미지를 곱씹어봐야 한다.

1971년 디킨슨을 기리는 우표가 발행되었다. 초상화는 유일하게 남은 은판사진에서 가져온 것으로, 가운데 가르마를 탄 곧은 머리, 카메라 너머 어딘가를 응시하는 눈, 옷에 꽂은 작은 꽃다발에 올려놓은 손이 정확히 19세기 스타일을 보여준다. 우표 발행 첫날 친구가 보내준 봉투에도 시인의 모습이 새겨져 있었는데, 하얀 레이스 주름 장식을 달고 머리 모양도 이제 막 보스턴의 미용실에서 걸어나온 사람처럼 부풀려 올린, 대중적인 상상력으로 그린 모습이다. 미국 대중이 선택한 대표적인 시 한 편도 초상화 아래 이슬을 머금은 장미 그림과 함께 찍혀 있다.

한 사람의 상심을 멈추게 할 수 있다면
나 헛되이 산 게 아니리.

거짓말, 비밀, 그리고 침묵에 관하여

누군가의 아픔을 덜어줄 수 있다면
혹은 고통 하나를 가라앉힐 수 있다면
혹은 기진맥진한 로빈 새 한 마리를 도와
다시 둥지에 올려놓을 수 있다면
나 헛되이 산 게 아니리.

정말이지 이상하지 않은가. 1864년 에밀리 디킨슨이 이 시를 쓴
것은 사실이다. 19세기 엉터리 시인 100명 누구라도 쓰고 남았을 시.
별로 대단할 것도 없는 이 평범한 시에서 느껴지는 관습적인 감상은
시인의 것이라기엔 눈에 띄게 전형성에서 벗어났다. 만약 디킨슨이
이런 시를 많이 쓰기로 선택했다면 우리는 그의 시가 출판되지 않았
던 점이나 편집되었던 점, 그의 진가로 시인을 평가했던 점 등을 전
혀 '문제'로 느끼지 않았으리라. 자족적이고 명백히 이타적인 이 시
의 감상은 오늘날에도 어떤 지역에서는 일종의 걸스카우트 기도문
처럼 엉터리 시인이나 썼을 법한 것으로 받아들여질 것이다. 그러나
우리가 이야기하는 여성은 다음과 같은 시를 쓰기도 했다.

그는 당신의 영혼을 더듬거린다
음악을 본격적으로 연주하기 전
건반을 더듬는 연주자처럼—
그는 점차 당신을 놀라게 한다—
희미한 바람결에도
부서지기 쉬운 당신의 본성에 대비해
희미한 망치 소리로 시작해— 저 멀리서 들리도록—

이윽고 더 가까이 ─ 그리고 아주 느리게

당신이 숨결을 정돈할 시간을 주고 ─

당신의 머리가 ─ 차갑게 끓어오르게 하고 ─

한 방의 ─ 장엄한 ─ 번개를 ─ 내리꽂아 ─

벌거벗은 당신 영혼의 머리 가죽을 벗겨버리지 ─

바람이 제 발밑으로 숲을 거두어갈 때 ─

우주는 ─ 고요하다 ─

디킨슨이 단념해야 했던 구체적이고 살아 있는 남성 연인이 누구인지 밝히고 은둔 생활의 비밀과 수많은 시에 흐르는 흔적을 캐내려는 노력에 무수한 에너지가 들어갔다. 그러나 시의 기술이라는 게 변형의 기술임을 생각해보면 실제로 던져야 할 질문은 이 여성의 마음과 상상력이 알고 지냈던 남성들을 포함해 이 세계의 남성적 요소, 혹은 남성적으로 의인화된 요소를 대체로 어떻게 사용했는가, 그리고 이들과의 관계를 어떤 이미지와 언어로 드러냈는가가 되어야 한다. 디킨슨이 성장한 가부장제 사회에서, 구체적으로 말하자면 여전히 종교 부흥 운동이 뜨겁게 벌어지고, 설교가 적극적으로 문학적 형태를 띠고 장려되었으며, 신성과 남성성을 일치시키는 사고방식이 기본이었던 19세기 뉴잉글랜드의 유대─기독교, 유사 청교도 문화에서 디킨슨이 수많은 초기 신비주의자와 마찬가지로 에로틱함을 종교적 경험과 이미지로 흐릿하게 처리하는 모습을 발견한들 별로 놀랍지도 않다. 방금 읽어본 시에는 종교적 경험이 지닌 강렬한 힘과 함께 유혹과 강간의 암시가 담겨 있다. 이러한 상징들은 상호보

완적인가? 아니면 좀 더 디킨슨만의 고유한 특성에 가까운가? 여기
또 한 편의 시가 있다.

> 그는 내 삶을 허리띠로 졸라맸어요—
> 버클이 찰칵 채워지는 소리를 들었어요—
> 그리고 돌아서서, 제왕처럼 나갔어요,
> 내 인생을 접어놓고—
> 일부러, 어느 공작이
> 왕국의 지위에 맞게 행동하듯이—
> 지금부터, 헌신하는 사람—
> 그 집단의 일원이 되었죠
>
> 하지만 부르면 올 수 있게 너무 멀리 가면 안 돼요—
> 소소한 수고는 행하세요
> 그래야 나머지 일들도 돌아갈 수 있으니까요—
> 그리고 이따금 미소를 보내세요
> 허리 숙여 나를 봐주는 사람들에게—
> 그리고 친절하게 그 안에서 물어보세요—
> 누구의 초대를, 당신은 알지 않나요
> 누구를 위해 나는 거절해야 할까요?

위의 두 시는 소유에 관한 시이고, 내게는 한 사람이 쓴 시로 보
인다. 즉, 남성 시인들이 여성 뮤즈에게 호소했듯이, 시인이 남성적
인 형태로 구현한 자신의 힘과 맺은 관계를 노래한 시다. 시를 쓸

때—특히 디킨슨처럼 비정통적이고 독창적인 시를 쓸 때—여자들은 종종 여성으로서 자기 지위를 잃어버릴 위험에 처했다고 느낀다. 이 지위도 딸로서, 누이로서, 신부로서, 아내로서, 어머니로서, 애인으로서, 뮤즈로서 등등 남성과의 관계 속에서 정의되어왔다. 가부장적 문화에서 가장 힘이 있는 인물은 남성이었기 때문에 디킨슨이 자신의 내면에 있는 관습적인 여성성의 이념에 부합하지 않는 어떤 것에 남성성을 부여하려는 것도 자연스러워 보인다. 우리 자신의 내면의 힘을 알아보고 인정하는 것은 언제나 여성들에게 위험이 도사린 길이었다. 에밀리 디킨슨처럼 그 힘을 인정하고 그 힘에 몸을 맡기는 것은 실로 엄청난 결정이었다.

안타깝게도 우리 대부분은 교실에서 디킨슨의 '소녀 취향' 시들을, '나는 아무것도 아니야! 너는 누구니?'처럼 말괄량이 어조(그 밑에 도사린 분노가 짓궂음으로 해석되는 시)나 다음과 같은 시를 먼저 배웠다.

나는 희망해요, 하늘에 계신 아버지가
당신의 어린 딸을 들어 올려—
시대에 뒤처지고— 버릇없는— 모든 것을 들어 올려—
'진주'로 만든 문 위에 올려놓아 주시기를.

또는 벌과 로빈 새에 관한 시들이 있다. 한 평론가는—리처드 체이스—19세기 "여성에게 가능한 경력 가운데 하나는 영원히 유년기를 살아가는 것이었다"라고 말한다. 디킨슨의 편지와 일부 시들에 깃든—훨씬 소수이기는 하다—분위기는 그 스스로 분명히 경험했을 자신의 실제 크기를 거의 상쇄하거나 부정하는 정도까지—심지어 위장하기도 하는—자기 축소의 경향을 보인다. 이렇게 자신의 '작음'을 강조하는 것은 의도적으로 기이한 은둔 전략을 고수한 것과 함께 최근까지도 시인의 지배적인 특성으로 여겨졌다. 즉, 보이지 않는 친구들에게 전달자 편에 꽃과 시를 보내고, 침실 창문을 통해 이웃 아이들에게 생강빵 바구니를 내려보내고, 시를 쓰기는 하지만 다소 순진하게 시를 쓰는, 하얀 옷을 입은 연약한 여성 시인의 이미지였다. 존 크로 랜섬은 디킨슨이 쓴 구두점과 글씨체까지 그대로 편집하고 표준화해야 한다고 주장하면서, 그를 "자기 시의 최종 운명에 대해 적절한 생각을 지니고 있었지만…… 인쇄기 앞에 원고를 준비시키고 시인의 어법보다 출판사의 조판 견본이 훨씬 더 중요한 다음 실행단계로는 나아가지 못한" "집 안에만 있는 작은 사람" 이라고 불렀다. (짧게 말해 에밀리 디킨슨은 자신의 직업에 대해 완전히 알지는 못했고, 랜섬은 '출판사의 조판 견본'이 시인의 어법에 대해 최종 결정권을 가진다고 믿었다.) 랜섬은 계속해서 디킨슨의 시 몇 편을 '최대한 자제심을 발휘해' 직접 고쳐서 인쇄하기에 이른다. 남성 작가에게는—일테면 소로나 크리스토퍼 스마트나 윌리엄 블레이크—타당한 기이함이나 독특한 의도로 보였을 것이 우리의 주요한 두 시인 중 한 사람에게는 일종의 천진난만, 소녀의 무지, 여성의 전문성 부족 등으로 평가 절하되면서 시인 자신이 감상의 대상이 되었다. ("우리 대부분은 이 죽은 소녀와 반쯤은 사랑에 빠졌다"라고 아치볼드 매클리시는 고백한다. 그러나 디킨슨은 사망 당시 55세였다.)

디킨슨의 최근 전기작가를 포함해 최근 비평가들은 점점 '작음' 보다 '위대함'의 관점에서, 그의 삶이 보여준 표면적인 기이함이나 여러 일화 속의 낭만적인 위기 대신 단호한 선택의 측면에서 시인에게 접근하기 시작했다. 그러나 안타깝게도 선집 제작자들은 계속해서 다른 선집을 표절하거나 이미 편집된 책을 심지어 일부 삭제한 형태로 재출간하고 있다. 결국, 디킨슨과 그 작품의 대중적인 이미지는 학자들과 전문가들의 변화하는 의식보다 많이 뒤처져 있다. 시인을 완전한 범위로 보여주는 시 선집은 아직 존재하지 않는다. 디킨슨의 위대함은 25편이나 50편, 심지어 500편의 '완벽한' 서정시로는 평가할 수 없다. 시인의 위대함은 축적을 통해 보여주어야 한다. 심지어 시인들도 그 작품의 완전한 규모를 제대로 파악할 수가 없으며, 평생을 언어와 정체성과 이별, 관계, 자아의 위상에 관한 핵심 문제들을 묵상하는 데 몰두한 사람, 셰익스피어를 제외한 어떤 시인보다 정확하게 심리 상태를 묘사할 수 있는 사람을 한 권짜리 전집을 읽어서는 (전문가들의 주석을 실은 3권짜리 집주본은 말할 것도 없고) 이해할 수 없다.

아직도 시를 쓰는 여성들이 디킨슨의 작품 세계를 협소하게 알고 있고, 또 그의 일화 때문에 그를 원천이자 여성 선배로 삼지 못하는 모습을 보면 놀라울 따름이다. 나 역시 어린 시절 그의 시를 읽을 때나 조금 더 커서 진지하게 시를 쓰게 되었을 때도 그를 문제적인 인물로만 알았다. 처음 그의 시를 읽은 것은 1937년 시인의 조카가 편집한 묵직한 선집을 통해서였다. 이보다 더 완전해진 판본은 내가 열여섯 살이었던 1945년에 등장했고, 존슨이 편집한 삭제하지 않은 전집은 그로부터 15년 후에야 나타났다. 이 각각의 판본 출간은 내 인생의 수십 년 동안 매우 중요한 사건이었다. 다른 어떤 시인보다 에밀리 디킨슨은 내게 개인적으로나 심리적으로나 강렬한 내면의

거짓말, 비밀, 그리고 침묵에 관하여

사건은 보편적인 세계와 뗄 수 없으며, 단순한 자기표현을 뛰어넘는 심리적인 시의 영역이 존재한다고 말해주는 것 같았다. 그러나 그와 같은 탐험에 나선 여성은 포기와 고립과 무형의 희생을 치러야 한다고 속삭이는 것만 같았기 때문에 삶의 일화는 괴로웠다. 《에밀리 디킨슨 전집》이 출간되면서 시인의 일화는 시집에 드러난 명백한 힘과 정신의 중요성에 비하면 그다지 중요하지 않은 일로 물러나는 것 같았다. 그러나 에밀리 디킨슨을 손에 넣는 일은 여전히 그리 단순한 문제가 아니다.

《멜로디의 섬광Bolts of Melody》이라는 제목의 1945년판 시집은 내 나이 열여섯 살에 처음 읽었을 때는 충격적이었고 30년이 흐른 지금까지도 여전히 나의 상상력을 사로잡는 한 편의 시에서 그 제목을 따왔다.

나라면 그리지 않을 거야— 그림을—
차라리 그 하나가 되고 말 거야
그 밝은 불가능성을
맛있게— 음미하고—
손가락들이 어떻게 느끼는지 궁금해할 거야
누구의 귀한 손가락이 — 천상을— 휘저어
저토록 달콤한 괴로움을 자아내고—
저토록 호화로운— 절망을 자아냈을까—

나라면 말하지 않을 거야, 코넷처럼—
차라리 그 하나가 되고 말 거야

천장까지 부드럽게 올라가—

이윽고 밖으로, 편안하게 계속—

창공의 마을을 지나

나 스스로 버티는 풍선이 되어

오직 쇠붙이 입술 하나로

부두에서 나의 배를 향해 가네—

나라면 시인도 되지 않을 거야—

귀를 가지는 편이— 더 멋지지—

반하고— 무력해지고— 만족하며—

숭배할 수 있는 자격증,

굉장한 특권

타고난 재능이란 무엇일까,

내게 자신을 기절시킬 예술이 있다면

멜로디의 섬광으로!

　　이 시는 정통적인 '여성적' 역할을 선택하는 것에 관한 시다. 창
조적이기보다 수용적이고, 화가보다 보는 사람을, 음악가보다 듣는
사람을, 적극적인 사람보다 행위를 당하는 사람을 선택하는 시다. 그
러나 표면적으로는 이러한 역할을 선택하면서도 시인은 "손가락들
이 어떻게 느끼는지 궁금해할 거야 / 누구의 귀한 손가락이— 천상
을— 휘저어 / 저토록 달콤한 괴로움을 자아내고—"를 궁금해하고,
"여성적" 역할을 "반하고—**무력해지고**—만족하며—"라는 이상한
형용사의 나열로 칭찬한다. 이 시의 기이한 역설은—정교한 아이러

거짓말, 비밀, 그리고 침묵에 관하여

니—시인이 되지 않겠다고 선택하는 대목으로, 이 시를 포함해 작가가 생전에 쓴 무려 1,775편의 시가 이 한 편의 시를 반박한다. 더욱이 이 시의 이미지는 (시인이 생생하게 재현하는 풍선처럼) 절정을 향해 치닫지만, 이 절정은 그가 묘사한 대로 수신자가 되는 대목이 아니라, 창조자이자 동시에 수신자가 되는 대목에서 발생한다. "굉장한 특권 / 타고난 재능이란 무엇일까, / 내게 자신을 기절시킬 예술이 있다면 / 멜로디의 섬광으로!" 이 절정 부분은 다음 시를 떠올린다. "그는 당신의 영혼을 찾아 더듬거린다 / 음악을 본격적으로 연주하기 전 / 건반을 더듬는 연주자처럼—" 이런 시행을 쓸 수 있었던 디킨슨은 당연히 그 특권과 타고난 재능을 지니고 있었고, 그래서 이 시는 정교한 아이러니를 갖추었다고 말할 수 있다. 또 아주 다른 방식이기는 하지만, 이는 디킨슨의 '어린 소녀' 전략과도 관계가 있다. 스스로 집 안의 활화산이라고 느꼈던 여성에게는 적어도 무해함과 억제의 가면이 필요했다.

나의 화산에는 풀이 자란다
명상의 자리—
새 한 마리가 선택한 한 뙈기의 땅은
일반적인 생각이 될 것이다—

저 아래 불덩이 바위는 얼마나 붉은지—
뗏장은 얼마나 위태로운지
만약 내가 들춰본다면
나의 고독이 경외심과 함께 살고 있겠지.

아무리 가면을 썼어도 그 힘은 여전히 파괴적으로 느껴질 수 있다.

고요한— 화산은— 삶은—
한밤중에 명멸한다—
눈앞을 지우지 않아도
충분할 만큼 어두울 때—

조용한— 지진 같은 방식은—
너무 미묘해서 알아챌 수 없다
본성상 이쪽 나폴리를—
북쪽에서는 감지할 수 없다

엄숙한— 작열하는— 상징—
절대 거짓말을 하지 않는 입술이—
쉭쉭대는 붉은 산호를 열었다가— 닫으면—
도시들은— 차차 사라진다—

디킨슨의 전기작가이자 편집자인 토머스 존슨은 시인이 종종 악마의 힘에 사로잡혔다고 느꼈고, 특히 최고의 추진력으로 글을 썼던 1861년과 1862년 사이에 그랬다고 말했다. 〈그는 내 삶을 허리띠로 졸라맸어요〉 외에도 악마에게 사로잡힌 시로 읽을 수 있는 시— 더불어 신이나 인간 연인에게 사로잡힌 시로 읽을 수도 있고 그렇게 읽혀 왔던 시—가 많다. 악마—시인 자신의 적극적이고 창조적인 힘—와의 관계에 대한 여성의 시는 가부장 문화에서 이성애 사랑이나 가부장 신학의 언어를 사용해왔다고 나는 생각한다. 테드 휴즈는 이렇게 말한다.

[디킨슨의] 상상력과 시의 폭발적인 힘은 절망의 에너지로 자신이 잃어버린 남자에게서 그 남자의 유일한 대체물인 신의 세계로 열정을 옮길 때 발생한다…… 그 후로 신의 세계가 '남편'의 거울상이 되기 때문에 현실 세계에서 부정당한 결혼이 영적인 세계에서는 계속 진행된다…… 이렇게 뉴잉글랜드의 전 종교적인 딜레마는 역사상 가장 중요한 그 순간에 디킨슨과 그 남자와의 관계의, 사실상 '결혼'의 거울상이 되었다.[2]

굉장히 요점을 벗어난 주장으로 보인다. 먼저 살펴봐야 할 몇 가지 사실들이 있다. 첫째, 에밀리 디킨슨은 결혼하지 않았다. 그리고 그의 비혼은 존 코디의 견해처럼 병적인 은거도 아니었고 심지어 의식적인 결심도 아니었을 것이다. 동시대 작가 크리스티나 로제티처럼 그저 그의 인생에서 일어난 하나의 사실일 뿐이다. 두 여성 모두 결혼보다 우선하는 요구가 있었다. 둘째, 로제티와 달리 디킨슨은 종교적으로 독실한 여성이 아니었다. 종교적 견해는 오히려 이단적이고 이교도적이었으며 교회와 교리로부터 멀찌감치 거리를 두었다. 실제로 그가 '삶을 허리띠로 졸라매도록' 허락한 것은—그의 성인기를 완전히 점유하고 사로잡았던 것은 무엇이었을까? '누구' 때문에 그는 다른 삶의 초대를 사양했을까? 바로 시 쓰기였다. 거의 2천 편에 달하는 시. 가장 왕성했던 시기에는 한 해에 366편의 시를 썼다. 스스로 하나의 탁월한 종류가 되어버렸다고 우리가 아는(그 역시 알았다고 나는 확신한다) 시를 쓴다는 건 어떤 일일까? 우선 에너지를 활활 태워 현실을 직면하고, 일정 범위의 정신적인 경험을 언어로 응축시키고, 그런 다음 시를 종이에 베껴 써서 트렁크에 넣어두거나 몇 편은 여기저기 친구들이나 친척들에게 가끔씩 운문이나 자신감의 표현으로 삼아 보낸다는 건 어떤 일일까? 이런 시를 보면 알 수 있듯이 그도 자신이 어떤 사람인지 분명히 알고 있었을 것이다.

나 자신은 만들어졌어요 — 목수로—
젠체하지 않는 시간
나의 대패와 — 그리고 나는, 함께 작업했어요
건축가가 오기 전에 —

우리가 해낸 일을 평가하려고요
우리에게 충분히 개발된
널빤지 만드는 기술이 있었더라면 — 그이는 우리를 고용했겠죠
절반씩 —

나의 연장은 인간 — 얼굴들—
작업대에서 우리는 열심히 일했어요—
그이 뜻에 반대하며 — 설득하면서—
우리는 — 사원을 지을 거라고 — 나는 말했어요—

처음으로 비평을 받으려고 토머스 히긴슨에게 시 몇 편을 보냈

거짓말, 비밀, 그리고 침묵에 관하여

던 그 위대한 해, 1862년에 쓴 시다. 어느 쪽이 먼저인지는 중요하지 않다. 이 시는 다른 이들의 판단과 상관없이 한 사람의 기량을 아는 것에 관한 시다.

이런 것을 아는 게 얼마나 중요한지 말하는 시가 많다. 여기 또 한 편을 읽어보자.

저는 양위 받았습니다― 그들의 것이기를 그만두었어요―
그들이 시골 교회에서, 물과 함께
내 얼굴에 떨어뜨린 그 이름은
사용 기간이 끝났습니다, 이제,
그리고 그들은 그 이름을 내 인형에 붙일 수 있어요,
내 어린 시절에도, 그리고 내가 실 감기를 그만둔
실패에도― 마찬가지로―

이전에 세례를 받았어요, 선택권도 없이,
그러나 이제는, 의식적으로, 우아하게―
최고의 이름으로―
나의 완전함을 불렀어요― 초승달이 떨어졌어요―
존재의 온전한 포물선이, 가득 차올랐어요,
하나의 작은 왕관으로.

나의 제2 지위― 너무 작았던 1위―
왕관을 쓰고― 까악까악 울면서― 내 아버지의 품에 안긴―
반쯤은 의식이 없는 여왕이었죠―

그러나 이번에는 ─ 적절하게 ─ 똑바로 서서 ─

선택의, 혹은 거절의 의지를 가지고 ─

그리고 나는 선택해요, 그저 왕관 하나를 ─

이 시는 '두 번 태어남' 혹은 기독교 의식으로 '견진성사'의 이미지를 띤다. 만약 이 시를 크리스티나 로제티가 썼다면 나는 아마 신학적인 읽기에 더 무게를 두었을 것이다. 그러나 이 시는 기독교 상징에 이용당한 적보다 기독교 상징을 스스로 이용한 적이 훨씬 더 많은 에밀리 디킨슨이 썼다. 이 시는 대단한 자부심을 노래하는 시인데─오만함이 아니라 **자기 승인**─디킨슨의 평론가들이 그의 축소형에 현혹되어 시에 담긴 의지와 자부심을 제대로 알아보지 못했던 게 이상하다. 이 시는 어린 시절에서 성인기로의 이동에 관한 시이고, 아버지의 이름을 달고 살고 "내 아버지의 품에 안겨 ─ 까악까악 울면서 ─" 살던 가부장적 조건에서 벗어나는 것에 관한 시이다. 그는 이제 '적절하게─ 똑바로 서서─ / 선택의, 혹은 거절의 의지를 가지고─' 있는 의식 있는 여왕이다.

여기 에밀리 디킨슨을 진정한 '유일한 창시자'로 생각하게 하는 시가 있다. 나는 이 시를 몇 번이고 반복해 음미하고 곰곰이 생각해보았다. 나는 이 시를 악마에게 사로잡힌 이야기, 특히 여성이라면 그러한 사로잡힘이 주는 위험성과 위태로움에 관한 시, 여성 안에 도사린 힘이 파괴적으로 보일 수 있고, 일단 악마에게 사로잡히면 그 악마가 없이는 살 수 없음을 아는 것에 관한 시라고 생각한다. 악마의 원형을 남성성으로 바라보는 관점은 변화하기 시작했지만, 지금껏 여성들에게 남성적 악마의 원형은 현실이었다. 그러나 이 여성

거짓말, 비밀, 그리고 침묵에 관하여

시인은 자신을 치명적인 무기로 여긴다.

내 인생은 서 있었어요― 장전된 총 한 자루로―
구석에 처박혀서― 그러던 어느 날
주인이 지나가다― 알아보고는―
나를 들고 나갔어요―

그리고 이제 우린 왕의 숲을 돌아다녀요―
그리고 이제 우린 암사슴을 사냥해요―
그리고 내가 그분을 위해 말할 때마다―
산이 곧바로 대꾸를 하지요―

그리고 내가 미소를 지으면, 진심 어린 그 빛이
계곡 위로 번쩍거려요―
베수비오 화산의 얼굴처럼
온몸으로 기쁨을 쏟아내는 것 같아요―

그리고 밤이 오면― 우리의 행복한 낮이 끝나고―
나는 주인의 머리맡을 지켜요―
함께 나누기에는― 푹신한―
오리 솜털 베개보다 이쪽이 더 나아요―

그분의 적에게― 나는 치명적인 적이지요―
누구도 두 번 움직일 수는 없어요―

내가 그자를 노란색 눈 과녁으로 삼아버리거나—
단호한 엄지를 세울 테니까요—

비록 내가 그분보다— 더 오래 살 수 있더라도
그분이 더 오래 살아야 해요— 나보다
왜냐하면 나는 죽일 힘만 있고,
죽을 힘은— 없으니까요—

여기서 시인은 자신을 분열된 모습으로 보는데, 이 분열은 '남성적' 정체성과 '여성적' 정체성 사이의 분열처럼 단순한 게 아니라, 당연히 남성적으로 여겨지는 사냥꾼 안에서의 분열을 의미하며, 또한 적극적이고 의지를 가진 존재인 한 인간과 총—**주인인 사냥꾼이** 손에 들기 전에는 활동할 수 없는 운명인 대상—사이의 분열을 의미하기도 한다. 총은 산을 향해 메아리를 일으킬 수 있고 계곡에 빛을 번쩍일 수도 있는 에너지를 가지고 있고, 또 치명적인 '베수비오 화산'과도 같으며 '적'에 맞서 주인을 지키는 수호자이기도 하다. 게다가 **그분을 위해 말하는** 것도 총이다. 이 시에 여성적인 의식이 있다면 이미지들보다 더 깊숙이 묻혀 있다. 이 의식은 권력을 향한 양가 감정 속에 존재하는데, 그래서 극단적이다. 여성들 안에 존재하는 적극적인 의지와 창조성은 공격의 형태를 띠고, 이 공격은 '죽일 힘'이면서 동시에 죽음으로 처벌받을 수도 있다. 사냥꾼과 총의 결합은 여자의 힘을 알아보고 장악해버릴 위험성, 특히 그 과정에서 스스로 여자답지 않게 공격적이고('그리고 이제 우린 암사슴을 사냥해요') 잠재적으로 치명적인 존재로 규정하는—그리고 규정당하는—위험성

거짓말, 비밀, 그리고 침묵에 관하여

을 구체적으로 표현했다. 여자가 자신의 내면에서 에너지와 권능으로 경험하는 것은 동시에 순수한 파괴로도 경험할 수 있다. 불안정한 균형을 유지하는 마지막 연은 양가감정을 해결하려는 절박한 시도로 보이지만, 내 생각에 이는 해결책이 아니라 오히려 양가감정을 더욱 연장할 뿐이다.

> 비록 내가 그분보다— 더 오래 살 수 있더라도
> 그분이 더 오래 살아야 해요— 나보다
> 왜냐하면 나는 죽일 힘만 있고,
> 죽을 힘은— 없으니까요—

시인은 자신을 장전된 총, 오만한 에너지로 경험하지만, 주인 혹은 소유자가 없다면 그는 단지 치명적일 뿐이다. 만약 소유자가 총을 버린다면—그러나 그런 생각은 감히 품을 수조차 없다. "그분이 더 오래 **살아야 해요**—나보다" 여기서 대명사는 남성형이고 앞의 예는 키츠가 '시의 천재성'이라고 부른 것이다.

이 시를 제대로 설명했다고, 모든 이미지를 해석했다고 주장할 생각은 없다. 그러기를 바라지도 않는다. 이 시는 행여 나의 해설이 중요성을 잃게 되더라도 오랫동안 새로운 어조로 울려 퍼질 것이다. 그러나 지금 이 시대를 사는 우리에게 에밀리 디킨슨과 우리 자신을 이해하고 특히 19세기 여성 예술가의 조건을 이해하기 위한 중요한 시라고 생각한다. 19세기의 여성 시인은 여성 소설가들이 소설이라는 매체에 대해 느꼈던 것과 달리, 시라는 매체를 위험하게 여겼던 것으로 보인다. 심지어 《폭풍의 언덕》처럼 기본적인 섹슈얼리티와 분노에 관한 소설을 쓸 때도 에밀리 브론테는 적어도 자신이 창조해 낸 소설 속 인물들과 자신을 이론적으로 분리할 수 있었다. 그들은 허구의 존재일 뿐이었다. 게다가 소설은 한 번에 한 단계씩 인간의 경험을 다루도록 계획하고 조직하는 일종의 건축물이 될 수 있다. 시는 무의식에 너무도 깊이 뿌리를 내리고 있어서 억압의 장벽에 몹시 가깝게 붙어 있는데, 19세기 여성에게는 억누를 것이 무척 많았다. 엘리자베스 배럿이 《오로라 리》를 쓸 때 시와 소설을 융합하고자 했던 시도는 흥미롭다. 아마도 시인은 허구의 인물들이 여성 예술가인 자신의 경험을 대신 책임져주어야 한다고 이해한 모양이다. 그러나 《오로라 리》와 크리스티나 로제티의 《요귀의 시장》─구강 에로티시즘이 잔뜩 묻어나는 예사롭지 않고 잘 알려지지 않은 시─을 제외하면 그 세기 여성이 '여성스러움'의 이데올로기와 여자다운 감정의 관습을 훌쩍 뛰어넘어 영어로 쓴 시는 에밀리 디킨슨이 유일하다. 이런 시를 쓰기 위해 그는 기꺼이 자아의 방으로 들어가야 했다. 다음과 같은 방으로.

우리 자신 뒤에 우리 자신이, 숨어서─
우리를 가장 놀라게 하리라─

그리고 그 안에서 통제력을 포기하고 위험을 감수하기 위해, 스스로 통제할 수 있다고 느낄 만한 외부세계와의 관계를 창조해야 했다.
공개적으로 인정받을 수 있는 페르소나와 본질적이고 창조적이고 힘이 있는 자아이지만 동시에 인정받을 수 없고 어쩌면 괴물로도

거짓말, 비밀, 그리고 침묵에 관하여

보일 수 있는 자기 자신 사이의 분열은 지극히 고통스럽고 위험한 삶의 방식이다.

  많이 미친다는 건 가장 신성한 감각이다―
  구별할 줄 아는 눈으로 보면 말이지―
  많은 감각이란― 완전히 미쳐버리는 것―
  대다수가
  여기서는, 모든 게 그렇듯이, 우세하니까―
  동의하면 ― 당신은 제정신―
  반대하면 ― 당신은 즉시 위험해져
  쇠사슬이나 차게 되지―

우리의 수동성은 타고난 것이라고 주장하고, 우리의 독립성과 창조성을 얼마든지 부인할 준비가 된 세상에서 수많은 여성이 이러한 분열의 무게를 견디지 못하고 정신병원에 가거나, 스스로 침묵을 강제하거나, 반복적인 우울과 자살, 심각한 외로움 등 극단적인 결과를 맞이했다.

디킨슨은 이러한 정신의 극단적 상태를 탐험하는 시를 썼던 미국의 그 시인이다. 오랫동안 우리가 봐온 대로, 좋게 말해봐야 소심한 편집자들이 그의 작품을 일정 기준에 따라 선별하면서 이러한 사실은 거의 지워졌다. 사실 디킨슨은 위대한 심리학자였고, 모든 위대한 심리학자가 그러하듯이 그 역시 가까운 소재로 시작했다. 그는 언어를 통해 대다수 사람이 부인하거나 혹은 침묵으로 감추고 있는 정신 상태 속으로 들어갈 용기를 갖추어야 했다.

첫날 밤이 왔어요─

그리고 감사했죠

너무도 두려운 어떤 일을─ 견뎌냈으니까요─

나는 내 영혼에게 노래하라 말했어요─

그녀는 현이 모두 끊어져 버렸다고 말했어요─

그녀의 활은─ 산산이 폭발해버렸다고─

그래서 그녀를 고치기 위해─ 나에게 일을 주었죠

또 한 번의 아침이 올 때까지─

이윽고─ 거대한 하루가

어제보다 두 배가 되어 찾아와,

내 얼굴에 공포를 펼쳐요─

내 눈을 막아버릴 때까지─

내 두뇌가─ 웃기 시작했어요─

나는 우물거렸죠─ 바보처럼─

그리고 몇 년 전─ 그날처럼─

내 두뇌는 계속 낄낄대요─ 아직도.

그리고 이상한 일이 생겨요─ 안쪽에서

나였던 그 사람과─

지금 이 사람이─ 같다고 느껴지지 않아요─

이런 게 미친 걸까요─ 이런 게?

거짓말, 비밀, 그리고 침묵에 관하여

디킨슨의 편지들을 보면 특별히 강렬했던 개인적 위기의 시기가 있었음을 인정한다. 그의 전기를 쓴 작가들은 이 위기를 불가능한 사랑의 포기가 불러온 고통이나 자신을 낳은 후 우울증과 위축된 삶을 살게 된 어머니 때문에 생긴 정신적인 상처 등 다양한 원인 탓으로 돌린다. 여기서 우리가 주목해야 할 점은 그가 이러한 경험의 본질을 탐사하기 위해 언어를 선택했다는 사실이다.

영혼이 붕대를 감는 순간들이 있지 ―
너무 겁에 질려 꼼짝도 할 수 없을 때 ―
그녀는 소름 끼치는 공포가 슬며시 다가와
문득 멈추고 그녀를 바라보는 것을 느껴 ―

공포가 그녀에게 인사를 건네 ― 길쭉한 손가락을 들어 ―
얼어붙은 그녀의 머리카락을 쓰다듬어 ―
마셔요, 고블린, 바로 그 입술로
연인은 ― 그 위를 맴돌고 ―
가치 없게, 생각은 너무도 하찮은데
주제를 하나 끄집어내지 ― 아주 ― 아름답게 ―

영혼이 탈출하는 순간들이 있지 ―
모든 문을 벌컥 열어젖히고 ―
그녀는 폭탄처럼 춤을 추네, 저 멀리,
그리고 세월 위에서 몸을 흔드네……

영혼을 다시 찾는 순간들—
그때, 중죄인이 함께 끌려가지,
날개 달린 발에 족쇄를 차고,
노래에, 철침을 박고,

공포가 그녀를 반기네, 다시,
이것들은 혀를 통해 큰소리로 읽히지 않는다네—

이 시에서 '폭탄'이라는 단어는 영혼의 적극적이고 해방된 상
태와 상관관계가 있는 것처럼, 거의 조심성 없이, 떨어졌다. 이는 분
명 도취의 상태에서 발생하지만, 함축된 의미는 도취를 넘어서 폭발
적이고 파괴적이다. 그 순간 영혼이 탈출하는 공포는 남성적인 '고
블린'의 형태를 띠고, '붕대를 감는' 무력한 자아의 사악하고 끔찍한
강간을 암시한다. 적어도 한 편의 시에서 디킨슨은 실제 자살 과정
을 묘사한다.

그는 그것을 살펴보고— 망설이다가—
올가미를 떨어뜨렸다
과거로 혹은 종결로—
그의 마음은 눈이 멀어가는 양
한 가지 감각에 무기력하게 사로잡혔다—

혹시 신이 거기 있는지 보려고, 위를 더듬고—
거꾸로 자신을 보려고 아래를 더듬으며—

거짓말, 비밀, 그리고 침묵에 관하여

방아쇠를 멍하니 쓰다듬다가
삶의 바깥 자리를 헤매다녔다

이 짧은 시에 담긴 지식이 대단히 정확해서 우리는 디킨슨이 적어도 환상 속에서라도 우리를 '과거로 혹은 종결로' 묶는 '올가미'를 '떨어뜨렸던' 상태에 가까이 간 적이 있으리라 짐작할 수 있다. 우리는 해결책을 향해 손을 뻗기 전, 거의 멍한 상태로 감각이든 신이든 혹은 자아든 추상적인 개념을 찾아 마구 더듬거린다. 그러나 이 시 안의 자살 경험은 충격적일 만큼 정확한 언어를 통해 거리가 벌어지고, 세련되게 다듬어지고, 변형되었다는 사실에 주목하는 게 좋겠다. 여기서 살펴봐야 할 것은 자살이 아니라, 자아와 마음의 분리, 그리고 그 앞의 세계이다.

디킨슨은 살 만한 가치가 있는 삶은 외부 환경의 성질과 맞지 않아도 마음속에서 발견할 수 있다고 확신했다. "역전은 일어날 수 없어요 / 그 멋진 번영은 / 그 원천이 내면에 있거든요—"그에게 공포란 '노래에, 철침을' 박는 것, 즉 그가 여러 차례 묘사한 적이 있는 내면의 마비와 냉담 상태이다.

인생의 권태가 있지요
고통보다 더 절박한—
그것은 고통의 계승자— 영혼이
가능한 모든 고통을 겪었을 때—

졸음이— 퍼져요—

안개 같은 흐릿함이
의식을 감싸요—
안개가— 바위산을 지워버리듯이.

외과 의사는— 고통을 보고도— 창백해지지 않아요—
그의 습관은— 엄중하니까—
그러나 거기 누운 사람이—
느낌이 멈춰버렸다고 그에게 말한다면—

그러면 그는 당신에게 말할 거예요— 제 솜씨가 늦었다고—
자기보다 더 전능한 분께서—
먼저 손을 쓰셨고—
이제 어떠한 활력도 없다고.

여기서 외과 의사–예술가의 공식은 꽤 절묘하다. 예술가는 고통이라는 소재를 다룰 수 있고 탐색과 치료를 위해 절개도 하지만, 다음과 같은 순간에는 무력해지고 만다.

커다란 고통이 지나가면, 형식적인 감정이 찾아온다—
신경은 의식을 치르듯 앉았다, 무덤처럼—
굳어버린 심장이 물어본다, 견뎌낸 이는, 그이였나?
그리고 어제의 일인가, 아니면 수백 년 전의 일인가?

발은, 기계처럼, 돌고 돈다—

거짓말, 비밀, 그리고 침묵에 관하여

땅 위를, 아니면 공중을, 아니면 무를―
숲길은
어디로 뻗어가든,
수정처럼 만족스럽다, 돌처럼―

지금은 납의 시간
기억하리, 살아남는다면
얼어가는 사람들이, 눈을 떠올리듯―
가장 먼저― 한기― 다음은 마비― 그리고 사라지듯이―

시인에게 공포는 정확히 작업의 가능성마저 사라지는 정신적인
죽음의 시기, 즉 '직업이 사라지는' 시기이다. 그러나 그는 마비된 감
정을 향한 헛된 노력을 묘사하기도 한다.

나 자신에게서 나를― 추방하는―
예술이 내게 있다면―
온 마음을 향한
내 요새는 난공불락이라네―

그러나 나 자신이― 나를 공격해버렸으니―
내가 어떻게 평화로울 수 있을까
의식을
정복하지 않고도?

그리고 우리는 서로의 군주인데
어떻게 이럴 수 있지
내가— 나를
퇴위시키지 않고?

스스로 퇴위하는—존재를 멈추는—가능성이 남아 있다.

나 자신 더욱 혹독히 일하라고
나는— 서둘러 요구했다
지독한 공허를 채우느라
당신의 삶은 뒤처졌다—

나는 내 바퀴로 자연을 걱정했다
자연의 바퀴가 달리기를 멈췄을 때—
자연이 자신의 일을 멀리했을 때
내 일이 막 시작되었다.

나는 두뇌와 뼈가 지칠 때까지 노력했다—
나를 괴롭혀 피곤해질 때까지
반짝이는 신경의 하인들이—
활기를 막을 때까지

머리를 버리고
어느 정도 둔한 위로를 받은 이들이

거짓말, 비밀, 그리고 침묵에 관하여

머리카락이 어디로 가는지 알았으면서—
하루의 색깔을 잊었다—

고통을 달랠 수는 없다—
어둠은 단단히 긴장해
나의 모든 전략처럼
한밤중임을 확신했다—

의식을 위한 약은 없다— 있을 수가 없다—
죽음의 대안만이
존재의 질병을 위한
자연의 유일한 처방—

그러나 의식은—단순히 견디는 능력이 아니라 매 순간 강렬하
게 경험하는 능력—흐릿하게 지우는 것이 아니라 최후의 조명으로
서 죽음을 창조한다.

이웃과 태양에 관해
알고 있는 이 의식은
죽음을 아는 의식
그리고 자기 혼자

인간에게 지정된
가장 심오한 실험과

경험 사이

간격을 가로지른다—

이 얼마나 적절한가

그것의 특성은 오직

자신에게만 해당될 것이고 누구도

발견하지 못할 것이니.

자신을 향한 최대의 모험은

이미 선고를 받은 영혼이고—

사냥개 한 마리와 함께하는

자신의 정체성이다.

시와 시인의 관계는 내가 보기에—꼭 에밀리 디킨슨에 대해서만 말하는 게 아니다—이중의 본성을 지녔다. 시적 언어—종이 위에 쓴 시—는 주로 세계와 자아, 자아 안의 힘을 시적으로 구체화한 것이고, 이 힘은 형태 없음으로부터 구조되어 명료해지고, 시를 쓰는 행위와 통합된다. 그러나 시인에 관한 더 오래된 개념이 있다. 시인은 언어의 재능을 지니지 못한 사람들을 대신해 말하거나, 혹은—어떤 이유로든—살면서 의식을 덜 하는 사람들을 대신해 보는 임무를 부여받은 사람이다. 시인으로 존재하는 위험성은 시인의 생존을 벗어나서도 사용될 수 있다는 말로 들린다.

구원받은 자의 직분은

예술이어야 한다— 구원하는—
스스로 구한 솜씨를 통해—
무덤의 과학은

누구도 이해할 수 없다
그러나 자신에게서— 소멸을—
견뎌낸 사람은
자격이 주어진— 사람

패배를 죽음으로 착각하고— 매번—
새롭게 실패하는 사람들에게—
거기— 익숙해질 때까지
절망할 자격이 주어진다

극단적인 상태에 대한 시, 위험에 대한 시는 독자들을 자신의
의식 속에서 더 멀리 갈 수 있게 하고, 우리라면 감히 시도하지 않을
위험을 치르게 해준다. 시는 적어도 이렇게 말한다. "누군가 이전에
여기 다녀갔다."

영혼이 불멸과 맺는
뚜렷한 관계는
위험이나 일순간의 참사로
가장 잘 드러난다—

풍경 위에 번개가 내리치며
종잇장 같은 그 자리를 드러내듯이 —
아직은 의심받지 않지만 — 번쩍하는 순간 —
찰칵하는 순간 — 갑작스럽게.

———

붕괴는 한순간의 행위가 아니다
근본적인 중단
무너짐의 과정은
조직적인 부패다.

영혼에 지은 최초의 거미집이고
먼지의 표피이고
축을 뚫고 들어가는 벌레이고
기본적인 녹이다 —

멸망은 형식적인 — 악마의 작품
연속적이고 느릿한 —
한순간의 실패는 — 어떤 인간도 하지 않는다
미끄러지기는 — 충돌의 법칙.

———

내 마음이 쪼개지는 것을 느꼈어요
내 두뇌가 갈라지는 것처럼요 —

거짓말, 비밀, 그리고 침묵에 관하여

다시 맞추려고 했어요— 금과 금끼리—
하지만 꼭 맞출 수가 없었죠.

뒤쪽의 생각을, 붙여보려고 애썼어요
앞쪽의 생각에요—
하지만 연속체가 소리도 없이 풀려버렸죠
바닥에 떨어진— 실뭉치처럼요.

이곳에 소환한 것보다 훨씬 많은 에밀리 디킨슨의 시가 있다. 어디에서 붙들든지 상관없이 시인은 풍성하게 증식할 것이다. 진실에 관한 시인의 복잡한 의미를 탐색하고, 그가 여성에게 혹은 여성을 위해 썼던 열정적인 수많은 시를 살펴보면서 우리가 풀어낸 실타래를 따라가고, 그보다 앞서 수많은 남성 시인이 추구했던 명성이라는 주제에 관해 그는 어떤 양가적 감정을 품었는지 탐색해보고, 아니면 그저 그가 자연 세계를 직관적으로 이해한 시들을 살펴볼 시간이라도 더 주어지면 좋겠다. 17세기 이후로 누구도 죽음과 죽어감에 대해 이보다 더 다양하고 깊이 있게 반추한 적이 없다. 나는 여기서 그가 단지 시인으로서만이 아니라 어떤 정통적인 지침 없이 자신의 마음을 탐색했던 한 여성이 되기로 선택한 근원과 결과를 따라가 보고 싶었다. 자신의 힘을 긍정하는 것은 단지 19세기 비주류 시인의 주요한 행동이 아니었다. 심지어 우리 시대에도 가부장제 사회가 아니라 에밀리 디킨슨 자체가 '문제'라고 생각했다. 우리가 가부장제를 떠받치는 성문법과 불문법, 금기를 더 많이 이해하게 될수록 분명 그가 선택한 기법들도 덜 문제적으로 보일 것이다.

미발간 산문

시와 경험[*]

시 읽기에 대해 말하다

1 9 6 4

내게 시는 무엇이었으며, 지금은 무엇인가.

처음 두 권의 시집을 썼던 시기, 나는 지금보다 훨씬 더 절대론자로서 우주에 접근했었다. 또한—많은 사람이 여전히 생각하는 것처럼—시는 이미 결정된 사상과 감정의 배열이고 내가 말하겠다고 미리 결심한 것들을 말하는 것으로 생각했다. 이따금 놀라운 순간들이, 예상치 못했던 변화가 일어나는 행복한 발견의 순간들도 있었지만, 나의 진정한 목표는 통제와 기술적 장악, 지적인 명징함이었고, 여러 가지 이유로 시 속에 이런 형식적 질서를 창조할 수 있다는 사실이 만족스러웠다.

지난 5, 6년 사이 점점 이런 시들이, 심지어 내가 가장 좋아했고 가장 많은 것을 말했다고 생각했던 시들조차 별스럽게 제한적으로

---

[*] 리치가 쓴 것을 앨버트 겔피가 《1960년 이후 미국의 시American Poetry Since 1960》(로버트 쇼 편집, 카카넷 프레스, 1973)의 〈에이드리언 리치와 변화의 시학Adrienne Rich and the Poetics of Change〉에 처음 수록했다. 출판사의 허락 아래 여기 다시 싣는다.

느껴지기 시작했다. 나는 완벽한 질서를 얻으려고 방해가 되는 요소들을 억누르고, 생략하고, 심지어 위조하기까지 했다. 아마 이런 느낌은 〈시골의 성찰Rural Reflection〉 같은 시에서 드러나기 시작했던 것 같다. 이 시에는 경험이란 우리가 인정하는 것보다 더 위대하고 분류할 수 없다는 의식이 담겨 있다.

오늘날 나는 시 쓰기를 통해 내가 안다고 믿고 있는 것들을 말해야 한다. 소설가가 자신이 만들어낸 인물들이 스스로 삶을 살아가며 어떤 경험들을 요구하기 시작했음을 깨닫듯, 나 역시 말끔한 한 줌의 소재를 가지고 사전 계획에 따라 소재를 표현하며 시를 쓸 수 없게 되었음을 깨닫는다. 시가 스스로 전개되면서 내 안에 새로운 감각과 새로운 인식을 발생시킨다. 단 한 순간도 의식적인 선택과 선별을 향해 등을 돌리지 않으면서, 점점 더 기꺼이 무의식이 소재를 제공하게 했고, 한 가지 생각이 한 가지가 넘는 목소리를 내도록 귀를 기울여왔다. 이토록 간단한 방식이 아마도 경험에 **관한** 시들 대신 경험 **자체인** 시를 쓰게 하는 거라고, 경험이 나의 지식과 감정을 반영하고 거기에 동화되는 동안에도 그 지식과 감정에 도움을 주는 시를 쓰게 하는 거라고 말할 수 있을 것이다. 이전 시들에서 내가 아는 만큼 정확하고 설득력 있게 독자에게 말했다면, 최근 시에서는 어떤 일이 일어나고 있는지, 어떤 일이 내게 일어났는지 말하고 있다. 내가 그 시의 좋은 부모가 되었다면, 그 시를 읽는 독자에게도 어떤 일이 일어날 것이다.

그리스 여인상 기둥에서[*]

칼럼

1973

방금 파라, 스트라우스앤지로 출판사의 로버트 로웰 시집 세 권 (그중 두 권은 개정판)을 다 읽었다. 첫 번째 시집 《역사History》는 기존 시집 《공책Notebook》의 두 번째 판본에 새로 80편의 시를 추가한 것으로, 이미 재작업한 시들을 재작업한 셈이다. 또 《공책》에서 두 번째 결혼 생활과 딸에 관해 쓴 시들을 추려 따로 《리지와 해리엇을 위하여For Lizzie and Harriet》이라는 한 권의 시집으로도 묶어냈다. 이 시들 역시 《공책》에 실린 이후 개정을 거쳤다. 세 번째 시집 《돌고래 Dolphin》는 로웰의 현재 아내와의 연애와 그동안의 이혼과 재혼을 묘사한 새로 쓴 시로 구성되어 있다. 여기 실린 70여 편의 시들 중에는 이탤릭체로 표기했거나 따옴표로 묶인 부분이 많은데, 아마도 전 부인이었던 작가 엘리자베스 하드윅이 그의 곁을 떠난 후에 그리고 두

[*] 　1973년 《아메리칸 포이트리 리뷰》 창간 2주년에 리치는 세 권 내리 '그리스 여인상 기둥'이라는 제목의 정기 칼럼으로 세 편의 짧은 글을 기고한다. 처음 두 편인 〈베트남과 성폭력〉 〈나탈리야 고르바네프스카야〉는 《거짓말, 비밀, 그리고 침묵: 1966-1978 산문 선집》에 다시 실렸다.

미발간 산문

사람의 이혼 시기에 로웰에게 썼던 편지를 인용한 대목으로 보인다.

　로웰이 왜 계속해서 옛날 시들을 고치고 재출간하고 싶어하는지 나는 모른다. 삶이 알아서 계속되는 것처럼 왜 시들도 알아서 나오게 놔두지 않는 걸까? 물론 어쩌면 그가 말했듯《공책》의 시들은 '구성이 뒤죽박죽'이었을지도 모른다. 그러나 그 구성대로 출간하겠다고 결정한 사람은 시인 자신이었고, 이 사실은 당시 그의 시적이고 인간적인 선택이 어땠는지를 보여준다. 시를 개정한다는 것은 무슨 의미일까? 틀림없이 시인마다 그 의미가 다를 것이다. 그러나 시의 개정은 확실히 사진 수정이라기보다 나무 가지치기에 더 가까울 것이다. 그러나《역사》뒤에 숨은 의도는 분명히 최근 로웰이 대표하는 서구 엘리트의 정서를 망라하는 주요한 문학 자료의 생산이다. 즉, 과거의 위대한 긴 시들과 경쟁할 작품을 만들어내는 것이다.

　《공책》《역사》의 교훈은 빛나는 언어, 강력한 이미지만으로는 충분하지 않다는 것, 그리고 캡슐로 보호한 자아를 섬기는 글은 믿을 수 없을 만큼 따분해질 수 있다는 것이다. 내가 기억하는《공책》은 종종 의도적으로 의미를 모호하게 회피하는 것처럼 보여도, 눈부시게 아름다운 언어를 보여주는 시집이었다. 물론 로웰 자신의 다소 현학적인 초현실주의 사상은 무의식보다는 지성을 통해 이미지를 만들고 있었다. 언젠가 이 시집의 시를 한 편 한 편 읽을 때의 느낀 바를 친구에게 말했던 것을 기억한다. 최대한 축약으로 요점만 남겨야 할 것 같은 대목마다 로웰은 어김없이 옆길로 새서 맥락을 잃어버리고 언어의 **질외사정**을 해버리는 바람에 결국 시를 버리고 만다고.《역사》의 시들은 일일이 훌륭한 전문기술로 도끼질하고, 잘라내고, 다듬고, 윤을 내고 광을 낸 구절들로 쌓아 올렸지만, 읽는 사람은 결국 이 구절들에 질려버리고, 어느새 무섭고 소모적인 단조로움의 망치질이 되어버렸다는 생각이 든다. 그 순간 시는 숨 쉬고 맥박 뛰는 원천과 단절한 공연, 기법, 언어가 된다. 로웰의 말을 빌리자면, 그저 대리석 조각상이 돼버린다.

《역사》는 사람들로 가득한 시집이다. 여기에는 로베스피에르, 티무르, 앨런 테이트, 옛 학우들, 옛 연인들, 친척, 체 게바라, 앤 불린, 다윗 왕, 죽은 시인, 살아 있는 시인, 케네디 가문 사람들과 왕들이 등장한다. 혹은, 로웰이 자신의 시를 위해 실존 인물들을 **사용**하고, 그들을 마음껏 시로 표현하고 허구화하며, 그들을 축소하거나 지배하고자 시도한다고 말할 수도 있겠다. 그들은 솔리테어 게임의 얼굴 카드이지만 남는 것은 솔리테어다.

이 시집들에는 일종의 과장되고 무자비한 남성성이 등장하는데, 특히 세 번째 시집에서 남성적 특권이 시를 포함한 모든 제도에 구축해놓은 막다른 파괴성의 징후가 보인다. 시 뒤에 숨은 이성은 '누군가 고통받았다'라는 것을—유대인, 아킬레스, 실비아 플라스, 그의 아내—알고 있지만, 그 고통 받은 사람들의 조건을 밝힐 수 있게 그들을 진정으로 알아보는 일은 할 수 없음을 감지한다. 시인은 자기 시들 속에서 등장인물을 지배하고 객관화해야 한다는 요구 때문에 오싹할 만큼 천하무적이 된다. 그리고 시는 언어적 재능과 기교에도 불구하고 감정적으로 여전히 피상적이다.

마지막으로, 또 한 번의 결혼을 위해 아내와 딸의 곁을 떠나놓고 그들의 이름을 시집의 제목에 가져다 쓰고, 버림받은 스트레스와 고통으로 써 내려간 전 부인의 편지를 이용해 새 아내에게 바친 시집을 묶어낸 시인에 대해 혹자는 뭐라고 말할까? 이런 질문이 예술과 아무런 상관이 없다면, 우리는 로웰이 그토록 옹호하고 싶어했던—어쩌면 옹호할 수 없는—최고의 전통과 멀리 떨어진 곳에 와 있다.《돌고래》끝부분에서 로웰은 이렇게 썼다.

자리에 앉아 귀를 기울였네
합작하는 뮤즈의 너무도 많은 말에,
그리고 너무도 자유롭게 내 삶을 계획했네
다른 사람에게 줄 상처를 피하지 않고,
나 자신에게 줄 상처를 피하지 않고—
연민을 구하고자…… 절반은 허구인, 이 책은,
장어 싸움을 위해 남자가 만든 장어 그물—
내 눈은 내 손이 한 일을 다 보았네.

나는 이 구절이 헛소리 웅변이자, 잔인하고 얄팍한 시집에 대한 빈약한 변명이며, 자신에게 가한 상처와 다른 사람에게 가한 상처를 상쇄하는 뻔뻔스러운 시도라고 말해야겠다. 그렇다면 결국 남는 질문은 이것이다. 대체 무슨 목적으로? 시 속에 편지를 삽입한 것은 나로선 전례를 떠올릴 수도 없는, 시의 역사상 가장 양심으로 무장한 비열한 행위 중 하나로 자리매김했고, 이러한 행동을 가능하게 한 그 부적절한 에고는 로웰의 시집 세 권 모두에서 불리하게 작용하고 있다.

여성으로 태어남에 대하여
: 경험과 제도로서 모성

1976

서문

지상의 모든 인간은 여성에게서 태어난다. 모든 여성과 남성이 공유하는 한 가지 통일되고 논쟁의 여지가 없는 경험은 바로 우리가 한 여성의 몸 안에서 펼쳐지며 보내는 몇 달간의 시간이다. 어린 인간은 다른 포유류보다 훨씬 더 오랜 기간을 양육에 의존하고, 인간 집단 내 오래전부터 확립된 노동 분업 탓에 여성들이 아이를 낳고 젖을 먹여 키우는 일뿐만 아니라 아이에 대한 거의 모든 책임을 떠안았기에, 우리 대부분은 한 여성의 모습을 통해 사랑과 실망, 힘과 다정함을 알게 된다.

우리는 평생, 심지어 죽을 때까지도 이 경험의 각인을 품고 산다. 그러나 우리가 그것을 이해하고 사용할 수 있도록 도와줄 재료는 이상하리만큼 부족했다. 우리는 들이마시는 공기와 여행하는 바다보다 모성의 본질과 의미에 대해 더 많이 알지 못한다. 성별에 따른 노동 분업 아래서 문화를 만들고, 발언하고, 이름을 지은 이들은 어머니의 아들들이었다. 남자들의 마음에 한 여성에게 생명 자체를 의존해야 한다는 생각이 끈질기게 달라붙고, 아들들이 '여성에게서 태어났다'라는 사실을 받아들이거나, 보상하거나, 부정하려고 끊임없이 노력하는 모습을 보여주는 것은 많다.

여성들도 여성에게서 태어난다. 그러나 우리는 그 사실이 문화에 미치는 영향에 대해 아는 바가 거의 없는데, 이는 여성들이 가부장 문화의 창조자이자 옹호자가 아니기 때문이다. 아이를 낳는 사람이라는 여성의 지위는 여성의 삶에 큰 영향을 끼친다. '불임' 혹은 '아이가 없는' 같은 용어는 여성의 다른 정체성을 부정하기 위해 사용되어왔다. 반면, '아버지가 아님non-father'이라는 용어는 사회적 범주의 어떤 영역에도 존재하지 않는다.

어머니가 된다는 사실은 신체적으로 뚜렷하게 보이고 극적이지만, 남성은 어느 정도 시간이 흐른 뒤에야 자신도 생식에 어떤 역할을 했다는 사실을 알게 된다. '아버지 됨fatherhood'의 의미는 별로 관계가 없고, 파악하기도 어렵다. '아버지'에게 아이는 무엇보다 '생긴 것'을 의미하며, 난자를 수정하는 정자를 제공했다는 뜻이다. '어머니'에게 아이는 최소한 9개월, 종종 몇 년까지 이어지는 지속적인 존재를 의미한다. 어머니 됨은 처음에는 신체적으로나 정신적으로 강렬한 통과의례―임신과 출산―를 통해서, 그다음은 양육의 학습을 통해 얻어지는 것이지 본능적으로 생기지 않는다.

남자는 열정이나 강간으로 아이를 생기게 하고, 그 후 사라진다. 그는 다시 아이나 어머니를 보거나 고려할 필요가 없다. 그런 환경에서 어머니는 일련의 고통스럽고 사회적으로 무거운 선택들, 즉 낙태, 자살, 영아 유기, 영아 살해, '사생아'라는 이름이 붙은 아이의 양육 등 보통은 빈곤하고 언제나 법 밖에서 이루어지는 선택에 직면한다. 어떤 문화권에서 어머니는 친족에게 살해당할 위험에 직면하기도 한다. 어떤 선택을 하든지 어머니의 몸은 되돌릴 수 없는 변화를 겪고, 마음 역시 결코 예전과 같을 수 없으며, 여성으로서 미래도 그 사건에 의해 형성된다.

우리 대부분은 우리의 어머니들, 혹은 사랑이나 필요나 돈 때문에 생물학적 어머니를 대신하는 여성들의 손에 자랐다. 역사를 통틀어 여성들은 서로의 아이들이 태어나고 자라는 과정을 도왔다. 대부분 여성은 자매로서, 숙모로서, 보모로서, 교사로서, 수양어머니로서, 계모로서, 어린 것을 보살피고 애정을 준다는 의미에서 어머니들이었다. 부족 생활, 마을, 대가족, 어느 문화의 여성 관계망은 '어머니 노릇'을 하는 과정에 아주 젊은 여성, 아주 늙은 여성, 비혼 여성, 불임 여성을 포함했다. 심지어 어린 시절 아버지가 중요한 역할을 했던 사람들도 자신이 아팠을 때 아버지가 참을성 있게 곁을 지키며 보살폈던 기억이나, 아버지가 먹이고 씻기는 허드렛일을 한 기억을 간직한 사람은 거의 없다. 그보다 우리는 어떤 장면들, 모험들, 처벌들, 특별한 행사 등을 기억한다. 우리 대부분에게 여성은 우리 유년기 삶의 지속성과 안정성을—그러나 거절과 거부도 함께—제공했고, 우리의 원초적인 감각, 최초의 사회적 경험도 한 여성의 손과 눈과 몸과 목소리와 연결되어 있다.

2

나는 이 책 전반에서 모성의 두 가지 의미를 구분하고자 한다. 한 가지 의미가 다른 한 가지 의미 위에 덧붙여진 것으로, 하나는 여

여성으로 태어남에 대하여: 경험과 제도로서 모성

성의 재생산 능력과 아이들에 대한 **잠재적 관계로서의** 모성이고, 또 하나는 그 잠재성—그리고 모든 여성—을 남성의 통제 아래 확보하는 것이 목표인 **제도로서의** 모성이다. 바로 이 제도가 다양한 사회와 정치 체제의 핵심이었다. 제도로서의 모성은 인류의 반 이상이 자신의 삶에 영향을 미치는 결정을 스스로 내릴 수 없게 했고, 남자들을 진정한 의미의 아버지 됨으로부터 면제해주었다. 이 제도는 '사적인' 삶과 '공적인' 삶을 분리하는 위험한 짓도 저질렀다. 또 인간의 선택과 잠재력을 화석화했다. 이 제도가 빚어낸 가장 기본적이고 당황스러운 모순은 우리 여성들을 우리 몸 안에 가둠으로써 오히려 우리를 우리 몸으로부터 소외시킨 것이다. 역사상 어느 시기, 어느 문화에서나 어머니로서 여성이라는 개념은 모든 여성에게 존경심 심지어 경외심을 부여하고, 여자들에게 부족이나 민족의 생활에서 약간의 발언권을 주는 작용을 했다. 그러나 우리가 기록된 역사의 '주류'로 알고 있는 것의 대부분에서 제도로서의 모성은 여성의 잠재력을 고립시키고 하락시켰을 뿐이다.

어머니의 힘에는 두 가지 측면이 있는데, 하나는 인간의 생명을 낳고 기르는 생물학적 잠재력이나 능력이고, 또 하나는 여신 숭배 혹은 여성에게 통제당하고 압도당할지도 모른다는 두려움의 형태를 띤, 남성이 여성에게 씌운 마력이다. 실제로 우리는 가부장제 이전, 강력한 여성들의 손에 쥐어진 권력이 어떤 의미를 지녔는지 잘 알지 못한다. 그저 추측하고, 열망하고, 신화와 환상과 유추를 품어볼 뿐이다. 우리는 가부장제 아래 모성의 현장에서 어떻게 여성의 가능성이 말 그대로 학살당해왔는지를 훨씬 더 많이 안다. 역사상 대부분 여성이 선택 없이 어머니가 되었고, 심지어 훨씬 더 많은 수가 생명을 낳다가 제 생명을 잃었다.

여성들은 우리 몸을 심하게 비난하면서 통제당한다. 초기 고전
에세이에서 수전 그리핀은 '강간은 일종의 집단 테러리즘이다. 강간
피해자가 무작위로 선택되기 때문이다. 그러나 남성 우월주의 선전
자들은 피해 여성의 행실이 나빠서, 잘못된 시간 또는 장소에 있어
서, 즉 본질적으로 자유로운 척 행동했기 때문에 강간이 일어났다고
떠들어댄다. (……) 강간의 공포 때문에 여성들은 밤거리를 다닐 수
없다. 집 안에 갇혀버렸다. 여성들은 도발적으로 보일까 두려워 수
동적이고 얌전히 군다'[1] 라고 지적한다. 이후 그리핀의 분석을 발전
시킨 수전 브라운밀러는 강제적이고 계약적인 모성은 원래 다른 남
성의 우발적인 폭력을 막아주는 '보호자(이자 소유자)' 남성에게 여
성이 지불하는 대가일 수 있다고 주장했다.[2] 강간이 테러리즘이라면
모성은 징역살이였다. **그러나 꼭 그럴 필요는 없다.**

이 책은 가족이나 어머니 역할을 향한 공격이 아니다. 단, **가부
장제 아래에서 규정되고 제한된 것을 제외했을 때** 말이다. 또한, 정부가
통제하는 집단체계의 아동 돌봄을 요구하는 것도 아니다. 가부장제
에서 집단 아동 돌봄의 목적은 단 두 가지다. 첫째, 경제개발 중이거
나 전쟁 중에 수많은 여성을 노동력으로 유입하려는 목적, 둘째, 미
래 시민을 세뇌하려는 목적이다.[3] 그동안 집단 아동 돌봄을 여성의
에너지를 주류 문화 속으로 흘려보낼 수단으로 삼거나, 여성과 남성
의 전형적인 성별 이미지를 바꾸려는 수단으로 삼으려고 생각한 적
은 단 한 번도 없었다.

여성으로 태어남에 대하여: 경험과 제도로서 모성

3

나는 페미니즘 이론에서 모성이 매우 중요하지만 비교적 덜 탐구된 영역이기 때문에 모성에 관한 책을 쓰고 싶다고 생각해왔다. 정확히는 내가 이 주제를 선택한 게 아니라 오래전 이 주제가 나를 선택한 것이었다.

이 책은 나의 과거에 뿌리를 두고 있고, 나의 유년기와 청년기, 부모와의 이별, 시인이라는 직업 등 여러 층위의 경험을 파헤치는 동안에도 여전히 묻혀 있던 내 삶의 다른 부분들과 얽혀 있다. 나는 결혼, 정신적인 이혼, 그리고 죽음의 지리를 통과해 이제 중년의 열린 마당에 들어섰다. 과거로 가는 모든 여행은 현혹과 잘못된 기억, 실제 사건의 잘못된 명명으로 복잡해진다. 그러나 오랫동안 나는 임신과 육아의 세월, 아이들이 내게 의존했던 삶으로 돌아가는 이 여행을 회피해왔다. 과거로 가는 여행은 오래전 해결하고 치워버렸다고 생각하고 싶었던 고통과 분노로 되돌아가는 것을 의미했기 때문이다. 아이들에 대한 나의 사랑을 아주 강렬하고 분명하게 느끼기 시작하면서, 내게 가장 고통스럽고 이해 불가하며 불분명해 보이는 지층으로, 금기로 에워싸여 있고 잘못된 이름들이 가득 묻혀 있는 그 지층으로 감히 돌아갈 수 있겠다고 느끼기 시작하면서, 비로소 모성에 관한 책을 쓸 수 있다고 생각했다.

책을 쓰기 시작했을 때는 이를 이해하지 못했다. 그저 여성의 삶에 중요하게 여겨지는 일을 겪었고, 슬플 때조차도 인생의 의미를 여는 열쇠를 성취해냈다고만 알았다. 그리고 내 안에서 불안, 육체적인 피로, 분노, 자기 비난, 권태, 분열을 제외하면 기억할 수 있는 일이 거의 없다는 것도 알았다. 내 안의 분열은 활발하게 움직이는 아이들의 몸과 마음을 보고 열정적인 사랑과 기쁨을 느끼는 순간, 내가 아이들을 온전히 이타적으로 사랑하지 못하는데 어떻게 아이들은 나를 계속 사랑하는지 놀라움을 느끼는 순간, 더욱 강렬해졌다.

나로선 '나'라는 말을 쓰지 않고, 자전적이지 않은 책을 쓰는 게 처음부터 불가능해 보였다. 그래놓고 몇 달 동안 내 삶의 고통스럽고 문제 많았던 영역에 뛰어드는 것을 미루거나, 준비 과정으로 역사 연구와 분석에만 몰두하며 보냈지만, 결국 이 책은 내 삶의 바로 그 영역에서 나왔다. 나는 점점 사적이고 때로는 고통스러운 경험을 기꺼이 공유해야만 여성들이 진실로 우리 것이 될 수 있는 세상을 집단으로 묘사할 수 있다고 믿게 되었다. 한편 작가라면 누구나 어느 정도 거짓되고 작위적인 힘을 가지고 있다는 사실도 통렬히 인식하고 있다. 결국, 지금 이 순간 독자가 읽고 있는 것은 **그 여자의** 이야기고, 다른 이들의 이야기는—죽은 이들을 포함해—아직 말해지지 않았다.

어떻게 보면 이 책은 약점이 많다. 나는 다양한 전문 영역에 침입해 들어가 다양한 금기를 깨뜨렸다. 시사하는 바가 있다고 생각하는 영역에서는 전문가인 척하지 않고 내가 할 수 있는 만큼의 학문을 이용했다. 그 과정에서 늘 내 안에는 질문이 떠올랐다. '이 문제가 **다른 여성들에게도 유효한가?**' 곧 남성 학자들에게(그리고 몇몇 여성 학자들에게) '성차별주의'라는 용어가 너무 유한 표현이라고 생각될 만큼 근본적인 인식의 어려움이 있음을 감지하기 시작했다. 이런 모습은 진정한 지적 결함으로, '가부장주의'나 '가부장중심주의'라고 부를 만했다. 즉 여성은 하위집단이며 '남성의 세계'가 '진정한' 세

여성으로 태어남에 대하여: 경험과 제도로서 모성

계이고, 가부장제는 문화와 동의어이고 문화는 가부장제와 동의어이며, 역사상 '위대하고' '해방된' 시기는 남성에게 그랬듯이 여성에게도 똑같이 그랬고, '남자' '인류' '어린이' '흑인' '부모' '노동계급'에 대한 일반화는 여성, 어머니, 딸, 누이, 유모, 여자 아기에게도 유효하며, 보통 모유 수유처럼 특수한 기능에 대해서도 여기저기 참고 사항만 슬쩍 언급하면 여자들을 모두 포함할 수 있다는 전제다. 육아에 대한 대다수 이론가, 소아과 의사, 정신과 의사가 남성인 것처럼 '가족과 아동기'를 연구하는 새로운 역사가들도 전부 남성이다. 그들의 글을 보면 제도로서 모성 혹은 다 자란 남자 어린이의 머릿속에 들어 있는 생각으로서 모성은 오직 어머니 역할의 '스타일'을 논의하고 비판할 때만 의문으로 제기된다. 여성에게 구한 자료는 거의 언급되지 않는다(그러나 이런 자료는 페미니스트 역사가들이 보여주듯 분명히 존재한다). 어머니인 여성들에게서 구한 원천 자료는 사실상 존재하지 않으면서 이 모든 게 객관적인 학문인 양 제시된다.

최근 들어서야, 거다 러너, 조앤 켈리, 캐럴 스미스 로젠버그 같은 페미니스트 학자들이 러너의 표현대로 '고통스럽기는 하지만 여성의 역사가 인류 **대다수**의 역사임을 받아들이는 것이 여성의 역사를 이해하기 위한 핵심 열쇠다. (……) 지금까지 쓰이고 인지되어온 역사는 소수의 역사이고, 이 소수는 당연히 '하위집단'임이 드러난다'라고 주장하기 시작했다.[4]

내가 지닌 서구 문화적 관점과 대다수 자료가 이용 가능하다는 사실을 고통스럽게 의식하며 이 책을 썼다. 고통스러운 이유는 여성의 문화가 남성의 문화에 의해, 또 여성이 사는 곳의 경계 나누기와 집단 분류 때문에 얼마나 파편화되는지 수없이 목격해왔기 때문이다. 그러나 이 시점에서 여성 문화에 관한 어떠한 광범위한 연구도 편파적일 수밖에 없고, 어느 작가나 바라는 점은—그리고 아는 것은—다양한 교육을 받고 다양한 배경과 수단을 지닌 그 여자와 같은 다른 사람들이 지금 반쯤 땅에 묻힌 거대한 여성의 얼굴 모양 모자이크를 짜 맞추고 있다는 것이다.

분노와 애정

이해는 언제나 위로 향하는 움직임이다. 그러므로 이해는 언제나 구체적이어야 한다. (절대 동굴 밖으로 나가지 않는 사람이 있는가 하면 동굴에서 나오는 사람이 있다.)

— 시몬 베유, 《처음이자 마지막 기록》

일기에서, 1960년 11월

아이들은 지금껏 겪지 못한 가장 절묘한 고통을 안겨준다. 양가감정이라는 이 고통은 쓰라린 분노와 바짝 곤두선 신경, 그리고 행복에 겨운 감사와 애정 사이를 살인적으로 오간다. 가끔씩 이 조그맣고 아무 죄 없는 존재들을 향해 느끼는 내 감정에서 이기적이고 참을성 없는 괴물을 목격한다. 아이들의 목소리가 내 신경을 갉아 먹고, 아이들의 끊임없는 요구, 무엇보다 소박함과 참을성을 향한 요구가 나는 결국 실패하고 말았다는 절망감과 내게 맞지 않는 일을 수행해야 하는 내 운명에 대한 좌절감을 안겨준다. 그리고 가끔 분노를 억누르면 나약해진다. 오직 죽음만이 우리를 서로에게서 자유롭게 하리라는 생각도 든다. 그럴 때면 후회라는 사치와 사생활과 자유가 있는 삶을 사는 불임 여성이 부럽다.*

그러나 또 어느 때는 아이들의 무기력하고 매력적이며 거부할 수 없는 아름다움과 끊임없이 사랑하고 신뢰하는 능력과 그 성실함과 다정함, 남을 전혀 의식하지 않는 태도에 마음이 녹아내린다. 나는 아이들을 사랑한다. 그러나 내 고통은 바로 이 사랑의 거대함과 불가피성에서 비롯된다.

1961년 4월

이따금 아이들을 향한 기쁨에 겨운 사랑이 나를 집어삼키면 이것으로 충분하지 않나 싶다. 끊임없이 변화하는 이 조그마한 생명체가 주는 미적인 만족감, 아무리 의존적이라 해도 사랑받고 있다는 느낌, 또 내가 그렇게 이상하고 잔소리가 심한 엄마는 아니라는 느낌. 사실 상당히 그런 편이지만!

1965년 5월

아이와 함께, 아이를 위해, 아이 때문에 고통스럽다. 엄마로서, 자기중심적으로, 신경질적으로, 때로는 무기력감을 느끼며, 때로는 지혜를 터득한다는 환상에 빠져. 그러나 언제나, 어디에서나, 몸과

---

*   15년 전 나는 제대로 검토하지도 않고 '불임 여성'이라는 용어를 쉽게 사용했다. 이 책 전반에서 분명히 드러나겠지만, 지금 내게 이 용어는 모성을 우리의 유일한 긍정적 개념으로 보는 여성관을 기초로 한 편향적이고 무의미한 말로 보인다.

            여성으로 태어남에 대하여: 경험과 제도로서 모성

영혼 모두 그 아이와 **함께한다**. 그 아이도 한 덩어리의 일부분이기 때문에.

사랑과 미움의 파도에 휩쓸린다. 심지어 아이의 어린 시절을 질투한다. 아이가 자라기를 희망하면서도 두려워한다. 아이의 존재에 낱낱이 매여 있으면서 책임감에서 벗어나길 갈망한다.

보호라는 기이하고 원시적인 반응, 누구라도 제 새끼를 공격하거나 비난할 때 새끼를 방어하는 짐승. 그러나 나보다 아이에게 더 혹독하게 대하는 사람도 없다!

1965년 9월

분노의 나락. 아이에게 화를 내다니. 어떻게 해야 폭력은 흡수해버리고 오직 사랑만을 표현할 수 있을까? 분노의 고갈. 의지의 승리. 대가가 너무 크다. 정말 너무 크다!

1966년 3월

어쩌면 나는 괴물, 반여성적인 괴물, 다른 사람에게는 있는 사랑과 모성과 기쁨이라는 평범하고도 매력적인 위안의 수단도 없이 끌려가는 괴물……

검증되지 않은 가설. 첫째, '타고난' 엄마는 다른 정체성이 없는 사람, 온종일 어린아이들과 함께 지내는 것에서 주된 만족을 얻을 수 있고, 아이들의 속도에 맞춰 살아가는 사람이다. 둘째, 어머니와 아이들이 가정에 함께 고립되는 것을 당연하게 여긴다. 셋째, 모성애는 말 그대로 이타적이며, 마땅히 그래야 한다. 넷째, 아이들과 어머니는 서로에게 고통의 '원인'이다. 나는 '무조건적'인 사랑을 주는 전형적인 어머니상에 시달렸고, 오직 하나의 정체성으로만 표현되는 모성의 시각적이고 문학적인 이미지에 시달렸다. 만약 내 안의 어떤 부분들이 그 이미지에 맞지 않는다는 것을 알게 된다면, 그 부분들은 비정상에 괴물인 걸까? 이제 스물한 살이 된 큰아들이 앞 문단을 읽고 이렇게 말했다. "어머니는 늘 우리를 사랑해야 한다고 생각했던 것 같아요. 하지만 매 순간 상대방을 사랑하는 인간관계는 **존재하지 않아요.**" 그렇다. 나는 아들에게 설명하려고 애썼다. 여성들은— 무엇보다 어머니들은—그런 식으로 사랑해야 한다고 여겨졌다고.

1950년대와 1960년대 초반 내겐 일종의 원이 있었다. 책 한 권을 집어들거나, 편지를 쓰려고 하거나, 심지어 열의나 공감을 드러내는 목소리로 누군가와 통화를 하고 있을 때 그 원이 생기기 시작했다. 아이(혹은 아이들)는 자신만의 꿈의 세계에 빠져 분주할지도 모른다. 그러나 내가 자신이 포함되지 않는 세계에 빠져들어가는 것을 느끼자마자 아이는 내 손을 잡아당기고, 도움을 요청하고, 타자기를 두드려대기 시작했다. 그 순간 나는 아이의 요구가 거짓이라고, 나아가 나 자신으로 살아보려는 단 15분조차 내게서 빼앗으려는 수작이라고 느꼈다. 분노가 솟구쳤다. 나 자신을 지키려는 어떠한 시도도 소용이 없다고 느꼈고 아이와 나의 사이가 불평등하다고 느꼈다. 나의 요구는 언제나 아이의 요구와 비교당했고 늘 내 요구가 뒤로 밀렸다. 단 15분이라도 아이들과 떨어져 이기적이고 평화롭게 보낼 수 있다면 아이들을 훨씬 더 사랑할 수 있을 것 같았다. 단 몇 분이라도! 하지만 좁은 공간에 갇힌 우리 삶에서 내가—신체적으로 뿐만 아니라 정신적으로라도—벗어나면, 마치 우리를 연결하는 보이지 않는 끈이 팽팽히 당겨지다 결국 끊어져 아이에게 버림받았다는 달랠 길 없는 느낌을 안겨주는 것 같았다. 마치 나의 태반이 아이에게 산소 공급을 중단한 것처럼. 다른 수많은 여성처럼 나는 아이 아빠가 직장에서 돌아오는 순간을 초조하게 기다렸다. 집 안에 다른 어른이 있으면 적어도 한두 시간은 엄마와 아이를 둘러싼 원이 느슨해지고 우리 사이의 격한 감정도 느슨해질 것이기 때문이었다.

나는 이 원이, 우리가 사는 이 자기장이 자연스러운 현상이 아님을 이해하지 못했다.

머리로는 분명히 알았을 것이다. 그러나 전통이 깊고, 감정으로 가득 찬 이 형식 속에서 내게 주어진 어머니라는 역할은 밀물과 썰물처럼 도저히 피할 수 없는 일로 보였다. 그리고 이 형식 때문에— 내 아이들과 내가 아주 작고 사적인 감정의 무리를 이루었던 소우주, (날씨가 나쁘거나 누가 아프면) 때때로 며칠 동안 아버지를 제외한 다른 어른을 못 보고 지나갔던 그 소우주 때문에—내가 아이에게서 점점 멀어지는 것처럼 보일 때, 내게 괜한 요구를 했던 아이의 행동 아래에는 진짜 요구가 **정말로** 존재했다. 아이는 나라는 개인에게 자신을 위한 따뜻함과 애정, 지속성, 신뢰가 여전히 있음을 확인하고 있었다. **그 애의 엄마**라는 이 세상에서 나의 유일성과 고유성은—아마도 여성으로서의 정체성은 더욱 희미해질 것이다—어떤 인간도 만족시킬 수 없는 광대한 욕구를 불러일으켰고, 그것을 만족시킬 유일한 방법은 끊임없이, 무조건적으로, 해가 뜰 때부터 질 때까지, 종종 한밤중에도 사랑해주는 것뿐이었다.

2

　1975년 어느 집 거실에서 몇 명은 아이들이 있는 여성 시인들과 저녁을 보냈다. 한 명이 자기 아이들을 데려왔고, 아이들은 옆방에서 자거나 놀았다. 우리는 시에 대해, 또 영아 살해에 관해 이야기했다. 최근 우리 지역에 셋째를 낳은 후로 심각한 우울증에 시달리던 여덟 아이를 둔 어머니가 자신의 집 앞마당에서 막내 둘을 죽이고 목을 잘라버린 사건이 있었다. 몇몇은 그 여자의 절망에 깊이 공감하고 지역신문에 언론과 지역사회 정신 건강 보건 제도가 이 사건을 인지하고 다루는 방식에 항의하는 편지를 쓰고 서명했다. 그 거실에 모인 자녀가 있는 모든 여성, 모든 시인이 그 여자와 자신을 동일시할 수 있었다. 우리는 그 여자의 이야기가 우리 안에 열어젖힌 분노의 원천에 관해 이야기했다. 달리 분노를 표출할 대상이 없어서 아이들에게 살인적인 분노를 터뜨렸던 순간들을 이야기했다. 때때로 머뭇거리고, 때때로 목소리를 높이고, 때때로 씁쓸한 농담을 하고, 미사여구 없이 솔직했다. 우리 사이의 공통점인 시 때문에 모였지만, 받아들일 수도 부정할 수도 없는 분노에서 또 다른 공통점을 발견한 여성들의 언어로 말했다. 이제 우리는 그 언어로 말할 수 있고 글로 쓸 수도 있다. 금기가 깨지고 있고, 모성의 가면에 금이 가고 있다.

　수백 년 동안 누구도 이런 감정에 대해 말하지 않았다. 나는 가족 중심적이고 소비 지향적이며 프로이트 중심적인 1950년대 미국 사회에서 엄마가 되었다. 남편은 우리가 가지게 될 아이들에 대해 열을 띠고 말했다. 시부모는 손주가 태어나기를 기다렸다. 나는 **내가**

141　　　　　　　　　　　여성으로 태어남에 대하여: 경험과 제도로서 모성

무엇을 원하는지, 내가 무엇을 선택할 수 있고 무엇을 선택할 수 없는지 알지 못했다. 다만 아이를 가지는 것만이 완전한 성인 여성이되는 길이며, 나 자신을 증명하는 일이자 '다른 여성들처럼' 되는 일임을 알았다.

'다른 여성들처럼' 되는 일이 내게는 문제였다. 열세 살, 열네살부터 나는 내가 그저 여성스러운 사람을 연기하고 있을 뿐이라고느꼈다. 열여섯 살에 내 손가락에는 언제나 잉크 얼룩이 묻어 있었다. 그 시절 립스틱과 하이힐로 나를 위장하기란 쉽지 않았다. 1945년에 나는 진지하게 시를 쓰기 시작했고, 기자가 되어 전후 유럽으로 가 폭격으로 무너진 도시에서 잠들고 나치 몰락 이후 새로운 문명이 재탄생하는 과정을 기록하고 싶은 꿈이 있었다. 그러나 동시에 내가 아는 다른 모든 여자애처럼 더 능숙하게 립스틱을 바르려고애쓰고, 구불구불한 스타킹 솔기를 똑바로 펴고, '남자애들' 이야기를 하며 시간을 보냈다. 그때 이미 내 삶은 두 부분으로 나뉘어 있었다. 그러나 내겐 시 쓰기와 여행의 환상과 혼자 힘으로 살아가는 삶이 더 현실적으로 보였다. 나는 처음부터 '진짜 여성'인 나를 거짓이라고 느꼈다. 특히 어린아이들을 만나면 온몸이 굳었다. 남자들은 내가 진짜 '여성적'인 사람이라고 생각하게 속일 수 있고, 남자들도 그러기를 바란다고 느꼈지만, 아이들은 단박에 나를 꿰뚫어볼 수 있을 것만 같았다. 배역을 연기하고 있다는 느낌은 이상하게 죄책감을 불러일으켰다. 그 배역이 생존을 위한 것이었을 때조차도.

결혼 직후의 내 모습을 매우 분명하고 예리하게 기억한다. 나는바닥을 쓸고 있었다. 아마 바닥은 빗질할 만큼 더럽지는 않았을 것이다. 달리 할 수 있는 일이 뭔지 알지 못했을 뿐이다. 그러나 나는 바닥을 쓸면서 생각했다. '이제 나는 여자야. 이건 여자들이 아주 오래전부터 늘 해왔던 일이지.' 나는 아주 오래된 형식, 너무 오래되어 의문의 여지도 없는 형식을 따르고 있다는 느낌이었다. **이건 여자들이 아주 오래전부터 늘 해왔던 일이지.**

임신 사실이 눈에 띄게 분명해지자 성인기 이후 처음으로 죄책감이 사라졌다. 인정받았다는 느낌이 온몸을 감쌌다. 심지어 거리에서 만난 낯선 이들도 나를 인정해주는 것 같았다. 인정의 분위기는 마치 오라처럼 나를 따라다니며 모든 의심과 두려움, 의혹을 철저히 부인했다. **이건 여자들이 아주 오래전부터 늘 해왔던 일이지.**

첫째 아들이 태어나기 이틀 전 발진이 돋았다. 잠정적으로 홍역이 의심된다는 진단을 받았고, 전염병이었기에 병원에 입원해 진통이 오기를 기다렸다. 처음으로 상당히 의식적인 공포와 내 신체가 이런 식으로 아이를 제대로 '품지 못했다'라는 생각에 아직 태어나지도 않은 아이를 향해 죄책감을 느꼈다. 근처 병실에 소아마비 환자들이 입원해 있었고, 병원 가운과 마스크를 착용하지 않으면 누구도 내 병실에 들어올 수 없었다. 임신 기간에는 내가 내 상황을 어느정도는 통제할 수 있다고 느꼈지만, 이제 완전히 산부인과 의사에게 의존하고 있었다. 의사는 몸집이 거대하고 단호하고 가부장적인 남자로 낙관과 확신으로 가득 차 있었으며, 내 뺨을 꼬집는 버릇이 있었다. 나는 임신 기간 내내 건강했지만, 진정제를 맞거나 몽유병에 걸린 사람 같기는 했다. 바느질 수업을 들으며 너무 볼품이 없고 재단도 엉망이라 절대로 입지 않을 임부복을 만들기도 했다. 아기방에 달 커튼도 만들고 아기 옷도 모으며 몇 달 전의 내 모습을 가능한 한 많이 지워냈다. 두 번째 시집이 인쇄 중이었지만 시 쓰기를 중단하고 가정잡지나 육아에 관한 책만 읽었다. 세상이 나를 오직 임신한 여성으로만 여기는 것 같았고 나 자신도 그렇게 생각하는 편이 더 편하고 덜 불안했다. 아기가 태어난 후 '홍역'은 임신 알레르기로 진단받았다.

2년도 지나지 않아 나는 다시 임신했고, 일기에 이렇게 썼다.

1956년 11월

임신 초기의 극심한 피로인지 아니면 보다 근본적인 문제인지 모르겠지만, 최근 나는 시를 향해 (쓰기와 읽기 모두) 지루함과 무관심만을 느끼고 있다. 특히 내 시와 동시대 시인들의 시에 대해 그렇다. 원고 청탁을 받거나 누가 내 '경력'을 언급할 때면 글을 쓰거나 글을 썼던 그 사람에 대한 책임감과 관심을 모두 부정하고 싶은 강렬한 욕구가 솟구친다.

글쓰기 생활을 쉬어야 한다면 지금이야말로 적기다. 오랫동안 나 자신도 내 작품도 불만스러웠다.

내 남편은 섬세하고 다정한 남자로 아이들을 원했고―학계에 직업을 가진 50대 남자로서는 드물게―기꺼이 '도와주려' 했다. 그러나 이 '도움'은 너그러운 행동으로 이해되었고, 가족 안에서 진짜 일은 **그의** 일, **그의** 직장생활이었다. 사실 이 사실은 몇 년간 우리 두 사람 사이에 문제가 되지도 않았다. 나는 작가로서 나의 몸부림이 일종의 사치이자 나만의 특이성이라고 생각했다. 내 일은 대개 돈이 되지 않았다. 일주일에 단 몇 시간이라도 글을 쓰기 위해 가사도우미를 고용하면 심지어 돈이 더 들었다. 1958년 3월, 나는 이렇게 썼다. "내가 무슨 부탁을 해도 남편은 들어주려고 노력한다. 그러나 언제나 내 편에서 먼저 말을 꺼내야 한다." 내가 느끼는 우울과 울컥 터지는 분노, 덫에 걸린 느낌을 남편이 나를 사랑하기 때문에 어쩔 수 없이 견뎌야 하는 짐으로 여겼다. 이렇게 무거운 짐을 안겨주었는데도 나를 사랑하는 남편이 고마웠다.

그러나 나는 내 인생에 초점을 맞추려고 애쓰고 있었다. 실제로 시를 포기한 적이 단 한 번도 없었고, 내 존재를 스스로 통제하려는 노력도 단념하지 않았다. 아이들이 바글바글했던 케임브리지 다세대주택 뒷마당에서의 삶, 끝이 없었던 빨래, 한밤중에 깨어나야 했던 시간들, 평화로운 순간이나 아이디어에 몰두하는 순간을 방해받았던 때, 젊은 아내들의 어이없는 만찬 파티(일부는 석박사 학위도 있었지만 전부 진지하게 아이들의 안녕과 남편의 경력에 전념하며 보스턴 상류층의 안락을 재생산하고자 했고, 프랑스 요리법과 조금도 힘들지 않은 척하는 가식이 주위를 감돌았다), 그리고 무엇보다 그 세계에는 여성을 대하는 태도에 진지함이 전혀 없었다. 당시에는 이 모든 것을 분석하지 못했지만 내 삶을 다시 만들어가야 한다는 것은 **알았다**. 우리—학계에 속한 여자들—도 당시 중산층 사회의 다른 수많은 여성처럼 빅토리아 시대 유한계급 부인과 집 안의 천사와 요리사, 하녀, 세탁부, 가정교사, 보모 역할을 전부 해내라는 기대를 받는다는 걸 이해하지 못했다. 그저 뭔가 잘못된 것에 걸려 나를 쥐어짜고 있다고 느꼈고, 내 삶의 껍질을 벗겨내 본질적인 것만 남기를 간절히 원했다.

여성으로 태어남에 대하여: 경험과 제도로서 모성

1958년 6월

지난 몇 달 내내 지독한 짜증에 휩싸였고, 결국 짜증은 분노로 깊어졌다. 씁쓸한 마음, 사회와 나 자신을 향한 환멸, 세상을 향한 무자비한 원망, 손을 떼고 싶은 거부감. 여기 긍정적인 면이 과연 있을까? 만약 있다면 어쩌면 그것은 내 삶을 다시 만들어내고, 그저 표류하며 세월을 지나갈 뿐인 내 삶을 구하려는 노력이겠지……

내 앞에 놓인 일은 심각하고 어려우며 계획도 분명하지 않다. 마음과 정신을 단련하고, 나만의 독특한 표현을 하고, 일상생활에 질서를 부여하고, 인간으로서 자아가 가장 효율적으로 기능하게 하는 것, 이것들이 내가 가장 성취하고 싶은 일들이다. 지금껏 내가 할 수 있었던 거라곤 오직 시간을 덜 낭비하는 것뿐이었다. 그래서 지금까지 거부감이 들었다.

1958년 7월 또다시 임신했다. 셋째 아이—결심한 대로 막내가 되었다—의 탄생은 내게 일종의 전환점이었다. 내 몸을 내 맘대로 통제할 수 없다는 것을 이미 배웠기 때문에 셋째를 가질 생각이 없었다. 또 한 번의 임신, 또 한 번의 신생아가 내 몸과 정신에 어떤 영향을 주는지 그 어느 때보다 분명하게 알게 되었다. 그러나 낙태를 생각하지는 않았다. 어떤 의미로 보면 위의 두 아이보다 더 적극적으로 선택한 아이였다. 다시 임신했다는 것을 알았을 무렵 나는 더이상 몽유병 환자처럼 굴지 않았다.

1958년 8월(버몬트)

이른 아침 햇살이 언덕 비탈과 동쪽 창을 비추는 이 시간에 쓴다. 오전 5시 30분에 로즈가 [아기]를 데리고 내려와서 아기를 먹이고 나도 아침을 먹었다. 오늘은 끔찍한 정신적 우울과 육체적 탈진을 느끼지 않은 얼마 되지 않는 아침이었다.

(……) 스스로 인정해야 한다. 나는 더 이상 아이를 낳지 않기로 선택했다고. 머잖아 다시 자유로워질 것이고, 더는 육체적으로 피로하지 않으며, 지적이고 창의적인 삶을 추구할 수 있을 때가 오길 기다리고 있었다고. (……) 내가 지금 발전할 수 있는 **유일한** 방법은 현재 삶에서 할 수 있는 정도보다 더 열심히, 더 꾸준히, 더 일관되게 일하는 것뿐이다. 아이가 또 생긴다면 이런 노력을 몇 년 뒤로 미룬다는 뜻이고 내 나이에 몇 년은 굉장히 중요하며 가볍게 날릴 수 있는 시간이 아니다.

하지만 뭐랄까, 자연의 힘이랄까, 인간이라는 존재의 운명을 긍정하는 것이랄까, 뭔가 불가피함이 이미 내 일부가 되어 있으며 그 불가피함은 싸워야 할 대상이 아니라 표류와 정체, 정신의 죽음에 대항할 또 다른 무기로 삼아야 한다는 생각이 든다. (왜냐하면, 내가 정말로 두려워했던 죽음은 평생 사투를 벌여 겨우 힘겹게 세상에 내놓은 나의 얼굴, 인정받을 만한 자율적인 자아, 시와 삶의 창조가 허물어지는 죽음이었기 때문이다.)

더 노력해야 한다면 그렇게 할 것이다. 견디며 살아가야 할 절망이 더 남았다면 정확하게 예측하고 견뎌낼 것이다.

여성으로 태어남에 대하여: 경험과 제도로서 모성

그 와중에도, 이상하고 예기치 못한 방식으로, 우리는 진심으로 아이의 탄생을 환영한다.

　물론 셋째의 탄생을 나의 죽음을 예고하는 영장이 아니라 '죽음에 대항할 또 다른 무기'로 볼 수 있었던 것도 정신적 여유와 함께 경제적 여유가 있었기 때문이었다. 관절염이 불쑥 재발하기는 했지만 내 몸은 건강했고 산전 관리도 잘 받았으며 영양부족에 시달리지도 않았다. 내 아이들 모두 잘 먹고 잘 입고 신선한 공기를 마시며 살아갈 것을 알았다. 사실 그렇지 않을 거라는 생각을 해본 적이 없다. 그러나 물리적인 여유가 아닌 다른 의미에서, 내가 내 삶을 위해 아이들의 삶을 통해서, 아이들의 삶에 맞서, 아이들의 삶과 함께 싸우고 있다는 것도 알았다. 그 밖에 다른 것은 내게 분명해 보이지 않았다. 나는 나 자신을 낳으려고 애쓰고 있었고, 다소 암울하고 불투명한 방식이지만 그 과정에 임신과 출산까지 이용하기로 마음먹었다.
　셋째가 태어나기 전, 더는 아이들을 낳지 않기로 마음먹고 불임 수술을 받기로 했다. (여성의 몸에서 어떤 것을 제거하는 수술이 아니라서 배란과 생리는 계속된다. 그러나 '불임'이라는 오래된 단어가 영원히 공허하고 결핍된 삶을 사는 어떤 여성을 암시하는 것처럼 불임 수술이라는 단어도 여성성의 본질을 잘라내거나 태워버릴 것 같은 느낌을 준다.) 남편은 내 결정을 지지했지만, 혹여 내가 수술을 받고 나서 '덜 여성스럽다'라는 느낌을 받지 않을 자신이 있느냐고 물었다.
　수술을 받으려면 내가 이미 세 아이를 낳았으며 더는 아이를 가지지 않을 이유가 이러이러하니 수술을 승인해달라는 편지를 작성하고 남편의 서명을 받아 의사 위원회에 보내야 했다. 나는 몇 년 동안 류머티즘 관절염을 앓고 있었기 때문에 판결을 맡은 남성 배심원들이 받아들일 만한 이유를 댈 수 있었다. 나 자신의 솔직한 판단은 아마 받아들여지지 않을 것이다. 아이가 태어나고 수술을 받고 24시간 후에 깨어났을 때 젊은 간호사가 내 차트를 들여다보더니 냉담하게 말했다. "난소 절제를 했군요, 그렇죠?"

최초의 산아제한 운동을 벌였던 마거릿 생어는 20세기 초 수백명의 여성에게 피임법을 알려달라고 간청하는 편지를 받았다고 한다. 이 여성들은 모두 이미 낳은 아이들에게 더 좋은 엄마가 될 수 있게 건강과 힘을 얻고 싶고, 임신의 공포 없이 남편과 육체적인 사랑을 나누고 싶다고 말했다. 엄마 되기를 완전히 거부하거나 쉬운 삶을 원하는 사람은 단 한 명도 없었다. 대부분 가난한 10대였고, 전부 몇 명의 아이들이 있었던 이 여성들은 그저 더 이상 가족이 원하는 만큼 '제대로' 봉사하고 아이를 기를 수 없을 것 같다고 느꼈다. 그러나 여성이 자신의 몸을 어떻게 사용할 것인가에 대한 최종 결정권을 가져야 한다고 주장하면 극심한 공포를 느끼는 사람들이 언제나 있어왔고 지금도 그렇다. 마치 어머니의 고통, 여성의 기본적인 정체성을 어머니 **역할로** 보는 인식이 인간사회의 감정적인 토대에 너무나 필수적인 나머지 그러한 고통과 정체성을 줄이거나 없애자는 주장은 가능한 모든 면에서 반박하고 싸워야 하며, 의문을 제기하는 것조차 절대로 용납할 수 없다고 생각하는 것만 같다.

3

"군대를 위해 일하십니까Vous travaillez pour l'armée, madame?" 베트남

　　　　여성으로 태어남에 대하여: 경험과 제도로서 모성

전쟁 초기에 만난 어느 프랑스 여성이 내게 아들이 셋 있다는 말을 듣자마자 한 말이다.

1965년 4월

분노, 피로, 의기소침. 갑작스럽게 터지는 울음. 매 순간 영원히 충분하지 못할 거라는 느낌……

예를 들면 [첫째 아이를 향한] 나의 거부감과 분노, 나의 관능적인 생활, 평화주의, 성(단지 육체적인 욕구가 아닌 넓은 의미의) 사이에 관계망이 존재한다는 생각에 온몸이 마비된다. 상호연결성을 내가 직접 볼 수 있고, 유효성을 입증할 수만 있다면, 나는 다시 명쾌하고 열정적인 나로 돌아갈 수 있을 것이다. 그러나 나는 어두컴컴한 거미줄 사이를 더듬거리고 있을 뿐이다.

울고 또 운다. 이 무기력감이 마치 암세포처럼 내 존재 전체에 퍼진다.

1965년 8월, 오전 3시 30분

내 삶에 더욱 단단한 규율을 마련하기 위해 반드시 해야 할 일

- 맹목적인 분노는 무용함을 인정하자.
- 사교를 제한하자.
- 일과 고독을 위해 아이들이 학교에 가 있는 시간을 더 잘 쓰자.
- 나만의 생활방식에 집중하자.
- 낭비를 줄이자.

- 더욱더 열심히 시에 매진하자.

가끔 이런 질문을 받는다. "아이들에 관한 시를 쓰지는 않나요?" 내 세대 남성 시인들은 자기 아이들, 특히 딸에 관한 시를 쓴다. 내게 시는 누군가의 엄마가 아닌 나 자신으로 존재하는 공간이다.

내게 나쁜 순간과 좋은 순간은 분리할 수가 없다. 아이들 각자에게 젖을 물릴 때, 내 눈을 향해 환히 열린 아이의 두 눈을 보고 우리는 입과 가슴만이 아니라 서로의 시선, 그 검푸른 눈동자의 깊이와 차분함, 열정, 온전히 집중한 눈빛을 통해 서로 단단히 묶여 있음을 깨달았던 때가 떠오른다. 중독된 것처럼 먹을 때의 죄책감 섞인 기쁨을 제외하곤 그 어떤 신체적인 기쁨도 느끼지 못했을 때 아이들이 젖으로 가득 차오른 내 가슴을 빨 때 느꼈던 신체적인 기쁨을 기억한다. 둘 중 누구도 선택하지 않았던 갈등과 전투의 감각을 기억한다. 원하건 원치 않건 우리는 끊임없이 자신의 의지를 겨루는 싸움에서 관찰자이자 동시에 참가자였다. 이것이 내겐 일곱 살이 안 된 아이 셋을 키우는 일의 의미였다. 하지만 아이들의 개별적인 몸, 그 호리호리하고 마르고 부드러우면서 우아한 몸을, 남성의 몸은 견고해야 한다는 것을 아직 배우지 않은 어린 소년의 아름다움 역시 기억한다. 어떤 이유였는지 나 혼자 화장실에 갈 수 있었던 평화로운 순간을 기억한다. 아이들이 악몽을 꿔서, 이불을 덮어주려고, 식어버린 우유병을 데우기 위해, 반쯤 잠든 아이를 화장실에 데려가기 위해, 안 그래도 모자란 잠에서 깨어나야 했던 때를 기억한다. 말짱히 잠에서 깨어, 분노로 날카로워져서, 토막 난 잠 때문에 다음날이 지옥이 될 것이며 그러면 아이는 악몽을 더 많이 꾸게 되고 나는 아

여성으로 태어남에 대하여: 경험과 제도로서 모성

이를 더 위로해주어야 하고 결국 나도 지쳐서 아이는 이해할 수 없는 이유로 아이에게 분노를 표출하게 될 것을 알고 다시 침대로 돌아오곤 했던 때를 기억한다. 다시는 꿈을 꿀 수 없겠다고 생각했던 일이 기억난다. (몇 년 동안 꿈을 꾸는 잠이 허락되지 않는 젊은 엄마들의 무의식은 과연 어디에서 그 메시지를 처리하는 걸까?)

나는 여러 해 동안 아이들이 열 살이 될 때까지의 기간을 되돌아보는 것을 회피했다. 그 시기 사진을 보면 임부복을 입거나 반쯤 벗은 아기에게 몸을 숙인 젊은 여성이 웃고 있다. 여자는 점점 웃지 않고 냉담하고 반쯤 우울한 얼굴을 하고 있다. 뭔가 다른 것에 귀를 기울이는 사람 같다. 아이들이 자랄수록 나는 내 삶을 바꾸기 시작했고 우리는 동등하게 대화를 나누기 시작했다. 우리는 나의 이혼과 남편의 자살을 함께 겪어냈다. 우리 네 사람은 생존자가 되었고 각자 개별적인 존재로서 강한 유대감으로 서로 연결되었다. 나는 언제나 아이들에게 진실을 말하려고 노력했고, 또 아이들의 독립은 나의 자유를 의미했기 때문에, 아이들은 꽤 어린 나이에도 독립적이고 낯선 것을 향해서도 마음을 여는 사람이 되었다. 아이들이 나의 분노와 자책을 견뎌냈으면서도 여전히 나의 사랑과 서로의 사랑을 신뢰한다면 충분히 강한 사람이라는 생각이 들었다. 아이들의 삶은 쉽지 않았고 앞으로도 쉽지 않겠지만, 그들의 존재 자체가, 그 생명력과 유머, 지성, 다정함, 삶을 향한 사랑, 여기저기 흩어져 살지만 내게로 흘러들어오는 개별적인 삶의 흐름이, 내게는 전부 선물 같다. 어떻게 우리가 전쟁 같았던 아이들의 어린 시절과 전쟁 같았던 나의 어머니 시절을 스스로에 대한 인정과 서로에 대한 상호 인정으로 바꾸어냈는지 모르겠다. 아마도 그 상호 인정은 사회적 환경과 전통적인 환경을 덧쓰고 엄마와 젖을 먹는 아기가 처음 시선을 마주치던 순간부터 이미 존재했을지도 모른다. 그러나 나는 오랫동안 누구의 엄마도 되지 않겠다고 생각했던 때가 있었다. 나 자신의 욕구를 날카롭게 느꼈고 그 욕구를 격렬하게 표현하는 일이 잦았기 때문이다. 나는 칼리이자 메데이아이자 제 새끼를 집어삼키는 암퇘지였고, 여성성에서 도망치는 여성스럽지 않은 여성이었고, 니체가 말하는 괴물이었다. 요즘도 나는 옛날 일기를 읽거나 과거를 떠올리면 슬픔과 분노를 느낀다. 그러나 그 대상은 더 이상 나와 아이들이 아니다. 그시절 나 자신을 소모했던 게 슬프고, 엄마와 아이 사이의 관계가 훼손되고 조작되었던 것에 분노한다. 그리고 이러한 슬픔과 분노는 사랑의 커다란 원천이자 경험이다.

1970년대 어느 이른 봄날 거리에서 젊은 여성 친구를 만났다. 그는 아주 작은 아기를 화사한 면 슬링에 싸서 품에 안고 있었다. 아기 얼굴이 그의 블라우스에 파묻혔고 조그만 손이 옷을 꼭 움켜쥐고 있었다. "몇 살이에요?" 내가 물었다. "이제 2주일 되었어요." 아기 엄마가 말했다. 놀랍게도 나는 그 작은 생명을 내 몸으로 꼭 끌어안고 싶다는 강렬한 열망을 느꼈다. 아기는 엄마의 가슴 사이에 매달려 웅크린 채 잠들어 있었다. 마치 엄마의 자궁 속에 웅크려 있었던 것처럼. 젊은 엄마는—이미 세 살 아이가 있었다—이토록 흠결 하나 없는 완벽한 새 생명을 얻었다는 순수한 기쁨을 얼마나 빨리 잊게 되는지에 대해 이야기했다. 그와 헤어지며 나는 추억과 부러움에 흠뻑 젖어 들었다. 그러나 나는 다른 일들도 안다. 그의 삶이 절대로 단순하지 않다는 것, 그는 지금도 다른 사람의 삶의 속도에 맞춰—아기의 규칙적인 울음뿐만 아니라 세 살 아이의 요구와 남편 문제까지—살아가고 있다는 것을. 내가 사는 건물의 여자들은 여전히 혼자서 아이들을 키우고, 매일 개별 가족 단위 안에서 빨래하고, 공원에 세발자전거를 몰고 가고, 남편이 집에 돌아오기를 기다리며 살아간다. 아기를 봐주는 수영장과 놀이방이 있고 주말이면 아빠들이 유아차를 밀기는 하지만, 여전히 육아는 개별적인 여성의 개별적인 책임이다. 나는 생후 2주일 아기가 자신의 품에 안겨 있는 그 느낌이 부러운 것이지 어린아이들로 가득 찬 엘리베이터의 소동과 빨래방에서 울어대는 아기들과 일고여덟 살 아이들이 엄마에게만 매달려 자신의 짜증을 받아주고 달래주고 삶의 토대가 되어주길 바라는 겨울철의 아파트가 부러운 게 아니다.

4

그러나 누군가는 이러한 고통과 기쁨, 좌절과 성취가 서로 섞여 들어가는 것이 바로 인간의 조건이라고 말할 것이다. 15년 전, 혹은 18년 전이었다면 나도 같은 말을 했을 것이다. 그러나 가부장제 안에서 모성은 강간과 성매매와 노예제도와 마찬가지로 '인간의 조건'이 아니다. (이를 인간의 조건이라고 말하는 사람들은 주로 성별, 인종, 노예제도와 같은 억압에서 가장 멀리 떨어진 사람이다.)

모성은—정복과 농노제, 전쟁과 조약, 탐험과 제국주의의 역사에서는 언급되지 않는—역사와 이데올로기가 있다. 모성은 부족주의나 국가주의보다 더 근본적이다. 내가 엄마로서 갖는 개별적이고 사적으로 느끼는 고통, 그리고 내 주변 여성들과 이전 세대 여성들의 개별적이고 사적으로 보이는 고통, 우리 계급이나 피부색이 어떻든 모든 전체주의 체제와 모든 사회주의 혁명에서 남성이 여성의 생식 능력을 규제하는 것, 남성이 피임과 출산 능력과 낙태, 산과학, 부인과학, 자궁 외 생식 실험을 법적으로 기술적으로 통제하는 것, 이 모든 것이 가부장제의 필수 요소이고 어머니가 아닌 여성의 지위를 부정하거나 의심하는 것 역시 마찬가지다.

가부장제의 신화와 꿈의 상징체계, 신학, 언어 전체에 두 가지 개념이 나란히 흐른다. 하나는 여성의 몸은 불결하고, 더럽고, 분비물이 나오고, 피를 흘리고, 남성성을 위협하며, 도덕적이고 육체적인 타락의 원천인 '악마의 문'이라는 생각이다. 다른 하나는 어머니인 여성은 너그럽고, 성스럽고, 순수하고, 섹스와 무관하며, 자양분이 되어준다는 생각이다. 어머니가 될 수 있는 신체적인 잠재성—피를 흘리고 신비로운 그 몸과 정확히 같은 몸—은 여성의 삶에 존재하는 유일한 목표이자 명분이다. 이 두 가지 생각은 여성 안에 깊이 내면화되어왔고 심지어 가장 자유로운 삶을 이끌어가는 것처럼 보이는 가장 독립적인 우리조차 예외가 아니다.

이 두 가지 상반된 개념을 순수하게 유지하기 위해 남성적인 상상력은 여성을 선과 악, 가임과 불임, 순수와 불결이라는 양극단으로 나누어야 했고, 우리 여성을 둘로 가르고 우리 스스로도 그렇게 나누어보도록 해야 했다. 빅토리아 시대의 천사 같은 무성적인 아내와 빅토리아 시대의 매춘부는 이 이중적 사고가 만들어낸 제도였으며, 실제 여성의 관능성과는 아무런 상관이 없고 오직 여성에 대한 남성의 주관적인 경험과 상관이 있을 뿐이다. 이런 식의 사고방식이 가져오는 정치적, 경제적 편의는 성차별과 인종차별이 하나가 되는 곳에서 가장 극적이고 뻔뻔스럽게 발견된다. 사회사학자 A. W. 캘훈에

의하면 당시 가장 귀하게 여겨졌던 흑백 혼혈 물라토 노예를 더 많이 만들어내려는 의도로 백인 농장주의 아들들은 흑인 여성들을 강간하도록 장려받았다. 캘훈은 여성을 주제로 글을 썼던 19세기 중반 남부 작가 두 사람의 글을 인용한다.

"노예제도에서 인종과 관련해 백인이 부담하는 가장 무거운 짐은 아프리카계 여성의 성적 본능이 매우 강하며 성관계에 있어서 아무런 양심의 가책을 느끼지 않는다는 점이다. 이들은 백인 남성의 집에 찾아오고 백인 남성의 문 앞에 와 있다.' (……) '노예제도 아래서 백인 문명의 완전무결함을 향한 공격은 저항이 가장 약해지는 지점에 음탕한 잡종 여성이 음험한 영향을 미칠 때 생긴다. 백인 순수성의 미래를 지킬 유일한 방법은 백인 상류층 어머니와 아내들이 타협하지 않고 순수함을 지키는 것뿐이다."[1]

강간으로 어머니가 되면 멸시를 받을 뿐만 아니라 강간을 당하고도 범죄자이자 **가해자**가 되고 만다. 그러나 누가 흑인 여성을 백인 남성의 문 앞에 데려왔단 말인가? 수익성이 좋은 물라토 아이들이 태어난 것은 과연 누구의 성적 가책이 부족하기 때문이었나? '순수한' 백인 어머니와 아내들에게 '강한 성적 본능'이 없다고 여긴다면, 그들 역시 백인 농장주에게 강간을 당한 게 아니던가? 다른 지역과 마찬가지로 미국 남부도 경제적인 이유로 아이들을 낳았으므로 흑인이든 백인이든 어머니들은 전부 이 같은 목적을 위한 수단이었다.

'순수한' 여성도 '음탕한' 여성도, 이른바 정부나 노예 여성도, 자신을 번식용 동물로 격하시켰다는 이유로 칭찬을 받는 여성도,

'노처녀'나 '레즈비언'이라고 경멸당하고 벌을 받는 여성도, 전부 여성 신체의 파괴(그로 인한 여성 정신의 파괴)로 진정한 자율이나 자아를 얻지 못했다. 그러나 권력이 없는 이들에게는 오직 단기적인 이점만 보이기 때문에 우리 역시 이러한 파괴를 지속하는 역할을 맡아왔다.

5

육아와 심리학 관련 문헌 대부분은 개인화로 가는 과정이 본질상 아이의 드라마이며, 이 드라마는 좋거나 나쁘거나 양쪽 혹은 한쪽 부모를 배경으로, 함께 펼쳐진다고 전제한다. 당시 나는 나 역시 그 부모 중 한 사람이고, 어머니라는 사실을 깨닫지 못했고, 나조차 아직 제대로 창조되지 못한 상태라고만 알고 있었다. 내가 읽은 지침서마다 등장하는 침착하고 확신에 차 있으며 양가감정 같은 건 모르는 여성은 마치 우주비행사처럼 나오는 완전히 다른 사람으로 보였다. 그 어떤 것도 내가 내 몸에 품고 다니다가 지금은 내 팔로 안고 내 가슴으로 젖을 먹이는 생명체와 나 사이에 이미 존재하는 강렬한 관계를 미리 대비해주지 않았다. 임신 기간과 수유 기간 내내 여성은 느긋하고 평온한 성모 마리아의 모습을 본받으라고 종용당한다. 누구도 첫 아이를 가졌을 때의 정신적 위기와 오랫동안 묻어왔지만, 다시금 떠오르는 자기 어머니에 관한 감정, 힘과 힘없음이 뒤섞인 감각, 한편으로는 다 빼앗긴 것 같으면서 다른 한편으로는 새로운 신체적, 정신적 잠재력에 닿은 느낌, 신났다가 황망했다가 다시 기진맥진해지는 고양된 감수성에 대해 말해주지 않았다. 누구도 이

여성으로 태어남에 대하여: 경험과 제도로서 모성

토록 작고 의존적으로 내게 안겨 있는, 나의 일부이면서 동시에 일부가 아닌 이 생명체를 향한 낯선 끌림에 대해—사랑에 빠진 지 얼마 되지 않았을 때 한결같이 압도적으로 끌리는 기분 같은—말해주지 않았다.

아이를 돌보는 엄마는 처음부터 끊임없이 변화하는 대화에 참여한다. 아이의 울음소리를 듣고 젖이 도는 것을 느낄 때나 아이가 처음 젖을 빨 때 자궁이 수축하며 원래 크기로 돌아갈 때, 이후 아이의 입이 젖꼭지를 쓰다듬어 한때 아이가 누워 있던 자궁에 관능의 파도가 몰아칠 때, 아이가 자면서도 가슴의 냄새를 맡고 젖꼭지를 더듬어 찾을 때, 그런 순간마다 엄마는 점점 구체화 된다.

아이는 반응하는 엄마의 몸짓과 표현을 통해 처음으로 자신의 존재를 감지한다. 마치 엄마의 눈과 미소, 쓰다듬는 손길에서 처음으로 이런 메시지를 읽는 것과 같다. 너 여기 있구나! 그리고 엄마 역시 자신의 존재를 새롭게 발견한다. 엄마는 가장 세속적이고 가장 눈에 보이지 않는 끈으로 이 다른 존재와 연결된다. 오래전 아기 때 자신의 어머니와 연결되었던 때를 제외하곤 누구와도 이렇게 연결되었던 적이 없다. 그리고 엄마는 일대일로 맺은 이 강렬한 관계에서 벗어나 스스로 단독적인 자아임을 새롭게 깨닫거나 재확인하기 위해 노력해야 한다.

아이가 젖을 빠는 행동은 성행위와 마찬가지로 긴장되고 신체적으로 고통스러우며 문화적으로 부적절함과 죄책감을 동반할 수 있다. 또는 성행위와 마찬가지로 부드러운 관능으로 가득 차 신체적으로 만족스럽고 기본적으로 위안을 주는 경험이 될 수도 있다. 그러나 연인이 섹스 후에 서로 떨어져 개별적인 개인으로 돌아가야 하듯이 엄마 역시 아이에게 젖을 그만 물리고 아이 또한 엄마에게서 젖을 떼야 할 때가 온다. 육아 심리학에서는 아이를 위해 '아이를 놔 주어야' 한다고 강조한다. 그러나 엄마는 자신을 위해서도 그래야 하며, 어쩌면 아이보다 자신을 위해서 그래야 한다.

특별한 한 아이 혹은 여러 아이와 강렬한 상호관계를 맺는다는 면에서 모성은 여성이 겪는 과정의 **일부분**일 뿐 영원한 정체성은 아 니다. 40대 중반의 주부는 농담처럼 이렇게 말할지도 모른다. "실직 자가 된 기분이에요." 그러나 사회의 시선으로 보면 한때 엄마였던 우리가 영원히 엄마가 아니라면 우리는 과연 누구인가? '아이를 놔 주는' 과정은 ─그렇게 하지 않으면 비난을 받지만─ 가부장제 문화 를 거스르는 반역 행위다. 그러나 아이를 놔주는 것만으로는 부족하 다. 우리에겐 다시 돌아갈 자신이 필요하다.

아이를 낳고 키우는 일은 가부장제와 심리학이 결탁해 여성성 의 개념으로 만들어버린 일을 수행하는 것이다. 하지만 아주 강력한 방식으로 자신의 신체와 감정을 경험하는 일이기도 하다. 우리는 육 체와 신체의 변화뿐만 아니라 성격의 변화도 느낀다. 종종 자기절제 와 자신을 불로 지지는 고통스러운 행위를 통해 우리 안에 '내재했 다'라고 여겨지는 자질들을, 즉 인내심과 자기희생과 한 인간을 사 회화하기 위해 사소하고 틀에 박힌 일을 끊임없이 반복하는 의지 등 을 습득한다. 또한, 놀랍게도 우리가 알았던 그 어느 감정보다 더 강 렬하고 격한 사랑과 폭력이 넘쳐흐르는 것을 느낀다. (유명한 평화주 의자이자 엄마인 한 여성이 최근 연단에서 이렇게 말했다. "누구라도 내 아이에게 손을 대면 죽여버릴 겁니다.")

이런 비슷한 경험들은 쉽게 치워버릴 수가 없다. 육아의 끊임없는 요구에 이를 악무는 여성들이 아이가 자라 점점 독립해간다는 사실을 인정하기 어려워하는 것도 별로 놀랍지 않다. 엄마들은 여전히 집에 머물러야 하고, **경계 태세**를 갖춘 채 언제라도 자신을 필요로 하는 다급한 소리가 들려오는지 귀를 기울여야 한다고 느낀다. 아이들은 부드러운 상승곡선을 그리면서 자라는 게 아니라 변덕스러운 날씨처럼 이런저런 요구를 하며 들쭉날쭉하게 자란다. 문화적 '규범'은 여덟 살이나 열 살이 된 아이가 언제 어떤 식으로 젠더를 드러낼지, 응급 상황과 외로움, 고통, 배고픔을 만났을 때 어떻게 대처할지 결정하는 데는 놀랍게도 아무런 영향을 미치지 못한다. 인간은 사춘기라는 미로를 맞이하기 훨씬 전에도 절대로 직선으로 자라지 않는다는 사실을 끊임없이 깨닫는다. 여섯 살 인간도 인간이기 때문이다.

부족이나 봉건사회에서는 여섯 살 아이에게도 진지한 의무를 줬다. 우리 사회에는 그런 의무가 없다. 그러나 아이들과 집에 있는 여성 또한 진지한 일을 하고 있다고 여기지 않는다. 여성은 그저 모성 본능에 따라 행동하고, 남성은 절대로 하지 않을 허드렛일을 하고, 대체로 자신이 하는 일의 의미를 비판하면 안 된다. 그래서 아이와 엄마는 똑같이 가치하락을 당한다. 오직 유급 노동을 하는 성인 남성과 여성만이 '생산적'으로 여겨지기 때문이다.

엄마와 아이 사이의 권력관계는 그저 가부장제 사회의 권력관계를 반영한다. "너에게 어떤 일이 좋은지는 내가 잘 아니까 너는 내가 하라는 대로 해"라는 말은 "너를 그렇게 **시킬 수** 있으니까 너는 내가 하라는 대로 해"라는 말과 구별하기 어렵다. 권력이 없는 여성은 언제나 어머니 역할을 권력을 향한 인간적인 의지를 위한 수단으로, 세상이 자신에게 부여한 요구를 세상에 다시 돌려줄—좁지만 깊은—통로로 이용해왔다. 아이를 씻기려고 팔을 붙잡아 끌고 가고, 싫어하는 음식을 '한 입만 더' 먹으라고 구슬리고, 협박하고, 뇌물을 주는 것에는 '좋은 엄마 노릇'이라는 문화적 전통에 따라 아이를 키우는 일을 넘어선 뭔가가 있다. 아이는 먼지와 음식처럼 혼자서 움직일 수 없는 비활성 물질을 제외한 그 어떤 것에도 영향을 행사할 수 없게 제한당해온 여성이 힘을 행사할 수 있고 심지어 바꿀 수도 있는 현실의 한 부분, 세상의 한 존재이다.*

---

*   [1986년 A. 리치]: 스위스 심리치료사 앨리스 밀러의 저서를 읽고 나서 이 장과 4, 5장의 내용을 더 깊이 생각해보았다. 밀러는 육아의 '숨겨진 잔혹성'이 이전 시대 부모들이 가한 '해로운 교육법'의 반복이자 동시에 권위주의와 파시즘을 향한 복종이 뿌리를 내릴 수 있게 토양을 제공하는 것과 같다고 주장한다. 밀러는 "신비성을 제거하려는 최근의 온갖 노력에도 불구하고 여전히 살아남은 금기가 하나 있는데, 바로 모성애의 이상화이다"라고 말한다. [《천재가 될 수밖에 없었던 아이들의 드라마The Drama of the Gifted Child: How Narcissistic Parents Form and Deform the Emotional Lives of Their Talented Children》 (하퍼앤로, 1981) p.4] 밀러의 저서는 이와 같은 이상화(부모의 이상화이지만 특히 엄마의 이상화)가 아이들에게 미친 해악을 추적한다. 아이들은 자신의 고통에 이름을 붙이거나 저항할 수 없으며, 자신이 아닌 부모의 편을 든다. 밀러는 "내적으로 좋은 엄마가 되어야 한다고 집착하면 아이의 말에 공감할 수 없으며 아이가 내게 하는 말에 마음을 열 수가 없다"라고 말한다. [《자신을 위하여: 육아의 숨겨진 잔혹성과 폭력의 근원For Your Own Good: Hidden Cruelty in Child-rearing and the Roots of Violence》(파라, 스트라우스앤지로, 1983) p.258] 밀러는 **아동학대**로 규정되어온 행위, 예를 들면 신체적 폭력과 가학적 처벌의 근원을 탐색하는 동시에 아이가 지닌 활력과 감정을 부정하고 억압하는 것을 바탕으로 한, '반권위주의'나 '대안적인' 양육법에서 발생하는 폭력을 포함하는 '부드러운 폭력'에도 관심을 쏟아왔다. 밀러는 여성이 주로 양육을 도맡아하는 점, 남성이 여성의 섹슈얼리티와 생식 능력을 영구히 통제하도록 하는 권위주의나 파시즘 체제의 노력, 부모로서 아버지와 어머니 사이의 구조적인 **차이**는 고려하지 않는다. 밀러는 미국에서 특히 여성들이 "자신의 지식이 가진 힘을 발견했다. 그들은 수천 년간 신성불가침과 선의라는 이름표 뒤에 잘 숨어 있던 잘못된 정보가 얼마나 해로운 속성을 지녔는지 거리낌 없이 지적한다"라고 인정한다. 《자신을 위하여》 p.12)

             여성으로 태어남에 대하여: 경험과 제도로서 모성

6

처음 임신했던 스물여섯 살, 임신 사실을 신체적으로 알고 싶지 않아 도망치면서 동시에 지성과 천직으로부터도 도망쳤던 그 젊은 여성의 몸으로 돌아가려고 하면, 나는 엄마가 된 사실 때문이 아니라 엄마 됨이라는 제도 때문에 나의 진짜 몸과 정신으로부터 철저히 소외되었음을 깨닫는다. 우리가 인간 사회의 기본을 이룬다고 알고 있는 이 제도는 내가 다니던 산부인과 대기실에 있던 소책자를 통해서든, 내가 읽었던 소설을 통해서든, 시어머니의 인정, 내 엄마에 대한 기억, 시스티나 성모 혹은 미켈란젤로의 피에타 성모를 통해서든, 임신한 여성은 자신의 성취에 만족하거나 혹은 그저 기다리는 여성이라는 뜬소리를 통해서든, 내게 특정한 견해와 기대만을 허락했다. 여성들은 언제나 뭔가를 기다리는 모습으로 보인다. 요청받기를 기다리고, 생리를 기다리고—생리가 올까 두렵고 오지 않을까 두려워하며—전쟁터나 직장에 나간 남자가 돌아오길 기다리고, 아이들이 자라기를 기다리고, 새 아이가 태어나기를 기다리고, 폐경이 오기를 기다린다.

내가 임신했을 때 나는 이런 기다림을, 이와 같은 여성의 운명을 나 자신의 적극적이고 강력한 면을 모두 부정하는 방식으로 대처했다. 즉각적이고 현재적인 신체적 경험을 차단했고, 동시에 읽고 생각하고 쓰는 삶도 차단했다. 비행기가 몇 시간 연착되어 공항에 갇히는 바람에 평소라면 절대 읽지 않을 잡지를 넘겨보고 가게들을 돌아다니며 조금도 흥미가 일지 않는 상품을 훑어보는 여행객처럼 표면적인 평온함과 깊은 내적 권태에 빠져들었다. 만약 권태가 단지 불안의 가면이라면 여성으로서 나는 시스티나 성모의 평온함 아래 깔린 불안을 살펴보는 대신 가장 권태로워지는 법을 배웠다. 결국, 충실했던 내 몸은 내게 고스란히 되갚아주었다. 임신 알레르기가 생겼다.

이 책에서 더욱 분명히 밝혀지겠지만, 나는 클리토리스, 가슴, 자궁, 질에서 분출되어 확산하는 강렬한 관능, 달의 주기를 따르는 월경, 생명을 잉태하고 결실을 보는 등 여성의 신체에서 일어날 수 있는 생명 활동이 우리가 이해하는 것보다 훨씬 더 급진적인 의미를 지녔다고 믿게 되었다. 가부장적인 사고는 여성의 생명 활동을 좁고 구체적인 내용에 가둬왔고, 그런 이유로 페미니스트의 시각도 여성의 생명 활동에서 뒷걸음질쳐왔다. 그러나 나는 머지않아 우리의 신체성을 운명이 아닌 하나의 자원으로 보게 될 날이 오리라고 믿는다. 완전한 인간의 삶을 살기 위해 우리는 몸의 **통제력**을 요구해야 할 뿐만 아니라(통제가 전제조건이지만) 우리 신체성의 통합과 공명을 이루고 자연 질서와 유대를 맺으며 우리 지능의 육체적인 토양과 닿을 수 있어야 한다.

고대로부터 남성은 생명을 창조하는 여성의 능력을 지속해서 질투하고 두려워했으며, 이러한 감정은 반복적으로 여성의 창조성을 증오하는 형태를 띠었다. 여성들은 모성에 집착해야 한다는 말을 들었고, 우리의 지적이고 미적인 창조물은 부적절하고 하찮고 부도덕하고, 또는 '남자처럼' 되고 싶거나 결혼과 출산이라는 성인 여성의 '진짜' 임무에서 벗어나려는 시도라는 말을 들어왔다. '남자처럼 생각한다'라는 말은 몸이라는 덫에서 빠져나오려고 하는 여성에게 칭찬이자 감옥이었다. 지적이고 창조적인 수많은 여성이 자신은 여

여성으로 태어남에 대하여: 경험과 제도로서 모성

성이기 전에 '인간'이라고 주장하면서 자신과 다른 여성들과의 유대 및 자신의 신체성을 경시하는 것은 그렇게 놀라운 일이 아니다. 여성에게 몸은 너무도 큰 문제라서 신체 없는 영혼처럼 떠다니는 편이 더 수월해 보일 때가 많다.

그러나 몸을 향한 이러한 반응은 이제 여성의 생명 활동에 내재한 실제적인 힘을—문화적으로 왜곡된 힘과 달리—새롭게 탐구하려는 노력과 하나가 되어가고 있다. 우리가 이 힘을 어떻게 사용하기로 하든지 이 힘은 절대로 어머니의 기능에만 한정되지는 않는다.

이 책 전체에 이어질 내 이야기는 그저 하나의 이야기에 불과하다. 결국, 내가 열중한 것은 한 여성 개인이 할 수 있는 한, 다른 여성과 함께 마음과 몸의 분리를 치유하겠다는 결심, 정신적으로나 신체적으로나 다시는 그런 식으로 나 자신을 잃지 않겠다는 결심이었다. 서서히 나는 '나의' 모성 경험에 모순이 있음을 이해하게 되었다. 다른 많은 여성의 경험과 다르고, 나의 경험이 유일하지 않으며, 내 경험이 유일하다는 환상을 걷어낼 때야 비로소 여성으로서 진정한 삶을 살아갈 희망을 품을 수 있다고.

어머니와 딸

어머니
집으로 편지를 써요
나는 홀로 있으니
내 몸을 되돌려주세요.
— 수전 그리핀

    글을 쓰기 시작하면 옆에 폴더를 펼쳐놓는다. 아마도 거의 모든 참고 자료와 인용 자료가 들어 있는데, 어떤 것도 글을 쓰기 시작하는 데 도움을 주지는 못한다. 이제 책의 핵심 내용에 도달했고, 나는 어머니 다리 사이에서 태어나 계속 다양한 방법으로 어머니에게 돌아가고, 어머니를 되찾아오고, 어머니에게 다시 속했다가, 어머니와 딸 모두 똑같이 갈망하면서도 동시에 벗어나고자 하며, 서로 가능하게 하거나 불가능하게 하는, 여성 대 여성의 상호 확신을 발견하려고 노력해온 한 여성으로서 이 챕터를 시작한다.

여성으로 태어남에 대하여: 경험과 제도로서 모성

여성은 온기와 자양분, 다정함과 안정과 관능과 상호 교감에 대해 가장 먼저 어머니로부터 배운다. 한 여성의 몸을 다른 여성의 몸으로 감싸는 이 초기 경험은 조만간 부정당하거나 거부되고, 숨 막히는 소유욕이나 거부, 함정, 금기로 여겨진다. 그러나 처음에는 완전한 세계다. 물론 남자아기도 다정함과 양분과 상호 교감을 여성의 몸에서 처음 알게 된다. 그러나 제도화된 이성애와 제도화된 모성은 여자아이가 '정상적인' 여성으로 규정되고 싶다면, 다시 말해 가장 강렬한 정신적, 육체적 에너지를 남성에게 보내는 여성이 되려면, 첫 번째 여성에게서 경험한 의존성과 에로티시즘, 교감의 느낌을 남성에게 옮겨야 한다고 요구한다.*

나는 내 것보다 내 어머니의 생리혈을 먼저 보았다. 어머니의 몸은 내가 처음 본 여성의 신체였고, 여성이란 무엇이고 나는 어떻게 될 것인가를 알려주었다. 어렸을 때 더운 여름날 어머니와 함께 목욕하면서 찬물 속에서 같이 놀았던 기억이 난다. 어린 내가 보기에 어머니는 정말로 아름다웠고, 벽에 걸린 보티첼리의 그림 속 긴 머리를 출렁이며 살짝 웃는 비너스를 보면 어머니가 떠올랐다. 청소년기에도 나는 여전히 어머니의 몸을 몰래 훔끔거리며 나도 가슴이 생기고, 엉덩이가 풍만해지고, 허벅지 사이에 털이 나겠지 하고 막연하게 상상했다. 또 다른 생각도 했다. 그런 것들이 당시 내게 어떤 의미를 지녔든, 양가적인 생각을 했다. 언젠가는 나도 결혼을 하고 아

---

*　되풀이로 보일 수도 있겠지만, 여기서 다시 한번 사회적 보상과 처벌, 역할놀이, '이탈'에 대한 제재를 포함한 이성애 **제도**는 우리가 자유롭게 선택하고 살아갈 수 있는 인간 경험이 아님을 강조하고 싶다.
[1986년 A. 리치]: 내 에세이 〈강제적 이성애와 레즈비언 존재〉《피, 빵, 그리고 시: 1979~1985 산문 선집》(노턴, 1986)도 참고하기 바란다.

이를 가지겠지. 그러나 **어머니처럼 살지는 않을 거야. 나는 그 모든 일**을 다르게 할 방법을 찾을 거야.

아버지의 긴장하고 마른 몸은 비록 권위와 통제력이 흡사 전구의 필라멘트처럼 몸통을 관통하고 있었지만, 나의 상상력을 사로잡지는 못했다. 느슨하게 둘러 입은 가운 사이로 아버지의 음경이 흘 끗 보이곤 했다. 그러나 나는 아주 일찍부터 아버지와 어머니는 아주 다르다는 것을 이해했다. 아버지의 목소리, 존재, 태도가 집 안 곳 곳에 스며들어 있는 것만 같았다. 언제부터 어머니의 여성적인 감각, 그 몸의 실체보다 아버지의 단호한 정신과 기질의 카리스마로 관심을 옮겨갔는지 기억나지 않는다. 아마 여동생이 막 태어나고 아 버지가 내게 읽기를 가르치기 시작하면서부터였을 것이다.

어머니의 이름은 어린아이인 내게 일종의 마법이었다. 헬렌. 나 는 지금도 이 이름이 세상에서 가장 아름다운 이름이라고 생각한다. 그리스 신화를 읽을 때는 나의 어머니 헬렌과 트로이의 헬렌을 다소 동일시하기도 했다. 혹은 아버지가 인용하기를 좋아했던 에드거 앨 런 포의 '헬렌'과 더 동일시했던 것도 같다.

헬렌, 그대의 아름다움은 내게
향기로운 바다 위를 부드럽게 스쳐 가는
먼 옛날 니케아의 범선 같다오.
피곤하고 여행에 지친 방랑자를 태우고
고향의 바닷가로 데려가주는……

정말로 어머니 헬렌은 내 고향의 바닷가였다. 나는 그 시에서

여성으로 태어남에 대하여: 경험과 제도로서 모성

남성 시인이 표현하고 남성인 내 아버지의 목소리로 읽은 나 자신의 갈망, 여자아이의 갈망을 처음 들었다.

아버지는 아름다움과 완벽함의 필요에 대해 많이 말했다. 그는 여성의 몸은 순수하지 않다고 느꼈다. 여성의 몸에서 나는 자연스러운 냄새를 좋아하지 않았다. 아버지는 여성이 땀을 흘리고, 배설하고, 매달 피를 흘리고, 임신하는 저 낮은 영역과 자신을 분리하기 위해 육체를 부정했다. (어머니는 임신 말기가 되면 늘 아버지가 자신의 몸에 눈길을 주지 않는다는 사실을 알게 되었다.) 이 점에 대해서 아버지는 유대인의 기질을 보였지만 동시에 남부인의 속성을 보이기도 했다. '순수한' 그래서 핏기 없이 창백한 여성은 치자 꽃과 같아서 달빛을 받으면 하얗게 빛나고 건드리면 가장자리에 얼룩이 생긴다고 여겼다.

그러나 내가 어머니의 몸에서 발견한 어린 시절의 기쁨과 안도감은 완벽하게 지울 수 없는 화인과도 같아서, 아버지의 딸로 살아가며 남성의 시선을 통해 자신을 바라보는 여성 특유의 자기 육체를 향한 막연한 자기혐오로 괴로워했을 때도 절대로 그 기쁨과 안도감은 지울 수가 없었다. 나는 자위라는 말을 입 밖에 꺼낼 수 없던 때에도 나 자신의 몸에서 기쁨을 구할 수 있다고 믿었다. 물론 어머니가 알았더라면 적극적으로 말렸을 것이다. 그러나 나는 처음에는 어머니의 몸을 사랑해서 마침내 내 몸까지 사랑하게 되었으며, 이는 심오한 모계 유산이라고 느낄 수밖에 없었다. 나는 내가 육체를 부정하는 지성인이 아님을 알았다. 내 정신과 육체는 아버지와 어머니 사이처럼 둘로 나눌 수 있을지는 몰라도 **나는 둘 다 가졌다.**

어머니와 딸은 여성으로 살아가기 위한 지식을, 즉 잠재적이고 전복적이고 언어 이전의 지식을, 언어 전승을 뛰어넘어 서로 교환해 왔다. 이 지식은 비슷한 두 육체 사이를 오갔고, 그중 한 몸이 다른 몸 안에서 아홉 달을 보내고 나왔다. 딸은 출산의 경험을 통해 어머니에 대한 깊은 반향을 느낀다. 여성은 임신과 진통 도중 자기 어머니에 대해 꿈을 꾸기도 한다. 앨리스 로시는 여성이 처음 아기에게 젖을 먹일 때 자기 어머니의 젖 냄새를 기억하고 동요하기도 한다고 주장한다. 어떤 딸은 일반적으로 고통스럽고 갈등을 겪는 모녀 관계에서도 월경 때는 어머니에게 여성적인 친밀감을 느낀다.[1]

2

어머니에 관해 쓰기가 쉽지 않다. 내가 무엇을 쓰든 그것은 내가 말하는 나의 이야기고 내가 바라본 나의 과거다. 어머니가 자신의 이야기를 한다면 다른 풍경이 펼쳐질 것이다. 그러나 내 풍경이든 어머니의 풍경이든, 오래된 분노의 조각들이 이글이글 타고 있을 것이다. 결혼 전 어머니는 공연 피아니스트이자 작곡가가 되기 위해 몇 년간 진지하게 교육을 받았다. 남부의 한 타운에서 태어나 강하고 짜증이 많은 어머니 밑에서 자랐고, 볼티모어 피바디 음악학교에서 지휘자와 함께 공부할 수 있는 장학금을 받았으며, 여학교에서 가르치면서 뉴욕, 파리, 빈에서 더 공부할 방법을 찾았다. 열여섯 살에 일찍이 미인이었던 어머니는 언제라도 결혼할 수 있었지만, 동시에 비범한 재능과 결단력, 시대와 장소에 비해 앞선 독립심을 지니고 있기도 했다. 어머니는 광범위한 분야의 책을 읽었고—지금도 읽고 있고—내가 어렸을 때부터 쓴 어머니의 일기와 요즘 편지를 보면 알 수 있듯이 우아하고 날카롭게 글을 썼다.

어머니는 아버지와 약혼하고 10년 후 아버지가 의학 교육과정을 마치고 의학계에서 경력을 쌓기 시작했을 때 결혼했다. 결혼과 함께 어머니는 공연 피아니스트가 될 가능성을 포기했다. 그 후로도 몇 년 동안 작곡을 계속했고, 지금도 여전히 솜씨 좋게 열심히 피아노를 친다. 똑똑하고 야심만만했고 추진력이 컸던 아버지는 자기 인생의 향상을 위해 어머니가 인생을 바칠 거라고 생각했다. 예산은 빠듯하겠지만 의대 교수의 아내답게 우아하고 격식 있게 가정을 꾸려나갈 것이고, 어머니의 작곡과 연습이 아내이자 어머니로서 임무에 차질을 빚어서는 안 되겠지만 '계속해서' 음악을 추구해나갈 거라고 여겼다. 어머니는 아버지에게 아들 하나 딸 하나, 이렇게 두 아이를 안겨주어야 했다. 그리고 마지막 한 푼까지 가계부에 기록해야 했다. 지금도 어머니 특유의 분명하고 강한 필체로 쓴 큼직한 청회색 가계부를 볼 수 있다. 어머니는 전차를 타고 시장을 보러 갔고, 나중에 자동차를 살 여유가 생겼을 때는 아버지를 태우고 연구실이나 강의실을 오갔다. 몇 시간씩 기다리는 일도 잦았다. 어머니는 두 아이를 길렀고 음악을 포함해 모든 과목을 직접 가르쳤다. (우리 자매는 둘 다 4학년까지 학교에 다니지 않았다.) 어머니는 우리의 불완전한 면 전부에 책임감을 느낄 수밖에 없었을 것이다.

초월론자였던 브론슨 올컷처럼 아버지는 자신이(정확히는, 아내가) 독특한 도덕적, 지적 계획에 따라 아이들을 키울 수 있다고 믿었고, 그리하여 이 세상을 향해 계몽적이고 비정통적인 양육 방식의 가치를 증명해 보일 수 있다고 여겼다. 그리고 어머니도 처음에는 애비게일 올컷처럼 진심으로 그리고 열정적으로 아버지의 실험을 받아들였지만, 나중에야 아버지의 가혹하고 완벽주의적인 계획을 실행하다가 어머니 자신의 깊은 본능과 갈등을 겪었을 것이다. 어머니는 애비게일 올컷처럼 처음 생각은 남편이 제안했을지 몰라도 매일 매시간 그 계획을 실행해야 하는 사람은 바로 자신임을 깨달았을 것이다. (애비게일은 "A씨가 일반적인 원칙에 대해서는 나를 도와주지만, 구체적인 일에 대해서는 누구도 나를 도와줄 수 없다"라고 한탄했다. (……) 더욱이 남편의 견해는 자신이 제대로 하고 있는지 끊임없이 의심하게 했다. '내가 제대로 하는 걸까? 충분히 하는 걸까? 너무 지나친 것은 아닐까?' 올컷은 둘째 딸 루이자가 보여주는 '성미'와 '고집'이 제 어머니에게 물려받은 거라고 비난했다.)[2] 모성 제도 아래서 어떤 이론이 현실에 맞지 않거나 뭐라도 잘못되면 가장 먼저 비난받는 사람은 어머니다. 그러나 나의 어머니는 그보다 먼저 계획의 일부분에 이미 실패했다. 어머니는 아들을 낳지 못했다.

오랫동안 나는 어머니가 나보다 아버지를 선택했고, 아버지의 요구와 이론에 맞춰 나를 희생시키고 있다고 생각했다. 첫 아이를 낳았을 때 나는 부모님과 거의 연락하지 않고 지냈다. 아버지의 요구와 이론에서 벗어나 나의 감정 생활을 누리고 내 자아를 가질 권리를 위해 아버지와 싸우고 있었다. 우리는 팽팽하게 맞섰다. 첫 출산의 공포와 피로, 소외감에서 벗어나자 나는 어머니를 얼마나 원하는지 말하는 것은 고사하고 그 사실을 스스로 인정할 수도 없었다. 어머니가 병원으로 찾아왔을 때, 우리 둘 중 누구도 병실을 어둡게 만든 애매한 감정의 실타래를 풀지 못했다. 어머니가 사흘 진통 끝에 나를 낳았을 때, 그런 내가 아들이 아니었던 때로 거슬러 올라가더라도 엉킨 실타래는 풀릴 수 없었다. 이제 26년이 지나 나는 알레르기 때문에 온몸에 원인을 알 수 없는 발진이 돋고, 입술과 눈꺼풀은 부어오르고, 몸은 멍투성이에 봉합한 상태로 감염병 병실에 누워 있고, 내 옆의 작은 침대에는 내가 낳은 완벽한 금빛 사내아기가 잠들어 있었다. 내 감정도 감히 해석할 엄두가 나지 않는데 어떻게 어머니의 감정을 해석할 수 있겠는가? 내 몸은 너무도 뚜렷하게 말했지만, 그것은 의학적으로 그저 몸일 뿐이었다. 나는 어머니가 다시 나의 어머니가 되어주고, 언제가 나를 안아주었듯이 내 아이를 품에 안아주기를 바랐지만, 어머니에게 그 아이는 호된 시련이 될 것이다. 바로 나의 아들이라는 시련.

한편으로는 아이를 어머니에게 내주고 어머니의 축복을 받고 싶은 마음이 간절했고, 또 한편으로는 우리 여성들의 비극적이고 불필요한 경쟁에서 승리한 징표로 내 아이를 높이 쳐들고 싶기도 했다. 그러나 나는 이제 겨우 시작 단계에 있었다. 그때는 결코 알 수 없었지만 지금 생각해보면 중요하면서도 비현실적이었던 그날의 만남에서 우리 사이에 엉킨 감정의 실타래 가운데에는 어머니의 죄책감도 끼어 있었을 것이다.

얼마 지나지 않아 나는 매일, 매일 밤, 매시간, '내가 제대로 하는 걸까? 충분히 하는 걸까? 너무 지나친 것은 아닐까?' 하는 어머니로서의 죄책감이 안겨주는 완전한 무게와 부담을 이해하기 시작했다. 모성 제도 아래서 모든 어머니는 어느 정도는 아이에게 잘못하고 있다는 죄책감을 느낀다. 그리고 나의 어머니는 특히 아버지의 계획에 따라 완벽한 딸을 만들어야 한다는 기대를 받고 있었다. 이 '완벽한' 딸은 흡족할 만큼 조숙했지만, 일찍이 틱 증세와 욱하는 성질을 보였고, 스물두 살부터 관절염을 앓아 영원히 다리를 절게 되었다. 그 딸은 마침내 아버지의 빅토리아 시대적인 가족주의와 아버지의 유혹적인 매력과 잔혹한 통제에 저항했고, 이혼한 대학원생과 결혼했고, 테니슨의 유창한 달콤함이 결여된 '현대적'이고 '애매'하고 '비관적인' 시를 쓰기 시작했으며, 마침내 무모한 임신을 하고 이 세상에 살아 있는 아이를 데려오기까지 했다. 그 딸은 더 이상 얌전하고 조숙한 아이가 아니었고, 시적이고 매혹당하기 쉬운 사춘기 소녀도 아니었다. 아버지가 보기에 지금 내 상태는 뭔가 끔찍하리만큼 잘못된 것이었다. 어머니가 달리 어떤 생각을 했든지 (나는 어머니가 부분적으로 암묵적인 **내 편임을** 알았다) 어머니 또한 죄책감을 느낄 수밖에 없었으리라 생각한다. 어머니가 그 당시 경험했다고 말해준 '무감각' 상태에서 모든 어머니가 느끼는 죄책감을 상상할 수 있다. 나 역시 그 감정을 잘 알기 때문이다.

당시에는 알지 못했다. 그리고 지금은 그 감정을 너무 잘 알아서 오히려 어머니에 대해 글을 쓰기가 쉽지 않다. 어머니의 딸이라는 게 어떤 느낌인지 설명해보려고 했지만, 자꾸 나 자신이 분열되고 어머니의 피부 밑으로 미끄러져 들어가는 느낌이 든다. 나의 일부분은 어머니와 너무도 닮았다. 아직도 어머니를 향한 분노가 깊이 쌓여 있음을 알고 있다. 철없는 행동을 했다고 네 살에 벽장에 갇혔을 때의 분노(아버지의 지시였지만 실행은 어머니가 했다), 얼굴에 틱이 올 때까지 너무 오래 피아노를 연습해야 했던 여섯 살 아이의 분노(역시 아버지가 고집해서 피아노를 쳤지만 시킨 사람은 어머니였다)가 여전히 남아 있다. (이제 어머니가 된 나는 아이의 얼굴에 나타난 틱 증상이 자신의 몸을 찌르는 날카로운 죄의식과 고통의 칼날이었음을 안다.) 그리고 나는 여전히 임신하고 어머니를 절박하게 원하면서 어머니가 적에게 가버렸다고 생각하는 딸의 분노를 느낀다.

　그리고 어머니 안에도 분노가 깊이 쌓여 있음을 안다. 모든 어머니는 자녀를 향해 압도적이면서 인정할 수 없는 분노를 품고 있다. 내 어머니가 어머니가 되었을 때의 조건, 불가능한 기대치, 임신한 여성을 향한 아버지의 혐오, 스스로 통제할 수 없는 모든 것을 향한 아버지의 혐오를 생각해보면, 어머니에 대한 나의 분노는 어머니를 위한 비애와 분노로 바뀌고, 다시 어머니를 향한 분노로, 즉 오래되었으나 정화되지 않은 아이의 분노로 바뀐다.

　지금 어머니는 늘 원했던 대로 독립적인 여성으로 살고 있다. 사랑과 존경을 듬뿍 받는 할머니로서 새로운 영역을 탐구하며, 과거가 아닌 현재와 미래를 살아간다. 나는 더 이상 어머니와 치유를 위해 대화를 나눌 수 있다는 환상, 그 대화 속에서 서로 상처를 전부 드러내며 모녀 사이에 공유한 고통을 초월해 마침내 모든 것을 말할 수 있다는 환상을 품지 않는다. 그런 환상은 치유되지 못한 어린아이의 환상이다. 그러나 지금 이 글을 쓰는 순간에도 나는 어머니의 존재가 지금 내게 얼마나 중요한지, 얼마나 중요했었는지 인정할 수 있다.

　20세기 새로운 여성운동 초기에 우리 어머니 세대가 받아온 억압을 분석하고, 왜 우리 어머니들은 우리를 아마존이 되도록 교육하지 않았는지, 왜 우리 발을 묶어 놓거나 그냥 우리를 떠나버렸는지를 너무나 간단히 '이성적으로', 게다가 정확히 이해할 수 있었다. 심지어 그 분석은 정확하고 급진적이기까지 했고, 좁은 의미의 정치와 마찬가지로 의식은 모든 것을 알고 있다는 전제를 깔고 있었다. 우리 대부분의 내면에는 아직도 한 여성의 보살핌과 애정과 인정, 우리를 지키기 위해 행사하는 여성의 힘과 여성의 냄새와 감촉과 목소리, 우리가 두려움과 고통을 느낄 때 우리를 단단히 끌어안는 강인한 여성의 팔을 갈구하는 어린 여자아이가 깃들어 있다. 누구나 크리스타벨 팽크허스트의 말처럼 "여성을 위해 여성참정권 운동의 대가를 미리 지불할 준비가 된 어머니"를 갈망했을 것이다.[3] 우리 어머니들을 이해하는 것만으로는 충분하지 않았고, 그 어느 때보다 우리 여성의 힘을 손에 넣으려는 과정에서 우리는 어머니들이 **필요**했다. 우리 안에 깃든 여자아이의 울음은 부끄러운 일도 퇴보도 아니다. 강한 어머니들과 강한 딸들을 당연한 일로 여길 세상을 창조하려는 우리 염원의 시작이다.

이러한 이중적인 시각을 이해해야만 우리 자신을 이해할 수 있다. 우리 가운데 많은 이가 어떤 방식으로 양육되었는지 알지 못한다. 그저 막연히 어머니가 우리 편이었다는 것만 안다. 하지만 만약 어머니가 죽음이나 입양으로, 혹은 알코올중독이나 약물중독, 심각한 우울증, 광기 등으로 우리를 버렸다면, 또는 모성 제도는 임금노동을 하는 어머니들을 지원해주지 않기 때문에 우리를 먹여 살리기 위해 무관심하고 애정도 없는 낯선 이들에게 우리를 맡길 수밖에 없었다면, 또는 제도의 요구에 따라 '좋은 어머니'가 되려고 노력하다가 우리의 처녀성을 지키려고 안달하고 걱정하는 청교도적인 어머니가 되었다면, 혹은 아이 없는 삶이 필요해서 그냥 우리 곁을 떠났다면, 우리가 아무리 이성적으로는 어머니를 용서하고, 개별적인 어머니의 사랑과 힘이 아무리 강해도, 우리 안의 어린아이, 남성이 통제하는 세상에서 자란 어린 여자아이는 여전히 순간순간 심각하게 어머니의 보살핌을 받지 못했다고 느낄 것이다. 우리가 이러한 역설

여성으로 태어남에 대하여: 경험과 제도로서 모성

과 모순에 맞서 문제를 해결할 수 있다면, 잃어버린 어린 여자아이의 탐구열을 우리 안에서 직시할 수 있다면, 우리는 그 박탈감을 변화시킬 수 있을 것이다. 또 함께 운동을 해나가는 여성들 사이에서 반복적으로 분출되는 맹목적인 분노와 고통도 바꿀 수 있을 것이다. 여성들 사이의 자매애 이전에 어머니와 딸의 관계라는 과도기적이고 파편적이지만 본질적이고 중요한 지식이 있었다.

3

어머니와 딸 사이의 카섹시스(어떤 관념이나 인간, 경험 등에 감정이나 정신적 에너지를 집중시키는 일—옮긴이)는—본질적이고, 왜곡되었으며, 오용된—아직 널리 알려지지 않은 이야기다. 어쩌면 인간의 본성 가운데 생물학적으로 닮은 두 몸 사이에서 오가는 이 에너지의 흐름보다 더 큰 감정의 흐름은 없을 것이다. 한쪽 몸이 다른 쪽 몸 안의 양막이라는 축복 속에 있다가 한쪽이 진통을 겪어 다른 쪽 몸을 낳았다. 가장 깊은 교감과 가장 고통스러운 불화를 위한 재료가 여기에 있다. 마거릿 미드는 "우리가 지금은 아무것도 알지 못하지만, 어머니와 딸 사이에는 생화학적 친화성이, 어머니와 아들 사이에는 대립성이 있을" 가능성이 있다고 말한다.[4] 그러나 이 관계는 가부장제의 연대기에서 축소되고 사소한 일로 여겨졌다. 신학적 교리나 예술, 사회학, 심리분석 이론에서 어머니와 아들은 영원하고 결정적인 한 쌍으로 나타난다. 신학도 예술도 사회이론도 아들들이 만들었기 때문에 그리 놀랍지는 않다. 대체로 여성들 사이의 강렬한 관계가 그랬듯이 어머니와 딸 사이의 관계도 남성들에게는 근본적인 위협이었다.

고대 문헌을 보면 딸들은 거의 존재하지 않고, 아들이 아버지에게 주는 의미는 풍부하게 표현된다.《우파니샤드》의 다음 구절처럼.

[여성은] 자기 안에서 남편의 자아인 아들에게 영양을 공급한다. (……) 아버지는 어머니에게 영양을 공급하고 의식을 행함으로써, 아이가 태어나기도 전에, 그리고 태어나자마자 아이를 향상시킨다. 이렇게 아이를 향상시키면서 아버지는 사실 이 세계의 연속성을 위해 제2의 자아를 향상시킨다. (……) 이것이 그의 두 번째 탄생이다.

이집트의 찬가에서 아텐 혹은 아툼은 이렇게 찬양을 받는다.

여자 안에 있는 씨앗의 창조주여,
그대는 남자의 몸 안에 액체를 만들어 보내고
어머니의 자궁 안에서 아들을 기르시니……

또 유대의 전승에 따르면 여성의 영혼은 남성의 정자와 결합해 당연히 '남자─아이'를 만든다.[5]

딸들은 침묵에 의해 혹은 어디서나 딸들이 주요 희생자가 되어 온 영아 살해에 의해 무無의 존재가 되었다. "심지어 부자도 언제나 딸을 버린다." 로이드 드마우스는 고대에서 중세에 이르는 남녀 성비의 통계적인 불균형은 관습적으로 여자 아기를 죽인 관행 탓이라고 주장한다. 딸들은 아버지뿐만 아니라 어머니 손에도 죽었다. 기원

여성으로 태어남에 대하여: 경험과 제도로서 모성

전 1세기 한 남편은 아내에게 당연한 듯이 이런 편지를 쓴다. "혹시 당신이 아이를 낳았는데, 사내아이면 살려두고 여자아이면 갖다 버리시오."*⁶ 이러한 관행이 오래도록 만연했던 점을 고려하면 어머니가 자신과 같은 성별의 여자아이를 낳기를 두려워했던 것도 놀라운 일은 아니다. 아버지가 아들을 통해 '두 번 태어나는' 자신을 발견하는 동안, 딸의 어머니는 '두 번째 탄생'을 부정당했다.

《등대로》에서 버지니아 울프는 현대문학에서 지금껏 어머니와 딸 사이 분열에 대해 가장 복잡하고 격렬한 시각으로 평가받는 관계를 그려냈다. 이 작품은 여성 주인공이 자신의 어머니를 중심인물로 그려낸 아주 희귀한 문학작품 중 하나라는 점에서 의미가 있다. 램지 부인은 만화경처럼 변화무쌍한 인물로 소설을 읽어 내려가는 동안에도 계속 변한다. 마치 우리 자신이 변함에 따라 우리 어머니들도 변하는 것과 비슷하다. 페미니스트 학자 제인 릴리엔펠드는 버지니아 울프의 유년 시절 엄마였던 줄리아 스티븐은 어머니로서 모든 에너지를 남편과 남편의 평생 숙원이었던 《영국 인명 사전》작업에 쏟아부었다고 말한다. 자매 사이였던 버지니아와 버네사는 서로에게 어머니 역할을 구했고, 어머니가 아버지에게 주었던 보살핌과 관심을 남편 레너드 울프가 버지니아에게 주었다.⁷ 어쨌든 '이상할 정도로 엄격하고 극도로 정중하게' 다른 사람의 요구(주로 남성의 요구)를 배려하고, 자녀를 여덟 낳은 50세 여성임에도 카리스마 넘치

---

* 일반적으로 영아 살해가 인구 통제나 심지어 우생학의 한 방법으로 여겨졌듯이 (쌍둥이, 미숙아, 기형아, 기타 비정상인 아기들은 성별에 상관없이 죽임을 당했다) 여아 살해도 산아제한의 한 방법이었다고 말할 수 있다. 여성들은 일차적으로 아이 낳는 사람으로 여겨졌기 때문이다. 그러나 여성이라면 여기 함축된 여성 비하의 메시지를 놓치기 어렵다.

는 매력을 지닌 램지 부인은 단순히 이상화한 인간이 아니다. 그는 "유쾌한 다산성을 지니고…… 남성의 숙명적 불임이 스스로 몸을 던지는 생명의 샘이자 물보라'이다. 동시에 '그는 스스로 생활이라고 부르는 이것이 끔찍하고 적대적이며 언제든지 기회만 생기면 재빨리 자신에게 덤벼든다고 느꼈다."

그는 '적대감 없이 남성의 불임을' 받아들이지만, 릴리엔펠드가 지적하듯이 여성을 별로 좋아하지 않아 평생 남성의 요구에 맞추어 산다. 젊은 화가 릴리 브리스코는 램지 부인의 무릎을 두 팔로 감싸고 그 무릎 위에 머리를 기대고 그와 하나가 되기를 갈망한다. "육체적으로 그를 어루만지는 여성의 정신과 마음의 방에서 그와 하나가 되기를 바란다…… 사람들이 말하는 대로 사랑을 한다면 그와 램지 부인은 하나가 될 수 있을까? 그는 지식이 아닌 합일, 석판에 새긴 글귀도 아니고 인간에게 알려진 그 어떤 언어로 쓸 수 있는 것도 아닌, 오직 친밀함, 자체를 원했기 때문이다."

그러나 아무 일도 일어나지 않는다. 램지 부인은 릴리에게 관심이 없다. 그리고 릴리 브리스코는 울프 자신의 투사이므로 이 장면은 두 가지로 설명할 수 있다. 어머니와의 친밀함을 원하는 딸, 그리고 어머니가 아니라 자신의 열정적인 갈망을 표출할 수 있는 다른 여성과의 친밀함을 원하는 여성. 한참 후에 그는 '램지 부인과 그의 비범한 힘에 맞서는 것'은 오직 작품을 통해서만 가능함을 이해한다. 릴리는 작품 속에서 램지 부인과 제임스, 즉 '어머니와 아들'을 그림의 주제로 삼지 않겠다고 거부할 수 있다. 자신의 작품을 통해 릴리는 남성으로부터 독립하지만, 램지 부인은 그렇게 하지 못한다. 울프는 가장 날카로우면서 비참하지는 않게 램지 부인의 성격의 빛을 꿰뚫는다. 그는 남성들이 그를 필요로 하는 만큼 남성을 필요로 한다. 그의 권력과 힘은 다른 사람들의 '불임', 즉 의존성에 기초한다.

버지니아는 《등대로》에서 어머니를 묘사하기 훨씬 전부터 어머니 줄리아를 깊이 생각한 게 틀림없다. 어머니에게 매혹당한 관심이 다시 한번 릴리 브리스코를 통해 표현된다.

저 한 여자를 둘러보려면 쉰 쌍의 눈으로도 충분하지 않겠다고 그녀는 생각했다. 그중에는 그녀의 아름다움을 돌덩이 보듯이 하는 무관심한 눈도 하나는 있을 것이다. 또 어떤 눈은 공기처럼 섬세하고 은밀한 감각을 원해서 열쇠 구멍으로 살금살금 들어가, 뜨개질하거나 이야기를 나누거나 창가에 홀로 조용히 앉아 있는 그녀를 둘러싸고, 증기선의 연기를 감싸는 공기처럼 그녀의 생각과 상상력, 욕망을 자기 것으로 받아들여 소중히 간직할 것이다. 산울타리가 그녀에게 무엇을 의미했고, 정원이 그녀에게 무슨 의미가 있으며, 파도가 부서지는 일은 그녀에게 어떤 의미가 있는가?[8]

이야말로 버지니아가 예술가로서 성취해낸 일이다. 그러나 그 성취는 그의 예술이 지닌 힘의 증언일 뿐만 아니라 어머니를 향한 딸의 열정, 무엇보다 그토록 사랑했지만 가질 수 없었던 여성을 이해하고, 아무리 복잡해도 그와 어머니를 갈라놓은 차이점을 이해할 필요가 있다는 증언이기도 했다.

가족 중심적인 어머니에게서 태어난 이 여성 운동가 혹은 예술가는 어쨌든 어머니는 그가 인생의 필수라고 생각하는 것들을 이해하거나 동감해주지 않고 혹은 더 전통적인 모습의 딸이나 아들을 선호하고 가치 있게 여겼다고 생각했을지도 모른다. 플로렌스 나이팅게일은 간호학 공부를 위해 자신의 어머니와 같은 빅토리아 시대 상류층 여성들의 제한적인 인습, 거실과 시골 저택에서 '뭔가 할 일을 몹시 원해서' 미쳐가는 여성들의 운명과 싸워야 했다.[9] 화가 폴라 모더존-베커는 평생 어머니가 자기 삶의 방식을 인정하지 않을까 걱정하고 두려워했다. 1899년 작품과의 사투에 관해 쓰면서 그는 이렇게 말한다. "나는 이 글을 특히 어머니를 위해 쓴다. 어머니는 내 인생을 하나의 길고 연속적이며 이기적으로 술에 취한 쾌락으로 여기는 것 같다." 그는 남편을 떠나자마자 어머니에게 쓴다. "당신이 화를 내지 않을까 몹시 두려웠어요. (……) 이제 당신은 내게 이토록 잘해주시네요. (……) 사랑하는 나의 어머니, 제 곁에 머무르며 제 삶을 축복해주세요." 그리고 아이를 낳다가 죽기 일 년 전 그는 말한다.

> ……저는 계속되는 소란 속에 있어요, 언제나…… 어쩌다 쉴 뿐 다시 목표를 향해 움직여요. (……) 제가 애정이 없어 보일 때도 이것만은 기억해주세요. 그건 제 모든 힘이 단 한 가지에 집중되었다는 뜻입니다. 이걸 자기중심주의라 불러야 할지 모르겠어요. 그렇다면 그것이야말로 가장 고귀한 일입니다.

> 제가 태어난 그 무릎 위에 제 머리를 기댑니다. 생명을 주셔서 감사드려요.[10]

에밀리 디킨슨의 유명한 말 "나는 어머니가 있었던 적이 없다"

여성으로 태어남에 대하여: 경험과 제도로서 모성

는 다양하게 해석됐지만, 확실한 것은 디킨슨이 부분적으로는 어머니가 살았던 삶의 방식과 동떨어진 삶을 살았고, 그에게 아주 중요했던 일을 어머니는 이해하지 못했다는 뜻이었다. 그러나 1875년 어머니가 뇌졸중으로 쓰러졌을 때 디킨슨 자매는 1882년 어머니가 세상을 떠날 때까지 정성껏 보살폈다. 그해의 한 편지에서 에밀리 디킨슨은 이렇게 쓴다.

> …… 어머니가 떠났다는 사실은 너무도 냉혹한 충격이라서, 우리 둘 다 멍해졌습니다. (……) 어머니는 돌아가시기 전날에야 행복해하고 배고파하면서 내가 열심히 만든 저녁을 조금 드셨습니다. 나는 기뻐서 소리 내 웃었습니다……

> 어찌하면 우리 길 잃은 이웃들[이 편지를 받는 사람들]에게 폐를 끼치지 않을까 슬퍼하며, 우리의 첫 이웃인 어머니는 조용히 떠나셨습니다.

> 사랑하는 그 얼굴을 빼앗기고, 우리는 서로를 거의 알아보지 못하고, 잠에서 깨어나면 사라질 꿈과 씨름을 하는 것만 같습니다……

딸의 편지는 시인의 절규로 끝맺는다. "오, 언어의 환상이여!"[11]

"실비아와 나 사이에는—내 어머니와 나 사이처럼—일종의 정신적 삼투압이 존재해서 때때로 경이롭게 내 마음을 달래주었고, 또 어느 때는 달갑지 않게 사생활을 침해했다." 딸 실비아 플라스와의 관계를 어머니의 관점으로 묘사한 오렐리아 플라스의 말이다. 처음에는 대학에서 나중에는 영국에서, 매주 혹은 그보다 자주, 주로 어머니에게 감정을 쏟아낸 실비아 플라스의 《집으로 보낸 편지들》을 읽어본 독자라면 이 관계의 강렬함에 조금은 당황했을지도 모르겠다. 심지어 실비아의 이른 자살 충동, 가혹할 정도의 완벽주의, '위대함'을 향한 집착의 원인을 이 모녀 관계에 돌리는 경향도 있다. 그러나 《집으로 보낸 편지들》의 서문을 보면 뛰어난 여성이자 진정한 생존자가 드러난다. 자기 파괴의 본보기를 보여준 사람은 바로 플라스의 아버지였다. 이 편지들은 완벽과는 거리가 멀며* 더 많은 자료가 나오기 전까지는 아무리 노력해도 플라스의 전기와 비평을 쓰려는 시도에 의문이 생길 수밖에 없다. 그러나 어머니의 무릎 위에 시와 상, 책과 아이를 올려놓고자 했던 그의 욕구, 출산을 막 시작했을 때 찾아온 어머니를 향한 갈망, 자신의 딸을 키우는 힘겨움과 희생이 정당한 일이었음을 오렐리아 플라스에게 알리려는 노력이 책 전체에 드러난다. 마지막 편지들에서 실비아는 자신과 바다 건너에 있는 어머니 오렐리아를 '정신적 삼투압'의 고통으로부터 막아내려고 노력했던 것으로 보인다. "당분간 어머니를 볼 힘이 없어요." 실비아는 왜 이혼 후에 미국으로 돌아오지 않을 생각인지 이유를 설명하며 이렇게 썼다. "지난여름 어머니가 본 것, 그리고 어머니가 본 것을 제가 본 것에 대한 두려움이 우리 사이에 있으며, 새로운 삶을 시작할 때까지는 어머니를 다시 볼 수 없습니다……"(1962년 10월 9일) 그리고 사흘 후. "지난번 편지는 찢어주세요…… 저는 믿기 어려울 만큼 마음이 바뀌었습니다…… 매일 아침 수면제 힘이 떨어지면 약

***

* 실비아 플라스의 남편 테드 휴즈가 출판을 승인해야 했기 때문에 생략과 누락이 많다.

여성으로 태어남에 대하여: 경험과 제도로서 모성

5시에 일어나 서재에서 커피를 마시며 미친 사람처럼 글을 씁니다. 아침을 먹기 전 하루에 한 편의 시를 씁니다…… 멋진 일이죠. 가정 생활이 제 숨통을 조이는 것처럼요…… 닉[아들]은 이가 두 개 났고, 이제 일어서고, **천사예요**……"(1962년 10월 12일)[12]*

정신적 삼투압. 절박한 방어. 의식을 깨고 때때로 딸을 '저 비밀의 방으로 돌려보내…… 한 항아리에 부은 물처럼, 흠모하는 대상과 하나가 되어, 벗어날 수 없게 할 것……'[13]이라고 위협하기 때문에, 혹은 어머니의 무관심이나 잔혹성보다 참기 어려운 무관심이나 잔혹성이 없어서, 부인하게 되는 유대감의 힘.

병적일 만큼 레즈비어니즘의 비극적 관점을 보여주어 악명이 높아진 소설《고독의 우물》에서 래드클리프 홀은 애나 고든과 그의 레즈비언 딸 스티븐 사이의 거의 불가사의한 반감을 보여준다. 크라프트–에빙을 읽고 나서 딸을 '이해하게' 된 스티븐의 아버지는 딸을 마치 비극적으로 불구가 된 아들을 대하듯이 한다. 스티븐의 어머니는 처음부터 딸을 이방인, 침입자, 낯선 존재로 본다. 래드클리프 홀의 소설은 작가의 자기부정을 드러내고, 자신의 본능과 대립하는 의견을 받아들여 내재화했다는 점에서 고통스럽다. 어머니 애나와 딸 스티븐 사이에 어떤 관계도 가능하지 않다고 상상하는 대목에서 작가의 자기혐오는 절정에 이른다. 그러나 어머니와 딸 사이에 신체적인 감각을 바탕으로 한 연결의 가능성과 갈망을 묘사하는 대목이 있다.

---

* 　[1986년 A. 리치]: 앨리스 밀러, 〈실비아 플라스: 금지된 고통의 예Sylvia Plath: An Example of Forbidden Suffering〉《자신을 위하여: 양육의 숨은 잔혹성과 폭력의 근원》(파라, 스트라우스앤지로, 1983)도 참고할 것.

초원의 향기는 이상하게 두 사람의 마음을 흔들어놓곤 했다……
이따금 스티븐은 어머니의 옷소매를 불쑥 잡아당겨야만 했다. 그
진한 향기를 혼자서는 도저히 감당할 수 없다는 듯이!

어느 날 스티븐이 말했다. "움직이지 말아요, 안 그러면 다칠 거예
요. 우리 주변에 온통 그것들이 있어요. 하얀 그 냄새가 어머니를
떠올려요!" 스티븐은 얼굴을 붉히고 재빨리 위쪽을 흘낏 보았다.
애나가 웃고 있는 모습을 볼까 두려워하며.

그러나 그의 어머니는 모순투성이인 이 생명체를 신기한 듯, 심각
하게, 당혹스러워하며 바라보았다…… 애나도 아이와 마찬가지로
산울타리 아래 조팝나무 향기를 들이키며 감동했다. 이런 식으로
그들은 하나가, 어머니와 딸이 되었다…… 그들이 그 사실을 미리
짐작할 수만 있었어도, 그토록 단순한 일이 둘 사이를 연결해줄 수
있었을 것이다……

두 사람은 마치 뭔가를 요구하는 듯이 서로를 바라보았다…… 상
대에게 뭔가를 달라는 듯이. 이윽고 그 순간은 지나갔다. 그들은 잠
자코 걸었지만, 이처럼 두 사람의 영혼이 가까웠던 적은 없었다.[14]

어머니와 자신 사이에 건널 수 없는 심연을 느낀 여성은 어머
니가—스티븐의 어머니처럼—자신의 섹슈얼리티를 절대로 받아들
이지 못할 거라고 생각할 수밖에 없다. 그러나 레즈비언에 대한 일
반적인 무지와 편협함, 그리고 사회의 눈으로 볼 때 어느 정도는 자

신이 딸을 '망쳤다'라는 두려움에도 불구하고 어머니는 어느 단계에서—침묵으로, 간접적으로, 완곡하게—여성을 향한 딸의 사랑을 인정하고 싶을지도 모른다. 완벽하게 전통적인 이성애자로 살아온 어머니들은 물어보면 딸과 딸의 연인과의 관계의 본질을 부정하기는 하지만, 딸의 여성 연인을 환영하고 그들의 가정생활을 지지해왔다. 다른 여성을 향한 자신의 사랑을 완전히, 기쁘게 인정하는 여성은 어머니가 자신을 거부하지 못할 분위기를 만들어낼 가능성이 크다.* 그러나 이 인정은 무엇보다 우리 자신에게서 찾아야지, 의지적인 행위로 구하는 게 아니다.

이미 자녀를 둔 후에 여성을 향한 감정의 폭과 깊이를 인정하고, 그에 따라 행동하는 우리 같은 사람들은 어머니와 새롭고 복잡한 유대가 가능하다. 시인 수 실버마리는 이렇게 쓴다.

이제 레즈비언과 어머니 사이에 모순 대신 서로 일치점이 있음을 알게 되었다. 내 연인과 나, 내 어머니와 나, 그리고 내 아들과 나 사이의 공통점은 원시적이고 포괄적이며 가장 중요한 모성유대감이다.

다른 여성을 사랑하면서 나는 내 연인의 어머니가 되고 그 연인에게서 어머니를 찾으려는 깊은 충동을 발견했다. 처음에는 이 발견이 두려웠다. 내 주변의 모든 것이 그것은 악이라고 말했다. 대중적인 프로이트주의는 이것을 병적인 집착이자 미숙함의 징후라고 비

---

* [1986년 A. 리치]: 이 문장은 레즈비언 딸이 '자기 인정'을 지나치게 중시하고 어머니의 동성애 혐오에 대한 책임을 부인한다는 점에서 다소 피상적으로 보인다.

난했다. 그러나 점차 나는 나의 욕구와 욕망을 믿게 되었다…… 이제 나는 사랑하는 두 여성 사이의 드라마, 즉 서로에게 어머니가 될 수도 있고 아이가 될 수도 있는 드라마를 소중하게 여기고 신뢰한다.

일상생활의 이별이 잠시 사라지는, 사랑을 나누는 순간에 이 사실이 가장 분명해진다. 연인과 입을 맞추고 연인을 어루만지며 연인의 안으로 들어갈 때 나는 동시에 어머니 안으로 다시 들어가는 아이가 된다. 나는 자궁의 조화로운 상태로, 고대의 세계로 돌아가고 싶다. 나는 연인에게 들어가지만 돌아오는 것은 오르가슴을 느끼는 연인이다. 나는 오래도록 그의 얼굴에서 감긴 눈 뒤의 기억을 간직한 어린 아기의 무의식적인 환희를 본다. 그리고 그가 나를 사랑해줄 때…… 그 강렬함은 동시에 밀어냄이고 태어남이다! 그는 들어와 태어나는 환희와 하나가 된다…… 그렇게 나는 또 내 어머니의 신비로, 모성 유대감이 강화되었을 때의 모습일 세상의 신비로 돌아간다.

이제 나는 돌아가 그 몸으로 나를 낳은 사람을 이해할 준비가 되었다. 이제 나는 그 사람에 대해 배우고, 내가 느낀 거부감에 대해 그 사람을 용서하고, 그 사람을 갈망하고, 그 사람 때문에 아플 수 있다. 어머니가 나를 원할 때까지 결코 어머니를 원할 수가 없었다. 한 여성 덕분에 나는 이제 새로 태어난 것이 어떤 느낌인지, 나의 순수함을 드러낼 때까지 껍질이 벗겨지는 것이 무엇인지 안다. 한 여성과 함께 누워, 그에게 나의 깨지기 쉬운 힘을 전부 주는 게 무

여성으로 태어남에 대하여: 경험과 제도로서 모성

엇인지. 그 힘이 소중하게 다뤄지는 것이 무엇인지. 이제 나는 알기 때문에, 내가 필요한 만큼 나를 소중히 여길 수 없었던 그 사람에게 돌아갈 수 있다. 비난하지 않고 돌아갈 수 있다. 그리고 어머니가 나를 맞이할 준비가 되었기를 희망할 수 있다.[15]

1760년대부터 1880년대까지 서른다섯 가정의 미국 여성들이 쓴 일기와 편지를 연구한 역사학자 캐럴 스미스-로젠버그는 그 시대의 특징적인 친밀하고 때로는 노골적으로 관능적이며, 오래 이어진 여성 사이 우정의 한 가지 양식을—사실은 관계망을—추적했다. 다정하고 헌신적인 이 관계는 한 사람 혹은 두 사람 모두 결혼해서 이별하게 된 후에도 계속되었다. 이 관계는 남성들의 관심사라는 더 큰 세계와 분명하게 떨어진 '여성의 세계'라는 배경에서 이루어졌지만, 이 세계에서 여성들은 서로의 삶에서 가장 중요한 위치를 차지했다.

스미스-로젠버그의 말이다.

······ 이 여성의 세계 중심에는······ 친밀한 어머니와 딸의 관계가 있었다······ 이 관계들 가운데 이른바 도제 제도라고 부를 만한 것이 핵심이었다······ 어머니를 비롯한 나이든 여성들은 딸들에게 주부와 어머니 역할을 담당할 기술을 세심하게 가르쳤다······ 젊은 처녀들이 일시적으로 가사 일을 떠맡아······ 출산, 수유, 젖떼기의 과정에 도움을 주었다······

딸들은 여성의 세계로 태어났다······ 가정 내 어머니의 역할이 비교적 안정되고 그 역할과 경쟁할 만한 대안이 거의 없는 한, 딸들은 어머니의 세계를 받아들이고 저절로 다른 여성에게서 도움과 친밀감을 구했다……

오늘날 청소년들이 자율성을 추구하는 갈등에서 거의 불가피한 요소로 여겨지는 모녀간의 적대감이 당시에는 왜 존재하지 않았는지, 대체로 생각해볼 만하다…… 어쩌면 여성들의 공격성을 금기시하는 문화가…… 어머니와 청소년기 딸 사이의 적대감마저 억누를 정도로 강했기 때문일 수도 있다…… 그러나 이 편지들은 매우 활기가 넘치고, 어머니의 일에 관한 딸들의 관심도 무척 대단하고 진실해서, 그 친밀감을 억압과 부정의 관점에서만 해석하기는 어렵다.[16]

새로 생긴 서부 변경지대에 이러한 여성의 세계가 없다는 게 어떤 의미였는지는 친구와 어머니, 자매들과의 관계망에서 멀리 떨어져온 유럽 출신 이민자 여성들이 외로움과 향수를 어떻게 표현했는지를 보면 이해할 수 있다. 이런 여성들 가운데 상당수가 일 년 내내 농장에 살면서 고향에서 보내오는 편지를 간절히 기다리고, 특별히 외로움과 여성적인 싸움을 벌였다. "좋은 친구 몇 명만 있어도 완전하게 만족스러울 것 같다. 친구들이 그립다"라고 1846년 위스콘신의 한 여성은 썼다. 서부 개척지의 여성들은 어머니나 다른 여성 친척 가까이에서 아이를 낳고 기르지 못했고, 여성들의 경험을 공유할 사람이 가까이에 없었다. 콜레라나 디프테리아로 아이를 하나 혹은 여럿 잃어도 죽음과 애도 의식을 혼자 감당해야 했다. 고독과 나눌

여성으로 태어남에 대하여: 경험과 제도로서 모성

수 없는 슬픔과 죄책감이 오랜 우울증과 정신쇠약을 불러왔다.[17] 서부 개척지의 일부 여성들은 더 큰 평등과 독립을 보장받고 보다 전통적인 역할에서 벗어날 기회를 누렸지만, 모순되게도 많은 여성이 여성 공동체에서 감정적인 지원과 친밀감을 얻을 기회를 잃었다. 어머니와 떨어져서 살아야 했던 것이다.

또한, 19세기 페미니즘의 성장과 20세기 '불량 소녀'의 잘못된 '해방'(담배를 피우고 여기저기서 자는 것), 피임이 사회적으로 인정되고 사용된 덕분에 새로운 선택이 시작되면서 어머니와 딸의 유대 관계가 (그와 함께 공통된 생활방식과 공통된 기대를 바탕으로 한 강렬한 여성끼리 우정의 관계망도) 약해지는 초기 효과를 불러왔다는 사실도 모순으로 보인다. 1920년대 프로이트 사상이 점점 퍼져나가면서, 여성들의 긴밀한 관계가 여학생들 사이에서는 '단짝'으로 인정받았지만 이후 사회에 나가서도 이런 관계가 계속되면 퇴행적이고 정신적으로 문제가 있는 것으로 여겨졌다.*

4

시인 린 수케닉이 만든 '모성공포증'[18]이라는 용어는 어머니나 모성을 향한 두려움이 아니라 어머니가 되는 것에 대한 두려움이다. 수많은 딸이 그토록 벗어나고자 애쓰고 있는 타협과 자기혐오를 자신의 어머니에게서 배웠으며, 여성 존재에 대한 제약과 비하를 강제

---

* 내 어머니 세대의 어떤 여성은 다른 여성과 친하게 지내면 남편이 그 여성을 레즈비언 취급하면서 두 사람의 우정을 방해했다고 한다. 백 년 전 여성끼리의 우정은 당연하게 받아들여져서 아내의 친구가 오면 남편은 두 여성이 낮이든 밤이든 가능한 한 오랜 시간 함께 지낼 수 있도록 부부 침실을 내주기도 했다.

적으로 전수받았음을 알고 있다. 그 힘이 어머니에게서 출발해 자신에게 영향을 주는 모습을 지켜보느니 차라리 노골적으로 어머니를 미워하고 거부하는 편이 훨씬 더 쉽다. 그러나 모성 공포증이 생길 정도로 어머니를 미워하는 곳에는 어머니를 향해 깊이 끌리는 힘도 있을 것이다. 방심하는 순간 완전히 어머니와 똑같아질 수 있다. 청소년이 된 딸은 어머니와 전쟁을 벌이며 살지만 동시에 어머니의 옷과 향수를 빌릴 수도 있다. 집을 떠나면 어머니의 방식과 정반대되는 모습으로 집안일을 할 수도 있다. 침대를 정리하는 법이 없고 설거지도 하지 않는 것은 벗어나고 싶은 궤도의 중심에 자리한 여성이 티 하나 없이 집 안을 가꾸는 모습과 정반대되는 무의식적 행동일 수도 있다.

그레이스 페일리의 말대로 '의사 아들과 소설가 아들'이 '유대인 어머니'를 비난하고 조롱하는 반면, 유대인 딸들은 자신을 낳고 앞으로 자기가 고스란히 닮을 수 있는 이 여인의 공포와 죄책감, 양가감정, 자기혐오를 그대로 물려받는다. '모성공포증'은 유대인 딸의 삶에 늦게 도착한 사조였다. **슈테틀**(동유럽의 소규모 유대인 마을─옮긴이)과 게토에 살거나 초기 이민 시대 미국에 살았던 유대인 여성들은 탈무드를 연구하는 남자들을 부양하고, 아이들을 키우고, 가족 사업을 운영하고, 적대적인 이교도 세계와 거래하고, 모든 실제적이고 적극적인 방법을 동원해 유대인의 경제적, 문화적 생존을 가능하게 했다. 이민 시대 후기에 이르러서야 이민 동화 정책이 강화되고 남자들이 경제적인 영역을 담당해야 한다는 압력이 커지면서 이교도 중산층이 이미 만들어놓은 전업주부─어머니 역할을 완벽하게 수행하는 데 집중하라는 요구를 받았다.

여성으로 태어남에 대하여: 경험과 제도로서 모성

'내가 결혼하지 않으면 어머니가 나를 죽일 거야.' '내가 결혼하지 않으면 어머니가 죽고 말 거야.' 자신의 에너지를 가치 있게 열중해서 사용할 곳이 달리 없는 상태에서 전업 '가정주부'는 자식에게 지나치게 간섭하거나 헌신하거나 소유욕으로 통제하려 하거나 만성적인 걱정에 빠지기 일쑤인데, 그 모습이 소설 속에서 '유대인 어머니'로 그려진다. '유대인 어머니'는 19세기와 20세기 여성을 오로지 한 가지 역할을 제외한 모든 역할에서 강제로 배제한 결과 생긴 창조물일 뿐이다.*

모성 공포증은 어머니의 속박에서 완전하게 벗어나 하나의 개별적이고 자유로운 인간이 되고 싶은 욕망에서 비롯된 여성의 자아 분열로 보일 수도 있다. 어머니는 우리에게 희생자, 자유롭지 못한 여성, 순교자를 상징한다. 우리의 속성은 어머니의 속성과 위험할 정도로 비슷하고 구별이 안 되어 보인다. 어머니가 끝나고 딸이 시작되는 지점을 알고자 절박하게 노력하는 과정에서 우리는 급진적인 수술을 단행한다.

어머니가 간 뒤 마사는 양손을 오므려 배를 감싸듯 올려놓고 그 안에 든 생명체를 향해 중얼거렸다. 그 무엇도 너를 다치게 하지 않을 거라고, 자유가 그 선물이 될 거라고. 자유로운 영혼, 마사는 모성의 힘, 마사로부터 그 생명체를 지킬 것이다. 모성적인 마사는 적이므로, 이 그림 안에 들어오지 못하게 할 것이다.[19]

***

* [1986 A. 리치]: 이것이야말로 계층 일반화의 분명한 예다. 19세기와 20세기 자유민 여성과 이민자 여성의 상당수는 그러한 배제를 겪지 않았고 가능하지도 않았다.

도리스 레싱의 주인공은 자신의 어머니에게 사로잡힐 거라 느끼고, 자신 역시 어머니가 될 것을 깨달았을 때 자신을 분열시키거나 분열시키려고 노력한다.

그러나 아이가 있는 여성도 케이트 쇼팽이 《각성》(1899)에서 묘사한 불안한 경계 상태로 살아갈 수 있다.

…… 퐁텔리에 부인은 모성애가 강한 여성은 아니었다. 그해 여름, 그랜드 섬에는 모성애가 강한 여성들이 가득했다. 그들을 알아보기는 쉬웠다. 실제든 상상이든 조금이라도 자기 귀한 자식을 위협하는 일이 생길 때마다 커다란 보호의 날개를 퍼덕거렸다. 그들은 자식을 우상처럼 떠받들고, 남편을 숭배하고, 개인으로서 자신은 포기하고, 가정을 지키는 천사가 되어 날개를 키우는 것을 신성한 특권인 양 높이 추켜세우는 여성들이었다.[20]

에드나 퐁텔리에는 쾌락과 자아실현을 추구하는(비록 순전히 남성을 통해서이기는 하지만) 어머니로서 '부적절한' 여성으로 보인다. 그러나 그의 아이들은 대부분 다른 아이들보다 더 독립적이다. 코라 샌델은 여성 주인공 알베르타를 전형적인 모성애 강한 여성인 잔느와 대비시킨다. 작가인 알베르타는 "최근 몇 년간 충분히 어머니답거나 가정적으로 보이지 않는다는 [두려움에] 시달렸다." 그는 모든 이들에게 세심한 관심을 기울이는 유능하고 활기찬 잔느에게 비난당하고 피곤함을 느낀다.

"강장제를 잊지 말고 챙겨요, 피에르. 그리고 잠깐 누워 있어야 해요. 그래야 일도 훨씬 잘할 수 있어요. 마스, 긁혔구나. 소독약을 발라줄 때까지 아무것도 만지지 마라. 알베르타, 폴랭 부인이 그 신발을 다 팔아 버리기 전에 가게에 들르는 게 좋겠어요…… 토트가 저렇게 오래 햇볕 아래 있으면 안 될 것 같아요, 알베르타……[21]

자신의 정체성을 어머니로 여기는 여성은 그렇지 않은 여성 혹은 쇼팽이 정의한 '어머니형 여성'에 적합하지 않은 여성에게 위협적이면서 동시에 혐오스럽게 느껴진다. 릴리 브리스코 역시 이 역할을 거부한다. 그는 램지 부인이 **되기**를 원하지 않았고, 이 사실의 발견은 그에게 몹시 중요했다.

5

어머니가 딸을 잃는 일, 그리고 딸이 어머니를 잃는 일은 근원적인 여성 비극이다. 우리는 리어왕(아버지와 딸의 분리)과 햄릿(아들과 어머니)과 오이디푸스(아들과 어머니)가 인간의 비극을 구체화한 훌륭한 작품이라고 인정한다. 그러나 지금껏 어머니와 딸 사이의 열정과 환희를 표현한 작품은 남아 있지 않다.

그 관계를 알아본 작품은 있었지만, 지금은 잃어버렸다. 이 관계는 이천 년 동안 그리스인의 정신생활의 토대였던 엘레우시스의 비밀 종교 의식으로 표현되었다. 데메테르와 코레의 모녀 신화를 바탕으로 한 이 의식은 고전 문명 가운데 가장 엄격했던 금단의 비밀로, 무대에 올라간 적이 없으며, 미리 오랜 정화과정을 거친 비법 전수자들에게만 공개되었다. 기원전 7세기 호메로스가 데메테르에게 바친 찬가를 보면 이 비밀의식은 여신 데메테르가 딸 코레, 혹은 페르세포네를 다시 만난 것을 기념해 직접 만들었다고 한다. 여신의 딸은 초기 신화에서는 바다의 신 포세이돈에게, 이후 신화에서는 명왕 하데스 혹은 플루토에게 납치, 강간당한다. 데메테르는 딸을 잃은 복수로 자신이 관장하는 곡식이 자라지 못하게 막는다.

딸이 다시 돌아왔을 때—일 년 가운데 아홉 달 동안만—여신은 대지에 결실과 생명을 되돌려준다. 그러나 호메로스의 찬가를 보면 딸의 귀환을 기뻐한 여신이 인간에게 준 최고의 선물은 대지에 식물의 생장을 되돌려준 것이 아니라 엘레우시스에서 신성한 의식을 시작한 것이었다.

기원전 1400년과 1100년 사이 어디선가 시작된 엘레우시스의 비밀의식은 인간의 영적 생존의 핵심으로 여겨졌다. 호메로스의 찬가는 이렇게 말한다.

지상의 인간 가운데 이것을 지켜본 이는 축복이라. 이 [비밀의식에] 참여하지 못한 이는 결코 기쁨을 나눌 수 없으리라. 그는 죽은 자, 무더운 암흑 속에 있으리.*

핀다로스와 소포클레스 역시 비법 전수자와 '나머지 모두', 즉 복을 입지 못한 자들을 구분한다. 또 로마의 키케로도 그 비밀의식에 대해 말한 바 있다. "우리에겐 기쁘게 살아갈 이유만이 아니라 더 나은 희망을 품고 죽을 이유도 있다." 고대 정신세계에서 엘레우시

---

*　위 구절은 C. 케레니의 《엘레우시스》에서 인용했다. 데메테르에게 바치는 찬가 전문은 렐마 사전트의 《호메로스의 찬가The Homeric Hymns》(노턴, 1973)를 참고할 것.

스의 비밀의식이 맡은 역할은 그리스도의 수난과 부활에 비유되어 왔다. 그러나 이 비전이 기리는 부활에서 분노를 통해 기적을 이루는 이는 어머니고 지하세계에서 돌아온 이는 딸이다. 엘레우시스의 비밀의식은 고대 세계의 여러 분야에서 모방하고 도용되었다. 그러나 고유하고 신성한 장소, 진정한 환상 체험을 할 수 있는 **유일한** 곳은 엘레우시스의 신전뿐이었다. 이곳에 코레를 잃은 데메테르가 주저앉아 슬퍼했다가 코레가 돌아온 후 비밀의식을 시작했다고 전해지는 '처녀의 우물'이라는 샘이 있었다. 이 성소는 2천 년 후 알라리크가 통치하던 고트족이 그리스를 침략했던 396년에 파괴되었다.

그러나 2천 년 동안 매년 9월에 한 번씩 **밀의**가 혹은 비법 전수자가 바닷물 목욕으로 몸을 정화하고 횃불과 도금양 나무 다발을 들고 엘레우시스까지 행진했다. 그리고 마침내 그곳에서 '직접 눈으로 보는 상태'인 '환상 체험'을 했다. 돼지(위대한 어머니에게 바치는 신성한 동물)를 죽여 데메테르에게 제물로 바치고, 의식의 첫 단계로 데메테르를 기리며 제물을 먹었다. 오직 전수자와 사제만이 가장 안쪽의 사원에 들어갈 수 있었고, 그 안에서 우레 같은 징 소리를 듣고 코레가 나타났다. 죽은 자의 여왕인 페르세포네는 인간을 향해 '여신을 향한 믿음이 있으면…… 죽음 속에서도 탄생이 가능하다'라는 것을 알리는 징표로 눈부신 빛 속에서 아기 아들을 안고 나타난다. 이 신비로운 비밀의식의 진정한 의미는 가부장제의 분열이 이들을 완전히 갈라놓은 것처럼 보여도 이처럼 죽음과 탄생을 다시 통합했다는 사실이다.

위 내용 대부분을 인용한 C. 케레니의 엘레우시스 연구를 보면, 비밀의식 마지막에 사제가 전수자들에게 돌아서서 잘린 곡식 이삭을 보여주었다고 한다.

'환상을 체험한' 모든 이가 돌아서서 이 '구체적인 것'을 바라보았
다. 마치 현세로 돌아오듯이, 곡식을 포함한 구체적인 사물의 세계
로 돌아온 듯이. 이삭은 이삭일 뿐 그 이상의 것이 아니다. 그러나
[전수자들]에게는 데메테르와 페르세포네가 인류에게 주었던 모
든 것을 나타낸다. 데메테르는 식량과 부를, 페르세포네는 땅 밑의
탄생을 주었다. 엘레우시스에서 코레를 목격한 사람들에게 이는
단순한 비유가 아니었다.[22]

엘레우시스에서 발견된 기원전 5세기의 대리석 부조에는 여신
데메테르와 코레가 새겨져 있고, 그사이에 한 소년, 트리프톨레모
스가 보인다. 트리프톨레모스는 곡식 선물을 받기 위해 데메테르에
게 와야 했던 '최초의 인간'이다. 신화에 따르면 그는 엘레우시스에
서 의식을 전수 받고 폭력적이고 호전적인 생활방식을 평화로운 경
작 생활로 바꾸었다. 그는 '부모를 공경할 것' '신에게 과일을 바칠
것' '동물을 아낄 것'. 이렇게 세 가지 계율을 보급하고 전파해야 했
다. 그러나 케레니는 트리프톨레모스가 엘레우시스의 핵심 인물은
아니라고 주장한다.[23] '평온하게 대좌에 앉은' 곡식의 여신 데메테르
는 인간에게 과일을 준 신으로 고대에도 존재했다. 그러나 비밀의식
의 여신으로서 그의 면모는 그 이상이었다. "여신 스스로 슬픔과 비
탄에 빠져 입문 의식을 시작했고 비밀의식의 핵심, 다시 말해 딸의 어머
니라는 자신의 속성을 향해 나갔다."(저자 강조)[24]

데메테르와 코레의 이별은 스스로 원한 게 아니다. 딸이 어머니

여성으로 태어남에 대하여: 경험과 제도로서 모성

에게 반항한 것도 아니었고, 어머니가 딸을 거부한 것도 아니었다. 엘레우시스는 고전적인 가부장제 세계에서 마침내 위대한 여신의 다양한 면모가 부활한 모습이다. 일부 신화에는 데메테르의 어머니 레아도 등장하고, 코레 역시 지하세계에서 어머니가 된다.[25] 제인 해리슨은 이와 같은 비밀의식이 남성들을 배제했던 훨씬 더 이전 시대 여성들의 의식을 바탕으로 했다고 여긴다. 그만큼 어머니와 딸의 카섹시스가 선사시대부터 위험에 처했고 복잡했음을 보여준다. 그리스도가 오기 천 년 전에도 모든 딸은 자신을 몹시 사랑하고, 엄청난 힘을 소유해 강간을 없던 일로 돌리고, 자신을 죽음으로부터 되살릴 수도 있는 어머니를 갈망했다. 그리고 모든 어머니는 데메테르만큼의 힘과 분노의 효능과 잃어버린 자아와의 화해를 갈망했다.

6

데메테르와 코레의 신화를 낯설고 복잡하게 현대화한 작품이 마거릿 애트우드의 소설 《떠오르다》이다. 이름 없는 여성인 소설 속 화자는 자신이 '사랑할 수 없고' '느낄 수 없다'라고 말한다. 그는 2차 세계대전 중 가족이 살았던 캐나다의 한 섬으로 돌아온다. 그곳에서 혼자 살다 이유 없이 사라진 아버지를 찾아다닌다. 어머니는 죽었다. 그는 연인과 또 다른 부부인 데이비드와 애나—양키의 모든 점을 혐오한다고 말하지만, 그들 역시 미국식 히피족인—와 함께 어린 시절 살았던 곳으로 돌아온다. 그는 온통 숲으로 둘러싸인 버려진 오두막에서 아버지의 행방을 알려줄 단서를 찾는다. 거기서 어머니가 간직해둔 오래전 사진첩과 어린 시절 스크랩북을 발견한다. 오두막에는 어머니의 오래된 가죽 재킷이 아직도 옷걸이에 걸려 있다. 또 아버지가 만든 원주민 그림문자 스케치도 발견한다. 그의 히피족 친구들은 끊임없이 미국의 기술 제국주의를 향해 혐오감을 표현하면서도 섬이라는 원시적인 장소에서 불안을 느끼고 지루해한다. 그러나 자연을 파괴하고, 살생을 위한 살생을 하고, 나무를 베는 것은 미국인이거나 캐나다인인 소설 속 남자들이다. 데이비드는 애나를 야만적으로 지배하고 착취적인 섹스를 한다. 마침내 화자는 아버지가 원주민 벽화를 사진으로 찍으려다가 물에 빠졌고, 시체가 호수에서 발견되었다는 사실을 알게 된다. 나머지 일행은 배를 타고 문명으로 돌아가기로 하고, 그만 남아 그 장소와의 연결 의식과 힘을 되찾기로 한다. 그는 벌거벗고 숲을 기어 다니며 열매와 뿌리를 먹고 환상 체험을 찾아다닌다. 마침내 그는 잡초가 무성하게 자라 반쯤 야생 상태로 돌아간 오두막 정원으로 돌아온다. 그곳에서.

…… 나는 여자를 본다. 여자는 회색 가죽 재킷을 입고 한 손을 앞으로 내민 채 오두막 앞에 서 있다. 머리는 길어 어깨까지 왔고, 내가 태어나기도 전인 30년 전 모습을 하고 있다. 내게서 절반쯤 몸을 돌린 상태다. 여자의 옆얼굴만 보인다. 움직이지 않고 먹이를 주고 있다. 한 마리는 손목에 앉았고 또 한 마리는 어깨에 앉았다.

걸음을 멈추었다. 처음에는 놀라움이 느껴지지 않는다는 것 말고는 아무것도 느껴지지 않는다. 그곳은 여자가 있을 곳, 내내 서 있었던 곳이다. 계속 지켜봐도 그것이 변하지 않자 나는 두렵다. 두려워서 등골이 서늘하다. 그것이 사실이 아닐까 봐, 내 눈으로 오려낸

종이 인형일까 봐, 불로 태운 그림일까 봐, 눈을 깜박이면 사라질까 봐, 두렵다.

여자도 그것을, 내 두려움을 감지한 게 틀림없다. 여자가 조용히 고개를 돌려 나를 본다. 나를 지나쳐 본다. 거기 뭔가 있다는 것을 알지만 보이지는 않는다는 듯이……

여자가 있던 곳으로 올라간다. 나무 사이 어치들이 나를 보고 깍깍 운다. 먹이통에 아직 부스러기가 조금 남았고 일부는 새들이 땅에 떨어뜨렸다. 나는 어떤 게 여자인지 보려고 눈을 갸름하게 뜨고 새들 사이를 쳐다본다.

나중에 화자는 같은 장소에서 아버지의 환영을 본다.

남자는 자신이 침입자라는 사실을 깨달았다. 오두막, 울타리, 불과 길이 모두 침해였다. 그의 울타리였던 것이 이제 그를 배제한다. 논리가 사랑을 배제하듯이. 그는 그것이 끝나기를, 경계가 사라지기를, 그의 이성이 개간해놓은 장소에 숲이 다시 흘러들어오기를 바란다. 회복을 바란다……

그가 나를 향해 돌아서고, 그것은 나의 아버지가 아니다. 나의 아버지가 보았던 것, 이곳에 혼자 오래 머무르면 만나게 되는 것이다……

이제 나는 나의 아버지는 아니지만, 나의 아버지가 되어버린 것을 본다. 아버지가 죽지 않았다는 것을 알았다……

애트우드의 마지막 챕터는 이렇게 시작된다.

무엇보다 피해자가 되기를 거부할 것. 그렇게 하지 않으면 나는 아무것도 할 수 없다. 나는 무력하니까 내가 할 수 있는 어떤 일도 누구에게 해를 끼칠 리가 없다는 오랜 믿음을 철회하고 포기해야 한다…… 말장난, 이기고 지는 게임은 끝이 났고, 다른 게 없다면 새로 만들어져야 할 것이다……[26]

그는 '자유로운 여성'도 아니고 페미니스트도 아니다. 남성 정체성을 다루는 그의 방식, 남성 문화와의 투쟁이 스스로를 무디게 만들었고 자신은 '사랑할 수 없다'라고 믿게 했다. 그러나 《떠오르다》는 계획적인 소설이 아니라 정령신앙과 초자연적인 것으로 가득한 시인의 작품이다. 아버지를 찾아가는 길에 야생에서 편안함을 느끼는 동물의 주인, 어머니를 다시 만난다. 분명하지 않은 잠재의식 속에서 애트우드의 화자는 환상 체험의 순간을 통해, 어머니가 찾아온 짧지만 놀라운 순간을 통해, 자신의 힘을 알아보고 이를 받아들인다. 그는 가부장제를 뛰어넘어─단식과 희생을 통해─과거로 돌아간다. 그는 그곳에 머무를 수는 없다. 원시적인 것(아버지의 해결책, 즉 남성적이고 궁극적으로 파시스트적인 해결책)은 정답이 아니다. 그는 다시 이 시대로 돌아와 자신의 존재로 살아가야 한다. 그러나 그는 계시를 받았다. 어머니를 본 것이다.

여성으로 태어남에 대하여: 경험과 제도로서 모성

'어머니의 보살핌을 받지 못했다'라고 느끼는 여성은 평생 어머니를 찾아다닐 수도 있다. 심지어 남성에게서 어머니를 찾을 수도 있다. 최근 어느 여성 단체에서 누군가 이렇게 말했다. "나는 어머니를 찾으려고 결혼했어요." 그러자 많은 이가 그 말에 동의하기 시작했다. 나 역시 남편 옆에 누워서 내 옆에 가까이 있는 이 몸이 내 어머니의 몸이라고 반쯤 꿈꾸며 반쯤 믿었던 기억이 있다.* 어쩌면 모든 성적이거나 친밀한 육체적 접촉이 그 첫 번째 몸을 떠올리는 것일지도 모른다. 그러나 '어머니 없는' 여성은 자신의 취약함을 부정하고 어머니의 보살핌을 받지 못했다는 상실감을 부정하는 식으로 반응할 수도 있다. 그는 램지 부인처럼 남자들의 연약함을 통해 자신의 강한 힘을 느끼는 식으로 남자들의 어머니 역할을 하거나, 교사나 의사, 정치 활동가, 심리분석가의 역할을 통해 어머니 노릇을 하는 등, 다른 사람의 '어머니 역할'을 하면서 자신의 힘을 증명할 수도 있다. 어떤 면에서 그는 자신에게 결핍한 것을 남에게 주고 있는 셈이다. 그러나 그런 여성이 계속 자신의 힘을 느끼려면 언제나 다른 사람의 요구가 필요하다. 그는 자신과 동등한 사람, 특히 여성

* 시몬 드 보부아르는 어머니에 대해 이렇게 말한 바 있다. "대체로 나는 어머니에 대해 특별한 감정이 없는 줄 알았다. 그런데도 자면서 (아버지는 꿈에 거의 나타나지 않거나 별 의미 없이 나타나면서) 어머니는 꿈에서 몹시 중요한 역할을 했다. 어머니는 사르트르와 함께 어울렸고 우리는 다 같이 행복했다. 그러다 꿈이 악몽으로 바뀌곤 했다. 왜 내가 다시 어머니와 살고 있지? 왜 어머니의 힘 안으로 들어가게 되었지? 그러므로 어머니와의 나의 이전 관계는 아직도 내 안에 이중적인 면을 띠고 살아 있었다. 내가 몹시 종속되고 싶어하면서 동시에 종속되기 싫은 관계로." 《아주 편안한 죽음A Very Easy Death》(워너 페이퍼백, 1973) pp.119-20

들에게는 불편함을 느낄 수도 있다.

가부장제 사회에서 자라는 여성은 어머니의 보살핌을 충분히 받았다고 느끼기 어렵다. 우리를 향한 어머니의 사랑이 아무리 깊어도, 우리를 위해 어떤 투쟁을 감수하든, 어머니의 힘은 너무 제한되어 있다. 그리고 가부장제는 일찍부터 어린 여자들에게 적당한 기대치가 무엇인지를 어머니를 통해 가르친다. 아무리 딸의 생존에 도움이 된다는 믿음 때문에 그랬더라도 한 여성이 다른 여성에게 자신을 낮추고 의욕을 꺾는 역할에 순응하도록 압박하는 것을 '어머니의 보살핌'이라고 부르기는 어렵다.

많은 딸이 너무도 쉽게 수동적으로 '찾아오는 건 뭐든지' 받아들이며 살았다고 어머니에게 분노를 느낀다. 어머니의 희생은 어머니 자신에게도 치욕이었지만, 여성으로 살아가는 게 어떤 의미인지 탐색하는 과정에서 자신의 어머니를 지켜보는 딸까지도 훼손한다. 전족을 전통으로 삼는 중국 여성처럼 자신의 고통을 계속해서 물려준다. 어머니의 자기혐오와 낮은 기대치는 딸의 정신까지 속박한다. 다음은 어느 심리학자의 말이다.

여자아이가 이 무릎에서 저 무릎으로 옮겨 다니며, 방 안의 모든 남성(아버지, 오빠, 친지)을 발기시킬 때, 거기 서서 아이가 수치심과 죄책감을 느끼는 모습을 바라보는 사람은 무기력한 어머니다. 최근 뉴욕시에서 열린 강간에 관한 한 회의에서 어떤 여성은 어린 시절 아버지가 자신의 질 안에 수박껍질을 연달아 집어 넣었고, 빼려고 하면 때렸다고 증언하기도 했다. 그러나 그 여성이 지금 분노를 느끼는 대상은 '다른 사람에게 절대로 이 일을 말하지 마라'라고 했던 어머니다.

또 다른 젊은 여성은 고등학교 1학년 때 윤간을 당했는데 어머니
가 "너는 우리 집안을 망신시켰다. 너는 더 이상 쓸모가 없다"라고
말했다…… 지금도 그 일을 이야기할 때면 너무나 고통스러워 마
치 바로 어제 벌어진 일 같다.[27]

어머니들이 책임감과 무력감을 동시에 느껴서 이런 일이 벌어
지는 게 아니다. 그들은 자신의 죄책감과 자기혐오를 딸들의 경험
에 투사한다. 어머니는 **자신**이 강간을 당하면 죄책감을 **느낄** 것을 알
기에 딸에게도 죄책감을 **느끼라고** 말한다. 어머니는 힘을 통해서가
아니라 나약함을 통해서 딸과 자신을 극도로 동일시한다. 프로이트
적인 정신분석은 어머니를 향한 딸의 분노를 남근을 주지 않은 것
에 대한 분노로 바라본다. 그러나 클라라 톰슨은 "남근은 우리 문화
의 남성과 여성 사이 경쟁이라는 특정 경쟁 상황에서 힘을 지닌 쪽
의 상징이며…… 그러므로 남근 선망이라고 부르는 태도는 어떠한
특권도 없는 집단이 권력을 가진 집단을 향해 보이는 태도와 비슷하
다"라고 말하며 '남근 선망'에 관해 놀랍도록 이른 정치적 견해를 보
여주었다.[28] 오늘날 어느 정신분석학자는 어머니를 향한 딸의 분노
는 어머니가 자신을 이등 신분으로 격하시키고 아들(혹은 아버지)에
게 좌절된 자신의 욕구를 충족시켜주기를 의존하기 때문에 생겨나
기 쉽다고 지적한다.[29] 그러나 편애를 받는 남자 형제나 아버지가 없
는 경우에도 딸은 자신과 어머니의 강력한 동일시 때문에, 또 자신
을 위해 싸우려면 무엇보다 자신을 사랑하고 자신을 위해 싸워주는

사람이 필요하기 때문에, 어머니의 무력함과 투쟁 정신 부족을 향해 분노를 느낄 수 있다.*

가부장제에서 딸을 양육하려면 어머니는 **자신**을 양육한다는 강력한 의식이 필요하다. 어머니와 딸 사이 정신적인 상호작용은 파괴적일 수 있지만, 반드시 파괴적이어야 하는 이유는 없다. 자신의 몸을 불결하게 여기지 않거나 성적 대상으로 보지 않는 여성, 자신의 몸을 존중하고 사랑하는 여성이라면 굳이 말로 하지 않아도 딸에게 여성의 육체는 건강하고 좋은 삶의 장소라는 생각을 전해줄 것이다. 자신이 여성임을 자랑스럽게 생각하는 여성은 딸에게 자기비하를 물려주지 않을 것이다. 자신의 분노를 창조적으로 써온 여성은 딸의 내면에 있는 분노가 그저 자살 충동으로 이어질지 모른다는 두려움 때문에 그 분노를 억누르려고 하지 않을 것이다.

끈질기게 여성의 몸과 자아를 빼앗아가는 체제 안에서는 이 모든 것이 극도로 어렵다. 게다가 자신의 자아를 뺏겼을 뿐만 아니라—알코올중독이나 약물중독, 자살 충동 때문에—자신의 딸에게 어머니 역할을 하지 못하는 어머니들에 대해서는 무슨 말을 할 수 있겠는가? 생존을 위해 온종일 힘겹게 일하다가 하루 끝에 어머니로서 에너지는 바닥이 난 상태로 무감각하고 지친 모습으로 아이를

---

* 낸시 초도로는 아들을 더 바람직하게 여기기는 하지만 어머니가 딸에게 특별한 애착을 보이는 인도의 라지푸트와 브라만 사회를 예로 든다. 초도로는 "이 두 집단 사람들은 딸들이 원 가족을 떠나 낯설고 보통은 억압적인 결혼 후 가정에서 겪게 될 미래의 역경을 안타까워하기 때문에 딸들에게 특별한 애착을 보인다"라고 말한다.[M. Z. 로잘도, L. 랑페르 편집, 〈가족 구조와 여성의 개성Family Structure and Feminine Personality〉《여성, 문화, 사회Woman, Culture, and Society》(스탠퍼드대학교 출판부, 1974) p.47] 이런 종류의 여성 유대는 거부감이나 무관심보다는 한결 낫지만, 딸이 장차 겪게 될 희생과 자신을 동일시하기 때문에 발생한다. 어머니는 딸의 인생에 반복적으로 얽힐 순환 고리를 바꿀 노력을 전혀 하지 않는다.

여성으로 태어남에 대하여: 경험과 제도로서 모성

데리러 가야 하는 여성에 대해서는 무슨 말을 할 수 있을까? 아이는 사회제도나 모성 제도를 이해하지 못하고 오직 모진 목소리, 멍한 눈동자, 자신을 안아주지 않는 어머니, 자신이 얼마나 훌륭한지 말해 주지 않는 어머니를 바라볼 뿐이다. 그리고 딸이 자기 자신으로 자랄 수 있도록 애정과 지지를 보내준 사람이 어머니가 아니라 아버지였다고 느끼는 가정에 대해서는 무슨 말을 할 수 있을까? 어머니를 보충한 게 아니라 대신해 양육하는 아버지는 어머니가 부재한 이유가 무엇이든 **어머니를 희생시킨 대가로 틀림없이 사랑받는다**는 게 고통스러운 사실이다. 그는 남성으로서 줄 수 있는 모든 것을 주면서 최선을 다하고 있겠지만, 아버지를 향한 사랑이 어머니를 향한 사랑을 대신한다면 어머니를 두 번 잃는 셈이다.

"나는 항상 여성보다 남성으로부터 더 많은 지지를 받아왔다." 토큰 여성들이 흔히 하는 말인데, 우리를 강하게 만들어준 것처럼 보이는 사람에게 감사하는 마음으로 동일시하기 마련이므로 충분히 이해할 수 있는 말이기도 하다. 그러나 우리를 강하게 만들어줄 수 있는 **지위에 있었던** 사람은 누구인가? 남자는 종종 자신의 아내에게는 주지 않는 지지를 자신의 딸이 자아를 찾을 때는 제공한다. 어쩌면 아내를 붙잡아두기 위한 구실로 딸을 이용하고 있을지도 모른다. 아니면 딸이 자신을 흠모할 때 딸의 힘에는 위협을 느끼지 않기 때문일지도 모른다. 또 아내와 딸을 억압하는 남성 교사가 자신의 여학생에게는 긍정적인 태도를 보일 수도 있다. 남성들은 그들이 원하면 개인으로서 우리에게 힘과 지지와 특정 형태의 보살핌을 제공할수 있었다. 그러나 그 힘은 언제나 훔친 힘이자 가부장제에서 여성 전체에게 빼앗은 힘이다. 마지막으로 한 여성이 다른 여성에게 선물로 줄 수밖에 없는 힘, 우리에게 유전되는 피의 흐름에 대해 말하고 싶다. 어머니에게서 딸로, 여러 세대에 걸쳐 여성이 여성에게 사랑과 긍정과 본보기를 강력한 끈으로 연결해 전달하지 않는다면, 여성들은 여전히 황무지를 헤매게 될 것이다.

8

딸을 키운다는 것은 무슨 의미일까? 우리 딸들은 무엇을 가지기를 혹은 가질 수 있기를 바랄까? 우리 어머니들은 무엇을 줄 수 있을까? 깊이, 그리고 근본적으로는 신뢰와 애정이 필요하다. 분명 모든 인류에게 적용되는 사실이지만, 자신에게 너무나 적대적인 세상에서 자라는 여성들은 스스로 사랑하는 법을 배우기 위해 매우 심오한 사랑이 필요하다. 그러나 이 사랑은 그저 남자들이 요구해온, 오래되고 제도화된, 희생적인 '어머니의 사랑'이 아니다. 우리는 용기 있는 어머니의 보살핌을 원한다. 문화가 여성에게 새겨놓은 가장 주목할 만한 사실은 우리의 한계에 대한 의식이다. 한 여성이 다른 여성을 위해 할 수 있는 가장 중요한 일은 실제적인 가능성에 대한 자신의 의식을 분명히 밝히고 확장하는 것이다. 어머니에게 이는 그저 어린이 책이나 영화, TV, 교실에서 보여주는 여성을 깎아내리는 이미지와 싸우는 것 이상을 의미한다. **희생자 되기를 거부하는 것**, 그리고 다시 앞으로 나아가는 것이다.

자신을 위해 상상력을 발휘해, 용기 있게, 희망을 품을 수 있을 때 우리는 비로소 속박에서 벗어나 우리 딸들을 위한 희망을 품을 수 있다. 그러나 결국 아이는 희망이 아니고 희망의 산물도 아니

여성으로 태어남에 대하여: 경험과 제도로서 모성

다. 여성의 삶은—사회의 모든 단계에서—너무도 오랫동안 억압과 환상 속에서 살아왔다. 또 우리의 활동적인 에너지는 다른 사람들을 보살피도록 훈련되고 적용되어왔다. 이제 반드시 그 고리를 끊기 시작해야 한다. 산부인과 대기실의 책자를 읽어본 사람이라면 어느 시점에 '우울증에 빠질 수 있다'라며 '남편에게 부탁해 프랑스 식당에 가거나 새 옷을 사러 가라'고 조언하는 육아 책을 본 적이 있을 것이다. (대다수 여성에게 남편과 돈이 있을 거라는 허구가 늘 우리 곁을 맴돈다.) 그러나 가끔 우울증에 걸려 자신에게 '휴가'나 '보상'을 주는 어머니는 딸들에게 여성이 처한 조건은 원래 우울하고, 실제 출구는 없다는 것을 보여주고 있을 뿐이다.

우리 딸들에게는 자신의 자유와 우리의 자유를 모두 원하는 어머니가 필요하다. 우리는 다른 여성의 자기부정과 좌절을 담는 그릇이 될 필요가 없다. 어머니의 삶의 질은—아무리 무방비 상태로 싸움 중인 삶이라도—딸에게 물려주는 가장 중요한 유산이다. 자신을 믿는 여성, 싸우는 여성, 그리고 주변에 살만한 공간을 만들기 위해 끊임없이 투쟁하는 여성은 딸에게 이런 가능성이 존재함을 보여주고 있기 때문이다. 수많은 가난한 여성이 순전히 물리적인 생존을 위해서 투쟁 정신이 필요했기 때문에 때로는 이런 어머니들이 전업으로 어머니 역할을 수행할 때보다 훨씬 더 가치가 높은 것들을 딸들에게 물려줄 수 있었다. 그러나 그 역경의 무게가 너무 무거워 희생이 따를 수밖에 없고, 틸리 올슨의 소설 〈나는 다림질을 하며 여기서 있다 I Stand Here Ironing〉에서처럼 아이들의 물리적인 생존을 위해 싸우느라 어머니가 거의 언제나 아이 곁에 있을 수 없는 모순이 생기기도 한다.[30] 그 어머니가 절망 속에서 깨달았듯이 아이는 자신을

'기적'으로 여기는 사람의 보살핌이 필요하다.

많은 여성이 두 어머니 사이에 끼어 스스로 분열해왔다. 한 어머니는 가정 중심, 남성 중심, 여성에 대한 관습적 기대의 문화를 대표하는 생물학적 어머니고, 또 다른 어머니는 전자를 상쇄하는 인물로 보통 여성 예술가나 교사다. 이 '반反-어머니'는 몸이 지닌 힘과 자긍심을 보여주고 세상을 살아가는 보다 자유로운 방식을 보여주는 체육 교사일 수도 있다. 또는 '혼자 살면서 혼자 사는 삶을 좋아하며' 활기차게 일하는 삶을 선택한, 적극적인 사상을 가지고 사는 비혼의 여성 교수일 수도 있다. 이러한 분열 때문에 젊은 여성은 한 '어머니'에서 다른 '어머니'로 번갈아 가며 사는 환상을 통해 두 가지 서로 다른 정체성을 시험할 수도 있다. 그러나 이 역시 의식적으로 선택한 삶으로 귀결되지 못할 수도 있으며, 오히려 어머니처럼 안주인 노릇을 하면서 남편을 만족시키려는 노력과 소설이나 박사논문 쓰기를 번갈아 하는 생활을 해야 할 수도 있다. 그는 현존하는 본보기를 깨뜨리고자 노력했지만, 보통은 어디까지 해야 하는지 알려주는 사람이 없었기 때문에 제대로 할 수가 없다.

우리는 이중적인 메시지에서 놓여나야 한다. "진정으로 원한다면 무엇이든 될 수 있다"라는 말은 여성의 계급이나 경제적 처지가 어떠하든 절반만 진실이다. '너무 멀리 가지 마라'는 잠재의식 속의 두려운 메시지만 속삭이지 말고 빠진 부분을 명확히 밝혀야 한다. 여자아이는 아주 일찍부터 '되고 싶은 것'을 상상할 때조차도 실질적인 어려움에 직면해야 한다는 사실을 알아야 한다. 성에 관해 딸들과 자유롭게 이야기를 나눌 수 있는 어머니도, 심지어 청소년기 딸에게 피임법을 가르치는 어머니조차, 딸들이 세상에 나갔을 때 맞

여성으로 태어남에 대하여: 경험과 제도로서 모성

닥뜨리게 될 기대와 전형, 거짓된 약속, 잘못된 신념에 대해서는 아무것도 가르쳐주지 않는다. "진정으로 원한다면 무엇이든 될 수 있다"라는 말은 **만약** 네가 싸울 준비가 되어있다면, 사회의 기대에 맞서 너 자신을 우선할 수 있다면, 여성혐오라는 적대감에 맞서 꾸준히 싸울 준비가 되어 있다면 가능하다는 뜻이다. 여자아이나 여성 청소년에게 여성이라는 이유로 직면하게 될 처우를 설명해주는 것은 백인이 아닌 아이에게 피부색을 바탕으로 한 반응을 설명하는 일만큼이나 필요하다.*

빅토리아 시대의 방식으로 딸에게 여성의 운명은 '고통받고도 침묵하는 것'으로 정해져 있다고 단호하게 말하는 것과 가부장제 사회에서 여성들이 처하게 될 위험을 솔직하게 알려주는 것은 완전히 별개의 문제이다. 어머니가 딸을 지지하고 있음을 말과 행동으로 모두 알려주는 것, 나아가 행동하고, 말하고, 앞으로 나아가는 것이 여전히 **위험할 수 있지만**, 딸이 물리적이거나 정신적으로나 강간으로 고통받으며 침묵할 때마다 자신의 수의에 한 땀을 더 놓는 것과 마찬가지임을 알려줘야 한다.

<h2 style="text-align:center">9</h2>

똑똑하고 급진적인 우리 세대의 사상가이자 여성학자와 이야기를 나누고 있었다. 그는 과거 회의나 파티에 참여해 교수 부인들 사

---

* 최근 내 강연에 참석한 어떤 여성이 친구 딸이 건축학을 공부하다가 학교에서 여성으로서 마주치는 어려움이 너무 심해 중퇴를 고민했다는 이야기를 들려주었다. 그 학생에게 학교에 남아 성차별에 맞서 정치적 싸움을 계속하고 원하는 교육을 받으라고 강력하게 권한 사람은 바로 학생의 어머니였다.

이에 끼어 있으면 그들 대부분은 아이가 있거나 아이를 가질 사람들이었고 자기만 그 방에서 유일하게 결혼하지 않은 여성이었음을 깨달았을 때 느꼈던 감정을 설명했다. 당시 그는 열정적으로 연구하고 업적을 인정받았지만, 어머니인 여자들 틈에서는 '불모'의 여성, 인간 실패작으로 존재했다. 나는 그에게 물었다. "하지만 그 사람 중에서 누구는 당신의 일할 자유, 생각하고 여행할 자유, 누군가의 어머니나 한 남자의 아내가 아니라 자기 자신으로 방에 들어갈 자유를 얼마나 부러워할지 상상할 수 있나요?" 그러나 그렇게 말하는 나도 알고 있었다. 아이를 낳는 것과 아이가 없는 것 **모두** 여성을 어떻게 부정적인 집단, 악의 전달자로 만들게 조작당했는지 이해할 때만이 '어머니임'과 '어머니 아님'(물론 이 용어도 '없는without'을 뜻하는 '과부widow'처럼 순전히 부정적인 의미를 지녔다) 사이 간극이 좁혀질 수 있다는 것을.

언어의 틈새에 문화의 강력한 비밀이 숨어 있다. 이 책 전체에서 나는 '아이를 돌보지 않는unchilded' '아이 없는childless' 혹은 '아이에게서 벗어난child-free'과 같은 용어에 의존해야 했다. 우리에겐 아이와의 관계에서나 남성과의 관계에서나 스스로 선택한 자신의 정체성을 규정하는 여성을 부르는 익숙하고 준비된 이름이 없다. '아이를 돌보지 않는'이나 '아이가 없는'이라는 용어는 그저 하나의 결핍을 규정할 뿐이다. 심지어 '아이에게서 벗어난'이라는 용어도 모성을 거부했다는 것을 암시할 뿐, **그 여자 자체에 대해서는** 어떤 것도 말해주지 않는다. '자유로운 여성'이라는 개념도 성적으로 문란함 혹은 '자유연애', 남성의 소유로부터 '자유롭다'라는 의미가 강하다. 여전히 남성과의 관계로부터 여성을 규정한다. '처녀virgin'라는 단어의

여성으로 태어남에 대하여: 경험과 제도로서 모성

옛날 의미(자신에게 속한 여자)도 '꽃을 떼이지 않은' 혹은 처녀막이 손상되지 않은, 혹은 순전히 아들인 신과의 관계로만 규정되는 로마 가톨릭의 성모 등의 함축적 의미 때문에 흐려졌다. '아마존'이라는 말도 생식을 제외하고 남자들과의 관계를 전부 부인하는 여자 전사를 의미한다면 그 뜻이 너무 좁다. 다시 말하면 이 역시 관계를 통한 정의다. '레즈비언' 역시 여기서는 만족스러운 용어가 아니다. 스스로 정체성을 정하는 모든 여성이 자신을 레즈비언이라 부르지는 않을 것이고, 더욱이 수많은 레즈비언이 아이를 가진 어머니다.

'어머니냐 아마존이냐' 혹은 '가모장 부족이냐 게릴라냐'와 같이 양극화가 가장 단순한 공식이다. 우선, 원래 가모장 부족에서 모든 여성은 나이와 상관없이, 심지어 어린 여자아이들조차 '어머니'로 불렸다. 어머니 역할은 신체적인 기능이 아니라 사회적인 기능이었다. '누가 아이를 낳았든, 공동체의 여성들은 서로 자매였고 모든 아이의 어머니였다…… 오스트레일리아 원주민은 자신을 설명할 때…… 남성의 관점에서는 '형제', 여성의 관점에서는 '어머니'였다.'[31] 그리고 어디서나, 심지어 여섯 살밖에 안 되었어도, 자신보다 어린 동생들을 돌본다.

'아이 없는 여자'와 '어머니'는 잘못된 양극화로, 모성과 이성애 제도에 복무한다. 이렇게 단순한 범주는 존재하지 않는다. 아이를 가지려고 노력했지만 가질 수 없었던 (루스 베네딕트와 같은) 여성들이 있다. 원인은 남편이 인정하지 않는 불임부터 여성의 대뇌피질에서 나오는 거부 신호까지 다양하다. 어떤 여성은 아이가 있는 다른 여성의 삶을 보고 어머니가 되는 상황을 고려하면서, 자신은 다른 희망이나 목표를 위해 아이가 없는 상태로 남겠다고 생각할 수도 있다.* 19세기 페미니스트 마거릿 풀러는 날짜를 밝히지 않은 어느 글에서 이렇게 말했다.

나는 아이가 없는데 내 안의 여성은 이 경험을 너무도 갈망해서, 그 결핍이 나를 마비시킬 것만 같다. 그러나 이제 인간에게서 태어난 사랑스러운 아이들을 보면 이들의 어머니는 얼마나 느리고 보람 없는 보살핌을 수행해야 하는지 놀라울 정도다! 이보다 뮤즈의 아이들이 더 빨리 오고, 고통과 역겨움은 덜 가져오며, 훨씬 더 가볍게 내 품에 안긴다.**

여자아이는 어머니가 아이들 때문에 지쳐 사는 모습을 보고 두려워하며 **자신은 절대로 그렇게 살지 않겠다고** 결심할 수 있다. 레즈비언은 과거 남자들과의 관계에서 임신중단을 경험하고, 아이들을 사랑하지만 엄격한 입양 심사과정이나 인공수정의 책임을 지기에는 자신의 생활이 너무 불안정하다고 느낄 수 있다. 독신을 선택한 여성은 자신의 결정 때문에 아이 없는 삶을 살아야 한다고 생각할 수 있다. 모순되게도 산아제한 시대에서 어머니가 되지 않도록 영향을 미치는 것이 다름 아닌 모성이라는 제도이다. 모성 제도는 너무도 위선적이고, 어머니와 아이들을 지나치게 착취하며, 지나치게 억압

* 지금은 아이를 입양하는 독신 여성이 늘어나고 아이를 키우는 비혼모가 많은 걸 보면, 어머니 역할이 여성의 사회적 취약성을 증가시키는 방향으로 나가지 않는다면 '아이 없는' 여성들도 더 많이 아이 갖는 것을 선택할 수 있을 것이다.

** 마거릿 풀러는 나중에 이탈리아에서 자신보다 열 살 어린 남자와의 사이에서 아이를 낳았다. 풀러는 이 아이와 아이 아버지와 미국으로 돌아오던 중 배가 난파하면서 사망했다.

여성으로 태어남에 대하여: 경험과 제도로서 모성

적이다.

그러나 키울 수 없는 아이를 낳은 여성은 '아이 없는' 여성인가? 아이가 다 자라서 이제 내 맘대로 왔다 갔다 할 수 있는 나는, 아직도 아이를 먹이려고 유아차를 밀고 서둘러 집으로 돌아가고, 한밤중에 아이 울음소리를 듣고 깨어나야 하는 더 젊은 여성과 비교하면 '아이를 돌보지 않는' 여성인가? 무엇이 우리를 어머니로 만드는가? 어린아이를 보살피는 것? 임신과 출산으로 인한 신체적인 변화? 양육의 세월? 한 번도 임신한 적이 없지만, 아기를 입양하면서 젖이 나오기 시작한 여성은 어떠한가? 신생아를 버스 정류장 사물함에 집어넣고 무감각하게 '아이에게서 벗어난' 생활로 돌아간 여성은 어떤가? 대가족의 맏딸로 태어나 어린 여동생과 남동생을 키우고 수녀원으로 들어간 여성은 어떤가?

어린아이 몇 명과 직장 일과 적당한 보육시설과 교육기관이 없는 상황에서 고군분투하는 여성은 (나처럼) '아이에게서 벗어난' 여성의 명백한 자유와 기동성을 보고 부러움(과 분노)을 느낄 수 있다. 자기 아이가 없는 여성은 마거릿 풀러처럼 **가부장제의 속박 속에서 살아가는** 어머니의 '지루하고 보람 없는 보살핌'을 보고 자신의 '자유로운' 상태와 '어머니가 되도록 세뇌당하지 않은 것'을 자축할 수도 있다. 그러나 이러한 양극화가 발생하는 것은 상상력의 부족 때문이다.

기록된 역사를 통틀어 '아이 없는' 여성은 (수녀원의 수녀나 사원의 여성 승려처럼 구체적인 특정 사례를 제외하곤) 같은 성별의 나머지 여성을 대표할 수 없는 실패한 여성으로 여겨졌으며* 어머니에

* 예를 들어 알베르 멤미는 시몬 드 보부아르의 《제2의 성》을 비판하면서 멤미가 '여성의 권리'라고 그럴듯하게 설명한 아이 낳는 일을 보부아르가 실제로 경험하지 않았기

게 부여되는 고통을 잠시 완화하는 위선적인 존경에서도 제외되었다. '아이 없는' 여성은 마녀로 몰려 화형을 당하거나, 레즈비언으로 박해를 받거나, 결혼하지 않았다는 이유로 아이를 입양할 권리도 박탈당했다. 가정에 매이지 않는 여성, 이성애적 짝짓기와 출산의 법칙을 거스른 여성은 남성 헤게모니에 커다란 위협을 가한 것으로 여겨졌다. 그런데도 이런 여성들은 선교사로, 수녀로, 교사로, 간호사로, 결혼하지 않은 이모나 고모로, 사회를 위해 자신의 역할을 다하라는 기대를 받았고, 중산층이면 노동력을 팔지 말고 무상으로 제공해야 했으며, 여성의 처지에 대해 말하고 싶어도 온화하게 말해야 했다. 그러나 모순되게도 이들은 아이들에게 매시간 매인 존재가 아니었기 때문에 명상하고 관찰하고 글을 쓸 시간이 있었고, 일반적인 여성들의 경험에 관한 강력한 통찰력을 우리에게 전해주었다. 샬럿 브론테(첫 임신 중 사망), 마거릿 풀러(주요 업적은 아이를 낳기 전에 이루어졌다), 조지 엘리엇, 에밀리 브론테, 에밀리 디킨슨, 크리스티나 로제티, 버지니아 울프, 시몬 드 보부아르처럼 '아이 없는' 여성들의 인정받지 못한 연구와 학문이 없었다면 오늘날 우리는 모두 여성으로서 정신적인 영양실조에 시달리고 있을 것이다.

이 용어가 조금이라도 말이 된다면, '아이를 보살피지 않는' 여성은 여전히 수백 년 된 태도—여성과 남성 모두의—여성의 출산과 육아 기능에 대한 태도에 영향을 받고 있다. 모성 제도가 **자신과** 아무런 상관이 없다고 믿는 여성은 자신이 처한 상황의 핵심적인 면을 향해 눈을 감고 있는 것과 다름없다.

때문에 그 주장까지 의심스럽다고 비판한 바 있다. [《지배당한 남성Dominated Man》(비컨, 1968) pp.150–51]

위대한 어머니 가운데 상당수가 생물학적인 어머니가 아니다. 내가 다른 산문에서 보여주고자 노력했듯이 소설 《제인 에어》는 고전적인 여성 유혹의 길을 따라가는 여성 순례기로 읽을 수 있다. 책 속에서 어머니가 없는 제인은 시간이 흐름에 따라 자신을 보호하고 위로하고 가르치고 도전하고, 그가 자신을 존중할 수 있게 보살피는 여성들을 계속 발견한다.[32] 오래전부터 딸들은 생존을 위한 실질적인 가치를 보살피면서 동시에 새로운 지평을 향해 갈 수 있게 격려하고, 취약성을 연민하면서도 우리 안에 묻힌 힘을 개발하도록 요구한 비생물학적 어머니들에게 힘과 활력을 얻어왔다.* 비록 어쩌다 토큰 집단이나 '특별한 사례'가 되는 돌파구가 우리를 이끄는 횃불이자 어떻게 살아야 하는지 밝혀주는 빛이 되어주기는 하지만, 우리를 살아남게 하는 것은 바로 이런 것들이었다.

우리 누구도 어머니 '혹은' 딸 중 하나가 아니다. 놀랍고 혼란스럽고 복잡하게도, 우리는 둘 다이다. 어머니이건 아니건 다른 여성에게 헌신적으로 느끼는 여성은 서로에게 점점 실제 어머니와 딸 사이에 존재하는 동일시가 확산한 형태의 보살핌을 제공한다. '어머니 역할'이라는 단순한 개념에 우리는 딸로서, 우리 어머니의 희생, 우리를 위해 과감하기는 하지만 제한적일 수밖에 없는 노력의 부담, 이중적인 메시지가 일으키는 혼란과 같은 부정적인 의미를 보탠다. 그러나 영원히 주는 자로 정의되는 '어머니'보다는 그리하여 자유로운 영혼인 '딸'이 될 수 있다는 주장은 소심한 상상력의 산물이다. 어머니 역할이나 어머니 역할을 하지 않는 것이 그토록 뜨거운 격론

---

* 메리 데일리는 내게 '비생물학적 어머니'는 사실 '정신적 자매'라고 주장하기도 했다.(이 용어는 여성의 모습을 부정하기보다 긍정하는 말이다.)

을 일으키는 개념이 된 것은 정확히 **어느 쪽을 선택하든지 우리에게 불리하게 작용하기 때문이다.**

우리 안에 어머니와 딸을 모두 받아들이고 통합하고 강화하는 것은 쉬운 문제가 아니다. 가부장적인 태도 탓에 우리는 이러한 이미지를 분리하고 양극화하며, 원치 않는 죄책감과 분노, 수치심, 힘, 자유를 '다른' 여성에게 투사해왔다. 그러나 자매애를 급진적으로 바라보려면 그들을 다시 통합해야 한다.

10

1930년대 흑백 분리가 엄격했던 남부의 볼티모어에서 자란 내게는 백인 어머니뿐만 아니라 흑인 어머니도 있었다. 이러한 관계는 거의 탐색되지도 표현되지도 않았지만, 여전히 흑인과 백인 여성의 관계에 영향을 끼친다. 우리는 노예제도 아래에만 있었던 게 아니다. 백합처럼 하얀 아내와 검고 관능적인 내연의 처, 한쪽은 폭력적인 결혼 생활의 희생자였고 또 한쪽은 예측할 수 없는, 허가받은 강간의 희생자였다. 지난 몇 년간 흑인과 백인 페미니스트들은 여전히 어려운 자매 관계를 향해가고 있지만, 우리가 서로 어머니와 딸이었던 때에 관해 알려지거나 파헤쳐진 것은 거의 없다. 릴리언 스미스는 이렇게 회고한다.

내가 아플 때 몇 달 동안 나를 보살피고, 여동생이 태어나 내 자리를 뺏겼을 때 나의 피난처가 되어주었던 사람, 내게 위안을 주고, 먹여주고, 이야기와 놀이로 나를 즐겁게 해주고, 따뜻하고 푸근한

여성으로 태어남에 대하여: 경험과 제도로서 모성

품에 나를 안고 재워준 옛날 보모에게 뜨거운 사랑을 느끼면 안 되고 대신 어중간한 애정만을 주어야 한다는 것을 알고 있었다…… 내가 보모에게 느끼는 깊은 존경심과 다정함과 사랑은 정상적인 아이라면 누구나 자라면서 떨쳐내는 유치한 짓이었다…… 어떻게든—고통스러운 내 마음에는 불가능해 보였지만—나 역시 이러한 감정을 떨쳐내야 한다는 것을 알고는 있었지만, 진심으로 믿지는 않았다…… 나는 눈물과 '나의 옛날 보모'라는 감상적인 말로 내 생애 가장 심오한 관계 하나를 싸구려로 만드는 법을 배웠다.[33]

나의 흑인 어머니는 4년 동안만 '나의 것'이었다. 그 4년 동안 그는 나를 먹이고, 입히고, 놀아주고, 지켜보고, 노래를 불러주고, 다정하고 친밀하게 보살폈다. 그 자신은 '아이 없는' 사람이었지만, 그는 **분명** 어머니였다. 그는 여위고 위엄이 있고 아주 잘생겼고, 내게 자신의 위엄을 무너뜨리는 상황에서도 위엄을 잃지 않을 가능성에 대해—비언어적으로—많은 것을 가르쳐주었다. 여동생이 태어난 후에도 여전히 가끔씩 우리 집에 와 일했지만, 그는 더 이상 나의 양육자가 아니었다. 새로 온 보모는 내게 그와 같은 존재가 아니었고 내 여동생에게 속한 사람이라고 생각했다. 20년 후 내가 다시는 돌아오지 않겠다는 마음으로 부모의 집을 떠날 때 나의 흑인 어머니는 이렇게 말했다. "그래, 나는 네가 왜 집을 떠나 네가 옳다고 여기는 일을 해야 하는지 다 이해한다. 나도 언젠가 내 삶을 살겠다고 누군가의 마음을 아프게 한 적이 있거든." 그 후 얼마 지나지 않아 그는 세상을 떠났고, 나는 그를 다시는 보지 못했다.

그렇다. 나도 릴리언 스미스가 말한 것, 스스로 사랑하고 사랑받았던 여성에 대해, 어느 때가 되면 그 사랑을 '걸맞지 않은' 것으로 여겨야 한다는 사실을 깨달았을 때의 혼란을 안다. 그 배신감과 관계를 침해당한 느낌은 몇 년 동안 이름조차 붙여지지 않았다. 아무도 인종차별에 대해 말하지 않았고, '편견'이라는 개념조차 내 어린 시절에는 아직 당도하지 않았다. 그저 '원래 그런 일'이었고, 우리는 그 혼란과 수치심을 억누르려고 애썼다.

이 챕터를 쓰기 시작하면서 나의 흑인 어머니를 다시 떠올리기 시작했다. 그 차분하고 현실적인 세계관과 육체적인 우아함과 자부심, 아름답고 부드러운 목소리를. 오랫동안, 시간을 거슬러 올라가 탐색할 때마다 그는 성차별과 인종차별의 이중적인 침묵이 정확히 의도한 대로, 자꾸만 내 손에 닿을 듯 말 듯 멀어졌다. 그는 완전히 소멸해야만 했다.*

그러나 청소년기의 경계에서 우리는 비슷한 명령에 따라 친어머니에게서도 멀어짐을 깨닫는다. 이제 우리의 관능적, 감정적 에너지는 남성들을 향해 흐르게 되어 있다. 문화는 흑인 어머니도 백인

---

* [1986년 A. 리치]: 지금 보니 이 문단은 지나친 개인화 탓에 백인 아이들을 돌보는 흑인 가사노동자의 실제 처지를 구체적으로 이해시키지 못했다. 백인 아이가 어떤 관심과 보살핌을 받았든 흑인 여성은 매우 강제적인 상황에서 그러한 관심과 보살핌을 주었다. 트루디에 해리스의 말처럼 '시간, 임금, 노동의 통제는 오직 백인 여성만이 할 수 있었다.' 흑인 여성 가사노동자는 종종 노동시장의 통계에 아예 보이지도 않았고, 백인 가정에서도 보이지 않는 사람처럼 행동하도록 요구받았으며, 오직 역할로만 존재할 뿐 개인으로 존재하면 안 되었다. '그는 어느 정도의 위엄을 지키기 위해…… 몰개성과 비인간화에 저항하기 위해…… 작전을 펼쳐야 했다…… 여주인이 하녀에게 좋은 엄마 역할을 기대했던 것은 당연히 그렇게 태어났다고 믿었기 때문이다.' 트루디에 해리스, 《유모부터 무장군인까지: 흑인 미국 문학의 하인들From Mammies to Militants: Domestics in Black American Literature》(템플대학교 출판부, 1982) pp.10, 13, 20. 앨리스 차일드레스, 《가족처럼: 어느 하인의 인생에서 나눈 대화들Alike One of the Family : Conversations from a Domestic's Life》(인디펜던스, 1956)도 참고할 것]

여성으로 태어남에 대하여: 경험과 제도로서 모성

어머니도, 그 어떤 다른 어머니도 우리의 가장 깊은 사랑과 신의를 받을 '가치가 있는' 대상이 아님을 분명히 한다. 여성은 다른 여성의 금기가 된다. 단지 성적인 금기만이 아니라 동지로서, 공동창조자로서, 서로 영감을 주는 사람으로서 금기가 된다. 이 금기를 깨뜨릴 때, 우리는 어머니들과 다시 결합한다. 우리 어머니들과 다시 결합할 때, 이 금기는 깨진다.

피, 빵, 그리고 시

1979-1985

여성은 무엇을 알아야 하는가?*

1979

    1979년 졸업생 여러분, 졸업 축사를 제게 맡겨주셔서 진심으로 감사합니다. 여기 온 중요한 이유는 스미스대학이 원래 여성들을 위한 유서 깊은 대학이기도 하지만, 스스로 여대로서 정체성을 계속 유지하기로 선택했기 때문이기도 합니다. 우리는 이 사실이 엄청난 잠재력을 지닌 역사적 시점에 도달했습니다. 그러나 그 잠재성은 아직 실현되지 못했습니다. 독립적인 여대가 어떤 모습이어야 하는지 생각해볼 때 바로 이 건물들과 운동장 곳곳에 스며든 미래 여성 교육의 가능성은 실로 거대하다고 봅니다. 독립적인 여대는 여성이 알아야 할 것을 여성에게 가르치는 데 열심인 대학, 같은 이유로 지식 풍경 자체를 바꾸는 데 열심인 대학입니다. 이러한 가능성이 소피아 스미스 컬렉션에서 상징적으로 싹트고 있습니다. 이 컬렉션은 여전히 확장과 향상이 필요하지만, 존재 자체로 이곳은 여성의 삶과 일

---

*   1979년 매사추세츠주 노샘프턴 스미스대학 졸업식 축사.

을 가치 있게 여기고, 남성 중심 학계에서 묻히고 사라져온 우리 선배 자매들이 여전히 필요하고 소중한 살아 있는 존재임을 웅변하고 있습니다.

먼저 자문해봅시다. 자의식 강하고 스스로를 정의하는 인간이 되기 위해 여성은 무엇을 알아야 할까요? 우선 자신의 역사를, 지나치게 정치화된 여성의 몸을, 과거 창조적인 여성 천재들에 대해─다른 시대, 다른 문화 여성들이 닦아온 기술과 기교, 기법에 대해서, 그리고 그들이 어떻게 이름을 잃고, 검열을 당하고, 침해를 당하며, 가치하락을 당했는지 알아야 하지 않을까요? 이 여성은 여전히 평등권을 부정당하는 시민으로서, 예속된 성적 희생물로서, 무보수나 저임금에 시달리는 노동자로서 자신의 권력을 빼앗긴 대다수 가운데 한 사람이 아니던가요?─그는 자신이 처한 상황을 분석해보고, 그것에 영향을 미쳐온 과거 여성 사상가들에 대해 알고, 또한 경제적, 사회적 불평등에 맞서 세계 곳곳에서 일어난 여성들의 개인적인 반항과 조직적인 운동에 대해 알고, 이런 움직임이 어떻게 파편화되고 침묵당해왔는지 알아야 하지 않을까요?

그는 이성애나 모성처럼 얼핏 자연스러운 존재로 보이는 것들이 어떻게 강화되고 제도화되어 자신의 권력을 빼앗아왔는지 알아야 하지 않을까요? 그러한 교육을 받지 못해서 여성들은 우리 집단의 맥락을 알지 못한 채, 예술과 문학, 과학, 매체, 소위 인문학에서 보이는 우리에 관한 남성들의 환상을 고스란히 투사한 채로 살아왔고 앞으로도 계속 그렇게 살아갈 수밖에 없을 것입니다. 저는 우리의 무력함을 낳은 핵심 원인이 우리의 처지를 철저히 해부하지 못하고 무지를 강제당했기 때문이라고 주장합니다.

안타깝지만 오늘날 어떤 여대도 여성의 총체성을 부정하는 세계에서 온전한 개인으로 생존하는 데 필요한 교육을, 콜리지의 말을 빌려 '다시 권력으로 돌아가는' 지식을 제공하고 있지 않다고 말해야겠습니다. 그나마 존재하는 여성학 교육은 적어도 일종의 구명 밧줄 역할을 합니다. 그러나 여성학조차 그저 보상적인 역사에 그치고 말지도 모릅니다. 여성 집단이 집합적이고 비배타적인 자유를 얻고자 하면 반드시 도전해야 할 지적이고 정치적인 구조에 도전하지 못하고 그친 적이 한두 번이 아닙니다. 체계적인 과학과 학문이—생길 때부터 단호하게 여성을 배제해온—'객관적'이고 '가치중립적'이며, 페미니스트 학문은 '비학문적'이고 '편향적'이며 '이데올로기적'이라는 믿음이 여전히 건재합니다. 그러나 사실 모든 과학과 모든 학문, 모든 예술은 이데올로기적이며 문화에 중립은 존재하지 않습니다. 그리고 여러분이 여자대학에서 4년 동안 습득해온 교육의 이데올로기는 완전히는 아니더라도 대체로 백인 남성 패권적인 이데올로기, 남성이 주도해 구축한 이데올로기입니다. 침묵도, 빈 공간도, 여성을 배제한 언어 자체도, 대화의 기법도 우리 여성들이 일단 무엇이 삭제되는지 지켜보고, 말해지지 않은 것에 귀를 기울이고, 이미 확립된 과학과 학문의 양식을 외부자의 시선으로 살펴보는 법을 배운다면, 그 내용만큼이나 많은 것을 말해줍니다. 여성을 위한 특권적 교육이 지닌 위험성은 우리 스스로 외부자의 시각을 잃고, 기존 학문의 양식이 인류 전체를 위해 보편적이고, 결국 우리를 포함했다고 믿게 되는 것입니다.

그래서 나는 오늘 그 특권에 대해, 토크니즘에 대해, 권력에 대해 말하고자 합니다. 이 주제에 관해 내가 여러분에게 전할 수 있는

피, 빵, 그리고 시

말은 전부 계급적으로나, 피부색으로나, 아버지가 특별히 아낀 딸로서나, 하버드의 '부속'으로 불렸던 래드클리프대학에서 교육을 받은 사람으로서나, 굉장한 특권을 누린 한 여성이 어렵게 터득한 것입니다. 내 인생의 처음 40년은 아버지가 제게 보라고 가르쳐주었고 그렇게 보았다고 보상도 해준 세계와 외부자의 시선을 통해 얻은 번뜩이는 통찰력 사이 긴장이 이어졌던 시간입니다. 이 번뜩이는 통찰력은 때로는 광기 어린 붓질처럼 내게 찰나의 깨달음을 서로 연결해야 한다고, 또 그것들을 전부 진지하게 여겨야 한다고 요구하기 시작했습니다. 마침내 외부자의 시선을 일관되고 타당한 견해의 원천으로 삼게 되었을 때야 나는 비로소 특권층 여성이자 토큰으로서 주어진 과제를 수행하는 대신 진심으로 하고 싶었던 일을 하기 시작했고 진심으로 살고 싶었던 삶을 살 수 있었습니다.

여성들에게 모든 특권은 상대적입니다. 여러분 가운데에도 계급의, 혹은 피부색의 특권을 타고 나지 않은 사람이 있겠지만, 일단 교육에 대해서는 전부 특권을 받았다고 말할 수 있습니다. 비록 그 교육이라는 게 대체로 여성으로서 여러분 자신에 대한 지식을 부정하는 것이라도 말입니다. 우선 여러분은 문해력의 특권을 지녔습니다. 문맹률이 증가하는 이 시대에 세계 문맹자의 60퍼센트가 여성이라는 사실을 기억합시다. 1960년에서 70년 사이 세계 남성 문맹자의 수가 8백만 명에 도달한 사이 여성 문맹자의 수는 4천만 명까지 올라갔습니다.[1] 게다가 여성 문맹자의 수는 계속 증가하고 있습니다. 문해력뿐만 아니라 여러분은 교육받은 내용을 뛰어넘어 자신을 재교육할 수 있는 특권이 있습니다. 다시 말해 이 문화에서 받은 교육 가운데 잘못된 메시지에 대해, 여성은 남성에게 복무하고 아이를 생산해야 하는 심리생물학적 요구 때문에 권력이나 학문이나 창조적인 기회를 실제로 신경 쓰지 않는다고 말하는 메시지에 대해, 이 법칙에서 벗어나는 여성은 오직 소수의 비전형적인 여성들이고 여성의 경험은 표준적이지도 중심적이지도 않은 인간의 경험이라고 말하는 메시지에 대해, 스스로 교정할 수 있는 교육과 도구의 특권을 지녔습니다. 여러분은 독립적인 연구를 하고 자료를 평가하고 비판하며, 발견한 내용을 언어와 시각자료로 표현할 수 있는 교육과 도구를 지녔습니다. 이것도 당연히 하나의 특권이지만, 그 특권 때문에 특권이 없는 사람들에 관해 깊이 알려는 노력을 포기하지 않아야만, 여성으로서 여러분이 역사적으로 자신의 권리가 아닌 남성에게 복무하는 존재로 보여왔고 지금도 그렇게 보인다는 사실을 알아야만 특권이 됩니다. 또 여러분 상당수가 가게 될 대학원과 전문직에서 '남자처럼 생각한다'라며 칭찬과 보상을 받더라도 여성으로 생각하는 능력을 끝내 포기하지 않을 때만 특권이 됩니다.

　권력이라는 단어는 여성들에게 몹시 논란을 일으키는 말입니다. 이 말은 오래전부터 무력의 사용, 강간, 무기 비축, 노골적인 부의 증식과 자원의 축적, 권력 없는 자들—여성과 아동을 포함해—을 멸시하고 착취하면서 오직 자신의 이익을 위해 행동하는 권력 등을 연상시켰습니다. 이런 식의 권력이 불러온 결과는 늘 우리 주변에 널려 있습니다. 심지어 말 그대로 우리가 마시는 물과 들이마시는 공기에도 발암물질과 방사능 폐기물의 형태로 존재합니다. 그러나 페미니스트들은 오래전부터 권력의 재정의에 관해, 어원—poss, potere, pouvoir, 즉 할 수 있고, 잠재력이 있고, 창조 에너지를 소유하고 사용한다는 뜻—을 다시 살피는 권력의 의미에 대해, 권력의 변혁에 대해 말해왔습니다. 초기에 페미니즘이 반대당했던 이유는—19세기와 20세기 모두—페미니즘이 여성을 남성처럼 행동하게 만든다, 다시 말해 가혹하고 착취적이며 억압적으로 만든다는 것이었습니다. 사실 급진적 페미니즘은 인간관계와 구조의 변혁을 기대하며 소수가 권력을 독점하는 구조가 아니라 식량과 거주지, 의료, 문해력 등 기본 형태와 함께 지식, 전문기술, 의사결정권, 도구 접근권과 같은 형태도 다수가 주고받으며 공유하는 구조를 원합니다. 페미니스트들은—그리고 수많은 비페미니스트도—당연히 지금 여기 여성들 사이에서 권력의 상대적 차이가 존재하는 사회에서 권력이 어떤 의미인지에 관심이 있습니다.

이제 여성들이 관심을 두는 권력의 세 번째 의미에 대해 말하고자 합니다. 바로 남성 사회가 소수 여성에게 제공하는 가짜 권력, 그 여성들이 그 권력을 통해 자신의 모습을 유지하지만 본질적으로는 '남자처럼 생각'하게 되는 상황입니다. 이것이 바로 여성 토크니즘과 관련한 권력의 의미입니다. 대다수 여성에게는 허락되지 않는 권력을 소수 여성에게 주고, '진정한 자격을 갖춘' 여성만이 리더십과 인정과 보상을 받을 수 있는 것처럼 보이게 하는 의미입니다. 그래서 이익을 바탕으로 한 정의正義가 실제로 널리 퍼져 있습니다. 토큰 여성은 대다수 여성과 달리 특별한 재능과 자격이 있다고 생각하고, 자신을 광범위한 여성의 현실과 분리해 스스로 '보통' 여성과 다르며, 심지어 실제 모습보다 더 강한 사람으로 생각하도록 부추김을 당합니다.

여러분은 모든 여성의 궁극적인 국외자성의 한계 안에서 특권을 부여받은 여성 집단이므로, 장차 온전한 판단력을 잃지 않으려면 토크니즘이 어떻게 기능하는지 반드시 알아야 합니다. 토크니즘의 일차적인 모순은 토큰 여성 개인에게는 자신의 창조성을 깨닫고 일의 전개에 영향을 미치는 수단을 주는 것처럼 보이지만, 특정 종류의 행동과 방식을 강요함으로써 권력과 통찰력의 진정한 원천이 될 수 있는 외부자의 시선을 차단하기도 합니다. 외부자의 시각을 잃는다면 다른 여성들과 결속하고 자신을 긍정하는 통찰력도 잃게 됩니다. 본질적으로 토크니즘은 토큰 여성에게 여성 집단과의, 특히 자신보다 특권이 없는 여성들과의 동일시를 부정하라고 요구합니다. 만약 토큰 여성이 레즈비언이라면 개별 여성들과의 관계를 부정하고, 여성을 배제하기 위해 기능해온 법칙과 구조와 기준과 방법론을 지속시키며, 여성으로서 의식의 비판적 관점을 포기하거나 미개발 상태로 남겨두도록 요구받습니다. 자신과 다른 여성들—가난한 여성, 유색인종 여성, 웨이트리스, 비서, 슈퍼마켓의 주부, 매춘부, 늙은 여성—은 그의 눈에 보이지 않습니다. 그들은 그가 도망쳐 나왔거나 벗어나고 싶었던 모습을 너무도 아프게 보여주기 때문입니다.

콘웨이 총장에게 여러분 중 의대나 로스쿨에 진학하는 졸업생이 증가하고 있다는 말을 들었습니다. 언뜻 반가운 소식입니다. 과거 십 년 동안 페미니스트들의 투쟁 덕분에 이 두 가지 강력한 전문직으로 들어가는 관문이 더 넓어졌으니까요. 저 역시 점점 더 많은 여성이 어떤 전문직에라도 진출한다면 더욱 좋아질 거라고, 법이나 의료를 실천하는 여성은 전부 자신의 지식과 기술을 이용해 현재 만인—여성, 유색인, 아동, 노인, 무산계층—에게 억압적인 통제로 기능하는 보건의료와 법률해석의 영역을 변혁하고 모두의 요구에 충실하게 만드는 데 일조할 거라고 믿고 싶습니다. 이렇게 믿고 싶지

피, 빵, 그리고 시

만, 전문직 종사자의 50퍼센트를 여성이 차지하더라도 이 여성들이 내부자 토큰이 되기를 거부하지 않는다면, 외부자의 시선과 외부자의 의식을 열정적으로 지키지 않는다면, 그런 일은 일어나지 않을 것입니다.

남성 의식이 만들어낸 제도 안에서 어떤 여성도 진정한 내부자가 될 수 없습니다. 우리가 진짜 내부자라고 믿어버릴 때, 우리는 그 남성 의식이 절대 받아들일 수 없다고 규정했던 우리 자신의 부분들과 접촉을 잃고 맙니다. 분노하는 할머니들, 샤먼들, 나이지리아 이보족 여성 전쟁에 참여한 치열한 시장 여성들, 사회주의 혁명 이전 중국에서 결혼에 저항했던 여성 비단 제조자들, 3백 년 동안 유럽에서 마녀로 몰려 고문과 화형을 당했던 여성 치료사들, 교회의 지배 밖에서 독립적인 여성 체제를 확립한 12세기 베긴회 수녀들, 베르사유를 향해 행진했던 파리 코뮌 여성들, 세탁통 앞에서 시를 외우고 어머니로서 억압에 맞서 조직을 결성한 영국 여성협동길드의 교육받지 못한 주부들, 용기를 발휘해 진실을 말해도 '귀에 거슬린다' '신경질적이다' '미쳤다' '비정상이다' 같은 의심을 받으며 이단으로 취급받았던 여성 사상가들, 그들의 굳센 의지와 멀리 내다볼 줄 아는 힘을 우리 삶에도 고스란히 끌어와야 합니다. 나는 모든 여성의 영혼에 채워지지 않은 자신의 요구와 아이들과 자기 부족과 자기 국민의 요구를 위해 싸우고, 남성적인 교회와 국가의 명령을 받아들이기를 거부하고, 오늘날 자신의 강간범과 폭행범에 맞서 싸우는—이네즈 가르시아, 이본 완로, 조앤 리틀, 카산드라 페텐과 같은—여성들처럼 위험을 무릅쓰고 저항해온 과거 여성들의 영혼이 깃들어 있다고 믿습니다. 그들의 영혼은 우리 안에 깃들어 살면서 우리에게 말을 걸려고 합니다. 그러나 우리는 귀를 막는 선택을 할 수도 있습니다. 토크니즘을, 우리는 '특별한' 여성이라는 신화를, 아버지의 이마에서 튀어나온 어머니 없는 아테나가 되기로 선택할 수 있습니다. 그들의 목소리를 향해 귀를 막을 수 있습니다.

이 10년이 끝나가는 동안 점점 더 많은 여성이 전문직에 진출하고 있습니다. (물론 여전히 직장 내 성적 학대로 고통받고, 아직도 아이가 있으면 두 가지 전업을 수행해야 하며, 여전히 고위직과 의사결정 직업은 남성의 수가 상당히 우세하지만 말입니다.) 그럴수록 우리는 1960년대 후반 페미니즘 운동이 발전시켜온 이른 통찰력, 즉 **모든 여성이 해방될 때까지 누구도 해방될 수 없다**는 말을 깊이 기억해야 합니다. 그러나 매체는 우리에게 그와 반대되는 메시지를 주입하면서 우리는 지금 '대안적인 생활방식'이 자유롭게 받아들여지고, '결혼 계약'과 '새로운 친밀감'이 이성애 관계를 혁명적으로 바꾸어내는 시대를 살고 있으며, 공동육아와 '새로운 아버지상'이 세계를 바꿀 것이라고 말합니다. 그리고 우리는 백인 남성이 지배하는 세상에서, 가장 기본적인 요구조차 충족시키지 못하고 서서히 스스로 중독되어가는 사회에서 개인의 자아실현이 13주 안에 혹은 한 번의 주말에 이루어질 수 있고, 여성과 흑인과 제3세계 사람들과 가난한 자들이 경험하는 소외와 부정의가 초월 명상으로 완화되거나 사라질 수 있다고 말하는 기만이, '개인의 성장'과 '인간의 잠재성'과 관련한 산업이 고혈을 빨아먹는 사회에서 살고 있습니다. 어쩌면 지금껏 이러한 메시지를 가장 간결하게 표현한 것이 《셀프》라고 부르는 여성잡지의 출현일 것입니다. 여성 각각의 자기 본위가 소중하고, 자기부정과 자기희생이라는 여성적 윤리를 모든 여성의 연대를 긍정하는 진정한 여성 정체성으로 바꿔내야 한다는 페미니즘 운동의 주장은 상업성을 강화하고 정치성을 약화하는 나르시시즘으로 악용될 수 있습니다. 이와 같은 메시지를 특히 많이 전달받는 여러분은 '해방된 생활방식'과 페미니스트 투쟁을 명확하게 구분하고 의식적인 선택을 내리는 게 중요합니다.

　과거 세대가 아무리 나쁘게 행동했더라도 당신들 세대는 세상을 구해야 한다는 말로 졸업식 축사를 끝내는 건 너무도 진부한 일입니다. 그보다는 1979년 졸업생 여성들에게 이렇게 말하고 싶습니다. 선배 자매들의 가치를 지켜주십시오. 역사에서 배워주십시오. 여성 조상들에게서 영감을 구하십시오. 이 역사가 여러분에게 가르칠 게 빈약하다면, 역사를 잘 모르겠다면, 여러분이 지닌 교육적 특권을 이용해 배우십시오. 특권을 지닌 일부 여성들이 어떻게 더 큰 해방에 타협해왔는지, 또 어떤 여성들은 해방을 심화하기 위해 어떻게 자신의 특권을 위험에 빠뜨렸는지 배우십시오. 똑똑하고 성공적인 여성들이 어떻게 더 정의롭고 더 배려하는 사회를 창조하는 데 실패했는지, 정확히 주변의 권력 있는 남자들이 인정하고 받아들일 조건 아래서만 노력했기 때문에 실패했음을 배우십시오. 앤 허친슨, 메리 울스턴크래프트, 그림케 자매, 애비 켈리, 아이다 B. 웰스-바넷, 수전 B. 앤서니, 릴리언 스미스, 파니 루 해머와 같이 자신을 위해 그리고 타인을 위해 금기를 깨뜨리고 예속을 거부했던 여성들, 여성이 공개적으로 목소리를 높였다는 이유로 조롱을 받고 육체적인 학대를 당했던 시대에 과감하게 할 말을 하고 행동했던 모든 계급과 문화와 역사적 시기 여성들의 가치를 지켜주십시오. 여러분이 그저 자매들을 부인한 대가로 노벨상을 받거나 종신 교수직을 얻거나 하는 토큰 여성이 된다면 남성보다 못한 존재가 되는 것입니다. 남성들은 적어도 그들만의 세계관, 그들만의 형제애, 그들만의 남성 중심 이기주의에 충실하기 때문입니다. 지금 여러분에게 남성들의 충실함을 모방하라는 것이 아닙니다. 철학자 메리 데일리의 말처럼 여성들의 유대는 완전히 달라야 하며, 그 목적 역시 완전히 달라야 한다고 믿습니다. 자원과 권력에 인색하게 굴라는 말이 아니라 오랫동안 무시당하고 제한당하고 허비되어온, 미처 탐색하지 못한 여성들의 자원과 변혁적인 힘을 서로에게 기꺼이 내놓자는 말입니다. 어느 직종에 진출하든지 가능한 모든 지식과 기술을 구하십시오. 그러나 그 교육의 대부분은 반드시 자기 교육이어야 하고, 여성들이 알아야 할 것들을 배우고 우리 내면에서 들어야 할 목소리를 불러내는 교육이어야 함을 기억하십시오.

피, 빵, 그리고 시

강제적 이성애와 레즈비언 존재*

1 9 8 0

서문

    〈강제적 이성애〉가 원래 어떻게 구상되었는지, 그리고 우리가 지금 살아가는 이 글의 맥락에 대해 잠시 이야기하고 싶다. 이 글은 부분적으로는 학계 페미니즘 문헌의 상당수에 레즈비언 존재가 삭제되는 현실에 도전하기 위해서 썼다. 나는 이와 같은 삭제가 단순히 반레즈비언에 그치는 것이 아니라 결과적으로 반페미니즘으로 흐를 수밖에 없으며, 이성애자 여성의 경험까지 왜곡한다고 생각했고, 지금도 그 생각은 변함이 없다. 이 글은 분열을 확대하기 위해서가 아니라 이성애자 페미니스트들이 이성애를 여성들의 힘을 빼앗는 정치적인 제도로 검토해보고 이에 도전해볼 것을, 나아가 변화시

---

*   원래 《사이언스》의 〈섹슈얼리티 특집호〉에 발표하려고 1978년에 써서 1980년에 게재했다. 1982년 앤텔로프 출판사에서 페미니스트 팸플릿 시리즈의 일환으로 다시 출간했다. 《피, 빵, 그리고 시: 1979-1985 산문 선집》(노턴, 1986)에 다시 실을 때 추가로 주석을 달았다. 서문은 팸플릿 출간 당시 썼다.

키기를 촉구하기 위해 썼다. 또한, 다른 레즈비언들도 이성애 경험을 관통하는 지속적이면서 숨 막히는 주제인 여성 정체성과 여성 유대의 깊이와 폭을 느끼고, 이것이 개인적인 삶의 정당성에 그치지 않고 적극적인 정치적 추진력이 되기를 희망한다. 나는 이 산문이 새로운 종류의 비평을 제시하고 교실과 학계 저널에서 새로운 질문을 일으키기를, 적어도 **레즈비언**과 **페미니스트** 사이 간극을 뛰어넘는 다리를 그려볼 수 있기를 바란다. 제대로 검증되지 않은 이성애 중심주의 관점에서 글을 읽거나 쓰거나 가르치는 일이 점점 불가능해지고 있음을, 적어도 페미니스트라면 깨닫기를 원한다.

이와 같은 희망과 바람을 안고 〈강제적 이성애〉를 쓴 지 3년이 채 지나지 않았는데 보수적인 사회 분위기를 지키려는 압력이 점점 거세지고 있다. 뉴 라이트는 우리 여성들에게 여성은 남성의 감정적, 성적 자산이고, 여성의 자율과 평등이 가족과 종교, 국가를 위협한다는 메시지를 전달한다. 전통적으로 여성을 통제해온—가부장적 모성, 경제적 착취, 핵가족, 강제적 이성애—제도들은 법률과 종교의 절대명령, 매체의 이미지 메이킹, 검열 등에 의해 강화되고 있다. 경제가 악화하면 자식을 부양하기 위해 애쓰는 한 부모 여성은 '빈곤의 여성화'에 직면한다. (빈곤의 여성화는 전국여성노동조합 연대의 조이스 밀러가 1980년대 주요 사안 중 하나에 붙인 이름이다.) 레즈비언은 위장하지 않으면 고용 차별과 거리 폭력과 학대에 직면하게 된다. 심지어 폭력 피해 여성 쉼터와 여성학 교육기관처럼 페미니즘을 바탕으로 한 단체에서조차 공개적인 레즈비언은 해고를 당하거나, '클로짓(성소수자가 자신의 성정체성을 공개적으로 밝히지 않음을 가리키는 말—옮긴이)' 상태로 있으라는 경고를 받는다. 동일화로의―가능한 이들에게는 동화정책으로―후퇴는 정치적인 탄압과 경제적 불안정, 새롭게 시작된 무차별 공격기에 대한 가장 수동적이고 약화하는 반응이다.

이 시기 여성에 대한 남성의 폭력―특히 가정 내의 폭력―의 문서화가 빠른 속도로 축적되었다는 사실에 주목하고 싶다(9번 미주 참고). 동시에 여성 유대와 여성 정체성을 여성 생존의 핵심으로 설명하는 문헌 분야에서 대체로 유색인 여성들, 특히 유색인 레즈비언들이 꾸준히 글을 쓰고 비평을 하고 있다. 특히 유색인 레즈비언 집단은 인종차별과 동성애 혐오라는 이중 편견 때문에 페미니즘 학문에서 훨씬 더 심각하게 삭제당하고 있다.[1]

최근 페미니스트와 레즈비언 사이에서 여성의 섹슈얼리티에 관한 격렬한 논쟁이 벌어졌고, 종종 누가 말하느냐에 따라 다양하게 정의될 수 있는 **사도마조히즘**과 **포르노그래피**와 같은 핵심 단어들이 들어간 격하고도 씁쓸한 말들이 오갔다. 섹슈얼리티와 관련한 여성들의 분노와 공포, 그것과 권력과 고통과의 관계는 대화 자체는 단순하거나 독선적이거나 평행을 달리는 독백처럼 들릴 때도 매우 현실적이다.

그동안의 발전 때문에 본 산문에는 지금 썼다면 다르게 표현, 수식, 확장했을 부분들이 있다. 그러나 이성애자 페미니스트들이 이성애를 **요구하는** 이데올로기를 향해 비판적인 자세를 취하는 것에서부터 변화를 위한 정치적인 힘을 끌어올 수 있으며, 우리 레즈비언들은 그 이데올로기와 그에 입각한 제도에 영향을 받지 않는다고 전제할 수는 없다는 생각에는 변함이 없다. 그와 같이 비평했다고 해서 우리 스스로 희생자이며, 세뇌를 당했거나 완전하게 무력하다고 생각해야 한다는 말은 아니다. 강압과 강제는 여성들이 우리의 힘을 인정하는 법을 터득한 상황에서도 존재한다. 우리가 찾고 있는 것이 무엇인지 안다면, 이 산문과 여성의 삶에 관한 연구에서 핵심 주제는 저항이다.

I

남성은 생물학적으로 단 하나의 선천적 지향성 — 여성에게 끌리는 성적 지향성 — 을 갖고 있다. 반면, 여성은 두 가지 선천적 지향성을 갖고 있는데, 남성을 향한 성적 지향성과 자신의 아이를 향한 재생산 지향성이다.[2]

나는 끔찍하게 상처받기 쉽고, 비판적이며, 남자들을 재고 버리기 위한 일종의 기준이나 잣대로 내 여성성을 이용하곤 했다. 뭐, 그런 식이었다. 나는 미처 의식하지도 못한 채 남자들에게 버림받을 생각부터 했던 애나였다. (하지만 이제 의식하고 있다. 그리고 의식한다는 것은 모든 걸 떨쳐버리고 이제 또 다른 내가 된다는 뜻이지만, 과연 어떤 내가 된다는 걸까?) 나는 우리 시대 여성들의 공통된 감정에 푹 빠져 꼼짝도 하지 못했다. 여자들을 증오하게 만들거나 레즈비언으로 만들거나 혹은 고독하게 만드는 그 감정. 그렇다, 그 시절 그 애나는……

[페이지를 가로지르는 또 하나의 빈 줄][3]

피, 빵, 그리고 시

레즈비언 경험을 비정상적으로 여기거나 혐오스러운 것으로 보거나, 아예 보이지 않는 것으로 취급하는 강제적 이성애의 편견은 위 두 가지 인용문 말고도 훨씬 더 많은 텍스트에서 찾아볼 수 있다. 앨리스 로시는 여성이 오직 남성을 향해서만 끌리는 '선천적' 성적 지향성을 가졌다고 전제했고, 도리스 레싱은 레즈비언이 단지 남성을 향한 증오 때문에 행동할 뿐 독자적인 행위는 아니라고 전제하는데, 이러한 생각은 문학과 사회과학 분야에 광범위하게 퍼져 있다.

여기서 또 다른 두 가지 문제 역시 살펴보고자 한다. 첫째, 열정적인 동지, 삶의 동반자, 협업 동료, 연인, 공동체로서 여성이 여성을 선택하는 일이 어떻게 또 왜 붕괴하고 무효가 되며 강제로 은폐되고 위장되었는지 알아보고, 둘째, 페미니스트 학문을 포함해 광범위한 영역의 글쓰기에서 레즈비언 존재가 사실상 혹은 완전히 무시당해 온 사례들을 살펴볼 것이다. 여기에는 분명한 상관관계가 있고, 나는 상당수 페미니즘 이론과 비평이 이 모래톱에 좌초당했다고 믿는다.

내가 이런 충동을 품었던 것은 구체적인 레즈비언 텍스트가 존재한다는 페미니스트의 생각만으로는 충분하지 않다고 믿기 때문이다. 레즈비언 존재를 주변부의 현상이나 덜 '자연스러운' 현상으로 취급하는, 혹은 이성애나 남성 동성애 관계의 거울상으로 바라보는 어떠한 이론이나 문화/정치적 창조물은 어떤 다른 일에 이바지했던지 상관없이 바로 그 이유로 상당히 약해졌다. 페미니즘 이론은 더는 '레즈비어니즘'의 자유를 '대안적인 생활 방식'이라고 표현하거나, 레즈비언에게 토큰이 될 것을 넌지시 암시할 여유가 없다. 이제 여성들의 강제적 이성애 지향성에 관한 페미니즘 비평은 유효기간이 지나버렸고 나는 이 탐구적인 글을 통해 그 이유를 보여주고자 한다.

실질적인 예시로 지난 몇 년간 출간된 네 권의 책을 잠깐 살펴보는 것부터 시작할 것이다. 모두 다른 관점과 다른 정치 성향에 근거해 썼지만, 전부 스스로 페미니스트임을 천명했고 페미니스트로 호평을 받았다.[4] 네 권 모두 여성들에게 성별 간 사회적 관계가 완전한 무력 상태까지는 아니어도 왜곡되었으며 극도로 문제가 심각하다는 기본 전제를 깔고 시작한다. 또 전부 변화의 길을 모색한다. 나는 이 책들을 읽으면서 다른 책에서 얻을 수 있었던 것보다 더 많이 배우기도 했지만, 한 가지는 분명히 말할 수 있다. 즉, 이 저자들이 레즈비언 존재를 여성들이 접근 가능한 지식과 힘의 원천이자 현실로 다뤘더라면, 혹은 이성애 제도를 남성 지배의 교두보로 바라보았다면 각각의 책은 훨씬 더 정확하고 강력하고 더욱 진실한 변화의 힘이 되었을 것이다.[5] 이 가운데 어떤 책도 다른 상황에서 혹은 다른 조건이 동등한 상황에서도 여성들이 이성애 짝짓기와 결혼을 **선택**했을 것인가에 관한 의문을 제기하지 않는다. 전부 은밀하게나 노골적으로나 이성애는 '대다수 여성'의 '성적 선호'라는 전제를 깔고 있다. 또 어떤 책도 모성과 성별 역할, 관계, 여성에 관한 사회적 규범에는 관심을 두면서 강제적 이성애가 이 모든 것에 강력한 영향력을 행사하는 제도라는 검토는 하지 않으며, '선호' 혹은 '선천적 지향성'과 같은 개념에 간접적으로나마 의문을 제기하지도 않는다.

바버라 에런라이크와 데어드리 잉글리시의 《그녀를 위하여: 150년간 여성을 향한 전문가들의 조언》은 같은 저자들의 뛰어난 소논문 〈마녀, 조산사, 그리고 간호사: 여성 치료사들의 역사Witches, Midwives and Nurses: A History of Women Healers〉를 도발적이고 복잡한 연구로 발전시킨 책이다. 이 책의 주요 논지는 부부간 성관계, 모성, 육아에 관해 남성 보건 전문가들이 미국의 여성들에게 전하는 조언은 자본주의가 생산과 (혹은) 재생산에서 여성에게 요구해온 역할과 경제 시장의 지령과 맥을 같이 한다는 것이다. 여성들은 다양한 치료법과 시술, 시기별로 달라지는 규범적 판단(중산층 여성에게 가정의 신성함을 체화하고 수호하라며 가정 자체를 '과학적'으로 낭만화하는 처방을 포함해)의 소비자이자 피해자가 되었다. 그 어떤 '전문가'의 조언도 특별히 과학적이거나 여성 중심적이지 않았다. 오로지 산업자본주의의 요구와 결탁한 남성의 요구, 여성에 대한 남성의 환상, 여성통제에 관한 남성의 관심―특히 섹슈얼리티와 모성의 영역에서―을 반영했다. 이 책의 상당 부분이 압도적으로 풍부한 정보를 담고 있고 매우 명쾌한 페미니즘의 재치가 엿보여 읽는 내내 레즈비어니즘을 향한 기본적인 인권침해 내용이 나오기를 기다렸지만, 그런 내용은 전혀 없었다.

정보가 부족해서는 아닐 것이다. 조너선 카츠의 《미국의 게이 역사》[6] 는 1656년처럼 이른 시기에 뉴헤이븐 정착촌에서 레즈비언들의 사형집행이 있었다고 말한다. 저자는 19세기와 20세기 의학 전문가들이 레즈비언을 어떻게 '치료' (혹은 고문) 했는지 시사적이고 풍부한 자료를 제시한다. 역사학자 낸시 살리는 최근 현세기에 들어설 때 여대생들 사이의 긴밀한 우정을 엄격하게 제한하고 단속했던 사례를 기록으로 모으는 작업을 하고 있다.[7] 《그녀를 위하여》라는 모순적인 제목은 무엇보다 이성애와 결혼제도의 경제적 강제성과 비혼 여성과 사별한 기혼 여성―둘 다 비정상으로 여겨졌고 지금도 그렇게 여긴다―에게 가한 제재를 가리킬 것이다. 그러나 여성의 정신건강과 보건에 대한 남성의 처방을 마르크스주의-페미니즘 관점으로 통찰력 있게 살펴본 이 책도 이성애 처방의 경제학은 전혀 검토하지 않았다.[8]

정신분석을 바탕으로 한 세 권 가운데 하나인 진 베이커 밀러의 《새로운 여성 심리학을 향해》는 마치 레즈비언이 존재하지 않는 것처럼, 심지어 주변인으로도 존재하지 않는 것처럼 썼다. 책 제목만 생각해봐도 매우 놀라운 일이라고 생각한다. 그러나 이 책이 《사인스》와 《스포크스우먼》을 포함한 페미니즘 저널에서 호의적인 평가를 받은 사실을 떠올려보면, 밀러의 이성애 중심적인 사고방식이 널리 퍼져 있음을 알 수 있다. 《인어와 미노타우로스: 성적 합의와 인간의 병》에서 도로시 디너스타인은 갈수록 인류를 폭력과 자가 멸종의 길로 내몬다고 생각하는 남성/여성 공생의 '젠더 합의'를 종식하고 여성과 남성 사이 양육을 공유할 것을 열띠게 주장한다. 내가 이 책에서 느낀 다른 문제점들(역사를 통틀어 남성이 여성—과 아동—에게 가해온 제도적이고 임의적인 폭력[9]에 대한 저자의 침묵과 심리적 현실을 창조하는 데 일조하는 경제적, 물질적 현실을 등한시하고 오로지 심리학에만 집착하는 태도 등을 포함)과 별도로 여성과 남성의 관계를 '역사의 광기를 유지하는 협업'으로 바라보는 디너스타인의 반역사적 관점을 발견할 수 있다. 저자는 이를 삶을 파괴하고 착취적이며 적대적인 사회적 관계를 영속시키는 협업으로 바라본다. 여성과 남성을 '성적 합의'를 이루는 동등한 파트너로 보는데, 아마도 억압에(자신의 억압뿐만 아니라 타인의 억압까지) 저항하고 상황을 변화시키려는 여성들의 반복적인 투쟁을 인식하지 못한 모양이다. 구체적으로 말하자면 다양한 국면에서 협업하지 **않고** 버텨왔던 마녀,

독신녀, 반결혼주의자, 노처녀, 자율적인 과부, 그리고/또는 레즈비언 같은 여성들의 역사를 무시한다. 이들의 역사는 페미니스트들이 배울 게 아주 많은 역사이며, 여전히 침묵의 담요를 덮은 역사이다. 디너스타인은 책 뒷부분에 '여성 분리주의'가 '대규모로 그러나 결국 몹시 비실용적으로' 이루어지기는 했지만, 우리에게 시사하는 바가 있다고 인정한다. "분리를 통해 여성들은 원칙적으로 자기 창조적인 온전한 인간이란 무엇인가를—이제껏 남성 존재가 부여했던 임무에서 벗어날 기회를 놓치지 않고—백지상태에서 배우기 시작할 수 있을 것이다."[10] '자기 창조적인 온전한 인간'과 같은 표현은 수많은 형태의 여성 분리주의가 실제로 어떤 일에 매진하고 있는지의 문제를 애매하게 흐린다. 모든 문화, 모든 역사에서 여성들은 실제로 독립적이고 비이성애적이며 여성과 관련된 존재의 임무를 **떠맡아왔다**. 이들은 각자의 상황에서 할 수 있는 정도까지, 때로는 그렇게 하는 '유일한 사람'이라는 믿음으로 일해왔다. 결혼을 완전히 거부할 정도로 경제적으로 안정된 여성은 거의 없었지만, 비혼 여성을 향한 공격이 비방과 조롱부터 15, 16, 17세기 유럽의 마녀사냥 시기 수백만 명의 과부와 노처녀를 고문하고 화형에 처하는 등 고의적 젠더 학살까지 다양하게 행해졌지만, 그들은 그 임무를 떠맡아왔다.

　낸시 초도로는 레즈비언 존재를 인정하는 단계까지 왔다. 초도로도 디너스타인과 마찬가지로 여성이, 여성만이, 성별 노동 분화에서 육아를 책임지는 현실이 전 사회적인 젠더 불평등을 조직화했고, 그러한 불평등을 변화시키려면 여성만이 아니라 남성도 반드시 주양육자가 되어야 한다고 생각한다. 정신분석학적 관점으로 여성의 어머니 역할이 여아와 남아의 심리적인 발달에 어떤 영향을 미치는

가를 검토하는 과정에서 저자는 "남성은 여성의 삶에서 감정적으로 부차적인 역할을 담당하고, 여성들이 더욱 풍부하고 지속적으로 의지할 수 있는 내면세계를 지니고 있으며, 남성이 여성을 감정적으로 중요하게 생각하는 것만큼 여성은 남성을 감정적으로 중요하게 생각하지 않는다"는 내용의 자료를 제시한다.[11] 이러한 주장은 18세기와 19세기 여성들이 서로 감정적으로 몰두했던 사실을 발견했던 20세기 후반 스미스−로젠버그의 연구 내용과도 이어질 수 있다. 물론 '감정적으로 중요하다'라는 것은 사랑만이 아니라 분노를 가리킬 수도 있고, 여성과 여성의 관계에서 종종 발견되는 그 두 가지 감정의 격렬한 혼합을 말할 수도 있다. 이는 내가 '여성들의 이중생활'(아래 참고)이라고 부르게 된 것의 한 가지 측면이기도 하다. 초도로는 여성의 어머니가 여성이기 때문에 "어머니는 딸에게 최초의 내적 대상으로 남게 되어, 이성애 관계가 아들에게는 배타적이고 일차적인 관계를 재창조하는 반면 딸에게는 비배타적이고 이차적인 관계의 모델이 된다"고 결론짓는다. 초도로에 따르면 여성은 "심리적이고도 현실적인 이유로 남성 연인의 한계를 부정하는 법을 배운다."[12]

그러나 현실적인 이유(마녀화형, 남성이 통제하는 법률과 신학과 과학, 혹은 성별 노동 분화에 따른 경제적 생존 불능과 같은)에 대해서는 대충 얼버무리고 넘어간다. 초도로는 역사적으로 여성과 남성의 짝짓기를 강제하거나 보장하고, 여성들끼리의 독립된 집단에서 여성과 여성의 짝짓기나 동맹을 가로막거나 처벌해온 각종 구속과 제재는 거의 살펴보지 않는다. 저자는 "레즈비언 관계는 어머니−딸 사이의 감정과 결합을 재창조하려는 경향을 보이지만, 대부분 여성은 이성애자다"와 같은 말로 레즈비언 존재를 무시한다. (여기에 함축된 뜻은 '좀 더 성숙했다면 어머니–딸 결합에서 벗어난 관계를 개발했을 것이다'인가?) 그리고 이렇게 덧붙인다. "최근 몇 년 사이에 조금 더 일반화되기는 했지만, 이러한 이성애 선호와 동성애 금기, 그리고 물질적이고 경제적인 남성 의존성 때문에 다른 여성들과의 일차적인 성적 유대를 선택하기가 어려워졌다."[13] 이러한 조건은 압도적으로 중요한 의미가 있는 것처럼 보이지만, 초도로는 더 깊이 탐색하지는 않는다. 그는 레즈비언 존재가 최근 몇 년 사이 (일부 집단에서) 더욱 가시화되었고, 경제적인 압박 등이 변화했으며(자본주의나 사회주의 아래에서, 혹은 두 체제 모두에서) 그 결과 점점 더 많은 여성이 이성애 '선택'을 거부하고 있다고 말하는 걸까? 그는 여성이 아이를 원하는 것은 이성애 관계에 풍부함과 강렬함이 부족해서고, 여성은 아이를 가지면 자기 어머니와의 강렬한 관계를 재창조하고자 한다고 주장한다. 내가 보기에 초도로는 자신의 발견을 토대로 은연중에 이성애는 여성들의 '선호'가 아니며, 무엇보다 이성애는 고통스럽고 소모적인 방식으로 여성들의 감정에서 에로틱한 면을 떼어낸다는 결론에 이른다. 그러나 그의 책은 오히려 이성애를 명령하는 역할을 한다. 초도로도 디너스타인처럼 여성을 결혼과 이성애 로맨스로 유도하는 은밀한 사회화와 노골적인 영향력, 딸들을 문학 속의 침묵이나 텔레비전 화면 속 이미지로 팔아넘기는 압력을 모른 척하고 그저 남성이 만든 강제적 이성애 제도를 개혁하려는 노력에 빠져 있다. 마치 여성이 여성에게 끌리는 깊은 감정적 충동과 보완이 있음에도 불구하고 여성이 남성에게 끌리는 신비롭고 생물학적인 이성애적 경향성, 즉 '선호'나 '선택'이 있는 것처럼 말한다.

더욱이 이 '선호'는 여성의 오이디푸스 콤플렉스나 종의 번식 욕구라는 복잡다단한 이론을 통하지 않으면 설명할 필요가 없다고 여겨진다. 설명이 필요해 보이는 것은 오히려 (보통은 옳지 않게 남성 동성애 아래 '포함하는') 레즈비언 섹슈얼리티다. 여성 이성애에 관한 이러한 전제는 그 자체로 두드러지는데, 이 거대한 전제가 우리 사고방식의 기본 토대 안으로 조용히 미끄러져 들어온다.

이러한 전제의 연장선은 남성의 억압이 사라지고 남성이 양육에 참여하는 진정한 평등 세상에서는 만인이 양성애자가 된다는 주장이다. 이런 생각은 여성이 경험해온 섹슈얼리티의 실상을 흐리고 감상적으로 만든다. 즉, 당대 현장에서의 임무와 투쟁을, 자체로 가능성과 선택을 발생시키는 성적 개념화의 지속적인 과정을 무시하는 지나친 비약이다. (또한, 여성이 여성을 선택한 것은 단순히 남성이 억압적이고 감정적으로 무용하기 때문이라는 전제를 깔고 있는데, 이러한 전제는 여전히 억압적이고/이거나 감정적으로 불만스러운 남성과의 관계를 계속 추구하는 여성을 설명하지 못한다.) 나는 이성애 역시 모성과 마찬가지로 하나의 **정치적 제도**로 인정하고 연구할 것을 제안한다. 심지어, 아니 특히, 개인적인 경험으로 성별 사이 새로운 사회적 관계를 선도했다고 생각하는 개인들이 그래야 한다고 생각한다.

II

여아와 남아 모두 가장 먼저 만나는 정서적 보살핌과 물리적 양육의 원천이 여성이라면, 적어도 페미니스트의 관점으로는 다음과 같은 질문을 던지는 게 논리적이다. 두 성별 모두 본질상 여성에게 사랑과 애정을 추구해야 하지 않나? 왜 **여성**은 그 추구의 **방향**을 다른 곳으로 돌려왔는가? 왜 인류의 생존과 수태의 수단과 감정적/에로 틱한 관계는 그토록 견고하게 하나가 되었는가. 여성이 남성과의 감 정적이고 에로틱한 관계에 충실하고 남성에게 봉사하도록 강제하기 위해 왜 그토록 폭력적인 구속이 필요한가. 나는 페미니스트 학자들 과 이론가들이 여성이 자신과 다른 여성들에게서, 그리고 여성 정체 성의 가치관으로부터 감정적이고 에로틱한 에너지를 강제로 박탈해 온 사회적 힘을 인정하기 위해 얼마나 노력해왔는지 의문을 품고 있 다. 이 글에서 곧 제시하겠지만, 이러한 사회적 힘은 말 그대로 육체 적인 노예 상태부터 선택 가능성이 있는 것처럼 위장하고 왜곡하는 일까지 다양하다.

나는 여성의 양육이 레즈비언 존재의 '충분한 원인'이라고 생 각하지 않는다. 그러나 여성의 양육 문제가 최근 상당한 쟁점이 되 었고, 보통 남성의 양육이 증가하면 성별 사이 적대감이 축소될 것 이고 여성에 대한 남성의 성 권력 불균형도 완화할 것이라는 견해와 궤도를 같이한다. 이러한 논의는 강제적인 이성애를 하나의 이데올 로기로 보기는커녕 하나의 현상으로 참고할 생각도 하지 않은 채 이 루어진다. 여기서 심리학적 고찰까지는 하고 싶지 않고, 대신 남성 권력의 원천이 무엇인지 밝히고자 한다. 나는 사실 수많은 남성이 남성 정체성 사회에서 남성 권력의 균형을 크게 바꾸지 않아도 대규 모로 육아를 떠맡을 수 있다고 믿는다.

캐슬린 고프는 〈가족의 기원〉이라는 에세이에서 원시사회와 현 대사회의 남성 권력 특징 여덟 가지를 나열하는데, 본 글에서 하나 의 논거로 사용하고자 한다. "남성은 여성의 섹슈얼리티를 부정하거 나, 혹은 강제하고, 생산을 통제하기 위해 여성의 노동력을 지휘하거나 착취하고, 여성의 아이들을 통제하거나 빼앗고, 여성을 물리적으로 규제하고 움직임을 금지하고, 여성을 남성의 거래 대상으로 이용하고, 여성의 창조성을 구속하고, 사회적 지식과 문화의 습득과 관련한 대규모 분야에서 여성을 소외시킨다."[14] (고프는 이러한 남성 권력의 특징이 구체적으로 이성애를 강제한다고 인식하지는 않고, 다만 성적 불평등을 양산한다고 본다.) 아래 강조한 부분은 고프의 말이고, 그 옆 괄호에 덧붙여 쓴 내용은 나의 말이다.

남성 권력의 각 특징 앞에는 '남자들의 권력은'이라는 말이 생략되어 있다.

1. 여성[자신]의 섹슈얼리티를 부정한다 — [음핵절제와 음부봉쇄, 정조대, 죽음을 포함한 여성 간음 처벌, 죽음을 포함한 레즈비언 섹슈얼리티 처벌, 정신분석학의 클리토리스 부정, 자위에 대한 구속, 모성과 폐경 후 섹슈얼리티의 부정, 불필요한 자궁절제, 미디어와 문학 속의 유사 레즈비언 이미지, 레즈비언 존재와 관련한 아카이브의 폐쇄와 자료 파괴 등을 통해]

2. 혹은 여성에게 [남성의 섹슈얼리티를] 강제한다 — [(부부강간을 포함해) 강간과 아내 폭행, 아버지-딸, 남매 사이 근친 성폭력, 여성들에게 남성의 성적 '충동'이 쌓이면 일종의 권력이 된다고 느끼게 하는 사회화[15], 예술, 문학, 미디어, 광고 등의 이성애 로맨스 이상화, 아동 혼인, 중매결혼, 성매매, 하렘, 불감증과 질 오르가슴에 대한 정신분석학의 교조주의, 성폭력과 성적 수치심에 대해 쾌락으로 반응하는 여성을 묘사하는 포르노(가학적인 이성애가 여성들 사이의 섹슈얼

리티 보다 더 '정상적'이라는 잠재적인 메시지) 등을 통해]

3. 생산을 통제하기 위해 여성의 노동력을 지휘하거나 착취한다―[결혼과 모성을 무급 생산으로 제도화, 유급 노동에서 여성의 수평적 차별, 토큰 여성의 지위 향상 유혹, 낙태, 피임, 불임, 출산에 대한 남성의 통제, 성매매 알선, 어머니에게서 딸을 빼앗아가고 여성의 일반적인 가치하락을 도모하는 여성 영아살해 등을 통해]

4. 여성의 아이들을 통제하거나 빼앗는다―[부권과 '합법적 유괴'[16], 강제적 불임, 체계적 영아살해, 소송을 통해 레즈비언 어머니들에게서 아이 압수, 남성 산부인과 의사의 의료사고, 딸의 결혼을 위한 생식기 절제나 전족 행위에 어머니를 '토큰 고문자'[17]로 이용하기 등을 통해]

5. 여성을 물리적으로 규제하고 움직임을 금지한다―[여성을 거리에 나오지 못하게 막는 폭력적인 수단으로 강간하기, 여성의 몸을 장막으로 가리기, 전족, 여성의 체육 능력을 위축시키기, 하이힐과 패션계의 '여성적'인 드레스코드, 베일 쓰기, 거리의 성희롱, 직장 내 여성에 대한 수평적 차별, 가정에서 어머니의 '전업' 육아 명령, 아내의 경제적 의존성 강요 등을 통해]

6. 여성을 남성의 거래 대상으로 이용한다―[여성을 '선물'로 이용하기, 신부 구매, 성매매 알선, 중매결혼, 남성끼리의 거래 촉진을 위해 여성을 오락거리로 이용하기―예) 아내를 파티 안주인으로 이용

하기, 칵테일 웨이트리스에게 남성을 성적으로 자극하기 위한 옷 입히기, 콜걸, '바니걸', 게이샤, 기생, 비서]

7. **여성의 창조성을 구속한다** ― [조산사와 여성 치료사를 탄압하고 독립적이고 '동화되지 않는' 여성을 학살하는 마녀 박해[18], 어떤 문화권이든 여성보다 남성이 추구하는 가치가 더 귀하다는 개념을 통해 문화적 가치관을 남성 주관적으로 구현하기, 여성의 자아성취를 결혼과 모성으로 제한하기, 남성 예술가와 남성 교사의 여성 성적 착취, 여성의 창조적 열망을 사회적, 경제적으로 붕괴시키기[19], 여성 전통의 삭제][20]

8. **사회적 지식과 문화의 습득과 관련한 대규모 분야에서 여성을 소외시킨다** ― [여성을 교육하지 않기, 여성 특히 레즈비언 존재에 대해 역사적, 문화적으로 '거대한 침묵'하기[21], 과학, 기술, 기타 '남성적인' 영역에서 여성을 제외하는 성 역할 편성, 사회적/전문적 영역에서 여성을 배제한 남성끼리의 유대, 전문직에서 여성 차별 등을 통해]

이는 남성 권력이 공고히 유지되어온 방법들이다. 위 개요를 보면 우리가 단지 불평등과 재산 소유권의 유지에 맞서고 있는 게 아니라 신체적인 야만성부터 의식의 통제에 이르기까지 곳곳에 스며든 다양한 힘에 맞서고 있다는 사실을 분명히 깨달을 수 있고, 이는 거대한 잠재적 대항력이 제재당하고 있다는 뜻이다.

남성 권력을 드러내는 형태는 다른 누구보다 여성에게 이성애를 강제할 때 더 쉽게 인식할 수 있다. 그러나 위에 열거한 각각의 항목은 남성 권력을 공고히 하는 다양한 힘과 함께 결혼과 남성에게 끌리는 성적 지향성은 아무리 불만족스럽거나 억압적이어도 여성에게는 피할 수 없는 일이라고 설득한다. 정조대, 아동 혼인, 예술과 문학과 영화에서 레즈비언 존재 삭제하기(색다르고 도착적인 작품을 제외하고), 이성애 로맨스와 결혼의 이상화—이 모든 것이 매우 명백하게 강제적인 형태를 띠는데, 처음 두 가지는 물리적인 힘으로 다음 두 가지는 의식의 통제를 통해서다. 페미니스트들이 음핵절제를 여성 고문의 한 형태로 보고 맹렬한 비난을 쏟아내는 동안[22], 캐슬린 배리는 처음으로 음핵절제라는 야만적인 수술이 단지 어린 여자아이를 '결혼 가능한' 여성으로 변환시키는 방법에 그치는 게 아니라고 주장했다. 이는 일부다처제 결혼에서 가까운 여성들끼리 성적인 관계를 맺지 못하게 막고, 또—남성의 성기 도착적 관점으로 볼 때—성별로 분리된 상황에서 여성끼리의 에로틱한 관계를 말 그대로 잘라내려는 의도를 지녔다.[23]

포르노가 의식에 미치는 영향은 우리 시대 중요한 공공 문제가 되었다. 수십억 달러 가치에 달하는 포르노 산업은 점점 가학적이고 여성 비하적인 시각 이미지를 유포하고 있다. 심지어 소프트코어 포르노와 광고도 여성을 어떠한 정서적 맥락이나 개인적인 의미, 개성 없이 오직 성욕의 대상으로만, 본질적으로 남성이 소비하는 성적 상품으로만 묘사한다. (남성의 관음증적인 시선을 위해 만들어진 소위 레즈비언 포르노도 역시 정서적 맥락이나 개인적인 의미, 개성이 없다.) 포르노가 전달하는 가장 해로운 메시지는 여성은 원래 남성의 성적 먹이이고 스스로 먹이가 되는 것을 아주 좋아한다는 것, 섹슈얼리티와 폭력은 하나라는 것, 그리고 여성에게 섹스는 본질적으로 피학적이며 성적 수치심은 만족스럽고, 육체적 학대는 에로틱하다는 메시지다. 그러나 포르노가 이런 메시지만 전달하는 게 아니다. 늘 인식되지는 않지만, 포르노는 이성애 짝짓기에서 강제적인 굴복과 잔혹한 행위는 성적으로 '정상'이지만 여성들 사이의 섹슈얼리티는 에로틱한 상호 존중의 상황에서조차 '괴상하고' '병적이고', 그 자체로 포르노이거나 채찍과 붕대를 동원한 섹슈얼리티에 비해 별로 흥분되지 않는다는 메시지를 전달한다.[24] 포르노는 단순히 성과 폭력이 호환 가능한 분위기만을 만드는 게 아니라, **이성애 성관계에서 남성이 해도 괜찮다고 여기는 행동의 범위를 확대한다.** 그리고 이 행동들은 여성들끼리 상호 존중하며 사랑하고 사랑받을 잠재성을 포함해, 여성의 자율성과 존엄성, 성적 잠재성을 반복적으로 박탈한다.

뛰어난 연구서 《일하는 여성들의 성적 학대: 성차별 사례》에서 캐서린 A. 맥키넌은 강제적 이성애와 경제학의 교집합을 파악해낸다. 자본주의 아래서 여성들은 젠더로 수평적 차별을 받고 직장에서 구조적으로 열등한 지위를 떠맡는다. 새로 알려진 사실은 아니지만 맥키넌은 '자본주의가 일부 개인 집단에 낮은 지위, 낮은 임금을 떠안도록 요구할 수밖에 없다고 해도⋯⋯ 왜 그 개인들이 반드시 생물학적 여성이어야 하는가?'라는 질문을 제기하고, 나아가 '남성 고용주가 자격을 갖춘 여성을 **남성보다 더 낮은 임금으로 고용할 수 있을 때 조차** 굳이 여성을 고용하지 않는다는 사실은 단순히 이윤 외에 다른 동기가 관련되어 있다는 뜻이다'라고 주장한다.[저자 강조][25] 맥키넌은 풍부한 자료를 인용해 여성이 저임금 서비스 직종(비서, 가사노동자, 간호사, 타자수, 전화교환수, 육아 노동자, 웨이트리스 등)에서 차별을 받을 뿐만 아니라 '여성의 성애화'도 그 직업의 일부라는 사실을 입증한다. 여성으로서 삶이 지닌 경제적 현실에 '여성은 남성에게 성적 매력을 판매해야 하고 남성은 그러한 편중을 강제할 수 있는 경제적 힘과 지위를 점유해야 한다'는 중심적이고 본질적인 요구가 자리 잡고 있다. 또 맥키넌은 "성적 학대는 노동시장의 밑바닥에서 여성이 남성에게 계속해서 성적 속박을 당하도록 만드는 견고한 구조를 영속화한다. 미국 사회를 움직이는 두 가지 힘, 즉 여성 섹슈얼리티에 대한 남성의 통제와 노동자의 직장생활에 대한 자본의 통제는 하나로 맞물린다"라고 입증한다.[26] 그리하여 직장에서 여성들은 성별이라는 권력에 좌우되는 악순환에 빠진다. 경제적으로 불이익을 당하는 여성들은—웨이트리스이거나 교수이거나—직장을 지키기 위해 성적 학대를 견뎌야 하고, 직종에 상관없이 자신이 고용된 진정한 자격 조건이 무엇인지 알기 때문에 사근사근하게 비위를 맞추는 이성애적인 태도를 배운다. 또 직장 내 성적 공격에 지나칠 만큼 단호하게 저항하는 여성은 '메말랐다' 혹은 '성적 매력이 없다', 혹은 '레즈비언이다'라는 비난을 받는다고 맥키넌은 지적한다. 바로 여기서 레즈비언과 남성 동성애자 경험이 구체적으로 다른 점을 보인다. 이성애적 성차별 편견 때문에 직장에서 성정체성을 숨긴 레즈비언은 단지 직장 밖의 관계나 사생활의 진실을 부정하는 것만 강요받지 않는다. 단순히 이성애자인 척하는 것이 아니라 '진정한' 여성에게 요구되는 옷 입기와 여성적이고 공손한 태도 면에서 이성애자 **여성**이 되어야 직장을 지킬 수 있다.

　　맥키넌은 성적 학대와 강간, 평범한 이성애 성관계 사이의 질적인 차이를 묻는 급진적인 질문을 던진다. ("어느 강간 피의자는 보통 남자들이 예비 단계에 쓰는 힘 이상을 써본 적이 없다고 말했다.") 맥키

닌은 강간을 일상생활의 주류에서 분리하고 "강간은 폭력이고 성관계는 섹슈얼리티"라는 검토되지 않은 주장을 펴면서 강간에서 성적인 면을 완전히 제거한 수전 브라운밀러를 비판한다.[27] 결정적으로 '성적인 것'의 영역에서 강간을 떼어내 '폭력적인 것'의 영역에 가져다 놓는 것은 이성애 제도가 무력을 '예비 단계'의 정상적인 부분으로 규정하는 정도까지 이른 것에 어떠한 의문도 제기하지 않고 그냥 강간에 반대하게 만든다고 주장한다.[28] "남성이 우월하다는 조건하에서 '동의'라는 개념이 무슨 의미가 있는지 한 번도 질문을 던진 적이 없다."[29]

사실 다른 어떤 사회 제도 가운데 직장이야말로 여성들이 생존의 대가로 정신적, 육체적 경계에 대한 남성의 침해를 인정하도록 배우는 곳이고,—낭만적인 문학을 통해서나 포르노를 통해서나—스스로 성적 먹이임을 인지하도록 배우는 곳이다. 이와 같은 일상적 침해와 경제적 불이익에서 벗어나고자 하는 여성이 보호를 희망하고 결혼에 의탁하는 것도 당연하다. 그러나 결혼에 사회적 힘이나 경제적 힘을 가져가지 못한다면 똑같이 불리한 지위에서 그 제도에 진입하는 것과 같다. 맥키넌은 마지막으로 이렇게 묻는다.

남성과 여성의 섹슈얼리티, 남성성과 여성성, 섹시함과 이성애적 매력의 사회적 개념에 불평등이 쌓이면 어떻게 될까? 성적 학대의 사례들을 보면 여성의 취약성 자체가 남성의 성적 욕망을 불러일으킬 수도 있다고 말한다…… 남성들은 악용할 수 있다고 느끼면 그러길 원하고, 그렇게 행동한다. 성적 학대를 검토해보면 각 에피소드가 굉장히 평범해 보이기 때문에 성관계가 경제적으로(그리고 신체적으로) 불평등한 사이에서 흔히 발생한다는 사실에 직면할 수밖에 없으며…… 여성의 섹슈얼리티 침해가 평범함에서 벗어나 보여야만 처벌을 받는다는 명백한 법적 요구 때문에 여성들은 과연 평범한 조건이란 무엇인가에 관해 동의할 수가 없다.[30]

이성애 압박의 본질과 정도를 생각해보면—맥키넌의 표현대로 일상적인 '여성 종속의 성애화'[31]—남성이 여성을 성적으로 통제하려는 욕구는 남성의 근원적인 '여성을 향한 두려움', 여성의 성적 욕구를 향한 두려움에서 나왔다는 다소 정신분석학적인 관점(캐런 호니, H. R. 헤이즈, 볼프강 레더러, 최근 도로시 디너스타인 같은 저자들이 제시한)에 의문이 생긴다. 남성이 진짜로 두려워하는 것은 여성이 그들에게 성욕을 강제할 것이라거나 여성이 그들을 질식시키고 먹어치우고 싶어한다는 게 아니라, 여성이 그들에게 완전히 무관심하고 남성은 오직 여성의 생각에 따라서만 여성에게 성적, 정서적, 그리하여 경제적으로 접근할 수 있으며, 접근할 수 없으면 오직 전체 구조의 주변부에 홀로 남게 될 것이라는 예측이 더 그럴듯해 보인다.

최근 캐슬린 배리가 남성이 여성에게 성적으로 접근할 수 있도록 보장하는 여러 수단을 조사했다.[32] 그는 이 탐구를 위해 한때 '백인 노예제도'로 불렸던 국제적인 여성 노예화 제도에 관한 끔찍한 증거를 대규모로 광범위하게 모았다. 연구에서 파생된 이론 분석을 통해 배리는 여성이 남성에게 종속되어 살아가게 강제하는 모든 조건, 즉 성매매, 부부강간, 부녀 남매 사이 근친 성폭력, 아내 폭행, 포르노, 신부 매수금, 딸의 판매, 여성에게 베일 씌우기, 성기절제 사이의 연관성을 밝혀냈다. 그는 강간의 패러다임—성폭력 피해자가 스스로 피해자성을 책임져야 하는—이 여성들이 다른 형태의 예속을 스스로 '선택한' 운명으로 여기고 수동적으로 받아들이거나, 자신의 경솔하거나 정숙하지 못한 행동 때문에 자초한 운명으로 인정하고 합리화하게 만든다고 본다. 한편, 배리는 "여성의 성 노예화는 여성이나 여아가 존재 조건을 바꿀 수 없는 상황, 어쩌다가 이러한 조건, 즉 사회적 압력, 경제적 어려움, 잘못된 신뢰, 애정의 갈구 등에 처하게 되었는지와 상관없이 그들 스스로 벗어날 수 없는 상황, 성폭력과 성 착취에 종속된 **모든** 상황에 존재한다"[33]고 주장한다. 배리는 여성의 광범위한 국제 거래뿐만 아니라 그 거래가 어떻게 이루어지는가—금발에 푸른 눈의 중서부 탈주자들이 '미네소타 송유관'을 따라 타임스퀘어로 몰려드는 현상, 라틴아메리카나 동남아시아의 젊은 여성들이 시골 지역의 빈곤에서 벗어나 매수당하는 현실, 파리 18구의 이민자 출신 노동자들에게 제공되는 '매음굴' 등—에 관해서도 다양하고 구체적인 사례를 제시한다. 그는 '피해자를 비난'하거나 피해자의 병리를 진단하려 들지 않고, 성 식민지화에 어떤 병리가 있는지, 포르노 산업과 전반적으로 여성을 일차적으로 '남성에게 성적 서비스를 제공할 책임이 있는 존재'로 바라보는 정체성에서 드러나는 '문화적 사디즘'의 이데올로기에 어떤 병리가 있는지 집중적으로 조명한다.[34]

배리는 스스로 '성 지배적 관점'이라고 명명한 시각이 남성에 의한 여성의 성 학대와 폭력을 자연스럽고 불가피한 일로 취급하고 거의 보이지 않게 삭제해왔다고 주장한다. 이러한 성 지배적 관점으로 보면 여성은 남성의 성적, 감정적 욕구를 만족시킬 수만 있다면 얼마든지 쓰고 버려도 좋은 소모품이다. 이와 같은 성 지배적 관점을 남성 국한적인 폭력에서, 움직임에 대한 제약에서, 남성의 성적, 감정적 접근에서 벗어날 여성의 기본적 자유라는 보편적인 기준으로 대체하는 것이 바로 배리의 연구가 지닌 정치적 목적이다. 메리 데일리가 《여성/생태학》에서 그랬듯이, 배리 역시 성 고문과 여성 대상 폭력에 관한 구조주의 비평과 문화상대주의 합리화에 반대한다. 배리는 책 서두에서 독자들을 향해 모르는 척 부정하고 마는 모든 손쉬운 탈출로에 반대할 것을 요구한다. "우리가 꼼짝달싹도 못 하는 방어 상태를 깨고 은둔에서 벗어날 수 있는 유일한 방법은 여성에 대한 모든 범위의 성폭력과 성 지배에 대해 제대로 아는 것이다……. **알고**, 직접 마주할 때, 우리는 성 노예화가 없는 세상을 전망하고 창조함으로써, 이 억압에서 벗어날 경로를 그릴 수 있게 된다."[35]

"우리가 실천을 제안하고, 개념을 정의하고, 형태를 부여하고, 시간과 장소에 맞게 그러한 삶을 그려볼 수 있을 때, 비로소 가장 명백한 피해자들은 자신의 경험에 이름을 붙이거나 정의를 내릴 수 있다."

그러나 각자 방법과 정도는 다르더라도 모든 여성은 피해자이다. 배리가 똑똑히 인지하는 것처럼, 여성의 성 노예화를 명명하고 개념화하기 어려운 것은 부분적으로 강제적 이성애 때문이다.[36] 강제적 이성애는 전 세계적 성매매의 고리와 '에로스 센터'의 알선업자와 포주의 임무를 단순화한다. 한편 가정의 사생활에서 강제적 이성애는 딸이 아버지에 의한 근친 성폭력을 '인정'하게 하고, 어머니가 그 일을 부인하게 하며, 폭행당하는 아내가 학대하는 남편과 계속 함께 살게 유도한다. '우정 아니면 사랑'은 알선업자의 주요 전략으로, 가출했거나 혼란에 빠진 어린 여자를 포주에게 넘겨 단련시키는 게 업무다. 알선업자는 어린 시절부터 동화와 텔레비전, 영화, 광고, 대중가요, 화려한 결혼식을 통해 여아에게 주입된 이성애 로맨스 이데올로기를 배리의 자료가 입증하듯이 손에 쥐고 망설임 없이 이용한다. 여성 세뇌는 '사랑'을 하나의 감정으로 바라보게 하는 서구의 개념이지만, 더욱 보편적인 이데올로기는 남성의 성적 충동이 통제할 수 없는 우선권을 지닌다는 개념에 집중한다. 배리는 여기에 대해서도 통찰력을 제공한다.

> 사춘기 남성이 자신의 성적 충동에 관한 사회적 경험을 통해 성 권력을 학습하는 동안 사춘기 여성은 성 권력은 남성에게 있다고 배운다. 남아의 사회화뿐만 아니라 여아의 사회화에서도 남성의 성적 충동을 중시하는 점을 생각하면, 어린 여성의 삶과 발달과정에서 사춘기는 아마도 최초로 남성 정체성을 느끼는 의미심장한 단계일지도 모른다…… 어린 여성이 점점 커지는 자신의 성적 감정을 인식할수록…… 지금껏 여자 친구들과 맺었던 주요한 관계에서 멀어진다. 여자 친구들이 점점 부차적인 존재가 되고 삶에서 차지하는 중요성이 줄어들수록 자신의 정체성 역시 부차적이 되고 점차 남성 정체성을 형성해간다.[37]

우리는 여전히 일부 여성은 왜 일시적으로나마 절대 '지금껏 여자 친구들과 맺었던 주요한 관계'에서 멀어지지 않는지 질문해야 한다. 그리고 왜 남성 정체성—사회적, 정치적, 지적으로 남성에게 충실한 역할—이 평생 성적으로 레즈비언인 사람들 사이에도 존재하는가? 배리의 가설은 우리에게 새로운 질문들을 던지지만, 강제적

이성애가 다양한 형태로 드러난다는 사실을 분명히 밝힌다. 압도적인 신비화를 통해 성기 자체에 생명력을 부여하는 남성 성적 충동의 불패 신화는 여성을 향한 남성의 성적 권리를 법제화하고, 한편으로 성매매를 문화 보편적인 전제로 정당화하며 또 한편으로 '가족 사생활과 문화적 고유함'을 기본 토대로 가족 내 성 노예화를 옹호하고 있다.[38] 사춘기 남성의 성적 충동은 여아와 남아 모두 배운 대로 일단 방아쇠가 당겨지면 스스로 책임을 질 수 없게 되거나 거절할 수 없어서 성인 남성의 성적 행위 기준이자 근본 원리가 된다고 배리는 말한다. 즉, 일종의 **성적 발달 저지 상태**다. 여성은 이 '충동'의 불가피성을 자연스러운 것으로 배우고 원리원칙으로 받아들인다. 그래서 부부강간, 일본인 아내가 체념적으로 주말에 대만의 기생 매음굴에 가는 남편의 짐을 싸는 일, 남편과 아내 사이, 남자 직원과 여자 직원 사이, 아버지와 딸 사이, 남자 교수와 여자 학생 사이 경제적이고 심리적인 권력의 불균형이 발생한다.

남성 정체성의 효과는 다음을 의미한다.

남성 정체성은 식민지배자의 가치관을 내면화하고 한 사람의 자아와 성의 식민화를 적극적으로 수행한다는 의미다…… 남성 정체성은 대부분 상황에서 여성이 비교적 어떤 자질을 갖추고 있든 상관없이 신용, 지위, 중요성 등에서 여성이 자신을 포함한 여성들보다 남성을 우위에 놓는 행위다…… 모든 면에서 여성과의 상호작용은 열등한 형태의 관계로 보인다.[39]

여기서 수많은 여성이 개입해 있고 어떤 여성도 완벽하게 자유롭지 못한 이중적 사고를 좀 더 탐색해보는 게 좋겠다. 여성 대 여성의 관계, 여성 지지망, 여성이자 페미니스트로서 가치체계 등을 아무리 소중히 여기더라도 남성의 신용과 지위에 대한 세뇌는 여전히 우리의 사고 속에 감정의 부정과 부질없는 기대, 성적이고 지적인 혼란 심화 등의 시냅스를 만들어낼 수 있다.[40] 이 단락을 쓰던 날 받았던 편지 한 구절을 인용하고 싶다. "저는 남자들과 몹시 나쁜 관계를 맺어왔고, 지금 아주 고통스러운 결별의 중간단계에 와 있어요. 저는 여성들을 통해 저의 힘을 찾으려고 노력하고 있습니다. 친구들이 없었다면 살아남지 못했을 거예요." 하루에도 얼마나 많은 여성이 이런 말, 이런 생각을 하고, 이런 편지를 쓰고 있을까? 얼마나 자주 이중적 사고방식의 시냅스가 거듭 존재를 증명하고 있을까?

배리는 다음과 같이 연구 결과를 요약한다.

성적 발달 저지 상태가 남성들 사이에서 정상적인 것으로 이해되는 현실과 포주나 성매매 알선업자, 성 노예화 집단의 일원, 이러한 거래에 참여하는 부패한 관료, 매음굴과 숙박업소와 오락시설의 주인, 운영자, 피고용인, 포르노 공급업자, 아내를 폭행하는 남편, 아동 성추행범, 근친 성폭력 가해자, 성 매수자, 강간 가해자인 남자들을 생각해보면 여성의 성 노예화에 개입한 남성 인구의 거대함에 순간적으로나마 경악을 금할 수가 없다. 이러한 관행에 엄청난 수의 남성이 개입했다는 사실이 국제적으로 다급한 성폭력 위기를 선언하게 된 원인일 수밖에 없다. 그러나 경고의 대상, 경계의 원인이어야 마땅한 것이 정상적인 성관계로 인정받고 있다.[41]

수전 캐빈은 도발적이고도 풍성한, 더불어 꽤 사변적인 논문에서 남아는 포함해도 사춘기 남성은 내쫓는 원시 여성 집단이 남성에게 침략당하고 수적으로 열세가 되면 가부장제가 가능해지는데, 남성 지배의 첫 번째 행위는 가부장적 혼인이 아니라 아들의 어머니 강간이라고 주장한다. 이를 가능하게 하는 진입 수단 혹은 발단은 단순한 성비 변화만이 아니라, 집단에서 축출될 나이가 지나서도 계속 체제 안에 머무를 수 있도록 사춘기 남성이 어머니-자식 사이 유대를 조작하기 때문이기도 하다. 남성의 성적 접근권을 확립하기 위해 모성애가 이용되는데, 원래 어른들끼리의 깊은 유대는 여성과 여성의 유대이므로 남성의 성적 접근권은 처음에는 무력에 의해(혹은 의식의 통제를 통해) 확보할 수밖에 없다.[42] 나는 강제적 이성애에 복무하는 거짓 의식 중 하나가 어머니의 위안, 개인적인 판단을 하지 않는 양육, 자신의 학대자나 강간자, 폭행자(수동적으로 착취하는 남자들도 포함)를 향해 연민을 품을 것을 요구하는 여성과 남성 사이의 어머니-아들 관계 유지이기 때문에 위 가설이 시사하는 바가 무척 크다고 생각한다.

그러나 그 기원이 무엇이든 우리가 여성이 남성의 성적 세력권 안에 머무르도록 고안된 광범위하고 정교한 수단들을 골똘히, 그리고 명백하게 들여다볼 때 페미니스트들이 다뤄야 할 사안은 단순히 '젠더 불평등'도 남성의 문화 지배도 단순한 '동성애 금기시'도 아니라, 남성의 육체적, 경제적, 감정적 접근권을 확보하기 위해 여성에게 이성애를 강제했는가가 되어야 한다.[43] 수많은 강제 수단 가운데 하나는 당연히 레즈비언 가능성의 비가시화로, 바다 밑으로 가라앉은 대륙이 어쩌다 한 번씩 수면 위로 올라와도 다시 가라앉히는 것과 같다. 레즈비언의 비가시화와 주변부화에 이바지한 페미니스트 연구와 이론은 실제로 여성 집단의 해방과 권한의 회복에도 불리하게 작용한다.[44]

'대다수 여성은 선천적으로 이성애자다'라는 전제는 페미니즘의 이론적, 정치적 걸림돌이다. 이 전제가 지금까지 유지되어온 이유는 부분적으로는 레즈비언 존재가 역사에서 배제되었거나 질병으로 분류되었기 때문이기도 하고, 부분적으로 레즈비언 존재가 본질적인 게 아니라 예외적인 것으로 취급되어왔기 때문이기도 하다. 또 일부는 스스로 자유롭고 '선천적인' 이성애자라고 생각하는 이들이 여성의 이성애가 '선호'가 아니라 힘으로 강제, 관리, 조직, 선전, 유지되어온 사실을 인정하기 쉽지 않기 때문이다. 그러나 이성애를 하나의 제도로 검토하지 못하는 것은 자본주의 경제체제나 인종차별주의라는 카스트제도가 물리적인 폭력과 거짓 의식을 포함한 다양한 힘으로 유지 존속된다는 사실을 인정하지 못하는 것과 비슷하다. 여성의 '선호'나 '선택'으로서 이성애에 의문을 제기하는 행보는ㅡ그리고 이에 따른 지적, 감정적 작업을 감수하는 일은ㅡ이성애자로 정체화한 페미니스트에게 특별한 용기를 요구하겠지만, 나는 그 보상이 매우 클 것으로 생각한다. 사고의 구속이 풀릴 것이고, 새로운 길을 탐색할 수 있을 것이며, 또 하나의 거대한 침묵을 깨뜨리고, 개인적인 관계에서도 새로이 명쾌함을 구할 수 있을 것이다.

III

내가 레즈비언 존재와 레즈비언 연속체라는 용어를 사용하기로 한

261

것은 **레즈비어니즘**이라는 단어가 임상적이고 제한적인 느낌을 주기 때문이다. 레즈비언 존재는 레즈비언이 역사적인 실체라는 사실과 우리가 계속해서 그 존재의 의미를 창조해나갈 것을 뜻한다. 레즈비언 연속체라는 용어는 여성 정체성의 경험을—각 여성의 삶을 통해 그리고 역사를 통틀어—포괄적으로 포함한다는 의미이며, 단지 한 여성이 다른 여성과 성적인 관계를 맺었거나 의식적으로 욕망했다는 사실만을 의미하지 않는다. 여기에 풍부한 내적 삶을 공유하거나, 남성 독재에 대항하는 유대나, 실천적이고 정치적인 지지를 주고받는 등 여성들 사이에 맺는 다양한 형태의 일차적이고 강렬한 관계까지 모두 포괄하는 수준으로 확대한다면, 또 메리 데일리가 정체화한 **결혼저항** 같은 연대와 '길들지 않은' 행동(낡은 의미들: '다루기 어려운' '고집 센' '제멋대로인' '행실이 나쁜' '구애에 넘어가지 않는 여자')[45]에 대해서도 그 용어를 사용할 수 있다면, 우리는 레즈비어니즘이라는 단어의 제한적이고 임상적인 개념 때문에 닿을 수 없었던 여성 역사와 여성 심리학을 비로소 제대로 파악하고 이해할 수 있게 된다.

　　레즈비언 존재는 금기를 깨뜨리고 강제적인 생활 방식을 거부한다. 또 여성을 향한 남성의 접근권을 직접적으로나 간접적으로 공격한다. 이보다 더 많은 의미를 지녔지만, 우선 가부장제 거부, 저항 행동으로서 레즈비언 존재를 인식하는 것부터 시작할 수 있다. 물론 여기에는 고립과 자기혐오, 신경쇠약, 알코올중독, 자살, 여성 간 폭력 등도 포함되어 있다. 우리는 무거운 벌을 받아가며 정상성에 맞지 않게 사랑하고 행동하는 것이 의미하는 바를 위험을 무릅쓰고 낭만화한다. 레즈비언 존재는 (이를테면 유대인 존재나 가톨릭 존재와 달리) 그 어떤 전통과 연속체, 사회적 지지에 대한 지식을 접하지 못하고 살아왔다. 레즈비언 존재가 실재했음을 입증하는 모든 기록과 기억, 문서를 파괴한 것은 여성에게 이성애를 계속 강제하기 위한 수단이었음을 진지하게 받아들여야 한다. 그러므로 우리가 지식으로 전달받지 못한 것들은 죄책감과 자기 배신, 고통만이 아니라, 기쁨과 관능, 용기, 공동체이기도 했다.[46]

레즈비언은 역사적으로 남성 동성애의 여성 버전으로 '포함'되면서 정치적 존재를 박탈당해왔다. 둘 다 오명을 쓰고 있다는 이유로 레즈비언 존재를 남성 동성애와 동일시하는 것은 또 다시 여성의 실체를 지우는 일이다. 물론 응집력 있는 여성 공동체가 없는 상황에서 남성 동성애자들과 일종의 사회생활 및 명분을 공유해왔던 일이 레즈비언 존재의 역사에서 일부 발견된다. 그러나 차이가 있다. 여성은 남성에 비해 경제적, 문화적 특권이 부족하다. 무엇보다 여성적 관계와 남성적 관계에는 질적인 차이가 존재한다. 예를 들면, 남성 동성애자들 사이에는 익명의 섹스 양식이 있고, 남성 동성애자의 성적 매력 기준에는 나이에 따른 명백한 차별도 존재한다. 나는 심오하게 **여성적인** 경험인 모성과 마찬가지로 레즈비언 경험도 단순히 성적으로 낙인이 찍힌 다른 존재와 일괄적으로 다루는 한 절대로 이해할 수 없는 특별한 억압과 의미와 잠재성을 지닌 존재라고 생각한다. **부모 노릇**이라는 말이 사실은 한쪽 부모인 어머니의 역할을 뜻하는 것처럼 특별하고 중요한 현실을 은폐하듯, **게이**라는 용어도 페미니즘과 여성 집단의 자유를 위해 중요하게 분별할 필요가 있는 윤곽을 흐리게 만드는 목적에 복무할 수 있다.[47]

레즈비언이라는 용어가 제한적이고 임상적인 가부장적 개념과 연관성을 맺어옴으로써, 여성의 우정과 동지애는 성애와 구별되었고 성애를 제한당해왔다. 따라서 우리가 레즈비언 존재라고 규정한 것의 범위를 심화하고 넓힐수록, 레즈비언 연속체를 정확히 설명할 수록, 여성들의 관계에서 성애를 발견하기 시작한다. 이때 성애는 육체의 한 부분이나 육체 자체에만 국한되지 않고, 확산하는 에너지일 뿐만 아니라, 오드리 로드의 말처럼 '육체적이거나 감정적이거나 정신적인 기쁨을 공유할' 때와 일을 공유할 때 도처에 존재하는 에너지이고, 우리가 '무기력함이나 체념, 절망, 자기 삭제, 우울, 자기부정처럼 원래 내 것이 아닌 다른 곳에서 주입받은 존재 상태를 받아들이지 않도록' 힘을 실어주는 기쁨이 되어준다.[48] 나도 여성과 일에 관해 쓴 다른 글에서 시인 힐다 둘리틀이 작품을 완성하기 위해 상상의 작업을 하던 중 친구 브라이어에게 도움을 받았던 일을 묘사한 자전적 대목을 인용한 적이 있다.

나는 눈앞의 '벽 위에 글을 쓰는' 이 경험을 내 옆에 용감하게 서 있던 그 소녀를 제외하곤 누구와도 공유할 수 없음을 잘 알았다. 소녀는 망설이지 않고 "계속해"라고 말했다. 그 애야말로 델피 신전의 예언가다운 초연함과 고결함을 지녔다. 그러나 늙고 지쳐 고립된 채…… 그림을 보는 사람, 글을 읽는 사람, 내면의 예지력을 부여받은 사람은 바로 나였다. 혹은, 어떻게 보면, 우리는 함께 그것을 '보고' 있었다. 그 애가 없었다면 당연히 나는 계속할 수 없었을 것이다.[49]

모든 여성이 레즈비언 연속체로 존재할 가능성을 생각해본다면—어머니의 젖을 빠는 여자아기부터, 자기 아기에게 젖을 물리다가 어머니의 모유 냄새를 기억하고 오르가슴을 느끼는 성인 여성까지, 또 버지니아 울프가 묘사한 클로이와 올리비아처럼 실험실을 같이 쓰는 두 여성의 관계에서[50] 죽어가는 90세 여성을 쓰다듬고 어루만지며 보살피는 여성들까지—자신을 레즈비언으로 정체화하든 아니든 우리는 모두 레즈비언 연속체 안팎을 오가고 있음을 알 수 있다.

이제 우리는 여성 정체성과 관련해 다양한 측면들을 연관지을 수 있다. 여덟아홉 살 여자아이들의 경솔하고 친밀한 우정과 '마을의 수공업 지구에 값싼 연립주택을 구해 함께 살고, 서로 세를 주고, 동거인들에게 집을 증여하면서, 기독교 가치관을 실천하며 검소하게 입고 생활하며, 남자들과 교류하지 않고, 실잣기나 빵 굽기, 간호 등의 일로 생계를 유지하거나 어린 여자아이들을 위한 학교를 운영하고, 교회가 강제 해산시킬 때까지 결혼과 관습의 제약에서 독립된 채 살아갔던' 12세기와 15세기 비긴회 수녀들과 같은 여성 연대가[51] 모두 여기에 속한다. 이러한 여성들을 기원전 7세기 사포와 함께했던 여성학교의 유명한 '레즈비언들'과 아프리카 여성들 사이의 비밀 여성회와 경제 네트워크, 중국의 결혼저항 자매들과—이들은 결혼 거부, 첫날밤 거부 후 남편 떠나기, 중국 유일의 비전족, 아그네스 스메들리의 말에 의하면 딸들의 탄생을 환영하고 비단방직공장에서 성공적인 여성 파업을 조직한 여성 공동체다[52]—연결할 수도 있다. 또 곳곳에 흩어져 있는 결혼저항의 개별 사례들을 서로 연관짓고 비교할 수도 있다. 예를 들면, 19세기 백인 여성 천재였던 에밀리 디킨슨에게 가능했던 전략과 20세기 흑인 여성 천재였던 조라 닐 허스턴에게 가능했던 전략을 비교해볼 수 있을 것이다. 에밀리 디킨슨은 한 번도 결혼하지 않았고, 남자들과 지적 교류를 거의 하지 않았으며, 애머스트의 상류층 아버지 집에서 자체 수도원 생활을 했고, 평생 오빠의 부인이었던 수 길버트에게 열정적인 편지를 썼으며, 친구 케이트 스콧 안톤에게는 그보다 적은 편지를 보냈다. 조라 닐 허스턴은 두 번 결혼했지만 두 번 다 남편 곁을 곧장 떠났으며, 플로리다에서 할렘으로 또 컬럼비아대학교로, 아이티로, 마침내 다시 플로리다로 종횡무진했고, 빈곤과 백인의 후원, 직업적 성공과 실패 사이를 오갔다. 그에게 살아남은 관계는 어머니로 시작해 모두 여성들과의 관계였다. 무척 다른 환경을 살아갔던 두 여성은 모두 결혼에 저항했고, 자기 일과 개성에 몰두했으며, 나중에 '정치에 무관심한' 사람으로 여겨졌다. 둘 다 지성을 갖춘 남자들을 좋아했는데, 두 여성 모두 지속적인 매력과 생계 수단을 여성들에게서 구했기 때문이다.

만약 우리가 이성애를 **천부적인** 여성의 감정적, 성적 경향성으로 여긴다면, 위에 열거한 삶들은 비정상적이고, 병리적이며, 감정적으로나 관능적으로나 궁핍해 보인다. 요즘 용어로 말하자면 따분하고 시시한 '생활 방식'이다. 그리고 이런 여성들의 일은 개인의 일상적인 일이든 집단의 생존과 저항을 위한 일이든, 작가, 활동가, 개혁가, 인류학자, 예술가의 자기 창조적인 일이든 '남근 선망'의 씁쓸한 열매, 억눌린 에로티시즘의 승화, '남성 증오자'의 의미 없는 불평 등으로 치부되거나 저평가된다. 그러나 우리가 관점을 바꿔 여성들에게 실제로 이성애 '선호'가 어느 정도로, 어느 수단을 통해 강제되었는지 생각해보면, 개개인의 삶과 일의 의미를 다르게 이해할 수 있을 뿐만 아니라 여성 역사의 핵심 사실들을, 즉 여성들은 언제나 남성 독재에 저항해왔다는 사실을 인식하기 시작할 수 있다. 행동하는 페미니즘은 언제나 이론이 없지는 않았지만, 모든 문화와 모든 시대에 끊임없이 재출현해왔다. 이제 우리는 무기력에 저항하는 여성들의 투쟁을, 여성들의 급진적인 반란을 연구할 수 있다. 여성들의 투쟁은 그저 남성이 규정한 '구체적인 혁명의 상황'[53]에서만이 아니라 남성 이데올로기가 혁명적으로 인식하지 못한 모든 상황에서도—예를 들면, 다른 여성들의 위험을 무릅쓴 원조를 받는 일부 여성의 출산 거부[54]나 남성을 위한 생활수준 향상과 여가 생산의 거부(레그혼과 파커는 앞의 두 가지(남성 생활수준 향상과 여가)가 여성들이 경제적으로 인정받지 못하고, 보수도 제대로 받지 못하고, 노조도 만들 수 없는 상황 일부를 만드는 데 어떻게 이바지했는지 보여준다)—일어났다. 이제 우리는 여성이 역사상 '성적 합의'를 통해 남성과 협력해왔다는 디너스타인의 견해를 더는 용인할 수 없다. 우리는 역사에서 그리고 개인의 일생에서 지금껏 가시화되지 못했거나 오명을 썼던 행동을, 해당 시대와 장소에서 대항 세력이 발휘할 힘의 한계를 생각해보면 상당히 급진적인 반란으로 볼 수 있는 행동을 제대로 관찰하기 시작했다. 그리고 이러한 반란과 반란의 필요성을 레즈비언 존재의 중추인 여성을 향한 여성의 육체적인 열정과 연관 지을 수 있다. 다시 말해, 여성의 경험 가운데 가장 폭력적으로 삭제당한 사실이 바로 성애의 관능성이었다.

여성은 강제적으로, 동시에 잠재적으로 이성애를 강요당해왔다. 그러나 도처에서 여성들은 육체적 고문과 투옥, 뇌외과수술, 사회적 추방, 극한 빈곤 등의 희생을 치르고서라도 이에 저항해왔다. 1976년 여성 대상 범죄에 대한 브뤼셀 국제재판소는 '강제적 이성애'를 '여성 대상 범죄' 중 하나로 지정했다. 매우 다른 문화권에서

피, 빵, 그리고 시

온 두 건의 증언을 보면 레즈비언 박해가 지금 당장 국제적으로 이루어지고 있음을 알 수 있다. 다음은 노르웨이 여성의 사례다.

오슬로의 한 레즈비언은 원활하지 않은 이성애 결혼을 한 상태였다. 그래서 신경안정제를 복용하기 시작했고, 결국 치료와 재활을 위해 정신병원에 들어갔다…… 가족 집단 치료 중 그가 "나는 스스로 레즈비언이라고 믿는다"라고 말하자 의사는 곧장 그렇지 않다고 말했다. '눈을 보면' 알 수 있다고, 그가 남편과의 성관계를 원하는 여자의 눈을 가졌다고 했다. 그래서 그는 이른바 '침대 요법'에 처했다. 그는 아늑하고 따뜻한 방에 나체로 들어가 침대에 누워 있어야 했고, 한 시간 동안 남편은…… 그를 성적으로 흥분시키려고 노력했다…… 여기에는 육체적 접촉이 항상 성관계로 끝나게 된다는 생각이 깔려 있었다. 그는 점점 더 강한 반감을 느꼈다. 그는 토했고 이 '치료'를 피하려고 때마다 방 밖으로 도망쳤다. 그 스스로 레즈비언이라는 확신이 강해질수록 이성애 성관계는 더욱 폭력적으로 강제되었다. 이 치료는 약 6개월 동안 지속했다. 그는 병원에서 탈출했지만, 곧 붙들려왔다. 그는 다시 탈출했다. 그 후로는 영영 병원에 돌아가지 않았다. 그는 자신이 6개월 동안 강간을 당해 왔다는 사실을 깨달았다.

다음은 모잠비크 여성의 증언이다.

나는 레즈비언이고, 일차적인 사랑의 대상이 언제나 다른 여성이고 다른 여성일 것이라는 사실을 부정하지 않았다는 이유로 종신

추방을 선고받았다. 새로운 모잠비크에서 레즈비어니즘은 식민 시대와 서구 문명의 퇴폐적인 잔재로 여겨진다. 레즈비언들은 재활수용소로 보내져 자아비판을 통해 자신에 관한 정확한 구분을 배운다…… 만약 내가 여성을 향한 나의 사랑을 강제로 비판한다면, 다시 말해 나 자신을 비판해야 한다면, 나는 모잠비크로 돌아가 모잠비크 여성들의 해방 투쟁에, 국가 재건을 위한 열띤 투쟁에 참여할 수 있을 것이다. 그러므로 나는 재활수용소에 들어갈 위험을 감수하거나 추방자로 남거나 선택해야 한다.[55]

캐럴 스미스−로젠버그의 연구를 통해 알 수 있듯, 여성들이 결혼을 하고 결혼 상태를 유지하더라도, 감정적으로나 열정적으로 심오한 그들의 세계 속에서 이성애를 '선호'한다거나 '선택'했다고 말할 수는 없다. 여성이 결혼하는 이유는 다양하다. 경제적으로 생존하기 위해, 경제적 박탈, 사회적 추방으로부터 안전한 상태에서 아이를 갖기 위해, 사회적으로 존경받기 위해, 여성으로서 기대받는 일을 하기 위해, '비정상적인' 어린 시절에서 '정상적인' 생활로 옮겨갔음을 느끼기 위해, 여성의 중요한 모험, 의무, 성취라고 배워온 이성애 로맨스를 이루기 위해 등을 나열할 수 있다. 우리는 이 제도에 충실하게 또는 양가감정을 느끼며 복종해왔을지 몰라도, 우리의 감정은─더불어 우리의 관능성은─그 제도 안에 길들거나 수용되지 않았다. 인생의 대부분 동안 이성애 결혼 상태를 유지했던 레즈비언 인구수에 대한 통계자료는 없다. 다만 극작가 로레인 한스베리가 초기 레즈비언 간행물《더 래더》에 보낸 편지 한 통을 보자.

피, 빵, 그리고 시

다른 여성과의 감정적 – 육체적 관계를 더 좋아했을 기혼여성의 수가 비슷한 처지의 남성의 수보다 훨씬 더 많지 않았을까 생각한다. (사실 통계는 어디에도 존재하지 않는다.) 이는 결혼이 '자연스러운' 운명이고—그리고—경제적 안정을 위한 유일한 미래라고 평생 배워왔기에 전혀 다른 삶을 살 위험에 준비가 되지 않은 여성의 수까지 추정할 수 없기 때문이다. 그래서 이 질문에는 남성 동성애자에게는 없는 거대함이 있다…… 강하고 솔직한 여성이 결혼 생활을 끝내고 새로운 남성과 다시 결혼하는 쪽을 선택한다면 사회는 이혼율이 올라간다고 불평하면서도 그런 여성을 '추방자'로 만들어 고립시키기는 거의 불가능하다. 그러나 다른 여성과 새로운 삶을 시작하고자 결혼 생활을 끝내려는 여성에게는 그렇지가 않다.[56]

이와 같은 이중생활은—남성의 이익과 특권에 기초한 제도를 명백히 묵인하는 것—구애 의식, 19세기 아내들의 무성애 위장, 20세기 '성적으로 해방된' 여성, 매춘부, 정부에 의한 오르가슴 자극 등을 포함한 많은 종류의 이성애적 행동과 모성에서 볼 수 있는 여성 경험의 특징이다.

메리델 르슈어의 다큐멘터리 소설《그 여자》는 여성의 이중생활에 관한 연구서로 주목받는다. 주인공은 세인트폴 노동계급의 무허가 술집에서 일하는 웨이트리스로 젊은 남자 버치에게 격렬히 끌린다고 느끼지만, 생존을 위한 관계는 연상의 웨이트리스이자 매춘부 클라라와 술집 주인의 아내 벨과 노조 활동가 아멜리아와의 관계이다. 클라라와 벨과 익명의 주인공에게 남자와의 성관계는 그저 일상생활의 불행에서 벗어나려는 탈출구, 하루하루 살아가는 가혹하고 야만적인 잿빛 거미줄 속에서 반짝 타오르는 불꽃에 불과하다.

그는 자석처럼 나를 끌어당겼다. 흥분되고 강력하면서도 겁이 났다. 그도 나를 따라왔는데, 그가 나를 발견했을 때 달아나려고 했지만 나는 망연자실한 상태로 바보처럼 그 앞에 서 있기만 했다. 그가 나더러 클라라와 함께 낯선 사람들과 춤을 추었던 마리골드를 돌아다니지 말라고 했다. 나를 때려눕히겠다고 했다. 그 말을 듣고 온몸이 부들부들 떨렸지만, 고통만 가득한 빈 껍질이 되어 이유조차 모르는 것보다는 그편이 나았다.[57]

소설 전체에 이중생활이라는 주제가 드러난다. 벨은 밀주업자 호잉크와의 결혼 생활을 이렇게 추억한다.

있잖아, 지난번 내 눈이 검게 멍든 거, 찬장에 부딪혔다고 했지만, 사실은 그 개자식이 그랬고, 그 자식이 아무한테도 말하지 말라고 했어…… 그 자식은 미쳤지, 그게 그 자식이야, 미친놈. 내가 왜 그런 놈과 사는지 모르겠어. 어쩌자고 그 자식을 참아주는지 모르겠어. 하지만, 내 말 잘 들어, 꼬마. 벨이 말했다. 할 말이 있어. 그가 나를 보았다. 그 얼굴이 무척 아름다웠다. 그가 말했다. 망할, 그 개새끼를 내가 사랑해서, 그래서 평생 이렇게 엮여 있는 거야. 우라질, 그 자식을 내가 사랑한다고.[58]

주인공이 버치와 처음 섹스를 한 후 여자 친구들은 그의 출혈을 살펴주고, 위스키를 건네며, 의견을 교환한다.

피, 빵, 그리고 시

재수 없게 첫 경험에 곧바로 문제가 생기고 말았어. 남자가 돈을 조금 주어서 세인트폴로 왔지. 여기 10달러만 내면 거대한 수의사용 주사를 놔주는 데가 있거든. 그럼 그게 시작되고 다시 혼자가 될 수 있어…… 평생 내 아이를 가져본 적이 없어. 하지만 내겐 어머니 노릇을 해줘야 할 호잉크가 있지. 굉장히 손이 많이 가는 자식이야.[59]

이후 그들은 나를 클라라의 방으로 데려가 눕게 했다…… 클라라는 내 옆에 누워 두 팔로 나를 감싸 안고 내게 그 이야기를 해보라고 했지만, 사실 그는 자기 이야기를 하고 싶어했다. 클라라는 열두 살 때 오래된 헛간에서 한 무리의 남자애들과 처음 섹스했다고 했다. 그 전에는 아무도 그에게 관심을 주지 않았는데 그 후로 아주 유명해졌다고 했다…… 개들이 아주 좋아했어. 클라라가 말했다. 선물도 받고 관심도 받는데, 왜 안 해주겠어? 걱정할 일은 하나도 없었어. 우리 엄마도 전혀 신경 쓰지 않았고. 하지만 그건 내가 가진 유일하게 귀중한 것이었어.[60]

그리하여 섹스는 야만적이거나 유아적이거나 믿을 수 없지만, 카리스마 있는 남자들이 보여주는 관심과 같다. 그러나 삶을 견딜 수 있게 해주고, 고통을 초래하지 않으면서 육체적인 애정을 건네고, 공유하고 조언하고 지켜주는 이들은 여자들이다. (나는 여성들을 통해 내 힘을 발견하려고 노력한다. 친구들이 없었다면 나는 아마 살아남지 못했을 것이다.) 르슈어의 《그 여자》는 여성의 이중생활을 드러낸 또 다른 소설, 토니 모리슨의 뛰어난 작품 《술라》와 꽤 비슷하다.

넬은 술라에게 아무것도 원하지 않으면서, 술라의 모든 면을 받아들인 단 한 사람이었다. (……) 넬은 술라가 메달리온으로 돌아온 한 가지 이유였다…… 남자들은…… 하나의 커다란 성격으로 뭉쳐졌다. 사랑을 똑같은 언어로 말하고, 사랑을 똑같은 오락거리로 여기고, 사랑 앞에 똑같이 냉정했다. 술라가 그들의 주무르기와 들어오기에 대해 개인적인 생각을 도입하려고 하면 그들은 모자를 푹 눌러써서 자기 눈을 가렸다. 그들은 오직 사랑의 기교만 가르쳤고 걱정거리만 공유했으며 돈만 주었다. 그는 언제나 친구를 찾았는데, 시간이 흘러서야 여자에게 애인은 동지가 아니고 절대 동지가 될 수도 없다는 사실을 깨달았다.

그러나 죽기 직전 술라는 마지막으로 이렇게 생각한다. '넬이 올 때까지 기다려.' 술라가 죽은 뒤 넬은 자신의 삶을 돌이켜본다.

"그 시간 내내, 정말 내내, 나는 주드를 그리워한다고 생각했어." 상실감이 넬의 가슴을 짓누르고 목구멍으로 치밀어 올랐다. "우린 단짝 친구였어." 그는 뭔가를 설명하는 것처럼 말했다. "오, 주여, 술라." 그는 울부짖었다. "친구야! 친구야! 친구야!" 크고 길게 울리는 근사한 울음이었지만, 밑도 끝도 없이, 그저 제자리를 맴돌고 맴도는 슬픔이었다.[61]

《그 여자》와 《술라》는 둘 다 최근 상업적인 소설에서 볼 수 있는 경박하거나 선정적인 '레즈비언 장면'[62]과 대조적으로 내가 레즈비언 연속체라고 부르는 것을 검토한다. 두 소설 모두 우리에게 낭만주의에 물들지 않는(르슈어의 소설 끝부분까지) 여성 정체성을 보여준다. 둘 다 여성의 관심을 끌기 위한 경쟁적인 이성애 강제와 더욱 의식적인 형태로 사랑과 권력을 재건할 수 있는 여성 유대의 확산과 좌절을 그리고 있다.

IV

여성 정체성은 이성애 제도 아래 줄어들고 억눌려온 여성 권력의 잠재 수원이자 에너지의 원천이다. 여성이 여성을 향해 열정을 품고, 여성이 여성을 삶의 동반자와 동지와 공동체로 선택하는 현실과 가시성을 부인하고, 그러한 관계에 격렬한 압력을 행사해 숨기고 붕괴하게 강요하는 것은 각 성의 사회적 관계를 변화시키고 우리 자신과 서로를 해방시킬 모든 여성의 권력을 무참히 상실시켜왔음을 의미한다. 오늘날 강제적 여성 이성애의 거짓말은 페미니즘 학문만을 괴롭히는 게 아니라 모든 전문직, 모든 참고자료, 모든 교과과정, 모든 조직화의 시도, 거짓말이 떠도는 모든 관계나 대화까지 괴롭히고 있다. 모든 이성애 관계가 그 거짓말의 메스꺼운 조명 아래 살고 있으므로, 이성애 거짓말은 구체적으로 심각한 허위, 위선, 히스테리를 양산한다. 우리가 아무리 스스로 정체성을 선택했대도, 우리 스스로 어떻게 분류되었는지 깨달았어도, 이 거짓말은 계속해서 우리 삶 곳곳에서 깜박이며 우리 삶을 왜곡한다.[63]

이 거짓말로 무수한 여성은 심리적으로 포획당해, 자신의 이성과 정신과 섹슈얼리티를 짜여진 대본에 맞추기 위해 애쓰며 살아간다. 이들은 인정받을 수 있는 반경을 넘어서는 볼 수 없다. 이 거짓말은 '클로짓' 레즈비언들의 에너지―이중생활에 지쳐 고갈된 에너지―까지 빨아들인다. '클로짓'에 갇힌 레즈비언과 '정상성'이라는 미리 정해진 생각에 갇혀버린 여성은 둘 다 선택을 차단당하고, 연결을 방해당하며, 자유롭고 강력하게 자신을 규정할 권리까지 잃어버린다.

이 거짓말은 여러 층으로 이루어져 있다. 그중 한 가지 층인 낭만성은 서구 전통에서 여성은 다소 경솔하고 비극적이라도 어쩔 수 없이 남성에게 끌린다고 주장한다. 심지어 그 끌림이 자살을 부를지라도(예:《트리스탄과 이졸데》, 케이트 쇼팽의《각성》) 여전히 근본적 책무라고 말한다. 사회과학의 전통은 성별 사이 일차적인 사랑은 '정상'이고, 여성은 사회적, 경제적 보호자이자 성인의 섹슈얼리티와 심리적 완성을 위해 남성이 **필요**하며, 이성애 가족이 사회의 기본 단위이고, 남성에게 일차적인 강렬한 애착을 느끼지 않는 여성은 기능적인 측면에서 보통 여성이 처하는 소외보다 훨씬 더 비참한 소외를 선고받는다고 주장한다. 숨어 사는 레즈비언들이 남성 동성애자보다 훨씬 많다는 보고도 그리 놀랍지 않다. 흑인 레즈비언-페미니스트 비평가 로레인 베설은 조라 닐 허스턴에 관한 글에서 흑인 여성에게―이미 이중의 국외자인―또 다른 '혐오 대상 정체성'을 선택하는 일은 그야말로 엄청난 문제를 일으킨다고 말한다. 그러나 레즈비언 연속체는 아프리카에서나 미국에서나 흑인 여성에게 구명밧줄의 역할을 해왔다.

흑인 여성은 오래전부터 서로 연대하는 전통이 있다⋯⋯ 흑인/여성 공동체는 매우 중요한 생존 관련 정보와 정신적, 감정적 지지의 원천이 되어주었다. 우리는 이 사회에서 흑인 여성으로 살아가는 경험을 바탕으로 한 뚜렷한 흑인 여성 정체성 문화가 있다. 그 문화의 상징과 언어와 표현 방식은 모두 우리 삶의 현실에 맞게 구체적이다…… 문학을 비롯한 기타 예술적 표현으로 인정받는 형식들에 접근 권한이 있는 흑인들과 여성들 사이에 흑인 여성은 거의 없었기 때문에, 흑인 여성 유대와 흑인 여성 정체성은 특별한 흑인 여성 전통에 대한 우리의 기억과 개별적인 흑인 여성의 삶을 제외하곤 거의 기록되지 못하고 숨어 지냈다.[64]

또 다른 층위의 거짓말은 흔히 마주치는 암시 즉, 여성이 여성에게 의존하는 것이 남성에 대한 증오 때문이라는 것이다. 남성에 대한 깊은 회의와 경계, 정당한 불안감은 남성 지배문화의 여성혐오를 향한 여성의 건강한 반응이다. '정상적인' 남성 섹슈얼리티라고 전제되는 형태들, 그리고 '민감하고' '정치적인' 남성들조차 이러한 문제점들을 인지하거나 깨닫지 못하는 현실에 대한 당연한 반응이다. 레즈비언 존재는 여성들 사이에 전기가 통하고 서로 힘을 주는 관계가 아니라 단지 남성의 학대를 피한 도피처로 묘사된다. 레즈비언 관계에 대해 가장 자주 인용되는 대목이 콜레트의 《방황하는 여인The Vagabond》 중 르네의 설명이다. "서로의 품 안에서 쉼터를 발견하고, 거기서 잠들고 울고, 종종 잔혹한 남자를 피해 안전하게, 어떤 쾌락보다 더 좋은 맛을 느끼고, 서로 비슷하게 나약하고 잊혔다고 느끼는 쓸쓸한 행복을 맛보는, 약한 두 사람의 멜랑콜리하면서 감동적인 이미지."[저자 강조][65] 콜레트는 흔히 레즈비언 작가로 여겨진다. 그가 얻은 대중적 명성은 레즈비언 존재에 대해 마치 남성 독자들을 위한 듯 썼다는 사실과 관계가 깊다. 그의 초기 '레즈비언' 소설들인 클로딘 시리즈는 남편의 강요로 썼고 두 사람의 이름으로 출판되었다. 내가 보기에 어쨌든 자신의 어머니에 관해 쓴 글들을 제외하곤 콜레트는 레즈비언 연속체에 관해서 샬럿 브론테보다 더 믿을 만한 원천은 아니다. 적어도 샬럿 브론테는 여성들이 생존을 위한 투쟁 과정에서 서로 동지이자 멘토이자 위안을 주는 사람이 될 수 있고 반드시 되어주어야 하며, 함께 있으면 꽤 이질적인 기쁨이 느껴지고 서로의 마음과 성격을 향해 매혹당하기도 하며, 이는 서로의 강점을 인정해야 가능하다는 것을 이해하고 있었다.

마찬가지로 제도화된 이성애에 맞서 여성 연인이나 삶의 동반자를 선택하는 행위에는 **발생기** 페미니스트의 정치적 함의가 있다고 말할 수 있다.[66] 그러나 레즈비언 존재가 이 정치적인 함의를 궁극적인 해방의 형태로 깨닫기 위해서는 반드시 성애의 선택이 의식적인 여성 정체성으로—다시 말해 레즈비언 페미니즘으로 심화, 확장되어야 한다.

내가 여기서 '레즈비언 연속체'라고 부르는 것을 발굴하고 설명하는 눈앞의 작업은 잠재적으로 모든 여성을 해방시킬 것이다. 이 작업은 서구의 백인 중산층 여성들의 학문이 지닌 한계를 분명하게 뛰어넘어 모든 인종과 민족, 정치제도 안의 여성들의 삶과 일, 집단 분류를 살펴보는 일이다. 게다가 '레즈비언 존재'와 '레즈비언 연속체' 사이에는 우리 삶의 운동 과정에서도 분간할 수 있는 차이점이 있다. 나는 레즈비언 연속체를 여성들의 '이중생활' 측면에서 정확히 서술할 필요가 있다고 생각하는데, 이때 이중생활은 자신을 이성애자로 설명하는 여성들뿐만 아니라 레즈비언으로 설명하는 여성들도 해당한다. 우리는 그 이중생활이 어떤 형태를 띠는지 훨씬 더 철저하게 포괄적으로 설명해야 한다. 역사학자들은 이성애 제도가 어떻게 여성의 임금 규모와 중산층 여성의 '여가' 강제, 소위 성 해방의 미화, 여성 교육의 억제, '순수예술'과 대중문화 속 이미지, '개인적인' 영역으로의 신비화 등을 통해 조직되고 유지되었는지 모든 지점에서 질문을 던져야 한다. 우리는 여성의 이중적인 업무 부담과 성별 노동 분화를 가장 이상적인 경제적 관계로 보는 이성애 제도를 제대로 파악할 수 있는 경제학이 필요하다.

여기서 불가피한 질문이 발생한다. 그렇다면 우리는 가장 덜 억압적인 관계까지 포함해 모든 이성애 관계를 규탄해야 할까? 마음에서 우러나온 질문이기는 하지만, 나는 이 질문이 틀렸다고 생각한다. 우리는 이성애 제도를 전체적으로 이해하지 못하게 가로막는 거짓 이분법의 미로에 갇혀 있었다. 즉, '좋은' 결혼 대 '나쁜' 결혼, '사랑을 위한 결혼' 대 중매결혼, '해방된' 성 대 성매매, 이성애 성관계 대 강간, 사랑의 고통Liebeschmerz 대 굴욕과 의존성의 이분법이다. 물론 제도 안에는 경험의 질적 차이가 존재한다. 그러나 선택권이 부재하면 현실을 대체로 인지하지 못하게 되고, 선택권이 없는 여성들은 특별한 관계의 우연성과 행운에 의존하며 자신의 삶에서 섹슈얼리티가 어떤 의미를 지니고 어떤 자리를 차지할 것인지 결정할 집단적인 힘이 없다. 나아가 우리는 제도 자체를 다룰 때 비로소 그동안 지나치게 파편화되고, 잘못 호명되고, 삭제되어 온전히 이해할 수 없었던 여성 저항의 역사를 인식하기 시작한다. 개인적인 경우나 다양한 집단의 상황을 뛰어넘어 도처에서 남성이 여성에게 행사하는 권력, 다른 모든 착취와 부당한 통제의 본보기가 되어버린 그 권력을 원상태로 되돌리는 데 필요한 복합적인 설명이 가능해지려면 이성애의 문화적 선전 선동뿐만 아니라 이성애의 정치학과 경제학도 과감하게 이해하고 파악해야 한다.

맺는말

1980년 앤 스니토, 크리스틴 스탠셀, 샤론 톰슨, 세 명의 마르크스주의 페미니스트 활동가이자 학자들이 섹슈얼리티의 정치학에 관한 선집에 실을 원고를 청탁해왔다. 《사인스》에 발표할 〈강제적 이성애〉를 막 탈고한 후라 그들에게 원고를 보내며 한 번 검토해달라고 부탁했다. 세 사람이 작업한 선집 《욕망의 힘Powers of Desire》은 1983년 먼슬리 리뷰 프레스 출판사의 뉴 페미니스트 라이브러리 시리즈로 출판되었고, 내 원고도 실렸다. 그 사이 우리 네 사람은 연락을 주고받았지만, 내 건강이 나빠져 수술을 받아야 하는 지경에 이르는 바람에 우리 사이에 나눈 대화를 적극적으로 활용할 수가 없었다. 본 에세이가 성정치학에 대한 나의 '최종결정판'이 아니라 오랜 기간 탐색을 통해 발전시켜야 할 결과물에 이바지할 수 있는 하나의 과정으로 읽히길 바라면서, 늦었지만 이제라도 그들의 허락을 받아 당시 그들과 주고받은 서신을 일부 게재하고자 한다. 또 관심 있는 독자라면 《욕망의 힘》도 읽어보길 권한다.

에이드리언에게

우리가 처음 주고받았던 편지 가운데 좌파/페미니스트의 성 담론 변수가 생각보다 훨씬 더 광범위하다는 말을 한 적이 있습니다.

그 후 우리는 성에 관한 페미니스트 운동의 위기와 (늘 겉으로 분명하게 드러나지는 않지만) 논쟁이 격렬해지는 현실과 한때는 당연하게 여겼던 것들을 향해 새롭게 의문을 표하는 경향성을 인지해왔습니다. 우리는 '포르노에 반대하는 여성들' 집단처럼 성과 폭력 사이의 연결 고리를 두려워하는 한편 남자들뿐만 아니라 우리 안에 있는 원천도 더 잘 이해할 수 있기를 소망합니다. 레이건 정권 시대에 우리는 도덕적이고 미덕 있는 섹슈얼리티라는 낡은 개념을 낭만적으로 포장할 여유가 거의 없습니다.

당신은 원고에서 가부장제와 자본주의가 지배하지 **않는** 세상에서 여성들이 어떤 선택을 할 것인지, 질문을 던지고 있습니다. 우리도 이성애가 가부장제와 자본주의의 맷돌 사이에서 만들어진 하나의 제도라는 당신 의견에 동의하지만, 그렇다고 이성애가 순전히 남성의 창조물이라고 생각하지는 않습니다. 당신은 지금껏 여성들이 레즈비언 연속체로서 존재해온 여성의 역사적 작용만을 고려하지만, 우리는 여성의 역사도 남성의 역사와 마찬가지로 필요와 선택의 변증법에 따라 생겨왔다고 주장합니다.

우리 세 사람은 모두(한 명은 레즈비언이고 두 명은 이성애자 여성입니다) 당신이 여성의 이성애에 깃들어 있다고 주장한 '거짓 의식'이라는 용어에 의문을 품었습니다. 대체로 우리는 이 거짓 의식 모델이 피억압자의 삶에도 필요와 욕구가 있다는 사실을 보지 못하게 가린다고 생각합니다. 또한, 자신의 경험과 너무 다른 이들의 경험을 쉽게 부정하게 될 수도 있습니다. 그보다 우리는 모든 성애의 삶이 하나의 연속체이며, 남성과의 관계도 포함하는 연속체라는 복잡한 사회적 모델을 가정합니다.

그러면 우리는 연속체라는 상징에 대해 논의해야겠습니다. 우리는 당신이 역사학자가 아닌 시인이라는 사실을 알고 있고, 우리 모두의 삶에 대한 당신의 상징을 읽을 수 있기를, 그리하여 그 상징을 읽고 페미니스트이자 여성으로서 더 똑바로 설 수 있기를 고대합니다. 그러나 레즈비언 연속체라는 상징은 온갖 오해를 불러일으킬 수 있고 때로는 기묘한 정치적 효과를 낳기도 합니다. 예를 들어 샤론은 최근 임신중단권 투쟁에 관한 어느 모임에서 연속체라는 개념을 둘러싼 논쟁이 몇 차례 벌어지고 서로 생각하는 개념이 달라 불화를 겪었던 일을 보고하기도 했습니다. 대체로 같은 연속체에 두 가지 존재 방식이 있으면 그 방식은 **같**다는 의미로 해석되었습니다. 당신의 설명이 떠올린 범위와 점차적 이행의 의미는 사라졌습니다. 레즈비어니즘과 여성의 우정이 정확히 같은 것이 되었습니다. 비슷하게 이성애와 강간도 같은 것이 되었습니다. 연속체는 아래 경사로처럼 몇 가지 진화 단계를 거칩니다.

위에 나타난 경사로 연속체의 지지자들은 다음과 같은 결론에 도달하게 됩니다. 즉, 주관적인 경험은 정반대이더라도 모든 여성에게 이성애 삽입 성교가 강간임을 알리는 것이 실행 가능하고 적절한

임신중단권 투쟁의 전략이고, 모든 여성은 즉시 이를 진실로 인정하고 비삽입성교를 대안으로 선택할 것이라는 결론입니다. 그러므로 임신중단권 투쟁은 강제적인 성관계와 그 결과에 반대하는 투쟁으로 단순화될 것입니다. (각성한 여성이라면 출산을 목적으로 하지 않는 한 자발적인 삽입 성관계를 겪지 않을 것이므로―이 대목은 특히 가톨릭의 견해처럼 들립니다.)

이와 같은 전략을 지지한 사람들은 지난 2년이 넘도록 임신중단권 투쟁에 열심히 참여해온 젊은 여성들이었습니다. 그들은 경험은 많지 않지만 헌신적입니다. 이런 이유로 우리는 그들이 당신의 글을 읽는 것을 심각하게 생각합니다. 그러나 우리는 이 문제가 오직, 아니 조금이라도, 글 자체에서 기인한다고 생각하지는 않습니다. 아마도 문제의 한 가지 원인은 여성 운동을 괴롭혀온 양분화 경향일 것입니다. 그 경향성의 원인은 더욱 추적하기가 쉽지 않습니다.

그런 면에서 볼 때 〈강제적 이성애〉에서 여성들의 이중생활에 관해 언급한 대목은 꽤 흥미로웠습니다. 당신은 여성의 이중생활을 '남성의 이익과 특권에 기초한 제도를 명백히 묵인하는 것'이라고 규정합니다. 그러나 이 개념은 당신이 제시한 다른 참고사항들, 예를 들면 레즈비언 관계에서 사랑과 분노의 '격렬한 혼합'이나 '정상성에 맞지 않게 사랑하고 행동하는' 것이 의미하는 바를 낭만화하는 위험성 등을 설명하지 못합니다. 우리는 이러한 말들이 페미니스트들의 권리에 지극히 중요한 문제를 불러일으킨다고 생각합니다. 우리 사이의 분열과 분노의 문제를 숨김없이 드러내고 분석해야 합니다. 이야말로 당신의 작업이 추구하는 한 가지 주제가 아니던가요?

몇 달 안에 만날 수 있다면 참 좋겠습니다. 혹시 가능한지요. 당신이 안고 가는 모든 일에 인사와 지지를 보냅니다.

사랑을 보내며,
샤론, 크리스, 앤

뉴욕시
1981년 4월 19일

앤, 크리스, 샤론에게

다시 안부를 보낼 수 있게 되어 기쁩니다. 어김없이 인내심과 관대함, 끈기를 보여주셨어요. 이렇게 답장이 늦어진 이유가 정치적 차이에 의한 철회가 아니라 저의 건강 악화 때문임을 반드시 알아주세요.

'거짓 의식'이라는 용어가 우리가 절대로 좋아하지 않거나 고수하지 않는 생각을 일축하기 위해 사용될 수도 있다는 말씀에 저 역시 동의합니다. 그러나 제가 좀 더 자세히 설명하고자 했듯이, 이성애 선전 선동과 여성을 남성의 성적 이용을 위한 존재로 규정하는 것에는 '성 역할'이나 '젠더' 스테레오타입, '성차별주의 이미지'를 뛰어넘어 엄청난 수의 언어적이고 비언어적인 메시지를 포함하는 인식 가능한 현실 체계가 존재합니다. 그리고 바로 이것을 저는 '의식의 통제'라고 부릅니다. 남성을 위한 성적 이용물로서 존재하지 않는 여성의 가능성 ─레즈비언 가능성─은 묻히고, 삭제되고, 폐쇄되고, 왜곡되고, 잘못 명명되고, 지하로 내몰렸습니다. 제가 에세이 서두에 언급한 페미니스트들의 책도─초도로, 디너스타인, 에런라이크, 잉글리시―이러한 무효화와 삭제에 이바지하면서 문제 일부를 담당하고 있습니다.

제 에세이가 기초하는 믿음은 우리 모두 일정한 유아론唯我論의 한계 속에서―일반적으로 성적 특권뿐만 아니라 인종적, 문화적, 경제적 특권과도 연관 있는―생각하기 때문에 스스로 '보편적이다' '원래 그렇다' '모든 여성이' 등의 표현을 쓴다는 것입니다. 또한, 우리 자신의 유아론을 의식하게 되면서부터 우리에게도 일정한 선택권이 있고, 스스로 재교육이 가능하고, 그 재교육이 필요하다고 생각했기 때문에 이 에세이를 쓰게 되었습니다. 저는 결코 이성애자 페미니스트들이 거짓 의식을 '세뇌당한' 상태로 헤맨다는 주장을 하지 않았습니다. '적과의 동침'이라는 표현이 유용하거나 심오하다고 생각해본 적도 없습니다. 호모포비아는 너무 널리 퍼진 용어라 이성애 페미니즘의 성적 유아론을 밝혀내고 대화를 나누기엔 별로 도움이 되지 않습니다. 이 에세이를 통해 저는 이성애자 페미니스트들이 자신의 이성애 경험을 비판적으로, 나아가 적대적으로 검토해보길, 자신이 속한 제도를 비평해보기를, 여성의 자유를 위해 그 규범과 함의를 놓고 투쟁하기를, 레즈비언 페미니스트의 관점으로 제시하는 수많은 자료에 좀 더 마음을 열어주기를, 이성애 제도 안의 개인적 특권과 개인적으로 '좋은 관계'를 맺자는 해결책에 안주하지 않기를 요청하고자 노력했습니다.

'여성의 역사적 작용'이라는 표현을 통해 제가 정확히 하고 싶었던 주장은 피해자 모델로는 충분하지 않다는 것, 그리고 남성 우월주의의 여러 측면에 실제로 도전해온 여성의 역사적 작용력과 선택이 존재해왔고, 남성 우월주의처럼 여성의 힘도 다양한 문화권에서 찾아볼 수 있다는 것이었습니다. 모든 여성의 작용력이 단지 레즈비언 단독으로 공공연하게 이루어졌다고 생각하지는 않습니다. 그러나 여성의 역사에서, 이론에서, 문학비평에서, 경제구조와 '가족' 사상에 대한 페미니스트 접근법 등에서 레즈비언 존재를 삭제함으로써 엄청난 규모의 여성 작용력이 접근 불가, 이용 불가 상태로 남아 있습니다. 저는 이러한 삭제 행위가 진지한 페미니즘 텍스트 안에서도 여전히 허용되고 있음을 입증하고 싶었습니다. 제 에세이에서 제가 가장 핵심적이라고 생각한 한 가지 측면을 제외하고 거의 모든 면에 독자들이 보내온 반응은—여러분이 보내준 편지를 포함해—정말 놀라웠습니다. 저는 이성애자 여성을 무시하는 레즈비언/분리주의자도 아니고, 레즈비어니즘을 하나의 '선택안'이나 '대안적 생활방식'으로 열어두는 '게이 인권' 청원자도 아닙니다. 저는 레즈비언 **존재**가 스스로 섹슈얼리티를 지닌 여성들이 주장하는, 인정받지 못하고 긍정되지도 못한 요구이며, 일종의 저항 방식이고, 동시에 이성애 관계부터 남성 우월주의에 이르기까지 분석하고 도전할 수 있는 경계의 위치에 있다고 주장합니다. 또한, 레즈비언 존재를 인정하려면 단지 상징적인 한두 가지 토큰의 사례를 참고할 게 아니라 페미니스트의 분석과 비평을 의식적으로 재구성해야 합니다.

저 역시 **레즈비언 연속체**라는 용어가 오용될 수 있다는 여러분의 의견에 동의합니다. 예로 든 임신중단권 관련 사례에 관해서도, 누구라도 제 책 《여성으로 태어남에 대하여》를 읽었다면 임신중단과 불임수술 남용에 관한 제 입장이 그보다는 훨씬 더 복잡함을 알 거라고 생각합니다. 이 표현에 관해 제가 문제로 여기는 지점은 아직 이성애 특권과 유아론을 검토하지 못한 여성들이 **레즈비언 존재**의 위험과 위협요소를 공유할 필요도 없이 여성들과의 결합 요구를 설명하는 한 가지 안전한 방식으로 사용할 수 있다는 점입니다. 제가 연속체라는 말로 더욱 복잡하게 설명하고자 했던 지점이 이제 '생활방식 쇼핑'에 더 가깝게 들리기 시작했습니다. **레즈비언 연속체**라는 표현은 여성 정체성 경험 중 가장 가능성이 큰 형태를 고려하고 싶은 바람에서 나왔고, 한편 여성을 일차적인 성애와 감정으로 선택한 여성들의 자취와 지식에 대해서는 또 다른 존중의 마음을 담아 레즈비언 존재라는 표현을 썼습니다. 지금 그 글을 쓰더라도 여전히 이 차이를 구분했을 테지만, **레즈비언 연속체**에 대해서는 더 조심했을 것입니다. 저는 스미스-로젠버그의 '여성적 세계'가 규범적인 중산층 이성애와 결혼제도 안에 싸여 있는 이상 사회가 아니라는 여러분의 의견에 전적으로 동감합니다.

제 에세이는 토니 모리슨의 《술라》가 그랬듯이 더 많은 흑인 여성 문학에 의존했더라면 더욱 단단한 글이 될 수 있었을 것입니다. 흑인 여성이 쓴 소설을 많이 읽으면서 대부분 백인 여성의 소설에서 발견했던 것들과 다른 영향을 인지하기 시작했습니다. 이들의 글은 여성 영웅에게 다른 과제를 주고, 남성과의 섹슈얼리티와 여성끼리의 충성심과 유대 모두에서 다른 관계를 보여줍니다.

여러분은 제가 주석 앞부분에서 언급했던 급진적 페미니스트들의 책에 대해서도 짧게 언급해주었습니다.[67] 저 역시 일부 문헌에 대해서는 비판적이지만, 상당히 유용한 자료라고 생각합니다. 그 자료 대부분은 조직적이고, 제도화되었으며, 여성을 향한 폭력과 적대를 정상적으로 포장하는 여성혐오를 심각하게 받아들이고 있습니다. 저는 인종차별주의, 반대유대주의, 제국주의를 생각할 때처럼 여성혐오를 심각하게 여기기 위해 반드시 '억압적 위계질서'가 필요하다고 생각하지는 않습니다. 여성혐오를 심각하게 여기려면 여성을 어떠한 책임이나 선택도 없는 단순한 피해자로 인식해야 한다고 생각하지도 않습니다. 이는 '필요와 선택의 변증법'에서 '필요'를 인정하고, 밝혀내고, 설명하고, 다른 곳으로 시선을 돌리기를 거부한다는 의미입니다. 저는 일부 백인 급진주의 페미니즘 이론이 명백한 축소성이나 심지어 강박성을 보이는 이유가 인종적이고/혹은 계급적인 유아론에서 기인했을 뿐만 아니라 무수히 부정당하는 가운데서도 여성혐오를 가시화하려는 엄청난 노력 때문이기도 하다고 생각합니다.

마지막으로 시와 역사에 관해 말하겠습니다. 저는 인생에서 이두 가지를 모두 원합니다. 두 가지 모두를 통해 보고 싶습니다. 만약 상징이 잘못 해석될 수 있다면, 역사 역시 저항이나 반란 행위의 흔적을 없애고, 변혁의 본보기를 지워버리고, 권력 관계를 감성적으로 다룰 때 얼마든지 잘못 해석될 수 있습니다. 여러분도 이 사실을 잘 알고 있으리라 생각합니다. 우리 모두 최고의 양심과 최대치로 열린 의식을 발휘해 사고하고 글쓰기를 노력하고 있으리라 믿습니다. 여러분이 편집하고 있는 이 책 역시 그러한 자질을 갖추기를 기대하며, 이 책이 우리에게 안겨줄 새로운 사고와 행동을 고대하겠습니다.

자매애를 담아,
에이드리언

매사추세츠 몬터규
1981년 11월

피, 빵, 그리고 시

뿌리에서 갈라지다[*]

유대인 정체성에 관한 에세이

1982

15분이 넘도록 손으로 턱을 괸 채 타자기 앞에 앉아 창밖의 눈만 응시하고 있다. 스스로 솔직해지려고 애쓰면서, 왜 이 글을 쓰는 일이 이토록 위험해 보이는지, 왜 두려움과 수치심이 가득 몰려오는지, 그런데도 왜 꼭 써야 할 것만 같은지 골똘히 생각하고 있다. 이 글을 쓰려면 두 가지가 필요하다는 생각이 든다. 첫째, 나의 아버지가 필요하다. 내가 유대인인 것은 아버지에게 물려받은 것이지 기독교인인 어머니에게서 물려받은 게 아니니까. 둘째, 아버지를 끌어오려면 어떤 면에서 그를 폭로해야 하므로, 그의 침묵과 그의 금기를 깨뜨려야 한다.

물론 세 번째 일도 필요하다. 유대인으로서 나의 양가감정이 대체 어디서 오는지, 그 기원과 실체를 똑바로 대면해야 한다. 그리고

[*] 1982년 에블린 토턴 벡의 《착한 유대인 딸들: 레즈비언 선집 Nice Jewish Girls: A Lesbian Anthology》에 수록하기 위해 쓴 에세이다. 이후 어슬러 오언이 묶고 런던 비라고 출판사와 미국 판테온 출판사에서 동시 출간한 선집 《아버지들 Fathers》에 다시 실었다.

사는 동안 매일 일상적으로 마주쳐온 반유대주의 역시 똑바로 바라보아야 한다.

한 번도 시도해보지 않은 이야기다. 그런데 왜 하필 지금? 작년 언젠가 유대인 정체성에 관한 의문은 왜 만져지지도 않고 손에 들어오지도 않으면서, 윤곽도 제대로 보이지 않고 마땅한 개념도 없이 구름처럼 내 주위를 떠돌고만 있는가, 자문해본 적이 있다.

생각보다 훨씬 오래전부터 나는 이 문제를 추적해왔다.

———

1960년, 서른한 살에 쓴 어느 장시에서 나는 스스로 '뿌리에서 갈라져, 기독교인도 유대인도 아닌 / 양키도 남부인도 아닌' 사람이라고 표현한 적이 있다.[1] 나는 이도 저도 아닌 상태로 기독교 양키가 우세한 매사추세츠 케임브리지의 학계에서 (유대인인 남편과 나보다 유대인 혈통이 더 우세한 세 아이와 함께) 양쪽 방식으로 살아가려고 애쓰고 있었다.

이 모든 일은 내가 아버지의 직장이기도 했던 볼티모어 흑인 게토 지역의, 로비에 거대한 흰색 그리스도 대리석상이 있던 병원에서 태어났을 때 시작되었다.

———

아버지는 당시 존스홉킨스대학교 의대 병리학과의 젊은 교수이자 연구자였고, 그 대학에 다니거나 가르치는 극소수 유대인 가운데 한 사람이었다. 그는 앨라배마 버밍엄 출신, 나의 할아버지 새뮤얼 리치는 오스트리아-헝가리 출신 이민자인 동유럽 유대계 아슈

피, 빵, 그리고 시

케나지Ashkenazic였으며, 할머니 해티 라이스는 미시시피 빅스버그 출신 남유럽 유대계 세파르디Sephardic였다. 할아버지는 버밍엄에서 구둣방을 했는데, 사업이 번창해 안락한 은퇴 생활이 가능했고 사후 할머니에게 유산을 충분히 남길 수 있었다. 할아버지 새뮤얼 리치가 남긴 얼마 안 되는 유품으로는 상아로 만든 플루트가 있었는데, 우리 집 거실 벽난로 선반에 놓여 있었을 뿐, 연주된 적은 없었다. 아버지는 할아버지의 얇은 휴대용 금시계를 늘 가지고 다녔다. 아버지 서재를 맘껏 드나들며 책을 읽던 시절 나는 아버지의 책들 사이에서 히브리어 기도서를 발견한 적이 있다. 기도서 안에는 유대교 회당인 시나고그에서 열린 할아버지 할머니의 결혼식 신문 기사 스크랩이 들어 있었다.

아버지 아널드 리치는 청소년기에 노스캐롤라이나의 사관학교에 진학했다. 남부 백인 기독교 신사를 양성하는 학교였다. 그가 다녔던 빙엄 대령 군사학교나 샬럿스빌의 '미스터제퍼슨대학교'(버지니아대학교의 별칭—옮긴이)에는 다른 유대인 소년이 거의 없었을 것이다. 새뮤얼 할아버지와 해티 할머니는 당신의 아들이 '예외'가 되어 전문직에 진출하기를 바라는 진중한 마음으로 지배적인 남부의 백인 앵글로색슨 기독교WASP 문화에 보냈다. 아버지는 이런 경험을 설명하면서 단 한 번도 외로움이든 문화적 소외감이든 외부자로 고생했다는 말을 한 적이 없다. 아버지는 **반유대주의**라는 말을 입에 담은 적도 없다.

———

대학에 와서 '흑인을 미워하고 유대인을 피하는 것 / 그것이 교과과정이다'라고 시작하는 카를 샤피로의 시를 읽었을 때야 비로소 아버지의 학창시절 이야기 중에 빠진 부분이 있었으리라는 생각이 들었다. 아버지는 작은 키, 마른 몸, 검은 곱슬머리, 움푹 파인 눈, 높은 이마, 휜 코를 가진, 누가 봐도 유대인의 외모였다.

어머니는 기독교인이다. 유대 법에 의해 유대인이 아닌 사람. "우리 여성들은 어머니 쪽 계보를 거슬러 올라가 생각합니다"라는 버지니아 울프의 말이 사실이라면—그리고 나 스스로 그 말을 긍정한다면—심지어 레즈비언 이론에 의해서도 나는 유대인일 수 없다.(혹은 유대인일 필요가 없다?)

이 남부의 백인 기독교 여성이자 비유대인은 내가 껍질을 벗고 다시 돌아갈 수 있도록 언제나 거기 있었다. 그 자체로 역사의 한 조각이었다. 나의 기독교인 할머니와 어머니는 좌절당한 예술가이자 지식인, 길을 잃은 작가이자 작곡가였고, 책의 독자, 주석자, 기록자였다. 80대인 어머니는 지금도 여전히 훌륭한 피아노 연주자다. 그러나 조상, 가문을 뜻하는 남부식 말투, 또 '출신 배경'에 대한 강박도 있었다. 여기서 가문은 반드시 알고 의존해야 하는 사람들이 아니라 '훌륭한 가정교육'의 증거이자 혈통을 말한다. 또 어머니들은 낭만적인 이성애에 대한 뿌리 깊은 환상도 있어서, 딸들에게 남자를 끌어당기는 법(우리 어머니는 종종 '매혹하는 법'이라는 단어를 사용했다)을 가르쳐주었는데, 성별 간의 관계는 낭만적일 수밖에 없으며 실제 감정을 숨기고 '신비로움'을 키워야 여성에게 유리하다는 전제가 깔려 있었다. 지금 생각해보면 남부의 인종차별적 상황에서 백인 여성이 맡은 성적 역할에 대해 아는 것은 일종의 생존 전략이었을 것이다. 이 이성애는 백인 여성에게 보호막으로 작용하면서 동시에 백인 남성과의 결탁 관계를 더욱 심화한다.

　내 안의 비유대인 속성, 즉 남부 백인 여성이자 사회적으로 기독교인인 속성을 밀어내고 부정하기는 쉽다. 살면서 간혹 혈통에 관한 이런저런 부담감을 다 벗어버리고, **나는 그저 여성이고, 레즈비언이다**, 라고 말하고 싶을 때도 있었다. 만약 내가 나를 유대인 레즈비언이라고 부른다면, 남부 비유대인 백인 여성의 과실을 떨쳐내려는 수작일까? 오직 어머니를 통해서만 나를 호명한다면, 레즈비언을 국외자로 보는 이 세상을 더 수월하게 통과할 수 있기 때문일까?

　그러나 나치의 논리로 따지면, 나는 두 분의 유대인 조부모 덕분에 최종적 해결(나치 독일의 계획적인 유대인 학살 정책—옮긴이)을 면제받을 수 없는 **1등급 미슐링**Mischling(유대인의 피가 섞인 혼혈 독일인—옮긴이)이다.

　내가 자란 사회는 누가 봐도 기독교적인, 기독교 이미지와 음악, 언어, 상징, 전제가 도처에 널려 있는 곳이었다. 또 '평범한'이라는 수식어가 심각한 불명예를 가리키는 백인 중산층 상류사회이기도 했다. '평범한' 백인은 '깜둥이nigger'라는 말을 쓸지 몰라도 그런 말을 절대 쓰지 않도록 교육받은 **우리는 '흑인**negro'이라는 말을 썼다. (심지어 인종차별주의와 음식에 대한 금기와 흑인은 우리와 다른 종이라는 생각을 당연하게 인정하면서도 그랬다.) 우리 언어는 더 품위 있고 '붉은 목덜미red-neck(무식한 백인 노동자—옮긴이)'나 폭력을 일삼는 집단과는 달랐다. 심지어 흑인이라는 단어에도 부정적인 의미가 가득 차 있으니 흑인들 앞에서는 절대로 그 단어를 쓰지 말

라고 배웠다. 유색인 앞에서 피부색에 관해 '입만' 뻥긋해도 배반 행위가 되거나 금지의 영역이 된다고 배웠다. 비슷하게 '유대인'이라는 말도 예의 바른 기독교인은 쓰지 않았다. 가끔 친한 친구의 아버지인 장로교회 목사가 '히브리 사람들' 혹은 '유대교 신앙을 가진 사람들'이라고 에둘러 말하는 것을 들었다. 오직 백인과 비유대교(사실은 기독교), 그리고 '모범으로 삼을 만한' 사람들만 인정받을 수 있는 세계였고, 유색인과 '평범한' 백인은 그런 모범이 없는 것으로 여겨졌다. '모범'과 '예의범절'에는 상대방을 흑인이나 유대인 등 증오의 대상이 되는 정체성으로 불러 그 사람의 감정을 상하게 하지 않는 것까지 포함했다. 이게 내가 자랐던 1930년대와 1940년대의 정신 체계였다. (이 글을 쓰면서도 그 단어를 쓰지 않았던 아버지와 내가 속한 카스트와 계급, 백인의 속성에 대해 가르쳐주었던 어머니를 배신하는 기분이 든다.)

두 가지 기억이 있다. 학교에서 《베니스의 상인》을 읽고 있었다. 유대 법이 뭐라고 하든지 나는 편협이 허락하는 이중적인 시선으로 볼 때 (다행히 기독교인 어머니가 있는) 유대인으로 **보였을** 것이다. 나는 학급의 유일한 유대인 학생이었고, 그래서 포샤 역을 맡았다. 수업 전날 아버지 앞에서 큰 소리로 내가 맡은 대사를 읽었는데, 아버지가 '유대인'이라는 단어를 지금보다 더 냉소와 경멸을 담아 표현하라고 일렀다. "그리하여, 유대인은……" 그 단어를 입밖에, 그것도 큰 소리로 내야 했다. 나는 관객의 공감을 불러일으킬 수 있게 '유대인'이라는 말을 표현해야 하는 비유대인 역을 연기하는 비유대인 아이인 척해야 했다. 그런 아이라면 그런 배역을 맡아도 아무런 문제가 없을 테니까. 그러나 **나는** 당연히 그런 배역을 맡는 데 어려움이 있었다. 그 단어 자체가 금기였기 때문이다. 지금 생각해보면 당시 아버지가 그 문제를 다루는 방식에는 끔찍하고 씁쓸한 허세가 담겨 있었다. 게다가 포샤가 되기 위해 샤일록을 배신하지 않을 사람이 어디 있겠는가? 나는 유대인 아이면서 동시에 여자아이로서 포샤를 사랑했고, 셰익스피어 극의 모든 여성 주인공이 그렇듯이 포샤는 배반의 본보기였다.

몇 해 뒤 또 다른 희곡《추문패거리》를 읽게 되었다. 극중 악명 높은 방탕아는 '유대인 사이에 뛰어난 친구들이 여럿' 있는 것으로 설명되었다. 두 경우 모두 유대인을 향한 경멸과 유대인과 돈을 둘러싼 혐오감에 대해 어떠한 설명도 듣지 못했다. 특히 돈에 관해서는 유대인이 돈을 원하든, 돈을 가지고 있든, 혹은 남에게 빌려주든, 특별한 악의를 품고 있는 것처럼 보였다. 다시 말해 유대인과 돈은 특이하면서도 말로 할 수 없는 어떤 관계가 있었다.

같은 학교에서—우리는 아침마다 미국 성공회 찬송가를 부르고 기도를 하고 큰 소리로 성경을 읽었다—나는 성경에도 유대인이 등장하고, 영문학에도 언급되고, 수백 년 전 심각한 이교도 심판을 통해 박해를 받았다는 사실을 알게 되었지만, 어쩐지 일상생활에서는 존재하지 않는 사람들처럼 보였다. 1940년대였는데, 영국 본토의 공중 결전과 고결했던 프랑스의 레지스탕스 전사들과 용감하게 굶주렸던 네덜란드인에 대해서는 많이 들었지만, 대학에 진학할 때까지는 바르샤바 게토 봉기에 대해서 배운 적이 없었다.

나는 미국 성공회 예배당에 보내졌고, 세례와 견진성사를 받았으며, 한 5년을 다녔지만 믿음은 없었다. 그 종교는 믿음이나 서약과는 별 관계가 없어 보였고, 영적인 열정 없이 예배 절차를 중시했다.

부모님 두 분 다 교회에 다니지 않았고, 아버지는 결혼식이든 장례식이든 **어떠한** 이유로도 어떠한 교회에도 들어가지 않았다. 나 역시 볼티모어를 떠날 때까지는 유대교 회당에 가지 않았다. 교회에서 집으로 돌아오면 한동안 아버지는 제도권 종교를 통렬하게 비난한 토머스 페인의 《이성의 시대》를 큰 소리로 읽어주겠다고 고집했다. 그래야 내가 종교를 선택할 때 균형 잡힌 시각을 갖게 될 거라고 했다. 그러나 아버지는—그들은—내게 유대인이 될 선택권은 주지 않았다. 어머니는 대학 입학 관련 서류를 작성하는 내게 혹시 '종교'를 묻는 난이 있으면 '없음'이라고 쓰지 말고 '미국 성공회'라고 써야 한다고, 종교가 없는 사람은 위험해 보인다고 말했다.

그러나 그 세계의 기초는 어떤 특정 종파의 기독교가 아니라 백인 사회의 기독교였다. **기독교**라는 단어 자체가 도덕적이고, 공정하고, 평화를 사랑하며, 관대하다는 단어와 동일어로 사용되었다.[2] 기준이 기독교였다. '종교: 없음'은 정말로 받아들여지지 않았다. 반유대주의는 너무도 본질적이라 굳이 이름이 필요하지 않았다. 유대인이 예수를 죽였다고 배운 기억은 정확히 없지만—'예수 살인자'는 온화한 미국 성공회 어휘로는 지나치게 센 단어다—우리는 확실히 유대인이 진정한 구원자를 알아보지 못해 예수를 처형하는 끔찍한 실수를 저질렀고, 도덕적이거나 영적인 감수성이 덜 발달한 사람들이라는 인상을 받았다. 실제로 유대인은 **사원에서 돈거래**를 허락했다. (또다시 유대인과 돈에 관한 설명되지 않는 강박이 등장한다.) 그들은 과거의, 고대의, 원시적인 사람들이었다. 오래된 (그리고 더 어두운) 문화를 원시적으로 여기는 한편, 기독교는 밝음, 공정, 지상의 평화였고, '온순한 자들이 이 땅을 물려받을지어다'라는 여성적인 호소와 '앞으로 나아가라! 기독교 전사들이여!'라는 남성적 전진이 하나로 묶여 있었다.

———

1946년 어느 때인가, 아직 고등학교에 다닐 때 볼티모어의 한 극장에서 연합국의 나치 수용소 해방을 다룬 기록영화를 상영한다는 신문 기사를 읽었다. 어느 날 오후 방과 후에 나 혼자 시내로 나가 그 엄중하고 흐릿하지만, 오해의 여지가 없는 뉴스 영화를 보았다. 그때로 돌아가 여러 면에서 무척 조숙하면서도 매우 무지하게 자라고 있는 열여섯 살 소녀의 상황을 짐작해보면 이제껏 깨달았던 것보다 훨씬 더 두텁게 나를 감싸고 있었던 불가피함의 감각, 절망의 기억이 떠올라 당혹스럽다. 당시는 안네 프랑크의 일기나 홀로코스트에 관한 수많은 개인의 진술이 아직 알려지거나 책으로 나오지 않았던 때였다. 그러나 영화 속 시체 더미와 산처럼 쌓인 신발과 옷가지 하나하나에는 지금 내가 나를 믿는 것처럼 그들의 삶에도 어떤 의미가 있을 거라는 믿음이, 세계에는 일정한 이성과 질서로 이뤄진 세계라는 개개인의 기대가 담겨 있다는 생각이 들었다. 그런데도 그들에게 **이런** 일이 생긴 것이다. 그리고 나. 인생에 흥미와 의미가 가득하다고 믿었던 나 역시 어떤 것 때문에 죽은 자들과 연결되어 있었다. 즉, 그들은 운명 때문에 죽은 게 아니라, 금기가 되어버린 이름, 증오의 대상이 되어버린 정체성 때문에 죽었다. 나는 정말로 그들과 연결되어 있었을까? 혹은 정말로 연결되어야 했을까? 이 글을 쓰는 지금도 내가 속한 가족과 사회가 심각하게 정보를 숨기고 빼앗아가는 바람에 이 일이 내게 진정 어떤 의미를 지니는가를 나 혼자 이해하려고 애써야 했다는 사실에 뒤늦은 분노를 느낀다. 나는 한 번도 저항을 배운 적이 없고, 오직 못 본 척하는 법만 배웠다는 사실이, 반유대주의 자체를 표현할 어떠한 언어도 가지지 못했다는 사실이 화가 난다.

집에 돌아와 부모님에게 어디에 다녀왔는지 말했을 때 두 분 모두 언짢은 기색이었다. 나는 병적인 호기심으로 건전하지 못한 전율을 느끼며 죽음의 근처를 쿵쿵거리며 돌아다녔다는 이유로 질책당한 기분을 느껴야 했다. 고작 열여섯 살이었던 나는 내 기분의 원인이나 내 행동의 동기를 확신할 수 없었기 때문에 스스로 질책할 수밖에 없었다. 한 가지는 분명했다. 내가 사는 세계에는 그 영화에 대해 같이 이야기를 나눌 사람이 한 명도 없었다. 아마 당시 나는 잡지와 신문에서 수용소에 관한 기사들도 찾아 읽고 있었을 것이다. 그날 본 영화를 떠올리면 같이 입 밖에 낼 수 없는 의문을 품었던 게 생각난다. 그 남자들과 여자들은 '그들'인가 아니면 '우리'인가?

사람들은 왜 이토록 우리를 미워하나요? 어린아이가 이런 놀라운 질문을 던질 수 있다면 적어도 그 아이는 '우리'라고 말할 줄 알기 때문이다. 모른다는 죄책감, 단순한 호기심 때문에 내 부모나 심지어 그 희생자들과 생존자들까지 배신했을지도 모른다는 죄책감, 이런 감정 때문에 홀로코스트에 대해 더 알아봐야겠다는 충동은 오랫동안 내 마음 깊숙한 곳에 얼어붙어 있었다.

1947년 매사추세츠 케임브리지에 소재한 대학에 진학하려고 볼티모어를 떠났다. (내 생각에) 점점 퇴보하며 무기력해지는 남부를 떠나 지적이고 활기가 넘치는 북부로 향한 것이다. 내게 뉴잉글랜드 지역은 도덕적 청렴도가 높고 도덕적 열정이 생동하는 곳, 17

세기 청교도의 자기 감독과 19세기 문학적 '개화기'와 노예제 폐지론자의 정의로움과 보스턴 광장 화강암에 새겨진 로버트 쇼 대령과 그가 지휘한 남북전쟁 최초의 흑인 보병연대가 있었던 곳이다. 동시에 나는 래드클리프대학의 유대인 여성들 사이에서 나 자신을 새로 발견했다. '진짜' 유대인 학생이라고 생각하는 사람들과 몇 시간 동안 커피를 마시며 대화를 나누었고, 그들에게서 미국의 중산층 유대인 문화에 대해 들었다. 낯선 사람들에게 처음으로 내 출신 배경을 설명했는데, 그들은 나의 무지를 약간 재미있어 했고, 내가 절대로 엄격한 유대인 가족과 결혼할 수 없을 거라고 논쟁하기도 했다. 누구는 내가 '유대인처럼 보이지' 않는다고 했고, 또 누구는 유대인처럼 보인다고 말했다. 나는 유대의 명절과 음식에 대해 배웠고, 어떤 성이 유대의 성이고 또 어떤 성이 '바뀐 이름'인지 배웠다. 코를 '고치고' 곱슬머리를 반듯하게 편 여자애들에 대해서도 배웠다. 1940년대 후반의 젊은 유대인 여학생들은 가능하면 비유대인처럼 보이려고 노력해도 괜찮았고 심지어 필요한 일이기도 했지만, 여전히 유대인임을 자랑스럽게 고수했고, 장차 유대인과 결혼해 아이들을 낳아 기르고 유대의 명절을 지내고 유대의 문화를 수행할 거라는 기대를 받았다. 나는 금기의 영역에 들어섰다고 느꼈고, 새로운 배움에 위험이 도사리고 있다고 느꼈다. 나는 줄무늬 기도용 숄을 두른 랍비를 그린 샤갈의 초상화 복제품을 사서 내 방 벽에 걸어두었다. 나는 누가 봐도 젊고 스스로 배우려고 노력 중이었지만, 동시에 **위험한** 일을 하고 있었다. 나는 내 정체성과 장난질 같은 연애를 하고 있었다.

그해 어느 날 너무 긴 드레스를 샀던 작은 옷 가게에 갔다. 그 가게에는 수선을 해주는 재봉사가 있었는데, 그 여자가 다가와 내 몸에 맞게 치맛단에 핀을 고정했다. 나는 그가 최근 입국한 이민자이자 홀로코스트 생존자임을 확신했다. 두꺼운 안경을 쓰고 키가 작고 가무잡잡한 여자의 억양이 낯설어 무슨 말을 하는지 알아듣기 어려웠다. 그의 태도에도 뭔가 아주 강력하고 불편한 점이 느껴졌다. 치마에 표시하고 핀을 고정한 뒤 그가 무릎을 꿇은 채로 나를 올려다보며 다급하게 속삭였다. "당신 유대인?" 18년간 동화정책을 훈련받은 사람의 반사작용으로 나는 얼른 고개를 젓고 그를 거부하며 중얼거렸다. "아니요."

　　나는 무엇을 향해 '아니'라고 대답한 걸까? 그 여자는 가난하고 늙고 외국어 때문에 고생했고 불안해했다. 목전에 다가온 죽음으로부터 겨우 탈출했다. 그러나 나는 그가 어떤 용기와 예견력과 저항을 발휘했을지, 조금도 상상할 수 없었다. 그에게서 자신의 목숨을 포함해 어쩌면 수많은 목숨을 구했을지도 모르는 영웅의 모습을 보지 못했다. 그저 여자대학생의 치맛단을 수선하는 재봉사, 두려움에 떠는 이민자, 방황하는 유대인을 보았을 뿐이다. 나는 그에게 치마 수선을 맡긴 미국의 여자대학생이었다. 나조차 나를 혹은 그 여자를 알아보길 거부했는데, 그가 나를 알아봐 겁이 났다. (래드클리프대학의 친구 에디는 "뭐 눈엔 뭐만 보이는 법이지"라고 말했다.) 심지어 그가 나를 알아본 것은 외로움 때문에 예민해졌기 때문이거나 나와 함께 있으면 안전하다고 느꼈기 때문일 텐데도, 나는 그 때문에 겁을 먹었다.

어째서 그는 나와 함께 있으면 안전하다고 느꼈을까? 오히려 나는 거짓된 안도감을 품고 살아가고 있는데.

살다 보면 그 순간 곧바로 배신임을 알게 되는 배신을 저지를 때가 있다. 그 일도 그랬다. 그 일 말고도 너무 반복적이고 일상적이어서 어떤 기억의 흔적도 남기지 않고, 오직 비참함과 점점 무뎌지는 자기혐오의 찌꺼기만 쌓이는 배신도 있었다. 이런 배신은 말이 아니라 침묵의 형태를 띨 때가 많았다. 반여성적인 농담이나 인종차별적 농담, 반유대주의 농담을 하며 다들 웃는 앞에서 침묵하기. 침묵하고 나서 망각하기. 우리가 존경하는 사람이, 그 용기와 웅변으로 우리를 감동하게 한 사람이 억압자의 언어로 말하는 것을 못 들은 척하기. 저 사람이 정말로 그럴 의도는 없었어. 진짜로 그런 말을 하지는 않았어. 그러나 배신은 주전자 속의 일처럼 눈에 보이지 않은 채로 쌓이고 쌓여간다.

———

1948년 대학 1학년을 마치고 새로운 통찰력과 정보로 차올라 상기된 감정으로 고향 집에 돌아왔다. 나는 지적 명성의 정점이라 할 만한 하버드로, 세상 밖으로 나가, 아버지가 내게 걸었던 희망을 충족시키는 딸이면서 동시에 위험한 영향력에도 노출된 딸이었다. 나는 이미 헨리 월리스와 진보당을 위한 집회에 참석한 것 때문에 질책을 받은 상태였다. 나는 아버지에게 대들었다. "아버지는 왜 그동안 내가 유대인이라고 말하지 않았어요? 유대인이 무엇인지 왜 한 번도 말해주지 않았어요?" 아버지는 신중하게 대답했다. "너도 알다시피 나는 내가 유대인이라는 것을 한 번도 부인한 적이 없다. 하지만 그건 내게 중요하지 않아. 나는 과학자이고 이신론자다. 내게 제도화된 종교는 아무 소용이 없다. 나는 다양한 종류의 사람들이 사는 세상에서 살기로 선택했을 뿐이야. 그곳엔 내가 존경하는 유대인도 있고 내가 경멸하는 유대인도 있다. 나는 단지 유대인이 아니라 한 인간이야." 내 기억 속의 말이지 정확히 아버지가 한 말은 아니었지만 메시지는 그러했다. 그리고 충분히 진실을 담고 있었다. 모든 부정은 마약처럼 일말의 진실을 담고 있기에, 나는 한동안 아버지의 말에 대답할 수 없었고, 뿌리에서 갈라진 채 흥분하고 마른 상태로 숨 쉴 공기를 찾아, 명징함을 찾아 헐떡거릴 뿐이었다.

당시 아널드 리치는 일시적인 정직 상태로 존스홉킨스대학교 의대 병리학과 교수로 임용되길 기다리고 있었다. 임용은 몇 년째 연기되었고 그 의대에 교수직을 차지한 유대인은 단 한 명도 없었다. 그리고 그는 그 자리를 몹시 원했다. 틀림없이 힘들고 씁쓸한 시절이었을 것이다. 그는 그 자리에 가장 어울리는 뛰어난 사람이었고 뛰어나면 모든 것을 상쇄할 수 있다고 굳게 믿었다. 충분히 뛰어나면 유대인인 게 전혀 문제가 되지 않을 것이라고, '뻔뻔스럽고 억지가 센' 뉴욕의 유대인도 아니고 '시끄럽고 신경질적인' 동유럽 출신의 유대인 난민도 아니고 '지나치게 치장하는' 남부 도시의 유대인도 아닌, 유럽의 문화적 가치와 남부의 품격을 매력적으로 결합한, '평범한' 사람과 전혀 달리 '개화한', 기독교 세계의 **유일한** 유대인이 될 수 있다고 굳게 믿었다.

우리는—여동생과 어머니와 나는—공공장소에서는 조용히 말해야 하고, 옷차림은 겉치레가 없어야 하며, 생기나 자발성은 억누르고, 우리를 이질적으로 볼지도 모르는 세계에 동화되어야 한다는 언질을 계속 받아왔다. 어머니는 순수한 기독교인이었으면서도 지나치게 큰 소리로 웃거나 공격적으로 말하면 '평범한' 사람이나 '유대인'처럼 보일 수 있었을 것이다. 우리 가족과 반년을 함께 살았던 할머니는 신중하고 조심스러운 행동의 본보기였는데, 늘 진청색이나 라벤더색 옷을 입고 남들 앞에선 입을 다물었으며 금목걸이나 작은 브로치, 진주 목걸이를 외에 다른 보석은 걸치지 않는, 천생 귀부인다운 분이었다. 가족들끼리 있을 때 할머니가 화를 내는 모습을 몇 번 본 적이 있는데 그때마다 할머니는 열정을 억누르고 있는 것처럼 보였다. 그러나 아널드가 우리를 레스토랑에 데려가거나 함께 여행을 떠나는 날이면, 리치 가의 여자들은 아버지가 우리 모두를 보호한다고 믿었던 백인 앵글로색슨 기독교인WASP의 수준에 자신을 맞추었다. 그래야 우리를 붙잡아 **슈테틀**로, 게토로, 그곳의 수많은 현실로 끌고 가고 싶어하는 '진짜 유대인'의 눈에 띄지 않을 테니까.

그것은 정말로 하나의 **메시지**였다. 어떤 유대인은 일단 우리의 정체를 '알게 되면' 우리 뒤를 따라와 그들에게 합세하라고, 지저분하고 시끄럽고 예측 불가하며 어쩌면 가난할 그 세계에 다시 들어오라고, 우리를 종용할 것이라는 메시지였다. 언젠가 어머니가 보낸 편지에 '그 사람들 가운데 일부는 지금껏 만났던 사람 중에서 가장 뛰어나고 매력적일지는 몰라도'라는 말로 내가 대학에서 만난 유대인 친구들을 비평한 적이 있었다. 그야말로 미국의 동화정책이 보내는 메시지가 아닐까 싶다. 즉, 성취에 실패한 불운한 자들이 우리의 뒷덜미를 잡아채려 하고, 그들과의 동일시는 곤두박질이 될 것이며, 주류 백인으로 보일 기회, 토큰이 될 소중한 기회를 잃게 될 거라는 메시지였다. 유대인 정체성에 관한 이러한 의식에는 언제나 강력한 계급 차별이 존재했다. 유대인은 개인적으로는 '매력적'일지 몰라도 '모두의 머리 위에 닭고기 수프를 부어버리는' (남부 백인 남성 시인의 시구다) 제멋대로인 대가족과 함께한다. 그러므로 반유대주의는 일부 유대인의 나쁜 행동으로 정당화될 수 있고, 우리가 가족과 공동체를 효과적으로 부정하지 않으면 '잘못된 종류'의 먼 친척 유대인이 우리와 동족임을 주장하고 나설 것이다.

나는 언제나 다른 유대인을 향한 그분의 태도가 그 사람들 때문이라고 생각했습니다…… 이곳의 유대인은 폴란드 유대인과 러시아 유대인을 포함해 대체로 교육을 제대로 받지 못한 동유럽 유대인을 무시한다는 인상을 받았습니다. 최근 아버지의 학과에서 일했던 기독교인이 그곳의 반유대주의와 나의 아버지에 관해 물어본 내 질문에 대답으로 보내준 편지 구절이다. 이 정보제공자는 볼티모어는 인종차별이 훨씬 더 강렬한 인상을 주었던 곳이라 반유대주의는 상대적으로 알아보기 어려웠다고 덧붙였다. 흑인은 백인과 다른 천국에 간다고 믿어야 할 정도였어요. 시신도 각자 다른 영안실에 보관하고, 어떤 백인은 흑인 헌혈자에게는 수혈을 받고 싶어하지 않았으니까요. 당연히 내 아버지도 인종차별주의자에 여성혐오주의자였다. 그러나 의대생 시절 그의 일기장을 보면 백인 남성 누구도 전차 통로에 서 있는 늙고 허약한 흑인 여성에게 자리를 양보하지 않는 이 시점에 남부 남성들의 기사도 정신은 종말을 고했다고 쓰여 있다. 이는 유대인의, 외부자의 통찰이었을까? 그 외부자는 내부자가 되고 싶어 안간힘을 쓰고 있었는데도?

이름이 붙여지지 않은 것이 이름이 붙여진 것보다 더 곳곳에 퍼져 있기 마련이므로, 내 아버지의 유대인 속성이 나의 정체성과 우리 가족의 존재를 밑바탕부터 형성했다고 믿는다. 이 두 가지는 외부의 반유대주의와 아버지의 자기혐오, 그리고 유대인으로서 자부심이 형성했다. 다만 아널드 리치는 유대인으로서의 자부심을 다른 말로, 즉 성취나 열망, 천재성, 이상주의 등으로 불렀을 뿐이다. 인정받을 수 없는 것은 무엇이든 유대인 속성이라는 꼬리표를 붙였고, 교육받지 못하고 공격적이며 시끄럽기만 한 '잘못된 종류'의 유대인 것이라고 분류했다. 나는 우리가 정말로 우월하다는 메시지를 받았다. 아버지만큼 책을 많이 수집한 사람이 없었고, 그토록 멀리 여행을 다닌 사람도 없었으며, 그토록 많은 언어를 아는 사람도 없었다. 볼티모어는 음악의 도시였지만 대다수 경우, 내가 다닌 학교의 가족들에게도, 문화는 여성용이었다. 그러나 아버지는 아마추어 음악가였고 시를 읽었으며, 백과사전적 지식을 흠모했다. 내 학교 과제물에 관심이 지극했고, 내가 '어른들의' 자료를 이용해야 한다고 고집했다. 내가 쓴 시에 기술적 결점이 보이면 비평했고, 시의 리듬과 운율과 형식에 관한 책들을 주었다. 나의 지성과 재능에 대한 아버지의 투자는 자기중심적이었고 독단적이었고 독재적이었으며 끔찍할 정도로 소모적이었다. 그럼에도 불구하고 그는 내게 노력의 힘을 믿고, 쉽게 찾아오는 영감은 믿지 말며, 쓰고 또 쓰고, 한 사람의 여성이지만 내가 정말로 글 속의 화자인 것처럼 느끼고, 떠오르는 생각들을 진지하게 받아들이라고 가르쳤다. 아주 어린 나이였지만 아버지 덕분에 나는 언어의 힘과 언어의 힘을 공유할 수 있음을 느꼈다.

리치 가문 사람들은 자부심이 있었지만 동시에 무척 신중하게 행동해야 했다. 우리 행동은 다른 사람들과 비교해서 나무랄 데 없이 완벽해야 했다. 낯선 사람은 절대 신뢰할 수 없었다. 심지어 친구들조차 함부로 믿을 수 없었다. 가족 문제는 절대로 가족의 울타리를 넘어가서는 안 되었다. 세계는 잠재적인 중상모략가, 배신자, 이해할 수 없는 사람들로 가득했다. 심지어 가족 안에서도 나는 평생 아버지가 정말로 어떤 기분인지 알 수가 없었다는 생각이 든다. 그러나 그는 휘몰아치듯 강렬하게 말―독백―했다. 그런 집에서 국지적인 감정에 사로잡혀 살다 보면, 아주 사소한 일로도 핵심적인 의미를 추측할 수 있게 된다. 한때는 그게 우리 가족의 감정 수준이 꽤 높다는 증거로 보였다. 아버지가 특별히 예뻐하는 딸에겐 벗어나기 힘든 자기장이었다.

물론 그 강렬함이 유대인의 특성이라고 쉽게 말할 수도 있을 것이다. 또 그 열정은 수세대에 걸친 박해를 견디고 살아남기 위해 꼭 필요한 속성이었다고 믿어 의심치 않는다. 그러나 본바탕에 그런 열정이 도사리고 있는데, 백인 기독교 세계가 '우리와 더 비슷해지면 거의 우리 일원이 될 수도 있다'라고 속삭이면 어떤 일이 벌어질까? 생존을 위해 우리의 감정적 동맥을 차례차례 막아야 한다면, 어떻게 될까? 유럽에 사는 아버지의 조상들은 여행을 금지당했거나, 다른 나라로 추방당했고, 도시 경계선을 벗어나면 특별한 세금을 부과 당했으며, 특별한 옷과 배지를 착용하도록 강요당했고, 가장 가난한 동네에 갇혀 살았다. 아버지는 '모든 종류의 인간' 사이를 널리 여행하는 '자유로운 영혼'이 되기를 원했다. 그러나 인생의 전성기에 그는 점점 고립된 세상에 살았다. 유대인은 절대 집을 살 수 없는 동네의 언덕 위의 집에서 거의 예외적으로 감정적인 애착을 안겨주는 아내와 딸들에게 의존하며 살아갔다. 그의 집은 사적인 방어체계가 너무도 공고히 갖추어져서 죽어가는 순간에도 어머니는 아버지의 동료들이나 어머니를 도와주는 다른 사람들과 자유롭게 말할 수 없다고 느꼈다. 어머니는 당연히 이런 분위기를 묵인했다.

'유일한' 토큰으로 살아가는 외로움은 외로움으로 느껴지지 않을 때가 많지만, 죽은 메아리 방에 있는 느낌이다. 마땅히 울려 퍼져야 하는 것들이 울려 퍼지지 않는다. 언젠가 베벌리 스미스가 유색인 여성들이 서로의 '행동에 영감을 주는' 이야기를 글로 쓴 적이 있다. '행동에 영감을 주는' 사람이 한 명도 없을 때, 오직 문화에 따라 행동할 때, 그곳에는 위축과 쇠퇴만이 존재하고, 그 모습은 부분적으로 보이지 않는다.

———

1953년 하버드 힐렐 하우스의 알베르트 아인슈타인 초상화 밑에서 결혼했다. 부모님은 참석을 거부했다. 나는 정통 동유럽 출신 남자, 그러니까 '잘못된 종류'의 유대인과 결혼했기 때문이다. 남편은 브루클린에서 태어나 하버드에 가서 이름을 바꿨지만, 유년 세계와 떼려야 뗄 수 없는 관계를 맺고 있으면서 그 사실에 끔찍한 양가 감정을 느끼는 사람이었다. 내 아버지는 이 결혼을 내가 동유럽 출신 유대인 가족에게 먹잇감이 된 것으로 생각했다.

1950년대 당시 조금의 의문도 없이, 이성애의 의무 아래 살아가는 수많은 다른 여성과 마찬가지로, 부분적으로는 원 가족과 인연을 끊을 더 나은 방법을 알지 못했으므로, 나는 결혼을 택했다. 나는 고통스럽지만 뿌리 깊이 스며든 유대인 정체성과 양키의 승인을 받고 싶은 동화 정책 사이에서 거의 똑같이 양분되어 살아가는 '진짜 유대인'과 결혼한 것이다. 그러나 적어도 이 사람은 기독교 세계의 유일한 토큰이 되어 외롭게 표류하지는 않았다. 우리는 이민족 간의 결혼이 흔하고 어느 정도의 '유대인 정취'가 받아들여지는 지배적인 기독교 문화권에 살았다. 사람들은 '유대인의 자기혐오'에 대해서는 입심 좋게 떠들어댔지만, 반유대주의는 거의 드러내지 않았다. 마치 큰 고민 없이 유대인 정체성과 동화정책 두 가지 방식으로 모두 살아갈 수 있을 것 같은 분위기를 풍겼다.

남편의 부모님이 반쪽짜리 유대인 여자인 **쉭사**(비유대적 유대인 여성―옮긴이)에게 보내는 애정과 친절에 무척 감동했고, 고맙고 놀라웠다. 나는 그 가족을, 새롭고 신비로운 유대의 세계를 적극적으로 끌어안고 싶었다. 그것은 결코 개종의 문제가 아니었다. 남편조차 오래전에 종교로서 유대교를 엄수하지 않았다. 나는 그저 잘하고 싶고, 새로 생긴 부모를 만족시키고 싶고, 내가 길러졌고, 그래서 당연히 속해 있는 갈라진 의식을 치유하고 싶은 열망으로 불타올랐다. 햇볕이 잘 드는 이스턴 파크웨이의 커다란 아파트에서 토요일 오후면 테이블에 흰색이나 자수를 놓은 식탁보를 깔고 커피 케이크, 스펀지케이크, 몬 케이크, 쿠키 접시를 차려놓고 온 가족이 둘러앉아 커피와 우유를 마시고 케이크를 먹었다. 시간이 흐르면 대화는 테이블 주위나 부엌에 있는 여자들 사이에만 오갔고, 남자들은 거실에 모여 야구 경기를 보았다. 나로선 처음 경험하는 가족의 모습이었다. 장난 삼은 놀림이 유쾌하게 오가고, 구석의 두세 사람은 비밀을 속닥이고, 자식과 손주 자랑에 여념이 없고, 새로 들어온 며느리를 대놓고 조사하는 가족. 나는 일상적인 부엌일 뒤에 숨은 상징인 식사 계율 카슈르트를 철저히 지키는 것을 포함해 이 모든 것에 깊이 매료당했다. 이 모든 게 전형적이고 진정성 있는 유대인 문화라고 생각했고, 유대 사람들과 유대 문화 모두를 대상화했다. 제대로 검토하지 않은 나의 반유대주의가 그래도 된다고 허락했다. 그러나 동시에 나는 한 여성으로서 유대인 가족과 유대 문화와 맺고 있는 특별하고 검토되지 않은 관계를 인정하지 못했다.

몇 년간 나는 부모님을 만나지 않았고 그들에게 연락도 거의 하지 않았다. 그런데도 아버지의 인격은 늘 내 삶을 따라다녔다. 집안에 스며든 아버지의 의지가 얼마나 강했는지, 오랫동안 나는 아버지에게 불복했다는 이유로 끔찍한 대가를 치러야 한다고 느껴왔다. 마침내 우리가 화해하고 남편과 우리 아이들이 내 부모와 적어도 형식적인 연락을 시작했을 때는 이미 아널드 리치의 목소리와 글씨체에서 강박적인 힘이 사라지고 쓸모없는 분노와 고통이라는 무딘 감각만 남아 있었다. 나는 그가 나를 사랑하고 인정해주기를 바랐다. 어렸을 때 나를 대하던 것이 아니라, 스스로 이성이 있고 스스로를 선택한 여성으로서 인정해주길 원했다. 그러나 그 바람은 불가능하다는 것을 결국 깨달았다. 아널드 리치는 자신의 의지에 절대 충성, 절대복종할 것을 요구했다. 내가 그의 곁을 떠나고, 한때 중독되었던 인정을 다시 받으려면 어떤 대가를 치러야 하는지 깨달았을 때, 나는 가부장제에 대해, 특히 예쁨을 받는 딸 곧 '특별한' 여성이 어떤 식으로 통제받고 보상받는지에 대해 구체적으로 상당히 많은 것을 알고 있는 상태였다.

아널드 리치는 오랜 지병이 악화돼 1968년 세상을 떠났다. 몇 년 사이 이성을 잃었고 시력도 잃었다. 내게는 정치 의식이 강해진 해였다. 그해에는 마틴 루터 킹과 로버트 케네디가 암살당했고 컬럼비아대학교 학생 시위가 일어났다. 그러나 아버지를 향한 애도 시간을 차지한 것은 그 사건들이나 그 사건들을 둘러싼 모임과 시위가 아니었다. 나는 오래전부터 유년에 시작된 일차적이고 강렬했던 관계를, 절대로 늘 온화하지는 않았지만, 끊임없이 내가 살면서 해온 일들과 내린 선택들과 보인 태도를 가장 중요하게 여기도록 해준 그 관계를 애도했다.

———

30대 언저리에 브루클린의 시가를 방문할 때면 발치에 유아차를 세워놓고 이스턴 파크웨이에 앉아 있곤 했다. 아이들과 함께 동네에 나와 벤치에 앉은 수많은 젊은 유대인 여성 사이에 섞여 있었다. 나는 당시 크라운 하이츠 구역으로 이주하기 시작한 루바비치파 하시디즘 신봉자들이 안식일마다 밖으로 걸어 나오는 것을 바라보았다. 여자들은 **쉐이틀** 가발을 쓰고 남자들 뒤에 조금 떨어져서 걸었다. 시아버지는 그들이 다소 이국적이라고—지나칠 정도로 고향의 모습을 했고, 독실하지만 미국화된 자신의 유대인 정체성으로 봐도 심하게 동화되지 않았다고—지적했다. 남부의 유대인과 뉴욕의 유대인 차이처럼 지역 경계에 따른 예의범절과 관습의 차이가 존재하고, 계급과 계층에 따른 차이도 존재한다는 사실을 깨닫는 데는 꽤 오랜 시간이 걸렸다. 일테면 내 가족 안에서도, 아주 다른 모습의 시가에서도 서로를 의심쩍게 바라보는 동화의 정도와 위계질서가 존재했다. 부분적으로는 내가 미국의 계급체계에 대해 아는 게 별로 없기 때문이기도 했다.

나는 서른 살이 되기 전에 아들 셋을 낳았고, 그동안 유대인 여성, 유대인 어머니가 된다는 것은 유대인 가족의 육체적인 존재이자 자녀의 생산자, 양육자로 인식된다는 것을 알게 되었다. 결국, 어머니가 됨으로써 나는 급진적으로 변화할 수 있었다. 그러나 그 전에 나는 모성이라는 제도를 유대 문화 형태로 직접 마주하고 있었다. 그리고 단순한 모성과 여성의 운명에서 유대인의 특성을 분간할 수 없어서 반항적이고 방어적이며 침울한 기분에 빠졌다. (나는 브루클린이 아니라 케임브리지에 살았지만, 그곳 역시 불안하고 초조한 기운이 감돌았다. 그곳의 교육받은 여성들은 유대 문화의 기대치가 아니라 1950년대 미국 중산층 사회의 기대치에 따라 반쯤 어안이 벙벙한 채로 발치에 유아차를 세워놓고 벤치에 앉아 있었다.)

내 아이들은 어쩌다가 세데르(유대교의 유월절 만찬―옮긴이)나 바르 미츠바(유대교의 13세 남자 성년식―옮긴이)에 참석했고, 제 할아버지가 다니는 사원의 특별 예배에도 갔다. 애들 아버지는 내가 매년 옆에 서서 히브리어로 된 축복 기도를 영어로 외우는 동안 하누카 초에 불을 붙였다. 우리는 다 같이 세속적이고 자유로운 크리스마스를 축하했다. 나는 큰 소리로 에스더(유대인을 학살에서 구한 여성―옮긴이)와 마카비(대장장이라는 뜻으로 헬레니즘 시대의 유대인 지도자―옮긴이)와 모세에 관한 내용을 읽었고 북유럽의 트롤과 중국의 할머니와 켈트의 용 살해자에 관한 책도 읽어주었다. 애들 아버지는 브루클린에 살던 어린 시절 매주 지하철을 타고 브롱크스의 할머니 집에 가야 했던 이야기나, 히브리 학교에서 저지른 비행들, 남자고등학교에서 머리 좋은 유대인 아이로 살았던 시절의 이 야기들을 들려주었다. 학문적인 케임브리지의 허용적이고 자유로운 분위기 속에서 원한다면 아이들을 애매하게나 뚜렷하게나 유대인으로 키울 수 있었지만, 한 해의 질서는 기독교 신앙과 달력에 따라 움직였다. 내 아들들은 유대 문화의 존재와 구체적인 의미에 대해 나보다 훨씬 더 많이 알아가며 자랐다. 그러나 아이들과 둘러앉아 너희 부모가 살던 시대에 너희와 같은 사람들 수백만 명이, 무수한 아이들이, 유럽에서 몰살당했다는 이야기를 들려준 기억은 없다. 더불어 그 사람들 일부는 홀로코스트가 파괴한 천 년 역사의 동유럽 아슈케나지 문화 출신이라는 것, 그들의 종교적인 전통과 세속적인 전통에 억압을 증오하고 정의를 추구하고 낯선 이들을—반인종차별주의자, 사회주의자, 심지어 때로는 페미니스트까지—보살필 의무가 포함되어 있었다는 말도 해줄 수가 없었다. 내 마음속에도 아직 뚜렷하게 각인되지 않은 사실을 아이들에게 말해줄 수는 없었다.

———

내 기억에 나를 개인적인 절망과 무기력에서 끌어낸 것은 1960년대 인권운동의 출현이었다. 1950년대 제임스 볼드윈의 초기 에세이를 읽으면서 인종차별주의처럼 '주어진' 상황도 명백하게 분석하고 설명할 수 있으며, 나아가 행동과 변화로 이어질 수 있다는 사실을 깨달았다. 인종차별은 어린 시절과 청년기에 너무도 자명하고 절대적인 사실이었고, 인생 초반의 침묵과 부정, 잔혹함, 공포, 미신 가운데에서도 너무나 중심적으로 느껴져서, 내 감정들 사이 어딘가에 분명히 만약 흑인들이 강제로 짊어졌던 거대한 정치적, 사회적 짐을 벗어버릴 수 있게 된다면 나 역시 이름이 있든 없든 어린 시절의 모든 유령과 그림자에서 벗어날 수 있겠다는 희망이 존재할 정도였다. '그 운동'이 시작되었을 때부터 내겐 지극히 개인적으로 느껴졌다. 실제로 대의명분의 정당성을 옹호했던 이들은 남부로 온 유대인 학생들과 인권변호사들, 미시시피에서 두 명의 젊은 유대인이 젊은 흑인 남성과 함께 살해당한 채 발견된 슈베르너와 굿맨과 체이니였다.

———

1960년대 중반에 뉴욕으로 이주는 지역사회 공립학교 통제에 관한 논쟁에 뛰어든다는 뜻이었다. 종종 과격한 바리케이드를 사이에 두고 흑인과 유대인 교사, 학부모가 대치했다. 백인 자유주의자가 중산층 유대인 학부모나 상당수 나이 든 여성이었던 분노한 유대인 교사의 인종차별주의를 개탄하고 경멸하기란 쉬운 일이었다. 우리의 인종차별주의를 그들에게 옮겨놓고, 그런 생각을 하는 것 자체가 너무 고통스럽게 느껴지기도 했다. 내게 흑인 인권 투쟁은 매우 명징했다. 나는 인종차별이 틀렸고, 기회 불평등이 틀렸으며, 특히 차별은 사회적이고 법적인 규제를 넘어섰다는 것을 알았다. 심지어 '점잖은' 백인도 거짓말과 오만과 도덕적 붕괴의 네트워크 안에서 살아간다는 의미였다. 그러나 내가 가장 잘 아는 유대인 동화주의자와 자유주의 정치학의 세계는 오히려 분명하게 이해되지 않았고, 반유대주의라는 말은 거의 언급되지도 않았다. 심지어 반유대주의에 관한 관심과 우려를 반동적인 의제로, 잡지《코멘터리》에 대한 열광으로, 나중에는 유대방어동맹에 대한 열렬한 지지로 바라보는 것도 가능했다. 《코멘터리》는 2차 대전 이후 유대인의 정치, 종교, 문화 문제를 다루기 위해 창간된 신보수주의 우익 성향을 띤 월간지이고 유대방어동맹JDL은 유대인 극우 종교자치단체다―옮긴이) 내가 1960년대 후반에 뛰어들었던 정치 운동은 대부분 인종 관련 사안이었고 특히 시티대학교에서 강사로 일할 때 개방 입학을 위한 투쟁에 참여했다. 내가 동지로 생각했던 백인 동료들은 거의 유대인이었다. 그러나 공립학교체제와 무료 시립대학을 거쳐 빈곤과 착취에서 벗어난 뉴욕의 다른 유대인들이 이제 비슷한 과정을 거치려고 하는 흑인과 푸에르토리코 학생들의 입학을 가로막는 모습을 쉽게 볼 수 있었다. 당시 나는 유대인의 두 가지 사회 정체성 사이에서 살고 있다는 것을 이해하지 못했다. 한쪽에는 가장 먼저 억압을 이해하는 급진적인 공상가이자 활동가 유대인이 있었고, 또 한쪽에는 박해당한 이들이 그 대가가 박해에 참여하는 것임을 배우는, 소위 동화정책이라는 미국의 탐욕스러운 계획의 일부가 된 유대인이 있었다.

그리고 정말로 시티대학교에는 백인 기독교인뿐만 아니라 유대인들 사이에도 극심한 인종차별이 존재했다. 일부는 제임스 볼드윈이 1948년에 쓴 에세이 〈할렘 게토〉[3]에서 묘사한 유대인과 흑인의 쓰라린 역사였고, 일부는 조금이라도 얻을 게 있는 우리가 여전히 연습 중인 분할정복 정책이었다.

————

세 아이를 두었던 17년간의 결혼 생활을 마칠 무렵 나는 여성해방운동과 견해를 같이하게 되었다. 내 나이 여성에게는 놀라운 시대였다. 1950년대 대부분 시간에 느껴졌던 고통을 이해하고, 그 고통을 더 큰 맥락에서 살펴볼 방법을 찾아 온갖 책을 읽었지만, 가장

피, 빵, 그리고 시

이해 가능한 시각으로 세계를 설명한 사람은—서로 시각은 다르지만—제임스 볼드윈과 시몬 드 보부아르였다. 1960년대가 끝나갈 무렵 두 가지 정치 운동이 일어났다. 하나는 이미 심각한 탄압을 받고 있었고 또 하나는 이제 막 출현해 자신의 세계관을 전파하고 있었다.

그리고 당연히 제3의 운동이나 운동 안의 운동도 있었다. 즉, 곳곳의 레즈비언들이 새로운 가시화를 위해 행동하는 초기 레즈비언 선언 운동이 있었다. 나는 일찍부터 여성 운동이 탁 트인 벌판을 가로지르는 단순한 행보가 되지 못할 것을 알았다. 이 운동은 과거로 거슬러 올라가 내 의식 뒤편의 무수한 그림자들을 탐색했다. 1950년대 학계의 주부로 고립된 채 《제2의 성》을 읽는 것은 우리가 아직 이름을 붙일 수조차 없었던 우리 삶의 모든 면에 대해 여성들끼리 끊임없이 논쟁과 토론을 벌였던 세계에서 〈질 오르가슴의 신화〉나 〈여성 정체성의 여성〉을 읽는 것보다 덜 위험하게 느껴졌다. 드 보부아르는 '레즈비언'을 경계에 위치시켰고, 그의 책에 여성 연대의 힘을 언급하는 대목은 거의 없다. 그러나 여성들과 사상 논쟁을 벌이는 열정은 내게는 에로틱했고, 과거의 거짓말에서 진실을 얻어내기 위해 여성들과 함께하는 자신을 위험에 빠뜨리는 일 또한 그랬다. 청소년기 이후로 계속 내 안에 억눌려 있던 레즈비언이 기지개를 켜기 시작했고, 그 레즈비언이 완전히 깨어나 처음으로 한 행동은 유대인 여성과 사랑에 빠진 일이었다.

그 관계를 맺고 처음 몇 달 동안 나는 내 연인과 페미니즘 정치학 논쟁을 벌이는 꿈을 꾸었다. 나는 꿈속에서 연인에게 말했다. 물론, 당신이 내게 홀로코스트 이야기를 꺼낸다면, 나로선 할 말이 전혀 없어요. 내가 나이면서 동시에 꿈속의 그 여자였다면, 그 꿈은 내 의식의 분열에 대해 말하고 있었다. 나는 대체로 유대인 이성애자 여성으로 살아왔다. 그러나 유대인 레즈비언이 된다는 것은 무슨 의미였을까? 반유대주의자이자 동시에 유대인이라고 느끼는 것은 무슨 의미였을까? 그리고 페미니스트로서 나는 억압 속의 억압을 어떻게 기록하고 있었을까?

내가 읽었던 유대인 정체성에 관한 초기 페미니즘 문서들은 유대주의 안의 가부장적, 여성혐오적 요소들을 비평하거나, 유대인 남성이 쓴 문학작품 속에 유대인 여성이 얼마나 희화화되어 있는지를 비판하는 내용이었다. 주디스 플라스코가 〈여성은 유대인이 될 수 있는가?〉라는 논문을 발표했다는 소식을 들었을 때가 생각난다. (그의 결론은 '그렇다, 하지만……'이었다.) 직후 이스라엘에 이민 간 제자와 연락을 주고받았는데, 열정적인 페미니스트였던 그는 여성들을 향한 그곳의 법적, 사회적 제약과 현재 이스라엘 페미니즘의 태동과 스스로 일상생활에서 느끼는 모순들에 관해 장문의 편지를 보내왔다. 아직 인종적, 계급적, 윤리적 관점이나 여성들 사이 차이에 관한 두려움을 인정하지 못했으면서 보편성을 주장하는 내 주변의 소란스러운 페미니즘 운동의 새로운 정치학과 활동, 문헌들을 접하고 나는 또 한 번 유대인 여성으로서 자신에 대해 깊이 생각하는 일을 옆으로 밀쳐두었다. 유대주의를 단지 가부장제의 또 다른 줄기로만 보았다. 만약 누가 물어봤다면 (내 아버지가 다른 언어로 말했듯이) 이렇게 말했을 것이다. 나는 유대인이 아니라 여성입니다. (그러나 머릿속으로는 항상 이렇게 덧붙였다. 만약 유대인이 다시 노란별을 달아야 한다면, 나 역시 노란별을 달겠다고. 마치 노란별을 달거나 달지 않을 선택권이 내게 있는 것처럼.)

———

　가끔 각각 너무 멀리 떨어진 자리에서 너무 오래 지켜봤다는 생각이 든다. 백인, 유대인, 반유대주의자, 인종차별주의자, 반인종차별주의자, 기혼자, 레즈비언, 중산층, 페미니스트, 고향을 떠난 남부인. 나는 **뿌리에서 갈라져**, 이것들을 전부 하나로 통합할 수 없다. 글 속에 반유대주의와 인종차별주의의 의미에 대해 내가 경험한 대로, 또 내 삶 밖에서 그것들이 서로 교차한다고 믿는 대로 담아보고 싶었다. 그러나 아직은 그렇게 할 수 없다. 이렇게 생각하고, 메모하면서도 긴장감이 느껴진다. **한쪽 현실을 바라보는 사이 또 다른 현실이 흔들리며 흩어질 것이다.** 같은 주에 앤절라 데이비스와 루시 다비도비치의 책[4]을 나란히 읽으려고 노력하는 것, 페미니스트이자 레즈비언의 시각을 지키려고 애쓰는 것, 이런 것들이 무슨 의미가 있을까? 누구도 내게 이런 것들을 가르쳐주지 않았다. 때로는 유대인으로서 어떤 발언을 하는 게 부적절하게 느껴진다. 내 안에 깃든 부정의 역사가 일종의 상처, 흉터처럼 느껴진다. 동화정책이 내 의식에 영향을 끼쳤기 때문이다. 이 초기의 의미 실패, 이 빈칸이 여전히 내 안에 존재한다. 나의 무지는 나에게도 다른 사람에게도 위험할 수 있다.

　그러나 우리는 상처 입지 않은 사람이 우리를 연결해주길 기다릴 수 없다. 우리가 완벽하게 깨끗하고 정당해질 때까지 발언을 미룰 수가 없다. 순도 100퍼센트는 없으며 우리 생애에 이 과정의 끝도 없다.

　그러므로 이 글에도 결론이 없다. 내게는 또 다른 시작이다.

1982년 우경화된 미국에서 **나도 노란별을 달겠다**고 말하는 방식만으로는 안 된다. 책임과 책임 범위의 확대를 향해 움직여야 한다. 남은 생애 동안, 다음 반세기 동안, 내 정체성의 모든 면이 전부 개입되어야 한다. 바로 다음과 같은 정체성들 말이다. 특권을 얻고 싶으면 복종을 바치라고 배운 백인 중산층 여자아이. 이성애자 기독교인으로 길러진 유대인 레즈비언. 흑인 인권투쟁을 통해 처음으로 억압이 호명되고 분석되는 것을 들었던 여성. 남성 폭력을 증오하는 페미니스트이자 세 아들을 둔 여성. 지팡이를 짚고 다리를 저는 여성. 피 흘리는 사람도 책임이 있다는 생각을 멈춘 여성. 아름다운 언어도 거짓말을 할 수 있고, 억압자의 언어가 때로는 아름답게 들릴 수 있음을 아는 시인. 저항의 일부분으로 자신의 행동을 깨끗이 하려고 노력하는 여성.

피, 빵, 그리고 시

외부자의 시선[*]

엘리자베스 비숍 시 전집, 1927-1979

1 9 8 3

나는 엘리자베스 비숍을 직접 만나기 전부터 그의 시를 잘 알고 있었고, 그 사람보다 시를 더 잘 알았다. 일찍이 그의 초기 시집 두 권에 돋보이는 음색에 끌렸고, 문학계 모임에서 한두 번 만난 적도 있지만, 수줍음과 나이 차, 명성의 차이를 깰 만큼 편안한 자리는 아니었다. 시간이 훌쩍 흘러 1970년대 초반이 되었을 때 뉴욕에서 비숍을 만나 당시 우리 둘 다 살고 있던 보스턴까지 내 차를 함께 타고 온 적이 있다. 우리는 어느새 각자 삶에서 최근 겪은 자살에 대해, 자기 이야기가 이해받고 있다고 느끼는 사람들처럼 '어쩌다 그런 일이 일어났는가'를 말하고 있었다. 그러다 하트퍼드 분기점으로 들어서야 하는 걸 깜박 잊고, 그 사실을 알아채지도 못하고, 스프링필드까지 계속 차를 몰았다. 그날의 대화는 내가 엘리자베스 비숍과 나눈 단 한 번의 친밀함이었고 단둘이 만난 거의 유일한 시간이었다.

---

* 《보스턴 리뷰》(1983년 4월호)에 발표한 글이다.

나는 비숍의 초기 작품에 끌리면서 동시에 반발심을 느끼기도 했는데, 이때 **반발심**이라는 말은 밀어내는 것처럼 보이는 접근 거부의 감각을 의미한다. 부분적으로는 젊은 나이에 자신만의 수준과 언어를 찾아낸 비숍의 시에 대해 느끼는 어려움이었다. 그러나 또 한편으로는 훨씬 젊은 여성 시인으로서 여성의 계보를 찾으면서도, 이미 성정체성에 의문을 품기 시작해 아직 의식적으로 레즈비언은 아니었던 내가 안고 있는 어려움도 있었다. 당시 나는 비숍의 작품에 드러나는 부호화와 모호성뿐만 아니라 국외자성과 경계자성이라는 주제까지도 레즈비언 정체성과 연결 지어 생각하지 못했다. 나는 명백한 여성의 전통을 찾고 있었는데, 내가 발견한 전통은 산만하고 파악하기 어려웠으며 모호하기 일쑤였다. 그러나 1940년대와 1950년대라는 시대와 관습을 고려하면 이제 비숍의 작품은 눈에 띄게 솔직하고 용감해 보인다.

그 시대 선배 작가들을 찾고 있었던 여성 시인들은 여성 시인의 성취 모델로 '미스' 메리앤 무어에게 의존해야 했다. '미스' 비숍은 그다음이었다. 두 사람을 그런 지위에 올리고 자격을 부여한 주체는 이른바 문단인데, 그 집단은 지금까지도 백인 남성들이고, 적어도 겉보기에는 이성애자들이다. 엘리자베스 비숍은 깊은 존경심과 함께 호명되고 평가되었다. 그러나 사람들의 관심이 쏟아진 곳은 비숍의 자기 정의를 위한 투쟁과 차이에 대한 의식이 아니라 그의 승리와 완벽성이었다. 이런 식으로 그의 명성은 내 관심에서 오히려 더 멀어졌다. 비숍이 공적인 자리에 잘 나타나지 않고 지리적으로도 멀리 떨어져 있어서—그때는 잘 몰랐지만 알고 보니 그는 꽤 오래 브라질에서 한 여성과 살고 있었다—여성 시인의 본보기로 삼기엔 명백하지 않고 문제적이었다.

그의 첫 시집《북과 남North and South》(1946)에 실린 시 일부는 파악하기 어려웠다. 너무 지적이어서 진술이 모호해지거나(예: 〈지도 The Map〉) 확장된 은유를 사용해 일종의 가면을 만들어냈다(예: 〈아침 식사의 기적A Miracle for Breakfast〉 〈기념비The Monument〉 〈가상의 빙산 The Imaginary Iceberg〉). 첫 시집에는 미스 무어의 흔적도 보이는데, 예를 들어 시 안에 인용구를 숨겨놓는 방식은 비숍이 곧 그만두는 버릇이다. 또 많은 시의 전반적인 전략이─인공물에 관한 시가 인공물로서의 시가 되어버리는─무어의 방식을 잇고 있다. 비숍은 이후에도 이런 시들을 썼지만(〈12시 뉴스12 o'Clock News〉를 보라) 자주는 아니었다. 그의 시들은 점점 현실의 자기 위치를 자각하고, 개인적인 과거와 가족과 계급, 인종, 그리고 인간의 고통이 상징으로 끝나지 않는 도시와 배경 속의 시인으로서 자기 존재를 받아들일 필요를 반영한다.

나는《엘리자베스 비숍 시 전집, 1927-1979》(파라, 스트라우스 앤지로, 1983)이 불러일으키는 다양한 도전과 시와 정치에 관해 제기하는 질문들, 부여하는 기회들에 매료당했다. 생전에 출간된 네 권의 시집에 덧붙여 이번 판본은─뛰어난 디자이너 신시아 크루파트의 손을 거쳐 훨씬 좋아졌다─《지리학Ⅲ GeographyⅢ》(1976) 출간 이후 잡지에 발표한 후기 시들을 추가했다. 일부는 사후 출간한 후기 시들이고, 11편은 16세부터 22세 사이에 쓴 시들이며, 또 일부는 그간 시집에 묶이지 않은 시들과 번역 시들이다. 이런 전집이 지닌 가치는 시인의 강박과 동기가 어디에서 시작되었는지, 그것들이 시의 생애를 어떻게 통과해 갔는지, 어떤 메아리가 들리고 어떻게 사라졌는지, 시간이 흐르는 동안 문체가 어떻게 변화해왔는지 등을 살펴볼 수 있게 한다는 점이다. 이 전집은 단순히 도전과 의문만 제기하는 것이 아니라 꽤 깊은 즐거움도 선사한다. 특히 후기 시들은 굉장히 긴 하나의 줄거리로 이어지기 때문에 어느 한 부분을 잘라 인용하기가 어렵다. 언어와 이미지가 계속 진행되는데 일부만 따로 떼어 발췌할 수가 없다. 같은 이유로 그의 시는 큰 소리로 읽기에 아주 좋다.

생전에 비숍에 대한 비평은 주로 관찰의 힘, 세심하게 표현한 서술적인 언어, 재치, 지성, 개성 있는 목소리에 주목했다. 나는 이 모든 특징에 덧붙여 놀랍도록 유연하고 단단한 시어, 방종의 부재, 〈세스티나Sestina〉 〈무스The Moose〉 〈주유소Filling Station〉 〈노바스코샤의 첫 번째 죽음First Death in Nova Scotia〉 〈수족관에서At the Fishhouses〉처럼 지나간 시간과 상실을 파토스 없이 정확하게 써 내려가는 능력도 인정하고 싶다. 우선 존경의 마음을 표하고, 그의 작품 가운데 그동안 논의되지 않았던 면들로 넘어가고자 한다. 특히 레즈비언 정체성의 본질적인 국외자성과 밀접하게—배타적이지는 않지만—연결된 국외자로서의 경험에 대해, 그 국외자의 시선이 어떻게 다른 종류의 국외자들을 인식하고 동일시하게 했는지, 혹은 동일시하고자 노력하게 했는지, 관심 있게 살펴볼 것이다. 나는 비숍의 시를 읽고 그 가치를 인정해야 하는 이유가 단순히 시어와 이미지, 혹은 시 안의 개성 때문만이 아니라 그가 이 세계에서 자기 위치를 찾은 방식 때문이기도 하다고 믿는다.

엘리자베스 비숍은 1911년 매사추세츠 우스터에서 태어났다. 다섯 살에 어머니가 정신병원에 보내지면서 어머니를 잃었고, 그 상실은 영원했다. 아버지는 이미 죽고 없었다. 그는 여러 번 이민했는데, 처음은 친척 손에 자라기 위해 캐나다의 노바스코샤로 떠났고, 다시 미국으로 돌아왔다가 브라질로 떠났고, 로타 드 수아레즈가 죽은 후 다시 뉴잉글랜드로 돌아왔다. 그에게 여행은 '휴가'도 아니고 '탈출'도 아닌, 일찍부터 주어진 일이었다.

> "대륙, 도시, 나라, 사회:
> 선택은 절대 넓지 않고 절대 자유롭지 않으니,
> 여기, 아니면 저기지…… 아니. 그냥 집에 머물렀어야 했나,
> 그곳이 어디라도?
> ―〈여행에 관한 질문들Questions of Travel〉

이 아이는 '배보다 차라리 빙산을 가지고 싶다'라고 생각하는―충분히 이해할 수 있다.―부모 없는 이민자이고, 의식적이든 아니든 '남성적 주류를 거슬러 올라가'(울프의 표현) 글을 쓰는 여자이며, 이성애의 거짓 보편성 아래서 글을 쓰는 레즈비언이고, 당연한 게 거의 없는 외국인이기 때문에 '남다를' 수밖에 없었는데, 이 모든 것이 비숍의 시어와 시의 시선에 담겨 있다. 국외자성은 대부분 사람이 동화정책이나 보호색을 통해 엄청난 에너지를 소모해가며 (혹은 소모하도록 강요당하며) 부인하거나 회피하려는 상태이다. 시도 일종의 보호색이 될 수 있다. 시인이면서 동시에 사회적인 개인은 '인정'을 받으려고 노력하기도 하지만, 외적인 동화의 대가는 내적인 분열이다.

　이러한 분열의 고통이 비숍의 초기작 일부에 날카롭게 드러나는데, 특히 스물두 살에 쓴 〈당신과 나눈 이야기A Word with You〉는 동

물 쇼가 통제에서 벗어나는 동안 긴장되고 공포에 빠진 일방적인 대화를 묘사한다.

조심해! 저 망할 원숭이가 또 왔어
놈이 갈 때까지 조용히 앉아 있어
아니면 녀석이 우리에 관해 아는 것을
(그게 뭐든) 전부 잊을 때까지, 그러면
우린 다시 이야기를 시작할 수 있어.

《북과 남》에서 〈잡초The Weed〉는 '얼어붙은' 심장을 뚫고 반으로 가르고 솟아나 두 줄기 '반투명한 격류'를 이루며 분출한다. 〈샬럿의 신사The Gentleman of Shalott〉는 반쪽 사람이고 나머지 반쪽은 사실 거울에 비친 모습이다. 〈공기가 차가워질수록The Colder the Air〉과 〈슈만드페르Chemin de Fer〉는 서로 암울한 평형을 이루는 가능성으로 읽힌다. 시 속의 '겨울 대기의 여자 사냥꾼'은 냉담한 외골수의 마음으로 모든 것을 통제하며 세계를 자신의 사격연습장으로 축소한다. 시의 화자는 대단한 권력을 지니고 있지는 않지만 냉담한 표면 아래에서 시 자체가 억누를 수 없는 분노로 덜덜 떤다. 〈슈만드페르〉의 화자는 '철로에 홀로' 멸종위기에 몰려 있지만, '더러운 은둔자'는 총을 쏴도 아무것도 맞히지 못하고 어떤 일도 수행하지 못한다.

"사랑은 실행에 옮겨야지!"
더러운 은둔자가 외쳤다.
메아리는 그 말을 입증하려고

애쓰고 또 애써 연못을 건넜다.

사랑을 실행에 옮긴다는 것은 무슨 의미일까? 특히 사랑의 필요성을 입증해주지 않는 세계에 고립된 상태에서?

스스로 국외자임을 아는 것, 옛날 말로 '내향적인' 사람임을 아는 것, 그리고 두 세계에서 살며 사랑하려고 노력하는 것은 불가능한 안전한 장소, 〈천장에서 자기Sleeping on the Ceiling〉이나 〈불면 Insomnia〉에서처럼 거꾸로 뒤집힌 공원과 분수를 꿈꾸는 것과 같다.

그 세계는 뒤집혀
왼쪽이 항상 오른쪽이고
그림자가 사실은 육체이며
우리는 밤새 깨어 있고,
천국은 바다의 깊이 만큼
얕고, 당신은 나를 사랑한다.

혹은 〈오 숨결O Breath〉에서처럼―네 편의 짧고 밀도 높은 사랑 시 연작 중 한 편―고요하게 상반된 감정을 불러일으키기도 한다.

어쩌면 내가 교섭을 하고
단독평화조약을 맺을 수 있는 것   밑에서
안에서   절대 함께할 수는 없어도

이 〈네 편의 시Four Poems〉 연작에는 동요와 긴장이 있지만, 일종

의 에로틱한 해방감도 조금은 엿볼 수 있다.

그 새하얀 얼굴
감옥의 수수께끼에 도전했다가
뜻밖의 입맞춤으로 풀어버렸지,
생각지도 못한 주근깨 손이 내려앉아.

시집《추운 봄A Cold Spring》의 첫 번째 시이자 표제작은 이미지가
느리고 신중하고 에로틱하게 펼쳐지다가, 반딧불이가 '정확히 샴페
인 기포처럼' 날아오르는 '그늘진 초원'에서 절정을 이루는 일종의
기록으로 읽을 수 있다. 이 시집의 마지막 시 〈샴푸Shampoo〉는 두 여
성 사이의 진지하고 다정하면서도 일상적인 의식을 찬미한다.

당신의 검은 머리칼에
밝게 무리를 이룬 별똥별들
이토록 곧게, 이토록 빨리
어디로 모여들까요?
─ 이리 와요, 내가 머리를 감겨줄게요
달처럼 빛나고 찌그러진 이 커다란 양철 욕조에서요.

그러나 비숍은 말년에 쓴 미발표 시에 분열과 결정, 그리고 여
행의 질문에 관한 마지막 말을 남겨두었다.

붙잡혔네─거품이

기포수준기 속에,

존재는 분열하고,

나침반 바늘은

흔들흔들 비틀비틀,

결정하지 못하네.

풀려났네―깨져버린

온도계의 수은이

달아나네,

무지갯빛 새는

텅 빈 거울

좁은 사면에서 나와,

날아오르네,

흥겨운 곳이라면 어디든!

―〈소네트Sonnet〉

    비숍의 후기 작품에는 친밀한 관계를 검토하는 시가 거의 없다. 그 자리를 여러 가지 이유의 불평등 때문에 격차가 벌어진 사람들, 즉 부자와 빈자, 땅 주인과 세입자, 백인 여성과 흑인 여성, 침략자와 원주민 사이의 관계를 검토하는 시들이 차지한다. 심지어 첫 시집에서도 백인 세계의 흑인 여성 존재를 주제로 삼았다. 〈쿳치Cootchie〉는 아마도 자살로 추정되는 익사를 한 어느 흑인 여성의 운명을 다룬다. 그가 모시는 백인 여성 주인은 말 그대로 귀가 들리지 않지만, 몹시 자기도취적이기도 하다. 그는 도무지 '이해'하려 하지 않는다. 빌리 홀리데이를 염두에 두고 썼다고 알려진 〈유색인 가수를 위한 노래Songs for a Colored Singer〉는 다음과 같이 시작한다.

> 빨랫줄에 빨래가 걸렸지만
> 내 것이 아니야.
> 내 눈에 보이는 것 중 어떤 것도
> 내 소유가 아니야……

백인 여성이 흑인 여성의 목소리를 통해 말하고자 하는—내 생각에는 정중한—시도이다. 위험을 떠안는 일이기도 하고, 그런 위치에서 서투름과 실패를 드러내기 쉽다. 작품에 도입하는 등장인물, 이미 우리 사회에 의해 빼앗기고 침해당한 채 살아가는 삶을 어느 정도까지 사용할 것인지, 모든 백인의 머릿속에 고정관념으로 자리 잡은 인종차별의 문제, 자신의 목소리를 부인당한 사람들을 위해 대신 목소리를 내는 작가의 힘과 권리, 임무의 문제, 혹은 다른 사람이 더욱 즉각적인 권위를 지니고 말할 수 있도록 때로는 입을 다물거나 적어도 양보해야 할 작가의 의무, 이 모든 것은 우리 시대의 중차대한 질문이자 비숍의 수많은 작품에 담긴 질문이다. 나는 인권운동이 일부 백인 작가들에게 그런 의식을 일시적으로 유행시키기 훨씬 전부터 비숍이 다른 국외자들을, 자신과 다른 모습의 경계인으로 살아가는 삶을 인정하려고 노력했던 점을 높이 평가한다.

다인종 사회임에도 인종차별과 계급분열이 여전한 브라질에서의 삶은 비숍에게 더 깊고 광범위한 이해의 가능성을 열어주었다. 브라질에 관해 쓴 초기 시들은 식민정책과 예속의 존재를 파악한다.

그렇게 기독교인들이, 못처럼 단단하게……

삐걱대는 갑옷 차림으로, 쳐들어와 전부 발견했지,

낯설지 않았어……

미사를 끝낸 직후……

그들은 걸어놓은 천을 찢고 들어가,

각자 인디언을 하나씩 붙잡아 끌고 갔어—

사람 미치게 하는 그 조그만 여자들이 계속 소리쳤어,

서로를 외쳐 불렀어(아니면 새들이 깨어났나?)

그리고 물러났어, 언제나 물러나지, 뒤쪽으로.

— 〈1502년 1월 1일 브라질, Brazil, January 1, 1502〉

비숍이 쓴 최고의 브라질 시들은 거지들과 부자들이 함께 사는 도시에서 특권층으로 살아가는 외국인 백인 여성의 위치를 받아들이려는 일종의 연습이다. 〈파우스티나Faustina〉 〈마누엘지뉴 Manuelzinho〉 〈바빌론의 강도The Burglar of Babylon〉 〈분홍 개Pink Dog〉 등이 특히 그렇다. 〈파우스티나〉에서 비숍은 '미친 집'에서 백발을 하고 '하얗게 바랜 깃발들의 방'의 '어질러진 흰색 시트' 속에서 흑인 여성 하인의 시중을 받으며 죽어가는 어느 백인 여성의 모습을 그린다. 화자는 백인이 흑인에게 저지른 역사와 이 특별히 죽어가는 늙은 여성의 취약성, 그리고 백인 권력의 '난제'에 직면한다. 이 시는 모순과 두 여성 사이에서 일어날 수 있는 일들의 극단성에 대해 말한다. '마침내 찾아온 자유, 평생 / …… 보호와 안식을 꿈꿔 왔던'과 '상상도 못 한 악몽 / 예전에는 감히 / 일 초도 지속하지 못했던'이 대립한다. 이 극한의 상황은 백인 여성의 관점으로 규정되지만, 적어도 '질문의 절실함'을 인정한다. 지난 몇 년간 일부 페미니즘 시가 나오기 전까지, 백인 여성이 쓴 시 중 흑인 여성과 백인 주인 사이의 하인-주인 역학 관계가 감상을 배제한 주목을 받았던 다른 예가 없을 정도다.[1]

비숍은 〈마누엘지뉴〉의 맨 앞에 "작가의 친구가 말한다"라고 덧붙여, 마치 부분적으로 자신은 불법 거주 세입자에 대해 말하는 자유주의자 땅 주인 화자와는 관계없는 척한다. 세입자인 마누엘지뉴는 경솔하고, 감정적이며, 분노를 유발하고, 그림처럼 생생한 반면—전통적으로 식민지 피지배자에게 부여되는 특성이다—땅 주인은 본질적으로 자비롭고, 마누엘지뉴가 반드시 아첨하고 구걸해야 받을 수 있는 권력의 균형을 유감스러워하며 따른다. 이 시에서 비숍은 땅 주인과 세입자 사이 어딘가에—등거리는 아니지만—자신을 위치시킨다. 그로선 등거리를 지킬 방법이 없다. 결국, 시는 땅 주인을 폭로하지만, 땅 주인의 관점으로 읽힌다. 시는 그 관점을 폭발시키며, 독자가 그 관점을 받아들이든 거부하든 자유롭게 놔둔다. 이와 대조적으로 〈바빌론의 강도〉에서 우리는 상당 부분 강도의 입장으로 살아간다. 시는 내내 무표정한 어조로 말하지만, 우리의 중립을 요구하지는 않는다. 감옥에서 세 차례나 탈출한 미쿠수는 분명하지 않은 일련의 사건에 혐의를 받고, 매복한 민병의 총에 맞는다. 그가 죽은 뒤 곧바로 군인들이 다시 언덕에 나타나 다른 '사회의 적' 두 명을 찾아 수색을 시작한다. 경찰의 과잉 진압은 우스꽝스럽고, 납작한 목소리의 운율이 드라마를 진술한다. 이 발라드에 영웅은 없고 오직 피해자만 존재한다. 강도들은 붙잡히고 죽임을 당하지만, 상황의 본질적인 상태는 변함이 없다.

피, 빵, 그리고 시

리우의 아름답고 푸른 언덕에
　끔찍한 얼룩이 자란다.
리우로 온 가난한 자들은
　다시는 고향에 갈 수 없다……

등유의 언덕이 있다,
　해골의 언덕도 있고,
경악의 언덕도,
　바빌론의 언덕도 있다.

　마지막으로, 1979년작 〈분홍 개〉는 괄호 안에 '리우데자네이루'라는 부제가 붙은 시로, 지상의 비참한 자들의 불행은 자신의 탓이고 생존을 위해 스스로 위장하거나 동화되어야 한다는 개념을 풍자한 뛰어나게 씁쓸하고 분노에 찬 시다. 시 속에서 옴에 걸려 털이 다 빠져버린 암캐는 카니발 의상을 입고 삼바 춤을 추라는 조언을 받는다.

(저 축 늘어진 젖꼭지를 보면, 젖먹이는 어미인 게지.)
새끼들은 어느 빈민굴에 숨겨두었니, 가엾은 암캐야,
네 잔꾀로 겨우 빌어먹으러 다니는 동안? ……

약에 취한 자, 술에 취한 자, 아니면 멀쩡한 자,
다리가 있는 자, 없는 자, 구걸만 하면 다 주는데,
네 발 달린 병든 개에게는 무엇을 해주겠니?

제한된 지면에서 시를 논의하려다 보니 〈수탉들Roosters〉 〈물고기The Fish〉 〈세인트 엘리자베스 방문Visits to St. Elizabeths〉(진지한 정치시이기도 하다) 〈대기실에서In the Waiting Room〉 〈한 가지 기술One Art〉 등과 같이 훨씬 더 잘 알려진 시들과 대단히 훌륭한 노바스코샤 시도 어쩔 수 없이 선택에서 제외해야 했다. 그러나 비숍의 시가 지닌 가치는 우리가 인식해왔던 것보다 더 복잡하고 다면적이기에 그의 작품에 들어서는 새로운 방법들을 제안해보고 싶었다. 게다가 우리 뒤로 페미니스트와 레즈비언 시와 비평이 10년 정도 흐르고 《엘리자베스 비숍 시 전집》이 출간된 지금에야 비로소 우리는 그의 작품을 남성 시인의 정전에서 인정받은 소수의 '예외적인' 여성으로서만이 아니라, 여성이자 레즈비언 전통의 일환으로도 읽을 수 있게 되었다. 이 '예외적인' 토큰 외부자는 그 기교와 예술성으로 찬사를 받아왔지만, 다른 외부자들과의 깊고도 험난한 연결은 너무도 자주 무시되어왔다. (이 자체가 일종의 동화 명령이다.) 내겐 비숍이 대부분의 생애 동안 경계성과 권력의 유무에 대해 대단히 아름답고 감각적인 시를 통해 비평적이고 의식적으로 탐색하고자 노력해왔다는 것을 아는 게 중요하다. 이 시들 모두가 완전한 깨달음을 담지 못했거나 만족스럽지 못한 것은 예술이 이러한 질문들을 구현해야 한다고 생각하는 사람들에게 여전히 할 일이 많다는 것을 의미할 뿐이다.

피, 빵, 그리고 시

피, 빵, 그리고 시*

시인의 위치

1984

1983년 여름 마이애미 공항에서 한 북미 여성이 내게 말했다. "니카라과가 마음에 드실 거예요. 거기 사람들은 전부 시인이거든요." 거기 가 있는 동안에도, 집에 돌아온 후로도 그 말을 여러 번 생각했다. 시인 스스로 일반 대중의 감수성과 동떨어졌다고 생각하게 만들고, 우리를 일상적이고 압도적으로 주변부로 몰아내는(이제까지 정치 시를 썼다고 노예 노역을 시키거나 고문을 하지는 않았지만, 시인의 말을 가로막는 미디어의 죽은 공기, 백색소음만 존재하는) 사회 (백인 남성 지배적인 북아메리카) 출신으로서, 시는 경제적인 수익성도 없고 정치적인 효과도 없으며 정치적 반항은 예술을 파괴할 뿐이라고 말하며 우리에게 혼란을 주는 지배적인 북아메리카 문화 출신으로서, 내 운명은 대학 커리큘럼과 국가적인 축하, 의례 행사의 뷔페 테이블을 장식하는 고명이자 사치품이라고 말하는 문화 출신으로

---

*   1983년 매사추세츠대학교 애머스트 캠퍼스 인문학 연구소에서 주최한 '작가와 사회적 책임'을 주제로 한 강연.《매사추세츠 리뷰》에 처음 발표했다.

332

서, 그 여성의 말을 어떻게 받아들여야 할까 생각했다. **니카라과가 마음에 드실 거예요. 거기 사람들은 전부 시인이거든요.** (내가 대체로 시인들을 좋아하나? 자문하자마자, 내가 좋아하지도 않고 내 나라를 책임지는 모습을 보고 싶지도 않은 시인들이 떠올랐다.) 시인은 당연히 마르크스-레닌주의 혁명을 사랑할 거라는 뜻인가? 그냥 정부가 자국민을 향해 벌인 전쟁에 반대하고 다른 나라의 국정 개입에 반대하는 한 사람의 시민이자 미국의 급진적인 레즈비언 페미니스트로 여행하면 안 되나? 게다가 '사람들이 전부 시인인' 혁명지에서 시의 설득력을 진지하게 논의한 적조차 없는 나라로 돌아온 시인의 증언이 대체 무슨 효용이 있을까?

확실한 것은 선의를 담은 그 여성의 말이 내 안에 매우 강렬하고 복잡한 감정을 불러일으켰다는 사실이다. 또 어떻게 보면 오늘 이 자리에서 내가 할 말을 쌓아 올릴 기본 텍스트가 되어주었다.

나는 대공황 직전에 태어나 나가사키와 히로시마에 원자폭탄이 떨어진 해에 열여섯 살이 되었다. 유대인 아버지와 기독교인 어머니 사이에서 태어났지만 죽음의 수용소에서 풀려나는 유대인들의 모습을 다룬 기록영화를 통해 처음으로 홀로코스트에 대해 알게 되었다. 또 기독교와 유대교라는 종교의 선을 따라 구역이 나누어진 몹시 분리적인 도시의 교외에서 자라 기아나 노숙에 대해 아는 게 전혀 없었던 어린 백인 여성이기도 했다. 인생의 첫 16년을 도시가 폭격을 당하고, 민간인이 죽임을 당할 수는 있어도 땅은 절대로 파괴되지 않는다는 믿음에 싸여 안전하게 살았다. 전 인류가 핵으로 인한 절멸을 예측하기 시작했지만, 내 인생의 첫 16년은 그런 것을 전혀 알지 못했다. 더불어 내가 읽었던 수많은 시는 시의 불멸성이라는 주제를 되풀이했고, 개인적인 불멸성의 매개가 되어주었다.

아주 어렸을 때부터 시를 듣고 읽으며 자랐다. 내가 처음 느낀 시는 음악적으로 리드미컬하게 반복되는 자족적인 소리와 구체적이고 감각적으로 강렬한 이미지의 힘이었다.

> 그들은 밤새도록 사냥을 했고
> 　　아무것도 찾지 못했네,
> 하지만 배는 바람을 타고
> 　　가고 또 갔네.
> 한 사람이 이건 배야, 말하자
> 　　또 한 사람이 아니야, 말했네
> 다른 사람이 이건 집이야, 말했네
> 　　굴뚝이 날아가고 없는 집.
> 그들은 밤새도록 사냥을 했고
> 　　아무것도 찾지 못했네,
> 하지만 달은 바람을 타고
> 　　흐르고 또 흘렀네. ……
> (전래동요, 〈술 취한 세 사냥꾼〉―옮긴이)

> 호랑이여! 호랑이여! 한밤중 숲속에서
> 　　눈부시게 타오르는구나,
> 어떤 불멸의 손이나 눈이 있어
> 　　그대 무시무시한 균형을 빚어냈는가?
> (윌리엄 블레이크, 〈호랑이여! 호랑이여!〉―옮긴이)

그러나 시는 곧 음악과 이미지를 넘어서는 깨달음이자 정보이자 일종의 가르침이 되었다. 나는 시를 통해 뭔가를 배울 수 있다고 믿었다. 아무리 아이의 생각이었다고 해도 미국 시민다운 평범한 발상은 아니었다. 나는 내 뒤를 따라다니던 질문들, 나 혼자서는 완성할 수도 없는 질문들에 시가 실마리나 암시나 열쇠를 줄 수 있을 거라 생각했다. 일테면 이런 질문들. 이 삶에서 어떤 일이 가능할까? '사랑'은 무슨 뜻이고, 왜 그토록 중요하다는 걸까? '자유'나 '해방'이라고 부르는 것들은 또 뭘까? 이것들도 사랑처럼 느끼는 걸까? 인간은 과거에 어떻게 살아왔고 어떤 고통을 겪었을까? 나는 내 인생을 어떻게 살아가게 될까? 시인이 자기 자신과 또 서로와 모순을 보인다는 사실이 그리 놀랍거나 당혹스럽지 않았다. 나는 내가 구할 수 있는 모든 것을 열렬히 탐했다. 어린아이의 마음은 일관성을 지키기 위해 문을 닫거나 하지 않았다.

내 친구에게 화가 났어요,
분노를 말했더니, 분노가 사라졌어요.
내 적에게 화가 났어요,
분노를 말하지 않았더니, 분노가 더 커졌어요.
(윌리엄 블레이크, 〈독 나무A Poison Tree〉―옮긴이)

어렸을 때 화가 나는데 '성질을 죽이라'는 말을 들으면 윌리엄 블레이크의 이 시를 곱씹어보곤 했다. 그러나 처음 이 시를 기억한 것은 소리의 반복과 불길한 리듬 때문이었다.

처음에는 음악 때문에 좋아했고, 나중에는 여성과 남성과 결혼에 대해 말하는 내용 때문에 깊이 생각하게 되었던 또 다른 시로 에드윈 알링턴 로빈슨의 〈에로스 투란노스Eros Turannos〉가 있다.

> 여자는 남자가 두려워, 늘 물어볼 것이다
>> 어떤 운명이 그를 선택하게 했는지,
> 여자는 남자의 매혹적인 가면을 마주치고
>> 그를 거부할 온갖 이유를 만난다.
> 그러나 무엇을 만나고 무엇을 두려워하든
>> 하락하는 세월은 못 이긴다,
> 거품 없는 시절의 둑까지 천천히
>> 끌려가, 그를 잃게 될 시간들⋯⋯

그리고 당연히 나는 선집으로 묶인 시인들만 진짜 시인이고, 선집에 실렸다는 사실이 그 증거라고 생각했다. 물론 일부는 '위대한' 시인으로 또 일부는 '이류' 시인으로 분류되기는 했지만. 이런 선집들의 신세를 많이 졌다.《은 페니Silver Pennies》, 루이스 운터마이어가 엮은 끝없는 선집 시리즈,《케임브리지 어린이 시집The Cambridge Book of Poetry for Children》, 팰그레이브의《황금 보물Golden Treasury》,《옥스퍼드 영시집Oxford Book of English Verse》 등등. 그러나 이 시집들 역시 특정 시대나 특정 부류의 취향을 반영했다는 사실은 알지 못했다. 여전히 시인들은 어떤 초월적인 권위에 영감을 받고 특별한 높이에 올라가 말한다고 믿었다. 피를 뜨겁게 달구는 방식으로 음절을 엮는 능력이야말로 보편적인 시각이 있다는 증거라고 생각했다.

주변의 태도와 자라면서 영향을 받은 미학적 이데올로기 때문에 20대에 들어서서도 모든 예술 가운데 시가 세계관을 표현하는 더 고귀한 형식이며, 비평가 에드워드 사이드의 말처럼 "세속적이고 사회적으로 이해되는 인간의 기호가 아니라 유사종교적인 경이로움"[1]이라고 믿었다. 시인은 남자의, 그리고 어쩌다 여자의, 꿈과 갈망, 공포, 욕망을 이용해, 또 워즈워스의 표현에 따르면 '한 남자로서 남자들에게 말하기'를 통해 '보편성'과 권위를 획득했다. 그러나 열여섯 살의 나, 스물여섯 살 나의 개인적인 세계관은 정치 상황에 의해 만들어지고 있었다. 나는 남자가 아니었다. 나는 백인 우월주의 사회의 백인이었다. 나는 특정 계급의 관점으로 교육받고 있었다. 아버지는 반유대주의 사회에 '동화된' 유대인이었고, 어머니는 남부의 백인 개신교인이었다. 내 의식은 특별한 역사적 흐름 위에서 조각조각 맞춰지고 있었다. 나의 개인적인 세계관은 부분적으로 내가 읽었던 시들로 이루어졌는데, 거의 완전히 백인 앵글로색슨 남성이 쓰고 극소수의 여성과 켈트족과 프랑스인이 쓴 시였다. 그러므로 스페인어로 쓰인 시, 아프리카, 중국, 중동의 시는 전혀 없었다. 나만의 고유한 것이라고 확신했던 개인적인 세계관은 수많은 다른 청년들과 마찬가지로 본질적인 것이 아니었다. 피와 빵과 관련한 사실들, 따로 배우지 않았어도 반쯤 의식적으로 내가 사는 시대와 장소의 사회적, 정치적 힘이 반영된 것이었다.

나는 1940년대 말부터 1950년대 초까지 대학에 다녔다. 경제적 절망과 사회적 불안, 전쟁, 그리고 정치적인 주장을 담은 예술의 시대였던 10년이 물러가고 냉전의 안개가 몰려왔다. 어머니가 가정에 있는 핵가족을 핵심으로 홍보하고, FBI와 CIA의 활동이 고조되고, 수많은 예술가가 소위 '저항' 예술에서 물러났다. 국무부 안에서만

이 아니라 예술가와 지식인 사이에서도 마녀사냥이 벌어졌으며, 반유대주의가 판을 치고, 남성 동성애자들과 레즈비언이 희생양이 되었고, 1953년 에델과 줄리어스 로젠버그 부부가 전기의자에서 사형을 당하면서 냉전의 십자군은 상징적인 승리를 구가했다.

내가 대학에 다닐 때 사회주의자이자 동성애자였던 프랜시스 오토 매시슨은 하버드에서 문학을 가르쳤다. 어느 학기엔가 매시슨은 블레이크와 키츠, 바이런, 예이츠, 스티븐스, 이 다섯 시인에 대해 강의했다. 아마 당시 강의는 내가 대학에서 겪은 그 어떤 일보다 시인으로서 내 삶에 더 많은 영향을 주었을 것이다. 매시슨은 언어에 대한 열정이 대단해 큰 소리로 시를 읽었으며 우리에게도 시를 외우고 암송하게 했다. 또한, 외부 세계에서 일어나는 여러 사건에 관해 언급하기도 했고, 미합중국과 소비에트연방 사이에서 동유럽이 독자적인 사회주의 세력으로 살아남기를 바라는 마음을 넌지시 나타내기도 했다. 현재 유럽의 청년 운동이 미국의 우리에게 중요한 일인 것처럼 말하기도 했다. 그의 강의에서 시는 결코 순수 텍스트 비평의 영역에만 머무르지 않았다. 그때가 1947년 혹은 1948년이었던 사실을 기억하자. 당시 강의실은 제대군인 원호법이 아니었으면 하버드는커녕 대학에도 오지 못했을 2차 세계대전 베테랑들로 가득했지만, 그는 텍스트를 벗어나 세계를 언급하는 몇 안 되는 하버드의 문학 교수였다. 매시슨은 내가 2학년이 된 해 봄에 자살했다.

그때까지만 해도 다른 시인들보다 더 내 피를 뜨겁게 달구는 방식으로 음절을 한데 엮을 줄 알았던 위대한 시인의 이상형이 예이츠였으므로, 나는 아일랜드 역사에 관한 강의를 듣기 시작했다. 아일랜드계 보스턴 사람이었던 켈트인 교수가 가르쳤다. 그는 하버드의 토큰 중 한 사람으로 아버지는 보스턴의 경찰이었다고 한다. 그는 게 일어와 영어로 시를 읽었고, 우리에게 정치 발라드를 들려주었으며, 영국의 인종차별과 제국주의에 관해―물론 그 단어를 직접 언급한 적은 없지만―꽤 많은 것을 가르쳐주었다. 그는 아일랜드식 자기 낭만화를 단칼에 베어버리기도 했다. 사람들은 아일랜드 역사 수업을 비웃으며 풋볼선수들이나 듣는 과목이라고 했다. 하버드 야드 안 팎에서 아일랜드계 보스턴 사람들을 향한 양키 브라만(보스턴 상류층)의 인종차별은 그들의 계급적 오만함과 마찬가지로 단 한 번도 문제가 된 적이 없었다. 오늘날 아일랜드계 보스턴 사람들은 흑인과 히스패닉을 향한 뉴잉글랜드 지역의 인종차별을 행동으로 옮기면서 영향력을 차지하고 있다. 이상하게도 내가 이런 문제를 처음으로 이해하고자 노력하기 시작했던 것도 시를 통해서였다.

'이상하게도'라고 말한 것은 엘리트 학문 기관에서 시 읽기는―1980년대에도 1950년대 초반과 마찬가지로―사회 비평이 목적이 아니라 별 열정 없이 시의 해부를 배우는 전문적인 경력을 목적으로 하기 때문이다. 명성, 안정적 직업의 확보, 돈, 그리고 배타적인 공동체로 편입되는 것이 문학을 학문적으로 공부하는 목적이다. 어떻게 보면 시를 아주 일찍부터, 학교가 아닌 곳에서 읽기 시작했고, 시를 읽은 시간만큼 시를 써왔던 것도 다행이었다. 또 시가 뭐라고 말하든 시의 순수한 소리에 쉽게 매료당했고 지금도 그러하다는 사실도 덧붙이고 싶다. 누구라도 시에 실제 세계와 소리를 섞어내는 시인은 말할 수 없을 정도로 나를 흥분시키고 흥미를 자아낸다. 학창 시절 누구보다 이에 능해 보였던 시인이 예이츠였다. 몇 년 동안 늘 내 머릿속을 울렸던 예이츠의 시구가 있다.

사람은 여러 차례 살고 죽는다
종족의 영원과 영혼의 영원,
이 두 영원 사이에서,
그리고 옛 아일랜드는 전부 알고 있었다……

그녀는 외로운 새의 날개를 쓰다듬으며
지나간 세월을 떠올렸을까?
그 마음이 씁쓸해지고, 추상적인 것이 되기 전,
그 생각이 민중의 증오로 변하기 전,
눈이 멀고 눈먼 자들의 지도자가 되어
시궁창에 누워 더러운 물을 마시기 전의 세월을?

예술가의 정치 참여에 반대하는 가장 열정적이고 유혹적인 모든 주장을 예이츠의 시에서 발견할 수 있다고 감히 추측할 수도 있을 것이다. 그러나 내가 그의 작품을 읽으며 흥분했던 지점은 그의 언어가 내는 소리와 함께 예술과 정치 사이의 이러한 대화였지, 그가 공들여 쌓은 신화 체계는 결코 아니었다. 나는 그의 시를 읽으면서 두 가지를 배웠는데, 이 두 가지는 서로 상충한다. 하나는 시가 정치에 '관해' 말할 수 있고 정치에 뿌리를 내릴 수 있다는 점이다. 시가 특권층의 방어책이 될 수도 있고, 정치적 반항과 혁명을 개탄할 수도 있지만, 시는 언어의 강렬함을 희생시키지 않고도 자신을 정치적으로 설명할 수 있으며 정치 상황 안에 자신의 위치를 의식적으로 정할 수 있고, 어쩌면 그래야 한다. 또 하나는 정치는 이성을 '씁쓸하고' '추상적으로' 만들고, 여성을 날카롭고 신경질적으로 만들기 때문에, 결국 아름다움과 재능을 낭비한다는 생각이다. "너무도 오랜 희생은 / 심장에 돌을 박는다." 정전에 포함된 시 가운데 이 두 번째 생각에 반박하는 시는 내가 알기로 단 한 편도 없다. 엘리자베스 배렛 브라우닝의 반-노예제도, 페미니즘 시도 H. D.의 반-전쟁, 여성 정체성의 시도, 랭스턴 휴즈와 뮤리엘 루카이저의 급진적인—그리고, 혁명적인—작품도 학문 중심 정전에 들어가지 못하고 묻혀 있다. 그러나 예이츠에게 배운 첫 번째 생각은 내게 몹시 중요했다. 즉, 명백히 공인받은 시인도 정치적인 주제로 시를 쓸 수 있고, 시 안에 정치활동가의 이름을 엮어 넣을 수도 있다.

> 맥도너와 맥브라이드와
> 코널리와 피어스는
> 지금 그리고 다가올 날들에
> 초록이 지친 곳 어디에서든
> 변한다고, 완전히 변한다고.
> 끔찍한 아름다움이 태어났다.
>
> (윌리엄 버틀러 예이츠, 〈1916년 부활절Easter, 1916〉 일부—옮긴이)

우리 모두 젊은 시절 이름조차 없는 것들을 찾아다닐 때 흔히 그러하듯이, 나 역시 내가 찾을 수 있는 곳에서 내가 사용할 수 있는 것들을 주웠다. 우리에게 필요한 생각이나 형식이 사라지면, 우리는 그 자취를 쫓을 수 있는 곳에서 남은 찌꺼기를 탐색한다. 그러나 여기에는 한 가지 중요한 문제가 있었다. 나는 여성으로 태어났으면서, 마치 시는—그리고 시를 쓸 가능성은—보편적이고 성 중립적

피, 빵, 그리고 시

인 영역인 양 생각하고 행동하고자 애썼다. 남성적 패러다임의 우주에서 나는 자연스럽게 여성과 섹슈얼리티와 권력에 관한 생각들을 남성 시인의 주관적 시선으로 받아들였다. 특히 예이츠가 그러했다. 이와 같은 이미지들과 내 삶의 일상적인 사건들이 불협화음을 이루는 바람에 끊임없이 상상력을 가동해야 했고, 일종의 영구적인 번역이 필요했으며, 시인 정체성에서 여성 정체성을 무의식적으로 파쇄시켜야 했다. 지배적인 문화의 이름 짓기와 이미지 만들기 아래 살아가는 모든 집단은 이러한 정신적 분열의 위험에 처해 있고 이에 저항할 수 있는 기술이 필요하다.

그러나 1950년대 한복판에서 이 세계에서 내 위치가 어디인지 분명하게 알 수 없었고, 작가로서 그런 생각이 중요한 원천이 된다는 것도 몰랐다. 다만 진정한 여성이 되려면 반드시 경험해야 한다고 알려진 결혼과 어머니 역할에 대해서라면 종종 내게 잘 맞지 않고 내 힘을 빼앗아가며 외로움을 안겨준다는 것은 알았다. 그러나 나는 빵 자체를 일차적인 문제로 생각할 필요가 없었고, 피에 관해서라면 내 피는 백인의 것이고 백인은 잘 산다는 것을 알았다. 내 부모는 사회적 소속감과 인정의 문제를 깊이 걱정해야 했지만, 나는 돈을 벌기 위해 분노나 굴욕감을 삼킬 필요가 없었다. 내가 읽은 문학 중에 굶주림이 다수에게 일상이고 평범한 사실임을 보여주는 작품은 거의 없었다. 나는 교육을 잘 받았다고 생각했다. 사실상 절대로 끝나지 않은 냉전의 분위기에서 우리는 소비에트연방 사람들의 '세뇌'에 대해, 공산주의 원칙에 따라 역사를 말도 안 되게 다시 쓰는 행위에 대해 많은 이야기를 들었다. 그러나 대다수 미국인과 마찬가지로 나 역시 우리 역사의 특별한 버전을, 다시 말해 자산을 소유한 백인 남성의 버전을 배웠지만, 20대 초반에는 이런 사실을 깨닫지도 못했다. 어린 시절이나 이후 나이가 더 들어서나 백인 주류 미국 문화에서 자랐기 때문에 남은 생애 동안 교육받은 내용 중 나와 어긋나는 상당 부분을 수고롭게 다시 짜 맞추어야 했다. 정말로 나와 관계가 있는 역사, 시인으로서 내가 의존할 수 있는 역사, 여성이자 시인으로서 기초로 삼을 수 있는 역사, 다시 말해 빼앗긴 자들의 역사를 다시 구성해야 했다.

1950년대에 젊은 여성으로 살아가면서 자꾸만 안쪽으로 움츠러드는 자아의 고통과 혼란을 겪으며 나는 어린 시절 내내 따라다녔던 흑인을 향한 은밀하고도 공공연한 금기를, 그 오래전의 분열을 다시 느끼기 시작했다. 그리고 시뿐만 아니라 정치적인 작가들에게서도 삶의 실마리나 열쇠를 찾기 시작했다. 당시 내가 발견한 작가들은 메리 울스턴크래프트, 시몬 드 보부아르, 제임스 볼드윈이었다. 이들은 '원래 그런 것'처럼 보였던 것들도 사실은 사회적 산물일 수 있고, 누구에게는 이로워도 누구에게는 불리할 수도 있으며, 이와 같은 산물도 얼마든지 비판하고 변화할 수 있음을 깨닫게 해주었다. 젠더 관련 신화와 강박, 인종 관련 신화와 강박, 이런 관계 속의 폭력적 권력 행사를 얼마든지 밝혀내 그 영역을 지도로 제작할 수도 있었다. 그것들은 단순히 나의 개인적인 혼란과 은밀한 불행과 개별적인 실패의 일부만이 아니었다. 나는 백인 여성으로서 내가 백인 의식 속에 있는 인종 관련 강박에 대해 말해야 한다는 사실도 몰랐다. 그러나 여성에게서 시인을 분리하고, 여성에게서 사상가를 분리하는 명백한 분열에 저항하기 시작했고, 내가 정치적인 시라고 두려워했던 것을 쓰기 시작했다. 그 과정에서 내가 아는 문단 사람들의 격

피, 빵, 그리고 시

려를 거의 받지 못했지만, 볼드윈 같은 이들의 말에서 용기와 증거를 발견했다. '진정한 변화는 원래 알고 있던 세계의 붕괴를, 정체성을 부여했던 모든 것의 상실을, 그리고 안전의 종말을 의미한다.' 왜 이런 말들에 힘을 얻었는지 모르겠다. 아마 그런 말을 들으면 덜 외롭기 때문이었을 것이다.

메리 울스톤크래프트는 교육받지 못한 18세기 영국 중산층 여성들의 지적인 굶주림과 감정적 영양결핍을 목격했다. 그는 여성의 이성도 남성의 이성만큼 존중하라고, 여성도 남성 문화에 평등하게 받아들이라고 탄원했다. 시몬 드 보부아르는 '타자로서의 여성'이라는 남성의 인식이 어떻게 유럽 문화를 지배했는지, 즉 신화 속에 '여성'을 가둬놓고 여성의 독립적 존재와 가치를 강탈해버린 과정을 보여주었다. 제임스 볼드윈은 **모든** 문화가 정치적으로 의미가 있다고 주장했고, 미국의 할렘에서 자란 아프리카계 미국인이든 식민지배의 역사에서 출현한 어느 나라의 아프리카인이든 백인지배문화의 흑인이자 예술가로 살아가는 위상이 얼마나 복잡한지 설명했다. 그는 또한 '아직 쓰이지 않은 흑인 여성의 역사'를 언급하며 1954년 앙드레 지드에 관한 에세이에서 '[이성애자든 동성애자든] 남성이 더 이상 여성을 사랑할 수 없을 때 그들은 서로를 사랑하거나 존중하거나 신뢰하는 것도 멈추게 되고, 완벽한 고립 상태에 들어간다'라고 쓰기도 했다. 그는 내가 읽은 작가 가운데 인종차별은 흑인에게만이 아니라 백인에게도 마찬가지로 파괴적이고 해롭다고 주장한 최초의 작가였다.

2차 세계대전 중 일어난 자유 사상은 1950년대에 이르러 정치적으로 매우 추상적인 개념이 되어버렸다. 자유는—당시에도 지금처럼—서구 민주주의가 믿는 것, 그리고 '철의 장막'인 소비에트 권역 국가들에게는 없는 것으로 여겨졌다. 미국의 젊은 지식인 사이에서 읽고 논의하기 시작한 실존주의 철학은 자유는 저항과 관계된 것이라고 말했다. 그러나 시몬 드 보부아르와 제임스 볼드윈을 읽으며 나는 자유롭지 못한 존재의 구체적인 현실이 얼마나 꾸준히 스며들어 상황을 소모하는지, 또한 그 현실이 무력의 사용뿐만 아니라 문화를 통해서도 유지된다는 사실을 깨닫기 시작했다.

나는 지금 과거의 시각을 통해 현재의 이야기를 하고 있다. 당시에는 위에 언급한 작가들이 내게 어떤 영향을 미쳤는지 종합적으로 생각하지도 못했다. 그저 내가 시를 읽을 때와 똑같은 열정과 요구를 안고 그 작가들을 읽고 있다는 것만, 그리고 그들이 내 삶을 관통하기 시작했다는 것만 알았다. 그리고 처음으로 내게도 세계를 바라보는 방식, 필요한 질문을 던질 수 있게 도와주는 발판이 생겼다는 느낌이 들었다.

그러나 당시에도 지금처럼 '정치와 예술을 혼합'하지 말라고 북아메리카의 예술가들에게 경고하는 목소리가 컸다. 나는 이러한 주장들의 기원을 거슬러 올라가 그 실체를 파악해보려고 했는데, 지금은 그런 주장도 특권에 대한 정치적 선언으로 여기기 때문에 내게 어떠한 영향력도 행사하지 못한다. 여전히 예술가와 빵과 피의 관계나 권력과 특권의 문제와 아무런 상관이 없는 보편적인 힘이나 초자연적인 영감이 존재한다고 전제하는 신비주의 거짓 예술관이 있다. 이런 관점으로 보면 예술의 통로는 예술가가 일시적이고 지엽적인 장애물을 만났을 때만 막히고 잘못된 방향으로 빠질 수 있다. 노래가 투쟁보다 고귀하고, 예술가는 정치—여기서는 현실적인 파벌주의와 부패한 권력투쟁을 의미하는 정치—와 초월적인 영역에 존재하는 예술 가운데 하나를 반드시 선택해야 한다. 문학에 대한 이러한 관점이 거의 한 세기 동안 영국과 미국의 문학비평을 장악해왔다. 1950년대와 1960년대 초반에는 예술가의 '정치 관여'에 거부감이 심했고, 예술은 신비롭고 보편적이며, 예술가 또한 무책임하고 감정적이며 정치적으로 순진했다.

더욱이 북아메리카에서 '정치'는 거래와 조작, 저급한 활동과 관계있는 추악한 단어였다. (북아메리카 사람들이 조작만큼 두려워하는 게 없을 지경인데, 아마도 우리가 어느 정도 심각하게 조작적인 체제 안에 살고 있다는 사실을 알기 때문일 것이다.) 또 1950년대에는 확실히 '정치'가 적화 위협, 유대인의 계략, 스파이, 민주주의 전복 음모를 꿈꾸는 불평분자, 완벽히 만족스러워하는 흑인과 (또는) 노동계급을 동요시키는 '외부 선동가'를 암시했다. 그런 활동은 위험하고 처벌받아 마땅했으며, 매카시 선풍 시대에는 엄청난 공포가 널리 퍼져 있었다. 작가 메리델 르슈어도 블랙리스트에 올라가 FBI의 추적을 당했으며, 책의 유통도 금지되고, FBI가 학생들과 고용주들을 위협하는 바람에 교직, 웨이트리스 등 직장마다 연달아 해고당했다. 틸리 올슨의 딸은 1950년대 샌프란시스코 베이 에어리어의 좌파 사람들이 머나먼 북쪽의 수용소에 억류당할지도 모른다고 생각해 어머니와 함께 두꺼운 겨울옷을 사러 구세군에 갔던 일을 회상한다. 위두 사례는 그나마 정치 활동에 가담했다가 특별한 억압에서 살아남은 경우고, 사실 많은 이들이 탄압에서 회복되지 못했다.

어쩌면 수많은 북아메리카 백인이 공공연한 정치 예술을 두려워하는 것은 이 예술이 우리가 '이성적으로' 반대한다고 생각하는 것을 감정적으로 설득하기 때문일지도 모른다. 정치 예술이 그동안 우리가 도달하지 못했던 단계로 우리를 데려다주기 때문에, 우리 스스로 구축한 안전망을 무너뜨리기 때문에, 차라리 잊은 채로 살아가는 편이 나았을 어떤 것들을 상기시키기 때문에 두려운 것일지도 모른다. 그러나 이러한 두려움의 원인은 단순히 백인 쇼비니스트/남성 우월주의자/비동성애자/청교도와 결합하는 게 아니라 '어둡고' '나약하고' '뒤집히고' '원시적이고' '불안정하고' '불길한' 것들과도 결합하는 시와 열정의 목소리가 지닌 진짜 힘 때문이다. 그러나 우리는 정치적인 시라고 하면 단순한 수사와 특수용어로 전락하기 쉽고, 일차원적이고 단순하고 독설을 퍼붓는 글이 될 수밖에 없으며, '저항문학'을 쓰는 순간―다시 말해 남성이나 백인이나 이성애자나 중산층의 관점으로 쓰지 않으면―'보편성'을 희생시킬 수밖에 없다고 배웠다. 부당함에 관해 쓰는 순간 '정치의 도끼를 가는' 수준으로 우리의 범위를 축소하게 된다고 배웠다. 그래서 정치적인 시는 엄청난 전복의 힘을 지녔다는 혐의를 받고, 개념상 여유가 부족하고 무력한 나쁜 글쓰기라고 비난받는다. 북아메리카의 시인들이 이러한 이중 메시지에 미칠 것 같다고 느끼는 것도 어찌 보면 당연하다.

1956년부터 내가 쓴 시마다 연도를 써넣기 시작했다. 시를 캡슐로 감싼 하나의 사건, 그 자체로 완전한 하나의 예술작품으로 여기길 그만두었기 때문이다. 나는 내 삶이 변화 중이고 내 작품이 변화 중임을 알았기에 독자에게도 내 존재 의식이 오래도록 지속되는 하나의 과정에 참여하고 있음을 알릴 필요가 있었다. 지금 생각해도 이는 완곡한 정치적 주장으로, 시 텍스트가 세계를 살아가는 시인의 일상과 분리된 채 읽혀야 한다는 지배적인 비평의 생각을 거부하는 행위였다. 시를 역사를 벗어난 곳이 아니라 역사적인 연속체 안에 위치시킨 일종의 선언이었다.

내 경우를 말하자면, 1963년 의식적인 성정치학에 입각한 시집을 출간하자마자, 이 작품은 '신랄하고' '개인적'이며, 거친 시구와 조잡한 목소리 때문에 내 초기 시집에 담겼던 달콤하게 흘러가는 리듬을 희생시켰다는 평가를 들었다. 한동안 펜을 집어 들 때마다 마음속에 이런 목소리들이 들려왔다. 그러나 나는 정치적 반항과 희망, 활동의 10년이 시작되었을 때 글을 쓰고 있었다. 내가 처음 시집을 출간하기 시작했던 10년 전과는 달리 스스로 확신을 품고 의식적으로 정치적인 시인이 될 수 있는 외적 조건이 이미 마련되어 있었다. 흑인 인권운동으로 거리에서 캠퍼스에서 다양한 행진과 연좌농성이 벌어지는 가운데, 새 세대 흑인 작가들이 목소리를 내기 시작했고, 윗세대 작가들의 작품이 다시 출판되고 다시 읽히기 시작했다. 시 읽기는 집단적인 분노와 희망의 정신과 융합했다. 미국의 군국주의와 제국주의에 반대하는 운동의 일환으로 백인 시인들도 동남아시아 전쟁을 다룬 시를 쓰고 낭송했다. 이런 시들 가운데 여러 편에서 네이팜탄과 마을의 '평정'에 대한 현실을 언어로 표현하고자 할 때, TV로 볼 때는 미미한 영향으로 보였던 것들을 시 안에 생생하게 담아내고자 노력할 때 시인이 느끼는 절망감을 엿볼 수 있다. 그러나 여기에 남성으로서 혹은 여성으로서 시인 자신의 정체성, 자아는 거의 보이지 않았다. 내가 다른 지면에서 썼던 대로 '적은 언제나 자아 밖에 있으며, 투쟁은 여기 아닌 다른 곳에 있었다.' 나는 아마도 시몬 드 보부아르와 제임스 볼드윈을 읽고 나서부터 당시 내 표현에 의하면 '베트남과 연인들의 침대'는 서로 연결되어 있다는 생각을 하기 시작했다. 1960년대 후반에는 나도 모르게 시 안에 이러한 관계를 묘사하려고 애썼다. 심지어 나 스스로 페미니스트나 레즈비언이라고 부르기 전부터—미치지 않기 위해—시 안에 '외부' 정치의 세계를 불러와야 한다고 느꼈다. 아이들이 다이너마이트나 네이팜탄으로 폭격을 당하고, 도시에 게토와 군국주의 폭력이 존재하는 세계, 남성/여성의 관계와 성별을 서정적으로 여기는 세계를 시에 끌어와야 했다.

당시 나는 어느 도시의 지하철 대학에서 강의를 시작했다. 지하철 대학이란 도시의 공립학교 부족 현상을 보충할 목적으로 게토 지역의 학생들을 위해 만든 프로그램이었다. 교직원과 학생들 사이에서, 그리고 더 넓은 학계에서 흑인 영어의 언어학적 존재와 그 가치에 대해, 그리고 표준 영어의 표현적 한계와 사회적 이용에 대한 지속적인 논쟁이 벌어지고 있었다. 다시 말해 언어의 정치학이었다. 나는 시인으로서 관습의 가치와 제약에 대해 많은 것을 배웠다. 전통적인 구조가 안겨주는 안도감도 있고 또 새로운 경험을 인정하며 전통에서 벗어날 필요성도 있었다. 언어로서의 시와 개인적인 자아를 벗어나 타자와 대화를 나누고, 탐사하고, 태우고, 벗겨내는 행동으로서 시 사이에 역학관계가 점점 다급하게 느꼈다.

1960년대 말이 되자 여성 자치권 운동이 '개인적인 것이 곧 정치적이다'라고 선언하고 있었다. 10년간의 다른 정치 운동에서 여성을 향한 남성의 권력 관계, 여성의 역할과 남성의 역할에 관한 질문이—종종 경멸적으로—개인적인 삶의 영역으로 치부되었기 때문에 위와 같은 선언이 반드시 필요했다. 성은 인종 간의 성을 제외하곤 정치적으로 보이지 않았다. 이제 여성들은 경제적인 착취와 군국주의, 식민주의, 제국주의의 관점에서만이 아니라, 가족 안에서, 결혼제도 안에서, 육아 현장에서, 이성애 행위 자체에서 지배에 관해 말하고 있었다. 공적인 삶과 사적인 삶을 따로 떼어놓는 정신의 장벽을 깨뜨리는 것 자체가 해방을 향한 거대한 물결로 느껴졌다. 그러므로 관련된 여성에게는 삶의 모든 면이 급박한 사안이다. 우리는 그동안 사소하다, 언급할 가치도 없다는 말을 들어왔던 사안에 이름을 붙이고 행동에 나서기 시작했다. 남편이나 연인에 의한 강간, 직원의 가슴을 더듬는 직장 상사, 갈 데 없는 여성이 겪는 가정폭력, 낙태를 시도했다가 불임이 되는 여성, 아이, 거처, 직장을 잃는 것으로 처벌을 받는 레즈비언. 우리는 자본주의나 사회주의나 모두 가정 내 여성의 무급 노동이 경제의 중심이라고 지적했다. 또 개인적인 것과 정치적인 것이 교차하는 지점에서 문학에, 특히 시에 반영되는 경험의 한계를 계속 밀어붙였다.

여성으로서, 여성의 육체와 경험을 통해 직접적이고 명백하게 글을 쓰는 일은, 여성이라는 존재를 진지하게 예술의 주제이자 원천으로 삼는 일은, 글 쓰는 삶 내내 내가 정말로 하고 싶었던 일이자 반드시 해야 할 일이었다. 나는 알몸으로 공포와 분노 모두를 대면했다. 다시금 볼드윈의 표현을 빌리자면, 정말로 **내가 원래 알고 있던 세계의 붕괴, 안전의 종말을 의미했다.** 그러나 다른 수많은 여성과 마찬가지로, 내 안에 어마어마한 에너지를 분출시켜 점점 커지는 정치 공동체에서 그러한 방식의 글쓰기가 인정받고 타당성을 입증받도록 했다. 처음으로 시인과 여성 사이의 간격이 메워지는 것을 느꼈다.

여성들은 우리에게도 우리만의 예술이 필요하다고 이해했다. 우리 역사를 일깨워주고 우리가 어떤 모습이 될 수 있는지 상기시키는 예술, 그동안 인정받지 못했던 모습을 포함해 우리의 진정한 얼굴을 전부 보여주는 예술. 그동안 암호나 침묵으로 막혀왔던 목소리를 내고, 우리 운동이 의식의 고양과 솔직한 의견 개진과 행동주의를 통해 제기한 가치관들을 구체적으로 표현하는 예술이 필요하다고. 그러나 우리는 오직 여성 공동체 안에서만 살면서 글을 쓰지 않았고, 지금도 그러하다. 우리는 자본주의의 심장에서, 인종차별이 모든 형태의 물리적, 제도적, 정신적 폭력을 당연하게 여기고 일곱 명가운데 한 명 이상이 빈곤선 이하의 삶을 살아가는 국가에서, 정치 문화 운동을 구축하려고 애쓰고 있다. 미국의 페미니즘 운동은 예술도 사회주의도 적대시하는 특별한 역사를 지닌 국가, 미합중국에 뿌리를 내렸다. 미국의 예술은 캡슐에 싸인 하나의 상품으로, 돈으로 사고팔 수 있는 인공물로, '예술 행정가'라는 특별한 직원을 요구하는, MFA 과정에서 배울 수 있는 어떤 것으로, 정확한 이유를 몰라도 '가져야만 하는' 어떤 것으로 여겨진다. 레즈비언이자 페미니스트 시인, 작가로서 나는 이러한 **위치가** 내게 어떤 영향을 미치는지, 이나라의 피와 빵에 관한 현실과 함께 반드시 이해해야 한다.

"여성인 나는 조국이 없다. 여성인 나는 조국을 원하지 않는다. 여성인 나에게 전 세계가 조국이다." 버지니아 울프가 페미니즘과 반파시즘의 메시지를 담은 책 《3기니》에서 한 이 말을 우리는 감히 거짓으로 넘길 수 없다. 또한 우리가 뿌리를 내린 문화와 지정학적 지역을 향한 무책임을 합리화하기 위해 문맥을 무시하고 취할 생각이 없다. 페미니스트로서 울프는 세계 전역에서 수많은 전쟁을 벌여온 애국주의와 국가주의, 영국 가부장제의 가치관을 공격하고 있다. 그는 페미니즘을 통해 인생의 말년에 반제국주의자가 되었다. 여

피, 빵, 그리고 시

성인 나는 우리에게 '미국의 생활방식'을 제공해온 애국주의와 호전주의, 국가주의를 반대하는 동안에도 반드시 우리의 문화적 정체성과 국가적 정체성을 인정하고 탐색해야 한다고 생각한다. 어쩌면 북아메리카의 권력 가운데—서구의 백인 권력 가운데—가장 오만하고 악의적인 망상은 언제나 백인이 중심이고, 백인은 운명적으로 다른 민족의 가치관을 판단하고 약탈하고 동화시키고 파괴할 권리나 임무를 부여받았다는 망상일 것이다. 미국의 백인 페미니스트 예술가인 나는 쇼비니즘을 영속시키기를 절대 원하지 않지만, 여전히 문화 속에 침투한 쇼비니즘과 내 안에 찌꺼기로 남은 쇼비니즘과 싸워야 한다. 예술가가 정치적이고 윤리적인 문제를 해결할 수 있다고 격려받는 운동 안에서 내가 할 수 있는 일을 하면서 나는 과거 예술과 정치의 분리에서 상당히 벗어났다고 느꼈다. 그러나 북아메리카 '어딘가에' 여전히 그러한 분리가 존재한다는 사실은 자본주의 가부장제가 여전히 사회를 힘들게 만들고 있다는 뜻이다. 마거릿 랜들이 엮은 동시대 쿠바 여성 시인들의 시 선집 《침묵을 깨고》를 읽고 시의 필요성을 진지하게 받아들이는 사회에서 여성으로 시를 쓰며 살아간다는 것은 어떤 모습일까 인식하기 시작했다. 일관되게 높은 수준의 시와 다양한 목소리, 세계와 공동체와 시인의 연결 의식이 담겨 있는, 그리고 개별적인 진술을 통해 시와 사회 변혁 사이의 유기적 관계를 긍정하는 이 시집을 읽고 강렬한 영향을 받았다.

　　당신 주변 상황은 너무 자주 변한다.
　　당신의 조국도 변했다. 당신 스스로
　　그곳을 변화시켰다.

그런데 영혼, 그것도 변할까? 변화시켜야만 한다.

누가 아니라고 말할까?

쓸쓸한 여정이 될까?

폭력의 기미가 전혀 없이

나른하고, 분명할까?

오늘의 당신이 여전히

어제의 그 사람이라면

내일도 그 사람일 것이다……

이렇게 살기 위해

살고 죽는 그 사람일 것이다.[2]

이 책은 내가 니카라과까지 갔던 부분적인 이유였다. 그곳에 갈 기회가 생기자마자 붙잡았는데, 니카라과 사람들이 전부 시인이라고 생각해서가 아니라, 중앙아메리카에 관한 미국 언론의 보도에 점점 정보가 빈약해진다고 느꼈기 때문이었다. 산디니스타(1979년 소모사정권을 무너뜨린 니카라과 민족해방전선 일원―옮긴이)가 무엇을 옹호하는지, 일어난 지 얼마 안 되는 혁명이 위험에 빠진 상황에서 어느 방향으로 가고 싶어하는지 알고 싶었다. 그러나 한편으로는 수익성과 소비주의가 아닌 다른 가치에 몰두하는 사회에서 예술이 어떤 의미를 지니는지도 알고 싶었다. 예술은 상품이나 사치품이 아니고, 의심스러운 활동도 아니며, 누구나 접근 가능한 소중한 원천이자, 상처 입고 위축된, 여전히 피를 흘리는 조국의 재건을 위해 꼭 필요한 존재라는 예술을 향한 **믿음**이 끊임없이, 그리고 현저하게 선언되고 있었다. 귀국길에 나는 자문할 수밖에 없었다. 이곳 북아메리카

피, 빵, 그리고 시

에서는 예술가의 심장에 무슨 일이 일어나고 있는가? 예술가의 심장이 사회 구조에서 분리될 때 어떤 희생을 치러야 하는가? 예술은 어떻게 억제당하고, 우리의 소외에 의존하는 이 체제에서 우리는 어떻게 쓸모없고 무기력한 존재라 느끼게 되는가?

여기서 소외는 단지 물질적 조건의 세계에서 소외되는 것을 말하는 게 아니라 일이 일어나게 하거나 일어나지 못하게 막는 힘으로부터 소외를 말한다. 기억, 꿈, 이야기, 언어, 역사, 예술의 신성한 재료 등 우리 자신의 뿌리에서 소외되는 것이다. 북아메리카 원주민 여성들의 글과 예술작품을 모은 선집 《영혼의 모음》에서 멕시코계/아메리카 원주민 시인 아니타 발레리오[3]는 과거와 미래에 모두 존재하는 자아를, 복잡한 역사적, 문화적 정체성을 인정하라고 거듭 주장한다.

> 택시 기사 뿌리와 엘리베이터 뿌리가 있고,
> 거짓말의 물뿌리가
> 있다   비서의 절인 혀에 숨은
> 말의 뿌리   바다의 뿌리와
> 보는 뿌리
> 심장과 배의 뿌리, 언덕에 숨은
> 영양의 뿌리   전자 드럼으로 시작하는 / 빌리 클럽의
> 뿌리가 있다……
>   사냥꾼들의 뿌리   하늘로 솟구치는
> 연기   얼음을 깨뜨려 만든
>   오솔길   귀향의

뿌리가 있다   할아버지가 처음 지은 집   그가

검은 모자를 쓰고 서서 지팡이로

뱀을 때리는 게 보인다

          오두막에는

말하는 영혼들이 만든

지붕이 있다   듣고 싶지 않은

뿌리가 있고 당신이 볼 수 없게

소파 밑에 숨은 뿌리가 있다……

          이빨의 뿌리 그리고

염소의 목덜미   오렌지,   카메라

위에 쓴 안개 바람 속에서

모자를 사냥하는 당근 올빼미가 있다   푸른 사슴의

                                        모카신이

          문손잡이에서

반짝이고……

          부엌에서 파운드 케이크를 먹는

섹스의 뿌리가 있다   부스러기

                    부스러기

                                알리바이

부스러기

범죄자 우주비행 프로젝트   여자는

손전등을 집어 들고, 찬송가를 집어 들고, 목걸이를

집어 든다[4]

나는 세계 문맹자 대대수가 여성이라는 사실을, 내가 인구의 40
퍼센트가 거의 읽지 못하고 20퍼센트가 기능적 문맹인 기술 진보 국
가에 살고 있다는 사실을 완전히 알고 글을 쓴다.[5] 이러한 사실이 나
스스로 고통받아온 분열과 직접적인 연관성이 있다고, 우리 모두 여
기에 연루되어 있다고 믿는다. 어쨌든 나는 글을 쓸 수 있으므로, 그
리고 특히 여성들이 어떤 방식으로 글쓰기를 방해받아왔는지 알고
있으므로, 또 내 말이 읽히고 진지하게 받아들여지기 때문에, 내가
내 작품을 개인적인 삶이나 문학의 역사보다 더 큰 것으로 여기기
때문에, 나는 단지 정치적인 '올바름'을 위해서가 아니라 무지와 유
아론, 게으름, 불성실, 자동 글쓰기를 피하기 위해 원천을 넓히고 심
화하고, 내 시에서 말하는 자아를 살펴볼 수 있게 도와줄 스승을 계
속 찾아볼 책임을 느낀다. 그동안 여성 운동에서 목격해왔고, 최근에
는 니카라과에서 발견한 이러한 융합의 징후를 찾아 곳곳을 살펴본
다. 토니 케이드 밤버라의 《소금 먹는 사람들The Salt Eaters》나 아마 아
타 아이두의 《우리 언니는 흥을 깨지Our Sister Killjoy》, 제임스 볼드윈
의 《내 머리 바로 위에Just above My Head》를 살펴보고, 프리다 칼로와
제이콥 로렌스의 그림을, 디온 브랜드나 주디 그란, 오드리 로드, 낸
시 모레혼의 시를, 니나 시몬이나 메리 왓킨스의 음악을 살펴본다.
이런 예술은—지배적인 문화에서 명예의 전당에 오르지 못한 수많
은 다른 예술과 마찬가지로—상품으로 생산되지 않고, 선배들과 그
리고 미래와 나눈 오랜 대화의 일부로 생산된다. (그리고 나는 정말로
미래를 믿으며 살아가고 일한다.) 이와 같은 예술가들은 정치 투쟁과
정신의 연속체가 맞물리는 전통에 기댄다. 어떤 것도 잃을 필요가 없
고 어떤 아름다움도 희생되지 않는다. 심장에 돌이 박히지 않는다.

거기서 발견된 것
: 시와 정치에 관한 메모

1993, 2003

여성과 새

1990년 1월. 나는 캘리포니아 해변의 작은 타운 두 곳 사이에 무질서하게 뻗어 있는, 시골 마을처럼 생긴, '지자체로 인가받지 못한' 동네의 낡고 낮고 작은 집들로 이루어진 거리에 산다. 오래된 야자나무, 사과나무, 구아바나무, 모과나무, 자두나무, 레몬나무, 호두나무가 몇 그루 있고, 여기저기 오래된 장미가 울타리를 기어오르거나 지지대 없이 홀로 서 있다. 어느 집 정원에는 아주 오래된 천년초 선인장이 뽐내듯 마구 뻗어 있다. 대부분 차량은 아침과 오후, 초등학교와 관계가 있다. 픽업트럭과 보트를 실은 트레일러가 앞마당에 몇 주 혹은 몇 달 동안 서 있다. 노인들과 아이들이 도로를 걸어 다니고, 진짜 교통은 연락도로와 고속도로를 따라 움직인다. 평범한 동네 같지만, 해변을 따라 콘도와 자동차 판매소가 늘어나고 있어서, 금방이라도 깨지기 쉬운 풍경으로 보인다.

내 집 주변에 나무가 많아서—몬터레이 소나무들, 아까시나무들, 우람한 단풍나무 한 그루, 과실수들, 편백나무 두 그루, 동양 단풍나무 한 그루 등—훈훈한 계절이면 흉내지빠귀며 콩새, 비둘기, 어치, 벌새 등이 찾아와 자두와 블랙베리, 인동초, 바늘꽃을 먹는다. 거의 언제나 머리 위 높은 곳에 갈매기 한두 마리가 날아다닌다. 누군가 닭을 키우는지 새벽이면 수탉이 운다.

오늘, 볼일을 마치고 돌아와 집 뒤쪽에 차를 세웠다. 차 문을 열다가 데크에서 웬 거대한 날개가 푸드덕거리며 날아오르는 모양을 보고 소리도 들었다. 처음에는 아주 커다란 갈매기나 갈까마귀라고 생각했다. 그것이 옆집의 낮은 지붕에 내려앉더니 길쭉한 몸을 쭉 펴고 내게 옆모습을 보이고 섰다. 그레이트 블루 헤론이었다.

그 새를 이토록 가까이에서, 혹은 아래쪽에서 본 적이 없었다. 보통은 도로를 달리다 차창 너머로 작은 만이나 후미 위를 날아가는 모습만 보았다. 확실하지는 않지만 여러 번 본 적도 없었다. 지붕 꼭대기에 내려앉은 새의 모습은 거대하고, 까다롭고, 아주 침착해 보였다. 새가 살짝 고개를 돌렸다. 지구의 굽이가 허락하는 한 최대한 멀리 푸른 하늘 저 너머를 응시하는 것 같았다. 새가 의례를 치르는 것처럼 도발적으로 천천히 한두 걸음을 걸었다. 머리 뒤쪽에 철사 같은 깃털 두 개가 흘러내린 게 보였다.

나는 천천히 두 집 사이 울타리 쪽으로 걸어가며 나지막한 목소리로 새에게 말을 걸었다. 와줘서 고맙다고, 안녕을 빈다고. 조금 더 자세히 보려고 살짝 뒷걸음질을 치는데, 갑자기 새가 푸드덕 날아오르더니 시야에서 사라졌다.

이 만남을 '꿈결 같다'라고 부르기는 쉽겠지만 꿈처럼 느껴지지는 않았다. 잠시 후 나는 집 안으로 들어갔다. 내가 본 것을 뭐라 불러야 할지 확실히 알고 싶었고, 목격한 것을 오래 되새기고 싶었다.

책장에서 태평양 해안 생태계 안내서를 꺼냈다. 컬러 그림이 그레이트 블루 헤론이라는 이름을 확인해주었다.

책상 앞에 앉아 4천 마일에 달하는 북아메리카 태평양 해안선을 따라 포진한 각종 동식물의 이름과 서식지를 눈으로 훑기 시작했다. 처음에는 대단히 한가한 행위로 시작했지만 어쩌다 한 번씩 마음은 무의식적인 활동에 빠졌다가 거르지 않은 감정과 생각을 끄집어내 대화를 시도하게 됐다. 최근 나는 이제 막 시작된 1990년대에 대해, 20세기의 마지막 10년에 대해, 그 시대에 일어난 위대한 운동과 진동에 대해, 내가 시민으로 속해 살아가는 이 나라에 대해, 또 그 세기 동안 우리 사회의 구조와 우리의 감정적, 감각적 생활에 일어났던 많은 일에 대해, 의식적으로 생각하고 있었다. 이러한 의식적인 고찰 아래에는 명확하지 않은 욕구가 깔려 있었다. 그것은 미래의 인력을 느끼고, 내면의 재능, 이성, 꿋꿋한 용기를 겸비하며, 가까이의 욕구를 살필 수 있는 바람이었을 것이다.

그러나 나는 어느새 이름들에 끌리고 있었다. 무서운 쇠고둥, 거무스름 바다달팽이, 손가락 삿갓조개, 관모 구멍삿갓조개, 면사포 딱지조개, 박쥐별 불가사리, 돛단배 히드라, 빵부스러기 해면, 눈 연모벌레, 설탕 난파선, 주름 말미잘, 황소 다시마, 유령 새우, 세가락도요, 얼룩점눈 망상어, 화산 따개비, 뻣뻣발 해삼, 가죽 불가사리, 개불, 바다지렁이. 이 이름들이 의식을 꿰뚫는 상태로, 내가 시를 읽거나 쓸 때의 상태로 나를 끌어당겼다. 이 이름들은 누가 짓고 누구의 허락을 받았을까? 이름들이 시를 쓸 때처럼 감각적인 현실에 생동감을 불어넣었다. 소리를 가지고 놀고(손가락 삿갓조개의 잇따른 모음이나, 황소 다시마, 관모 구멍삿갓조개, 박쥐별 불가사리의 발음들),

거기서 발견된 것: 시와 정치에 관한 메모

이질적인 이미지를 한데 배치해(화산과 따개비를, 가죽과 불가사리를, 설탕과 난파선을) 전혀 다른 의미의 세계를 불러일으킨다. 설탕 난파선: 삼각무역지대에 가라앉은 배? 화산 따개비: 폭발 잠재성이 있는 아주 작은 초소형 덤불? 누가 세가락도요라는 새를 보고 뭔가 쓰다듬는 것만 같은 작은 이름을 붙여주었을까? 혹시 세가락도요는 그 새를 본 사람의 이름이었을까? 이런 이름들은 또 다른 면에서도 시처럼 작용한다. 즉, 잊을 수 없는 어떤 것을 만들어낸다는 면에서. 우리는 종과 속처럼 더 구체적인 라틴어는 기억하지 못해도 그림으로 본 이름은 기억할 것이다. 인간의 눈은 모든 형태의 생명체를 하나하나 응시하고 다름 속에서 닮음을 보았다. 이것이 바로 시의 핵심에 가까운 상징의 핵심이고, 인간적인 시민 생활의 유일한 희망이다. 상반됨 한가운데서 비슷함을 찾는 눈, 인정의 호소, 사물과 사물의 연대, 정신적인 사실을 형식으로 구체화하기, 여기서 시작된다. 이렇게 평범한 세계에서 우리가 어디를 보든지 유일한 의미보다는 다양한, 여러 겹의 의미를 제안하는 것부터 시작된다.

　이름들에 관해 생각하기 시작했다. 이름 짓기가 곧 시였던 시간, 사물과 생명체 사이, 혹은 생명체와 인간 사이 결합이 본능적으로 이해되던 시간의 상징으로 '그레이트 블루 헤론'이라는 이름이 불러온 소리와 이미지부터 시작했다. 여기서 '시간'은 어느 역사적인 순간이나 언어적인 순간 혹은 한 시기를 의미하지 않는다. 내가 말한 시간은 사람들이 우리 감각에 존재하는 모든 기본 요소 사이의 결합을 계획하고 차이를 구별하는 행위에 언어를 소환하는 모든 시간을 의미한다.

　다른 인간들과 함께 언어를 통해 세계의 질서와 무질서로 들어가고자 하는 충동은 그 뿌리가 정치적이면서 동시에 시적이다. 시와 정치 둘 다 묘사 그리고 권력과 관계가 있다. 그리고 물론 과학도 마찬가지다. 우리는 이 세 가지 활동—시, 과학, 정치—가 삼각형을 이루길, 서로 간에 그리고 우리 삶에 특별한 전기가 흐르게 하길 희망한다.[1] 그러나 수 세기 동안 이 세 가지는 분리되었다. 시는 정치에서, 시적 이름 짓기는 과학적 이름 짓기에서, 표면상 '중립적인' 과학은 정치적인 질문들에서, '합리적인' 과학은 서정적인 시에서, 떨어져 나왔다. 지난 50년간 이런 일이 가장 두드러지게 일어난 곳이 바로 미국이었다.

———

그레이트 블루 헤론은 상징이 아니다. 부주의해서 혹은 일부러, 어쩌면 가뭄 때문에 내륙을 헤매다 어느 집 뒷마당에 날아든 한 마리 새다. 학명은 Ardea herodias. 그 형태와 크기와 습관 등은 조류학자들이 설명해왔지만, 막연한 존재 방식과 앎의 방식은 내 영역—누구의 영역이라도—밖에 있다. 내가 그것에게 말을 걸었다면 그것의 출현이 지닌 희귀성과 의미심장한 힘을 말로 인정해야 했기 때문이지, 그것이 나를 찾아왔다고 생각해서는 아니었다. 발을 딛고 선 커다란 그 생명체는 나름의 생활방식이 있고, 이곳 해안지역의 다양하고 취약한 생태계에 자기 자리가 있다. 그것의 자리와 내 자리는 똑같으면서 상호 독립적이라고 나는 믿는다. 우리 둘 다—여성이든 새든—하나의 상징으로 만들려는 노력에도 불구하고 단순한 상징이 아니다. 그러나 그 헤론을 인정하기 위해 언어가 필요했고, 그 이름을 확인해야 했다. 그것을 향해 나는 내 종류의 생명체가 하는 방식을 가져왔다.

어느 모호크족 친구가 자신이 글을 쓰게 된 것은 "모호크 계곡을 자동차로 여행하는데, 대머리독수리 한 마리가 앞쪽에서 날아올라 나무에 앉더니 글을 쓰라고 지시했기 때문"이라고 말한 적이 있다.[2] 내가 속한 문화유산에는 야생생물이 직접 개인적인 메시지를 전해줄지도 모른다고 암시하는 내용이 거의 없다. 물론 그 친구의 말에 복잡한 유머가 깃들어 있다는 사실도 안다. (그 말이 농담이라는 뜻은 아니다.) 나는—무엇보다 나 자신에게서—신비주의의 채택이나 그럴듯한 영성을 의심한다. 특히 아메리카 원주민이나 아프리카, 아시아 등의 '이국적인' 이해 방식에 있어 모든 백인의 태도, 그러니까 냄새를 맡고 맛을 보려 시도하는 경향성을 의심한다.

그 헤론이 개인적으로 내게 지시를 내렸다고 주장하는 게 아니다. 그러나 새로운 일을 시작할 준비가 되었지만, 그 일의 본질은 아직 확실히 보이지 않았을 때, 우리의 경로는 서로 교차했다. 시 역시 이렇게 시작된다. 그렇지 않았다면 동시성을 알지 못했을 두 가지 (이상의) 요소가 서로 교차하면서 시가 시작되고, 이때 우주의 한 조각이 마치 처음인 것처럼 모습을 드러낸다.

라디오에서 들려오는 목소리

1967년 12월 어느 을씨년스러운 밤에 새로 수술한 무릎의 수축 통증을 느끼며 뉴욕시의 한 병원에 누워 있었다. 다음 진통제를 주사하기엔 너무 이른 시간이었고, 마취 후 우울감에 빠져 잠도 오지 않았다. 원래 '나'로 인정했던 자리로 되돌려줄 어떤 끈도 찾지 못한 채로. 음악을 들으려고 침대 옆의 라디오 다이얼을 돌리는데 어떤 여성의 낮고 굵은 목소리가 들렸다.

"내가 누구인가?" 그 목소리가 물었다.[1]

그대는 기껏해야 벌레 먹은 씨앗 한 상자, 아니면 초록색 미라의 타액. 이 살은 무엇인가? 날것의 우유 조금, 엄청나게 큰 밀가루 반죽이다. 우리 몸은 아이들이 파리 떼를 잡으려고 만든 저 종이 감옥보다 더 허술하고 한심하다. 우리 몸에는 지렁이들이 들어 있으니까. 새장 속의 종달새를 본 적이 있는가? 육체 안의 영혼이 그런 모습이다……

거기서 발견된 것: 시와 정치에 관한 메모

나는 그대의 공작 부인이 아니던가?

그대는 분명 훌륭한 여성이다. 반란이 20년이나 일찍 그대의 이마에 (잿빛 머리카락으로 덮인) 내려앉기 시작했으니. 그리고 즐겁게 젖을 짜는 여자에게도 내려앉았지. 그대는 나쁜 잠에 들었다. 생쥐 한 마리가 고양이 귓속에 거처를 마련할 수밖에 없었던 것처럼. 이앓이를 하는 어린 아기가 그대 옆에 누우면 그대가 더 시끄러운 사람이라도 되는 양 큰소리로 울음을 터뜨리겠지.

그래도 나는 여전히 말피 공작 부인이다.

그래서 그대의 잠이 이토록 망가졌다.
영광은 (반딧불이처럼) 저 멀리서 밝게 빛나지만
가까이서 들여다보면 열기도 빛도 없나니.

지금은 육체와 정신의 대립이 이토록 야만적으로 과시되고, 공작 부인의 교살로 끝이 나는 이 대화가 살을 에는 밤 전파를 타고 흘러나와 안도감이 느껴질 만큼 내 의식을 위로해줄 수 있다는 사실이 이상해 보이지 않는다. 당시에도 이상해 보이지는 않았다. 이게 바로 시어가 지닌 속성이기 때문이다. 시는 우리에게서 언어를 앗아가고 우리를 수동적인 피해자로 축소하는 상태에 개입한다.

———

13년 후, 다른 밤, 다른 라디오. 차를 몰고 업스테이트 뉴욕에서 매사추세츠로 들어서는 산을 넘어가다 또 라디오 채널을 돌렸다. 이번에도 음악 대신 목소리가 흘러나왔다. 내가 여러 번 읽었던 말이었다.

집은 조용하고 세상은 고요했다.
읽는 자는 책이 되고, 여름밤은

의식이 있는 책과 같았다.
집은 조용하고 세상은 고요했다.

책이 아예 없는 것처럼 단어가 말이 되어 나오고,
읽는 자가 책 위로 몸을 기울일 때만 빼면,

기울이고 싶고, 가장 되고 싶은 것은
책이 곧 진실인 학자, 그런 그에게

여름밤은 완벽한 생각과도 같다.
그래서 집은 조용해야 했고.

고요함은 의미의 일부, 마음의 일부.
책으로 가는 완벽한 접근.

그리고 세상은 고요했다. 고요한 세상의 진실,
그 안에 다른 의미는 없다, 그 자체로

고요하다, 그 자체로 여름이고 밤이다, 그 자체로
늦게까지 몸을 기울이고 책을 읽는 사람이다.[2]

월리스 스티븐스가 자신의 시를 낭송한 녹음본이었다. 그 순간, 산길을 달리는 고요한 밤, 서로 뚝 떨어져 있다는 사실을 알고 있는 두 청취자에게 시의 언어가—가장 평범하고 가장 주문을 외우는 것 같은 스티븐스의 목소리로—그 밋밋하고 겸손한 보험인 특유의 목소리로 솟아올라 실제 밤을, 움직이는 자동차를, 두 존재를 하나로 묶어버렸다. 마치 집과 읽는 자와 의미와 진실과 여름과 밤이 시 안에 묶인 것처럼. 그 짧은 순간 우리는 그 모든 것을 믿을 수 있었다.

그러나 고요함 비슷한 것도 아무한테나 허락되지 않는 특권인 이 세상에서 시는 어떤 역할을 맡고 있을까? 또 다른 시나리오를 보자. 당신의 동생이 이른 새벽 남자친구에게 ('연인'도 아니고 '배우자'도 아니다) 칼에 찔렸다고 오전 1시 30분에 당신에게 연락했다. 당신은 이제 막 요양원에서 저녁 근무를 마치고 돌아왔다. 같이 사는 아이들과 어머니는 잠들어 있다. 자는 아이들을 들여다보고 다음날 아침에 들려보낼 아이들 도시락을 싸려고 냉장고를 열었다. 햄을 찾고 있는데 전화벨이 울렸다. 코니였다. 날 응급실에 데려다줄 수 있어? 그 사람이 내 차를 가져갔어. 당신은 전에도 이런 일을 해야 했고, 결은 다르지만 두 사람 모두에게 화가 난다. 그러나 당신의 동생이고, 그래서 급히 어머니 앞으로 쪽지를 써놓고 음식을 다시 냉장고에 집어넣고 자동차로 달려간다. 고속도로를 달리며 당신은 심야 음악방송을 찾아 라디오 다이얼을 돌린다. 그때 말들이 흘러나오고, 그 말들이 갑자기 뚜렷하게 들린다. **집**…… **조용**…… **고요**…… **여름**

밤…… **책**…… **조용**…… **진실**. 당신의 손은 왜 다이얼 위에서 멈추었을까? 왜 이 말들이 당신을 붙들었을까? 시가 구축한 세상 속에서 대체 무엇이 교외의 분리된 생활, 현실에 안주하는 한 남자의 평온한 사치를 뛰어넘는 일로 보일까? 계속 듣게 된다면, 말들이 당신을 끌어들인다면, 그 이유는 확실히 시의 의미만큼이나 시의 음악 때문이기도 하다. 음악은 단어들이 말하는 것만 같은 상태를 불러온다. 당신이 이 시에 끌리는 것은 시가 당신의 세계를 묘사해서가 아니라, 당신의 소망과 요구를 떠올리기 시작했기 때문이다. 이 시가 융합과 성취에 관한 것이 아니라 그러한 상태의 소망에 관한 것이기 때문이다. (**그래서 그대의 잠이 이토록 망가졌다**.) 그렇다면 당신은 단지 시를 듣는 게 아니라, 시가 일깨운 당신의 일부를 듣는다. 감정적인 욕구와 물리적인 욕구 모두를 순간적으로 의식하고 잠시라도 그 욕구를 긍정한다. 그리고 어쩌면 '여름밤'이라는 표현이 어느 한 시기와 한 번의 계절 이상을 소환하기 때문일 것이다.

———

시는 우리 존재의 고통을 풀어줄 수 없다. 그러나 점점 쌓여가는 삶의 다급한 일들, 우리 스스로 등을 떠밀어 우리 것인 양 받아들인 거짓 욕구와 필요 아래 묻힌 욕망과 취향을 드러내줄 수는 있다. 시는 철학적이거나 심리적인 청사진이 아니다. 체화된 경험을 위한 도구이다. 그러나 우리는 시가 주어졌을 때 그 경험을 추구하거나 받아들인다. 어떤 식으로든 시가 우리의 욕구를 상기시키기 때문이다. 그렇게 욕망을 다시 깨달은 후에 진실에 따라 행동하거나 사랑을 나누거나 혹은 다른 욕구를 충족시키는 등의 임무는 우리 몫이다.

거기서 발견된 것: 시와 정치에 관한 메모

언어와 폭력 사이 거리

그가 하트포드에서 전화를 걸었다. 검은 피부의 젊은 남자가 또 죽임을 당했다고. 땅바닥에 드러누운 동안 경찰이 총을 쏘았다고. 그의 친구는 뉴욕에서 기차를 타고 가다가 고가도로마다 스프레이로 "KKK-깜둥이를 죽여라"라고 쓴 글씨를 보았다고 한다. 흑인 역사의 달이었다.

그러나 이것은 백인의 역사이다.

백인의 혐오범죄이고, 백인의 혐오 발언이다. 나는 여전히 혐오하라는 교육을 받고 자라지 않았다고 주장하려고 한다. 그러나 말할 것도 없이 나는 백인의 뻔뻔스러움이 광범위하게 퍼진 곳에서, 강박적인 백인의 침묵 속에서 자랐다. 화제가 무엇이든 주제는 인종이었다. 개성을 말살당해야 하는 타자에 빗대어서만이 자신과 자신의 열정을 알 수 있는 게 백인이라는 존재의 주된 속성이다.

내가 속한 곳에서는 고가도로 위에 스프레이로 쓰여 있었다는 그 단어를 입 밖에 낼 수 없었다. 금기어였으니까. 그 말은 '붉은 목덜미(무식한 백인 노동자)'의 언어였다. 부모님은 '유색인' '흑인'이라는 말을 썼고, 그보다는 '그들'이라는 말을 더 자주 썼다. 심지어 불어로 'les autres(남이라는 뜻―옮긴이)'라고 말할 때도 있었다.

그런 언어는 린치라든가, 폭력과 증오 같은 것들과 따로 떨어뜨려 생각할 수 있었다.

―――――

시인의 교육. 백인의 교육과정 안에서 언어의 힘을 향해 자라는 백인 아이. 그 아이가 다섯 살 무렵 아이 아버지는 손 글씨 수업 삼아 줄 공책에 매일 시 몇 줄을 베껴 쓰게 한다.

아름다운 것은 영원한 기쁨,
그 사랑스러움이 점점 커지니……[1]

호랑이여! 호랑이여! 한밤중 숲속에서
눈부시게 타오르는구나,
어떤 불멸의 손이나 눈이 있어
그대 무시무시한 균형을 빚어냈는가?[2]

아이는 성적에 따라 공책에 이런 글씨를 받는다. '훌륭함' '아주 잘했음' '잘했음' '좋음' '부족함'. 단어의 힘은 엄청나다. 운문의 리드미컬한 힘, 언어와 맞물린 리듬을 아이는 신나게 모방한다. 나중에 아이는 수업 삼아 베껴 썼던 시집들을 읽기 시작한다. 특히 블레이크를 사랑한다. 아이는 블레이크든 키츠든 누구든 그 시인들이 살았는지 죽었는지 모른다. 어디에서 글을 썼는지도 모른다. 아이에게 시

거기서 발견된 것: 시와 정치에 관한 메모

는 지금이고 여기이다. 〈순수의 노래〉는 낯설고도 익숙하다.

아이들의 목소리가 풀밭에서 들려오면
언덕에서 깔깔대는 웃음소리 들려오면,
내 마음은 가슴 속에서 편안해지고
다른 모든 것도 고요해지노라.

그리고.

내 어머니 남쪽 황무지에서 나를 낳았지,
그리고 나는 검지만, 오! 내 영혼은 하얗다네.
영국의 아이는 천사처럼 하얀 법,
그러나 나는 검지, 빛을 빼앗긴 듯이.

아이는 이 시가 살짝 불편하다. 주변에서 들어온 백인에 관한
담화에 모순이 되어서가 아니라, 이 시가 피부색이라는 위험하고 금
지된 주제에, 끊임없이 들려오는 나지막한 그 담화에 접근하고 있기
때문이다.

아이는 증오하라고 교육받지 않았다. 그는 백인의 언어와 백인
의 상징으로 둘러싸인 곳에서, 자유처럼 보이고 느껴지는 공간에서
자랐다. 일찍이 그는 언어의, 특히 시의 힘을 경험했다. 들판을 가로
질러 달음박질칠 때 등에 불어오던 바람처럼 언어와 시의 힘은 늘
그와 **함께 있는** 기본적인 힘이었다.

한참 후에야 그는 마지못해 자신이 사랑하고 다루는 언어가 상

상 속에서 그런 힘의 관계를 인지하기 시작한다. 그 바람이 타인을 향해 얼마나 거세게 불어닥칠 수 있는지를.

———

백인답게 자라는 백인 아이. 내 손에 들렸던 양철 삽이 나를 보살피는 검은 피부의 여성을 향해 날아간다. 1933년 여름, 여동생이 태어나고 어머니가 아파서 병원에 다시 입원한 직후의 일이다. 여자의 이마에서 피가 흐르는 기억은 반쯤 지워진 부끄러운 기억이다. 나는 꾸지람을 들었고 미안하다고 말하라는 지시를 받았다. 나는 종종 '성질'을 부려서 벌을 받았지만, 다른 일들이 흐릿하게 잊히는 동안에도 이 사건은 생생하게 남아 있다. 언어와 폭력 사이 거리는 이미 좁혀졌다. 폭력이 언어가 된다. 혹시 내가 삽과 함께 언어를 던졌더라도, 기억이 나지 않는다. 그러나 몇 년 후 나는 기억해냈다. **흑인! 흑인!** 예의를 차린 말은 악의 담긴 별칭, 금기의 단어, 저주의 욕설이 되어버렸다.

———

어머니의 부재에 대한 백인 아이의 분노는 이미 인종차별 언어로 옮겨졌다. (어떤 식으로든 지식이 있어 가능했을 것이다) 내가 느끼는 어떤 고통에 대한 책임은 **그들**에게 있다고.

———

이 아이는 우리에게 필요한 아이, 우리가 가질 만한 아이이다. 내 나이 세 살에 어머니는 공책에 이렇게 썼다. 부모님은 그들의 지성과 문화의 증거로서 완벽하게 발달해줄 아이가 필요했다. 나는 학교에 다니지 않고 아홉 살까지 집에서 교육을 받았다. 한때 포부 있는 피아니스트이자 작곡가로 피아노를 가르쳐 생계를 유지했던 어머니는 결혼 후 돈을 벌기 위해 일할 필요가 없었고, 그래서도 안 되었다. 계급 특권의 거품 안에서 아이는 가정에서 교육을 받을 수 있었고, 네 살에 피아노로 모차르트를 연주할 수 있었다. 아이는 얼굴에 턱이 생겼고, 팔꿈치와 무릎의 접힌 부분에 습진이 생겼으며, 건초열이 있었다. 아이는 혼란을 금지당했으며, 모든 수업과 성취가 반드시 뚜렷한 궤도를 따라가야 했다. 부모에게 아이는 살아있는 증거였다. 한 흑인 여성이 아파트를 청소하고, 요리하고, 아이가 '교육 중'이 아닐 때 아이를 보살폈다.

다행히 내겐 종이 인형과 도자기 인형을 가지고 놀면서, 상상과 환상 속에서 인형들의 운명을 만들어내고 해결할 시간이 있었다. 가장 좋은 시간은 아무도 내게 신경을 쓰지 않을 때였다. 그럴 때면 나는 읽기를 사랑하는 것만큼이나 내가 즉흥적으로 만들어낸 세계를 사랑하면서 나지막한 소리로 이야기를 중얼거릴 수 있었다.

———

셜리 템플이 정확히 내 나이에 신문사에 편지를 보내 자기 어머니가 매일 버터를 잔뜩 넣은 시금치를 어떻게 만드는지에 대해 말했을 때 내 삶에도 대중문화가 들어왔다. 셜리 템플을 본뜬 종이 인형 책이 있었고 또 디온 다섯 쌍둥이의—프랑스계 캐나다 가정에서 태어난 일란성 다섯 쌍둥이 자매—종이 인형 책도 있었다. 또 여배우 콜린 무어의 유명한 인형의 집이 있었는데, 그 안에는 온갖 사치품이 완벽하게 축소되어 들어가 있었고, 심지어 거슈윈의 〈랩소디 인 블루〉를 연주하는 초소형 축음기도 있었다. 나는 셜리 템플을 보고 내 또래 여자아이가 권력을 가지고 있다는 사실에 큰 인상을 받았다. 그 아이는 신문에 기사를 써 보낼 수 있었고 자기 글씨체 그대로 인쇄가 되게 할 수 있었다. 〈꼬마 반항아The Littlest Rebel〉에서 셜리 템플이 빌 '보쟁글스' 로빈슨과 춤추는 모습을 틀림없이 봤겠지만, 그를 영화배우보다는 루스벨트 대통령이나 아기를 도둑맞은 린드버그처럼 유명인으로 기억한다. 그러나 그는 어딜 가도 얼굴을 볼 수 있는—유리잔에, 색칠용 책에, 신문에—어린 여자아이였다.

　나의 어린 시절을 채운 또 다른 인물들이 있다. 네덜란드 세제 깡통에 그려진 보닛을 쓴 얼굴 없는 여자, 팬케이크 상자에서 환하게 웃는 제미마 아주머니, 크림 오브 휘트 상자에서 미소 짓는 흑인 셰프 '래스터스,' 비누 상자 위 주황색 바탕 위에서 검은색으로 뛰어다니고, 가루비누를 사면 사은품으로 주는 색칠용 책에도 있었던 '골드 더스트 쌍둥이.' (광고 로고에 관해서라면 백인 강박이 침묵하지 않았다.) 원주민 추장과 버펄로는 '사라졌지만' 니켈 동전에는 남았다. 책속 등장인물은 큰 소리로 읽어도 되었다. 꼬마 흑인 삼보, 리머스 아저씨 이야기가 삽화와 함께 등장했다. 하이어워사(롱펠로의 시에 등장하는 아메리카 원주민 영웅—옮긴이)도 있었다. 열 꼬마 인디언은 숫자를 거꾸로 세는 동요에 등장해 곧 아무도 남지 않게 된다.

――――――

　1939년 뉴욕세계박람회가 열렸다. 우리 가족은 아버지 쪽 조부모와 함께 기차를 타고 볼티모어에서 출발해 뉴욕으로 가 펜실베이

　　　　　　　　　　거기서 발견된 것: 시와 정치에 관한 메모

니아역 건너편의 펜실베이니아 호텔에서 이틀 혹은 사흘 밤을 묵었다. 라디오 시티 뮤직홀에서 로켓무용단의 공연을 보았고, 하루를 박람회장의 플러싱 메도스 공원에서 보냈으며, 삼각 첨탑과 구형 전시관에서 많은 것을 보고 들었다. 하루는 애틀랜틱시티에 가서 소금물 태피를 먹었고, 보드워크를 따라 늘어선 고리버들 의자 인력거를 탔다. (당시 애틀랜틱시티의 인기 관광 상품이었는데, 어린아이의 눈엔 그 매력이 잘 보이지 않았다.) 길거리 화가가 파스텔로 여동생과 나의 초상화를 그려주었다. 화가가 여동생 그림 밑에는 '아빠의 자랑'이라고 썼고, 내 그림 밑에는 '1949년도 미스 아메리카'라고 썼다.

1949년이 까마득하게 느껴졌다. 한 달 후 유럽에서 전쟁이 선포되었고, 곧 대서양에 호위함과 잠수함, 어뢰가 가득 찼다. 볼티모어에서 우리는 학교에서 등화관제와 공습 훈련을 받았다. 나는 곧 미국의 첫 '틴에이지' 세대가 될 예정이었지만, 유럽의 내 또래는 나도 모르는 사이에 가축 수송차에 실려 동쪽으로 이송당하거나, 파르티잔이 되어 싸우거나, 은신처에 숨어 살거나, 폭격당한 도시의 지하에서 잠들었다. 얼마 후 진주만 공습은 미국의 격노를 불러일으키게 된다.

나는 '하루 한 줄' 일기를 썼는데, 세계박람회에 대해 이렇게 썼다. "가장 대단했던 부분은 미래의 세계였다. 미래의 남자들과 여자들이 하늘에 나타나 노래했다." 아마도 구형 전시관 돔 위에 대형 화면이 펼쳐졌을 것이고, 각종 상품과 기적 같은 편의시설, 고속도로, 스카이웨이, 항공 수송 등 미래 세계의 모습을 찬미했을 것이다. 거기에는 2차 세계대전도, 나치의 최종적 해결도, 히로시마 원폭투하도 없었다. 미래의 남자들과 여자들은 활기차고 희망차게 행진했다.

그들이 무슨 노래를 불렀든 〈인터내셔널가〉는 아니었다. 그보다는 미국의 기술과 자유기업을 향한 찬가에 가까웠다. 대공황이 여전히 진행 중이었고 나치의 체코슬로바키아 침공도 몇 주 후에 일어났다. 그러나 미래의 세계는―자본주의 키치―아홉 살 여자아이에게 감동을 주었다. 그 아이는 수십 년 후에 1939년 뉴욕세계박람회에 대해 또 다른 순간을 떠올린다. 유리공예가가 타오르는 불 위에서 완벽한 모양의 유리 펜과 펜촉을 투명한 청록색으로 불어 건넸고, 아이는 몇 년 동안 그 펜과 펜촉을 간직했다.

———

다행히, 마침내, 나도 학교에 다니게 되었고, 거기서 다른 가정에서 태어나 다른 삶을 살아가는 다른 진짜 아이들을 만났다. 백인 여자아이들만 다니는 사립학교라 사교의 범위가 넓지는 않았다. 그래도 꽤 새로운 지평이었다.

다행히 《모던 스크린》《포토플레이》 같은 잡지와 잭 베니, 〈히트 퍼레이드〉 같은 라디오 방송, 프랭크 시내트라, 〈헬렌 트렌트의 로맨스〉, 〈인생의 길〉 같은 라디오 드라마를 만났다. 전쟁은 끝나지 않았고, 나는 〈사과나무 아래 앉지 말아요Don't Sit under the Apple Tree〉 〈텍사스의 심장부 깊숙이Deep in the Heart of Texas〉 〈메어지 도츠Mairzy Doats〉〈더 이상 얼쩡거리지 말아요Don't Get Around Much Anymore〉에 맞춰 엉덩이를 흔드는 법을 배웠다. 월터 피전과 영화 〈나의 계곡은 푸르렀다〉에서 광부들이 부르는 노래를 몹시 좋아했고, 영화 〈도버의 흰 절벽〉의 아이린 던을 사랑했다. 모차르트만 열심히 쳤던 건반으로 〈스모크 겟츠 인 유어 아이즈Smoke Gets in Your Eyes〉와 〈애즈 타임

거기서 발견된 것: 시와 정치에 관한 메모

고즈 바이As Time Goes By〉를 연주했다.

———

시인의 교육. 그가 오랫동안 읽게 될 대부분의 시, 자양분이자 동시에 출입구가 되어준 시는 거의 백인 남성이 썼고, 온통 백인의 세계를 배경으로 한다. 그 이미지와 상징은 '인종 없음'이 아니라 상상력의 인종차별정책에 뿌리를 두었다. 대학에서 미국의 현대 시 세미나를 들었는데 거기에 흑인 시인은 한 명도 포함되지 않았고 여성 시인도 거의 없었다. 그는 수업 시간에 앨런 테이트의 〈크리스마스 소네트〉 한 소절을 읽는다.

오, 주여, 광활한 하늘에 울리도록 사랑하는 주여.
지나간 일을 조금 생각해야겠습니다.
열 살 때 고약한 거짓말로
흑인 소년을 채찍질 당하게 만든 일을요, 그러나 마침내
세월은 흐르고, 그 일은 정확한 빛을 만나,
초록색 당구대 위에서 튕겨친 공처럼 되돌아왔습니다—
이제 돌아오게 하소서, 둥근 트럼펫을 불게 하소서
주님의 그윽한 시선이 옛 소리로 울리게 하소서.
귀가 먹고 눈이 멀고, 아직 감각도 찾지 못해,
뒤늦은 지혜를 배우지 못한 저도
악몽은 아무 소리도 나지 않는다는 것을 압니다.
그리하여 게으른 손과 머리로
늦은 12월 눈부신 불꽃 앞에 앉아

단념해버린 죗값을 치르고 있나이다.[3]

이 여자아이, 이 학생, 이 시인은 이제 겨우 시가 '시대'와 '운동'에서 발생한다는 것을 배우기 시작했다. 그는 늘 그랬던 방식으로 시를 읽으려고 애쓴다. 바로 지금 여기서, 무엇이 기쁨이나 괴로움으로 떨게 만드는가, 그리고 무엇이 계속 읽게 만들고, 무엇이 지루하게 만드는가? 그러나 그는 자칭 탈주자 문학, 농경 문학인 남부의 시에 대해서도 듣는다. (그는 에드거 앨런 포와 시드니 라니어의 도시에서 자랐다.) 그러나 이와 같은 문학 운동을 남부의 역사와 그 자신의 역사와 연결짓도록 도와주는 것은 어디에도 없다. 테이트의 시가 와닿았던 것은 이 시가 침묵을 깨고 있어서, 혹은 적어도 깨는 것처럼 보이기 때문이다. 최소한 이 시는 표면 아래 무언가를, 그의 맥박이 추적 중인, 시 전체에서 깜박이는, 말로 표현할 수 없는 어떤 것을 가리킨다. 그는 이제 뉴잉글랜드에서 공부 중이고 자신이 자란 남부의 전통에 관해 농담도 한다. 그가 듣는 수업에는 소수의 아프리카계 미국인 학생들이 있고 (여전히 '흑인들'이라고 불리는), 그는 이제 '차별'과 (그는 그 원칙 아래서 자랐다) '편견'이 (좀 더 애매한 개념이다) 역행임을 안다. 대학에서 배정해준 신입생 자매는 저명한 국제외교관이고 훗날 노벨상을 받기도 하는 어느 탁월한 흑인의 딸이다. 그는 밝은색 피부의 진지한 '자매'를 데리고 나가 함께 점심도 먹고 커피도 마시며 자매로서 조언을 해주어야 한다. 주제넘게 백인의 속성을 지닌 그가 이 일에 무슨 준비가 되어 있었을까? 몇 년 후 그는 웃지 않는 상아색 얼굴과 뒤로 빗어 넘긴 검은 머리카락이 착잡한 기억으로 남아버린 이 젊은 여성이 자살했다는 소식을 듣는다.

테이트의 시는 백인에게 인종이 죄책감이라는 부담을 안겨줄 수도 있고, 크리스마스이브의 우울함을 불러올 수도 있다는 것, 그리고 '고약한 거짓말' 같은 표현이 우아한 현대 소네트에 효과적으로 삽입될 수도 있다는 가능성 말고는 아무것도 가르쳐주지 않는다. 세월이 흐른 뒤에야 그는 남부 문학 세계의 귀족이었던 이 시의 작가가 최소한 자신의 문학적 정치의 일환으로 인종차별주의자이자 KKK의 지지자였음을 알게 된다.

[2003년 A. 리치]: 탈주자 문학 선집《내 입장을 지킬 것이다: 남부의 농경 문학 전통》에 수록된 기이할 만큼 어색하고 가끔 앞뒤도 맞지 않는 에세이 〈남부 종교에 관한 견해〉에서 테이트는 이렇게 썼다.

남부는 자기만의 신을 향해 충분한 믿음을 지켰더라면 패배하지 않았을 것이다. 다시 말해 인간의 존재 목적은 정치보다 깨달음을 위해 더 필요하다는 진정한 확신을 담은 교리를 세상에 내놓을 수 있었더라면 남부는 패배하지 않았을 것이다. 전쟁 실패 자체는 아주 사소한 일이었다.
남부는 어떻게 전통을 지켜나갈 것인가, 이 질문에 대한 대답이 눈앞에 다가왔다.
바로 폭력에 의해서다.
이 대답은 피할 수 없다…… 안쪽에서부터 구멍을 뚫을 수는 없으므로 바깥쪽에서 구멍을 뚫는 대안만이 유일하다. 이 방법은 정치적이고, 적극적이며, 사안의 본질상 폭력적이고 혁명적이다.[4]

시를 어떻게 쓸 것인가가 아니라
무엇을 위하여 쓸 것인가

대가들. 블레이크, 키츠, 스윈번, 셸리, 엘리자베스 배럿 브라우닝, 휘트먼, 가정에서 읽을 수 있게 다듬어진 디킨슨, 어렸을 적 읽었던 이 모든 시가 20대가 되자 더 너른 바다가 되어 내 앞에 펼쳐졌다. 그 바다에는 서로 모순되는 해류와 역류도 존재했다. 프로스트, 와일리, 밀레이는 파도가 만든 해안선의 웅덩이 같아서 그 너머로 안개와 산호초, 난파선, 떠다니는 시체, 해초 숲, 모자반의 침묵, 달빛을 받은 너울, 돌고래, 펠리컨, 빙산, 아첨꾼, 사냥터가 어른거렸다. 젊고 굶주린 나는 시간과 장소와 성별의 한계 안에서 욕망에 꼭 어울리고 이름을 붙여줄 수 있는 단어를 찾아다녔다.

하버드 스퀘어의 한 서점에서 J. B. 리시먼과 스티븐 스펜더가 번역한 릴케의 시집을 발견했다. (처음에는 라이너 마리아가 여성인 줄 알았다.) 릴케의 시는 눈 같은 흉곽을 통해 지나가는 사람들을 응시하는 고대의 아폴로 대리석 토르소처럼 이렇게 말한다. **인생을 바꿔라**Du musst dein Leben ändern.[1] **Du musst dein Leben ändern**. 이렇

거기서 발견된 것: 시와 정치에 관한 메모

게 직접적으로 말하는 시는 처음 보았다. 스물두 살 내게 이 시는 몽유병에서 깨어나라고 소리쳤다. 그때에도 나는 시를 이해하고 섬세하게 매만지는 것만으로 충분하지 않다는 것을 알았다. 시는 격렬하고 불안정한 힘이 될 수도 있고, 내가 원한다고 생각했던 것보다 훨씬 더 멀리 나를 끌고 가는 파도가 될 수도 있었다. **인생을 바꿔라.**

————

1951년 출간한 내 첫 시집의 편집자 서문에서 W. H. 오든은 나의 '시작 재능'과 '훌륭한 기교'를 칭찬하며 내가 속한 시인 세대에 대해 이렇게 설명했다.

예술 스타일의 급격한 변화와 의미심장한 참신성은 그것들을 요구하는 인간의 감수성에 급격한 변화가 일어나야만 가능하다. 지금 시기의 극적인 사건들 때문에 [홀로코스트 폭로를 말하는 걸까, 핵무기 공개를 말하는 걸까, 아니면 오래된 식민 제국의 붕괴를 말하는 걸까?] 우리가 역사상 한 시대의 시작이 아닌 중간 부분을 살아가고 있다는 사실을 외면해서는 안 된다. 이 사건들은 새로운 일이 아니라 오래전 발생한 사건들의 규모와 속도가 거대하게 확대되고 격렬하게 상승하면서 반복되고 있을 뿐이다.

쉰다섯 살 미만의 모든 시인은 더 일찍 태어나게 하지 않았다고 신을 향해 몰래 불만을 품고 있을 것이다.[2]

그런 게 있었다면, 나는 오든을 향해 몰래 불만을 품었다. 나를 천재로 선언하지 않아서가 아니라, 내 시를 포함해 시의 범위를 너

무 축소해 단언했기 때문이다. 나는 그의 서론과 본론을 거의 보지
않았다. 그러나 그 역시 대가 중 한 사람이었기에, 나도 자주 인용된
그의 시 구절을 읽은 적이 있다.

> …… 시는 그 무엇도 일어나게 하지 않으므로, 시는 살아남는다
> 높은 분들은 결코 참견하고 싶어하지 않는
> 언어의 계곡에서도, 시는 남쪽으로 흘러간다
> 고립의 목장과 분주한 슬픔,
> 우리가 믿고 또 죽는 으슬으슬한 마을을 출발해, 시는 살아남는다,
> 발생하는 방식인 하나의 입으로.[3]

오든은 1939년 1월, W. B. 예이츠를 추모하며 이 시를 썼다. 그
는 살아 있는 시인들을 향한 명령으로 시를 마무리 짓는다. (혹은 내
가 그렇게 읽었다. 어쩌면 그는 끝까지 예이츠를 향해 말하고 있었는지
도 모른다.)

> 암흑의 악몽 속에서
> 유럽의 모든 개가 짖고,
> 살아있는 국가들은 기다린다,
> 각자 증오 속에 물러앉아.

> 지적인 수치가
> 모든 인간의 얼굴에서 노려보고,
> 연민의 바다는

각자의 눈 속에 잠기어 얼어붙었다.

따르라, 시인이여, 곧장 따르라
밤의 심연으로,
그대 거침없는 목소리로
우리에게 기쁨을 설득하라.

시를 경작해
저주를 포도밭으로 만들어라,
인간의 실패를 노래하라
고통의 환희 속에서.

마음의 사막에서
치유의 샘물이 솟구치게 하고,
세월의 감옥에서
자유인에게 찬미하는 법을 가르치라.[4]

그러나 나는 높은 분들이 점점 모든 일에 참견하는, 특히 언어
의 계곡에 참견하는, 전후 세계에서 자라고 있었다. 그 세계에서—
혹은 내가 인식할 수 있는 내 주변 세계에서—여성과 시 둘 다 가정
에 적합하게 길들여지고 있었다.

———

대가들. 대학 시절 T. S. 엘리엇은 사람들 입에 가장 많이 오르내

리는 시인이었다.《칵테일 파티The Cocktail Party》는 당시 브로드웨이에서 상연 중이었고, 그의 이름과 작품은 이미 학생들의 대화에 어김없이 등장했으며, 강의 시간에도 언급되었다. 나도《황무지The Waste Land》와《사중주 네 편Four Quartets》에 관한 강의를 듣고, 열심히 필기하며 그 위대함을 이해하려고 애썼다. 나는 새로운 것을 발견한 젊은 초심자의 열정으로 엘리엇의 시에 접근했고 감탄했다.

더불어 기독교 신앙과 일반적인 조직적 종교에 대한 애정을 완전히 잃은 젊은이로서 그의 시에 접근하기도 했다. 교외 지역의 개신교회에 다녔던 경험을 통해 볼 때 신앙은 한 사람의 인생을 바꾸는 것과는 전혀 상관이 없었다. 기독교 신앙의 이미지와 의례는 오히려 내가 벗어나려고 애썼던 세계와 열정 없이 오직 체면만 중시하는 세계와 관계가 있었다. 나는 더는 그 세계와 얽히고 싶지 않았다. 그러나 볼티모어 출신의 열여덟 살 여자아이가 어떻게 영국의 가장 위대한 현대시인이(다들 여기에 동의하는 것처럼 보였다) 성공회 고교회파라는 사실을 비평할 수 있겠는가? 지금도 가지고 있는《사중주 네 편》면지에 강의 시간에 연필로 쓴 메모가 있다. "이것=세속적인 시대의 기독교 시가 지닌 문제-기독교라는 종교를 인정하지 않으면 시도 인정할 수 없다." 당시 강사는 엘리엇 시의 초기 해석자 중 한 사람인 F. O. 매시슨이었는데, 일 년 후 자살한 그는 스스로 기독교인이자 사회주의자라고 설명했다. 그리고 동성애자이기도 했다.

자칭 이신론자인 나의 유대인 아버지와 개신교 집안에서 태어났지만 기본적으로 세속적인 나의 어머니는 (아마 기독교인과 결혼했다면 기독교인이 되었을 것 같지만 어느 쪽도 확신할 수는 없다) 일

거기서 발견된 것: 시와 정치에 관한 메모

종의 사교성 검증을 위해 몇 년간 나를 교회에 보냈다. 아마도 주된 목적은 반유대주의로부터 보호하기 위해서였을 것이다. 나는 교회에서 영적인 열정이나 사회적 윤리에 관해 아무것도 배우지 못했다. 만약 예배에 참석했다면 그것은 대체로 공동 기도서 때문에, 주로 그 안에 포함된 킹 제임스 성경의 시 때문이었다. 나는 뭔가 잘못되었다고 느끼며 교회에서 집으로 걸어가곤 했다. 내가 정말로 감수성이 있다면 성체용 빵을 받거나 성배가 입술에 닿을 때 '뭔가'를 느꼈을 것이다. 그러나 내가 느낀 것은 연기하고 있다는 사실이었다. 우리는 전부 일종의 야외극이나 연극에 참여하고 있었다. 이 연극은 마법 같지도 않았다. 이렇게 연극 같은 기독교 신앙은 내가 이미 떠나야 한다고 생각했던 사회의 신학적 형태로 느껴졌다. 때로 냉담한 세계에서 멀어져야 할 때면, 결국 자신도 냉담하다고 느끼게 된다. 이와 같은 불만을 초기 시 〈향 없는 공기Air without Incense〉에 쓰기도 했다.[5]

기독교 신앙과 별개로 엘리엇의 시에서 반감을 느끼는 지점이 있다. 바로 평범한 삶과 보통 사람들에 대한 혐오이다. 당시에는 이런 말을 할 수가 없었다. 한동안 시의 구조를, 그 박식함을, 시의 운율을 동경하려고 노력했다. 그러나 전반적인 목소리가 건조하고 슬프게 들렸다. 엘리엇은 여전히 살아 있었고 나는 그의 시가 얼마나 많이 자기 증오와 신경쇠약과의 투쟁으로 물들어 있는지 몰랐다. 또한, 그의 기독교 신앙 형식이 내가 거부한 종교처럼 수구적인 정치와 손을 잡았다는 사실도 특별히 의식하지 못했다. 그는 대가로 여겨졌지만, 시 안에서 존재의 가능성과 책임감을 탐색하고 있었던 젊은 여성으로서 내게는 그의 시가 무용하게 느껴졌다.

내게 부족했던 것은 젊은 시인으로서 20세기 급진적이거나 혁명적인 시학의 전통을 기꺼이 배우고 참고할 흐름으로 생각하지 못했다는 점이다. 선배 시인들 가운데 윌리엄 칼로스 윌리엄스는 동시대 미국의 평범한 도시 풍경을, 가난한 보통 사람들과 노동하는 사람들의 풍경을 일상적인 언어로 평범하게 말했지만, 그의 시는 놀랍도록 음악적이고 유려하다. 나중에 형식적인 작시법에서 벗어나려고 윌리엄스의 표현과 시행을 깨뜨리는 방식을 내 작법에 참고하기는 했지만, 윌리엄스의 시를 읽고 깜짝 놀란 기억은 없다. 당시 가장 실험적이고 포괄적으로 정치적인 시를 썼던 뮤리엘 루카이저도 예일젊은시인상 기수상자 목록에서 이름을 잠깐 봤을 때를 제외하면 알지 못했다. 1949년에 출간된 《시의 생애》는 기억도 나지 않는다. 누구도―교수도 동료 학생도―내게 이 책이 꼭 필요하다고 말해주지 않았다. 당시 중서부지역의 위대한 노동계급 시인이었던 토머스 맥그래스도 나는 그 이름조차 알지 못했다. 동부의 비평가들은 그의 소책자와 소형 인쇄물을 정식 발간하지도 논의하지도 않았다. 그는 매카시 블랙리스트에 올라 있었다. 심지어 좌파 공산주의 저널들도 그의 시가 '어렵고' 정통적이지 않다고 생각했다.[6] 내가 루카이저를 알게 된 것은 1960년대 후반 베트남전쟁에 반대하는 시를 읽으면서부터다. 곧이어 루카이저가 말년에 강력한 목소리를 냈던 여성운동 상승기에 그를 발견했다. 맥그래스의 시를 읽은 것도 1980년대 역사적이고 자전적인 장시 〈상상의 친구에게 보내는 편지Letter to an Imaginary Friend〉를 통해서였다. 하지만 20대 초반의 내 인생은 루카이

저와 맥그래스를 읽을 준비가 되어 있었을까? 아마 아닐 것이다. 그
러나 그들은 각자 시의 자리에 관해 다급한 질문을 던지고 있었고,
당시 내겐 그런 질문을 던질 언어가 아직 없었다.

———

　　20대 초반 나는 극한으로 분열한 시인, 상상력에 사로잡힌 보
험사 간부를 안내자로 삼았다. 그러나 나 자신의 분열을 소재로 시
로 써야 한다면, 월리스 스티븐스를 안내자로 삼은 것은 그리 최악
의 선택은 아니었다. 나는 형식적인 작법의 기초가 특별히 잘 다져
져 있었고 기교를 사랑했다. 내가 더듬더듬 찾고 있었던 것은 그보
다 더 큰 것, 소명의식, 시인으로 살아가는 것의 의미였다. 즉, 시를
어떻게 쓸 것인가가 아니라 무엇을 위해 쓸 것인가였다.

썩어버린 이름들

몇 해 전 캘리포니아의 이른 봄에, 타자기와 여행 가방과 월리스 스티븐스의 시집을 자동차 트렁크에 싣고 조슈아 트리 국립공원 근처에 있는 트웬티나인 팜스 타운으로 갔다. 어느 해병대 기지가 주로 먹여 살리는 황량한 거리를 따라 자리 잡은 곳이었다. 주도로 앞에 소나무와 협죽도 둑을 두른 작은 모텔을 발견했다. 모텔 안뜰에는 수영장과 목향장미, 야자나무도 있었다. 내 방에는 식탁이 있는 간이 부엌이 딸려서 거기서 타자도 하고 책도 읽을 수 있었다. 낮이면 차를 몰고 사막으로 나가 털북숭이 미친 은둔자처럼 생긴 조슈아 나무 사이를 산책하거나, 이끼가 깔린 회색과 금색의 바위 사이에 앉아 거기 기대 사는 초소형 생물들이 획기적인 규모로 그들만의 드라마를 펼치는 모습을 지켜보았다. 도마뱀, 말벌, 나비, 땅노린재, 붉은 파리, 금빛 파리 같은 것들을. 나는 수백 년 동안 물 없이 오직 침묵만 그득 담긴, 산으로 둘러싸인 거대한 그릇처럼 생긴 호수 바닥 가장자리에 서 있었다. 조슈아 나무들은 충격적일 만큼 크림색

거기서 발견된 것: 시와 정치에 관한 메모

꽃을 마구 피워 올리고 있었다. 한낮에도 사막은 추웠다. 오후가 기울면 모텔로 돌아가 파티오에 앉아―주로 비어 있었다―스티븐스의 시를 처음부터 끝까지 죽 읽었다. 한 번도 시도해보지 않은 방식이었다.

나는 한동안 시를 쓰지 않았다. 나는 어느새 한 주기의 끝에 와 있었다. 만약 내가 뭔가를 쓰게 된다면 그것은 과거의―내 과거의―시가 될 것이고, 미래의 시는 아직 내 안에서 낯설고 꼴을 제대로 갖추지 못해서 쓸 준비가 되어 있지 않았다. 다만 스티븐스를 읽기에 적당한 때였다.

―――――

"대학원에서 그의 시를 읽을 때는 별생각이 없었다." 나보다 어린 친구이자 정치 활동가이기도 한 열정적인 시 독자가 최근 한 말이다. 나는 대학에서 스티븐스를 읽기 시작했지만, 학생의 자세로 읽지는 않았다. 마구잡이식이기는 했지만 나는 수습생의 자세로 '현대적인' 시인의 시를 닥치는 대로 읽었다. (나중에 사람들은 이 시인들을 '모더니스트'라고 불렀다.) 내가 살아가고 글을 쓰는 데 도움이 되겠다고 생각한 것들을 대단히 고집스럽게 고르고 선택했다. 대학원에 다니지 않았기 때문에 별 감흥이 없거나 낯선 시들을 억지로 읽고 해석하느라 시간을 낭비할 필요가 없었다. 내게 〈푸른 기타를 든 남자The Man with the Blue Guitar〉를 읽어야 한다고 말해준 사람은 젊은 시인 데이비드 페리였고, 그때부터 중고서점에서 눈에 띄는 대로 스티븐스의 시집을 사 모았다.

처음부터 스티븐스의 다양한 시들을 읽으며 매력과 반감을 동시에 느꼈다. 때로는 한 편의 시 안에서도 매력적인 구절과 반감을 느끼는 구절을 만났다. 처음에는 시의 음악과 강렬한 친숙함에 끌렸지만, 다음과 같이 낯선 표현에도 매력을 느꼈다.

그녀의 노래는 바다의 천재성을 뛰어넘었지.

그리고

그녀의 목소리는
아스라이 사라지는 하늘을 날카롭게 다듬었지.
시간에 맞추어 하늘의 외로움을 헤아려주었지.
그녀는 자신이 노래하는 세상의
유일한 조물주였지……

그 후 우리는,
그곳을 홀로 활보하는 그녀를 지켜보며,
그녀가 노래하고, 노래하며 만들어낸 세상을 제외하곤
그녀에게 다른 세상은 없다는 걸 알았지.[1]

운율과 어조는 익숙하다. 빅토리아 시대와 현대의 시적 영어가 교차하는 '고결한' 어조이다. 그러나 〈키웨스트에서 질서의 개념The Idea of Order at Key West〉는 내게 절대적으로 새로운 어떤 것을 주었다. 즉, 아직 **물과 바람의 무의미한 돌입들**에 질서를 부여하지는 않지만, 바다 옆을 활보하고 노래하며 자신의 음악을 창조하는, 여성 창조주라는 개념이었다. 이 이미지는 페미니스트가 감소하고 시가 축소되던 1950년대에 여성의 삶을 노래하는 시인의 작품이 내 주변에서 보고 어림잡았던 양보다 훨씬 더 많이 쌓일 필요가 있다는, 그동안 말로 하지 못한 내 욕망의 이미지가 되어 다가왔다.

> 지금은 포도가 넝쿨에 주렁주렁 매달렸다.
> 어느 군인이 내 집 문 앞을 걸어간다.
>
> 벌집은 꿀로 묵직하다.
> 내 집 문 앞, 앞, 앞에.
>
> 치천사들이 둥근 지붕 위에 모이고,
> 성인들은 새 망토를 두르고 찬란하게 빛난다.
>
> 내 집 문 앞, 앞, 앞에.
> 벽 위 그림자가 작아진다.
>
> 집이 벌거벗을 때가 돌아온다.
> 날카로운 햇볕이 현관을 가득 채운다.
>
> 앞, 앞에. 떡갈나무에 피가 얼룩진다.
> 군인이 내 집 문 앞으로 다가온다.[2]

처음 이 시를 좋아하게 된 건 시어들의 소리 때문이었고, 나중에는 소리의 울림에 마음을 뺏겼다. 그 통찰이, 성취와 재앙의, 가을과 전쟁과 죽음의 집중적인 융합이, 꿀이 가득 찬 벌집에서 날카로운 햇볕까지 점차적인 벌거벗음이, 처음 두 행에서 설명되지 않은 군인의 모습이 앞부분에는 다만 걷고 있다가 끝부분에서 피로 얼룩진 떡갈나무를 지나쳐 **다가오는** 모습으로 바뀌는 점 등이 무척 좋았다.

한편 처음부터 어조가 불편하고 낯설며, 단지 엄청난 길이로 기교를 늘어놓은 것에 불과하다고 생각했던 시들도 있었다. 예를 들면, 다음과 같이 시작하는 〈글자 C 코미디언The Comedian As the Letter C〉이 있다.

참고: 남자는 제 나라의 지성이고,
최고의 영혼이다. 마찬가지로, 달팽이의
소크라테스, 배의 음악가, 원칙이자
법률이다. 허나 묻노니, 또한 사물의
재판관, 멍청머리 교육자,
바다의 훈계자인가?[3]

나는 스티븐스가—아름다운 여성의 실망한 남편이자, 성공한 보험 법률가이자 상상 속의 탈주자로서—자기 보호적이고 지적인 재치로 주변을 강화하고 있었을 거라고 이해한다. 절망 때문에 수많은 시에 드러나는 기교의 과잉이 필요했을 것이다. 그러나 그의 우아한 목소리는 오랜 시간을 쓸쓸함, 단념, 음절 생략으로 긴장하다가 갑자기 냉소적으로 끝나버린다. **그러니 사람들 각자의 관계를 싹둑 잘라 버리소서.**

거기서 발견된 것: 시와 정치에 관한 메모

그러나 젊은 여성이었던 나는 초조하게 그의 시를 훑어보다가, 어떤 시구를 만나면 자의식을 느끼고 자문하기도 했다. 시인으로서 **나는** 무엇을 하고 있는지.

달빛의 책은 아직 쓰이지 않았다
반도 시작하지 않았다, 그러나 시작하면, 공간을 남겨라
달빛 아래 모닥불에 던져진 크리스피노를 위해,
땀 쏟는 변화를 통한 순례의 고난 속에서도
불면의 순간에도 명상의 잠에 들어서도
그는 결코 잊을 수 없었다,
시간이 흐르면 못마땅한 시구도 기꺼이
잠을 부르는 깊은 노래로 나아간다고……

그는 얼마나 많은 시를 부인했던가
빈틈없는 발전 속에서, 그가 소망했던
무자비한 접촉보다 못한 것들을……[4]

20대에 읽은 현대적인 시인 가운데 스티븐스는 해방자였다. 그렇다. 내가 골치 아프고 이해하기 어렵다고 생각했던, 때로는 불어를 써가며 케이크 장식 같은 허세를 부려대고, 한편으로는 〈마른 덩어리Dry Loaf〉나 〈난쟁이The Dwarf〉 같은 시를 쓰면서 예측 가능한 음악을 쏟아낼 줄도 알아서 어쩔 수 없이 그 음악을 듣게 하는 스티븐스, **저녁의 삐걱 빼걱 소란스러움을 몰아내는** 바로 그 스티븐스 말이다. 〈현대시에 대하여〉라는 시를 통해 내게 이런 말을 해준 사람도 바로 스

티븐스였다.

이것은 살아서 이곳의 언어를 배워야 한다.
이것은 이 시대의 남성들과 대면하고 이 시대의
여성들을 만나야 한다. 전쟁에 대해 생각해야 하고
충족시킬 만한 것을 찾아야 한다.[5]

나는 이 시를 곧이곧대로 받아들였다. 내게 **우리 스스로 시 속에서 자기 자리를 마련해야 한다**고 말해준 사람, 시는 반드시 **변화해야 한**다고 말한 사람, 질서에 대한, 낭만적인 것에 대한, 언어 자체에 대한 우리 개념이 반드시 변해야 한다고 말해준 사람이 바로 그였다.

빛을, 개념들을 버려라
그리고 어둠 속에서 본 것을 말해라

이것은 이것이고 저것은 저것이라고 말해라,
그러나 썩어버린 이름들은 쓰지 마라.[6]

《월리스 스티븐스 시집》의 마지막 행은 **현실에 관한 새로운 지식**이다.

나는 이 말을 내가 가야 하는 길에 남겨진 메시지로 읽었다. 나는 순수한 욕망을 따를 것이다. 그동안 여성 시인으로서 내 삶과 작업이 주변과 내 안의 질서에 관한 생각을, 한계와 운명에 대한 생각을, 시의 자리에 관한 생각을 다시 하게 할 것인지 가늠할 방법이 없

거기서 발견된 것: 시와 정치에 관한 메모

었다. 삶은 여전히 너무도 비현실적이고 모호하고 관습적이었다. 그래서 나는 누구도 예측할 수 없었던 곳으로, 조슈아 트리 국립공원의 사막처럼 밀도 높고 냉혹하고 복잡한 곳으로 스티븐스를 데려가기로 했다.

———

트웬티나인 팜스 타운에서 보낸 마지막 며칠을 독감으로 고생했다. 온몸이 아프고 밤이면 오한을 느꼈다. 사막의 바람이 내 침대 위로 곧장 불어오는 것만 같았다. 아침마다 뜨거운 물이 쏟아지는 샤워기 아래 오래오래 서 있었고, 인스턴트커피를 타서 간이 부엌 식탁에 앉아 주차장 너머 소나무를 물끄러미 바라보며 성조기가 바람에 나부끼는 소리, 불규칙한 파도 소리를 들었다. 며칠 동안 사막이 어찌나 음산하고 냉담하게 빛나던지 더 이상 그곳을 견딜 수가 없는 심정이었다. 내 심장은 내가 추적할 수도 없는 영향력으로 움츠러들었다 늘어나기를 반복했다.

어느 날 저녁, 기운을 좀 차리려고 차를 몰고 번화가의 이탈리아 식당에 갔다. 라자냐와 감자튀김, 샐러드, 그리고 얼음같이 차가운 키안티 와인을 한 잔 마셨다. 식당에는 나 외에 거의 삭발하다시피한(귀와 목 위로 바짝 깎고 정수리 쪽만 조금 더 긴 머리) 십 대로 보이는 무척 젊은 해병대원들이 앉아 있었다. 그들은 와인을 한 병 마셨고, 재미있게 놀려고 외출한 것처럼 보였지만, 왠지 우울하고 서로 불편해 보였다. 그들의 육체적인 힘이—끔찍하리만큼 젊지만, 정작 자신은 모르는 힘이—느껴졌다. 이 아이들은 보병으로 참전했다가 전후 이 땅으로 이민온 유럽 노동자의 후손일까? 교육을 받지 못했거나 노동 시간과 생산력을 스스로 통제할 수 없는 세대일까?

그날 저녁 보았던 젊은 신병들 모두 명백한 백인이었다. 일주일 전에는 모텔에서 어느 아프리카계 미국인 장교와 그 가족이 수영장에서 놀다가 나중에 파티오로 나와 음료수를 마시는 모습을 보았다. 모텔 주인은 그들을 환영하는 것처럼 보였지만, 그 가족은 곧 떠났다. 내가 국립공원에서 본 등산객이나 암벽을 등반하는 사람들은 바위 사이 야영장에서 본 멕시코 가족을 제외하곤 전부 백인으로 보였다. 번화가를 지나가면 경계가 뚜렷하지 않은 비포장도로 사막 구역이 나오고 더 가면 흙 색깔 판잣집들이 보인다.

사는 동안 미국의 풍경 속에서 이보다 다양한 인간 생활의 명암을 본 적이 없다. 나의 백인성이 얼마나 오랫동안 그 다양성을 볼 수 없게―혹은 어떤 곳에서는 다양성의 부족을 볼 수 없게―눈을 가려왔는지 생각해보면 이는 백인의 마음이 다양한 색깔 대역에서 오직 자신의 색만 구별해내는 데 몰두해왔기 때문이다. 분명하게 규정된 그 색깔을 기본으로 다른 것들을 구별하고, 차별하고, 분류하고, 배제하려는 백인의 강박 때문이다. 그 밖에 백색의 기능이 무엇인가? 실제 빛은, 사막의 소나기나 무지개에서 볼 수 있는 색은, 혹은 거대 도시의 거리에서 볼 수 있는 색은 연속체이고 스펙트럼이며 삶의 포용 법칙을 나타낸다.

그동안 삶의 수많은 전환점을 거치며, 의지가 강하거나 머뭇거리는 여러 멘토를 통해서, 인종에 관한 연구는 없고 오직 인종차별에 관한 연구만 존재한다는 사실을 알았다. 인종차별에 관한 연구는 씁쓸하고 폭력적이며 역겨운 연구이다. 인종 자체는 의미 없는 범주이다. 그러나 사람들은 스스로 어둠을 이기는 혹은 어둠과 맞

거기서 발견된 것: 시와 정치에 관한 메모

서는 백색으로 규정해왔고, 이는 인간 공동체에 재앙 같은 결과를 불러왔다.

그렇다면 시에는 어떤 결과를 불러왔을까?

———

나 자신에게 묻고 있다. 내 젊은 날의 '대가'이자 상상력을 위한 해방의 대변인, **썩어버린 이름들은 쓰지 말라**고 경고했던 멘토는 어쩌자고 낡은 인종차별주의 지형에 끌려갔을까? 상상력을 옹호하고 삶의 지지 수단으로 시를 옹호했으며 현대성을 주장했던 그의 맹위를 생각해보면, 어떻게 대중적인 상상력의 실패를 반복함으로써 자신의 상상력을 가로막을 수 있었을까? 어떻게 '문명인'과 '야만인'이라는 19세기 개념을 쓰고 '깜둥이'라는 단어를 강박적으로 되풀이할 수 있었을까? 왜 '흑인녀'라는 모욕적인 단어의 이미지와 라임이 시 한 편을(《손전등을 든 처녀The Virgin Carrying a Lantern》) 장악하고, 뚜렷한 이유도 없이 **가을의 오로라**로 슬쩍 넘어가는가? 무엇이 좀처럼 잊을 수 없는 시 〈노퍽의 두 사람Two at Norfolk〉을 묘지에서 잔디를 깎는 '검둥이'에게 맡기게 했을까? 그리고 왜 추상적인 '흑인'과 '모직 장인'이 두 편의 짧은 풍자시 〈식민지의 벌거숭이Nudity in the Colonies〉와 〈국회의사당의 벌거숭이Nudity at the Capitol〉에 화자로 소환되어야 했나? 앨던 닐슨의 표현을 빌리자면 이 '얼어붙은 상징들'[7]은 그의 작품에서 무엇을 하고 있나?

다른 시절에 스티븐스를 읽을 때는 고의로 쓴 인종차별 언어를 고통스럽지만 보호막으로 감싼 상상력의 손상으로, 순간적으로 무너진 시인의 지성으로 여기고 넘어가려고 했다. 래스터스와 제미마 아주머니와 그리 다를 게 없는 그 인물들을 우발적인 사건으로 취급했다. 그러다 사막 한가운데에서 마침내 이해했다. **이것은 전체를 여는 열쇠다. 삭제하지도, 검열하지도, 방어하지도 말라.** 스티븐스가 아프리카계 미국인의 추상적이고 일차원적인 이미지에 의존했던 것은 그의 시에 찍힌 워터마크다. 그가 마음속에서 검은 피부의 허구 인물들과―가끔은 라틴아메리카와 카리브해의 왜곡된 인물들과―어떤 관계를 맺었는지 이해하는 것은 그의 시에서 북부와 남부가 지닌 의미를, 쪼개진 자아를, '꽤 두둑한 수입'[8]을 벌지만, 감정적으로는 불행했던 백인 남성을, 반복해서 거울의 벽 앞에서 몸을 돌려야 하는 상상 속의 탈주자를, 시적 재능은 어마어마했지만, 그것 때문에 좌절할 수밖에 없었던 사람을 정확히 이해하는 것과 같다. 시인으로서 상상력만이 아니라, 그 역시 일원이었고 나 역시 젊은 여성 시인으로서 내 자리를 찾으려고 노력 중이었던 집단적인 시의 상상력을 짓눌러 왜곡하는 인종차별의 힘을―토니 모리슨이 말한 '아프리카니즘'[9]을―파악하는 것과 같다.

거기서 발견된 것: 시와 정치에 관한 메모

시인의 교육

"시인은 주변 상황과 환경이 자신을 쓰는 대로 쓴다."[1] "나는…… 자신을 미적 가치가 있는 예술 대상으로 이용해야 한다고 생각한다."[2] 이 글을 쓴 다이앤 글랜시는 대평원의 여성, 체로키족과 가난한 백인의 '아칸소 뒷산 문화'[3] 출신이다. 그는 수백 킬로미터를 운전해가며 아칸소와 오클라호마의 공립학교에서 시를 가르치고, 장소와 시, 문해력, 구술 전통, 언어, 종교에 관한 일련의 명상을 일기로 기록한다. 그렇게 그는 부모나 조부모가 문맹이었거나 영어가 모국어가 아닌 시인들이 이 나라에 내놓은 새로운 원전 중 하나를 썼다. 대학에 다니는 사람들이나 엘리트 지식인들만 시를 읽고 '감동한다'라는 말은 거짓이다. 그런 집단 가운데 시가 마음을 움직이는 곳은 거의 없다.

시는 감옥에서, 초원의 부엌에서, 도시의 지하 작업실에서, 지역의 작은 도서관에서, 폭력 피해자 여성들의 쉼터에서, 노숙자 쉼터에서, 사무실에서, 장애인을 위한 공립병원에서, HIV 지지 모임에서 조용히 혹은 큰 소리로 쓰이고 이해된다. 책꽂이가 텅 빈 집에서도 시인은 태어날 수 있다. 그런 집에서 태어난 아이라도 조만간 책이 필요해질 것이다. 그러나 책은 타고난 유전자가 아니다.

———

시인의 교육.

열여덟 살이 되기도 전에 팔뚝에 깊이 벤 상처를 제대로 설명하지 않았다는 이유로 살인 혐의로 체포되었다. 놀라운 속도로 쇠사슬에 묶인 어느 죄수와 함께 수갑이 채워졌고…… 버스를 타고 구치소로 이송되어 재판을 기다렸다. 구치소에서 서로 네루다와 옥타비오 파스, 하이메 사비네스, 하워드 네메로브, 헤밍웨이를 읽어주는 사람들, 수감자들을 만났다…… 시인들의 말에 귀를 기울이는 동안 악어는 무력하게 제 소굴에서 잠들었다. 그들의 언어는 나 자신으로부터 나를 해방시키는 마법이었다……

치카노(멕시코계 미국인 가운데 특정 정치의식을 지니고 정체성을 공유하는 이들을 가리키는 말—옮긴이) 수감자들은 책을 덮자마자 자신만의 치카노 언어로 돌아가 활기로 가득 찬 바리오(미국 내 스페인어 사용자 거주 지역—옮긴이) 시절을 되살렸다. 나는 나만의 언어를, 이 우주 안의 내 자리를 설명하는 이중 언어 단어와 구절을 배우기 시작했다……

2년이 흘렀다. 나는 스무 살이 되었고 다시 철창에 갇혔다…… 카운티의 유치장에서 석 달째 지내던 어느 밤…… 형사들이 나이 든 취객을 무릎 꿇리더니 철창에 수갑을 채웠다. 취객의 날카로운 비명이 뼈를 긁어대는 활톱처럼 내 신경을 긁어댔다. 비인간적인 처우에 대항해 자신의 존엄성을 지키려는 절박한 저항의 소리였다…… 형사들이 잠시 화장실에 가고 책상을 지키던 당직 경찰이 체포 기록을 꺼내러 캐비닛으로 걸어간 사이에, 나는 철창 사이로 팔을 뻗어 당직 경찰의 대학 교과서 한 권을 낚아채 죄수복 속에 감추었다. 내가 할 수 있는 유일한 저항이었다.

늦은 시간 내 방으로 돌아갔다. 담요 속에서 펜 전등을 켜고 두꺼운 책을 아무 데나 펼치고 훑어보았다…… 천천히 단어들을 발음해보았다. 연 – 못, 물 – 결. 편안함만 찾다가 여기까지 굴러떨어졌다는 사실이 문득 두려웠다. 언제나 책 읽기는 시간 낭비라고 생각했고, 독서로 얻을 수 있는 것은 아무것도 없다고 여겼다. 오직 행동을 통해 세상에 나아가 장애물을 대면하고 도전할 때만 가치 있는 것을 배울 수 있다고 생각했다.

그저 호기심이 동했을 뿐이라고 스스로를 달래보았지만, 내 안에서 소리가 음악을, 행복을 만들어내는 과정에 푹 빠져 내가 지금 어디에 있는지조차 잊을 정도였다…… 오래전 잃어버린 친구를 우연히 만나 떨어져 지낸 세월을 애달파 하는 사람처럼 묵직한 슬픔이 덮쳐왔다. 그러나 어린 시절부터 나를 마비시켜왔던 상실감이, 인생에서 너무도 많은 것을 놓쳐버렸다는 상실감이 금세 물러가고 나는 심각한 병에서 회복된 사람처럼 순수한 마음으로 다시금 삶의 아름다움을 믿게 되었다. 잠이 들면서도 어둠 속에서 작가의 이름을 더듬더듬 반복해서 말해보았다. 워즈 – 워스,

워즈 – 워스……

며칠 후 무릎 위에 붉은 추장 공책을 펼쳐놓고 치아로 물어뜯어 깎

은 몽당연필로 첫 글을 썼다. 그 순간부터 시를 향한 목마름이 나를 사로잡았다.[4]

지미 산티아고 바카는 남성적인 규칙이 지배하고 남성의 분노와 흉포한 생존 의지로 유지되는 세계[5]에서, 편지를 뜯어보거나 시를 쓸 때를 제외하곤 자신의 여성적인 심장을 깊이 묻어버리도록 강요받는 세계에서, 남성 죄수이자 자신의 언어를 경멸하라고 배워온 치카노로서, 폭력적으로 언어를 빼앗긴 상황에서 벗어나 자기 자신으로 다시 태어나는 행위로서 시를 쓴다. 모든 시는 진통 끝에 출산한 아기이고 나는 땀 쏟는 노력에 흠뻑 빠져든다. 남자로 살아가는 고통과 상처가 너무 깊어 시 속에서 스스로를 여성으로 변신시킨다.[6] 바카는 언어를 잃은 고통에서 해방되어(자신을 표현할 수 없는 것만큼 수치스러운 일이 없었기에 내 생각을 분명히 말할 수 없다는 사실이 내가 멸종위기에 처했다는 위험 의식을 키워주었다[7]) 자신을 여성으로 살아가는 고통과 상처를 초월한 여성으로, 울며 배설하는 실제 아기가 아니라 언어를 출산한 여성으로 바꾸었다. 그러나 시를 낳는 노고를 어떻게 해마다 아이들을 낳고 기르느라 일찍부터 고갈되어버린 교육 받지 못한 여성들의 노고에 비할 수 있겠는가? 혹은 여성은 입을 다물고 있어야 한다고 주장하는 문화 속에서 자신의 목소리를 내고자 노력하는 여성의 노고에 비할 수 있을까?

"입을 다물면 파리가 들어오지 않는다En boca cerrada no entran moscas." 어렸을 때 계속 들어온 속담이다. Ser habladora는 말을 너무 많이 하는 수다쟁이 혹은 거짓말쟁이다. 바르게 자란 여자아이는 말대꾸를 하지 않는다Muchachitas bien criadas. Es una falta de respeto 는 어머니나 아버지에게 말대답하는 사람이다…… Hociona, repelona, chismosa는 입이 크고, 질문을 많이 하고, 이야기를 전달하는 사람들을 말하는데, 전부 버르장머리 없는 사람mal criada의 표시다. 내가 자란 문화에서 여성에게 적용되는 말은 전부 경멸적이다. 그런 말들이 남성에게 적용되는 것을 들어본 적이 없다.[8]

글로리아 안잘두아는 메스티자(중남미 원주민과 스페인인 혼혈 여성—옮긴이) 의식의 동굴 가장자리에 묵직하게 매달린 엉킨 실타래를 풀다가, 언어의 부재 문제는 여성이라는 이유로 한층 심각해지고 그 문화권의 눈으로 보면 그저 한 사람의 여성이 아니라 낯설고 '별난queer' 존재로 보인다는 사실 때문에도 더욱 악화됐음을 발견했다. 정체성에 관한 안잘두아의 의식은 바카의 의식보다 훨씬 더 복잡하다. 그는 여성성 자체를 둘러싼 여러 층의 부정적 인식을 바꿔내야 했고—배신자로 알려진 원주민 여성 말린친Malintzin(아즈텍 출신으로 에스파냐 침략군의 통역 및 길 안내를 자처해 멕시코와 남미에서는 배신자의 대명사로 알려졌다—옮긴이)이나 시발년에 해당하는 원주민 여성을 향한 욕설 라 칭가다la chingada, 오래도록 고통받으며 영원히 우는 어머니를 가리키는 라 롤로나la Llorona 등의 이미지—단순한 남성성/여성성의 이원성에 맞서야 했다. 나는 다른 별난queer 사람들과 마찬가지로 한 몸에 남성과 여성이 모두 깃들어 있다. 나는 상반된 특성을 하나로 합하는 성혼(hieros gamos, 성스러운 결혼이라는 뜻으로 여신과 남신의 결혼이나 신과 인간의 결혼—옮긴이)의 현신이다.[9]

시인의 교육.

1960년대에 처음으로 치카노 소설을 읽었다. 스코틀랜드인 아버지와 멕시코인 어머니 사이에서 태어난 아들이자 게이 텍사스 사람인 존 레치의《밤의 도시City of Night》였다. 치카노가 글을 쓰고 출판까지 할 수 있다니, 경악에 가까운 놀라움에 사로잡혀 며칠을 보냈다.《나는 호아킨I Am Joaquin》을 읽었을 때는 치카노의 책이 이중언어로 출간되었다는 사실에 놀랐다. 난생처음 텍사스 – 멕시코어로 쓴 시를 보고 순수한 기쁨의 감정이 솟구쳤다……

치카노나 멕시코 사람이 쓴 책을 읽기 전에는 자동차극장에서 멕시코 영화를 보며 소속감을 느꼈다. (목요일 밤은 특별가로 자동차 한 대당 1달러를 받았다.) **바모노스 아 라 비스타스**Vámonos a las vistas(극장에 가자)라고 어머니가 외치면 할머니, 형제들, 자매, 사촌들까지 자동차에 끼어 앉았다. 우리는 치즈 볼로냐 흰 빵 샌드위치를 먹어치우며 〈우리 가난한 사람들Nosotros los pobres〉과 같이 신파 멜로드라마를 연기하는 페드로 인판테를 보았다. (유럽 영화 모방작이 아니라) 최초의 '진짜' 멕시코 영화였다…… 호르헤 네그레테와 미구엘 아세베스 메히아가 노래하는 '서부영화'도 기억난다……

자라는 내내 북멕시코 국경 음악이라고도 부르는 **노르테뇨**나 텍사스 – 멕시코 음악, 치카노 음악, **칸티나**(술집) 음악을 들었다. 기타와 **바호 섹스토**, 드럼, 버튼 아코디언으로 구성된 3인조 혹은 4인조 포크 음악 밴드인 콘훈토를 들으며 자랐는데, 이 콘훈토는 농장이나 양조장을 만들려고 텍사스 중부나 멕시코로 이주해온 독일 이민자들에게 치카노들이 악기를 빌려 만든 음악이다……

지역 **칸티**나의 싸구려 앰프에서 **코리도스**—사랑과 죽음에 관한 텍사스 - 멕시코 국경지대의 노래—가 울려 퍼지며 내 방 창문을 넘어 들어오던 찜통처럼 더웠던 저녁들도 기억한다.

코리도스는 치카노와 앵글로 사이에 초기 갈등이 있던 시기에 남텍사스/멕시코 국경지대를 따라 널리 퍼졌다. **코리도스**는 보통 앵글로 압제자들에 대항한 멕시코 영웅들의 무용담을 노래한다. 판초 비야(산적 출신의 전설적인 혁명가—옮긴이)의 노래 〈라 쿠카라차〉가 가장 유명하다. 지금도 존 F. 케네디와 그의 죽음에 관한 **코리도스**가 리오그란데 계곡에서 유행한다. 나이가 많은 치카노들은 **라 글로리아 데 테하스**la Gloria de Tejas(텍사스의 영광)라고도 부르는 위대한 국경지대 **코리도스** 가수 리디아 멘도자를 기억한다. 대공황 시대에 그가 부른 〈엘 탕고 네그로El tango negro〉는 그를 국민 가수로 만들어주었다. 지금도 존재하는 **코리도스**는 오락만이 아니라 사건에 관한 소식을 전달하는 역할도 맡으며 국경지대의 백 년 역사를 들려준다. 이 포크 음악과 음악가들은 우리 문화의 주요한 신화작가들이고 이들 덕분에 우리의 힘겨운 삶이 그나마 견딜만해 보였다.[10]

시인의 교육.

이혼 후 새로운 영토가 생겼다. 마치 오클라호마 대지의 땅 한 조각을 요구해 개발하고 정착한 기분이었다. 몇 년 동안 남편과 아이들과 집안일 뒤에 숨어서 살았다. 이제 땅과 하늘이 열렸다. 처음에는 초원 지대의 황량함과 쉼터 부족이 두려웠다. 언제나 글을 써왔지만 이제야 장소에 관한 나의 의식이 중요한 일로 여겨졌다. 나는 나의 원주민 문화유산을 끄집어내 '아니 – 윤 – 위유' ― 체로키 말로 번역하면 '진짜 사람들'을 향한 여행을 시작했다.

나는 신문을 읽고 잡지를 읽는다. 시도 읽고 소설도 조금 읽는다. 글 안에 감정을 표현할 수 있다는 사실을 발견했다. 당황스러움과 두려움의 감정을. 특히 분노를. 분노는 여성들의 글쓰기에서 보이는 한 가지 흐름이었고, 주변에 가족이 없는 내가 느끼는 분리와 고립감에서 벗어나게 해주는 도르래였다. 여성들이 자신을 이해하게 되는 과정을 보았다. 그 취약성과 투쟁과 고통스러운 선택을. 내 안의 농장을 발견하거나 개간해야 했다. 감자 저장용 동굴을 팠다. 예전에는 내 삶의 균열을 가족이 덮고 있었다. 이제 나는 파편이든 사금파리든 뭐든 대지가 주는 대로 가지고 있다. 내 시와 글쓰기는 내가 경작한 땅이었다.

나는 시 안에서 '존재'를 향해 움직였다. 생존을 위한 투쟁. 내가 누구인가에 관한 진실을, 내 목소리를 찾는 게 목적이었다. 내가 제공해야 했던 것을. 다른 사람들의 목소리, 태양과 비와 토양 없이 개인으로 나 혼자 할 수는 없었을 것이다. 그게 여성으로 사는 즐거움이었다.

어느새 나는 초원의 폭풍과 영토가 주는 한계들을 극복했다. 스스로를 인정할 수 있었다. 초원의 길을 여행하고 카페 안의 농부들이 지켜보는 가운데 시에 관해 이야기하는 힘을 발견했다. 땅을 요구하고, 초가집을 짓고, 밭을 갈고, 소젖을 짜는 투쟁을 다시 겪었다. 언젠가는 안식이 올 것이다. 물론 이 모든 것은 내면의 땅을 말

거기서 발견된 것: 시와 정치에 관한 메모

한다. 나는 저기 영토가 있다고 말해준 다른 여성들이 건네준 지도 한 장만 달랑 들고 늦게 출발했다. 머릿속은 비옥한 풍경이었다. 마차에 짐을 싣고 수레에 말을 매기만 하면 되었다. 내 어머니가 캠프를 정리하기 전에는 절대로 떠날 수 없는 여행이었다.

이미지를 신뢰하는 법을 배웠다. 심지어 단어를 가지고 실험을 할 수도 있었다. 마차에 머플러와 유리컵 꾸러미를 실어라. 원한다면 진흙을 튀겨라. 나는 남자들이 가지고 있었던 것을, 즉 자신으로 사는 자유를 가지게 되었다. 어쩌면 여성들도 가지고 있었을지 모른다. 다만 내가 몰랐을 뿐. 틀린 생각이든, 옳은 생각이든, 뭐든. 이제 나는 얼음 조각을 던질 수도 있고 절단당한 내 팔다리를 찾을 수도 있고 심장과 팔과 폐를 내주는 대신 그것들을 꿰맬 수도 있다. 그것들을 위해 전선의 맨 앞에서 톱날을 차례차례 사용한다.

'자아'라고 말하기 위해 단어를 탐색하는 평범한 자아의 영광, 그 기쁨. 출생과 비가시성의 철폐. 여성 – 즐거움의 추구. **시도니즘**(쾌락주의 히도니즘의 he를 she로 바꿔 만든 말—옮긴이).

주제, 형식, 실험적 형식. 집과 헛간과 부속 건물의 역할을 하는 단어들. 그 절박함. 자기 공격의 중단. 내 개별 부위를 낮은 나뭇가지와 바위 위에 널어 말리기. 내 작품에 영향을 준 사람들은 여성들이다. 그들의 용기와 깨달음을 향해 가는 흐름이다. 나는 아니 – 윤 – 위유로 가는 여정에 있다.[11]

관광과 약속의 땅

관광. 시인들에게, 특히 우리 제국에 대해 경쾌한 현실 도피자가 되기로 선택한 북아메리카의 시인들에게 우리가 누운 모래밭은 함정이 될 수도 있다.

화사한 색깔 꽃과 잎, 해변 오두막이나 미늘창 덧문으로 바라본 풍경, 머리에 산더미 같은 과일을 쌓아 올리고 물고기 내장을 제거하는 검은 그림자 등으로 장식한 시.

섬에 관한 백인의 시. 섬에서 태어나 살면서 반식민주의 저항 운동의 일환으로 문학 운동을 벌이는 시인들이 있다는 근거는 없다. 전설적인 영역의 사람들은 단순화된 땅에 사는 추상의 인물들이다.

이국성은 우리 스스로 세심하게 구축한 자아, 우리의 '진짜' 삶에서 벗어난 탈출로로 풍경과 사람들과 문화를 바라보는 방식으로, 시인들에게는 함정이다.

거기서 발견된 것: 시와 정치에 관한 메모

2차 세계대전 직후였던 20대 시절에 나는 서유럽을 그런 시선으로 바라보았다. 그때는 달러 가치가 높았고 미국의 대학생들은 문화적 휴가를 떠난다는 생각으로 해외여행을 가고 해외 유학을 할 수 있었다. 초토화되지 않은 땅, 무너지지 않은 도시 출신의 우리는 깊은 상처를 안고 재건에 힘쓰는 현재의 유럽이 아니라 교과서에서 보았던 과거의 유럽을 추구했다. 대부분 백인이었던 우리는 유럽 문화를 우리 문화의 선조로 여기며, 반쯤은 유물을 향한 경외감으로 또 반쯤은 우리나라의 우월성을 확신하면서 그 계통을 낭만적으로 생각했다. 요컨대 영광스러운 유럽의 과거를 야만적인 행위로부터 구해준 것은 다름 아닌 우리였고 유럽은 거대한 실외 박물관이었다.

　　내 두 번째 시집에 수록된 많은 시가 관광의 시선으로 쓰였다. 당시 내 삶은 갈등으로 힘든 시기였는데, 거기서 벗어나려고 기꺼이 영국이나 이탈리아의 풍경과 건축물에 관한 시로 달아났다. 딱 한 번 〈관광객과 도시The Tourist and the Town〉이라는 시에서 이국 도시의 삶을 다른 곳과 마찬가지로 '평범한' 것으로 인정하고, 있는 그대로의 내 모습을 시에 담으려고 노력했다.

　　관광의 시들. 강박적으로 찍는 여행 스냅사진처럼, 폐허와 이국적인 거리와 신성한 바위와 옷도 제대로 입지 못한 거리의 행상인 아이와 색색의 짐을 지고 출발하는 여인 같은 것들을 포착하고, 수집하고, 틀에 가두는 수단으로서의 시다. 가난한 나라에서 관광이 주요산업이 되어버리고 가난한 나라 국민 대다수는 일거리를 찾아 다른 나라로 이민을 선택할 수밖에 없는 세계 경제 체제 안에서 장소의 의미, 관광객의 존재 의미를 외면하는 수단이다.

준 조던은 〈연대〉라는 시에서 이 장르를 전복시켰다. 그는 '테러리스트'라는 단어를 말하면서, 언급하지 않은 단어 '투어리스트'와 대조시킨다. 이 시에서 투어리스트는 파리를 방문한 유색인 여성 네 명이다.

그때
사크레 쾨르 대성당의
이우는 빛 속에서
(이른 저녁 영묘 계단에서
포크 음악이 들리고)
그저 두 대의 간편 카메라로
무장한
(우리 중 테러리스트는 없었다)
거기
파리의 폭우 속에서
네 사람의
흑인 여성들은(두 명은 아시아
두 명은 아프리카 후예)
택시를 잡을 수 없었다
그리고
나는 궁금했다
어떤 우산이
우리의 집단적 무기력의

떨림을

달래줄 만큼 커다랄지

그 무관심한

공격에 맞설 만큼 높을지

그리고 나는 궁금했다

누가 그 대피소를 만들지

누가 그 외로움

위로

높이 그리고 넓게

그 대피소를 활짝 펼쳐 들지.[1]

———

예술가촌의 시들. 머나먼 곳에서 잘려나가는 풀에 관한 시들. 소명vocation보다 휴가vacation에 관한 시. 궁궐을 세계로 여기고 궁궐에 관해 쓴 시들처럼 은거 중에 쓴 시들.

예술가촌의 존재 자체를 개탄하려는 게 아니라, 일반적인 기회(기본적인 욕구들) 불균등이 예술창작의 기회(기본적인 욕구) 불균등으로 이어지는 세계에서 예술가촌의 존재 방식을 개탄하려는 것이다. 결국, 예술가촌에 입주하게 된 이들은 대다수가 이러한 불균등 덕분에 비교적 교육을 잘 받고, 적어도 예술창작을 염두에 둘 수 있는 특권을 지녔다. 탄탄한 예술교육 프로그램이 무상 공교육의 필수 요소로 자리 잡은 사회를 상상해보자. 어느 노동자나 학교를 떠나자마자 근로 혜택의 일부로 직장 근처나 주말 혹은 여름 휴가지에서 무료 예술창작 작업장, 강좌, 창작촌 등을 이용할 수 있는 사회를 상

412

상해보자. 현존 공공정책에 깃든 가치관은 이러한 전망과 완전히 반대 방향에 서 있다. 그 결과 더 크고 더 풍성하며 더 혼란스러운 삶과 동떨어져 예술가촌처럼 희소성만 높아진 예외적인 환경에서 오직 소수만이 그 환경과 연루된 희귀하고 자기성찰적인 예술을 생산하고 있다.

———

무엇을 쓰고 어떻게 써야 하는지를 지시하는 사람은 누구인가? 어떤 소재를 글로 쓰고 어떤 소재는 피해야 한다는 규범과 요구야말로 다들 가장 두려워하는 일이 아니던가?

아무도 지시하지 않는다. 그러나 이 나라에서 쓰고 출간되는 수많은 시가 얄팍하고, 단조로우며, 강렬함 없이 능수능란하기만 하고, 주제가 소심하고 유순하다면, 우리는 그저 자연스러운 현상이라고 생각해야 할까? 그 단조로움과 능수능란함의 방향을 가리키며, 그렇게 쓴 시에 보상을 해주는 무언가가 존재하지 않을까?

미국의 수많은 시인, 비평가와 독자가, 만인을 위한 음식, 마음과 감각을 위한 음식, 기억과 희망을 위한 음식으로서의 시가 아닌 사치품으로서의 시(오드리 로드의 용어다)라는 관점을 인정하는 이유가 무엇일까? 왜 시인들은 청중 앞에서 시를 낭송할 때 시가 똑똑히 들려야 하고 시의 기능은 증언이라는 생각에 당황이라도 한 것처럼 괜한 익살을 떨거나 아첨을 하거나 넉살 좋게 자기 작품을 깎아내리는 걸까? 왜 어떤 시인은 시를 통해 인간에서 인간으로 짜릿함이 전달되는 것만으로 충분하지 않은 것처럼 자의식 강한 떠돌이 약장수 샤머니즘을 받아들이는 걸까? 왜 문학잡지마다 비교문학 위원

회나 "**나는 일관되게 할 수 없다**"라고 괴로워한 오래전 에즈라 파운드의 절규를—너무 자주 되풀이되어 이제 징징거림이 되어버린 절규를—아직도 따라 하는 사람들이 썼을 법한 시로 가득한가? 왜 자유주의나 급진주의의 희망과 분노로 가득한 시들이 시적 활력에 실패해서가 아니라 '정치' 때문에 비난을 받아서 도약에 성공하지 못하는가? 왜 미국 시인들은(나를 포함해) 우리를 향한 질문이 거의 없다는 사실을 그저 받아들이고만 있는가? 왜 우리 자신에 관한 질문도 서로에 대한 질문도 거의 하지 않는가?

최근 로스앤젤레스 시인들이 묶어낸 어느 선집에 대해 비평가는 이렇게 말한다.

> 이 시집은 폭동이 더욱 부채질했던 1990년대의 절망과 무기력을 공유하고 있기는 하지만, 공적인 삶에 대한 반응은 아니다. 절대 아니다. 여기서 타오르는 것은 이 시인들이 스스로 뛰어들었던 개인적 고립에서 기인한다. 이들은 개인적인 고통을 뚫고 나갈 길잡이 삼아 외로움과 자기연민을 선택한 것으로 보인다…… 그러한 상처는 결국 어떤 폭발을 낳는 게 아니라 불편한 자기 고백을 낳는다…… 예상한 대로 어떤 시는 그저 좌절과 무감각을 포착할 뿐이다. 놀라운 깨달음의 시, 치유의 시는 자기폭로로 예술을 말한다. 우리의 괴로움을 말할 때 한결 기분이 나아진다.[2]

그저 우리의 괴로움을 말하는 자기폭로를 목표 자체로 삼으라고 가리키는 뭔가가 있지 않은가? 텔레비전 토크쇼부터 시작해 정치인 후보자들의 열렬한 고백에 이르기까지 이러한 자기폭로에서 생겨나는 집단적인 활력과 운동에는 일종의 방향 전환이 있지 않은가? **우리는 한결 기분이 나아졌다가**, 다시 나빠지기도 하고, 우리를 이해하는 사람들에게, 치유 집단으로 돌아가고, 정해진 공통의 어휘를 초과하는 언어 홍수에도 괴로워하지 않고, 자본주의적 자기 계발을 유보한 채 '의사소통'과 '대화'와 '공유'와 '치유'를 위해 노력한다.

비평가는 계속해서 소재에 대한 이와 같은 태도, 즉 '나태한' 기교에 따르는 활력 없는 형식을 비판한다. 그러나 아무리 기교가 뛰어난 시도 체념한 내면성의 삶을 떠올릴 뿐이다.

내면성은 에밀리 디킨슨의 **소재였지만**, 그는 개인적인 순간과 영원성 모두에 자신의 렌즈를 들이댔다. 그는 자신의 권위와 언어적인 낯섦을 받아들이면서 그렇게 할 수밖에 없었고, 그렇지 않았다면 자신이 살았던 그 시절 북아메리카의 슬프고 능수능란한 여성 시인들의 반열에 동참했을지도 모른다. 디킨슨은 그것보다는 시를 더 원했다. 자기 자신을 더 원했다.

———

대규모, 그리고 대부분은 끔찍한 이주의 시기에 어떤 '약속의 땅'에도 시를 위한 자리는 없다. 서둘러 욱여넣은 가방과 바구니로 둘러싸인 이민자로서의 시에 최후의 피난처는 없다. 오래된 것과 뜻밖의 것, 사랑을 듬뿍 받은 것과 생각할 가치도 없는 것들이 마구 섞여 있는 가운데, 보존과 급속한 발굴 사이의 기묘한 긴장 사이에서 시는 계속해서 뿌리가 갈라지고, 조상들의 뼈가 나뉘고, 발견 대상을 벗어난 취향이 갈라지며 미래를 향해 간다.

라야 두나예프스카야는 "시대별로, 인식에서, 개성에서, 대규모 분화는 필수"이지만, 일정한 양식이 깨지는 불연속의 순간 자체도 인류 역사의 전환점이 되므로 연속체의 일부분으로 이해해야 한다고 말했다.[3]

시는 다른 종류의 인간적 노력과 함께 자라면서 삶에 관한 우리의 여러 관념을 비튼다. 그러나 시는 또한 우리 자신에 대한 생각을, 기억과 유대와 잊었거나 금지당한 언어를 불러일으키기도 한다.

시는 바다를 건너거나 폭풍을 거슬러 어떤 '신세계'나 '약속의 땅'으로 날아가 그곳에서 날개를 접고 노래하지 않는다. 시는 주어진 것에 대한 안주가 아니라 그렇지 않으면 어떻게 될 것인가를 향한 질문이다. 시는 언제나 발견한 장소와 피난처와 성소와 추진력을 잃고 있는 혁명과 싸움을 벌일 것이다. 비록 시인은, 수많은 불안과 공포를 지닌 인간은 그저 쉬고, 순응하고, 적응하고, 귀화하고, 새로운 풍경과 새로운 언어로 글 쓰는 법을 배우기를 원하겠지만 말이다. 시는 계속해서 시인을 괴롭힐 것이다. 시가 시인의 마음에서 쫓겨날 때까지, 만약 쫓겨나지 않으면, 내내 그럴 것이다.

강연장에서의 여섯 가지 명상[*]

꿈 이야기부터 하자. 어느 강연에 초대를 받았다. 기대받은 형식—미리 해결한 생각을 제시하기—을 충족시키는 게 점점 문제가 되고 있었다. 표현이 막히고 의미에 저항하는 수준에 이르렀다. 꿈에서 나는 한 번 더 노력하고 있었다. 내가 맡은 일은 로버트 던컨의 〈핀다로스의 시구로 시작하는 시〉 읽기였다. 그 시는 다음과 같이 시작한다.

가벼운 발이 당신의 소리를 들으면 밝음이 시작되니

여전히 꿈속에서, 내 마음이 적극적으로 변하더니 제목과 첫 행의 모음을 가지고 놀기 시작했다. 특이하게 행복한 상태로 '핀다로스의 시구로 시작하는'의 [이] 발음이 짧고도 길게 반복되는 소리를,

* 2002년 영국 케임브리지 트리니티 칼리지 클라크 강연.

'시'라는 단어의 열린 모음을, '핀다로스'의 긴 [아] 발음을, '가벼운 light'과 '빛남bright'의 라임을, '시작하는'과 '밝음이 시작되니'의 메아리를 들었다. 그러더니 내 꿈은 또 다른 시로, 시인의 표현을 빌리자면, '**19세기 중반의 신세계: 낯설고, 자유롭고, 대단했던 시대**'의 시로 숨어들었다.

끊임없이 흔들리는, 요람에서 나와,
음악의 왕복 같은, 앵무새의 목청에서 나와,
아홉 번째 달의 자정에서 나와,
저기 불모의 사막과 들판 너머, 침대를 떠난 아이가
    홀로 헤매는 곳……[1]

에로스와 죽음에 관한 월트 휘트먼의 명상이다. 시는 요람과 아홉 번째 달로—9월이면서 동시에 출산 달이기도 한—시작해 '요람을 흔드는, 늙은 할멈'의 모습으로 끝난다. O와 U와 긴 I로. N과 M으로. 나오고…… 나오고…… 나오고…… 그리고 끝난다. 앵무새가 말한다. 위로해! 위로해! 위로해! …… **큰 소리로, 큰 소리로, 큰 소리로!** …… **사랑했다! 사랑했다! 사랑했다! 사랑했다!** 꿈속에서 나는 시를 지적으로 분석하지 못했고, 해석하지 못했고, 그저 물처럼 흐르는 언어에 귀를 기울였다.

꿈에서 깨자마자 메모했다. "모음의 소리: 우리가 태어날 때 처음으로 내는 소리, 어쩌면 죽을 때 마지막으로 내는 소리일지도." "시는 마음이 아니라 귀에서 시작된다." 그러나 이러한 생각은 명백하고 묵직하게만 보일 뿐, 꿈의 언어만큼 매력적이지 않았다. 강연

마감이 나를 짓눌렀다. 꿈과 시가 늘 따라다녔다.

"이 허술하고 형편없는 강연을 시작하기 전에……"1922년 스페인에서 칸테 혼도에 관해 강연한 페데리코 가르시아 로르카의 말이다. 칸테 혼도는 집시들이 먼 옛날부터 전해 내려온 음악을 안달루시아로 들여왔다고 추정되는 노래로, 어느새 나이 들어가는 가수들과 함께 무덤으로 향하고 있고, 대중문화 안에서도 플라멩코와 다른 형식의 음악으로 대체되었으며, 엘리트 문화의 무시를 받아왔다. 그는 이 '심원한 노래'의 보존과 권위를 호소하며, 작곡가 마누엘 데 팔라와 함께 조직한 칸테 혼도 페스티발에 지지를 보내달라고 당부했다. 그의 동기는 열정적이었고, 그의 말은 웅변적이었다. 그러나 그는─아마 부분적으로는 떨려서, 또 부분적으로는 모순 때문에─자신의 강연이 형식적으로 불완전하다고 사과했다. 거의 10년 후 그는 부에노스아이레스에서 청중을 향해 이렇게 인정한다.

"제가 마드리드의 레시덴시아 데 에스투디안테스(스페인 학생 기숙사라는 뜻으로 지식인과 예술가를 위한 레지던스를 말한다─옮긴이)에 들어갔던 1918년부터 철학과 문학 공부를 마친 1928년까지 그곳의 우아한 살롱에서 거의 천 개에 달하는 강연을 들었습니다. 거기 있으면 공기와 햇빛이 몹시 그리웠고, 너무도 지루해 순간 나 자신이 얇은 먼지층으로 덮여 금방이라도 재채기를 유발하는 가루로 바스러질 것만 같았습니다. 그래서 나는 바로 이 공간에는 절대로 끔찍하게 지루한 파리를 한 마리도 들이지 않겠다고 약속합니다. 그 파리가 가느다란 잠의 실로 여러분의 머리를 한데 묶어버리고 조그만 핀과 바늘로 여러분의 눈을 찌르지 않게 하겠다고 말입니다."[2]

시어도어 레트케의 말을 빌리자면 **가야 할 곳에 가야 배운다.** 의식의 출현, 그 의미를 드러내는 형식, 의미와 떼어낼 수 없는 형식의 힘과 중요성은 (창조적인 변화로서의) 예술이 결정되고, 그리하여 구현되는 과정이다. 늘 그렇지 않을 수는 있겠지만, 적어도 지난 세기에는 예술 제작의 불가피한 조건이었다.

"당신은 어떤 시를 씁니까?" 이따금 낯선 사람에게 이런 질문을 받으면 "형식 찾기에 관해 씁니다"라고 말하지 않는다. 그러면 나의 관심사가 오직 형식에 있다는 뜻으로 비칠 테니까. 그러나 각각의 시를 쓸 때 어떤 형식으로 쓸 것인가에 관한 직관과 변화가 없다면 시도 없고 주제도 없고 의미도 없다.

심지어 핀다로스 같은 시인에게도—시를 쓰는 계기가 형식적이고 의례적이었던 시대와 문화에서도—시는 독자적인 길을 걸었다. 핀다로스는 근대 '올림픽 경기'로 오늘날 우리에게까지 전승되어 각 국가와 도시가 시 재원 확대, 인프라 구조 개발, 국가적 명성, 국제적 홍보를 위해 경쟁하며 겨루는 그리스의 운동경기를 위해 송시를 쓰고 낭독했다. 시가 먼저 쓰겠다고 나설 필요가 없었다. 이상하게 보일 수도 있겠지만, 다양한 그리스 운동경기의 우승자들을 칭송하도록 선택받은 시인은 운동선수만큼이나 인기 있고 영예로운 인물이었다. 송가의 일정한 형식이 있었지만, 핀다로스는 거침없이 그 형식을 뛰어넘었고, 이후 비평가들에게 도가 지나쳤다는 비난을 받기도 했지만 동시에 작품의 풍성함과 복잡성으로 칭찬을 받았다.

핀다로스의 시구로 시작하는 시 역시 일부 비평가들에게 도가 지나쳤다는 비난을 받았던 20세기 시인(로버트 던컨)이 썼다.

가벼운 발이 당신의 소리를 들으면 밝음이 시작되니

420

발이 듣는다고? '당신'은 누구, 아니면 무엇이지? 아폴로의 리라,
음악, 리듬, 즉 시의 원천이다.

가벼운 발이 당신의 소리를 들으면 밝음이 시작되니
신의 발걸음이 생각의 가장자리를 밟고,
　　재빠른 불륜은 심장을 짓밟는다.

거기 간 사람은 누구지?
　　당신의 재빠른 얼굴이 보이는 곳
옛 음악 소리가 대기를 걸어가고,
그리스의 리라가 몸통을 떠는 곳.

던컨에게 시란 '생각의 가장자리'에서 일어나는 에로틱한 끌림
이고, 곧고 편협한 지식인이 방황하는 불륜이다. 심지어 시 속의 '당
신'이 남성 연인 '당신'으로 변하는 것처럼 그리스 리라의 모양도
몸통이 된다. 이후에 쓴 에세이에서 던컨은 이렇게 말한다. "핀다로
스에게 무용수의 가벼운 발이 듣는 것은 아폴로의 하프 소리이지만,
내게는 더 중요한 현실이 끼어들었는데[저자 강조], 그것은 바로 무용수
의 소리를 듣는 하프였다. '거기 간 사람은 누구지?'라고 노래는 소
리쳤다."[3]

거기 간 사람은 누구지? '생각의 가장자리에?' 이제 내 꿈이 기점
이 되어준 그 길이 비로소 보이기 시작한다.

II

내 책상에 책 두 권이 있는데, 둘 다 제목에 **시학**이라는 단어가 들어간다. 한 권은 사마다르 라비에의 《군사 점령지의 시학》으로 1970년대와 1980년대 시나이반도 남쪽에 거주하는 므제이나 베두인족에 관한 여성 인류학자의 연구서다.[4] 또 한 권은 마르티니크 출신 작가 에두아르 글리상의 통찰력 가득한 책 《관계의 시학》이다. 두 작가 모두 관습적이지 않은 형식을 추구했는데, 글리상은 앤틸리스 제도의 언어와 크리올 방언, 그리고 특히 세계를 포용하는 현실로서─타자를 인정하는 미학─시에 관해 다층적인 나선형 명상을 선보인다. 강요된 식민지 언어였던 프랑스어로 글을 쓰면서 글리상은 자발적이고도 강제적인 인류의 확산을 말하기 위한 자신만의 어휘를 고안해냈다. "나는 바위로 내 언어를 짓는다"라고 그는 말한다.

세파르디(스페인계 유대인─옮긴이)이자 아슈케나지(중, 동유럽 유대인─옮긴이) 이스라엘인인 라비에는 오랫동안 외국 군사력의 침입을 받아왔고, 가장 최근에는 이스라엘의 침공과 외국 관광객의 습격을 받은 베두인 이슬람교도 기풍에 관해 수년간 현장 연구를 진행하며, 젠더 구분과 자의식이 강한 문화권에서 관찰하고 기록하고 녹음하고 촬영하고 이성적인 텍스트를 생산하는 '인류학자'이자 동시에 자신의 경험을 삶에 끌어와 반응하고 느끼는 '나'로서, 다시 말해 여성 할례의식을 보다가 혼절해버린 참여자-관찰자 여성으로서 글을 쓰면서 젠더와 종족의 경계선을 가로지르고자 한다.

그러나 **시학**이라는 단어는 무슨 뜻인가?* 가장 좁은 의미로 시학은 시란 무엇인가에 관한 설명·규범적 비평이다. 그러나 사실, 실제 시들을 제외하곤 시를 하나로 정의할 수 없다. 사람들과 문화만큼이나 시도 다르고 다양하며 서로 얽혀 있다. 그저 시학은 인간이 살아가면서 집단적, 개별적 삶을 해석하기 위한 다양한 표현적, 언어적 수단을 가리킨다고 말할 수는 있겠지만, 이조차 부족한 설명이다.

라비에는 므제이나 베두인족이 첫 번째로 이집트에게, 이어 이스라엘에게 군사 점령을 당한 상황에서―또한 유럽과 이스라엘을 거쳐 미국에서 유입된 히피 문화와 이국적인 표현으로 무장한 영화 제작사들, 이집트 마약 밀수업체들의 침투 아래서―자신들의 시와 속담과 노래, 구전 우화, 자발적인 공연을 통해 어떻게 역사적 정체성과 현대의 정체성을 이해하고자 노력해왔는지 목격했다. 라비에는 물리적인 권력이 없는 사람들이 언어라는 원천을 이용해 외국인과 협상하는 방법에 주목한다. 육체적인 생존 이후 핵심 질문은 '**우리는 누구인가**'다. 유목과 대추야자 수확을 통해 먹고살았던 이들이 점령자의 도로에서 일용직 노동을 하고, 해시시를 밀수하고, 제철 관광객들이 해변에 버리고 간 쓰레기를 줍는 일로 연명하는 곳에서 베두인족이라는 정체성은 과연 무슨 의미가 있을까? 낯선 손님을 환대하는 문화가 명예와 자부심의 핵심이었던 곳에서 착취자와 점령자에게 문을 열어준다는 게 어떤 의미일까? 여성의 사생활을 보호

---

* "시학은 다른 방법들로 시를 지속시킨다. 시가 다른 방법들로 정치를 지속시키듯이…… 시학의 전략으로 과장(물론 개인적으로 나는 절대 과장하지 않는다), 절제, 환유, 회피, 망상, 경구, 유음, 불협화음, 중간 휴지, 라임, 모자이크, 모호성 등이 있다…… 시학은 명확하지 않은 것을 명확하게 만들고, 더 중요하게는 명확한 것을 명확하지 않게 만든다." [찰스 번스타인, 《시학》 (하버드대학교 출판부 1992) p.160] 여기에 이렇게 덧붙여야 할 것이다. 군사 점령은 모욕, 기소 없는 구금, 수색과 체포, 검열, 강간, 가정 파괴, 수확물 파괴, 의료품 징수 등 가능한 모든 방법을 동원해 전쟁을 지속시킨다.

하기 위해 반드시 베일을 쓰라고 요구하는 곳에서, 베일을 쓰지 않은 인류학자와 해변에 엉켜 있는 서구의 벌거벗은 배낭여행족이 어떻게 보일까? 라비에는 재판 과정에서 '밀도가 높아 짧고 신랄한 즉흥 라임 시'로 사건을 둘러싼 공방을 벌이는 사람들에게서 지속적으로 자기-의미를 재창조하는 상상력과 재치, 그리고 때로는 격식을 갖춘 침묵을 발견한다.

글리상과 라비에 모두에게 시학은 단순한 문학비평이나 시에 관한 논문을 의미하지 않는다. 글리상에게 시학이란 언어에 깊이 박혀 있는 표현적인 의식을 나타내는 수단이자, 공존과 연결을 향한 운동이다. 그는 그러한 의식의 위험성과 어려움을 축소하지 않는다. 지배자의 감정적 차별정책은 세계 역사의 산물이다. 카리브해 사람들에게 플랜테이션 차별정책이 있었고, 대부분 시대 대부분 사람에게는 위계질서를 강제하는 자, 다른 언어와 생활방식을 폭력적으로 검열하는 자, 문화의 전용자와 자신의 언어와 예술과 자아를 사용하지 못하고—저항을 하지 않은 것도 아닌데—벌을 받아온 사람들 사이의 차별정책이 있었다. 아마르티아 센(인도의 경제학자이자 철학자로 불평등과 빈곤 연구의 대가이며 1998년 아시아인 최초로 노벨 경제학상을 수상했다—옮긴이)이 증명해 보였듯이, 부에 내재한 자유와 빈곤에 내재한 자유 없음 사이 불평등의 간극이 곳곳에 만연해 있다.[5] 글리상은 또 다른 모델의 가능성을 향해 거대한 창을 열어젖혔다. 바로 그가 '관계'라고 부른 '인간의 상상물'이다.

글리상에게 관계는 만병통치약이나 유토피아가 아니고, 어떠한 유사 연대도 아니다.[6] 제라드 맨리 홉킨스가 "평화는 다정하게 속삭이며 오지 않는다"라고 말했듯이, 관계 역시 편안하지도 달콤하지도 않다. 관계는 소란이고 노출이고, 뿌리의 정체성이 아니라 만나는 곳의 정체성이다. 만국공통어가 아니라 언어와 표현과 메시지의 다양성이다. 관계는 각기 다른 개별 국가나 민족, 종교, 부족을 생각할 때처럼 '해독할 수 없는 마그마'로 보일 수 있다. 우리는 관계가 혼돈을 의미할까 두려워한다. 그러나 관계는 이해의 한 가지 변형적 형태이다.

라비에의 책은 글리상의 책처럼 야심만만하거나 성숙하지는 않지만, 글리상이 말한 관계와 관계의 시학에 관한 다양한 문제적 예시를 보여준다. 므제이나 베두인족은 외세 침략과 자국에서 검은 피부 여성이라는 경계인으로 살아간다고 느끼는 인류학자를 **동시에** 만나는데, 이 만남의 역설은 누가 **타자**인가, 그리고 이러한 질문들이 언제, 어디서, 어떻게 시와 공연으로 표현될 수 있는가를 묻는 상황들을 만들어낸다. 라비에는 우리에게도 이러한 질문들을 던진다. 그러나 그의 책은 침묵을 강요당하는 타자성의 상황을 거부하는 모든 인간에게 시학이 필수임을 이해할 수 있게 해준다.

III

이 에세이를 팔레스타인 알−아크사 민중 봉기 2주년, 유대인에게 새해가 시작되는 달인 9월 초반에 쓰기 시작했다. 물론 나는 세속적인 유대인이지만, 일 년 중 이맘때는—계절로 보나 유대 달력으로 보나—잠시 일을 멈추게 된다. 매년 초가을이 되면 강력한 질문들이 떠오르지만, 그 와중에도 서쪽 하늘에 뜨는 은빛 눈썹 같은 초승달, 점점 짧아지는 날, 점점 날카로워지는 빛을 보면, 지금은 결산의 때이고 그 시간은 정말 짧다는 생각이 든다. 유대교에서 지금은 자아와 타자를 알아보는 계절, 타자를 향한 우리의 폭력을 인정하고, 용서하고 용서를 구하는 계절이며, 세계 속 우리의 존재 방식을 바꾸는 계절이다. 다가오는 새해에 누군가는 살고 누군가는 죽을 것을 인정하고, 구원받을 이들이 기록된 '생명의 책'에 다시 이름이 오르길 기원하며, 다가올 날들은 쓰지 않고 달콤하기만을 소망하는 계절이다. 이맘때면 다음과 같이 끝나는 라이너 마리아 릴케의 〈가을날〉을 떠올린다.

> 지금 집이 없는 사람은 더는 집을 짓지 않을 것입니다.
> 지금 혼자인 사람은 오래도록 그렇게 남아,
> 잠들지 않고, 책을 읽고, 긴 편지를 쓸 것이며,
> 낙엽이 흩날리는 가로수 길을
> 이리저리, 불안스레 헤맬 것입니다.[7]

릴케는 지어지지 않은 집을—끝내 짓지 않을 집을—혼자 있는 상태(릴케가 아주 잘 아는 상태)와 연결했다. 여기서 집은 무엇인가? 가장 큰 의미로 보면 여기서 집은 우리가 영혼이라고 부르는 것이다. 또 집이 단순한 쉼터가 아니라 다른 이들과 함께 거주하는 곳, 친밀과 환대의 자리 등 어떤 관계성을 가리키는 공간이라면, 지어지지 않은 집은 관계가 성립되지 못했음을 암시한다.

지난 9월 초에는 오랫동안 사람이 거주했던 집이 불도저로 밀려나고, 마을이 맹공을 당하고, 과수원과 거리가 흔적도 없이 사라지는 모습이 어쩔 도리 없이 떠올랐다. 이는 군사 점령의 반反시학이

자, 파괴는 할 수 있지만 건설은 할 수 없는 힘이며, 관계성의 절대부
정형이다.

IV

이 무렵 시 두 편을 낭독하기 위해 내 집, 내 책상, 내 컴퓨터 화
면, 강연의 몰락을 떠나 중서부지역으로 날아갔다. 미주리의 어느 모
텔에서 아침을 먹다가 뉴욕에서 가장 높은 건물 두 곳이 테러로 무
너지고, 헤아릴 수 없을 만큼 많은 이가 목숨을 잃었으며, 국내의 모
든 공항이 폐쇄되었다는 소식을 접했다. 그날 나는 무의식적인 행동
으로 미국의 심장부를 관통해 미니애폴리스까지 가는 자동차 서비
스를 이용했다. 자동차 운전자이자 여행 동료는 세인트루이스의 은
퇴한 소방관이었는데, 우리는 11시간 동안 주유와 요기를 위해 잠시
차를 멈출 때를 빼고 미주리, 아이오와, 미네소타를 지나가며 라디오
를 듣고 이야기를 나누고, 우리가 듣고 있는 내용을 이해하려고 노
력했다. 주변 들판은 가을 수확으로 분주했고, 강물은 반짝였고, 주
간 고속도로는 도시들 위를 지나갔다. 종교와 부동산을 홍보하는 공
격적인 대형광고판이 없지는 않았지만, 대체로 평화와 풍요가 뚜렷
한 풍경이었다. 운전자는 평범하고 예리하며 사색적인 남성으로, 정
치에 관심이 있고 평소 신문과 잡지를 읽는 사람이었다. 우리는 이
방인으로 만났지만, 부시 행정부에 대한 깊은 불신과 그들이 어떤
재앙을 불러올 것인가에 대한 전망을 공유하며 금세 서로를 믿게 되
었다. 미네소타 남부 어딘가에서 마지막으로 쉬어가며 그는 파이프
담배를 피웠고, 우리는 어느새 날이 저물어 별자리와 은하수가 반짝

이는 광활한 초원의 밤하늘을 올려다보며 앉았다.

머지않아 9월 11일에 "모든 것이 달라졌다"라고 말하는 것이 미국 언론과 전문가의 클리셰가 되어버렸다. 그날 그 은퇴 소방관과 나는 멀리 떨어진 맨해튼 남쪽의 어떤 사람들만큼이나 충격을 받고 경악했다. 그러나 동시에 만취 운전자가 무모하게 값비싼 자기 차를 여러 차례 출발시키는 광경을 목격했다가 나중에 뉴스에서 그 사람이 치명적인 충돌사고를 일으켰다는 소식을 들은 기분을 느끼기도 했다. 며칠 몇 주 몇 달이 지나도록 친구들과 정치적 동지들과 동료 예술가들, 이웃, 친지와 전화 통화를 하고 서로를 방문하고 이메일과 편지를 주고받으면서, '미국은 전쟁에 돌입했다'라는 사실을 알게 되었고 피해를 당한 우리나라를 보호하기 위해 전대미문의 군사 안보 조치가 취해져야 하고 취해질 것이라는 소식을 접했다. 거대한 개인 승용차 라디오 안테나에 성조기가 나부끼고 불안한 이민자들의 조그만 가게 창문에도 성조기가 등장했다. 21세기 미국의 십자군이 이미 고통과 빈곤에 빠진 나라에 폭격을 가했고, 그 십자군 원정은 전 세계로의 확대를 선포했으며, 전대미문의 국내 부정부패 뉴스가(많은 이가 우리나라의 경제 역사를 모르기 때문이다) 악을 응징하는 우리의 자랑스러운 군사적 맹위와 나란히 텔레비전 화면을 장식했다. 세계무역센터에서 희생된 많은 문화권과 국가의 민간인들을 향한 사적이고 공적인 애도가 폭리와 군비 확장을 위해 비용을 쏟아붓고, 소비하고, 경제를 구출할 애국적인 임무에 자리를 내주었다. 극단주의자들의 치명적인 행동만이 아니라 우리 정부가 널리 공포를 뿌려댔다. 이처럼 역사와 정치의 압력이 가득한 방에서 이전에 서로 떨어져 있었던 수많은 기본 요소들이 서로 섞이고 융합하기 시작했다.

　미국의 시인, 완고한 사회주의자이자 페미니스트, 정부와 개탄스러운 국가 서비스 기록 비평가로서, 내가 보기에는 '모든 것이 달라졌다'가 아니라 모든 것이 더욱 급격한 안도 속으로 뛰어들었다. 사실 국가는 내부에서부터 찢어졌고, 오래전부터 광범위한 과대망상 폭력이 휘몰아쳤지만, 출입통제구역의 전자 울타리와 비축된 자원 뒤에 숨어 스스로 안전하다는 환상을 품어왔다. 2001년 9월 30일자 신문 칼럼에서 시인 데이비드 버드빌은 이렇게 말했다. "누구는 미국의 순수의 시대가 끝났다고 말한다. 그러나 끝난 것은 미국의 면책의 시대다."[8]

　부정한 선거 과정을 통해 집권한 정부는 국가안보를 이유로 우리를 국민 통합의 깃발 아래 불러 모았다. 여기에 이의를 제기하면 악마와의 협조로 치부되었다. 우리는 능욕당하고 상처 입은 한 몸을 가진 시민이고, 우리 고통의 특효약은 끝없는 전쟁이 될 것이다.

　그러나 이 모든 것이 갑작스럽지 않았다. 이미 1940년대 후반에 시인 뮤리엘 루카이저는 이렇게 경고한 바 있다.

　미국의 시는 모순되는 문화의 일부분이었다…… 우리는 희망이라는 단계에서 민주주의를 향해 나아가는 국민이다. 그러나 또 다른 단계에서 국가 경제, 공화국 내 기업이라는 제국은 영구적인 전쟁을 기본 전제로 삼는다. 이는 우리의 다른 역사 아래에 숨어 있는 전쟁에 관한 개념의 역사이다.[9]

　이 영구적인 전쟁이라는 개념은 2001년 9월 11일 이후 대외정책으로나 국내 정책으로나 더욱 노골적인 정책이 되었다.

2001년 9월 말, 시인 친구 에드 파블릭이 제임스 볼드윈의 1961년 소설《또 다른 나라》의 한 구절을 보내주었다.

광고판은 누군가 긴장을 풀고 계속 미소 지을 수 있도록 껌을 홍보했다. 호텔의 거대한 네온사인이 별 하나 뜨지 않은 밤하늘에 맞섰다. 브로드웨이 극장에 현재 출연 중이거나 혹은 출연 예정인 배우들과 사람들의 이름도 그들을 불멸의 세계로 데려가 줄 탈것들의 이름과 나란히 저 높은 곳에서 하늘에 도전했다. 불이 꺼진 거대한 빌딩들이 음경처럼 뭉툭하게 혹은 창처럼 날카롭게 서서 결코 잠들지 않는 도시를 호위했다.

그 아래를 루퍼스가 걸어갔다. 살인적인 도시의 무게를 견디지 못하고 쓰러진 사람, 그날 무너진 사람 중 하나였다. 사실 이 탑들은 매일 쓰러졌다. 완전히 혼자서, 그것 때문에 죽어가면서, 그는 전례 없는 다수의 일원이 되었다.[10]

한 세기 전, 이따금 미국의 낙관주의와 한도를 넘어선 운명을 노래한 시인으로 여겨지는 월트 휘트먼은 사실 지속적으로 국가의 자기도취적 쇼비니즘을 소환하고 비판해왔다. 많은 것을 드러내는 몇 가지 예를 살펴보자. 휘트먼의《민주주의의 전망》에서 인용한 구절이다.

우리는 덧없이도 텍사스와 캘리포니아, 알래스카를 합병하고, 북으로는 캐나다로 남으로는 쿠바를 향해 손을 뻗었다. 마치 점점 더 철저하게 지정된 거대한 육체를 부여받았지만, 영혼은 거의 없거나 아예 없는 것 같다……

연대라는 위대한 단어가 생겨났다. 우리 시대에 존재하는 것 중 한 국가에 생길 수 있는 모든 위험 가운데 선을 그어 일부 사람들을 나머지 사람들과 분리시키는 것만큼 위험한 일은 없다. 분리된 이들은 다른 사람보다 특권이 없고, 강등당하고, 모욕당하고, 업신여김을 당한다. 물론 수많은 엉터리 처방전이 존재하고, 심지어 민주주의 진영에도 그런 처방이 있지만, 사실상 문제의 순환에는 전혀 효과가 없다……

우리는 **민주주의**라는 단어를 자주 인쇄해왔다. 이 단어의 음절에서 수많은 분노의 폭풍과 메아리가 펜과 혀를 통해 밖으로 나오기는 했지만, 이 단어의 진정한 요점은 여전히 잠들어 있고, 좀처럼 잠에서 깨어나지 않는다고 강조하고 싶다. 위대한 단어지만, 이 단어의 역사는 아직도 쓰이지 않았다. 그 역사는 여전히 진행 중이기 때문이다.[11]

사람이 사는 풍경은 제국에 바치는 송가가 아니라 가능성의 전망이어야 한다고 휘트먼은 일갈한다.

1960년대 초, 시인 마이클 하퍼는 이렇게 썼다. "시인은 장기간 보완이 필요한 제도와 실패한 자유 개념의 약속어음이자 최초의 예고자이다…… 과학과 언어학, 문학 등 학교에서 배운 학문에 내가 신성하게 여겼던 삶의 기본 요소들이 반영되지 않은 것을 보고 시를 쓰기 시작했다…… 내 안테나에 가장 뚜렷하게 포착된 모순적인 요소들을 기록하고, 내가 강제로 살아야 했던 세계에 영향력을 행사할

거기서 발견된 것: 시와 정치에 관한 메모

수 있는 언어를 찾는 길을 출발했다." 그는 이 시적 과정에서 '예감이라는 요소'를 언급한다.[12]

예감과 경고. 미국의 다양한 예술가들은 공화국과 그 대외 모험의 단층선과 변동 중인 판을 지진처럼 기록해왔다. 많은 이가 자국과 자국의 예술계에 이데올로기 신봉자이자 좌익, 반역자로 낙인찍힌 채 글을 써왔고, 특히 아프리카계 미국인의 경우 차별과 무시를 당하면서 글을 써왔다. 그러나 나는 집중적이고 자유로운 상상력이 대규모 분열을 일으키고 거대한 인간의 가능성을 억압하는 제도와 정부를 향해 꿋꿋하게 저항할 것이라고 믿는다. 실제로 이러한 가능성이 끊임없이 재구성되고 다시 반복되는 것은 예술을 통해서다. 윌리엄 칼로스 윌리엄스가 말한 바위취 꽃이 바위를 쪼개듯이.

V

던컨의 시를 다시 읽다 보니 〈핀다로스의 시구로 시작하는 시〉[13]는 길고 복잡한 시라서 발췌가 쉽지 않겠다는 생각이 들었다. 이 시는 아폴로의 고전적인 리라와 큐피드와 프시케(에로스와 영혼)의 신화에서 출발해 누가 봐도 미국에 관한 시가 된다. 던컨은 미학적인 청년의 그리스 송가에서 미국의 원로 시인 월트 휘트먼과 에즈라 파운드에게 시선을 돌린다. 여기서 파운드는 〈피사의 칸토Pisan Cantos〉를 썼던 말년의 파운드이고, 휘트먼은 언어로 고통받는 노년의 휘트먼이다.

시간이 흘러 우리는 비극을 본다, 아름다움의 상실을

432

신의 빛나는 청춘은

영원히 남지만―이 문턱에서 보면

아름다운 것은

바로 노령이다. 늙은 시인들을 향해

우리는 간다, 그들의 비틀거림을 향해,

방식이 있는, 그들의 비틀거리지 않는 틀림을 향해,

그들의 다양한 진실을 향해,

그 늙은 얼굴을 향해,

세월이 길러낸 수많은 대가에게서

단어가 눈물처럼 떨어진다.

휘트먼이 단어를 더듬거린다.

발작. 이 작은 발작들. 오한.

늙은 남자는 허약하지만, 움츠리지 않는다.

기억하라. 진행단계가 몹시 미세해,

오직 단어의 일부만 손―상대지.

신견이 다쳐. 싱경.

발음이 조금 뭉개진 현재

밤이 되어버린 상대.　　상태.　묵직한 구르?

구름.　뇌를 공격하고.　만약에

라일락이 이곳 앞뜰에도 피면 어쩌지?

〈앞뜰에 라일락이 피었을 때〉는 에이브러햄 링컨에게 바친 휘트먼의 애가이다. 이렇게 던컨은 신랄하게 기념하고 싶지 않은 미국 대통령 명단으로 옮겨간다.

후버, 루스벨트, 트루먼, 아이젠하워 —
이 중 마음을 움직이는 힘이 깃든 자리는
어디였나? 국가의 어떤 꽃이
신부처럼 달콤하게 완전한 황홀경에 빠져들었나?
후버, 쿨리지, 하딩, 윌슨은
인간의 불행이 상품으로 변모하는 공장의 소리를 들어라.
누구를 위해 심장의 신성한 기도 소리가 울리나?
아침 고요 속에서 귀족들이 듣는다,
대륙의 폭력적인 레퀴엠을 노래하는 인디언들의 소리를.
하딩, 윌슨, 태프트, 루스벨트,
신부의 문 앞에서 머뭇거리는 바보들이,
무의미한 빛과 전쟁에서 절규하는 남자들의 울음소리를 듣는다.
이 중 이 땅에 생산적인 질서를 회복할
정신이 깃든 자리는 어디였나?
매킨리, 클리블랜드, 해리슨, 아서,
가필드, 헤이스, 그랜트, 존슨은
심장의 원한의 뿌리에 산다.
'골목길 사이에, 오래된 숲 곳곳에'
    링컨을 향한 휘트먼의 사랑이 슬프게 메아리친다!
그 후 연속체는 없다. 오직 소수의
    선한 자의 말뚝만 남았다. 나 역시
하나의 국가로 손상을 견딘다.

지속적인 약탈의 연기가

불꽃을 가리는 곳에서.

　　　　　　　　　틈의 커다란 상처를 가로질러

　　　나는 동족의 노래를 향해 손을 뻗는다.

　　　그리고 늙은 휘트먼이 맞춰 노래했던

벌거벗은 현을 다시 뜯는다. 영광의 실수!

　　　현이 울부짖는다.

　　　"주제가 독창적이고 전망이 있다."

　　　"그는 통제를 주재한다."*

　　　나는 언제나 이면을 뒤집어 본다,

부드러운 풍경을 해치는 연기들을.

　　　여기서부터 일상적인 행동이

용기의 라일락꽃을 피워 올려

　　　자연의 기준을 충족시키려고 애쓴다.

그러나 시는 여기서 끝나지 않는다. 던컨은 여기에 고전 신화를

*　　던컨은 1855년판 《풀잎》의 서문을 인용한다. 이 서문에서 휘트먼은 미국 시의 장래성
　　을 크게 칭찬한다. "시대와 다른 나라의 전쟁을 노래하고, 그 시대와 특징을 조명하고,
　　시를 끝낸다. 그러나 공화국의 위대한 찬가는 그렇지 않다. 이곳의 주제는 독창적이고
　　전망이 있다. 가장 사랑받는 석공들 가운데 한 사람이 나와서 결단력과 과학으로 계획
　　을 세우고, 아직은 견고한 형식이 없는 곳에서 견고하고 아름다운 미래의 형식을 바라
　　본다." 휘트먼은 나아가 이렇게 말한다. "가장 위대한 시인은······ 합창단에 속한 한 사
　　람이 아니다······ 그는 통제를 위해 멈추지 않는다······ 그는 통제를 주재한다." (월트
　　휘트먼, 《시와 산문 전집》[라이브러리 오브 아메리카, 1982] pp.8, 10)

　　　　　　　　　　　　　거기서 발견된 것: 시와 정치에 관한 메모

접목한다. 질투하는 아프로디테가 프시케에게 수백만 개의 씨앗을
분류하라고 시킨 일을.

　　　이것은 오래된 임무.
　　　아마 들어본 적이 있을 것이다.

분명 불가능한 일. 프시케는
좌절했겠지. 곤충 스승을

　　　　　　　　　　　찾아가고
초록 갈대의 조언을 따라야 했다.
말하는 탑이 자살에서 구해주고,
　　　별난 지시를 내리는
　　　편지를 따라야 했다.

이야기 속에서 개미들이 도와준다. 피사의 그 노인은
　　　(종류별로 분류해야 할) 씨앗이 가득한
마음속이 마구 뒤섞여
　　　곤충 한 마리가 일부 복원한
무너진 개미 언덕에서 나온 한 마리 개미처럼
　　　도마뱀의 도움을 받았다……

피사의 에즈라 파운드.*

---

* 　찰스 번스타인은 파운드가 말한 '별난 지시'를 해설해준다. "위대한 예술가 에즈라 파
　운드의 정치가 용납될 때, 파시즘이 승리한다. 파운드의 작시 기법을 단정적으로 불신

파시즘에 열광한 파운드의 마음. 휘트먼의 발작. '영광의 실수'에 빠진 늙은 시인들. 마구 뒤섞인 주머니, '별난 지시'는 분명 미국의 선조들이 우리에게 넘겨준 것이다.

동쪽에서

서쪽으로   남자들이 앞으로 나아간다.

이 섬은 축복을 받았지

태양 아래서 헤엄치는 (저주를),

태양이 내려앉은 남자!

마침내, 돌고 도는 길을 따라, 시는 이렇게 끝난다.

(송가라고? 핀다로스의 예술은 하나의 동상이 아니라 상징이 축적된 한 편의 모자이크라고 편집자들은 우리에게 말한다. 그러나 그가 고전이 아니라 구식이라면, 낡은 형식이 살아남은 거라면, 그 생존에는 심장을 향해 말하는 오래된 목소리들이 있었을 것이다. 그러므로 내가 읽고 있는 소설에 나온 찬가 한 줄이 나를 도왔다. 도약의 자세를 취한 프시케는─그리고 편집자들이 도가 지나쳐 무

하기 위해 그의 정치를 이용할 때, 파시즘이 승리한다. 파운드의 시를 상찬하면서 그의 정치는 그 성취에 대체로 어울리지 않는다고 무시할 때, 파시즘이 승리한다. 파운드의 정치가 비난받고 그의 시는 지나간 일로 인정받거나 무시되지만, 그의 사상을 담은 소독된 형식이 유행하면─주권, 재산, 자작 농장('가족 가치관')의 미덕, 고전의 고결함, 단어의 평범한 의미를 지키기 위한 비표준을 향한 비판, 세계의 나머지 지역을 지배하고 피 흘리게 하는 서양의(혹은 동양의) 절대 권리─파시즘이 승리한다." (번스타인, p.126)

너지고 말았다고 비평한 핀다로스도―내 말을 들어라! 탑의 말에 귀
를 기울였다. 신탁은 말했다. **좌절하라! 신은 자신의 힘을 증오하나니.**
그때 어둠 속에서 처음 피어난 꽃이 곳곳에서 가져온 우리 육체로
자기 육체를 되살린다⋯⋯

　　　바라마지 않는
　　　　정보가 흘러나온다. 핀다로스의 시구가
　　내 등잔불의 범위를 벗어나
　　　아침을 향해 움직인다.

　　동틀 녘 어디에서도
　　　고집스런 아이들을 보지 못했다

　　시계방향으로 반시계방향으로 돌고 도는.

　미국 대통령 명단을 씁쓸하게 부르는 던컨의 탄원에 대해 한마
디 하고 싶다.* 이 부분은 링컨에게 바친 휘트먼의 애가에서 비롯되

---

*　한스 마그누스 엔첸스베르거는 18세기 이후 유럽에는 지배자나 정치인, 국가적 영웅
　을 칭송하는 시라고 정의할 만한 것이 없다고 말한다. 그전까지 궁정 시, 왕자나 귀족
　을 위한 찬사는 그리스 찬가에서 전해져온 서양의 일반적인 시 장르였다. 그는 이러한
　시의 종점을 1809년 하인리히 폰 클라이스트의 시로 본다. 이 시에서 불후의 권력자로
　칭송받는 대상은 문제의 군주가 아니라, 역사의 신이다.
　엔첸스베르거는 시의 힘은 모든 사회적 효능을 부정당하는 부르주아 미학의 지대에
　있지도 않고, 선전 선동의 영역에 있지도 않으므로, 더 이상 지배자를 칭송하거나 비
　난할 수 있는 시는 존재하지 않는다고 주장한다. 이제 시의 힘은 미래의 상상이다. (H.
　M. 엔첸스베르거, 〈시와 정치Poetry and Politics〉《의식 산업: 문학, 정치, 매체에 대하여The
　Consciousness Industry: On Literature, Politics and Media》[시베리 프레스, 1974])

었다. 내심 인종차별주의를 유보한 상태로 노예해방선언에 서명한 링컨은 어떻게든 아메리카 합중국을 단결시키기로 했고, 그 결과 미국 역사의 상징적인 인물이자 지도력의 표상, 대리석 기념물, 부동산과 노예를 소유한 '건국의 아버지들'과 달리 민주적인 인물이 되었고, 많은 이에게 그렇게 남았다. 게다가 훌륭한 웅변가이기도 했다. 던컨은 위대한 시를 써서 바칠 위대한 인물을 찾기 위해 '후버, 루스벨트, 트루먼, 아이젠하워' 등의 이름을 열거하는 게 아니다. 학생들이 각 대통령의 이름과 재임 시기를 기계적으로 암송하며 배우듯이 역사를 호명하고 있다. 그러나 그의 방식은 교실의 애국주의가 아니라 가상의 분노이다.

던컨이 상기시킨 대로 미국의 시를 들여다보면, 휘트먼의 링컨 애가는 예술적으로나 감정적으로나 기억할만한 독특한 자료이다. 그러나 〈앞뜰에 라일락이 피었을 때〉는 애가이지 찬사가 아니다. 미국의 국민은, 그의 죽음을 애도하는 자들은 삶이 계속 이어지고 사회적 권력이 깃든 곳에 있다.

언어의 풍경은―비트겐슈타인의 말처럼―도시의 가장 오래된 지역 같아서 원래 오솔길과 소가 다니는 길들이 거리처럼 서로 얽혀 있고, 지도를 결정하는 것은 미리 예측한 도시의 질서가 아니라 인간 두뇌를 그대로 베낀 복잡한 투사와 목소리다. 시는 언어로 표현되고, 내게 가장 흥미와 몰입을 자아내는 시는 몇 가지 종류의 언어가 하나로 얽힌 길을 따라 독자를 끌고 가는 시다. 마치 던컨이 그리스 신화를 청각적, 시각적으로 합성해 상상력의 도약을 이루어냈던 것처럼. 그 신화는(배신과 좌절, 곤충과 수호신의 목소리를 통한 구원의 신화) 시와 미국의 형성기 전설, 서부 전선, 그 전설과 던컨의 관계, 던컨 자신의 수호신의 목소리와의 관계를 접목했다. 여기서 수호신의 목소리는 **방식이 있는, 그들의 비틀거리지 않는 틀림 / 그들의 다양한 진실**을 지니고, 국가의 거짓 신화(**나 역시 / 하나의 국가로 손상을 견딘다**) 아래에 있는 역사를 향한 던컨의 비난 곳곳에 등장했다가, 어린 시절로 돌아가 **시계방향으로 반시계방향으로 돌고 도는** 아이들의 마지막 이미지로 끝나는 늙은 시인 휘트먼과 파운드이다. 이 이미지는 던컨의 또 다른 시 〈나는 가끔 초원으로 돌아가도 좋다Often I Am Permitted to Return to a Meadow〉의 **아이들의 놀이 / 장미꽃 둘레를 돌아라**에 나오는······ 에도 등장한다. 이 전래동요는 흑사병으로 사망한 사람들을 화장하던 것에서 유래했다. **재다, 재다, 모두 쓰러져.**

이 아이들은 그저 옛 놀이를 하며 맴을 돌고 있을 뿐일까? 아니면 뭔가 새로운 것을 엿보았을까?

이제 던컨의 시가 끼어들어 주어진 강연 임무를 방해했던 내 꿈으로 돌아가보자. 꿈에서 첫 시구의 소리는 휘트먼의 시 〈끊임없이 흔들리는, 요람에서 나와〉의 음악으로 녹아들었다. 강연에 쓸 예시로 일부러 〈핀다로스의 시구로 시작하는 시〉를 선택하지는 않았다. 그 시가 꿈속으로 나를 찾아왔다고 말한 것은 시가 지닌 우연이라는 요소와 연상 기법을 강조하고 싶어서다. 열린 형식의 시구 안에 음악을 다양하게 쓰고, 시작 부분을 복잡하게 구성하고, 심오하게 개인적인 역사의식을 담아낸 점 등이 확실히 모범적인 시이기는 했다. 나는 살면서 이 시를 여러 번 읽었고, 시가 보여주는 가능성을 점점 더 의식하게 되었다. 그러한 가능성을 찾아 다른 시인들의 시를 읽는 한 사람의 시인으로서 그 시에 대해 말하는 것이다. 한 편의 시를 파악하고 고치려는 게 아니라, 과학적인 맥락에서 이른바 '유기체와의 교감'[14]을 통해 강렬하게 시에 집중하려는 것이다.

VI

시인들은 종종 시를 어떻게 시작하느냐는 질문을 받는다. 하나의 아이디어에서 출발하는지, 아니면 형식부터 선택하고 시작하는지 등등. 젊은 신인이자 수습생이었던 시절에는 시를 말 그대로 주어진 형식으로 쓴 아이디어를 담아놓은 보석 상자로 생각했다. 일찍부터 그렇게 교육을 받았다. 20대 중반이 되자 그 교육에서 깨어나고 있었다. '생각의 가장자리'에서 **거기 간 사람은 누구지?** 라는 질문이 계속 깜박거렸다. 뭔가, 휙 지나가 버린 과거의 음절, 해독할 수 없는 지각, 기억, 음악적인 구절, 원형질의 감각이 이름을 얻기 위해서가 아니라 언어로 표현되기 위해 페이지 위에 <u>스스로</u> 모여들어 보다 의도적인 제작 행위가 되었다. 이 과정을 적극적이지만 수용적으로 경험했고, 이 과정이 고독을 요구할 때에도 집중했으며, 심리적으로 강렬한 자아와 세계의 절연을 허락하지 않기 때문에 변증적으로 경험했다. 이게 바로 시를 쓸 때의 상태이다.

지난 200년 동안 콜리지와 포에서 랭보, 비츠, 그리고 나의 동시대 작가들과 1960년대 이후의 시인들 대부분에 이르기까지 수많은 시인이 직선적인 생각의 결합을, 심리적인 강렬함을 느슨하게 푸는 방향을 추구하고 화학적으로 생성해왔다. 때로 바라던 시가 애호가들의 이해를 받지 못했다면, 이는 아마도 (시인이자 번역가인 클레이턴 에실먼이 일깨워주었듯이) 모든 감각을 **이성적으로** 교란시키라는 그 유명한 랭보의 지령 때문이고 수많은 시인과 시인 지망생들이 그

거기서 발견된 것: 시와 정치에 관한 메모

지령을 일부분만 따랐기 때문이다.*

　물론 이성/느낌, 육체/정신, 감각에서 쪼개진 감각처럼 분리된 상태는 시에 불리하고, 보다 큰 관계의 시학에도 해롭다. 또 이와 같은 시학과—시의 본질과—절대 양립할 수 없는 것은 시를 규정하고, 딱지를 붙이고, 분류하고, 사실에만 근거를 두고, 등급을 매기고, 도구화하려는 전문적인 계획이다. 물론, 다른 역사적이고 물질적인 맥락과 함께 예술의 역사도 필요하다. 당연히 집중적이고 기민한 사회 비평도 있어야 한다. 그러나 경솔하게 이론에 치중하고 예술작품을 단지 지적 묘기와 대학 내 학문적 논쟁, 상상력의 정신분석을 위한 발판으로만 이용하는 것은 식민화와 상품화의 열풍과 같고, 오직 수익을 노리고 황무지나 사막, 생산적 농업지대를 부동산으로 변경하는 열풍과 다르지 않다. 이는 집단적 변혁의 길에서 시가 지닌 힘과 효력을 전복시킬 뿐이다.

　세계 전역의 사회적 변혁 과정에서 예술이 지닌 이러한 힘은 독재 권력, 신정 권력, 군국주의 권력, 민주주의의 허울을 쓴 사람들,

---

*　　말할 것도 없이, 상대방 성을 향한 욕망을 품은 '감각의 교란'은 모든 문화와 모든 종류의 목소리에서, 즉 전통적인(그리고 비판습적인) 이성애 사랑 시부터 사포, 카바피스, 파졸리니의 시, 휘트먼의 〈칼라모스〉, 뮤리엘 루카이저, 멜빈 딕슨, 주디 그란, 준 조던의 시에 이르기까지 시를 생성해왔다. 나는 여기에 성애학을 덧붙이고자 한다. 성애학은 때와 장소에 어긋나는 게 아니라 상호 인정과 욕망 속에서 고통받고 저항하고 타자와 부딪치는 상황의 풍경에서 볼 수 있다. 성애학은 이중의 육체에서 생겨나지만, 커플을 뛰어넘는다. 욕망의 극장을 확대하는 욕망이다. 다시 말해, 관계의 시학이다. 오드리 로드는 다음과 같이 썼다. "성애와 접촉할 때 나는 무기력을 쉽게 인정하지 않고, 체념, 절망, 자기 삭제, 우울, 자기 부정과 같이 원래 내 것이 아닌 다른 곳에서 부여받은 상태를 기꺼이 인정하지 않게 된다…… 성애는 우리가 무엇을 하는가의 문제가 아니라, 어떤 일을 하면서 얼마나 예리하고 온전하게 느낄 수 있는가의 문제이다." (오드리 로드, 〈성애의 사용: 성애라는 힘Uses of the Erotic: The Erotic as Power〉《시스터 아웃사이더, Sister Outsider》[크로싱 프레스, 1984] pp.58, 54)

학문의 예복을 갖춰 입은 사람들에 의해 예술의 자유를 향한 공포와 증오로 표현된다.

　나는 음악부터 시작했다. 던컨과 휘트먼의 시가 들려주는 소리로 시작했다. 시는 반드시 한 가지 이상의 방법으로 우리의 감각을 소환한다. 우리의 육체적 감각을, 우리와 다른 다양한 인간 존재에 대한 감각을 상기시킨다. 바다와도 같은 예술의 다양성은 관계의 가능성을 향해 우리를 부른다. 격렬한 물리적 힘만이 세계를 향해, 그리고 자신에 대해 말할 수 있는 곳에서 여전히 관계의 가능성은 아주 많이 살아 있다. 그 세계에서─엘살바도르의 혁명적인 시인 로케 돌턴의 말을 빌리자면─"시는 만인을 위한 빵과 같다."

가능성의 예술

2001

뮤리엘 루카이저*

그의 전망

1993

그의 작품으로 들어가는 것은 거대 영역의 삶에, 당대 최고의 행동가이자 창작자였던 한 여성의 의식에 들어가는 것과 같다. 그러나 뮤리엘 루카이저는 여러 면에서 자신이 속한 시대를 뛰어넘었고, 21세기를 목전에 둔 지금 우리가 이제 겨우 손을 뻗고 있는 자원들, 즉 역사와 육체 사이, 기억과 정치 사이, 섹슈얼리티와 공적인 공간 사이, 시와 물리학 사이 등 수많은 결합 관계를 이미 이해했던 것으로 보인다. 그는 무엇보다 먼저 시인으로서 말했지만, 동시에 사고하는 활동가이자 전기작가, 조국의 정신적 지리를 누빈 여행가이자 탐험가로서도 발언했다.

뮤리엘 루카이저의 작품에서 그 스스로 '세계대전 1세기'라고 불렀던 20세기 미국 문화를 바라보는 새롭고도 강력한 관점을 발견할 수 있다고 말해도 전혀 과장이 아니다. 그의 생전에 이미 두 차례

---

*   얀 헬러 레비 편집, 노턴《뮤리엘 루카이저 읽기A Muriel Rukeyser Reader》서문.

가능성의 예술

의 세계대전이 있었고, 더불어 스페인 내전, 무정부주의자 사코와 반제티의 재판, 대공황, 뉴딜정책, 홀로코스트, 냉전과 매카시 선풍, 베트남전쟁, 1960년대 급진주의의 부활, 1960년대 후반과 1970년대의 여성해방운동, 그리고 그 시기 내내 생존과 존엄성 사수를 위한 아프리카계 미국인과 노동계급의 운동이 있었다. 이 모든 것이 영화, 그림, 연극, 블루스와 재즈, 클래식 오케스트라, 대중음악과 같은 다른 예술과 함께 그의 삶과 예술에 영향을 끼쳤다. 그는 젊은 시절부터 자신이 역사 속에서 살아가고 있음을 이해한 것으로 보인다. 즉, 정적인 생활방식이 아니라, 끊임없이 변화하지만 원천에서 벗어나지는 않는 역동적 흐름을 따라 살고 있음을, 지속적으로 우리를 형성하는 유동적인 과정에 속해 있음을, 그리고 우리에게 형성과 발달의 가능성이 있음을 이해했던 것 같다.

　루카이저와 그의 맥락을 꼼꼼히 읽어온 비평가 루이즈 케르테스는 "루카이저 이전에 현대의 시작법에서 개인적인 주제와 사회적인 주제를 성공적으로 융합해낸 여성 시인은 없었다"[1]라고 강조한다. 케르테스는 롤라 리지, 마르야 자투렌스카, 제네비브 태거드 등 모두 19세기 말에 태어나 개인적인 서정시를 감상적으로 다루지 않고 도시의 혁명적인 경험, 노동계급의 경험을 글로 쓰고자 고군분투했던 북아메리카 백인 여성 작가의 전통을 추적한다. 루카이저가 초기에 발표한 시들을 보면, 자신의 출생연도부터 펼쳐진 공적 사건들과 거대하고 광활한 도시의 공적 공간으로 직접 들어가 글을 쓴다. "도시는 빛에서 떠오른다. 건물의 골격, 오렌지 껍질 색깔 크레인, 관통하는 고속도로, 고층빌딩 종족. 그리고 당신은 이곳의 일부이다."[2]

　루카이저는 리버사이드 드라이브의 신분 상승 지향적인 유대인 가정에서 자랐다. 어머니는 전설적인 조상 중에서도 시인이자 학자면서 순교자였던 아키바를 가장 높이 평가하는 용커스 출신 경리였고, 아버지는 위스콘신 출신 콘크리트 영업사원이었다가 나중에 모래와 자갈을 생산하는 회사의 동업자가 된다. 두 사람 모두 음악과 오페라를 사랑했지만, 집에는 책이 별로 없었다. "하인들의 방을 제외하곤. 그곳에서 무슨 소리를 들었을까? 《괭이를 든 남자》, 《레딩 감옥의 노래》. 5센트짜리 작은 책들…… 읽고 또 읽었다."[3] 루카이저는 에시컬 컬처 스쿨과 바사 칼리지에 진학했지만, 아버지의 재정 상태가 기울면서 대학을 그만두어야 했다. "커서 골프선수가 되어야 한다는 기대를 받았다." 어느덧 교외에 사는 나이 지긋한 부인이 된 그가 회상한다. "그때는 커서 시를 쓰게 될 줄은 몰랐다." 그러나 그는 이미 고등학교에 다니면서 진지하게 시를 썼다. 또 동네 아이들과 함께 비밀스러운 생활을 주도하기도 했는데, 아파트 건물 지하실과 터널에서 놀면서 "사람들이 살아가는 방식에는 끔찍할 만큼 살인적인 차이가 존재"[4]한다는 사실에 주목했다.

루카이저는 스물한 살에 《비행이론》으로 예일젊은시인상을 수상했다. 그의 인생과 작품세계의 핵심 모티프 두 가지는 이미 명백했다. 책 제목을 보면 그가 얼마나 일찍부터 기술과 과학의 상상 영역을 도입했는지 알 수 있다. 또 도입부의 시 〈어린 시절의 시Poem out of Childhood〉는 그가 개인적인 경험을 정치와 하나로 엮어내는 작업을 평생의 프로젝트로 삼았음을 보여준다. 여기서 '하나로 엮어낸다'라는 표현은 틀렸다. 그의 말을 빌리자면 그는 그 두 가지를 절대로 분리하지 않았다.

그의 삶을 스케치한 어떤 글을 봐도(지금 여기 허락된 공간은 너무도 미약하다) 영감을 받은 관찰자이자 타고난 참여자였던 한 여성의 생명력을, 선택이나 방향감각을 단념하지 않으면서도 뜻밖의 것, 우연한 것을 신뢰했던 사람의 모험의식을 엿볼 수 있다. 그는 1933년 바사 칼리지를 떠나 앨라배마로 갔고, 거기서 스코츠버러 사건을 보도하다가 체포되었다.[5] 이후 몇 년간 내전 직전의 스페인에 가 취재 활동을 벌였다. 이후에는 실리콘 광산 산업재해 사건 청문회를 위해 웨스트버지니아 골리 브리지에 갔고, 정치적인 여정으로 북베트남과 한국에 가기도 했다. 가족으로부터 상속권을 박탈당했고, 2개월 만에 결혼을 취소했으며, 다른 남자와의 사이에서 아들을 낳았고, 그 아이를 홀로 키웠다. 영화계와 연극계에서 일했고, 바사 칼리지, 캘리포니아 노동학교, 세라 로렌스 칼리지에서 강의했고, 과학과 예술에 관한 박물관인 샌프란시스코 과학관에서 상담원으로 일했다. 어느 부유한 캘리포니아 여성이 그의 작품을 존경하고 홀로 아이를 키우며 사는 고난을 인정하는 마음으로 익명의 연봉을 제공했지만, 루카이저는 7년 후 안정적인 교사 일이 생기자마자 그 수입을 사양했다. 《결단Decision》이라는 '자유 문화 비평' 잡지를 편집했고, 공산주의자로 몰렸으며, 보수적인 신비평주의 진영과 '프롤레타리아' 작가들에게 공격을 받았고, 작가이자 영화제작자로서 꾸준히 작품을 생산했으며, 뇌졸중을 겪었지만 회복해 그에 관한 시를 썼고, 젊은 세대의 여성 시인들이 자신의 시를 재발견하고 《뮤리엘 루카이저 시집》이 출간되는 모습을 목격했다. 1978년 현대언어협회의 연례학회에 참석해 '레즈비언과 문학'에 관한 연설을 하기로 했지만, 결국 병 때문에 참석하지 못했다.

  루카이저의 작품은 가혹한 적대와 경멸(그의 작품과 사례가 그만큼 불안과 동요를 일으킬 수 있음을 암시한다)을 받아왔지만, 동시에 경의와 찬사도 받았다. 샌프란시스코 르네상스를 이끈 가부장 케네스 렉스로스는 루카이저를 "정확히 그 세대의 최고의 시인"이라고 칭했다. 비평 스펙트럼의 반대편에 있는 《런던 타임스 리터러리 서플먼트》는 그를 "미국의 가장 위대한 생존 시인 중 한 명"이라고 불렀다. 그는 미국 문예 아카데미의 코페르니쿠스상을 받았고, "나의 거리…… 내가 살며 글을 쓰는 거리", 아카데미의 굳게 닫힌 문과 형식적인 의례가 용기를 꺾어버린 그 거리의 도시적 활력과 인간의 가능성을 향해 경의를 표하는 〈아카데미의 이면The Backside of the Academy〉을 썼다. 그는 평생 수많은 시인과 시 독자, 그리고 예술과 역사와 도저히 분리할 수 없는 과학에 대한 그의 전망에 찬사를 보냈던 일부 과학자들에게 스승이었다. 그러나 그의 작품은 대체로 조각조각 분리된 채 읽히고 존경을 받아왔는데, 그 이유는 부분적으로 대다수 독자가 그가 꾸준히 저항해왔던 모든 국면의 분열과 분리 상황에서 그의 작품을 만났기 때문이다.

우리는 페미니스트, 문학 사학자로서 그의 작품을 읽고 있거나, 살아 있는 좌파 전통을 탐색하는 과정에서 그의 작품을 샅샅이 뒤지며 우리 관심사를 찾고 있거나, 시를 배우는 학생으로서 과학자들의 전기와는 상관이 없다고 생각하거나, 혹은 루카이저에겐 아무런 문제가 없었던 장르 개념—대체 정치적인 전기 속에 왜 시 구절들이 있는 거지?—에 갇혀 있을 수도 있다. (그는 자신이 쓴 웬들 윌키의 전기를 '이야기면서 노래'라고 불렀다.) 혹은 그의 작품을 오직 선집 속에서만 만나는 바람에 장시를 썼던 위대한 현역의 짧은 시들만 읽거나, 산문은 전혀 접하지 못하기도 한다. 시는 실제로 무엇인가에

가능성의 예술

대한 그의 정의를 참고하지도 않고—에너지의 교환, 관계의 체계—그의 산문을 '시적'이라 부른다.

루카이저를 어느 하나로 분류하는 일은 불가능해서, 문학의 전당을 논하거나 선집을 제작하는 이들은 어려움을 겪는다. 그는 당대 좌파 조직 사람들이나 다양한 좌파와 자주 교류하며 공감하기는 했지만, 그를 단순히 '좌익' 시인이라고 부를 수는 없다. 계측이 불가능하고 정체를 입증할 수 없는 것의 가치를 꾸준히 주장한 그의 고집은 주류의 '과학적 태도'와 일관된 형식의 유물론과 부딪쳤다. 그는 신화를 탐구하고 그 가치를 인정했지만, 우리가 신화를 완전히 꿰뚫지 않으면 신화의 지배를 받을 수 있으며, 신화를 초월해 움직이기 위해 비평을 해야 한다는 인식에 이르기도 했다. 그는 서른한 살 나이에 이렇게 쓰기도 했다. "내 작품의 주제와 그 주제의 사용은 시인이자 여성, 미국인, 유대인으로 살아간 내 삶에 의존해왔다."[6] 그는 성장기 가족과 주변 유대인들 사이에서 동화정책의 자기비하를 목격했다. 또한, 유대인들이 견뎌온 취약성과 역사적이고 현대적인 '돌을 맞는 고통'을 알아보았다. 그는 세속적인 시각을 유지하면서 동시에 자신의 유대인 정체성이 가져다준 강력한 정치의식을 잊지 않았다. 또 여성의 성적 욕망, 임신, 밤중 수유를 소재로 글을 썼는데, 당시에는 그런 글을 쓰는 데도 용기가 필요했지만, 그는 사과하지 않고 당당하게 썼다. 그는 욕망뿐만 아니라 폭력과 좌절도 가능한, 육체와 정신 모두 살아 있는 큰 여성으로서 썼다.

매우 현실적인 의미로 우리는 루카이저를 읽으면서 루카이저 읽는 법을 배운다. 그는 카리스마 넘치는 노조 조직자 앤 벌락에 대해 쓰면서 '길잡이 실을 풀어낸다.' 여기서 '길잡이 실'은 서로에게서 빛을 찾게 하는 실, 우리가 불신하거나 잊었거나, 혹은 서로 분열하게 놔두었던 경험과 생각의 조각들을 다시 하나로 모으는 실이다. 이 서술을 통해 우리는 많은 것을 배우고, 많은 삶을 살아간다. 루카이저가 자신이 꼭 읽어야 해서 물리학자 윌라드 깁스의 전기를 썼다고 말했을 때, 이는 자신의 작품 전반을 염두에 두고 한 말이었을지도 모른다. 그는 노예무역과 19세기 산업 팽창과 도시의 폭력적인 삶과 지식인과 공장노동자를 포함한 여성들의 삶과 에밀리 디킨슨의 시와 에디슨의 발명과 멜빌과 휘트먼에 대한 깁스의 감응을 배경으로 한 어느 물리학자의 삶과 연구를 읽고 싶었다. 과학적 상상력의 형상화와 언어를 완전히 이해한 상태에서, 스스로 개탄해 마지않았던 분열의 '자취들'을 시로 쓸 수 있길 바랐다. 그의 작품은 언제나 가장 구체적이고 모험적인, 글로 쓴 시험 과정이었고, 자신의 본능이었으며, 우선 자기 자신에게 그다음은 세계를 향해 기본 토대와 의미를 보여주는 일이었다.

루카이저의 작품이 '어렵게' 보이는 것은 아마도 부분적으로는 사회적이고 정서적인 훈련을 받아 우리 안에 쌓인 저항감 때문일 것이다. 그러나 직접적이고 직설적인 작품 안에서도 그는 종종 이미지와 찰나의 시선과 질문을 비논리적으로 쌓아놓곤 하는데, 이 과정은 서로 관계가 없는 경험들이 쌓이고 쌓여 일단 서로 연결되면 어떤 통찰력을 안겨주는 것과 비슷하다. 또 한 편의 시나 시집 안에서, 산문집에서, 혹은 분리할 수 없는 시와 산문의 큰 흐름 안에서 이런 식의 축적이 발생하기도 한다. 그는 전체 작품군에서 소수의 '보석'을 떼어낼 수 있는 작가가 아니다. 모든 20세기 작가 가운데 그의 작품은 완독할 가치가 있다.

가능성의 예술

나는 1950년대 초반에 처음 루카이저를 읽었다. 그와 마찬가지로 나도 스물한 살에 예일젊은시인상을 받았기에, 나보다 먼저 이 길을 걸어간 여성 시인은 내 나이대에 첫 시집에 어떤 시를 썼는지 궁금했다. 《비행이론》의 첫 번째 시가 지닌 비범한 힘이, 그 시가 어떤 식으로 나를 덮쳐왔는지, 그 시의 권위와 가차 없는 표현이 얼마나 부러웠는지 낱낱이 떠오른다. 그러나 당시 나는 그에게서 배울 준비가 되어 있지 않았다. 《시의 생애》는 1949년에 출간되었고, 그때 나는 진지하게 스스로 시인임을, 혹은 적어도 시를 쓰는 수습생임을 받아들이기 시작했다. 당시 내가 학생 신분으로 살고 있었던 매사추세츠 케임브리지의 문학판에서 누구도 그의 시집이 중요한 자원이라고 말해주지 않았고, 젊은 시인들은 윌리엄 엠프슨의 《7가지 형태의 모호성Seven Types of Ambiguity》와 엘리엇의 《전통과 개인의 재능Tradition and the Individual Talent》, I. A. 리처드의 《실용 비평Practical Criticism》을 읽었다. 교수들 가운데에는 오직 탁월하면서도 불안한 F. O. 매시슨만이 루카이저를 언급했지만, 그 역시 세미나 시간에는 엘리엇과 파운드, 윌리엄스와 스티븐스, 메리앤 무어, E. E. 커밍스를 가르쳤다. 내 삶이 바깥을 향해 열리고 점점 내 작품의 방향성을 신뢰하기 시작한 성숙기에 이르러서야 나는 루카이저를 다시 만났다. 내 시를 쓰고, 내 삶을 살아가는 투쟁의 과정에서 내게 가장 필요한 시인이 바로 루카이저임을 깨달았다. 지난 사반세기 동안 가로막혔던 수많은 목소리가—특히 여성의 목소리가—증언을 시작하면서, 그의 혜안과 넓은 전망이 더 뚜렷하게 느껴졌다. 그의 전망은 지금 이 대륙에 살아가는 우리에게 특히 들어맞는 시각이었다.

1960년대와 1970년대 초반, 루카이저와 나는 다른 시인들과 함께 RESIST(1967년 베트남 전쟁을 둘러싼 불안 가중에 대응하기 위해 설립된 비영리 인도주의 지식인 단체―옮긴이)와 '베트남 전쟁에 반대하는 분노하는 예술인' 같은 단체의 낭독회 현장에서 종종 마주쳤다. 그러나 그를 잘 알지는 못했다. 뉴욕은 같은 정신의 소유자들마저 서로 다른 풍경에 휩쓸어 넣는 곳이다. 그러나 뮤리엘 루카이저가 서 있는 곳이라면 어디나 부인할 수 없는 여성의 힘이 느껴졌다. 그는 듬직한 체구와 자부심으로 똘똘 뭉친 단단한 머리로 자신의 언어 뒤에 서서 존재감을 뿜어냈다. 그의 시는 정치적인 증언부터 성애 시, 신랄한 재치를 담은 시, 예언적인 시까지 다양했다. 심지어 뇌졸중에서 회복 중인 시기에도 지칠 줄 모르는 사람 같았다.

그는 본성과 성취의 독창성 면에서 멜빌, 휘트먼, 디킨슨, 뒤부아, 허스턴와 마찬가지로 미국 고전의 반열에 올랐다. 앞으로 더 많은 책이 복간되기를, 아직 출간되지 않은 작품들도 어서 묶여 세상에 나오기를 희망한다.[7]

나는 왜 국가예술훈장을 거부하는가*

1997

1997년 7월 3일
20506 워싱턴 D.C.
펜실베이니아 애비뉴 1100
미국예술기금
제인 알렉산더 의장

제인 알렉산더에게

　방금 귀 단체의 젊은 남성 직원에게서 내가 올가을 백악관의 한 행사에서 국가예술훈장을 받는 열두 명의 수상자 중 한 명으로 선정되었다는 소식을 들었습니다. 나는 곧바로 클린턴 대통령이나 백악관이 주는 상은 받을 수 없다고 말했습니다. 예술의 의미와 현 행정

---

*　당시 미국예술기금 의장 제인 알렉산더에게 보낸 서신이 다양한 뉴스 기사에 발췌 인용되자 《로스앤젤레스 타임스 북 리뷰》 편집장 스티브 와서먼이 훈장을 거부하는 이유를 더 확장한 기사를 제안했다. 여기 당시 편지와 기사를 싣는다.

부의 냉소적인 정치가 절대 양립할 수 없다고 생각하기 때문입니다. 이 훈장을 거부하는 이유를 명확히 전달하고 싶습니다.

1960년대 초반부터 내 작품에 익숙한 독자라면 예술은 사회적 존재라는 내 믿음을 잘 알 것입니다. 예술은 공식적인 침묵을 깨뜨리고, 목소리를 외면당한 사람들을 위해 대신 목소리를 내며, 인간의 타고난 권리로서 존재합니다. 나는 살면서 사회정의 운동이 열어젖힌 예술의 공간을, 절망을 깨뜨리는 예술의 힘을 목도해왔습니다. 또 지난 20년 동안 우리나라에서 인종차별과 경제적 불평등의 야만적인 영향력이 점점 강해지는 것도 목격했습니다.

사회정의와 예술의 관계를 가리키는 간단한 공식은 없습니다. 그러나 나는 예술이—내 경우에는 시라는 예술이—권력의 만찬 테이블을 장식하는 인질로 붙들려 있기만 하다면 아무런 의미가 없다는 것만은 아주 잘 알고 있습니다. 미국 내 인종 간 부와 권력 격차는 재앙 같은 속도로 벌어지고 있습니다. 국민 대다수가 그토록 굴욕을 당하고 있는데, 대통령이 특정 토큰 예술가들에게 의미심장한 영광을 안겨줄 수는 없습니다.

귀하가 예술을 향한 두려움과 의심으로 억압을 일삼는 자들에 맞서 정부의 예술 기금을 지켜내고자 진지하고 힘겨운 싸움을 벌이고 있음을 잘 압니다. 결국, 나는 우리가 전반적인 인간의 존엄성과 희망으로부터 예술을 떼어낼 수는 없다고 생각합니다. 조국을 향한 나의 우려는 예술가로서 나의 우려와 분리할 수 없습니다. 내가 극심한 위선자로 느껴질 행사에 참석할 수 없습니다.

진심을 담아,

가능성의 예술

에이드리언 리치

참조: 클린턴 대통령

———

7월 3일 백악관의 초대 전화를 받았다. 몇 년간 예술 기금의 삭감과 종교계 우파와 공화당 의원들의 적대적인 선전 선동 후에 미국 예술기금을 폐지하자는 의회 투표가 임박한 분위기였다. 7월 10일 뉴스 속보로 투표가 발표되었고, 관련 기사로 나의 국가예술훈장 거부 소식이 《뉴욕타임스》와 《샌프란시스코 크로니클》에 실렸다.

사실 타이밍을 의식하지는 않았다. 훈장 거부는 시인이자 에세이스트이자 시민으로서 개인적인 경험과 공적인 경험이 하나로 모여 곧바로 튀어나온 생각이었다. 최근 들어 사회계약의 축소에 대해, 그게 뭐든 이 나라 스스로 민주주의라고 부르는 것의 의미축소에 대해, 다시 말해 **국민의, 국민에 의한, 국민을 위한 정부**의 전망이 산산조각이 난 현실에 대해 생각하고 글을 써왔다.

1962년 극작가 로레인 한스베리는 "우리 국민we the people은— 여전히 뛰어난 표현이다"라고 말했다. 여기에 누가 배제되었는지 잘 알지만, 그 표현이 언젠가는 우리 모두를 끌어안게 되리라고 믿었다. 그리고 나는 오랫동안 개인적이고 공적인 슬픔과 공포, 굶주림을 느끼며, 내 시대에 내 예술의 언어로 이를 실행해야 한다고 생각했다.

나의 훈장 거부가 '뉴스거리'가 된 것은 한 사람의 문제가 아니었다. 나 자신의 문제도 클린턴 대통령 개인의 문제도 아니었다. 심지어 하나의 정치 정당에 관한 문제도 아니었다. 양쪽 주요 정당 모두 공동 권력의 이익을 위해 조악한 유사성을 드러냈고, 그 사이 국민 대다수, 특히 가장 취약한 계층을 저버렸다. 다수 국민과 마찬가지로 나는 우리 공교육의 해체와 수감률의 가파른 상승, 젊은 흑인 남성의 악마화, 십 대 어머니를 향한 비난, 최고가를 제시한 업자에게 의료보험—공공과 민영 모두—매각, 미국 내 최저 생활수준 직종을 임금이 훨씬 더 낮은 나라에 수출, 노동자 파업을 깨뜨리고 수익을 확대하기 위해 최저임금보다 낮은 비용으로 죄수 노동력 이용, 이민자들을 희생양으로 이용, 노동자와 빈곤층의 존엄성과 최소한의 생활 안정을 부정하는 현실을 목격해왔다. 더불어 위험을 감수하고 창조성을 전파했던 출판사들이 오직 빠른 수익률을 추구하는 거대 복합기업에 인수되는 모습을, 주요 커뮤니케이션 업체와 미디어가 같은 사기업에 인수되는 것을, 학교와 시 예산이 삭감당하면서 예술과 공공도서관이 희생당하는 것을, 그리고 최근에는 미국예술기금이 폐지되는 것을 목격했다. 사적인 부의 축적을 위해 민주주의 절차가 한 조각 한 조각 기반을 잃고 있다.

백악관과 의회에는 매우 실질적인 의미로 정부에게 버림받았다고 느끼는 사람들을 대변하는 정치 지도자가 존재하지 않는다.

로레인 한스베리는 백악관 반미활동위원회 폐지를 위한 뉴욕의 어느 공적인 자리에서 쿠바 미사일 위기 동안의 정부에 관해 연설했다. 그는 연설 도중 "나의 정부는 틀렸다"라고 말했다. 그는 "나는 정부가 너무 싫다"라고 말하지 않았다. 한 사람의 시민으로서, 아프리카계 미국인이자 여성으로서 자신의 정부에 촉구했고 도전했다. (이번 7월 4일 이후 오래된 레코드판으로 그의 연설을 다시 들었다.)

그와 비슷한 생각으로 오늘날에도 우리 대다수는 정부가 책임

가능성의 예술

을 다하기를 바라며, 미국을 진정으로 대표하는 정부를 향해 나아가는 역사적 경향성을 대체해온 사적 권력과 부의 문제에 도전하고자 한다. 우리는 여전히 정부에게 촉구하기를 바라고, **정부는 우리 것이**라고 말하기를 바란다. 여전히 '우리 국민'이라고 말하고 싶다.

우리는 질문이 아닌 것으로 규정되었던 질문을, 순진하고 유치한 것으로 치부되었던 질문을 던지기 시작해야 한다. 최근 인종 문제에 관한 백악관의 공식 발언을 보면, 우리 초기 역사의 총괄적인 사업은 노예무역이었고, 여기에 연루되지 않은 것은 단 한 개도, 단 한 명도 없으며, 이 사업은 원주민 대학살과 토지 약탈과 함께 국가의 번영과 권력을 구축한 기본 토대가 되었음을 일관되게 언급하지 않고 있다. 인종 문제에 관한 대화를 촉진한다? 노예제도에 대해 사과한다? 우선 자본주의 자체의 부검부터 시행해야 한다.

마르크스주의의 죽음이 선포되었다. 마르크스주의의 언어와 이름표는 제멋대로 사용되고 남용됐지만, 마르크스가 제기한 질문은 여전히 살아 고동친다. 사회적 부란 무엇인가? 인간의 노동 조건은 어떻게 다른 사회적 관계에 스며드는가? 사람들이 인종 간 평등의 조건 아래 살면서 함께 일하려면 무엇이 필요한가? 세계에서 가장 부유하고 가장 강력한 국가에 사는 우리는 어느 정도까지 불평등을 참을 수 있는가? 그리고 이와 같은 질문들은 왜, 그리고 어떻게 공공 담론에서 불신을 받게 되었는가?

그리고 예술은 또 어떠한가? 예술은 신뢰를 잃고, 사랑받고, 신성시되고, 경멸당하고, 오락거리로 격하되고, 상품화되고, 소더비 경매회사에서 거래되고, 투자를 원하는 유명인사의 손에 들어가고, 수많은 박물관 지하실의 '예술품'으로 사라진다. 동시에 예술은 감옥에서, 여성 쉼터에서, 작은 마을의 차고에서, 지역대학 작업실에서, 사회복지시설에서, 어디든 누군가 연필을, 나무 태우는 도구를, 셰익스피어의 《템페스트》를, 중고품 카메라를, 조각칼을, 목탄을, 전당포의 트럼펫을, 〈시민 케인〉 비디오를 집어 드는 곳에서, 뭐든 매우 본능적이지만 자의식을 담은 표현적 언어가, 이 재생의 과정이, 우리 삶을 구할 수도 있음을 다시 깨닫게 해주는 곳에서, 매시간 다시 태어난다. 시인 뮤리엘 루카이저는 이렇게 말했다. "세상에 하루라도 시가 존재하지 않는다면, 시는 그날 바로 창조될 것이다. 시가 없으면 그 허기를 도저히 참을 수 없기 때문이다."[1] 카리브해의 시인 에메 세제르에 관한 에세이에서 클레이턴 에실먼은 이 허기를 "더욱 심오하고 영혼을 불어넣는 세계를 향한 욕구와 욕망"이라고 표현했다.[2] 억압받는 예술과 다시 태어나는 예술 사이에는, 지독히 피상적인 마케팅과 방어와 저항과 체념을 뚫고 손을 뻗기 위해, 다시 욕망을 불러오기 위해 "모든 수단을 동원하는 무지갯빛 생생한 현실"(다시 루카이저의 표현이다) 사이에는 끊임없는 역학이 존재한다.

예술은 강하면서 동시에 깨지기 쉽다. 예술은 우리가 몹시 듣고 싶어하는 것과 발견할까 두려워하는 것을 모두 말한다. 예술의 원천과 본질적인 충동, 즉 상상력은 일찍부터 족쇄를 채울 수 있지만, 달리 정신을 채워주는 것이 별로 없는 조건에서 족쇄를 풀고 나오기도 한다. 이에 관한 최근의 자료를 찾는다면 필리스 콘펠드의 《독방동의 전망: 미국의 교도소 예술》을 참고하길 바란다. 재생산된 예술작품의 다양성과 정서적 깊이, 재소자 예술가들의 말, 감상에 빠져들지 않는 저자의 명료한 텍스트가 돋보이는 책이다. 콘펠드는 14년 동안 18곳의 수감 기관에서(최대 보안요구시설도 포함) 재소자들에게 예

가능성의 예술

술을 가르치면서 최근 교도소 예술교육 프로그램의 폐지를 포함해 근래 수감 정책이 빠른 속도로 사회복귀에서 인간성 말살로 옮겨가는 추세를 목격했다.[3]

예술은 어떤 체제로도 완전히 법제화할 수 없다. 심지어 복종하는 자만 보상하고 불복종 예술가들은 중노동이나 죽음을 향해 보내버리는 체제도 그럴 수 없다. 또한, 우리처럼 구체적으로 타협한 체제에서 예술은 진정 자유로울 수 없다. 예술은 가장 미약한 수단을 통해서도 갈라진 콘크리트를 뚫고 올라올 수 있지만, 예술이 스스로 성취하려면 숨을 쉴 수 있는 공간이, 경작과 보호가 필요하다. 사람과 똑같다. 젊거나 연로했거나 새로운 예술가는 교육이 필요하고, 도구가 필요하고, 과거의 본보기를 공부할 기회, 현재의 현역 예술가들을 만날 기회, 비평을 받을 기회, 멘토의 격려를 받을 기회, 혼자가 아님을 배울 기회가 필요하다. 사회계약이 축소될수록 "그래, 너는 이 일을 할 수 있고, 이 일은 너의 것이야"라는 말을 듣는 사람들은 점점 줄어들 것이다. 정부와 마찬가지로 예술도 사익을 추구하는 소수 권력자의 전유물이 되지 않으려면 많은 사람의 참여가 필요하다.

예술은 인간의 타고난 권리고, 우리 자신과 타인의 경험과 상상의 삶에 접근할 수 있는 가장 강력한 수단이다. 인류의 인간성을 지속적으로 재발견하고 복구하는 측면에서 예술은 민주주의의 전망에 필수이다. 민주주의의 추구에서 점점 더 멀어지는 정부는 예술 장려의 '쓸모'를 점점 덜 보게 될 것이고, 예술을 오직 외설이나 장난으로 여길 것이다.

1987년 연방대법원 판사였던 고故 윌리엄 브레넌은 적법 절차 원칙주의를 위협하는 주된 요인으로 '열정적인 통찰력을 잘라낸 형식적인 이성'을 꼽았다. "적법 절차는 정부가 어떤 사람을 공정하게 대우했는지, 개인의 존엄성이 지켜졌는지, 개인의 가치가 인정받았는지 여부를 묻는다. 당국은 기준 법칙에 따라 합리적인 행동이 취해졌다고 지적하며 이러한 질문을 가로막을 수 없다. 반드시 그 행위를 더 깊이 조사하고, 인간의 본성과 경험의 더욱 복잡한 공식에서 답을 구하려고 노력해야 한다."[4]

예술을 향한 두려움과 증오가 수량화와 추상화를 향해 끌려가고 인간의 얼굴이 기계적으로 삭제되는 곳에서 정확히 인간의 존엄성이 사회적 공식에서 사라진다. 예술이 다루는 것이야말로 '인간의 본성과 경험의 복잡한 공식'이기 때문이다.

집중적인 권력을 가진 가짜 신들이 독재를 일삼는 동유럽처럼, 부의 축적이 독재를 일삼는 사회에서, 예술가들은 어쩌면 새로운 기회를 알아보게 될지도 모른다. **예술가로서** 우리에겐 고통받는 사람들, 괴로워하는 사람들, 권리를 빼앗긴 사람들과 연결할 기회가 생긴다. 고용이 불안정한 노동자, 버림받은 노인들, 거부당한 청년들, '성공하지 못한' 사람들과 연결할 기회, 그런 상황에서도 여전히 만들고 추구하는 예술과 결합할 기회가 생긴다.

이 중 어떤 것도 예술가들에게 이데올로기나 스타일이나 콘텐츠를 강제하는 말이 아니라고 굳이 덧붙일 필요가 없기를 바란다. 나는 지금 이번 세기, 그리고 다가오는 새로운 세기에 심각한 사회적 위기와 예술을 떼어내 생각할 수는 없다는 말을 하고 있다.

우리에겐 정부와 예술의 관계에 대한 일시적인 본보기가 있다. 1930년대 대공황 시기 뉴딜정책 아래에서 수천 명의 창조적인 예술가들이 연방 작가 프로젝트, 연방 연극 프로젝트, 연방 예술 프로젝트를 통해 작업하고 소박한 보수를 받았다. 그들은 소설과 벽화와 연극, 공연, 공공 기념물, 음악 등의 형태로 이어진 수십 년 동안 사람들의 의식과 예술에 창조성의 씨앗을 뿌렸다. 1939년에 이 기금은 중단되었다.

예술을 위한 연방기금은 개인적인 예술 후원자의 자선처럼 주어질 수도 있고 철회될 수도 있다. 결국, 예술은 만인에게 자양분을 주는 사회적 거름을 통해 유기적으로 자라야 한다. 여기서 사회적 거름이란 시민의 문해력 양성, 예술을 필수요소로 하는 보편적인 무상 공교육, 인간의 개별성과 지속 가능한 양호한 공동생활을 모두 존중하는 사회가 될 것이다. 그러한 조건에서 예술은 허기와 욕망과 불만과 열정의 목소리가 되어 민주주의 프로젝트에는 결코 끝이 없음을 우리에게 일깨워줄 것이다.

그런 일이 가능하게 하려면, 무엇부터 변화시켜야겠는가?

가능성의 예술*

1 9 9 7

　　지난 2년여 동안 붙잡고 씨름해온 몇 가지 사안을 종합해 발표할 수 있게 되어 기쁘다. 사실 '트로이 강연'이라고 이름표를 붙인 폴더를 18개월 넘게 들고 다녔다고 고백해야겠다. 폴더 안에는 집중적인 사색과 동요와 희망 등 다양한 상태에서 쓴 손 글씨와 타자 메모가 들어 있다. 지난 1월, 부엌 식탁 위에 폴더 안의 내용물을 쏟아 보았지만, 그것들은 기적처럼 저절로 강연 내용으로 조립되지 않았다. 그리스 신화에서 프시케를 위해 산더미처럼 쌓인 완두콩과 강낭콩과 곡식이 알아서 저절로 분류되었던 것 같은 기적은 일어나지 않았다. 그러나 특정 현실과 다급한 사안들이 한 시기 동안 얼마나 꾸준히 내 곁에 머물렀는지 일깨워주었고, 그 자체로 피할 수 없는 손님처럼 보였다.

　　프시케의 임무는 귀리에서 콩을, 렌틸콩에서 수수를 분류하는

---

*　　1997년 4월 매사추세츠대학교 애머스트 캠퍼스 트로이 강연문. 1997년 가을 《매사추세츠 리뷰》에 발표되었다.

일이었다. 내 임무는 분류보다는 연결 작업이었다.

우선 내 관심사를 대략 그려보고, 이어서 이 강연의 초점이 처음부터 예술과 인간성과 공교육에 맞춰질 수밖에 없다는 내 생각을 보여주고자 노력할 것이다. 그리고 우리 모두 처한 조건이지만 특히 이 시대를 살아가는 자신의 삶을 이해하고자 노력하는 젊은이들이 처한 상황에 대해 말하고자 한다.

먼저 한때 분명한 합의를 끌어냈던 국가적 프로젝트가 돌연 개편에 들어갔다는 이야기부터 시작하겠다. 대규모로 성장 중인 중산층을 보유한 민주주의 공화국과 공화국의 커다란 희망으로서 기회의 평등이라는 프로젝트 말이다. 지난 20년 동안 우리 사회는 잡식성의 탐욕스러운 소수와 점점 줄어드는 불안정한 중산층, 나쁜 처우를 받으며 사용 후 버림받는 수많은 시민과 노동자로 구성된 피라미드가 되었다. 마침내 세계에서 가장 높은 수감률로 비난받는 사회가 되었다. 우리는 국가의 대규모 선전과 사람들의 실제 생활방식, 즉 인지적, 감정적 부조화, 심각한 자기 몰두에서 극단적인 불안, 개인적이고 집단적인 폭력 등 다양한 스펙트럼의 증상을 보이는 일종의 대중적 신경쇠약 사이의 간극에 위태롭게 매달려 있다.

이러한 국가적 위기와 함께 나는 정부와 자유선거의 의미를 대체하는 국제적이고 다국적인 질서로서 자본주의의 자기만족적인 자기 홍보에 대해 생각해왔다. 특히 이 모든 것에 대한 우리의 인식을 관리하기 위해 도입된 언어의 부정부패에 주목해왔다. 민주주의가 '자유 기업'이 되고, 개인의 권리가 자본의 이윤이 되는 곳에서 민주적인 평등을 심화하는 데 필요한 복합적인 사회정책이 '거대 정부'라고 부르는 시대에 뒤처진 쓰레기 폐선으로 격하되는 것도 당연하다. 해방 정치학이 빼앗긴 어휘 중에서 **자유**만큼 허울 좋은 단어도 없을 것이다.

미디어에서, 학계 담론에서, 보수주의 진영뿐만 아니라 자유주의 진영에서도 끊임없이 이슈화되고 있는 생각, 즉 마르크스주의와 사회주의, 공산주의가 제기한 질문들을 20세기 어떤 억압적이고 독재적인 정권들도 똑같이 사용하고 남용하고 있지 않은가. 그리하여 그 질문들은 더 이상 질문이 아닌 것이 되어버리지 않았나 하는 생각이 떠올랐다. 마르크스주의와 사회주의, 공산주의가 발달이 침체되고, 잔혹하며, 파렴치한 체제를 가리키는 별명으로 통했기 때문에, 그와 같은 체제를 가리는 가면 말고 다른 실체는 없으며, 앞으로도 없을 것이라는 생각이 떠올랐다. 미국의 자본주의는 이러한 질문을 계속 유효하게 하려는 모든 노력을 없애는 것을 다국적 임무로 삼는 미래의 해방 세력이 아닐까 하는 생각이. 자본주의의 폭력과 부도덕은 어쨌든 책임을 지지 않을 거라는 생각이. 인도와 남아프리카를 포함해 전 세계 공산주의나 사회주의 정당은 동유럽과 중국의 퇴화한 공산주의를 모방하고 있다는 생각이.

이 특정 생각, 혹은 신조에는 자본주의는 일종의 역사적 법칙이나 역사를 초월한 법칙이고, 역사는 저 아래서 타이태닉호처럼 침몰하고 있다는 전제가 깔려있다. 혹은 자본주의는 자연의 법칙에 순응할 뿐이라는 전제가 있는데, 이때 '자연스럽다'라는 말은 경쟁적이고 공격적이고 탐욕스러운, 남성적이고 압도적인 행위 지향성을 의미한다. 자본주의가 자유를 호소할 때 이는 자본의 자유를 의미한다. 주류의 공공 담론 어디서라도 이와 같은 자본주의의 자기준거적 독백이 질문을 당하는 곳이 있던가?

가능성의 예술

이 독백은 다국적인 현상이라고 주장할지 모르지만, 그 뿌리는 서유럽과 미국에 있고, 미국에는 우리만의 관용구가 있다. 우리는 여전히 '자유로운' 풍토와 사람의 손이 닿은 적이 없는 자원이 이 대륙에 상륙한 최초의 유럽인들을 기다리고 있었으며, 개인주의와 자유방임주의라는 '자유로운' 정신이 무일푼으로 도착한 이들도 토지와 부를 거머쥘 수 있도록 해주었다는, 낡고 낡아 이제는 무력해진 표현법을 여태 되풀이하고 있다. 일반적으로 우리는 미국의 기회와 번영, 국제적인 권력의 원인을 수백만 원주민의 학살에서, 원주민 영토와 천연자원의 차지와 오염에서, 지금까지 지속되고 있는 원주민의 삶과 지도력 억압에서 찾지 않는다. 또한, 남북 아메리카와 카리브해 전역에 포로 노동력을 도입해 유럽의 부를 지원하고 국제 경제에 '신세계'를 불러온 대서양 노예무역의 역사에서 찾지도 않는다.

우리는 근대 노예제도의 시대가 종료되었고, 이제 '역사'가 되었으며, 원주민 대량 학살과 토지 몰수도 마지막 짐 마차 행렬과 함께 끝이 났다는 말을 들어왔다. 그러나 그 제도와 정책은 죽지 않았고―모양만 변했다―우리는 여전히 그것들과 함께 살아간다. 그것들은 '민주주의'라는 별명을 가진 경제 질서의 핵심 뿌리다. 우리의 과거가 씨앗을 뿌려 우리의 현재를 키웠고, 이제 우리의 미래가 되려고 한다.

나는 한 사람의 시민으로서 늘 이러한 관심사에 집중한다. 동료 시민들과 나의 관계에서 부의 축적을 기반으로 한 체제가 미친 영향력을 매일 느낀다. 부의 축적이라는 가치관이 중심이 되어 다른 가치들은 늘 스스로 존재가치를 입증해야 한다. 우리는 모두 이러한 영향력을 거의 익명으로 느끼면서, 개인적인 삶을 살아가고, 여전히 제대로 정의되지 않은 사람들의 파편으로 살아간다.

그러나 나는 한 사람의 시인으로서도, 오랜 세월 혹독한 시험을 거쳐 온 예술의 실천자로서도 이러한 관심사에 집중한다. 극단적인 고통이 도사린 사회에서 어떤 작가, 어떤 예술가도 우려할 만한 관심사라고 생각한다. 인간관계에 가해지는 불특정의 상처, 질문의 봉쇄, 자신에게 그리고 타인에게 보여주는 비뚤어진 경멸, 도처에 만연한 이미지 메이킹, 육체에서 상상력으로 뻗어가는 영양결핍의 사회다. 자본은 복잡한 관계마저 진부한 도상학으로 격하시킨다. 혐오 발언도 있지만, 경멸과 자기 경멸의 언어가 더 일반적으로 퍼져 있다. 예를 들면, 한 세대 전체를 유아화하고 격하시키는 **베이비붐 세대**라는 용어가 있다. 오직 마케팅의 이익을 노리려고 미묘한 차이를 가리고 지워버린다.

이처럼 언어의 가치가 하락하고 이미지가 납작해지면서 교육받은 사람들마저 대량으로 표현의 어려움을 겪는다. 언어 자체가 피상적이고 경박해진다. 모든 것이 **그것**이 되어버리고, 사람들은 움직이지 않고 늘 퇴화 중인 상품으로서 **그것**이라는 용어로만 말할 수 있게 된다. 우리는 어느 세대에 속하든 '소비자'로 표시된다. 그러나 인간의 에너지 가운데 우리가 발휘할 수 있는 것은 무엇인가? 소비의 추구와 확연히 다른, 우리가 실제로 느끼는 욕구는 무엇인가? 판매대 위에 놓여 있는 어떤 것을 향한 허기가 아니라서 어떠한 상품도 충족시킬 수 없는 허기는 어떠한가? 혹은 패스트푸드 음식점 쓰레기통에 버려진 저녁 식사를 **소비할** 수밖에 없게 만드는 허기는 어떠한가?

예술가라면 누구나 그 수단이 무엇이든 인간관계를—정치적으로 인식되는 관계이든 아니든—탐색할 필요에 직면한다. 그러나

가능성의 예술

동시에, 언제나, 그 매개체 자체, 그 기교와 요구사항의 문제도 변화한다.

나는 오래전부터 침묵의 연구에 몰두해왔다. 시인의 작업 모체는 몰두하고 작업할 수 있도록 거기 **존재하는** 것으로만 구성되는 게 아니라, 거기 없는 것, **행방불명자**, 말할 수가 없어서 생각할 수도 없는 것으로 여겨지는 것으로도 구성된다. 시는 이렇게 현실 속의 보이지 않는 구멍을 통해 길을 낸다. 분명히 말하자면, 여성들과 기타 주변부에 살아가는 사람들의 길, 일반적으로 권력이 없는 식민화된 사람들의 길, 그러나 궁극적으로는 더욱 심오한 수준에서 예술을 실천하는 사람들을 위한 길을 낸다. 창조의 충동은—종종 끔찍하고 두렵지만—침묵의 터널 속에서 시작된다. 진정한 시라면 무엇이든 존재하는 침묵을 깨뜨린다. 그러므로 우리가 시를 향해 던질 수 있는 첫 번째 질문은 다음과 같다. **어떤 목소리가 침묵을 깨고 있는가? 그리고 어떤 침묵이 깨지고 있는가?**

그리고 이렇게 덧붙여야겠다. 침묵은 언제나 혹은 반드시 억압적이지는 않다고, 언제나 혹은 반드시 현실을 부정하거나 소멸시키지 않는다고. 침묵도 상상력을 촉진할 수 있고, 상상력을 감싸줄 수 있다. 광활한 열린 공간에서—애리조나주 호피족의 메사 아래로 펼쳐진 평원을 떠올리고 있다—침묵이 후광 같은 생활방식이자 선견지명의 조건이 될 수 있는 것처럼. 그렇게 살아 있는 침묵이 상업화와 표절 때문에 세계 곳곳에서 멸종위기에 처해 있다. 심지어 대화 속에서도, 낯선 사람에게 가장 사적인 관심사까지 열렬하게 털어놓는 이곳 북아메리카에서도, 두 사람 사이 혹은 집단 안에 침묵이 열어주는 상상력의 공간을 우리는 몹시 두려워한다. 확실히 텔레비전

이 그러한 침묵을 몹시 싫어한다.

내가 몹시 싫어하는 침묵은 죽은 침묵이다. 청중석의 난청 지역, 죽은 전화기, 언어가 있어야 할 곳에 언어가 금지되는 침묵이다. 나는 지금 최대 보안요구 교도소의 충격 방지 창으로 밀봉한 고립 감방의 침묵을 말하고 있다. 파괴된 증거의 침묵, 말을 금지당한 언어의 침묵, 멸종이 선언된 어휘의 침묵, 질문이 금지된 질문의 침묵을 말한다. 또한, 의미 없는 소음의 죽은 소리, 언어가 부재한 곳의 죽은 소리, 풍성하고 활달한 관용구가 진부하고 무해한 말로 대체되는, 혹은 적극적인 용기의 말이 조악하게 공격적이면서 끝내 무능해지는 거짓 위반의 고함으로 대체되는 죽은 소리를 생각하고 있다.

대체된 침묵은 귀가 쟁쟁하도록 큰 소리를 낸 적이 없고 어디든 존재한 적도 없다. 시의 언어는 이러한 대체 속에서 살며 노동하고, 정치적인 전망 역시 마찬가지다.

나는 여성해방운동이 무수한 창구에, 즉 조직화와 이론화, 제도의 마련, 의사소통, 예술, 연구, 언론 등에 활력을 쏟았던 1970년대 초반을—향수에 젖어서가 아니라 비평적으로—고찰해왔다. 당시 여성해방운동에 적어도 잠시라도 참여했던 대다수 여성에게는 살아 있다는 의식, 새로움과 연결감이라는 잊을 수 없는 의식이 있었다. 과거 신비화되고 불안했던 지형을 명백히 밝힐 수 있을 것만 같았던 사회 비평과 정치의 힘을 느낄 수 있었다. 사회정의를 위한 다른 운동의 연속체에—노동, 반폭력, 인권, 반제국주의, 반군국주의, 사회주의 운동—한 세기가 넘도록 씨를 뿌린 덕분에 여성운동은 다른 운동을 향해 여성혐오의 오랜 상처와 오래된 성별 권력 분화의 영구화를 책임지고 해명할 것을 요구했다.

가능성의 예술

당시 경제적인 기회와 수단의 탄력성이 강력한 지적, 창조적 발효와 결합하면서 지금껏 존재하지 않았던 자원을 상상할 수 있었고, 나아가 실현을 위한 작업도 가능해졌다. 예를 들면, 여성 정치와 문화 센터, 강간위기 신고 전화와 상담, 재생산 권리를 위한 행동 집단, 폭력피해 여성과 그 자녀를 위한 쉼터, 페미니스트 진료소와 신용협동조합, 페미니스트와 레즈비언 언론, 신문, 예술 저널, 서점, 극장, 영화 및 비디오 집단, 문화 작업장, 문화 기관 등이 생겨났다. 늘 그랬듯이 새로운 해방 정치가 새로운 문화 공간, 지적인 공간을 열어젖혔다. 적어도 한 시기 동안에는 정치 분석과 행동주의가 문화적 작업과 교류했고, '여성문화'는 '여성해방'과 단절되지 않았다.

소수 백인의 얼굴에 미디어의 폭발적인 관심이 잠깐 쏟아졌던 것과 별개로, 이 운동은 스스로 이견과 논쟁의 자리를 만들어냈다. 일찍부터 노동계급 여성들, 사회주의 페미니스트, 유색인종 여성들, 레즈비언, 그리고 이 모든 곳에 속하는 여성들이 단일체 운동이라는 생각 자체를 반박했다. 위계질서와 민주주의에 관한 대립, 어떤 여성이 여성을 대표해 발언할 것이고 그 이유와 방법은 무엇인가를 둘러싼 대립, 섹슈얼리티에 관한 대립, 인종차별과 계급 차별이 우리의 시각과 조직화 방식을 어떤 틀에 가두는가를 둘러싼 대립이 생겼다. 계속되는 모임에서 불굴의 용기로 일어나 다른 사람들이 듣고 싶어하지 않는 이야기를 되풀이해 발언하는 사람들이 있었다. 그들은 북아메리카의 불평등과 권력에 관한 기본적인 사실들이 오직 젠더의 관점에서만 다뤄질 수는 없다고 목소리를 높였다.

이 운동은 여성 경험의 권위가 경멸당하고, 왜곡되고, 삭제되어왔음을 인정하면서 동시에 침묵의 건너편에서 여성들의 경험에는 거대한 **차이**가 존재한다는 사실도 고려해야 했다.

이러한 모순을 해결하기 위한 한 가지 노력이 '정체성 정치'였다. 내가 이 용어를 처음 접한 것은 1977년 처음 출간되었다가 이후 수많은 논의와 광범위한 재출간을 거쳤던 흑인 페미니스트 선언문 '컴바히강 집단 성명서'에서였다.[1] '정체성 정치'는 모든 운동에서 아프리카계 미국인 여성들의 지위 격하와 비가시성에 맞서기 위해 필요한 반응이었지만, 함축적으로도 겉으로 보기에도 연대를 향해 움직였다. 불평등한 구조를 바꾸려는 계획은 젠더, 인종, 계급, 성적 지향성이 교차하는 지점에서 자신의 위치가 어디인지 인식하고 분석하고 아는 것부터 시작될 것이다. 이러한 자기인식은 백인과 남성의 자기보편화에 대항하는 아프리카계 미국인 여성들의 자기 정의를 향한 필수 단계였지만, 그 자체가 목표는 아니었다. 이 집단은 '의식 고양과 배타적인 감정 지지 모임을 뛰어넘어 정치적인 운동으로 발전시킬 필요'가 있다고 주장했다.

백인 여성들로 구성된 비평 집단이 이 '정체성 정치'에 제대로 반응하고 받아들였더라면 우리는 우리 삶의 인종 배열을, 즉 자본주의 가부장제가 어떤 식으로 각기 다른 여성 정체성을 차별적이고 모순되게 이용해 피부색과 계급에 관한 우리의 경험을 형성해왔는지 목격하고, 그에 따른 행동에 나섰을지도 모른다. 1980년대가 지나가면서 '정체성'은 차이점보다 같은 점을 탐색하는 '안전한 공간'과 동의어가 되어버렸다. 종종 질식할 것 같은 자기 준거와 편협한 쇼비니즘이 발달했다.

한편, 자본주의는 곧바로 '페미니즘'이라고 부르는 이 현상에 관해 재편을 시행하며, 일부 여성은 권력의 중심부로 더 가까이 끌

가능성의 예술

어당기고 대다수 다른 여성은 가속도로 밀어냈다. 편협한 정체성 정치는 여러 가지 생활방식을 개인적인 해결책으로 늘어놓은 뷔페 테이블에 쉽게 전시되었다. 우리는 오직 사회 전반에 관한 정치만이 그러한 동화정책에 맞설 수 있음을 배우는 중이다.

내가 여성해방운동에 재빨리 집중했던 것은 나 스스로 지속적인 지분이 있기 때문이기도 했지만, 이 운동이 한동안 해방 정치 운동이 가능하게 했던 일종의 창조적인 공간, 즉 '현실과의 전망 있는 관계'[2]를 구현했기 때문이다. 이런 일이 발생하는 이유는 변화에 대한 집단의 상상력과 집단적인 희망 의식이라는 힘과 전적으로 관계가 있다. 공동의 욕구와 필요를 정의하고, 그것들을 좌절시키는 세력을 밝혀내기 위해 다른 이들과 함께 하는 것은 상상력의 강력한 촉진제가 될 수 있다. 그리고 예술과—여기서는 특별히 글쓰기, 언어의 장악, 주체의 변화를 말한다—사회 변혁 운동의 지속적인 생명력 사이에는 필수 역학이 존재해왔다. 언어와 이미지가 우리 스스로 이름을 짓고 우리가 처한 상황을 인식할 수 있게 도와주는 곳, 그리고 해방을 위한 실천이 예술을 새롭게 하고 도전과제를 주는 곳에 혈액순환만큼이나 꼭 필요한 상호보완이 존재한다. 해방 정치는 결국 단순한 반대가 아니라, **인간에게 가능한 것**이 무엇인가에 관한 새롭게 확장된 의식을 창출하고자 하는 충동의 표현이다.

미국의 1960년대와 1970년대 운동들은 이전에는 막혀 있던 틈을 열어젖히고 집단 상상력과 희망을 향해 나가는 입구였다. 운동마다 자체 눈가리개를 썼고, 오판하기도 했다. 우파와 지금은 정치 중심으로 알려진 세력이 당시 운동을 가차 없이 축소화하고, 조롱하고, 악마화했다. 또한, 아이자즈 아흐마드의 말대로 수많은 포스트모더니즘 텍스트에서 '거짓 의식' 혹은 '바보짓'으로 폄하당했고, 학계의 비평이론은 마르크스주의나 사회주의에 입각한 생각을 노골적으로 무시하거나 '원래 **독서**의 한 가지 방식'으로 취급했다.[3]

당국의 광적인 낙관주의와 수많은 사회적 부정과 절망의 이 시대에 나는 현재 학생 세대가 이러한 주장들 사이에서 반드시 자신만의 길을 개척해나가야 하며, 실제로 그럴 것을 알고 있다. 그러나 현재 대학에서 이루어지는 정치 교육을 생각해보면 지난 20년간의 정치적 침묵과 배제가 떠오르지 않을 수가 없다. 나는 논의의 구조와 그 구조 안의 커다란 균열과 세대별로 미리 생각해둔 욕구와 필요를 포장하고 홍보하는 것에 대해 생각한다.

나는 대량판매 문화의 맹목적인 숭배 대상으로서 개인성으로 자꾸 후퇴하는 시류를 개탄해왔다. 거대복합기업의 출판 산업은 매끄러운 기름 막 위에 떠서 자기 계발서와 일찍 전성기를 맞이한 사람의 개인 회고록, 유명인사의 전기, 저자의 성 추문과 법정 소송까지 완비된 포장 상품 등을 지나치게 홍보하고 있다. 텔레비전 토크쇼와 인터뷰만 보면 인간의 모든 상호작용은 개인적인 곤경과 가족의 상처, 사적인 고백과 폭로에 한정되어 있다고 생각하기 쉽다.

개인과 공동체의 관계, 개인과 사회 권력의 관계, 개인과 집단적인 인간 경험의 대변동과의 관계는 언제나 가장 풍성하고 복잡한 질문이 될 것이다. 이때 숨은 질문은 다음과 같다. 개인적인 역사를 통해 무엇을 할 수 있을까? 당신의 이야기를 알게 되면 무엇을 알게될까? **당신과 운명을 함께 한다고 믿는 사람은 누구인가?**

내 말이 '개인성'을 심하게 비난하는 것으로 들린다면, 그것은 내가 개인적인 경험이나 인간의 진술 충동을 폄하하기 때문이 아니

가능성의 예술

라, 여성이든 남성이든, 오래된 것이든 새로운 것이든, 단순한 '보편성'을 믿기 때문이다. 개릿 혼고는 공동체가 자신을 알게 되고, 내적이고 외적인 전형화를 거부하며, '어떤 식으로든 금지된 이야기, 일탈적이고 호전적이며 타락했다는 꼬리표가 붙은 이야기'를 듣기 위한 한 가지 수단으로서 개인 에세이에 대해 웅변적으로 설명한다.

작가로서, 이 세계가 우리에게 무엇을 주고 있지 않은지 잘 모르는 채로, 우리 작품이 무엇을 해결할 수 없는지 잘 모르는 채로, 이런 식의 침묵 속에서, 이런 식의 불행 속에서 살아갈 때…… 우리는 문화와 사회의 비평을 시작하는 단계에 와 있다. 바로 이 순간 강력한 개인의 소외가 비판적인 사고 속으로, 상상력의 기원으로 비집고 들어간다. 바로 이러한 사유의 시작 단계에서 새롭고 변혁적인, 심지어 혁명적인 창조성의 출현이 가능해진다. 이런 일은 예술의 생산과 심도 있는 비평적 사고의 실천이 교차하는 지점에서 발생한다.[4]

그러나 거대복합기업의 출판과 마케팅은 이런 교차 지점에 거의 관심이 없다.

나는 이 무책임한 경제의 도덕적 생태를, 자칭 새롭다는 이 낡은 질서를 해독하고자 노력해왔다. 이것은 우리의 정서적, 감정적, 지적 생활에 어떤 영향을 미치는가? 지난 10년 동안 나는 경제 관계—생산 관계—가 가장 사적인 수준이나 공적인 수준에서 다른 모든 사회적 관계에 영향을 미친다는 마르크스의 관점을 도입하지 않고서는 우리 주변 풍경을 꾸준히 오래 들여다보기 어렵다는 결론에 이르렀다. 마르크스가 감정과 정신, 인간관계를 그저 하나의 경제 상품으로 여겼다는 말이 아니다. 오히려 마르크스는 인간의 노동과 에너지를 단순한 수단으로 취급하는 자본의 행태에, 온전한 인간의 발달을 향한 자본의 적대감에, 전체적인 존재 망을 상품으로 축소하는 행위에 분노했다. **모든 물리적이고 정신적인 의식의 자리를 소유 의식이 차지하고, 소유 의식은 이러한 모든 의식을 소외시킨다**고 그는 말했다.[5] 마르크스는 인류로부터 더 많은 인간성을 뽑아내야 하는 체제, 즉 사랑하고, 자고, 꿈을 꿀 시간과 공간을, 예술을 창조할 시간을, 고독과 공동생활 모두를 위한 시간을, 확장된 자유의 세계를 생각하고 탐색할 시간을 빼앗아야만 하는 체제의 냉담함에 격하게 반발했다.

몇 년간 공화당 의원들과 우파는 **비열한 정신**이라는 용어로 표현되어왔다. 나아가, 불만을 품은 미국 유권자들의 분위기를 설명할 때도 같은 표현이 사용되어왔다. 나는 늘 이 용어가 수상쩍게도 핵심을 빗나갔다고 생각한다. 마치 모든 게 정신의 문제인 것처럼! 비열한 정신은 체리 파이만큼이나 아주 미국적인 것이 되어버렸다. 비열한 정신은 보다 큰 사회적 배경에서는 한 지방이나 지역의 성향을 가리켜왔다.

일반화된 사회적 증후군으로 **비열한 정신**은 해석이 불가능한 국가적 분위기, 나쁜 태도, 사회적 양심과 연민의 부패를 의미한다. 그러나 사람들은 아무런 이유 없이 부패와 분노와 공포에 굴복하지 않는다. 이 표현은 우리를 사회적 행동으로 이끌지만, 마르크스가 모든 사회적 행동에 영향을 미친다고 말한 경제 관계로 이끌지는 않는다. 이 말은 태도를 가리킬 뿐 정책과 권력, 그리고 그 정책과 권력이 복무하는 이익을 가리키지 않는다. 이 말은 가난한 사람들, 이민자들,

가능성의 예술

여성, 아동, 청년, 노인, 환자—가장 먼저 위험에 처하는 사람들—을 상대로 점점 가혹해지는 입법과 선전 선동의 살아 있는 영향력이 보이지 않게 가려주고, 균형 잡힌 예산이라고 부르는 망상 혹은 시장이라는 이름으로 중산층의 희망이 꺾이는 현실을 볼 수 없게 다른 곳으로 주의를 돌리는, 한 조각 위선의 말이다.

　우리는 모두 이런 정책의 효과를 수적으로 도식화하려는 시도를 목격해왔다. 아파트나 셋방에서 쫓겨난 사람들, 가정에서 거리로 흩어진 사람들의 숫자를, 의료보험과 보육시설과 안전하고 저렴한 거주지가 없는 노동자들의 숫자를. 그러나 이 사람들 각각은 숫자로 셀 수 있는 신체의 수보다 많다. 각각 이성과 영혼을 지니고 있다. 부모가 일하는 동안 홀로 남겨진 아이들 혹은 다른 아이들을 돌봐야 하는 아이들, 단순히 아이들을 가둬놓는 곳에 불과하고 많은 이에게 치명적인 곳이 되어버린 학교에서 시간을 보내는 아이들의 숫자도 있다. 이 아이들 각각의 지능과 창조적 충동과 능력은 숫자로는 설명할 수 없다. 블루칼라든 화이트칼라든, 소위 사업축소와 구조조정, 생산과정 수출로 정규직을 잃고, 몇 가지 일을 조금씩 하면서 점점 줄어드는 임금과 의무적인 초과근무를 감수하는 노동자의 수. 이 사람들 각각은 도표 위에 표시된 숫자 이상이다. 저마다 자기만의 쓸모와 고유함을 지니고 태어났다. 지금 건설 중인 교도소의 숫자. 공립학교와 도시 내 병원이 해체되고 있는 이 나라의 '성장 산업'이다. 이러한 감옥 역시 젊은 아프리카계 미국인 남성들을 불균형적으로 가둬두는 청년 감금 시설이다. 그림자 공장(유사시 군수산업으로 전환되는 공장—옮긴이)으로서 감옥에서 재소자들은 시급 35센트를 받고 자동차와 컴퓨터 부품을 조립하거나, TWA 항공사와 베스트

웨스턴 리조트의 전화예약을 받는다. 한 마디로 값싼 포로 노동력이다. 여성들은—모든 인종의—재소자 가운데 가장 빠른 속도로 늘어난 집단으로, 그중 3분의 2가 아직 보호자를 필요로 하는 아이들의 어머니다. 종신형 재소자와 사형수의 수도 증가하고 있다. 사형제도는 부단히 질주하고 있다. 사형수 저널리스트인 무미아 아부-자말에 의하면 "교정에 대한 최소한의 환상은 미국 형벌 제도의 최대보안, 감각차단 시설에서, 전반적인 교도소 정책에서 고의적인 인간성 말살로 대체되고 있다."[6]

이러한 여성들과 남성들 각각은 '내면에' 세상에 내보일 자아, 즉 존재가 있거나, 혹은 있었다. 그리고 스스로 사회적이고 경제적인 폐기물이 되어가고 있다고 느끼는 '외면의' 사람들이—그중 상당수가 젊다—감옥으로 전락하는 과정은 **마약**과 **범죄** 같은 선전 문구로 가려진다. 우리는 눈을 깜박이며 그런 현실을 외면할 수밖에 없다. 그러나 철창 뒤에서 일어나는 일은 어느 나라에서나 시민 생활의 질과 완전히 동떨어진 채 봉쇄되지 않는다. '고의적인 인간성 말살'이 철창 뒤에서 발생하면 대체로 공공장소에서도 같은 일이 일어난다. 세계에서 가장 부유하고 가장 강력한 힘을 지닌 바로 우리나라의 공공장소에서 말이다.

체념이 선포되고 사회적인 혼란이 예측되는 와중에, 위기의 뒷모습과 앞모습에 대해, 즉 그 수단은 휘황찬란하지만 본질은 미친듯이 폭력적인 기술의 뒷모습과 앞모습에 대해, 나는 이따금 거의 참을 수 없는 전조를, 두렵기 짝이 없는 중력의 상실과 분노가 솟구치는 슬픔을 느껴왔다. 나만 그런 게 아닐 것이다. 나는 토종 파시스트 성향과 자유 시장주의 실천이 동맹을 맺고, 언어 안에서 의미라

가능성의 예술

는 알맹이를 빼버리려고 노력해온 나라의 작가다. 나는 내 목소리를 효과적으로 낼 수 없도록 차단당함과 동시에 내가 가장 들어야만 하는 목소리들을 듣지 못하게 차단당하는, 이중의 차단을 종종 느껴왔다. 작가라면 누구나 자신의 언어를 옹호할 자격이 있는가, 자신의 글이 읽을 가치가 있는가, 하는 필요한 의문을 품는다. 그러나 내게는 내 작품을 비옥하게 만들고 영속시켜준 거의 모든 게 위험에 처했다는 느낌에 대한 의문도 있었다. 그리고 사실은 이것이야말로 내가 글로 써야 하는 소재라는 것도 잘 알고 있다. 그러므로 나는 '이런 시대에도 불구하고' 글을 쓰는 게 아니라, 두 가지 의미로 '**나의 시대에서 비롯된**' 글을 쓰려고 노력할 것이다.

(1973년 도러시아 태닝이 그린, 여성 화가의 팔이 말 그대로 캔버스를 뚫고 나가는 그림이 있다. 우리 눈에 화가의 붓은 보이지 않지만, 손목 위쪽으로 뻗은 팔과 캔버스의 찢어진 틈이 보인다. 그 그림이야말로 '**자신의 시대에서 비롯된**' 글을 쓰려고 노력한다는 게 무슨 의미인지 적나라하게 보여준다.)

나는 행동주의와 계속 연결되어 있고, 적대와 거짓말이 까맣게 태워버린 둥지에서 끊임없이 재탄생하는 불새 정치의 사람들과 연결되어 있다. 나는 다른 친구들과도 오랜 대화를 나눠왔다. 나의 언어와 다른 작가들의 언어를 탐색해왔다. 세계 곳곳에서 자신의 삶을 형성해온 바로 그 활동에 의문을 품고, 수많은 위험과 거대한 인간의 욕구에 직면해 글로 쓴 언어의 가치에 의문을 품을 필요를 느껴온 작가들과 가까워졌다. 쉬운 위로의 말을 찾는 게 아니라, 다른 사회의 다른 사람들도 그러한 의문을 품으며 분투해야 했는지 증거를 찾고 있었다.

그 작가의 사회적 정체성이 무엇이든, 작가는 글쓰기라는 행위의 본질상, 의사소통과 연결을 위해 애쓰는 사람, 언어를 통해 옥타비오 파즈가 '잃어버린 공동체'라고 부른 것과 살아 있는 대화를 유지하고자 탐색하는 사람이다. 때때로 자신의 글이 병 속에 넣어 바다에 던질 쪽지처럼 느껴지더라도 말이다. 팔레스타인 시인 마무드 다르위시는 1982년 이스라엘의 베이루트 폭격 같은 상황과 맞먹는 언어를 찾을 수 없는 시의 무능함에 관해 쓴다. **우리는 이제 묘사되고 있는 만큼 묘사하지 못한다. 우리는 완전히 태어나고 있거나 혹은 완전히 죽어가고 있다.** 전쟁에 관한 다르위시의 뛰어난 산문-명상에도 이런 구절이 있다. **그러나 나는 큰소리로 노래하고 싶다…… 언어 자체를 정신을 위한 강철로 바꿔내는 언어를 찾고 싶다. 번쩍거리는 저 은색 곤충, 저 제트기에 맞서 사용할 언어를. 나는 노래하고 싶다. 나는 내가 믿고 의지할 수 있는 언어를, 나를 믿고 의지할 수 있는 언어를, 이 우주적인 고립을 극복하기 위해 우리 안에 어떤 힘이 있는지, 내게 증언을 요청하고 나 역시 증언을 요청할 수 있는 언어를 원한다.**[7]

다르위시는 군사 대학살 현장의 심장부에서 글을 쓴다. 카리브해 출신 캐나다 시인 디온 브랜드는 식민 디아스포라를 통해 글을 쓴다. **내겐 내 사람들의 삶이 너무도 압도적이라 시가 아무런 소용이 없어 보여 견딜 수 없는 순간들이 있었고, 지금도 그런 생각을 하지 않는 순간이 없을 정도다.** 그러나 마침내 그 역시 다르위시와 마찬가지로 인정한다. **여기 시가, 바로 여기에 있다. 어떻게 살 것인가를 두고 씨름하는 것, 위험한 것, 솔직한 것이.**[8]

나 역시 에두아르도 갈레아노의 〈단어를 옹호하며In Defense of the Word〉를 몇 번이나 반복해 읽었다.

나는 보통 사람들에게는 허락되지 않는 신성한 특권을 요구하는 작가들의 태도를 공유하지 않는다. 쓸데없는 일에 평생을 바쳤다고 대중의 용서를 구하며 가슴을 치고 옷을 잡아 찢는 작가들의 태도도 공유하지 않는다. 작가는 그렇게 신성하지도 않고 그렇게 한심하지도 않다.

지배적인 사회 질서는 거대한 대다수의 창조적 능력을 타락시키거나 절멸시키고, 창조의 가능성을—인간의 고뇌와 확실한 죽음을 향한 오래된 반응—소수 전문가의 전문적 활동으로 축소시킨다. 여기 라틴아메리카에는 그런 '전문가'들이 몇이나 될까? 우리는 누구를 위해 글을 쓰고, 누구에게 가 닿을까? 우리의 진정한 대중은 어디에 있을까? (우리를 향한 박수갈채를 의심하자. 때론 우리를 무해하게 여기는 이들이 축하의 말을 건넨다.)

문학이 스스로 현실을 변화시킬 것이라 주장하는 것은 광기나 오만의 행위일 것이다. 내가 보기에 문학이 이러한 변화를 촉진할 수 있다는 사실을 부인하는 것 역시 비슷하게 어리석다.[9]

갈레아노는 〈단어를 옹호하며〉를 그가 발행했던 잡지 《위기 Crisis》가 아르헨티나 정부에 의해 폐간된 이후 썼다. 그는 망명 작가의 신분으로 다수의 지식과 창조적 표현을 금지하고, 문학의 힘은 두려워하면서 정작 사회 변화의 매개체로서 문학의 가치는 부인하는 정치 질서 안에서 글로 쓰는 언어와 문학의 자리가 어디인가, 끊임없이 질문을 던졌다. 남아프리카공화국의 나딘 고디머처럼, 그 역시 잡지의 폐간과 일부 작가들의 금서 처분부터 작가 투옥과 고문, 노골적으로 불평등한 교육의 기회와 유통 수단에 대한 접근 제한 등으로 야기되는 구조적인 검열에 이르기까지 검열의 얼굴이 매우 다양하다는 사실을 알았다. 특히 불평등한 교육의 기회와 유통 수단에 대한 접근 제한은 둘 다 지난 20년간 북아메리카 사회에서 점점 두드러지는 모습이다.

나는 '자유' 시장이 표현의 자유에 열중하는 모습에 의문을 제기한다. 살만 루슈디의《악마의 시》출판과 판매를 둘러싸고 폭력의 위협이 가해졌을 때 대형 체인 서점들은 서둘러 이 책을 판매대에서 치워버렸지만, 독립서점은 판매를 계속했다는 사실을 잊지 말자. 독립서점들과 긴밀한 관계를 맺고 있는 이 나라의 다양한 소형 독립출판사들이 가격 인상, 지원금 축소, 단일화되어가는 기업적 유통으로 어렵고 위험한 길을 걷고 있다. 매우 다양한 책들, 루슈디에 비교하면 국제적으로 훨씬 덜 알려진 작가들의 작품이 살아남으려면 그런 책들도 만들어낼 수 있는 수단을 지닌 다양한 이해관계자가 필요하다.

또한, 엘리트는 아니어도 교육받은 대중, 문해력을 갖추고, 서로에게 글을 읽어주고 이야기를 나눌 수 있는 인구, 공장노동자든 제빵사든 은행직원이든 준의료인이든 배관공이든 컴퓨터 판매원이든 농장 노동자이든, 제1언어가 크로아티아어이든 타갈로그어이든 스페인어이든 베트남어이든, 비판적인 사고를 할 수 있고 예술에 관심이 많은 사람, 전문적인 지식인을 넘어선 지식인층이 필요하다.

정치적인 싸움을 벌이는 작가들은 실재하지 않는 거짓과 싸울 때 언어가 핵심 도구가 될 수 있다는 믿음과 함께 힘겨운 자기 의문과 자기비판도 내비친다. 라틴아메리카든, 남아프리카공화국이든, 카리브해든, 북아메리카든, 중동이든 대다수 인간의 삶을 남용하고 허비하는 체제에 관한 작가들의 명징함이 늘 고마웠다. 대체로 작가들의―시, 소설, 여행, 판타지 작가들―의사소통 자유는 보편적인 공교육과 언어의 보편적인 공공 이용권과 절대로 분리될 수 없다는 확신이 있다.

보편적인 공교육에는 두 가지 가능한―그리고 서로 모순되는―임무가 있다. 첫째, 민주주의 과정이 계속 진화하고 급진적인 평등의 전망이 현실에 가까워질 수 있도록 읽고 쓸 수 있고, 의사를 정확히 표현할 수 있으며, 정보에 밝은 시민을 양성하는 것이다. 둘째, 대다수 하층계급을 언어와 과학, 시와 정치, 역사와 희망으로부터 소외시키고 그들의 꿈과 희망과 상관없는 저임금, 임시직으로 보내버리는 한편, 명목상 '재능 있는' 소수 엘리트를 일찍부터 추적, 분리시켜 계급제도를 영속화하는 것이다. 이 두 번째 임무가 바로 우리 사회가 선택한 방향이다. 젊은 세대의 배신이라는 관점에서 보면 그 결과는 재앙과도 같다. 사회 전체가 입은 손실은 헤아릴 수도 없다.

그러나 다른 방향을 선택한다면, 즉 전 연령대의 전 시민에게 도움이 되는 상상력이 풍부하고 고도로 발달한 교육제도를―공공도로에 우리 각자의 지분이 있다고 느끼는 것처럼 필요할 때 있어주고, 사용하기로 하면 준비가 되어 있는, 광범위하게 공유된 공립학교제도를―선택한다면, 거의 모든 것이 변화할 것이다.

조너선 코졸이 〈클린턴 대통령에게 보내는 편지〉에 썼듯이, 관료적 독실함과 진부함이라는 피상적인 전제를 딱 잘라 거절한다는 뜻이다.

당신은 때때로 게토 지역 학교에 컴퓨터를 설치할 필요가 있다고, 게토 지역에 기업을 유치할 필요가 있다고, 게토 지역의 범죄를 더욱 단호하게 단속할 필요가 있다고 말해왔습니다. 그러나 게토 지역의 학교와 게토 지역 자체가 혐오스럽고, 도덕적으로 불쾌감을 주는 교육기관을 대표하고 있지는 않은지 한 번 생각해보라고 국가를 상대로 요구한 적은 없습니다. 게토 지역은 영원히 미국 민주주의의 몸통에 생긴 암 덩어리 취급을 받아야 합니까? 존재 자체가 결코 도전의 대상이 될 수 없습니까? 게토의 지속은 절대로 의문시될 수 없습니까? 오직 더 어여쁜 형태의 분리정책을, 기업적 차별정책을 말하는 것이 우리 대통령의 도덕적 의제입니까?[10]

그러나 당연하게도, 우리가 지금 절단된 자본주의의 최악의 모습만 보고 있다고 말하는 사람들이 있고, 심지어 한두 명의 백만장자들은 상황이 그렇게까지 나쁘지는 않다고 생각한다. 상황은 얼마든지 재건될 수 있고 재창조될 수 있다고. 결국, 이것은 이 나라가 이제껏 경험해온 유일한 체제라고! 이해관계가 큰 만큼 위험도 큰 자본주의의 유혹과 개인의 권력이라는 황홀한 매력이 없었다면, 우리가 어떻게 이번 세기말의 놀라운 기술적 폭발을 생각해내고, 계획하고, 개발할 수 있었겠냐고. 소비를 위해 어느 때보다 빠른 속도로 쇠퇴하는 상품을 만들어내고 연결이 잘 된 사람들 사이에 더욱 경이로운 연결을 가능하게 하는 힘을 지닌 이 기술을!

또 기술이 우리를 보상해주거나 구해줄 수 있다고 말하는 이들도 있다. 이 불꽃처럼 화려한 순간의 일부가 된 사람들은 기술이 막대한 가능성을 밝혀준다고 생각한다. 그 한 가지 예가 교육의 가능성이다. 그러나 기술 외적인 비영리 관계자가 꾸준히 감시하고 조언하지 않는다면 이런 일이 어떻게 가능하겠는가? 그리고 그러한 조언은 누가 할 것인가? 어떤 권력이 그것을 인가할 것인가?

민주주의가 아니라 기술이 우리의 운명인가? 그 방향성과 목적은 누가, 어떤 집단이 결정하는가? 사실상 누가 담당할까? 그 내용은 어떠해야 하는가? 의학 기술에 놀라운 진보가 이루어지는데, 왜 보편적인 무상의료는 안 되는가? 게토 지역 학교에 컴퓨터가 설치된다면, 왜 게토 전역에 설치는 안 되는가? 왜 교육을 잘 받고 보수도 잘 받는 교사들을 배치하지 않는가? 국가안보가 중요 사안이라면 시인이자 활동가인 프랜시스 페인 애들러의 제안대로 '국가안보' 예산으로 만인을 위한 의료, 교육, 쉼터 제공을 통해 국민을 먼저 지키는 게 어떻겠는가? **왜 최소한의 사회적 요구가 이토록 위협적으로 비쳐야 하는가?** 기술은—막대하지만 결국 하나의 수단에 불과한—이런 문제들을 스스로 해결하지 못한다.

이제 질문을 바꾸기 시작해야 한다. 마르크스주의, 사회주의, 공산주의가 제기했지만 여전히 대답을 듣지 못한 질문들을 두려워 말고 던져야 한다. 오래되고 부패한 위계적 체제를 심문할 게 아니라, 우리 시대를 위한 새로운 질문을 던져야 한다. 소유권은 무엇으로 구성되는가? 일이란 무엇인가? 사람들은 어떻게 소중한 인간적 노력의 산물을 공정하게 공유한다고 확신할 수 있을까? 어떻게 인간의 노동이 단지 쓰고 버릴 수 있는 수단일 뿐인 생산제도에서 연결 관계, 상호존중, 일에 대한 존엄성, 가장 완전하게 가능한 인간 주체성의 발달에 의존하고 확장하는 과정으로 옮겨갈 수 있을까? 세계에서 가장 부유하고 강력한 국가에서 우리는 어느 정도까지 불평등을 견딜 수 있을까? 그리고, 도대체 사회적 부란 무엇인가? 사회적 부는 사적 소유물로만 정의할 수 있을까? 수없이 남용되고 짓밟힌 **혁명**이라는 단어는 우리에게 어떤 의미를 갖는가? 혁명은 어떻게 스스로 유폐 당하지 않을 수 있을까? 어떻게 하면 여성과 남성이 함께 시간의 흐름에 따라 지속적으로 펼쳐지는 '영구적인 혁명'을 상상할 수 있을까?

그리고 우리가 무엇보다 자신의 욕구와 필요에 따라 글을 쓰는 작가라면, 그게 저항할 수 없는 일이라면, 글을 쓸 때 다른 방식으로는 불가능했을 힘과 자유를 경험한다면, 우리는 분명 누구나 접근 가능한 형성과 명명, 말하기 역시 가능하게 만들기를 원할 것이다. 작가들이 문해력과 공교육, 공공도서관, 모든 분야의 예술에서 공공의 기회에 열정적인 관심을 두는 것도 당연하게 보일 것이다. 그러나 그게 다가 아니다. 우리가 언어의 자유에, 해방의 물결로서 언어에 관심을 둔다면, 상상력에 관심을 둔다면, 당연히 경제 정의에도 관심을 두게 될 것이다.

자본의 견인력과 흡입력은 전반적인 인간의 지능과 재치, 표현력, 창조적 반항을 확대가 아니라 축소하는 방향으로 끌고 가는 경향이 있기 때문이다. 만약 자유기업이 총체적으로 자유로워져 그 자체로 단독 가치가 된다면, 다른 영역의 가치에는 이해관계가 있을 수가 없다. 자선사업은 말뿐이고, 부의 축적에 효과가 있는 일을 향해서만 달려갈 것이다. 자본주의는 편집광적인 체제다. 자본주의는 확실히 사회적 상상력의 영역을 확대할 수 없고, 무엇보다 특히 단결과 협동적인 인간의 노력이 이루어낸 상상력, 급진적인 평등에 대한 실현되지 않은 상상력을 풍부하게 할 수 없다.

가능성의 예술

우익의 통합과 군사정부, 고문, 실종, 대량학살로 변동을 겪었던 1970년대 초반 아르헨티나의 정치 지형에서 쓴 시에서 시인 후안 헬만은 정치적 타협의 기만을 숙고한다. 〈명징한 것들〉이라는 시다.

매와 결혼하는 비둘기를 본 적이 있는가?
피착취자가 착취자의 애정을 오해하는 결혼을?
입에 담지 못할 그 결혼은 거짓이고
재앙은 그런 결혼에서 태어나 슬픔과 불화한다

그렇게 결혼한 집이 얼마나 오래 갈까?
　　한줄기
산들바람으로도 그 집은 무너지고, 부서지고, 하늘이 내려앉아
　　폐허가 되지 않겠나? 오, 나의 조국이여!

슬프다! 분노한다! 아름답다! 오 나의 조국은 총살부대를
　　만났다!
혁명의 피로 얼룩졌다!

주교 색깔 앵무새들이
거의 모든 나무에 올라 꼬꼬거리고
모든 가지에 올라 구애하는데
그들은 더 외로운가? 덜 외로운가? 외로운가? 그래서

어린 송아지와 결혼하는 푸주한을 본 적이 있는가?

다정함이 자본주의와 결혼하는 것을?
입에 담지 못할 그 결혼은 거짓이고
재앙은 그런 결혼에서 태어나 슬픔과 불화한다
　　명징하다

이 시의 머리 위
철탑 속에서 혼자 돌아가는 하루처럼[11]

　나는 권리 박탈과 인간성 말살을 향해가는, 우리 작가들이 다루는 감정과 관계의 바로 그 지점을 침입해 들어오는 자본주의의 동력에 대해—오래전 마르크스가 설명했던—꽤 자세하게 말해왔다. 그 침입 과정이 지금까지 어떤 일을 자행하고 있는지 설명할 필요가 있기 때문이다. 나는 작가이자 교사의 관점으로—스스로 예술가라 생각하고, 그것이 무슨 의미인지 자문해야 하는 한 인간으로서—이 시대의 고난과 날카로운 방향 전환을 이해하고자 노력하며 말해왔다.

　이제 이 한마디로 이야기를 마무리하고 싶다. 우리는 그저 현재에 붙박여 있지 않다. 우리는 '역사의 끝'이라는 좁은 복도에 갇혀 있지 않다. 누구도 다수를 배신해야 굴러가는 체제의 물결 위에서 파도타기를 할 필요가 없다. 우리에겐 선택권이 있다. 우리는 역사의 한 토막을 통과하며, 그 안에서 살고, 그 역사를 만들고, 그 역사를 써야 한다. 수많은 다른 사람과 함께, 전혀 모르는 사람들과 함께 그 역사를 만들어갈 수 있다. 아니면, 우리 의식과 연민을 거세당한 채, 없는 사람처럼 마지못해 살아갈 수도 있다.

　우리는 질문이 아니라고 규정된 질문을 계속 던져야 한다. **왜?**

　　　　　　　　　　　　　　　　　　　　　가능성의 예술

만약 ……한다면 어떨까? 이런 질문은 유치하고, 순진하고, '포스트모던 이전'의 질문이라는 소리를 들을 것이다. 상상력의 질문이기 때문이다.

여기 모인 여러분은 많은 수가 전문적인 지식인이거나 그렇게 되려고 공부 중이거나 아니면 공립대학교의 활동에 참여 중일 것이다. 우리 작가와 지식인은 이름을 지을 수 있고, 설명할 수 있고, 묘사할 수 있고, 증언할 수 있다. 기교나 뉘앙스, 아름다움을 희생시키지 않고도 얼마든지 그렇게 할 수 있다. 최선을 다해, 질문을 던질 수 있도록 거들 것이다.

우리, 지나치게 과장하지 말고 그렇게 하도록 노력하자. 거짓 겸손도 떨지 말고, 우리가 작업하는 지대의 한계를 인정하기로 하자. 글쓰기와 가르치기는 일종의 일이고, 작가나 교사의 상대적인 창조의 자유는 일반적이고 전반적인 인간 노동의 조건에 달렸다.

어쨌든, 기껏해야 인간 활동의 더 큰 발효 작용 안의 조그맣고 꾸준한 덩어리에 불과한 우리가 무엇 때문에 여전히, 그리고 영원히, 아직 실현되지 않았지만 억누를 수도 없는 가능한 계획을 향해 발걸음을 맞추어 걸어가고 있겠는가?

인간의 눈

2009

투과막*

2005

1

시적 상상력이나 직관은 절대 혼자서 자유롭게 떠다니거나, 자기 폐쇄적이지 않다. 이는 급진적이고, 모래알 같은 인간의 협정과 관계 속에, 다시 말해 **우리가 서로 맺고 있는 상태** 속에 뿌리가 엉켜 있다는 뜻이다.

매체는 가능한 현실에 대해 우리 감각을 증폭시키는, 증폭된 언어이다.

2

어깨에 닿는 유령의 희미한 손길. 공기 중에 떠도는 먼지 티끌

---

*　《계간 버지니아 리뷰》(2006년 봄호 pp.208-210)에 발표한 글로 여기에 조금 고쳐 싣는다.

을 들이마시는 소리, 비행기에 탑승할 때 들려오는 한 토막의 대화, 기억 속에 머무르는 음악. 냄새는 또 다른 감각을, 반쯤 잊은 풍경을 끌어올린다. 꿈의 파편. 오디오 녹음실에서 들었던 '룸 사운드.'

초고를 쓸 때 나는 분명하게 볼 수 없는 것을 감촉으로 더듬어 가며 움직인다. 먼저 내 어깨를 만진 유령의 어깨에 내 손을 올린다. 내 눈이 어둠에 적응하면, 비로소 내가 하는 일의 형체가 드러난다. 시가 자기 요구를 밝히면서 안내자이자 비평가가 되는 것이다.

그 뒤쪽에서, 그리고 전반적으로 주관성과 사회적 존재의 상호 침투가 일어난다. 처음에는 의식적인 선택이 아니지만, 일종의 이삭 줍기가 생긴다. 불만족, 새로운 세계를 보고, 상처를 긁어내고, 대중 적인 치료와 만병통치약, 관의 조제약을 거부하려는 충동이 일어난 다. 이 작품이 나를 얼마나 아는가에―내가 어디까지 경로를 벗어 날 수 있는지, 또 벗어났었는지를 포함해―그리고 어떤 시적 선택 이 내 의식을 벗어난 지점까지 나를 데려갔었는지 신뢰하는 것에 달 려 있음을 배운다.

나는 객관적인 조건에 대한 주관적인 전망을 글로 쓰고 싶었다. 무슨 정치 강령처럼 들리니, 이렇게 말해보자. 존재가, 즉 작가의 내 적 삶이 현재 벌어지는 일을 가지고 겉으로 꾸며낸 구조를 깨뜨리 는 동안, 시 역시 파괴로 가득 차오른다. 예술의 제작은 그러한 특권 적인 창조 아래 존재하는 비예술 노동―반복적이고, 유독하고, 몸을 망가뜨리고, 최저임금 혹은 그보다 낮거나, 아예 보수가 없는 일― 에 뿌리를 내린다. 당신이 보고도 보지 못하는 것. 지금 당신을 보는 것. 덤불 속의 눈, 거리의 눈이다.

나는 실내장식 너머로, 전기傳記 너머로 손을 뻗어야겠다. 예술은 피부를 뚫고 녹아내리는 한 가지 방식이다. '무엇에 관한, 누구에 관한 시인가?'는 본질적인 질문이 아니다. 시는 **무엇에 관한** 것이 아니다. **무엇에서 비롯되어 무엇으로 향해 가는가다.** 열정적으로 움직이는 언어이다. 깊은 구조는 언제나 호흡처럼, 맥박처럼, 음악적이고 물리적이다.

3

　문화적으로 경악한 디스토피아 상태의 북아메리카 시인은 잔혹하고 가혹한 정권 아래 살아가는 시인들과는 다른 종류의 신념과 몰두가 필요하다. 시 자체에 대한 신념은 아마도 더 오래된 다른 사회가 요구하는 정도 이상일 것이다. 시장에 규정당하지 않는 시학에, 자기만족적인 아첨용 운문도 원판으로 찍어낸 산문도 아닌 시학에 몰두해야 한다. 열망의 시학, 유기적인 필요에 의한 시학이다.

　마야코프스키의 말이다. **사회에 문제가 존재하면, 그 해결책은 오직 시의 관점을 통해서만 떠올릴 수 있다. 사회적 명령이다.**[1] 나는 이 문장을 시인에게 문제는 혼자서 해결할 수 없는 일이지만, 시인은 시와 함께 그 문제에 맞서야 한다는 다급함을 느끼기 마련이라는 말로 읽었다.

　그 다급함이―연애처럼 감정적인―결국 내 작업의 원천이자 의미이다. 왜 그보다 못한 것을 추구하겠는가?

　마야코프스키는 사회주의 혁명 안에서 시를 쓰는 행위에 대해 말하고 있었다. 혁명은 인간의 가능성을 향한 희망을 확대하는 순간으로 보였다. 그런 희망이 안팎에서 두들겨 맞는 모습은 국제적인 비극이었다. 여기, 냉전의 '승자'인 우리는 병든 민주주의의 침상 곁에 못 박힌 듯 서서 감정적으로 마비된 채 지켜볼 뿐이다. 공공의 대화는 '인간에게 가능한 것'이 무엇인가, 인간의 연대는 무엇인가, 공포와 쇼핑과 혐오 말고 다른 동기는 없을까에 관한 공동의 상상력을 제거당했다.

대기 중인 독재가 문 앞을 떠돈다. 그 언어를 들어보자. **우리는 일종의 어두운 면에서도 일해야 합니다…… 기본적으로 우리 목적을 달성하기 위해서라면 어떠한 수단이라도 이용해야 합니다.**[2]

지독한 열병이 끝나고, 병든 몸을 한 정치도 소생할 수 있다고 믿고 싶다.

그런 위기에서 예술의 효능을 수량화가 가능한 대량유통으로 측정할 수는 없다. 그런 게 존재한다면 말이다.

4

예술과 사회 사이에는 투과막이 있다. 끊임없이 변증법적인 움직임이 발생한다. 조수가 강어귀를 소금물로 만들 듯이. 강물이 바다로 흘러들 듯이. 작가는 너른 바다로 3백 마일이나 흘러나와 있는데도 콩고강의 '오염된' 흐름을 알아보고, 광대한 땅을 묘사한다.[3] 마찬가지로, 예술의 물질이 사회적 에너지의 혈류 안으로 흘러들어간다. 부르고 응답한다. 감정이입을 통한 상상은 그 모습을 바꿀 수 있지만, 우리는 변화가 일어난 정확한 장소를 알아낼 수 없고, 그 순간을 추적하거나 정량화할 수도 없다. 또한, 그것들이 언제, 어떻게, 셀수 없고 예측할 수도 없는 통로를 거쳐 생존을 재창조하고 적법하지 않은 권력과 그 잔혹성을 파헤치는 방향으로 나아가는지도 말할 수 없다.

또한, 속박에서 새롭게 풀려난 사회적 에너지가, 사람들의 운동이, 어떤 식으로 예술과 사회의 새로워진 대화를 요구할지, 즉 언어와 형식의 자발적인 해방을 요구할지도 말할 수 없다.

르네 샤르의 말이다. **시인은 자신의 손이 닿은 것들의 유대를 불러일으킨다. 그는 유대의 목적을 가르치지 않는다.**[4]

시인은 유대의 목적을 가르칠 수는 없지만, 합리화와 합의와 존재의 무시를 거부할 수는 있다.

인간의 눈

시와 잊힌 미래[*]

2 0 0 6

1

시인들, 시를 읽는 독자들, 이방인들, 그리고 친구들, 이 자리에 함께하게 되어 영광이다.

이곳에 보이지 않는 존재를 한 명 불러올까 한다. 스코틀랜드의 위대한 마르크스주의 음유시인 휴 맥더미드다. 우선 〈내가 원하는 종류의 시〉라는 직설적인 제목을 단 화려하면서도 논증적인 그의 선언을 읽어보자. 나야 일부분만 발췌하겠지만, 여러분은 나중에 시 전문을 읽어보길 바란다.

지적 냉담함을 향한 저항이
특징인 시,

---

[*] 2006년 7월 13일 스코틀랜드 스털링대학교 시와 정치에 관한 학회 본 강연. 2007년 W. W. 노턴앤컴퍼니의 소책자 《시와 현실참여》로 발행되었다.

그레이의 시처럼 어려운 지식을 바탕으로 한 소재
그리고 핀다로스의 시와 웨일스의 시를 공부한
시인의 운율,
그러나 무엇보다도, 그 시어는 체로 걸러낸 듯
여러 층으로 쌓인 인간의 삶을 경험해본 사람의
언어 — 헤아릴 수 없이 많은 죽은 자를 의식하고
셀 수 없이 많은 태어날 자를 의식하는 사람의……
인생에 우리 모두의 응집된 힘을 불러오는
언어, 시……

이게 바로 우리가 바라는 바가 아니던가? —……
세상 모든 것을 표현할 수 있도록
다양한 조건을 갖춘
섬세하고 심오한 구조……

사진 용어로 말하자면 '와이드앵글'인 시……
날래고 능숙한 에너지로 반짝이면서
조용하고 침착한 에너지와 두려움으로 경계할 줄도 아는
수술실 같은 시
그 안에서 시인은 오직 수술 중인 간호사처럼 존재하는 시
……

주아브 복장을 한 곡예사처럼 서로의 어깨에 올라선,
혹은 자바의 무용수 레트나 모히니처럼 낯설고 매혹적인,

아니면 람 고팔과 무용단의 작품처럼

심오하고 복잡한

이미지가 뛰어노는 시……

새롭고 의식적인 사회 조직이

세계 전반에 관한

새로운 시각을 조성할 때까지는

영향을 받지 않는 통합의 시……

— 무지를 향한 야만적인 사랑에서

완전히 벗어난 조예 깊은 시,

그리고 단순한 형태의 개인적인 성공을 위해서는

아무런 쓸모도 없는 시인의 시.

'새롭고 의식적인 사회 조직'과 그에 맞는 시적인 시각을 염원하는 선언이다. 시인이 맡은 일의 범위와 불안과 모순을 인정한다는 선언이다. '어려운 지식' '우리 모두의 응집된 힘' '와이드앵글'을 갖춘 시 같은 표현과 시인을 '두려움으로 경계할 줄도 아는' 수술실의 간호사에 비유한 이미지도 함께 기억해두길 바란다.

2

오늘 이 자리에서 나는 맥더미드가 알았던 세계보다 훨씬 더 폭력적으로 정치화되고 야만적으로 분열된 세계에서 시가 어떻게 창조되고 받아들여지는지, 시의 몇 가지 측면에 관해 말하고자 한다. 아마 균형 잡힌 빼어난 강연이 되지는 못하겠지만, 오늘 강연 내용 이 다른 회의와 대화로 옮겨가길 바라며, 시의 지형과 현실참여에 관해 대략 훑어보기로 하자.

우선, 여기서 말하는 현실참여란 무슨 의미일까?

1821년 〈시의 옹호The Defence of Poetry〉에서 "시인은 인정받지 못 한 세계의 입법자들이다"라고 말한 셸리의 주장으로 돌아가 보자. 대체로 문맥을 무시하고 지나치게 열심히 인용되어온 이 말은 단순 히 시를 짓는다는 이유로 시인들이 모범적인 도덕적 권력을—모호 하고 위협적이지 않은 방식으로— 행사한다는 주장을 위해 거론되 어왔다. 사실 그보다 먼저 발표한 정치 에세이 〈개혁의 철학적 견해 A Philosophic View of Reform〉에서 셸리는 "시인과 **철학자는**[저자 강조] 인정받지 못한 사람들이다"라고 썼다. 그가 말한 철학자들은 토머스 페인, 윌리엄 고드윈, 볼테르, 메리 울스톤크래프트와 같이 혁명적인 생각을 지닌 이들이었다.

그리고 셸리는 분명 그 시대의 제도를 바꾸고자 나섰다. 그에게 시와 정치 철학, 적법하지 않은 권력을 향한 적극적인 대처 사이에 는 모순이 존재하지 않았다. 다음과 같이 그를 조롱한 《계간 보수주 의High Tory Quarterly》의 비평을 보면 그 사실을 명백하게 알 수 있다.

셸리는 우리 법률을 무효화 할 것이다…… 재산권을 철폐할 것이 다…… 우리 교회를 끌어내리고, 우리 국교회를 무너뜨리고, 우리 성경을 태워버릴 것이다……

인간의 눈

처음 발표했을 때부터 비난과 탄압을 받았던 그의 시 〈매브 여왕Queen Mab〉은 이후 일종의 자유 연설 운동에서 불법복제 당해 맨체스터와 버밍엄, 런던의 산업 지구 가판대에서 싸구려 판본으로 팔려나갔다. 그곳의 읽고 쓸 수 있는 노동계급과 중산층의 노조 활동가와 차티스트운동가들이 열렬한 독자가 되어주었다. 시 속에서 매브 여왕은 세계의 무질서를 살펴보고 이렇게 선언한다.

이는 개별적인 불행이 아니다,
원인도 없고 돌이킬 수 없는 저항도 아니다.
인간의 사악한 본성,
통치자 왕들과 웅크린 겁쟁이들이
무수하게 지은 죄를 위해 마련한 사과는
피 한 방울 흘리지 않고
부조화로 버림받은 땅을 황폐하게 한다.

……
자연이여! ― 안 돼!
왕, 성직자, 정치가가 인간의 꽃을 휩쓸어버린다……

사실 셸리는 권력의 제도를 원죄가 아닌 '인간의 본성'으로, 인간 불행의 원인으로 보았다. 그가 생각하는 예술은 '혁명과 억압 사이 투쟁'과 필수적인 관계를 맺고 있다. 그에게 '서풍'은 '새로운 탄생을 재촉하는 시든 잎사귀처럼…… 죽은 사상'을 몰아내는 '예언의 나팔'이었다.

그는 "시인은 인정받지 못한 세계의 실내장식가다"라고 말하지 않았다.

3

시인의 현실참여와 세계 속에서 시의 작용이라는 본 주제를 탐구하는 과정에서 두 편의 인터뷰를 만났다. 둘 다 1970년의 일이다.

그리스 군사정부의 고위급 장교가 당시 가택연금 상태였던 시인 야니스 릿소스에게 물었다. "당신은 시인이면서 어쩌자고 정치에 말려들었습니까?"

릿소스는 대답했다. "시인은 자국의 첫 번째 시민이고, 바로 그 이유로 자국의 정치에 관심을 두는 것은 시인의 의무입니다."

공산주의자였던 릿소스는 1947년부터 1953년까지 파시스트 수용소에 억류당했다. 그의 책은 공개적으로 불태워지기도 했다. 그는 대다수 국민에게 진정한 '첫 번째 시민'이었고, 침공과 점령과 내전으로 상처 입은 국가를 위한 목소리가 되어주었다. 농밀한 비유의 아름다움이 가득 담긴 시의 목소리였다. 그는 또한 세계 시민이기도 했다. 자신의 자리, 자신의 시대에서 쓴 장시 〈로미오시니Romiosini〉는 21세기 전쟁과 군사 점령을 향해 말한다. (키몬 프라이어의 번역본에서 발췌했다.)

이 풍경은 침묵만큼 가혹해,

가슴을 지지는 돌덩이를 제품에 끌어안고,

고아가 되어버린 올리브나무와 포도나무를 빛으로 움켜쥐고,

이를 악문다. 물은 없다. 오직 빛뿐.
길들이 빛 속으로 사라지고, 양우리 그늘은
　　　철로 만들었다.

나무와 강과 목소리도 태양의 생석회 속에서
　　　돌이 되었다.
뿌리가 대리석 위로 뻗어간다. 먼지 덮인 유향수 덤불.
노새와 바위. 모두 헐떡인다. 물이 없다.
모두 바싹 말라버렸다. 지금껏 몇 년 동안. 다들 하늘 한 조각을 씹어
　　　간신히 삼킨다
　　　　　　　각자의 슬픔을……

들판에 마지막 제비가 늦게까지 남아,
가을 소맷자락에 붙은 검은 리본처럼 공중을
　　　맴돈다.
그밖에 아무것도 남지 않았다. 오직 불타버린 집들만이
　　　고요히 연기를 피울 뿐.

다른 이들은 얼마 전 우리 곁을 떠나 돌무더기 아래 누웠다,
그들의 셔츠는 찢어졌고, 그들의 맹세는 떨어진 문짝 위에
　　　휘갈겨 썼다.
아무도 통곡하지 않았다. 시간이 없었다. 오직 침묵만이 한층 더
　　　깊어졌다……
그들의 손을 쉽게 잊을 수 없을 것이다,

방아쇠에 닳아 못이 박힌 손으로 들꽃에게 질문하기는
　　어려울 것이다……

매일 밤 들판에서 달은 장엄하게 죽은 자들을
　　반듯하게 돌아 눕히고,
얼어붙은 손가락으로 거칠게 얼굴들을 살피며
　　제 아들을 찾는다.
턱에 난 상처와 돌 같은 눈썹으로,
주머니를 뒤지며. 달은 언제나 무엇을 찾을 것이다.
　　그곳엔
　　　　　　언제나 찾을 것이 있다.
십자가 조각을 담은 목걸이 로켓. 짧고 뭉툭한
　　담배.
열쇠, 편지, 7시에서 멈춰버린 시계.
우리는 다시 시계태엽을 감는다. 시간이 터벅터벅 걸어간다……

그리스가 말하는 시다. 오늘날에는 가자지구나 이라크, 아프가니스탄, 레바논일 수도 있다.

두 번째 인터뷰도 있다. 남아프리카공화국의 시인 데니스 브루투스는 시와 정치 활동에 관한 질문을 받았다. "나는 시인이―한 사람의 시인으로서―현실에 참여할 의무는 없지만, 인간은―한 사람의 인간으로서―현실에 참여할 의무가 있다고 믿습니다. 내 말은 만인이 현실에 참여해야 하고 시인은 그 수많은 '만인' 가운데 하나일 뿐이라는 뜻입니다."

데니스 브루투스는 글을 쓰고, 행동하고, 투옥당했다가 남아프리카공화국의 아파르트헤이트 정책에 반대했다는 이유로 추방당했다. 그는 계속해서 국제적인 경제 정의 운동에 참여해 세계적인 범위에서 행동하고 글을 쓴다. 그가 발표해온 전형적인 시는 아니지만, 특정 지점을 표현하는 간결하고 경구적인 시 한 편을 읽어보자.

고통받는
늙은 흑인 여자가
내게 말한다,
내가 '새로운 이미지들'을 선사했다고.

— 급진적인 영웅주의에
자식을 잃은 어느 아버지가
내 시에서
위로를 찾는다.

그러면 나 역시 안다
이들이야말로 내가 시를 쓰는 이유이고
내 시의 효과라고.

내 시의 효과. 여기에는 두 가지 의미가 있다. 정치적 투쟁의 참여자로서 효과와 개인적이고 본능적인 면에서 시가 받아들여지고 시의 증언이 인정받는 효과를 말한다. 이는 시와 현실참여에 대한 질문의 두 가지 반응이고, 내가 보기에 이 두 가지는 서로 대립하는 게 아니라 상호보완적이다.

여기서 위태로운 점은 제임스 스컬리가 '사회적 실천'이라고 부른 것을 통해 시를 인정하는 것이다. 그는 '항의의 시'와 '반대의 시'를 구별한다. 항의의 시는 '개념상 얕고' '반동적이고' 예측 가능한 수단을 쓰며, 옆에서 지켜보며 절망한다.

그러나 반대의 시는 사적인 것과 공적인 것 사이, 자아와 타인 사이의 경계를 존중하지 않는다. 경계를 깨뜨리며 침묵을 깨뜨리고, 침묵 당한 이들을 위해, 혹은 그들과 함께 목소리를 내고, 시를 열어 젖혀, 삶의 한복판에 가져다놓는다…… 말대꾸의 시, 단지 세계의 거울이 아닌, 세계의 일부분으로 작용하는 시다.

4

나는 시인이면서 동시에 내 나라의 '만인' 중 한 사람이다. 나는 조작된 공포와 무지, 문화적 혼란, 사회적 대립과 함께 제국의 단층선 위에 함께 모여 시 속을, 그리고 일상적인 경험 속을 살아간다. 살면서 시인이든 아니든 평범한 '만인'이 기본적인 자원과 전 세계의 공민들을 긁어모아 사적 통제 아래 몰아넣는 일에 열중하는 정치 계급에 정치를 맡겨버린 곳에서 온갖 권리와 시민권이 무너져 내리는 모습을 목격해왔다. 이곳은 민주주의가 '인정받은' 입법자들과 최고 입찰자들, 다시 말해 범죄 분자에게 내맡겨지는 곳이다.

평범하고 안락한 미국인들은 우리의 이란성 쌍생아 정당—민주당과 공화당—이 해외 대중운동을 탄압하는 독재자들을 지원했을 때, 못 본 척했다. 반공산주의와 우리의 '국가적 이익'이라는 명분으로 비밀기관의 고문과 암살, 무기 공급과 군사 훈련을 통해 억압적인 정당과 정권을 지원할 때, 다른 곳을 보았다. 우리는 왜 파시스트의 통치 방식이, 시민권과 인권의 파괴가 여기 아닌 다른 곳에 있다고 생각했을까? 한 국가로서 우리가 독단적인 가짜 순수에 집착하면서 우리나라의 상황, 우리 정치의 내출혈은 모른 척 눈을 감아왔기 때문이다.

그러나 내출혈은 갑자기 생기는 증상이 아니다. 으스스할 정도로 예지력을 보여준 아프리카계 미국인 작가 제임스 볼드윈은 이미 사반세기 전에 이 나라를 향해 물었다. "당신은 내 아버지를 모르면서 어떻게 테헤란 거리의 사람들을 알 수 있겠습니까?"

올해, 미 법무부 사법통계국의 보고서에 따르면 미국 거주자 136명당 한 명이 구금되어 있고, 많은 수가 미결수 상태로 감금되어 있다. 교도소나 구치소에 갇혀 있는 흑인 남성의 수는 백인 남성 죄수 한 명당 열두 명에 이른다. 형을 선고받거나 감금 중인 사람의 비율이 가장 높은 주는 가장 빈곤한 인구가 사는 주와 일치한다.

우리는 종종—일테면 나이지리아나 이집트, 중국이나 과거 소련 등과 대조적으로—서구는 정부에 반대하는 작가들을 투옥하지는 않는다는 말을 들어왔다. 그러나 한 국가의 형사사법제도가 피부색과 계급이라는 압도적인 이유로 너무도 많은 사람을 최대보안요구시설이나 사형수 수감동에 감금하고 고문한다면, 이는 결과적으로—그리고 의도적으로—잠재적이고 실질적인 작가, 지식인, 예술가, 언론인, 즉 지식인층 전체를 침묵하게 한다. 국제적으로 알려진 무미아 아부-자말 사건은 상징적이지만, 그리 특이한 사건은 아니다. 아부 그라이브 교도소와 관타나모 수용소에서 사용한 방법들은 미국의 교도소와 치안 제도에도 오래전부터 시행되어왔다.

이 모든 일이 시와 무슨 상관이 있을까? 이 '모든' 일이 시와 아무런 상관이 없다면, 우리는 왜 여러 방향에서 이곳 회의장까지 왔을까? (또 문학과 정치가 충돌하지 않았더라면 이곳에 왔을지도 모르는 다른 이들도 떠올릴 수 있다.) 연극 〈갈릴레오의 생애〉에서 브레히트가 새로운 상업시대의 과학자들에게 던졌던 말은 예술가들에게도 똑같이 적용된다. 즉, 우리는 무엇을 **위해** 일하고 있을까?

그러나 절대로 무시할 수 없는 사실은, 공식적이고, 통계적이며, 지정된 모든 국가 내부에 또 다른 국가가 숨 쉬고 있다는 것이다. 매일 맹렬한 상상력과 끈기로 잔혹성과 배제와 모욕에 맞서고, 시와 음악과 거리 공연과 벽화와 비디오와 웹사이트를 통해 그리고 수많은 형태의 직접적인 행동주의를 통해—종종 말 그대로 우리에 갇혀서—장벽 너머로 신호를 보내는, 지정되지 못하고 인정받지도 못하고 진정되지도 않는 사람들의 국가가 있다.

이런 일은 계속해서 발생한다. 지난 3월, 내가 사는 해안지역을 가득 메운 백색광을 한순간에 때려눕힌 찬바람이 불던 날, 나는 이번 연설을 위한 메모를 시작했다. 거의 한 달 내내 비가 내렸다. 막다른 골목, 끝이 없는 겨울, 끝이 없는 전쟁이라는 생각에 감각이 마비될 지경이었다.

3월 마지막 주에 몹시 가혹하고 냉소적인 반이민법 안건이 의회에 상정되고 하원을 통과했다. 여러분 대부분이 알다시피, 서구 경제의 핵심 부문은 경제 난민들의 저임금 노동과 사회적 취약성에 의존한다. 특히 미국은 국경 남쪽에서 온 난민들이 떠받치고 있다. 그 법안은 '불법' 이민자들에게 일자리를 주는 것뿐만 아니라, 의료 원조와 심지어 음식물이나 물을 주는 행위조차 흉악한 범죄로 만들 것이다. 미국과 멕시코 사이에 장벽을 두른 무장 국경은 경제 난민들의 유입을 저지할 것이다. 거대한 인구가 그 법안의 위선과 극악무도한 인종차별주의에 분노하고 있다. 공동체 지도자들이 의견을 내놓았고, 스페인어를 쓰는 라디오방송국에 전화해 항의 집회를 선포했다. 갑자기─사실 그런 사건들은 조금도 갑작스럽지 않지만─로스앤젤레스, 시카고, 뉴욕, 디트로이트, 애틀랜타, 덴버, 휴스턴 등 크고 작은 도시와 타운의 거리에 대규모 항의 행진이 잇따랐고, 여러 도시 역사상 가장 큰 규모의 시위대가 쏟아져나왔다. 멕시코와 중앙아메리카 출신만이 아니라 아시아, 아프리카, 카리브해, 필리핀 출신의 이민자 집단과 아랍계 미국인 사회 사람들, 가족들, 학생들, 활동가들, 조합들, 성직자들까지 해고나 국외추방의 위험을 무릅쓰고 그 법안에 반대했다. 수백만 명이 합세했다. 이전 운동들과는 달리 노동계급의 운동이었다. 존엄성과 연대에 대한 새로운 주장이 나왔다. 그리고 부분적으로는 그 행진과 시위를 통해 새롭게 정치화한 세대가 성장하고 있다. 일례로 젊은 라티노와 아프리카계 미국인들이 연대했다.

　물론, 훨씬 더 큰 정치적 저항이 달아오르고 있다. 간단히 치아파스와 시애틀, 부에노스아이레스, 제노바, 포르투알레그리, 카라카스, 뭄바이, 파리 등 유럽 도시의 거리까지만 언급하겠다. 또한, 결코 사라지지 않는 전 세계 여성운동과 토착민 운동, 그리고 종종 이러한 운동에서 출발하고 연합하기도 하는 게이와 레즈비언 해방운동은 말할 필요가 없을 정도다.

5

나는 시가 이상화되는 것을 절대로 바라지 않는다. 그 때문에 시는 이미 충분히 고통을 받아왔다. 시는 치유제도, 감정의 마사지도, 언어의 아로마테라피도 아니다. 시는 청사진도, 사용법 설명서도, 광고판도 아니다. 보편적인 시는 존재하지 않는다. 오직 시와 시학, 그것들이 속한 역사의 흐름과 상호 관련만 존재할 뿐이다. 네루다와 세사르 바예호를 위한, 피에르 파올로 파졸리니와 알폰시나 스토르니를 위한, 오드리 로드와 에메 세제르를 위한, 에즈라 파운드와 넬리 작스를 위한 공간이—정말로 필수인—있을 뿐이다. 인간의 역사가 순수하고 단순하지 않은 것처럼 시 역시 순수하고 단순하지 않다. 시는 비단이나 커피, 석유, 인간의 육체처럼 무역 경로가 있었다. 그리고 식민화된 시학과 회복력 있는 시학이 있는데, 그 경계를 넘나드는 전송을 쉽게 추적할 수는 없다.

월트 휘트먼은 자신의 시와 미국 민주주의에 대한 자신의 전망을 절대로 분리하지 않았다. 그의 전망은 노예제도의 경제학을 둘러싸고 벌어진 남북전쟁에서 혹독한 시험을 거쳤다. 그는 말년에 "시의 전승은 멀리 떨어져 있거나 숨어 있는 발화자가 내뱉은 단 몇 마디 분절된 중얼거림을 땅거미 속에서 우연히 엿듣는 대화와 같다"라고 주장하기도 했다. 민주주의 자체의 모호성을 말한 것으로 생각할 수도 있겠다. 그러나 이 모호성은 베르톨트 브레히트가 그곳에도 노래가 있을 거라고 주장한 '암흑의 시대'에 관한 말이기도 하다.

시는 '미화'로 채워져 왔고, 그리하여 집단 처형, 고문, 강간, 제노사이드 같은 권력의 폭력적 현실에 가담해왔다. 이와 같은 비난은

"홀로코스트 이후 서정시는 불가능하다"라는 아도르노의 유명한 주장이 불러일으켰다. 이후 아도르노는 이 주장을 철회했고, 후대 유대 시인들은 그 주장의 실천을 거부했다. 지금 파울 첼란, 에드몽 자베스, 넬리 작스, 카디아 몰로도프스키, 뮤리엘 루카이저, 이레나 클레피츠와 같은 2차 세계대전 이후의 시인들만 말하는 게 아니다. 최근 번역본을 읽어본 이스라엘 시인들의 시 모음집《강철 펜으로: 히브리어로 쓴 저항 시 20년》에서 본 동시대 시들도 생각하고 있다. 이스라엘의 팔레스타인 점령과 극악무도한 정책 시행에 대한 항의의 시로, 불협화음의 혹독한 아름다움이 담겨 있고, 일부는 이스라엘 가정 생활의 가장 내밀한 지점까지 점령의 이미지를 밀어붙인다.

> …… 냉장고 문을 열고
> 울고 있는 롤을 보고,
> 피 흘리는 치즈 한 조각과,
> 주먹질과
> 전기 충격으로
> 억지 싹을 틔우는 무를 본다.
> 접시 위 고기가
> 바리케이드 옆에 던져진
> 태반에 대해 말한다……

— 아론 샤브타이, 〈울타리The Fence〉 피터 콜 번역

혹은, 시가 자신이 아는 것을 어떻게 견디는지 보여주는 작품도

있다.

> 시는 밤마다 은쟁반에 담겨 나오는
> 고기와 과일을 대접받지 않아요.
> 낮에도 그 입은
> 금수저나 성체용 빵을 탐하지 않죠.
> 시는 길을 잃고, 베이트 잘라의 도로를 헤매요.
> 술꾼처럼 베들레헴 거리를 휘청거리죠.
> 헛되이 당신을 찾으며
> 덤불 속에서 당신 그림자의 그림자를 뒤져요.

> 가슴 가까운 곳에 영혼이 앉아요.
> 목구멍 한가운데 묻혀버린 꽃의 구근처럼 바싹 말라
> 침낭으로 들어간 소년처럼 웅크리고요.
> 그러면 시는 더 이상
> 난민수용소를 향해
> 탈주자의 요람을 향해 헤맬 수는 없다고 느껴요.
> 재앙으로 가는 길목에서
> 약속의 땅에 찾아온 묵직한 여름에.

— 라미 사아리, 〈그 땅을 찾아서Searching the Land〉 리사 카츠 번역

시는 이런 '효과'를 좋아할까? 이스라엘이 레바논을 폭격하고 가자 지구로 가는 길을 내는 날에 우리는 어떻게 그런 효과를 예측

인간의 눈

할 수 있을까? 시인은 활동가처럼 (물론 둘 다 일 수도 있다) 재앙과 절망과 고갈을 미리 생각해두어야 한다. 이것들 역시 소재이므로.

그리고 그럴 때도―물이 독약이 되고, 하수가 집 안으로 밀려들고, 폭격당한 학교와 병원의 먼지 때문에 대기가 숨쉬기 힘들어지는 때에도―시는 반드시 헐떡이며 숨을 쉬어야 한다.

그러나 역사상 모든 제노사이드 이후 시가 침묵당했더라면, 이 세상에 시는 남아 있지 않았을 테고, 오늘 이 자리는 다른 주제의 학회가 되었을 것이다. 어쩌면 '시의 죽음'이라는 주제가 아니었을까?

'미화'가 야만성과 잔혹성 위를 활공한다면, 권력 구조의 폭로와 해체보다는 그저 예술가를 위한 극적인 사건으로 취급하자. '그저'와 '―보다는'이라는 말에 많은 것이 매달려 있다. 기회주의는 명확한 정치의식을 지닌 관심과 같지 않다. 그러나 우리는 '미학'을 특권적이고 격리된 인간 고통의 표현이 아닌 총력화한 제도가 진압하고 싶어하는 저항 의식에 대한 새로운 소식으로 정의할 수도 있다. 즉, 여전히 열정적이고, 여전히 두려움 없는, 여전히 꺼지지 않는 것들을 향해 우리를 연결해주는 예술로 정의할 수 있다.

시는 다른 셈과는 관계가 없는 것으로 여겨졌다. (1)시는 대량 시장의 '상품'이 아니다. 시는 공항 신문가판대나 슈퍼마켓 통로에서 판매되지 않는다. (2)시가 실제로 얼마나 소비되는지 계산대에서 수량화할 수 없다. (3)보통 사람들에게 시는 너무나 '어렵다.' (4)지나치게 엘리트적이지만, 부자들은 소더비 경매소에서 시를 입찰하지 않는다. 한 마디로 시는 과잉이다. 이를 두고 시에 관한 자유시장의 비평이라고 말할 수 있을 것이다.

실제로 이와 같은 생각들 사이에는 이상한 상관관계가 있다.

즉, 시는 인간 고통에 직면해서는 부적절하고, 심지어 비도덕적이기까지 하고, 수익성이 없어서 쓸모가 없다. 어느 쪽이든 시인은 목을 매달거나 텐트를 접어야 한다는 충고를 듣는다. 그러나 전 세계적으로 시적 언어의 주입은 말 그대로 육체와 정신을 하나로 모을 수 있고, 실제로 모으고 있다. 그리고 그 이상을 하고 있다.

최근 뉴스에서 본 두 가지 사실을 소개하고자 한다. 하나는 2005년 7월 17일자 《샌프란시스코 크로니클》의 헤드라인이다.

시 쓰기는
관타나모 수용소의 재소자들이
미치지 않게 해주는 진통제였다.

아프가니스탄에서 체포된 후 기소 처분도 받지 않고 관타나모의 미국 구치소에 감금당한 파키스탄 무슬림 압둘 라힘 도스트에 관한 기사다. 그는 그곳에서 파슈토어(파키스탄 북부에서도 사용되는 아프가니스탄 공식 언어 ─옮긴이)로 수천 줄의 시를 썼고, 아랍어로 된 시를 파슈토어로 번역하기도 했다. 처음에는 스티로폼 컵에 손톱으로 문장을 새겼다. 그의 동포와 동료 수감자들은 "시는 우리를 지탱해주었고, 심리적으로 기운을 북돋아 주었다. 많은 이가 그곳에서 정신을 놓아버렸다. 미쳐버린 죄수들을 40-50명은 알고 있다"라고 말했다.

테러리스트로 감금 중인 이 남자들은(3년 후 석방되었다) 제정신을 지키려고 관타나모 깊숙한 곳에서 시에 의존했고, 자아의식과 문화의식에 매달렸다. 20세기 초반, 캘리포니아로 건너와 샌프란시

인간의 눈

스코 베이의 한 섬에 수용당했던 중국 이민자들도 분노와 외로움을 수용소 벽에 표의문자로 새겼다.

그러나 때때로 시는 자신을 찾은 적 없는 사람들을 먼저 발견하기도 한다.

이스라엘 신문 《하아레츠》 2004년 11월 7일자를 보면, 전직 이스라엘 국방군 사령관이었다가 IDF(이스라엘 국방군) 내부의 반 점령 운동조직인 '거부할 용기'의 조직가이자 지도자가 된 데이비드 존셰인의 기사가 실렸다. 존셰인은 우연히 이츠하크 라오르의 시 구절을 접하고 다음과 같은 사실을 깨닫게 된다.

한 달간의 격한 예비군 복역을 마친 직후 고결한 의식으로 가득한 시구를 읽는 일은 쉽지 않았다. 경계심이 느껴지는 찰나, 보기를 금지당한 어떤 것을 보고 있다고 느꼈던 게 생각난다. 그게 뭔지는 몰랐지만, 같은 주 금요일 오후에 서점에서 찾을 수 있는 이츠하크 라오르의 책을 전부 찾으러 나갔다.

존셰인은 계속 말한다.

처음 이스라엘 국방군에 입대했을 때 품었던 사명감은 어떤 대가를 치르더라도 유대인의 홀로코스트가 반복되지 않도록 막겠다는 고통스러울 만큼 단순한 메시지를 바탕으로 했고, 도덕적인 희생이 심각해질수록 사명감은 더욱 커질 뿐이었다······ 나는 자유를 위해 싸우는 투사이지······ 점령군이 아니고, 잔혹하지도 않고, 확실히 부도덕하지도 않다······

라오르의 글에 담긴 뭔가가 그때까지 내 안에서 폐쇄당하고 부정 당했던 어떤 장소에 대해 말해주었다……

가자 지구에서 한 달간 예비군으로 복역하고 집으로 돌아온 스물 여덟 살의 나는 몇 년 전 그들이 내 몸에 입힌 고결함의 갑옷마저 뚫고 들어오기 시작한 질문을 스스로 던지고 있다. 그러면 라오르의 강력한 말들이 내 귀에 메아리친다. '그렇게 복종할 텐가? 그렇게 복종할 텐가? 그렇게 복종할 텐가?'

내가 영토 복무를 거부하고 '거부할 용기' 운동을 시작한 후로도 나는 몇 번이고 다시 라오르의 시로 되돌아간다……

…… 그 목소리는 '상황'이 그가 가진 모든 것, 그가 움켜쥐고 놓기 를 거부하는 모든 것을 건드리고 지나가는 가운데에도 삶을 살아 가는 시적 페르소나의 목소리다. 아이와 아내, 홀로 깨어 보내는 밤의 시간, 기억, 글쓰기라는 행위 자체—이 모든 것이 정치적이다. 그리고 완전히 반대편에서 모든 테러 공격과 모든 점령 행위와 모든 도덕적 부당함—이 모든 것이 완전히 개인적이다.

…… 이것이…… 부모의 인정이나 다른 인정을 추구하지 않는 시, 담론의 비평이 가져오는 제한으로부터 자유로운 시, 그리고 반항하고 거부할 독립적인 장소를 발견하는…… 시다.

라오르의 시는 '효과'적이었을까? 존셰인의 현실참여는 '효과' 적이었을까? 그 단어의 어떤 의미로든, 그 순간에, 어떻게 이를 평가할 수 있을까? 우리가 효과적이지 않다고 말한다면, 시를 포기한다는 뜻일까? 저항을 포기한다는 말일까? 그렇게 복종할 텐가?

'보기를 금지당한 어떤 것.'

6

시에 대한 비평적 담론은 과거와 현재, 우리의 물질적 존재가 처한 일상적인 조건에 대해서는 거의 말하지 않았다. 그 조건들이 감정에, 본의 아닌 인간의 반응에 어떤 영향을 끼쳤는지, 우리가 공기 중의 희미한 연기를 어떻게 일별하는지, 상점 진열창의 구두 한 켤레를 어떻게 바라보는지, 자동차 안에 잠든 여자를, 거리 모퉁이에 모여 있는 남자들을 어떻게 쳐다보는지, 윙윙거리는 헬리콥터 소리나 지붕에 떨어지는 빗소리, 위층에서 들려오는 라디오 음악 소리를 어떻게 듣는지, 이웃이나 낯선 이의 시선을 어떻게 마주치거나 혹은 피하는지, 거의 말하지 않았다. 그러한 압력은 우리가 인식하든 하지 못하든 상관없이 우리의 시야를 구부린다. 공들여 쓴 수많은 진부한 시는 시와 시학에 관해 쓴 수많은 에세이처럼 마치 그런 압력이 존재하지 않는 것처럼 쓰인다. 그러나 이는 오히려 그러한 압력의 존재를 드러낼 뿐이다.

때로는 정치화된 감정이 오직 '억압당하는 자'나 '권리를 빼앗긴 자' '분노한 자' 혹은 유순한 자유주의의 것이라고 여겨진다. 명백히 현실에 참여하지 않는 시학이 정치적인 언어를—자기 폐쇄적인 자기만족, 수동성, 기회주의, 거짓 중립의 언어를—말할 수도 있다고 말한다면, 또는 마야코프스키의 표현을 빌려 그런 시가 단지 '판지로 만든 말馬'에 불과하다고 말한다면, 여전히 논쟁을 불러일으킬 수 있을까?

그러나 이츠하크 라오르의 시가 데이비드 존셰인에게 그랬듯이 시가 우리 어깨에 손을 올릴 때, 우리는 거의 물리적인 감촉을 느낄 정도로 감동한다. 우리 앞에 상상의 길이 열리고, 쾅 소리를 내며 닫히고 빗장까지 지른 문이, 날카로운 철망을 두른 울타리가, "대안은 **없다**"라는 야만적인 금언이 모두 거짓임을 보여준다.

물론 시 뒤의, 어떤 예술 뒤의 의식처럼, 시도 얕을 수도 깊을 수도 있고, 통찰을 담을 수도 번지르르할 수도 있으며, 선견지명을 보여줄 수도 이미 뒤처지고 있는 유행에 집착할 수도 있다. 문법과 통사, 소리, 이미지를 밀어내는 것은 직역주의, 근본주의, 전문성의 협착―성장을 멈춘 언어가 아닐까? 또는, 다름 속의 닮음에서 힘을 끌어내는 것은 상징이라는 대근육이 아닐까? 협착되지 않은 목구멍의 대근육이 아닐까?

다음을 제안하고 싶다. 혹여 구분해야 할 선이 있다면, 그것은 세속주의와 신앙 사이를 가르는 선이 아니라, 상징의 밀도를 지닌 언어를 쓰는 사람들과 그저―복종을 확보하기 위한 탄압과 조작과 텅 빈 확신을 위해 사용되는―틀에 박힌 언어를 쓰는 사람들 사이를 가르는 선일 것이다.

그 선은 이데올로기적으로 복종하는 통속의 시와 알려지지 않고, 추적당하지도 않고, 실현되지도 않은 것들의 무게를 견디며 찬부의 다급함까지 함께 견디는 참여의 시학 사이에도 그을 수 있다.

7

안토니오 그람시는 '새로운' 개별 예술가들이 양성될 수 없는 미래의 문화에 관해 썼다. 예술은 사회의 일부분이지만 새로운 사회주의 사회를 상상하는 것은 지금 우리가 서 있는 곳에서 예측할 수 없는 새로운 종류의 예술을 상상하는 것과 같다고 말했다. 그람시는 "사람들은 새로운 문화를 위한 투쟁에 대해 말해야 한다. 다시 말해, 새롭게 현실을 느끼고 바라보는 방식이 될 때까지 그리하여 '가능한 예술가들'과 '가능한 예술작품' 속에 가깝게 녹아드는 세계가 될 때까지, 새로운 삶의 직관과 긴밀하게 연결될 수밖에 없는 새로운 도덕적 삶을 위한 투쟁에 대해 말해야 한다"라고 썼다.

현존하는 어느 사회에서나 '늘 똑같은 아방가르드'―내 친구가 '가짜 문제에 관한 시'라고 부른―와 지금 생각하거나 말할 수 있는 것의 해안선에서 변혁의 의미를 탐색하는 시학 사이에 구별이 필요하다. 아도니스는 아랍의 시에 관한 글에서 아랍의 시인들에게 '현대성은 창조적인 시각이어야지, 그렇지 않으면 그저 하나의 유행일 뿐이다. 유행은 태어나는 순간부터 늙기 시작하지만, 창조성은 언제나 젊다. 그러므로 모든 현대성이 창조성은 아니지만, 창조성은 영원히 현대적이다'라고 말한다.

오늘날 시는―자체의 방식과 자체 수단을 통해―보기를 금지당한 어떤 것을 우리에게 일깨워주는 능력이 있다. 잊힌 미래, 도덕적 건축물이 소유와 박탈과 여성의 종속과 고문과 매수, 추방자와 부족을 바탕으로 세워진 게 아니라 자유의 지속적인 재평가―자유라는 단어는 현재 '자유' 시장의 수사학에 따라 가택연금 상태다―를 바탕으로 세워지는, 아직 창조되지 않은 곳이다. 이 지속적인 미래는 반복적으로 단념되면서 여전히 보이는 곳에 있다. 세계 전역에서 그 통로가 집단행동과 수많은 종류의 예술을 통해 재발견되고 복구되고 있다. 미래의 기본 조건은 소수가 다수에게서 **뺏어간** 세계의 자원을 발굴하고 재분배하는 것이다.

휴 맥더미드와 함께 다른 보이지 않는 존재들도 불러보자. 캐피 아즈미. 윌리엄 블레이크. 하트 크레인. 로케 달톤. 루벤 다리오. 로버트 던컨. 파이즈 아메드 파이즈. 포루그 파로흐자드. 로버트 헤이든. 나짐 히크메트. 빌리 홀리데이. 준 조던. 페데리코 가르시아 로르카. 오드리 로드. 밥 말리. 블라디미르 마야코프스키. 토머스 맥그래스. 파블로 네루다. 로린 네데커. 찰스 올슨. 조지 오펜. 윌프레드 오웬. 피에르 파올로 파졸리니. 달리아 라비코비치. 에드윈 롤프. 뮤리엘 루카이저. 레오폴 상고르. 니나 시몬. 베시 스미스. 세사르 바예호.

나는 지금 정전에 들어갈 이름을 말한 것이 아니다. 이들의 목소리는 정치뿐만 아니라 시에도, 오랜 대화, 오랜 흐름에도, 수없이 논의되고 때로는 해롭기도 한 위대한 전통에도 섞여 들어왔다. 시의 지도 위를 횡단하고 또 횡단하는 급진적인 모더니즘의 전통이다. 자신의 시대와 장소의 침묵에 저항하는 글을 써온 이들의 전통이다. 이러한 전통이 없다면—시에서나 정치에서나—우리는 이 세계를 이해할 수 없을 것이다.

한 친구가 물었다. 그렇다면, 보들레르, 에밀리 디킨슨, T. S. 엘리엇, 제라드 맨리 홉킨스, D. H. 로렌스, 에우제니오 몬탈레, 실비아 플라스, 에즈라 파운드, 릴케, 랭보, 월리스 스티븐스, 예이츠는 어떠냐고. 그 대화의 배경에서 이들의 시는 새롭게 불타오르며, 서로 경쟁하는, 심지어 오염된 물결 너머로 반짝이는 신호를 보내고 있다. 나는 지금 문학의 '텍스트 상호관련성'이나 '세계 시'에 관해 말하는 게 아니다. 뮤리엘 루카이저가 "시가 의식을 교환하면서 **존재 조건의 변화**에도 영향을 미칠 수 있다"라고 말한 **에너지의 교환**에 대해 말하고 있다.

인간의 눈

번역은 그 에너지의 교환을 배신할 수도 있고 가능하게 할 수도 있다. 나는 오늘, 그리고 평생, 시란 무엇이 될 수 있는가에 관한 측면에서 번역에 의존해왔다. 번역은 언어와 문학의 무역 경로이자 이월 수단이다. 그리고 누가 번역되고 누가 번역하는가, 누가 어떻게 그 작품을 완성하고 유통시키는가의 문제 역시 권력과 언어가 불균형한 세계에서는 정치적인 질문이 된다. 삼각무역이 번역의 본질적인 고통임을 잊지 말자.

에두아르 글리상은 《관계의 시학》에서 중간 항로(아프리카 서해안과 서인도 제도를 연결하는 대서양 횡단 항로로 아프리카 노예들을 신대륙으로 싣고 가는 바닷길이었다―옮긴이)의 심연 밖으로 나가는 변환에 대해 고찰한다. 그는 카리브해에 관해 다음과 같이 썼다.

> 그 [심연의] 경험이 당신을 원 피해자로…… 하나의 예외로 만들어주었지만, 이 경험은 공유되었고 우리 후손들을 타인들 속에서 하나의 민족으로 만들어주었다. 민족은 예외성에 기대 살지 않는다. 관계는 외래의 지식이 아닌, 공유된 지식으로 이루어진다……
> 그래서 우리는 시와 함께 살아간다…… 우리는 두려울 게 없는 미지의 세계에서, 일부분이고 군중임을 안다. 우리는 시의 외침을 외친다. 우리 배는 열렸고, 만인을 위해 그 배를 타고 항해한다.

마지막으로 말한다. 시에는 언제나 이해되지 않는 것, 설명되지 않는 것, 우리의 열렬한 관심 속에서, 우리의 비평이론에서, 교실에서, 늦은 밤 논쟁 속에서 살아남는 것이 있다. 시인이자 번역가인 아메리코 페라리의 말을 인용하겠다. 시에는 언제나 '시와 세계 사이 살아 있는 관계의 중심이 도대체 어디에 존재하는지 말할 수 없는 면'이 있다.

시와 세계 사이 살아 있는 관계는 바로 어려운 지식, 그리고 현실에 참여하는 시인이 작업을 계속하는 수술실이다.

주

거짓말, 비밀, 그리고 침묵에 관하여 1966-1978

우리 죽은 자들이 깨어날 때: 다시 보기로서의 글쓰기(1971)

1   G. B. 쇼, 《입센주의의 진수The Quintessence of Ibsenism》(힐앤왕, 1922) p.139

2   J. G. 스튜어트, 《제인 엘런 해리슨: 편지로 보는 초상Jane Ellen Harrison: A Portrait from
    Letters》(멀린, 1959) p.140

3   헨리 제임스, 〈소설가들에 관한 주석Notes on Novelists〉《헨리 제임스 문학비평 선집
    Selected Literary Criticism of Henry James》 모리스 샤피라 편집(하인만, 1963) pp.157-58

4   [1978년 A. 리치]: 이와 같은 나의 직관은 1978년 초반 울프가 데임 에델 스미스
    와 주고받은 서신(헨리 W.와 앨버트 A. 버그 컬렉션, 뉴욕공공도서관, 애스터, 레녹
    스, 틸든 재단)을 읽고 나서 더 확실해졌다. 1933년 6월 8일 자 어느 편지에서 울
    프는 자신의 말이 진지하게 받아들여지지 않을까 두려워 《자기만의 방》과 자신
    의 개성을 분리했다고 말한다. "그 사람들 신이 나서 양 손바닥을 싹싹 비비며 말
    하겠죠. 여자들은 언제나 지나치게 개인적이라고요. 이 편지를 쓰는 동안에도 그 사
    람들 말이 들릴 정도예요."(저자 강조)

5   [1978년 A. 리치]: 그러나 나는 열여섯 살 때 몇 개월을 밀레이의 소네트를 외우
    고 모방하며 보냈다. 당시 공책을 보면 명백히 디킨슨의 운율학과 언어 압축을
    모방하려는 시도가 보인다. H. D.는 오직 선집에 수록된 서정시만을 통해서 알았
    고 당시 그의 서사시는 읽을 수가 없었다.

6   [1978년 A. 리치]: 여기 인용한 시들은 《에이드리언 리치 시선집: 1950-1974》(노
    턴, 1975)에서 볼 수 있다.

7   [1978년 A. 리치]: 이 꿈을 꾸었을 당시 나는 피해자성을 뛰어넘어 저항과 독립
    을 노래한 베시 스미스와 다른 여성들의 블루스 가사에 대해 완전히 무지했던 모
    양이다.

8   메리 데일리, 《하느님 아버지를 넘어서: 여성해방철학을 향해Beyond God Father:
    Toward a Philosophy of Women's Liberation》(비컨, 1973)

제인 에어: 어머니 없는 여성의 유혹(1973)

1   버지니아 울프, 《보통의 독자The Common Reader》(하코트 브레이스, 1948) pp.221-22
    [1978년 A. 리치]: 울프의 《보통의 독자》는 주로 여성 작가들에 대해 말하고 있
    는데도, 무엇이 중요한가, 적절한가, 혹은 타당한가에 관한 남성적인 생각과 싸움

을 벌인 흔적이 뚜렷이 담겨 있다. (이 싸움은 1931년 런던 여성참정권을 위한 전국 회의에 참석한 울프의 연설에도 선명하게 드러났고, 이 연설문은 미첼 리스카가 편집 한《파지터가 사람들The Pargiters》(NYPL/리덱스 북스, 1977)에 작가가 직접 고친 원 고와 함께 재수록되었다.) 그러므로 1925년에《제인 에어》에 관한 에세이를 쓰 고 앞으로《등대로》(1927),《자기만의 방》(1929),《3기니》(1938)를 쓰게 될 울프는 '샬럿 브론테는 인간의 삶이 지닌 문제들을 해결하고자 시도하지 않는다. 심지어 그런 문제가 존재하는지 인식하지도 않는다'라고 주장할 수 있었다. 울프 자신도 오늘날 이와 비슷한 몰이해를 만난다.

2   Q. D. 리비스,《제인 에어》서문 (펭귄, 1966) p.11

3   [1978년 A. 리치]:《여성과 광기Women and Madness》(1972)는 정신분석학과 정신치 료학의 전문성을 통해 반여성적 편견을 기술한 획기적인 기록이었지만, 내가 보 기에 필리스 체슬러는 어머니와 딸의 관계를 지나치게 단순화했고 거의 전적으 로 비극적이거나 부정적으로 바라보았다. 게다가 저자는 가부장제에서 딸이 차 지하는 불리한 위치의 책임 상당 부분을 '어머니 탓'으로 돌렸다. 그러나 여성의 실제적인 역사를 더 많이 알아갈수록(한 가지 예를 들자면, 흑인 여성의 역사) 강 인한 여성의 전통 속에서 딸들을 소중히 여기고 격려하는 어머니들의 실패 사례 를 덜 일반화할 수 있을 것이다.

4   가스통 바슐라르,《공간의 시학The Poetics of Space》(비컨, 1967년) pp.17-18

5   에리히 뉴먼,《위대한 어머니The Great Mother》(프린스턴대학교, 1972) pp.55-59

집 안의 활화산: 에밀리 디킨슨의 힘(1975)

1   〈여성적인 사랑과 관습의 세계: 19세기 미국 여성들 사이의 관계The Female World of Love and Ritual: Relations between Women in Nineteenth-Century America〉《사이언스》1권 1호

2   휴즈 편저,《에밀리 디킨슨의 시 선택A Choice of Emily Dickinson's Verse》(페이버앤페이 버, 1968) p.11

여성으로 태어남에 대하여: 경험과 제도로서 모성 1976
서문

1   〈강간: 전 미국적 범죄Rape: The All-American Crime〉조 프리먼 편집,《여성: 여성주의 관점Women: A Feminist Perspective》(메이필드 퍼블리싱, 1975)

2   수전 브라운밀러의《우리 의지에 반하여: 남성, 여성, 그리고 강간Against Our Will: Men, Women and Rape》(사이먼앤슈스터, 1975). 그의 책을 비평한 어느 페미니스트 뉴 스레터에 다음과 같은 주장이 있다. "어머니들을 강간 피해자로 일반화해 부르는 것은 극단적이고 논란의 여지가 있을 것이다. 어쩌면 소수만이 해당하는 이야기 일 것이다. 그러나 강간은 여성들이 특별한 방식으로 취약하기 때문에 일어나는

범죄이며, 이때 '취약하다'라는 말의 반대말은 '임신할 수 없다'이다. 굳이 단어를 만들어낸다면 '임신 가능성'은 자유의 제한, 교육의 무용함, 성장 부정이라는 여성 정체성의 기본을 이루어왔다." [〈강간은 여러 가지 형태를 띤다Rape Has Many Forms〉《스포크스우먼》6권 5호(1975년 11월 15일) 비평]

3 미국 자본주의는 여기에 세 번째 목적, 즉 이윤추구의 동기를 추가한다. 상업적으로 운영되는 프랜차이즈 아동 보육 기관은 '대기업'이 되었다. 많은 기관이 순전히 보호의 역할만 맡는데, 인원이 너무 많아 물리적 여유나 교육상 융통성과 자유가 부족하고, 직원 역시 거의 최소한의 보수를 받고 일하는 여성이다. 싱거, 타임, 제너럴 일렉트릭 같은 거대기업이 운영하는 이윤추구형 어린이집은 상업적인 양로원과 비슷하게 인간의 요구와 사회에서 가장 취약한 사람들을 이용, 착취한다. 조지아 사센, 쿠키 아빈, '기업과 아동 돌봄 연구 프로젝트'의 〈기업형 아동 돌봄Corporate Child Care〉《제2의 물결: 새로운 페미니즘 잡지The Second Wave: A Magazine of the New Feminism》3권 3호 pp.21-23, 38-43 참고할 것.

4 〈역사 속의 여성: 개념과 도전Placing Women in History: Definitions and Challenges〉《페미니스트 연구》3권 1-2호(1975 가을) pp.8, 13.

분노와 애정

1 아서 W. 캘훈, 《식민지 시대부터 현재까지 미국 가정의 사회역사A Social History of the American Family from Colonial Times to the Present》(클리블랜드, 1917) 거다 러너, 《백인 미국의 흑인 여성들: 자료로 본 역사Black Women in White America: A Documentary History》(빈티지, 1973) pp.149-150 참고할 것.

어머니와 딸

수전 그리핀, 〈어머니와 아이Mother and Child〉《눈 속의 홍채처럼Like the Iris of an Eye》(하퍼앤로, 1976)

1 앨리스 로시, 〈생리적이고 사회적인 리듬: 인간의 순환성에 관한 연구Physiological and Social Rhythms: The Study of Human Cyclicity〉 1974년 5월 9일 미시간 디트로이트에서 열린 미국정신의학회 특별 강연; 〈시대물 ― 잔인하지만 꺾이지 않는다Period Piece-Bloody but Unbowed〉 엘리자베스 팬턴, 에밀리 컬페퍼와의 인터뷰《더 리얼 페이퍼》(1974년 6월 12일)

2 찰스 스트릭랜드, 〈초월론자 아버지: 브론슨 올컷의 자녀 양육법A Transcendentalist Father: The Child-Rearing Practices of Bronson Alcott〉《계간 아동기 역사: 심리역사 저널》1권 1호(1973년 여름) p.23, 32

3 미즈 매켄지 편집, 《어깨를 걸고Shoulder to Shoulder》(크노프, 1975) p.28

4 마거릿 미드, 《남성과 여성Male and Female》(모로, 1975) p.61

5 데이비드 멜처, 《출산Birth》(밸런타인, 1973) p.3, 5, 6-8

6 로이드 드마우스, 〈아동기의 진화The Evolution of Childhood〉 드마우스 편집 《아동기
   의 역사The History of Childhood》(하퍼앤로, 1974) pp.25-26, 120

7 제인 릴리엔펠드, 〈그래, 등대는 저렇게 생겼다: 빅토리아 시대의 결혼Yes, the
   Lighthouse Looks Like That: Marriage Victorian Style〉 미발간 논문, 1975년 4월 18일-20일
   미국 동북부 빅토리아 시대 연구회의 빅토리아 시대 가족 학회에서 발표.

8 버지니아 울프, 《등대로To the Lighthouse》(브레이스, 1927) pp.58, 92, 126, 79, 294

9 세실 우드햄-스미스, 《플로렌스 나이팅게일Florence Nightingale》(그로셋앤던랩, 1951)
   p.46

10 폴라 모더존-베커의 일기와 편지, 리즐럿 얼랑거 번역, 미발간 원고로 역자의 허락
   을 받아 인용함. 다이앤 래디키 편집, 번역, 《폴라 모더존-베커의 편지와 일기The
   Letters and Journals of Paula Modersohn-Becker》(스케어크로우 프레스, 1980)도 참고할 것.

11 토머스 존슨 편집, 《에밀리 디킨슨 서한집The Letters of Emily Dickinson》(하버드대학교
   출판부, 1958) 3권 p.782

12 실비아 플라스, 《집으로 보낸 편지들Letters Home》 오렐리아 플라스 편집(하퍼앤로,
   1975) pp.32, 466

13 버지니아 울프, 같은 책 p.79

14 래드클리프 홀, 《고독의 우물The Well of Loneliness》(포켓 북스, 1974) p.32 초판 발행
   1928년

15 수 실버마리, 〈모성유대감The Motherbond〉 《우먼: 저널 오브 리버레이션》 4권 1호
   pp.26-27

16 캐럴 스미스-로젠버그, 〈여성 세계의 사랑과 의식: 19세기 미국의 여성 관계, The
   Female World of Love and Ritual: Relations between Women in Nineteenth-Century America〉 《사인스》
   1권 1호 pp.1-29

17 릴리언 크루거, 〈위스콘신의 모성Motherhood on the Wisconsin Frontier〉 《위스콘신, 매거
   진 오브 히스토리》 29권 3호 pp.333-46

18 린 수케닉, 〈도리스 레싱 소설의 감정과 이성Feeling and Reason in Doris Lessing's Fiction〉
   《컨템퍼러리 리터러처》 14권 4호 p.519

19 도리스 레싱, 《적당한 결혼The Proper Marriage》(뉴 아메리칸 라이브러리, 1970) p.111

20 케이트 쇼팽, 《각성The Awakening》(카프리콘, 1964) p.14 초판 발행 1899년

21 코라 샌델, 《고독한 알베르타Alberta Alone》 엘리자베스 로칸 번역(피터 오웬, 1965)
   p.51 초판 발행 1939년

22 C. 케레니, 《엘레우시스: 어머니와 딸의 원형 이미지Eleusis: Archetypal Image of Mother
   and Daughter》(판테온, 1967) pp.13-94

23 같은 책, pp.127-28

24 같은 책, p.130

25 같은 책, pp.132-33

26 마거릿 애트우드,《떠오르다Surfacing》(파퓰러 라이브러리, 1972) pp.213-14, 218-19, 22-23

27 진 먼디 박사,〈강간-여성에게만 일어나는 일Rape-For Women Only〉1974년 9월 1일 미국 심리학회에서 발표한 미발간 논문

28 클라라 톰슨,〈여성의 '남근 선망'‘Penis Envy’ in Women〉진 베이커 밀러 편집,《정신분석과 여성, Psychoanalysis and Women》(펭귄, 1973) p.54

29 로버트 세이덴버그,〈해부학은 운명인가?Is Anatomy Destiny?〉밀러, 같은 책 pp.310-11

30 틸리 올슨,《수수께끼 내 주세요Tell Me A Riddle》(델타 북스, 1961) pp.1-12

31 에블린 리드,《여성의 진화: 가모장 부족에서 가부장 가족으로Woman's Evolution: From Matriarchal Clan to Patriarchal Family》(패스파인더, 1975) pp.12-14

32 에이드리언 리치,〈제인 에어: 어머니 없는 여성의 유혹《거짓말, 비밀, 그리고 침묵에 관하여 : 1966-1978 산문 선집》(노턴, 1980)

33 릴리언 스미스,《꿈을 죽이는 것들Killers of the Dream》(노턴, 1961) pp.28-29

피, 빵, 그리고 시 1979-1985
여성은 무엇을 알아야 하는가?(1979)

1 유엔, 세계경제사회국, 통계부,《1977년도 사회통계 개요》(유엔, 1980)

강제적 이성애와 레즈비언 존재(1980)

1 예를 들면, 폴라 건 앨런,《신성한 고리: 아메리카 원주민 전통 속의 여성성 회복하기The Sacred Hoop: Recovering the Feminine in American Indian Traditions》(비컨, 1986), 베스 브랜트 편집,《영혼의 모임: 북미 원주민 여성들의 글쓰기와 예술A Gathering of Spirit: Writing and Art by North American Indian Women》(시니스터 위즈덤 북스, 1984), 글로리아 안잘두아, 셰리에 모라가 편집,《내 등이라 불리는 이 다리: 급진적인 유색인 여성들의 글쓰기This Bridge Called My Back: Writing by Radical Women of Color》(페르세포네, 1981: 키친테이블/우먼 오브 칼라 프레스 배포), J. R. 로버츠,《흑인 레즈비언: 주석이 달린 참고 문헌 목록Black Lesbians: An Annotated Bibliography》(나이아드, 1981), 바버라 스미스 편집,《홈걸: 흑인 페미니스트 선집Home Girls: A Black Feminist Anthology》(키친 테이블/우먼 오브 칼라 프레스, 1984) 등을 참고할 것. 로레인 베설과 바버라 스미스가《컨디션 5: 흑인 여성 편Conditions 5: The Black Women's Issue》(1980)에서 지적했듯이, 흑인 여성이 쓴 소설의 상당수가 여성들 사이의 주요한 관계를 묘사한다. 여기에 아마 아타 아이두, 토니 케이드 밤버라, 부치 에메체타, 베시 헤드, 조

528

라 닐 허스턴, 앨리스 워커의 작품을 인용하고 싶다. 도나 알레그라, 레드 조던 아로바토, 오드리 로드, 앤 앨런 쇼클리는 흑인 레즈비언으로서 직접 글을 쓴다. 그 밖에 유색인 레즈비언의 소설은 엘리 벌킨 편집, 《레즈비언 소설 선집Lesbian Fiction: An Anthology》(페르세포네, 1981)을 참고할 것.

또한, 오늘날 유대인-레즈비언 존재에 대해서는 에블린 토턴 벡 편집, 《착한 유대인 여성들: 레즈비언 선집, Nice Jewish Girls: A Lesbian Anthology》(페르세포네, 1982: 크로싱 프레스 배포), 앨리스 블로치, 《평생 보장Lifetime Guarantee》(페르세포네, 1982), 멜라니 케이-칸트로비츠, 이레나 클레퍼츠 편집, 《다이나 부족: 유대인 여성 선집 The Tribe of Dina: A Jewish Women's Anthology》(시니스터 위즈덤 북스, 1986)를 참고할 것. 내가 알기로 가장 먼저 제도로서 이성애를 공식화한 것은 1971년 창간한 레즈비언-페미니스트 신문 《더 퓨리스The Furies》였다. 이 신문의 기사 모음은 낸시 마이런, 샬럿 번치 편집, 《레즈비어니즘과 여성운동Lesbianism and the Women's Movement》(다이애나 프레스, 1975: 크로싱 프레스 배포)를 참고할 것.

2   앨리스 로시, 〈여성의 삶에서 아동과 일Children and Work in the Lives of Women〉 1976년 2월 투산 애리조나대학교에서 교부한 문건.

3   도리스 레싱, 《금색 공책The Golden Notebook》 1962 (반탐, 1977) p.480

4   낸시 초도로, 《모성의 재생산The Reproduction of Mothering》(캘리포니아대학교 출판부, 1978) 도로시 디너스타인, 《인어와 미노타우로스: 성적 합의와 인간의 병The Mermaid and the Minotaur: Sexual Arrangements and the Human Malaise》(하퍼앤로, 1976) 바버라 에런라이크, 데어드리 잉글리시, 《그녀를 위하여: 150년간 여성을 향한 전문가들의 조언For Her Own Good: 150 Years of Experts' Advice to Women》(더블데이, 앵커, 1978) 진 베이커 밀러, 《새로운 여성 심리학을 향해Toward a New Psychology of Women》(비컨, 1976)

5   같은 시사점을 지닌 다른 진지하고 영향력 있는 최근 책들을 더 선택할 수도 있었다. 예를 들면, '보스턴 여성건강 관련 도서' 베스트셀러 《우리의 몸, 우리 자신 Our Bodies, Ourselves》(사이먼앤슈스터, 1976)는 레즈비언을 다루는 개별(그리고 부적절한) 챕터를 마련했지만, 대부분 여성의 삶이 선호하는 것은 이성애라는 메시지를 전한다. 베레니스 캐럴 편집, 《여성 해방의 역사: 이론과 비평Liberating Women's History: Theoretical and Critical Essays》(일리노이대학교 출판부, 1976)는 심지어 역사상 레즈비언 존재에 관한 토큰 에세이조차 싣지 않았지만, 린다 고든, 퍼시스 헌트 등이 쓴 한 에세이에서 남성 역사학자들이 애나 호워드 쇼, 제인 애덤스 등의 페미니스트들을 비하하고 무시하기 위해 '성적 일탈'이라는 범주를 만들어 이용했다고 지적한다. (〈역사적 남근 오류: 미국 역사 기록의 성차별Historical Phallacies: Sexism in American Historical Writing〉) 르네이트 브리덴설, 클로디아 쿤즈 편집, 《가시화하기: 유럽 역사 속 여성들Becoming Visible: Women in European History》(휴턴 미플린, 1977)는 남

성 동성애에 관해 세 번 언급하지만, 레즈비언에 관한 자료는 없었다. 거다 러너 편집,《여성의 경험: 미국의 기록The Female Experience: An American Documentary》(밥스-메릴, 1977)은 현재 운동단체에서 발행하는 두 가지 레즈비언-페미니스트 관점의 신문을 요약하고 있지만, 레즈비언 존재에 관한 다른 문헌은 없다. 그러나 러너는 서문에서 일탈이라는 비난이 어떻게 여성의 저항을 파편화하고 무력화하는 데 이용되었는지 강조한다. 린다 고든은《여성의 몸, 여성의 권리: 미국 산아제한의 사회역사Woman's Body, Woman's Right: A Social History of Birth Control in America》(바이킹, 그로스만, 1976)에서 "페미니즘이 더 많은 레즈비언을 양산한 게 아니다. 억압의 수위는 높았지만 언제나 수많은 레즈비언이 존재했고, 대부분 레즈비언은 자신의 성적 지향성을 선천적인 것으로 경험한다"(p.410)라고 정확히 주장한다.

[1986년 A. 리치]: 추가 주석을 통해 처음 주석을 업데이트할 수 있어서 기쁘다. 《개정판 우리의 몸, 우리 자신》(사이먼앤슈스터, 1984)은 〈여성을 사랑하기: 레즈비언의 삶과 관계Loving Women: Lesbian Life and Relationships〉라는 새 챕터를 마련했고, 책 전체에서 섹슈얼리티, 의료, 가족, 정치 등에 관한 여성의 **선택**을 강조한다.

6 조너선 카츠 편집,《미국의 게이 역사: 미국의 레즈비언과 게이Gay American History: Lesbian and Gay Men in the U. S. A》(토머스 Y. 크로웰, 1976)

7 낸시 살리, 〈타락하기 전 여성 간의 관계 박살 내기Smashing Women's Relationships before the Fall〉《크리살리스: 여성 문화 잡지 8호Chrysalis: A Magazine of Women's Culture 8》(1979) pp.17-27

8 나는 공개적으로 이 책을 지지했다. 지금도 여전히 지지하지만, 위의 경고와 함께 지지한다. 이 산문을 쓰기 시작하면서 나는 에런라이크와 잉글리시의 책이 묻지 않은 질문이 얼마나 크고 중요한지 비로소 이해하게 되었다.

9 예를 들면, 캐슬린 배리,《여성의 성 노예화Female Sexual Slavery》(프렌티스-홀, 1979), 메리 데일리,《여성/생태학: 급진적 페미니즘의 메타윤리Gyn/Ecology: The Metaethics of Radical Feminism》(비컨, 1978), 수전 그리핀,《여성과 자연: 내면의 포효Woman and Nature: The Roaring inside Her》(하퍼앤로, 1978), 다이애나 러셀, 니콜 반 드 벤《여성 대상 범죄에 대한 국제재판소 소송 절차Proceedings of the International Tribunal of Crimes against Women》(레팜므, 1976), 수전 브라운밀러,《우리의 의지에 반하여: 남성, 여성, 그리고 강간Against Our Will: Men, Women and Rape》(사이먼앤슈스터, 1975),《이지스: 여성 대상 폭력의 종식에 관한 잡지Aegis: Magazine on Ending Violence against Women》(강간 반대 페미니스트 동맹) 등을 참고할 것.

[1986년 A. 리치]: 본 에세이에 인용하지 못했던 근친 성폭력과 여성 대상 폭력에 관한 연구가 1980년대에 등장했다. 플로렌스 러시,《끝까지 숨긴 비밀The Best-kept Secret》(맥그로-힐, 1980), 루이즈 암스트롱,《아빠에게 잘 자라고 뽀뽀해야지: 근친 성폭력에 대해 말하다Kiss Daddy Goodnight: A Speakout on Incest》(포켓 북스, 1979),

샌드라 버틀러,《침묵의 공모: 근친 성폭력의 트라우마Conspiracy of Silence: The Trauma of Incest》(뉴글라이드, 1978), F. 델라코스트, F. 뉴먼 편집,《달아나!: 남성 폭력에 대한 페미니스트 저항Flight Back!: Feminist Resistance to Male Violence》(클레이스 프레스, 1981), 주디 프리스피리트,《아빠의 딸: 어느 근친 성폭력 생존자의 이야기Daddy's Girl: An Incest Survivor's Story》(디아스포라 디스트리뷰션, 1982), 주디스 허먼,《아버지-딸 근친 성폭력Father-Daughter Incest》(하버드대학교 출판부, 1981), 토니 맥나론, 얘로 모건 편집,《밤의 목소리: 여성들 근친 성폭력을 말하다Voices in the Night: Women Speaking about Incest》(클레이스 프레스, 1982), 벳시 워리어, 에세이와 통계자료, 사실 정보, 각종 목록 모음집,《폭력피해 여성 안내 책자The Battered Women's Directory》8쇄 (원제《가정폭력에 관하여Working on Wife Abuse》) (1982) 등을 참고할 것.

10 디너스타인, p.272

11 초도로, pp.197-98

12 같은 책, pp.198-99

13 같은 책, p.200

14 캐슬린 고프, 〈가족의 기원The Origin of the Family〉《여성 인류학을 향하여Toward an Anthropology of Women》레이나 라이터 편집 (먼슬리 리뷰 프레스, 1975) pp.60-70

15 캐슬린 배리,《여성의 성 노예화Female Sexual Slavery》(프렌티스 홀, 1979) pp.216-19

16 애나 디미터,《합법적 유괴Legal Kidnapping》(비컨, 1977) pp.20, 126-28

17 메리 데일리,《여성/생태학: 급진적 페미니즘의 메타윤리》(비컨, 1978) pp.139-41, 163-65

18 바버라 에런라이크, 데어드리 잉글리시,《마녀, 조산사, 그리고 간호사: 여성 치료사들의 역사Witches, Midwives and Nurses: A History of Women Healers》(페미니스트 프레스, 1973), 앤드리아 드워킨,《여성 혐오Woman Hating》(더튼, 1974) pp.118-54, 데일리, pp.178-222

19 버지니아 울프,《자기만의 방》(호가스, 1929),《3기니》(하코트 브레이스, [1938] 1966), 틸리 올슨,《침묵Silences》(델라코트, 1978), 미셸 클리프, 〈방해의 잔향The Resonance of Interruption〉《크리살리스: 여성문화잡지 8호》(1979) pp.29-37 등을 참고할 것

20 메리 데일리,《하느님 아버지를 넘어서》(비컨, 1973) pp.347-51, 올슨, pp.22-46

21 데일리,《하느님 아버지를 넘어서》p.93

22 프랜 P. 호스켄 〈권력의 폭력: 여성의 성기 절제The Violence of Power: Genital Mutilation of Females〉《이단: 페미니스트 예술과 정치 저널 6호Heresies: A Feminist Journal of Art and Politics 6》(1979) pp.28-35, 다이애나 러셀, 니콜 반 드 벤 편집,《여성 대상 범죄에 대한 국제재판소 소송 절차》(레팜므, 1976) pp.194-195

[1986년 A. 리치]: 특히 나왈 엘 사다위, 〈여성 할례Circumcision of Girls〉《숨겨진 이

브의 얼굴: 아랍 사회의 여성들The Hidden Face of Eve: Women in Arab World》(비컨, 1982) pp.33-43을 참고할 것.

23　배리, pp.163-64

24　'레즈비언 사도마조히즘'은 섹스와 폭력의 관계에 대한 지배적 문화의 가르침이라는 관점에서 검토할 필요가 있다. 나는 이것 역시 여성들의 '이중생활'의 또 다른 예라고 생각한다.

25　캐서린 A. 맥키넌, 《일하는 여성들의 성적 학대: 성차별 사례Sexual Harassment of Working Women: A Case of Sex Discrimination》(예일대학교 출판부, 1979) pp.15-16

26　같은 책, p.174

27　수전 브라운밀러, 《우리의 의지에 반하여: 남성, 여성, 그리고 강간》(사이먼앤슈스터, 1975)

28　맥키넌, p.219. 수전 슈엑터는 이렇게 말한다. "대가가 무엇이든 이성애 동맹의 압박이 너무도 거세서…… 그 자체가 폭력을 양산하는 문화적 힘이 되었다. 낭만적 사랑과 배우자를 자산으로 삼아 배타적으로 소유하는 이데올로기는 심각한 학대로 발전할 수 있는 것을 무도회 가면으로 가려준다." [《이지스: 여성 대상 폭력의 종식에 관한 잡지》(1979년 7, 8월호) pp.50-51]

29　맥키넌, p.298

30　같은 책, p.220

31　같은 책, p.221

32　배리, 앞서 말한 책
　　[1986년 A. 리치]: 캐슬린 배리, 샬럿 번치, 셜리 캐스틀리 편집, 《국제적인 페미니즘: 여성의 성 노예화에 맞선 연대International Feminism: Networking against Female Sexual Slavery》(인터내셔널 우먼스 트리뷴 센터, 1984)도 참고할 것.

33　배리, p.33

34　같은 책, p.103

35　같은 책, p.5

36　같은 책, p.100쪽
　　[1986년 A. 리치]: 이와 같은 진술은 '모든 여성은 (순수하고 단순한) 피해자다'라는 주장으로, 혹은 '모든 이성애는 성 노예화와 같다'라는 주장으로 받아들여졌다. 나는 그보다 모든 여성이 정도는 달라도 여성을 하나의 집단으로 취급하는 인간성 말살의 태도와 관습에 영향을 받는다고 말하고 싶다.

37　같은 책, p.218

38　같은 책, p.140

39　같은 책, p.172

40　나는 다른 글에서 남성 정체성은 백인 여성 인종차별주의의 강력한 원천이었고,

이에 맞서 싸운 여성들은 남성적 규범과 체제에 '불충한' 사람들로 여겨졌다고 말한 바 있다. [에이드리언 리치, 〈문명에 불충하다: 페미니즘, 인종차별주의, 여성 공포증Disloyal to Civilization: Feminism, Racism, Gynephobia〉《거짓말, 비밀, 그리고 침묵에 대하여》(노턴, 1979)]

41 배리, p.220

42 수전 캐빈, 〈레즈비언 기원Lesbian Origins〉(박사 논문, 러트거스대학교, 1978), 미출판, 6장
[1986년 A. 리치]: 위 논문은 최근《레즈비언 기원》(이즘 프레스, 1986)으로 출판되었다.

43 내가 이성애를 일종의 경제 제도로 보게 된 것은 리사 레그혼과 캐서린 파커의 미출판 저서《여성의 가치: 성 경제학과 여성들의 세계Woman's Worth: Sexual Economics and the World of Women》(루틀리지앤케건 폴, 1981) 원고를 미리 볼 수 있었던 덕분이다.

44 나는 레즈비언 존재가 가장 인정받고 용인된 곳이 이성애의 '비정상적' 형태를 닮은 지점이라고[예를 들면 거트루드 스타인과 앨리스 B. 토클라스처럼 레즈비언들이 이성애자 역할을 하면서(혹은 공공장소에서는 이성애자처럼 보이면서) 주로 남성 문화 정체성을 보여주는 곳] 생각한다. 또한, 클로드 E. 섀퍼, 〈쿠테나이 족 여성 베르다슈: 운반인, 안내자, 예언자이자 전사The Kutenai Female Berdache: Courier, Guide, Prophetess and Worrier〉《민족역사학 12권 3호Ethnohistory 12 no.3》(1965년 여름호) pp.193-236을 참고할 것. (베르다슈: "생리적으로 명백히 하나의 성별을 지녔지만 (남성 혹은 여성) 상대편 성별의 역할과 지위를 맡거나, 공동체에서 생리적으로 하나의 성별을 지닌 것으로 보이지만 상대편 성별의 역할과 지위를 맡은 것으로 보이는 개인"[섀퍼, p.231]) 또한 레즈비언 존재는 상류층의 현상이자 엘리트의 퇴폐로(르네 비비앙과 나탈리 클리퍼드 바니와 같은 파리 살롱의 레즈비언에게 매료되는 행위로) 여겨졌고, 주디 그란이《어느 평범한 여성의 작품The Work of a Common Woman》(다이애나 프레스, 1978)과《삶의 모험 이야기에 충실하다 True to Life Adventure Stories》(다이애나 프레스, 1978)에서 묘사한 것처럼 '평범한 여성들'의 어두운 모습으로 치부되어왔다.

45 데일리,《여성/생태학》p.15

46 "여성이 남성과 관계를 맺거나 남성에게 봉사하지 않으면 생존이 불가능한 것으로 여겨지는 적대적인 세계에서 여성의 공동체는 전부 간단히 삭제되고 만다. 역사는 거부하고자 하는 것은 매장해버리는 경향이 있다." [블랑쉬 W. 쿡, 〈여성만이 나의 상상력을 불러일으킨다: 레즈비어니즘과 문화 전통Woman Alone Stir My Imagination: Lesbianism and the Cultural Tradition〉《사인스 4권 4호》(1979년 여름호) pp.719-20] 뉴욕시의 '레즈비언 허스토리 아카이브'는 레즈비언 존재에 관한 현

대의 자료를 보관하려는 시도이자, 문화권 내 다른 아카이브와의 관계와 네트워크, 공동체를 계속 검열하고 말소하려는 시도에 저항하는 엄청난 가치와 의미를 지닌 프로젝트다.

47 [1986년 A. 리치]: 과거와 현재 사회에서 레즈비언과 게이 남성이 역사적이고 정신적으로 '교차적인' 기능을 공유했던 경험은 주디 그란의《또 하나의 모국어: 게이 언어, 게이 세계Another Mother Tongue: Gay Words, Gay Worlds》(비컨, 1984)에서 찾아볼 수 있다. 이제 나는 레즈비언 존재의 고유한 여성적 측면과 게이 남성과 공유하는 복잡한 '게이' 정체성 모두에서 배울 점이 많다고 생각한다.

48 오드리 로드, 〈성애의 활용: 성애의 힘에 대하여Uses of the Erotic: The Erotic as Power〉《시스터 아웃사이더Sister Outsider》(크로싱 프레스, 1984)

49 에이드리언 리치, 〈일의 조건: 여성들의 평범한 세계Conditions for Work: The Common World of Women〉《거짓말, 비밀, 그리고 침묵Lies, Secrets, and Silence》p.209, H. D.《프로이트에게 바침Tribute to Freud》(카카넷, 1971) pp.50-54

50 버지니아 울프,《자기만의 방》p.126

51 그라시아 클라크, 〈비긴회: 중세 여성의 공동체The Beguines: A Mediaeval Women's Community〉《퀘스트: 페미니스트 계간지 1권 4호Quest: A Feminist Quarterly 1, no.4》(1975) pp.73-80

52 드니즈 폴메이 편집,《열대 아프리카의 여성들Women of Tropical Africa》(캘리포니아 대학교 출판부, 1963) pp.7, 266-67 참고할 것. 이러한 여성회 가운데에는 '남성 구성원에 반대하는 일종의 방어적 연합체'도 있는데, 이들의 목적은 '억압적인 가부장제에 단결로 저항하기', '남편과의 관계로부터 독립하고, 어머니 역할과 상호 원조와 개인적 복수 완수하기' 등으로 설명된다. 또한, 오드리 로드, 〈표면에 흠집 내기: 여성과 사랑을 가로막는 장벽에 대한 단상들Scratching the Surface: Some Notes on Barriers to Women and Loving〉《시스터 아웃사이더》pp.45-52, 마저리 토플리, 〈광둥성 농촌 지역의 결혼저항Marriage Resistance in Rural Kwangtung〉 M. 울프, R. 위트케 편집,《중국 사회의 여성들Women in Chinese Society》(스탠퍼드대학교 출판부, 1978) pp.67-89, 아녜스 스메들리,《혁명기 중국 여성의 초상Portraits of Chinese Women in Revolution》J. 맥키넌, S. 맥키넌 편집 (페미니스트 프레스, 1976) pp.103-10 등도 참고할 것.

53 로잘린드 페체스키, 〈하이픈 없애기: 마르크스주의-페미니스트 그룹에 관한 보고서 1-5Dissolving the Hyphen: A Report on Marxist-Feminist Groups 1-5〉《자본주의 가부장제와 사회주의 페미니즘 사례Capitalist Patriarchy and the Case for Socialist Feminism》질라 아이젠슈타인 편집 (먼슬리 리뷰 프레스, 1979) p.387 참고할 것.

54 [1986년 A. 리치]: 앤절라 데이비스,《여성, 인종, 계급Women, Race and Class》(랜덤하우스, 1981) p.102, 올란도 패터슨,《노예제도와 사회적 죽음: 비교연구Slavery and

Social Death: A Comparative Study》(하버드대학교 출판부, 1982) p.133도 참고할 것.

55 러셀, 반 드 벤, pp.42-43, 56-57

56 《더 래더The Ladder》에 실린 한스베리의 편지를 알게 된 것은 조너선 카츠의 《미국의 게이 역사》덕분이다. 또 바버라 그라이어는 감사하게도 《더 래더》의 관련 페이지를 복사해주고 인용을 허락해주었다. 조너선 카츠 외 편집, 《더 래더》재발행 시리즈(아르노, 1975)와 데어드리 카모디, 〈엘리너 루스벨트의 편지, 로레나 히콕과의 우정을 기술하다Letters by Eleanor Roosevelt Detail Friendship with Lorena Hickok〉《뉴욕 타임스》(1979년 10월 21일)도 참고할 것.

57 메리델 르슈어, 《그 여자The Girl》(웨스트 엔드 프레스, 1978) pp.10—11 르슈어는 책 후기에 대공황 시기 어느 작가 집단 소속으로 만난 미국 노동자 연맹 여성들의 구두 진술과 기록을 보고 이 책을 쓰기 시작했다고 밝혔다.

58 같은 책, p.20

59 같은 책, pp.53-54

60 같은 책, p.55

61 토니 모리슨, 《술라Sula》(밴텀, 1973) pp.103-4, 149 또한, 로레인 베설의 에세이 〈'이 영원한 의식의 고통': 조라 닐 허스턴과 흑인 여성 문학의 전통'This Infinity of Conscious Pain': Zora Neale Hurston and the Black Female Literary Tradition〉《모든 여성은 백인, 모든 흑인은 남성이지만, 우리는 용감하다: 흑인 여성 연구All the Women Are White, All the Blacks Are Men, but Some of Us Are Brave: Black Women's Studies》글로리아 T. 헐, 퍼트리샤 벨 스콧, 바버라 스미스 편집(페미니스트 프레스, 1982)에 신세를 졌다.

62 모린 브래디, 주디스 맥대니얼, 〈주류 속 레즈비언: 최근 상업소설 속 레즈비언의 이미지Lesbians in the Mainstream: The Image of Lesbians in Recent Commercial Fiction〉《컨디션 6》(1979) pp.82-105 참고할 것.

63 러셀과 반 드 벤의 책 p.40 참고할 것. "자신의 섹슈얼리티를 자유롭게 선택할 자유가 거의 없다는 사실을 깨닫는 이성애자 여성이 거의 없고, 강제적 이성애가 어떻게, 왜 그들을 해치는 범죄가 되는지 깨닫는 이도 거의 없다."

64 로레인 베텔, 〈'이 영원한 의식의 고통': 조라 닐 허스턴과 흑인 여성 문학의 전통〉《모든 여성은 백인, 모든 흑인은 남성이지만, 우리는 용감하다: 흑인 여성 연구》글로리아 T. 헐, 퍼트리샤 벨 스콧, 바버라 스미스 편집(페미니스트 프레스, 1982) pp.176-88

65 가장 최근 이 대목을 인용한 도로시 디너스타인은 음산하게 이런 말을 덧붙인다. "그러나 여자의 설명에 추가되어야 할 점은 이 '하나로 얽힌 두 여자'가 남자들이 그들에게 원하는 일에서만 벗어나는 게 아니라, 서로 원하는 일에서도 벗어나 서로의 쉼터가 되어준다는 사실이다." [디너스타인, 《인어와 미노타우로스: 성적 합의와 인간의 병》(하퍼앤로, 1976)] 그러나 여성 대 여성의 폭력은 모든 사회 제

도 안에서 지속하고 합리화되어온 여성을 향한 남성의 폭력에 비하면 미세한 알갱이에 불과하다.

66 블랑쉬 W. 쿡과의 대화, 뉴욕시, 1979년 3월.

67 위 9번 주석을 볼 것.

뿌리에서 갈라지다: 유대인 정체성에 관한 에세이(1982)

1 에이드리언 리치, 〈역사 읽기〉《며느리의 스냅사진》(노턴, 1967) pp.36-40

2 비슷하게 '참 백인답다'라는 표현도 흑인이 아닌 백인에게만 기대되는 우월한 품위와 도덕성을 가지고 행동한다는 뜻을 지녔다.

3 제임스 볼드윈, 〈할렘 게토The Harlem Ghetto〉《본토 아들의 메모Notes of a Native Son》(비컨, 1955)

4 앤절라 Y. 데이비스, 《여성, 인종, 계급Women, Race and Class》(랜덤하우스, 1981) 루시 S. 다비도비치, 《유대인 대상 전쟁 1933-1945The War against the Jews 1933-1945》(1975) (밴텀, 1979)

외부자의 시선: 엘리자베스 비숍 시 전집, 1927-1979(1983)

1 작품 선별 기준이 분명했던 비숍이 작품집에 〈북풍—키웨스트A Norther—Key West〉를 넣지 않기로 했다는 점에 주목할 필요가 있다. 1962년에 쓴 이 시는 관찰자와 대상 사이에 거리감이 있고, 인위적이고 덧없는 어조로 인식이 왜곡되어 있으며, 객관성을 시도했지만 불가능함을 드러낼 뿐이다. 비숍은 〈하우스 게스트 House Guest〉(1969년 이전)도 포함하지 않았는데, 시 속의 우울한 입주 재단사는 마누엘지뉴만큼이나 자주 '자유주의' 중산층 관점으로 관찰당한다. 시인은 가정의 주인들이 끊임없이 피고용인들을 평가해온 특정 어조를 끌어오기는 했지만—짜증스러우면서, 반쯤 죄책감을 느끼지만, 이해하지는 못하는—그 어조 자체를 비평하고 불가피하게 전형적으로 그려진 재단사의 상투성을 돌파할 방법을 찾지는 못했다. 그러나 나는 이 시들을 읽을 수 있고, 비숍의 자기비평 과정과 어려운 영역으로 들어가는 탐색 과정을 일부나마 볼 수 있어서 감사할 따름이다.

피, 빵, 그리고 시: 시인의 위치(1984)

1 에드워드 사이드, 〈가치관으로서 문학Literature As Values〉《뉴욕타임스 북리뷰》(1983년 9월 4일) p.9

2 낸시 모레혼, 〈변증법 예찬Elogia de la Dialectica〉 마거릿 랜들 편집, 《침묵을 깨고: 20세기 쿠바 여성 시Breaking the Silence: Twentieth Century Poetry by Cuban Women 》(1982, 펄프 프레스)

3 [편집자 주] 〈나는 듣고 있어요: 뿌리의 노래I Am Listening: A Lyric of Roots〉의 작가는

오늘날 트랜스섹슈얼 남성 막스 울프 발레리오가 되었다.

4 아니타 발레리오, 〈나는 듣고 있어요: 뿌리의 노래〉《영혼의 모음, 불길한 지혜A Gathering of Spirit, Sinister Wisdom》(1983, 베스 브랜트 편저) pp.212-13

5 〈여성은 무엇을 알아야 하는가?〉 1번 주석 참고.

거기서 발견된 것: 시와 정치에 관한 메모 1993, 2003
여성과 새

1 이 삼각관계를 가장 직관적으로 파악, 탐색하고, 자신의 작품에 구현한 사람이 북아메리카 시인 뮤리엘 루카이저(1913-1979)다.

2 베스 브랜트, 《모호크 트레일Mohawk Trail》 (파이어브랜드, 1985) p.96

라디오에서 들려오는 목소리

1 존 웹스터, 《비극집Tragedies》(비전 프레스, 1946) p.149

2 월리스 스티븐스, 《월리스 스티븐스 시집The Collected Poems of Wallace Stevens》(크노프, 1954) p.358

언어와 폭력 사이 거리

1 존 키츠, 〈엔디미온Endymion〉《존 키츠 시선The Poetical Works of John Keats》 2권 (리틀 브라운, 1899) Ⅰ, p.85

2 윌리엄 블레이크의 모든 인용문은 《윌리엄 블레이크 시와 산문집The Poetry and Prose of William Blake》 데이비드 어드맨 편집 (더블데이/앵커, 1970)를 참고했다.

3 앨런 테이트, 〈크리스마스 소네트Sonnets at Christmas〉《우리 내면의 위대한 목소리: 20세기 미국 시The Voice That Is Great Within Us: American Poetry of the Twentieth Century》 헤이든 캐러스 편집 (밴텀, 1970) p.221

4 앨런 테이트, 〈남부 종교에 관한 견해Remarks on the Southern Religion〉《내 입장을 지킬 것이다: 남부의 농경 문학 전통I'll Take My Stand: The South and the Agrarian Tradition》(1930, 바통 루즈 루이지애나주립대학교 출판부, 1977) pp.174-75

시를 어떻게 쓸 것인가가 아니라 무엇을 위하여 쓸 것인가

1 라이너 마리아 릴케, 《라이너 마리아 릴케 시 선집The Selected Poetry of Rainer Maria Rilke》 스티븐 미첼 편집 및 번역 (랜덤하우스/빈티지, 1986) pp.60-61 '인생을 바꿔라'는 내가 미국식 표현으로 바꾼 것이다.

2 에이드리언 리치, 《세상 바꾸기》(예일대학교 출판부, 1951) W. H. 오든, 서문 p.8

3 W. H. 오든, 〈W. B. 예이츠를 기억하며In Memory of W. B. Yeats〉《W. H. 오든 시집》 (랜덤하우스, 1945) p.50

4 같은 책 p.51

5 에이드리언 리치,《초기 시집 1950-1970》(노턴, 1993) p.15 뮤리엘 루카이저는 자신의 유대인 정체성에 관한 에세이에서 어린 시절 예배 경험에 대해 이렇게 썼다. "나는 개혁 유대교 안에서 자란 많은 이가 종교의 두 가지 국면에 굶주리게 될 거라고 생각한다. 바로 시와 정치다." [〈시인…… 여성…… 미국인…… 유대인Poet…… Woman…… American…… Jew〉《브리지: 유대인 페미니스트와 친구들을 위한 저널 1권 1호Bridges: A Journal for Jewish Feminists and Our Friends 1, no.1》(1990년 봄) 23-29 참고]

6 레지널드 기본스, 테렌스 데스프레스 편집,《토머스 맥그래스: 삶과 시Thomas McGrath: Life and the Poem》(일리노이대학교 출판부, 1992) pp.120-21

썩어버린 이름들

1 월리스 스티븐스,《월리스 스티븐스 시집》(크노프, 1955) pp.128-30

2 같은 책, p.266

3 같은 책, p.27

4 같은 책, pp.33-34

5 같은 책, pp.239-40 스티븐스의 현대 시 프로그램은 시의 전통이 바로 이런 것들에 실패했음을 암시한다.

6 같은 책 p.183

7 앨던 린 닐슨,《인종 읽기: 20세기 백인 미국 시인들과 인종 담론Reading Race: White American Poets and the Racial Discourse in the Twentieth Century》(조지아대학교 출판부, 1988) p.9 마저리 펄로프는 2차 세계대전 중에 쓴 스티븐스의 편지들을 보면 그가 다양한 문학계 지식인들을 멸칭했고, 심지어 존경했던 사람들에게도 '유대인이자 공산주의자' '유대인이자 반파시스트' '가톨릭 신자' 등의 꼬리표를 붙였으며, 장시 〈최고의 소설에 붙인 메모Notes toward a Supreme Fiction〉(1941-42)에서 '일상적인 신문 기사와 라디오 속보에도 불구하고 실제 행동은 상징의 세계에서 발생한다고 시인과 독자 모두를 설득하기 위해 만만찮은 수사를 공들여 구축했다'라고 주장한다. [앨버트 J. 겔피 편집,《월리스 스티븐스: 모더니즘 시학Wallace Stevens: The Poetic of Modernism》(케임브리지대학교 출판부, 1985) pp.41-52]

8 월리스 스티븐스,《월리스 스티븐스의 편지들Letters of Wallace Stevens》홀리 스티븐스 편집 (크노프, 1966) p.321

9 "나는 '아프리카니즘'이라는 용어를 유럽 중심적으로 아프리카사람들에 관해 배울 때 따라오는 전체적인 관점과 추측, 읽기, 오독을 가리킬 때 사용하기도 하지만, 아프리카사람들을 의미하게 된 외연적이고 내포적인 흑인성을 말할 때도 사용한다…… 문학 담론을 작동 불능 상태로 만드는 바이러스 같은 아프리카니즘

은 미국의 교육제도가 선호하는 유럽 중심 전통에서 계급과 성적인 허가, 억압, 권력의 형성과 행사의 문제를 말하고 규제하는 방식이 되었고, 동시에 윤리와 책임에 관한 명상법이 되어버렸다." [토니 모리슨,《어둠 속에서 놀기: 백인성과 문학적 상상력Playing in the Dark: Whiteness and the Literary Imagination》(하버드대학교 출판부, 1992) pp.6-7]

시인의 교육

1 다이앤 글랜시,《숨 쉴 권리Claiming Breath》(네브래스카대학교 출판부, 1992) p.85
2 같은 책 p.23
3 같은 책 p.22
4 지미 산티아고 바카,《어둠 속에서 공부하다: 어느 시인의 바리오 시절Working in the Dark: Reflection of a Poet of the Barrio》(레드 크레인 북스, 1992) pp.4-6
5 같은 책 p.65
6 같은 책 p.66
7 같은 책 p.4
8 글로리아 안잘두아,《국경 지역: 새로운 메스티자Borderlands/La Frontera: The New Mestiza》(스핀스터즈/ 앤트 루트 북스, 1987) p.54
9 같은 책 p.19
10 같은 책 pp.59-61
11 글랜시, pp.86-87
   [2003년 A. 리치]: 현대 작가 자서전 시리즈 28권 pp.189-229 린다 맥카리스톤,〈잡초Weed〉도 참고할 것.

관광과 약속의 땅

1 준 조던,〈연대Solidarity〉《우리 운명의 이름 짓기: 신작 시 선집Naming Our Destiny: New and Selected Poems》(선더스 마우스 프레스, 1989) p.171
2 토머스 라센,〈불편한 고백Uneasy Confessions〉《삶을 압박하는 진실과 거짓말: 로스앤젤레스 시인 60인Truth and Lies That Press for Life: Sixty Los Angeles Poets〉코니 허셰임 편집, (아티팩트 프레스, 1992)에 관한 비평《포이트리 플래시Poetry Flash》232호 (1992년 7월) 1권에 게재.
3 《마르크스주의-인본주의: 세계 발달의 반세기, XII : 라야 두나예프스카야 전집 지침서Marxist-Humanism: A Half Century of Its World Development, XII: Guide to the Raya Dunayevskaya Collection》라야 두나예프스카야 편집 (웨인주립대학교 도서관, 1986) p.59

강연장에서의 여섯 가지 명상

1   월트 휘트먼, 《시와 산문 전집》 (라이브러리 오브 아메리카, 1982) pp.388-92
2   페데리코 가르시아 로르카, 《마력을 찾아서In Search of Duende》(뉴디렉션스, 1998) p.22, 48
3   로버트 던컨, 〈열린 우주를 향하여Toward an Open Universe〉(1964) 《산문집A Selected Prose》(뉴디렉션, 1995) pp.10-11
4   사마다르 라비에, 《군사 점령지의 시학The Poetics of Military Occupation》(캘리포니아대학교 출판부, 1990) p.175
5   아마르티아 센, 《불평등의 재검토Inequality Reexamined》(하버드대학교 출판부, 1992)
6   에두아르 글리상, 《관계의 시학Poetics of Relation》 벳시 윙 번역 (미시간대학교 출판부, 2000)
7   라이너 마리아 릴케, 〈가을날Autumn Day〉《릴케 명시선The Essential Rilke》 갤웨이 킨넬, 한나 리브만 번역 (에코, 2000) p.5
8   데이비드 버드빌, 〈면책 시대의 종말An End to the Age of Impunity〉《선데이 러틀랜드 헤럴드/ 타임스 아규즈》(2001년 9월 30일)
9   뮤리엘 루카이저, 《시의 생애The Life of Poetry》(파리 프레스, 1966) p.61
10 제임스 볼드윈, 《또 다른 나라Another Country》(다이얼, 1962) p.4
11 월트 휘트먼, 《민주주의의 전망Democratic Vistas》(1871) 《시와 산문 전집》 pp.938, 949, 960
12 마이클 하퍼, 《마이클트리의 노랫길: 신작 시집Songlines in Michaeltree: New and Collected Poems》(일리노이대학교 출판부, 2000) p.372
13 로버트 던컨, 《시선집》 로버트 J. 베르톨프 편집(뉴디렉션스, 1993) pp.64-72
14 에블린 폭스 켈러, 《유기체와의 교감: 바버라 매클린톡의 삶과 업적A Feeling for the Organism: The Life and Work of Barbara McClintock》(프리먼, 1983)도 참고할 것.

가능성의 예술 2001
뮤리엘 루카이저 : 그의 전망(1993)

1   루이즈 케르테스, 《뮤리엘 루카이저의 시적 전망The Poetic Vision of Muriel Rukeyser》(루이지애나주립대학교 출판부, 1980) pp.78-84
2   뮤리엘 루카이저, 《시의 생애》(파리 프레스, 1996) p.192
3   같은 책, p.197
4   재닛 스턴버그 편집, 《작업 중인 여성 작가The Writer on Her Work》 1권 (노턴, 1980) p.221
5   9명의 아프리카계 미국인 청소년이 2명의 백인 여성을 강간했다는 혐의로 부당하게 유죄판결을 받은 사건으로 훗날 대법원에서 판결이 뒤집히면서 급진주의자

들에게 역사적인 사건이 되었다.

6 뮤리엘 루카이저, 〈시인······ 여성······ 미국인······ 유대인 Poet······ Women······ American······ Jew〉《현대 유대인 기록물 5권 7호 Contemporary Jewish Record 5, no.7》(1944 년 2월호) 재발행《브리지: 유대인 페미니스트와 친구들을 위한 저널 1권 Bridges: A Journal for Jewish Feminists and Our Friends 1》(1990년 봄호) pp.23-29

7 매사추세츠 윌리엄스버그의 파리 프레스 출판사가 제인 쿠퍼의 서문을 수록한 《시의 생애》를 복간했고(1996) 샤론 올즈의 서문을 수록한 전기신화소설《탐닉 The Orgy》(1965)도 복간했다(1997).

나는 왜 국가예술훈장을 거부하는가(1997)

1 뮤리엘 루카이저,《시의 생애》(파리 프레스, 1996) p.159

2 클레이턴 에실먼,《교창 스윙: 산문 선집 1962-1987 Antiphonal Swing: Selected Prose 1962-1987》(맥퍼슨, 1989) p.136

3 필리스 콘펠드,《독방동의 전망: 미국의 교도소 예술 Cellblock Visions: Prison Art in America》(프린스턴대학교 출판부, 1997)

4 《뉴욕타임스》1997년 7월 25일 C19

가능성의 예술(1997)

1 바버라 스미스 편집《홈걸: 흑인 페미니스트 선집 Home Girls: A Black Feminist Anthology》 (키친테이블/위민 오브 컬러 프레스, 1983) pp.272-83 또한 질라 R. 아이젠슈타인 편집,《자본주의 가부장제와 사회주의 페미니즘의 실정 Capitalist Patriarchy and the Case for Socialist Feminism》(먼슬리 리뷰 프레스, 1978)도 참고할 것.

2 아이자즈 아흐마드,《계급, 국가, 문학 이론 In Theory: Classes, Nations, Literatures》(버소, 1992) p.154

3 같은 책, pp.4-5, 129

4 개릿 혼고 편집,《서구의 시각 아래: 아시안 아메리카의 개인 에세이 Under Western Eyes: Personal Essays from Asian America》(앵커, 1995) pp.23-24

5 카를 마르크스, 라야 더나예프스카야,《여성 해방과 혁명의 변증법 Women's Liberation and the Dialectics of Revolution》(웨인주립대학교 출판부, 1996) p.25에서 인용. 카를 마르크스,《카를 마르크스 선집 Karl Marx: Selected Writings》데이비드 맥렐란 편 집(옥스퍼드대학교 출판부, 1977) p.92도 참고할 것.

6 무미아 아부-자말,《사형수 수감동의 삶 Live from Death Row》(에디슨-웨슬리, 1995) pp.89-90

7 마무드 다르위시,《망각의 기억: 1982년 8월 베이루트에서 Memory for Forgetfulness: August, Beirut, 1982》(캘리포니아대학교 출판부, 1995) pp.65, 52

8   디온 브랜드, 《돌로 만든 빵: 회상, 성, 인정, 인종, 꿈, 정치Bread Out of Stone: Recollections, Sex, Recognitions, Race, Dreaming, Politics》(코치 하우스 프레스, 1994) pp.182-83

9   에두아르도 갈레아노, 《사랑과 전쟁의 낮과 밤Days and Nights of Love and War》주디스 브리스터 번역(먼슬리 리뷰 프레스, 1983) pp.191, 185, 192

10 조너선 코졸, 〈두 개의 국가, 영원히 불평등한Two Nations, Eternally Unequal〉《틱쿤, Tikkun》12권 1호(1996) p.14

11 후안 헬만, 《상상도 못 할 다정함Unthinkable Tenderness : Selected Poems》조안 린드그렌 편집, 번역 (캘리포니아대학교 출판부, 1997) p.12

인간의 눈 2009
투과막(2005)

1   블라디미르 마야코프스키, 《운문은 어떻게 만들어지는가?How Are Verses Made?》G. M. 하이드 번역 (조너선 케이프, 1970) p.18

2   부통령 딕 체니, 〈NBC Meet the Press〉에서 (2001년 9월 16일)

3   나딘 고디머, 〈콩고강The Congo River〉《핵심적인 몸짓: 글쓰기, 정치, 그리고 장소 The Essential Gesture: Writing, Politics, and Places》스티븐 클링먼 편집 (크노프, 1988) p.15

4   르네 샤르, 《르네 샤르 시선집Selected Poems of René Char》메리 앤 코스, 티나 졸라스 편집 (뉴 디렉션스, 1992) p.125 "La poète fait éclater les liens de ce qu'il touche. Il n'enseigne pas la fin des liens."

시와 잊힌 미래(2006)

• 데니스 브루투스, 《시와 저항: 데니스 브루투스 읽기Poetry and Protest: A Dennis Brutus Reader》리 서스타, 아이샤 카림 편집 (헤이마켓, 2006)

• 데이비드 존셰인, 〈개인적이고 정치적인 순간A Personal and Political Moment〉《하아레츠Haaretz》(2004년 11월 7일)

• 리처드 홈즈, 《셸리: 추구Shelley: The Pursuit》(뉴욕 리뷰 오브 북스, 2003)

• 메리언 스토킹, 〈도서 소개Books in Brief〉《벨루아 포이트리 저널 56호》(2006년 여름)

• 브루스 H. 프랭클린, 〈미국의 감옥과 고문의 정상화The American Prison and the Normalization of Torture〉http://www.historiansagainstwar.org/resources/torture/brucefranklin.html

• 블라디미르 마야코프스키, 《운문은 어떻게 만들어지는가?》G. M. 하이드 번역 (조너선 케이프/그로스만, 1974)

• 세사르 바예호, 《트릴세Trilce》클레이턴 에셜먼 번역, 아메리코 페라리 서문 (마실리오, 1992)

- 아도니스, 《아랍 시학 개론An Introduction to Arab Poetics》 캐서린 코브함 번역 (텍사스 대학교 출판부, 1997)

- 안토니오 그람시, 《문화적 글쓰기의 선택Selections from Cultural Writings》 데이비드 포각스, 제프리 노웰-스미스 편집, 윌리엄 볼하워 번역 (하버드대학교 출판부, 1985)

- 야니스 릿소, 《야니스 릿소 시선집 1938-1988 Yannis Ritsos, Selected Poems 1938-1988》 키몬 프라이어, 코스타스 머사이어드 편집 번역 (BOA, 1989)

- 에두아르 글리상, 《관계의 시학》 벳시 웡 번역 (미시간대학교 출판부, 1997)

- 에이드리언 리치 서문 (커브스톤, 2005)

- 엘리자베스 화이트, 〈미국인 36명당 1명꼴로 투옥: 04년부터 05년까지 미국 교도소와 구치소 재소자가 일주일에 천 명씩 증가했다〉《어소시에이티드 프레스》(2006년 5월 22일)

- 월트 휘트먼, 《월트 휘트먼 시 전집과 산문집Walt Whitman: Complete Poetry and Collected Prose》 저스틴 카플란 편집 (리터러리 클래식스 오브 US, 라이브러리 오브 아메리카, 1982)

- 제임스 스컬리, 《라인 브레이크: 사회적 실천으로서 시Line Break: Poetry as Social Practice》

- 탈 니찬, 레이첼 트비아 백 편저, 《강철 펜으로: 히브리어로 쓴 저항 시 20년With an Iron Pen: Twenty Years of Hebrew Protest Poetry》 (뉴욕주립대학교 출판부, 2009)

- 토머스 코글란, 〈시 쓰기는 관타나모 수용소의 재소자들이 미치지 않게 해주는 진통제였다Writing Poetry Was the Balm That Kept Guantanamo Prisoners from Going Mad〉《샌프란시스코 크로니클》 2005년 7월 17일

- 폴 풋, 《인터내셔널 소셜리스트 리뷰》 46호 (2006년 3, 4월호)

- 호세 카르데나스, 〈젊은 이민자들, 목소리와 희망을 높이다Young Immigrants Raise Voice, and Hope〉《상트페테르부르크 타임스》 2006년 5월 13일

- 휴 맥더미드, 《휴 맥더미드 시집Collected Poems of Hugh MacDiarmid》 존 C. 웨스턴 편집 (맥밀란, 1967)

- 힘 마크 라이, 제니 림, 주디 융, 《섬: 시와 엔젤섬 중국 이민자 역사, 1910-1940 Island: Poetry and History of Chinese Immigrants on Angel Island, 1910-1940》 (호드 도이, 1980)

우리 죽은 자들이 깨어날 때

초판 1쇄 발행   2020년 6월 19일
초판 3쇄 발행   2021년 10월 25일

지은이   에이드리언 리치
옮긴이   이주혜
기획   나희영
책임편집   염은영
디자인   주수현

펴낸곳   (주)바다출판사
발행인   김인호
주소   서울시 마포구 어울마당로5길 17 5층
전화   02-322-3885(편집), 02-322-3575(마케팅)
팩스   02-322-3858
E-mail   badabooks@daum.net
홈페이지   www.badabooks.co.kr

ISBN   979-11-89932-63-3 03840